中华文学经典选读

吉素芬 左抒杭 主编

浙江大学出版社
ZHEJIANG UNIVERSITY PRESS

图书在版编目(CIP)数据

中华文学经典选读 / 吉素芬,左抒杭主编. —杭州：
浙江大学出版社,2021.8(2025.8重印)
ISBN 978-7-308-20902-1

Ⅰ.①中… Ⅱ.①吉…②左… Ⅲ.①中国文学—文
学欣赏—高等学校—教材 Ⅳ.①I206

中国版本图书馆 CIP 数据核字(2020)第 248030 号

中华文学经典选读

吉素芬　左抒杭　主编

责任编辑	葛　娟	
责任校对	朱　辉	
封面设计	春天书装	
出版发行	浙江大学出版社	
	（杭州市天目山路 148 号　邮政编码 310007）	
	（网址：http://www.zjupress.com）	
排　　版	大千时代(杭州)文化传媒有限公司	
印　　刷	浙江省邮电印刷股份有限公司	
开　　本	787mm×1092mm　1/16	
印　　张	24	
字　　数	598 千	
版 印 次	2021 年 8 月第 1 版　2025 年 8 月第 2 次印刷	
书　　号	ISBN 978-7-308-20902-1	
定　　价	59.00 元	

前　言

　　本教材的编写基于以下认识：目前，中国古代文学经典选读教材和中国现当代文学经典选读教材汗牛充栋，但是将中国古典文学经典与中国现当代文学经典打通的教材不多见。在当前各高校文学教学时数越来越少和学生学习压力越来越大的前提下，这种过于细化、分散的教材编写模式显然已不太适应教学需要。

　　鉴于此，本教材编写遵循以下原则：

　　首先，通观原则。即将古典文学经典与现当代文学经典统筹打通编排，从文学整体发展的脉络中挑选既具有丰富的社会历史文化含量，又具有丰富的审美内涵的经典作品作为选读对象。为了保证编选的权威性、学术性、可读性，本教材参考了北京大学、复旦大学、南京大学等全国权威的中国古代文学经典选本和中国现当代文学经典选本，同时也根据编选者多年教学经验积累，挑选最适合当今大学生文化审美取向的经典作品。

　　其次，能力原则。本教材的主旨在于培养学生阅读和分析中国文学经典原著的能力及相应审美心理、眼光、境界。

　　本教材以作品为主，不以编撰者的阐释和介绍为主，是为了引导学生直接阅读作品，直接进入经典作品所创造的思想文化审美空间，培养学生个性化阅读和创造性阅读的习惯和能力。为了将学生的阅读引向深入，在编选经典作品的基础上编写"阅读提示"，努力使学生的阅读达到理性认识与感性认识的统一，个性化阅读与专业性阅读的统一，深层次地巩固学生对中国文学经典阅读的兴趣，提高学生解读文学经典的能力，更加有效地参与学生的精神建构。"阅读提示"后面增加"拓展阅读（作品与参考文献）"，为学生进一步研究性阅读提供线索。最后是"思考与练习"，便于学生温故而知新。

　　再次，时代原则。克罗齐说："任何历史都是当代史。"后历史主义也言："一切历史都是文本。"实际要强调的是对于以往文学经典的阅读和学习，其根本目的还在于为今天更美好生活、更辉煌民族文化的建构服务。因此，本教材在注重审美性的同时特别注重思想性、历史感，力求将现当代文学经典放置在整个中国文学大时段里考察，点拨其新意；同时力求在现代性视野下重新考察古代文学经典，揭示其与以往阐释不一样的价值。

　　最后，由于本人能力有限，时间也比较仓促，此教材编写还存在各种问题，敬请前辈、同行和青年朋友们批评指正！

吉素芬

2020 年 11 月

目　录

上编　中国古代文学经典选读

诗

词

散　文

下编　中国现当代文学经典选读

诗　歌

小　说

散　文

戏　剧

上　编

中国古代文学经典选读

《诗经》三首

关雎①

关关雎鸠②，在河之洲。
窈窕淑女③，君子好逑④。

参差荇菜⑤，左右流之⑥。
窈窕淑女，寤寐求之。
求之不得，寤寐思服⑦。
悠哉悠哉⑧，辗转反侧⑨。

参差荇菜，左右采之。
窈窕淑女，琴瑟友之。

参差荇菜，左右芼之⑩。
窈窕淑女，钟鼓乐之。

---

① 选自程俊英撰《〈诗经〉译注》，上海古籍出版社 2004 年版。

② 关关：象声词，雌雄二鸟相互应和的叫声。雎鸠（jū jiū）：一种水鸟名，即王鴡。

③ 窈窕（yǎo tiǎo）淑女：贤良美好的女子。窈窕，身材体态美好的样子。窈，深邃，喻女子心灵美；窕，幽美，喻女子仪表美。淑，好，善良。

④ 好逑（hǎo qiú）：好的配偶。逑，匹配之意。

⑤ 参差（cēn cī）：长短不齐的样子。荇（xìng）菜：水草类植物。圆叶细茎，根生水底，叶浮在水面，可供食用。

⑥ 左右流之：时而向左、时而向右地择取荇菜。这里是以勉力求取荇菜，隐喻"君子"努力追求"淑女"。流，义同"求"，这里指摘取。之：指荇菜。

⑦ 寤寐（wù mèi）：醒和睡。指日夜。寤，醒觉。寐，入睡。又，马瑞辰《毛诗传笺注通释》说："寤寐，犹梦寐。"也可通。思服：思念。服，想。《毛传》："服，思之也。"

⑧ 悠哉（yōu zāi）悠哉：这句是说思念绵绵不断。悠，感思。见《尔雅·释诂》郭璞注。哉，语气助词。悠哉悠哉，犹言"想念呀，想念呀"。

⑨ 辗转反侧：翻覆不能入眠。辗，古字作展。展转，即反侧。反侧，犹翻覆。

⑩ 芼（mào）：择取，挑选。

蒹葭①

蒹葭苍苍②，白露为霜。
所谓伊人③，在水一方。
溯洄从之④，道阻且长。
溯游从之⑤，宛在水中央⑥。

蒹葭凄凄⑦，白露未晞⑧。
所谓伊人，在水之湄⑨。
溯洄从之，道阻且跻⑩。
溯游从之，宛在水中坻⑪。

蒹葭采采⑫，白露未已⑬。
所谓伊人，在水之涘⑭。
溯洄从之，道阻且右⑮。
溯游从之，宛在水中沚⑯。

---

① 选自程俊英撰《〈诗经〉译注》，上海古籍出版社 2004 年版。
② 蒹（jiān）葭（jiā）：芦苇。蒹，没长穗的芦苇。葭，初生的芦苇。苍苍：青苍，老青色。
③ 伊人：那个人，指所思慕的对象。
④ 溯洄（huí）：逆流而上。洄，弯曲的水道。从：追寻。
⑤ 溯游：顺流而下。游，一说指直流的水道。
⑥ 宛：宛然，好像。
⑦ 凄凄：同"萋萋"，茂盛的意思。
⑧ 晞（xī）：干。
⑨ 湄（méi）：水和草交接的地方，也就是岸边。
⑩ 跻（jī）：登，升高。
⑪ 坻（chí）：水中的小高地。
⑫ 采采：茂盛的样子。
⑬ 已：止，干。
⑭ 涘（sì）：水边。
⑮ 右：弯曲，迂回，形容道路曲折迂回。
⑯ 沚（zhǐ）：水中的小块陆地。

将仲子^①

将仲子兮^②，
无逾我里^③，无折我树杞^④。
岂敢爱之，畏我父母。
仲可怀也，
父母之言亦可畏也。

将仲子兮，
无逾我墙，无折我树桑^⑤。
岂敢爱之，畏我诸兄。
仲可怀也，
诸兄之言亦可畏也。

将仲子兮，
无逾我园，无折我树檀。
岂敢爱之，畏人之多言。
仲可怀也，
人之多言，亦可畏也。

【阅读提示】

《诗经》是我国最早的诗歌总集，也是我国第一部正式的文学作品集，共收录西周初年到春秋中叶大约 500 年间的诗歌 305 篇（不包括有目无辞的 6 篇笙歌），先秦时通称"诗"或"诗三百"，到了汉代被奉为经典，称作《诗经》。《诗经》有"六义"，所谓"风、雅、颂、赋、比、兴"。一般的理解，认为"风"即"国风"，指从不同地区采风采来的诗歌，这种诗歌多为劳动人民的诗歌。而这里选取的《关雎》《蒹葭》《将仲子》无疑是其中最有代表性的作品。

《关雎》"乐得淑女以配君子"，君子看到淑女后喜欢、相思、追求到缔结婚姻。

《蒹葭》"伊人""可望而不可即"，但追寻者"永不言弃"，王国维称之"最得风人深致"。

《将仲子》真正描述劳动大众的爱情，粗率、大胆，语言质朴。

---

① 选自程俊英撰《〈诗经〉译注》，上海古籍出版社 2004 年版。
② 将：请。仲子，兄弟排行第二的称仲子。
③ 里：古代 25 家为一里，里外有护墙。
④ 树：种植。杞：柳树之类。一说，树杞，即杞树。下面"树桑""树檀"的意思也一样。
⑤ 树桑：古代墙边种桑，园中种檀。马瑞辰《通释》："古者桑种于墙，檀树于园。《孟子》'树墙下以桑'，《鹤鸣》诗'乐彼之园，爰有树檀'，是也。"

【拓展阅读】

　　1.《邶风·静女》《王风·黍离》《王风·君子于役》《卫风·伯兮》《豳风·七月》《秦风·无衣》《小雅·采薇》《小雅·何草不黄》，程俊英撰《〈诗经〉译注》，上海古籍出版社2004年版。

　　2.毛亨、毛苌：《毛诗序》，可参程俊英撰《〈诗经〉译注》，上海古籍出版社2004年版。

　　3.朱熹：《诗集传》，上海古籍出版社2013年版。

　　4.方玉润：《诗经原始》，中华书局1986年版。

　　5.姜亮夫、夏传才、赵逵夫等：《先秦诗鉴赏辞典》，上海辞书出版社1998年版。

【思考与练习】

　　1.比较《关雎》《蒹葭》《将仲子》爱情表达的异同。

　　2.《诗经》有十五国风，除周南、召南产生在江汉、汝水流域外，绝大部分都是黄河流域劳动人民的集体创作，你能否说说《诗经》中为何没有长江流域的作品？

楚　辞

湘夫人①

帝子降兮北渚②，目眇眇兮愁予③。
袅袅兮秋风④，洞庭波兮木叶下。
登白薠兮骋望⑤，与佳期兮夕张⑥。
鸟何萃兮蘋中⑦，罾何为兮木上⑧？

沅有芷兮澧有兰⑨，思公子兮未敢言⑩。
荒忽兮远望⑪，观流水兮潺湲⑫。
麋何食兮庭中？蛟何为兮水裔⑬？
朝驰余马兮江皋⑭，夕济兮西澨⑮。
闻佳人兮召予，将腾驾兮偕逝⑯。

---

① 选自姜亮夫、夏传才、赵逵夫等撰写《先秦诗鉴赏辞典》，上海辞书出版社1998年版。
② 帝子：犹天帝之子。因舜妃是帝尧之女，故称。渚：水边的浅滩。
③ 眇（miǎo）眇：极目远望的样子。愁予：使我发愁。
④ 袅（niǎo）袅：微风吹拂的样子。一作"嫋嫋"。
⑤ 薠（fán）：草名，多生长在秋季沼泽地。骋望：纵目远望。
⑥ 佳期：约会的日期。佳：佳人，指湘夫人。夕：傍晚。张：陈设。
⑦ 萃：聚集。蘋（pín）：水草。本句意思是：鸟本当聚集在树木之上，为何却在水草之中？
⑧ 罾（zēng）：鱼网。本句意思是：罾原当在水中，为何反在木上？
⑨ 沅：即沅水，在今湖南省。芷：香草名。即白芷。澧（lǐ）：即澧水，在今湖南省，流入洞庭湖。
⑩ 公子：指帝子，湘夫人。古代贵族称公族，贵族子女不分性别，都可称"公子"。
⑪ 荒忽：犹"恍惚"，模糊不清的样子。
⑫ 潺（chán）湲（yuán）：水缓慢流动的样子。
⑬ 这两句是说，麋鹿该生活在深山，为何却在庭院中？蛟龙本该在深渊，为何却在水边？
⑭ 皋（gāo）：水边高地。
⑮ 济：渡。澨（shì）：水边。
⑯ 腾驾：驾着马车奔驰。偕逝：一同前往。

筑室兮水中,葺之兮荷盖①。
苏壁兮紫坛②,匊芳椒兮成堂③。
桂栋兮兰橑④,辛夷楣兮药房⑤。
罔薜荔兮为帷⑥,擗蕙櫋兮既张⑦。

白玉兮为镇⑧,疏石兰兮为芳⑨。
芷葺兮荷屋,缭之兮杜衡⑩。
合百草兮实庭⑪,建芳馨兮庑门⑫。
九嶷缤兮并迎⑬,灵之来兮如云⑭。

捐余袂兮江中⑮,遗余褋兮澧浦⑯。
搴汀洲兮杜若⑰,将以遗兮远者⑱。
时不可兮骤得⑲,聊逍遥兮容与⑳。

【阅读提示】

　　《湘夫人》与《九歌》中的《湘君》被认为是姊妹篇,是屈原年轻时的作品,也是充满青春浪漫气息的诗篇。"诗人热烘烘的灵魂的温情和惆怅,低回和幽思,从每句婉丽的诗透出来直沁我们的肺腑,像一缕从不知方向的林花透出来的朦胧清冽的温馨一样。"诗歌写的是湘君与湘夫人的一次约会,因时间差导致对相爱的另一方追寻、疑虑以致丢弃爱情信物,展现了处于爱情中的复杂心理。把两篇合起来读可知这一次共同的情事最终只是一场美丽的误会。全诗所有景语皆情语,象征、暗示手法的运用,使诗篇具有深远内涵和丰富想象空间;同时夸张、对比、衬托等手法的运用增加了诗篇的浪漫主义效果。

---

① 葺(qì):编结覆盖。盖:屋顶。
② 苏:香草名。紫:紫贝。坛:中庭,楚地方言。
③ 匊:古代"播"字。椒:花椒,多用以除虫去味。
④ 栋:屋梁。橑(liáo):屋椽。
⑤ 辛夷:香木名。楣:门上横梁。药:白芷。
⑥ 罔:同"网",编结。薜(bì)荔(lì):一种蔓生香草。帷:围在四边的幕帐。
⑦ 擗(pǐ):掰开。蕙櫋(mián):檐间木,这里作"幔"讲,帐顶。
⑧ 镇:压坐席之物。
⑨ 疏:散布,分陈。石兰:兰草的一种。
⑩ 缭:缠绕。杜衡:即杜若,一种香草。
⑪ 合:会集。实:充满。
⑫ 馨:散布很远的香气。庑(wǔ):走廊。
⑬ 九嶷(yí):山名,又名苍梧,传说中舜的葬地,在湘水南,这里指山神。缤:盛多的样子。
⑭ 灵:指九嶷山上的众神,一说指湘夫人。如云:形容众多。
⑮ 捐:抛。袂(mèi):夹袄。
⑯ 遗:丢下。褋(dié):单衣。
⑰ 搴(qiān):采摘。汀(tīng):水中或水边的平地。杜若:香草名。
⑱ 遗(wèi):赠送。
⑲ 时:会面的时机、机会。骤:骤然,立即,马上。
⑳ 聊:姑且。容与:从容自在的样子。

【拓展阅读】

1. 屈原：《离骚》《天问》《湘君》《涉江》《怀沙》《哀郢》《渔夫》，林家骊译注《楚辞》中华书局 2009 年版。

2. 姜亮夫、夏传才、赵逵夫等：《先秦诗鉴赏辞典》，上海辞书出版社 1998 年版。

3. 彭红卫：《屈原的文化人格研究》，华中师范大学出版社 2007 年版。

【思考与练习】

1. 试比较《湘夫人》与《离骚》所表达诗人感情的异同。

2. 文学史家们言，屈原的诗歌创造了香草美人以喻理想的文学传统，课下请找出更多的诗篇以证明之，并谈谈你的阅读感受。

汉乐府

陌上桑①

日出东南隅②,照我秦氏楼。
秦氏有好女,自名为罗敷。
罗敷喜蚕桑,采桑城南隅。
青丝为笼系③,桂枝为笼钩④。
头上倭堕髻⑤,耳中明月珠。
缃绮⑥为下裙,紫绮为上襦。
行者见罗敷,下担捋髭须。
少年见罗敷,脱帽著帩头⑦。
耕者忘其犁,锄者忘其锄。
来归相怨怒,但坐⑧观罗敷。

使君⑨从南来,五马⑩立踟蹰。
使君遣吏往,问是谁家姝⑪?
"秦氏有好女,自名为罗敷。"
"罗敷年几何?"

---

① 选自郭茂倩《乐府诗集》,中华书局 1979 年版。
② 隅:方位、角落。
③ 青丝:青色丝绳。笼:竹篮。系:系物的绳子。
④ 笼钩:篮子上的提柄。
⑤ 倭堕髻:即堕马髻,发髻偏在一边,似坠非坠,是当时时髦的式样。
⑥ 缃:浅黄色。绮:有花纹的绫。下文的"襦"为上身穿的短袄。
⑦ 帩头:古代男子束发的头巾。
⑧ 但:只是。坐:因为,由于。这两句是说,耕者、锄者归来相互抱怨,只是因为看罗敷而耽误了劳作。
⑨ 使君:汉代对太守或刺史的称呼。
⑩ 五马:太守乘车用五匹马,此处指太守车马。
⑪ 姝:美丽的女子。

"二十尚不足，十五颇有余。"
使君谢①罗敷："宁可共载不②？"
罗敷前置辞："使君一何愚！
使君自有妇，罗敷自有夫。"

"东方千余骑，夫婿居上头③。
何用识夫婿？白马从骊驹④；
青丝系马尾，黄金络马头；
腰中鹿卢剑⑤，可值千万余。
十五府小吏⑥，二十朝大夫⑦，
三十侍中郎⑧，四十专城居⑨。
为人洁白晳，鬑鬑颇有须⑩。
盈盈公府步，冉冉府中趋⑪。
坐中数千人，皆言夫婿殊。"

东门行⑫

出东门，不顾归⑬。
来入门⑭，怅欲悲⑮。
盎中无斗米储⑯，还视架上无悬衣⑰。
拔剑东门去⑱，舍中儿母牵衣啼⑲：

---

① 谢：这里是"请问"的意思。
② 不：通"否"。
③ 居上头：在行列的前端。意思是地位高，受人尊重。
④ 骊：深黑色的马。驹：两岁的马。这句是说，骑着白马后边跟着小黑马的大官就是我丈夫。
⑤ 鹿卢，即辘轳，井上汲水用的滑轮。鹿卢剑：指剑首用玉刻成辘轳型的剑。
⑥ 府小吏：太守府中地位低下的小官吏。
⑦ 朝大夫：朝廷中大夫的官职。
⑧ 侍中郎：出入宫禁的侍卫官。
⑨ 专城居：一城之主，如太守、刺史之类的官吏。
⑩ 鬑鬑：鬓发疏朗的样子。颇有须：略微有一点胡须。
⑪ "盈盈"和"冉冉"都是指步履舒缓的样子。公府：官府。公府步：官步。
⑫ 东门行：乐府古辞，载于《乐府诗集·相和歌辞·瑟调曲》中。东门：主人公所居之处的东城门。
⑬ 顾：念。不顾归，决然前往，不考虑归来不归来的问题。不归：一作"不愿归"。
⑭ 来入门：去而复返，回转家门。
⑮ 怅：惆怅失意。
⑯ 盎（àng）：大腹小口的陶器。
⑰ 还视：回头看。架：衣架。
⑱ "拔剑"句：主人公看到家中无衣无食，拔剑再去东门。
⑲ 儿母：孩子的母亲，主人公的妻子。

　　"他家但愿富贵①,贱妾与君共哺糜②。"

　　"上用仓浪天故③,下当用此黄口儿④。今非⑤!"

　　"咄⑥!行⑦!吾去为迟⑧!白发时下难久居⑨。"

【阅读提示】

　　汉乐府是继《诗经》《楚辞》而起的一种新诗体。乐府初设于秦,是当时"少府"下辖的一个专门管理乐舞演唱教习的机构。正式成立于西汉汉武帝时期。它的职责是采集民间歌谣或文人的诗来配乐,以备朝廷祭祀或宴会时演奏之用。它搜集整理的诗歌,后世就叫"乐府诗",或简称"乐府"。

　　《陌上桑》是汉乐府的名篇,属《相和歌辞》,早在晋人崔豹的《古今注》中已经提到《陌上桑》这首诗。最早著录于《宋书·乐志》,题名为"艳歌罗敷行"。在《玉台新咏》中题名为"日出东南隅行"。宋代郭茂倩编著《乐府诗集》,沿用崔豹名。作者不详。

　　这首诗塑造了一个千百年以来光彩照人的美女罗敷形象,诗歌写出罗敷服饰之美、相貌之美、勇气之美、机智之美,更重要地写出了罗敷的心灵之美——不畏权势、洁身自爱、忠贞如一。罗敷体现了古代人们对真正的美女的完美想象,是一个理想化的人物。

　　《东门行》描绘了一幅凄惨的画面:主人公看到家徒四壁,生活无望,难以顾及家中妻儿老小,决定拔剑出门,铤而走险。这首诗侧面反映出社会不公、民不聊生的社会现实。

【拓展阅读】

　　1.《孔雀东南飞》《妇病行》《上邪》,(宋)郭茂倩著《乐府诗集》,人民文学出版社2010年版。

　　2.吴小如、王运熙等:《汉魏六朝诗鉴赏辞典》"汉乐府歌"部分,上海辞书出版社1992年版。

　　3.曹旭:《古诗十九首与乐府诗选评》,上海古籍出版社2002年版。

【思考与练习】

　　1.诗篇是如何塑造罗敷这一形象的?

　　2.试结合作品分析汉乐府诗的叙事性特征。

---

①　他家:别人家。

②　哺糜(bǔ mí):吃粥。

③　用:为了。仓浪天:即苍天、青天。仓浪,青色。

④　黄口儿:指幼儿。

⑤　今非:现在的这种冒险行为不对头。

⑥　咄(duō):拒绝妻子的劝告而发出的呵叱声。

⑦　行:走啦!

⑧　吾去为迟:我已经去晚啦!

⑨　下:脱落。这句说:我头上常脱落白发,这苦日子难以久挨下去。

古诗十九首

行行重行行①

行行重行行，与君生别离。
相去万余里，各在天一涯②。
道路阻且长，会面安可知③？
胡马依北风，越鸟巢南枝④。
相去日已远，衣带日已缓⑤。
浮云蔽白日，游子不顾反⑥。
思君令人老，岁月忽已晚⑦。
弃捐勿复道，努力加餐饭⑧。

西北有高楼⑨

西北有高楼，上与浮云齐。
交疏结绮窗，阿阁三重阶⑩。

---

① 选自《文选》（李善注），上海古籍出版社 2000 年版。"行行重行行"也可写作"行行复行行"，此诗是《古诗十九首》中的第一首。重，又。生别离：古代流行的成语，犹言"永别离"。生，硬的意思。

② 相去：相距，相离。涯：边际。

③ 阻：指道路上的障碍。安：怎么，哪里。知：一作"期"。

④ 胡马：北方所产的马。依：依恋的意思，一作"嘶"。这句是说，北方产的马依恋于北方的生活环境。越鸟：南方所产的鸟。这句是说，南方产的鸟栖息在南方的树上。

⑤ 已：同"以"。远：久。缓：宽松。

⑥ 白日：原是隐喻君王，这里喻指未归的丈夫。顾：顾恋、思念。反：同"返"，返回，回家。

⑦ 岁月：指眼前的时间。忽已晚：流转迅速，指年关将近。

⑧ 弃捐：抛弃，丢开。复：再。道：谈说。加餐饭：当时习用的一种亲切的安慰别人的成语。

⑨ 《西北有高楼》选文与上同。是《古诗十九首》的第五首。

⑩ 交疏：一横一直的窗格子，指窗制造的精致。疏，镂刻。结绮（qǐ）：张挂着绮制的帘幕。绮，有文彩的丝织品。阿（ē）阁：四面有檐的楼阁。三重阶：指台。楼在台上。阿阁建在有三层阶梯的高台上，形容楼阁之高。

上有弦歌声，音响一何悲①！
谁能为此曲，无乃杞梁妻②？
清商随风发，中曲正徘徊③。
一弹再三叹，慷慨有余哀④。
不惜歌者苦，但伤知音稀⑤。
愿为双鸿鹄⑥，奋翅起高飞。

回车驾言迈⑦

回车驾言迈，悠悠涉长道⑧。
四顾何茫茫，东风摇百草。
所遇无故物，焉得不速老。
盛衰各有时，立身苦不早⑨。
人生非金石，岂能长寿考⑩？
奄忽随物化，荣名以为宝⑪。

【阅读提示】

　　《古诗十九首》是东汉末年一组五言古诗，作者不详。最早见于南朝梁萧统所编《文选》，因这一组诗共十九首而冠以此名，列在"杂诗"类之首。被刘勰称为"五言之冠冕"；钟嵘赞曰："文温以丽，意悲而远，惊心动魄，可谓几乎一字千金。"《古诗十九首》基本情感内容：夫妇朋友间的离愁别绪、士人的彷徨失意和人生的无常之感，有些作品表现出追求富贵和及时行乐的思想。艺术成就很高：长于抒情，善用事物来烘托，寓情于景，情景交融；语言朴素自然，描写生动真切。艺术风格天然浑成。

　　《行行重行行》是《古诗十九首》的第一首，也是最有名的一首，是一首离别相思之辞，

---

　　① 弦歌声：歌声中有琴弦伴奏。一何：何其，多么。
　　② 无乃：莫非，岂不是。杞梁妻：杞梁的妻子。杞梁，即杞梁殖，春秋时齐国大夫。杞梁，征伐莒国时，死于莒国城下。他的妻子为此痛哭十日，投水自杀。传说死前谱有琴曲《杞梁妻叹》。
　　③ 清商：乐曲名，曲调清越，适宜表现哀怨的感情。发：指乐声的发散、传播。中曲：乐曲的中段。徘徊：来往行走，不能前进的样子。这里借指乐曲旋律回环往复。
　　④ 一弹(tán)：弹奏完一段。再三叹：指歌词里复沓的曲句和乐调的泛声。慷慨：指不得志的心情。余哀：哀伤不止。
　　⑤ 惜：悲，叹惜。知音：懂得乐曲中意趣的人。这里引申为知心的人。
　　⑥ 鸿鹄(hú)：大雁或天鹅一类善于高飞的大鸟。
　　⑦ 《回车驾言迈》选文与上同。是《古诗十九首》的第十一首。
　　⑧ 回：转也。驾：象声词。言：语助词。迈：远行也。一说喻声音悠长。悠悠：远而未至之貌。涉长道：犹言"历长道"。涉，本义是徒步过水；引申之，凡渡水都叫"涉"；再引申之，则不限于涉水。
　　⑨ 各有时：犹言"各有其时"，是兼指百草和人生而说的。"时"的短长虽各有不同，但在这一定时间内，有盛必有衰。立身：犹言树立一生的事业基础。早：指盛时。
　　⑩ "人生"句：言生命的脆弱。金，言其坚。石，言其固。寿考：犹言老寿。考，老也。这句说即使老寿，也有尽期，不能长久下去。
　　⑪ 奄忽：急遽也。随物化：犹言"随物而化"，指死亡。荣名：美名，一说指荣禄和声名。

表现女子思念远行异乡的情人。

《西北有高楼》是《古诗十九首》的第五首,感叹知音难觅的苦闷和悲哀,以及心有不甘的期待。

《回车驾言迈》是《古诗十九首》的第十一首,写诗人在旅途中看到大自然景物的变化,感到时光飞逝、人生苦短,而应及时勉励,建功立业。

【拓展阅读】

1.吴小如、王运熙、章培恒等:《汉魏六朝诗鉴赏辞典》"古诗十九首"部分,上海辞书出版社1992年版。

2.叶嘉莹:《叶嘉莹说汉魏六朝诗》,中华书局2007年版。

3.木斋:《古诗十九首与建安诗歌研究》,人民出版社2009年版。

【思考与练习】

1.如何理解《行行重行行》深情而又无奈的艺术格调?

2.举例说明《古诗十九首》的艺术特点。

3.比较《西北有高楼》与白居易《琵琶行》音乐描写的异同。

陶渊明

饮　酒①（其四）

栖栖失群鸟②，日暮犹独飞。
徘徊无定止③，夜夜声转悲。
厉响思清远④，去来何依依⑤。
因值孤生松⑥，敛翮遥来归⑦。
劲风无荣木⑧，此荫独不衰。
托身已得所⑨，千载不相违⑩。

咏贫士⑪（其一）

万族各有托⑫，孤云独无依⑬。
暧暧空中灭，何时见馀晖⑭。
朝霞开宿雾，众鸟相与飞⑮。

---

① 选自《陶渊明集》，中华书局 1979 年版。
② 栖栖：心神不安的样子。
③ 定止：固定的栖息处。止，居留。
④ 厉响：谓鸣声激越。
⑤ 依依：依恋不舍的样子。
⑥ 值：遇。
⑦ 敛翮：收起翅膀，即停飞。
⑧ 劲风：指强劲的寒风。
⑨ 已：既。
⑩ 违：违弃，分离。
⑪ 选自《陶渊明集》，中华书局 1979 年版。
⑫ 万族：万物。族，品类。托：依托，依靠。
⑬ 孤云：象征高洁的贫士，诗人自喻。
⑭ 暧暧（ài）：昏暗不明的样子。余晖：留下的光辉。
⑮ 朝霞开宿雾：朝霞驱散了夜雾。喻刘宋代晋。众鸟相与飞：喻众多趋炎附势之人依附新宋政权。相与：结伴。

迟迟出林翮，未夕复来归[①]。

量力守故辙[②]，岂不寒与饥？

知音苟不存，已矣何所悲[③]。

【阅读提示】

陶渊明(365—427)，又名潜，字元亮，号五柳先生，私谥靖节，晋宋时浔阳柴桑(今江西九江西南)人。我国古代最有成就的诗人、辞赋家、散文家之一。陶渊明是我国古代第一位田园诗人，史称"千古隐逸之宗"。有《陶渊明集》。

《饮酒·栖栖失群鸟》是陶渊明《饮酒》(组诗)的第四首。诗歌以在暮色苍茫中独自飞翔的失群孤鸟自喻，将其无法安顿心灵时的焦虑和栖惶心理形象地表现出来；以一棵劲风之下"独不衰"的孤松比喻归隐之所，表达了作者对现实的不满与回归田园后心灵的宁静。

《咏贫士·万族各有托》是陶渊明《咏贫士》(组诗)的第一首。《咏贫士》七首是陶渊明晚年的咏怀之作，这些诗歌通过对古代贫士的歌咏，表现了诗人安贫守志、不慕名利的情怀。"万族各有托"这首诗以孤云、独鸟自喻，形象地表现诗人孤独无依的处境和命运，但是依然守志不阿的高洁志趣。诗人安贫守志、不慕名利的情怀千古回响。

【拓展阅读】

1. 陶渊明：《归园田居》《饮酒》《咏荆轲》《五柳先生传》《归去来兮辞》，见《陶渊明集》，中华书局1979年版。

2. 吴小如、王运熙、章培恒等：《汉魏六朝诗鉴赏辞典》"陶渊明"部分，上海辞书出版社1992年版。

3. 吕慧娟、刘波、卢达编：《中国古代文学家评传》第一卷"陶渊明"部分，山东教育出版社2009年版。

【思考与练习】

1. 谈谈你对陶渊明隐逸的看法。

2. 在当代社会，你还会选择陶渊明式的生存方式吗？为什么？

3. 试比较陶渊明组诗《饮酒》与美国作家梭罗的《瓦尔登湖》的异同。

---

①　翮：鸟的翅膀，代指孤鸟，喻贫士，即诗人自指。这句诗人自喻勉强出仕。未夕复来归：天未黑时又飞了回来，喻诗人辞官归隐。

②　量力：根据自己的能力，犹尽力。守故辙：坚持走旧道，指前人安守贫贱之道。

③　苟：如果。已矣：犹算了吧。

南朝乐府民歌

西洲曲①

忆梅下西洲，折梅寄江北②。

单衫杏子红，双鬓鸦雏色③。

西洲在何处？两桨桥头渡④。

日暮伯劳⑤飞，风吹乌臼⑥树。

树下即门前，门中露翠钿⑦。

开门郎不至，出门采红莲。

采莲南塘秋，莲花过人头。

低头弄莲子⑧，莲子青如水⑨。

置莲怀袖中，莲心⑩彻底红。

忆郎郎不至，仰首望飞鸿⑪。

鸿飞满西洲，望郎上青楼⑫。

楼高望不见，尽日栏杆头。

栏杆十二曲，垂手明如玉。

---

① 选自《乐府诗集·杂曲歌辞》。这首诗是南朝民歌。西洲曲，乐府曲调名。

② 忆梅下西洲，折梅寄江北：女子见到梅花又开了，回忆起以前曾和情人在梅下相会的情景，因而想到西洲去折一枝梅花寄给在江北的情人。下，往。西洲，当是在女子住处附近。江北，当指男子所在的地方。

③ 鸦雏色：像小乌鸦一样的颜色。形容女子的头发乌黑发亮。

④ 两桨桥头渡：从桥头划船过去，划两桨就到了。

⑤ 伯劳：鸟名，仲夏始鸣，喜欢单栖。这里一方面用来表示季节，一方面暗喻女子孤单的处境。

⑥ 乌臼：现在写作"乌桕"。

⑦ 翠钿：用翠玉做成或镶嵌的首饰。

⑧ 莲子：和"怜子"谐音双关。

⑨ 青如水：和"清如水"谐音，隐喻爱情的纯洁。

⑩ 莲心：和"怜心"谐音，即爱情之心。

⑪ 望飞鸿：这里暗含有望书信的意思。因为古代有鸿雁传书的传说。

⑫ 青楼：油漆成青色的楼。唐朝以前的诗中一般用来指女子的住处。

卷帘天自高,海水摇空绿①。
海水梦悠悠②,君愁我亦愁。
南风知我意,吹梦到西洲。

【阅读提示】

南朝乐府民歌今天所能见到的约500首,全部录存在宋代郭茂倩所编《乐府诗集》中,其中绝大多数归入"清商曲辞",《西洲曲》归入"杂曲歌辞"中,最早著录于徐陵所编《玉台新咏》,具体作者不详。

《西洲曲》这首诗是南朝乐府民歌中最长的抒情诗篇,历来被视为南朝乐府民歌的代表作。诗歌运用顶针修辞蝉联而下,以四季景物的变迁写一位少女从初春到深秋,从现实到梦境,对所爱之人的苦苦思念。全诗借物抒情,巧用谐音双关,洋溢着浓厚的生活气息和鲜明的感情色彩,表现出鲜明的江南水乡特色和纯熟的表现技巧。

【拓展阅读】

1. 南朝民歌:《子夜歌》《华山畿》《读曲歌》《莫愁乐》;

北朝民歌:《木兰辞》《敕勒歌》《企喻歌》《陇头歌》。

见吴小如、王运熙等撰《汉魏六朝诗鉴赏辞典》,上海辞书出版社1992年版。

2.叶嘉莹:《叶嘉莹说汉魏六朝诗》,中华书局2007年版。

【思考与练习】

1.分析《西洲曲》的艺术特色。

2.阅读"拓展阅读"所列作品,试比较南北朝乐府民歌的异同。

---

① 卷帘天自高,海水摇空绿:卷帘眺望,只看见高高的天空和不断荡漾着碧波的江水。海水,这里指浩荡的江水。

② 海水梦悠悠:梦境像浩荡的江水一样悠长。

张若虚

春江花月夜①

春江潮水连海平,海上明月共潮生。
滟滟随波千万里②,何处春江无月明!
江流宛转绕芳甸③,月照花林皆似霰④。
空里流霜不觉飞⑤,汀上白沙看不见⑥。
江天一色无纤尘⑦,皎皎空中孤月轮⑧。
江畔何人初见月? 江月何年初照人?
人生代代无穷已⑨,江月年年望相似⑩。
不知江月待何人,但见长江送流水⑪。
白云一片去悠悠⑫,青枫浦上不胜愁⑬。
谁家今夜扁舟子⑭? 何处相思明月楼⑮?

---

① 选自《全唐诗》,上海古籍出版社 1986 年版。
② 滟(yàn)滟:波光荡漾的样子。
③ 芳甸(diàn):开满花草的郊野。甸,郊外之地。
④ 霰(xiàn):天空中降落的白色不透明的小冰粒。此处形容月光下春花晶莹洁白。
⑤ 流霜:飞霜。古人以为霜和雪一样,是从空中落下来的,所以叫流霜。此处形容月光皎洁,月色朦胧、流荡,所以不觉得有霜霰飞扬。
⑥ 汀(tīng):水边平地,小洲。
⑦ 纤尘:微细的灰尘。
⑧ 月轮:指月亮,因为月圆时像车轮,所以称为月轮。
⑨ 穷已:穷尽。
⑩ 望:一作"只"。
⑪ 但见:只见、仅见。
⑫ 悠悠:渺茫、深远。
⑬ 青枫浦:地名,今湖南浏阳县境内有青枫浦。这里泛指游子所在的地方。暗用《楚辞·招魂》"湛湛江水兮上有枫,目极千里兮伤春心"句意,隐含离别之意。
⑭ 扁舟子:飘荡江湖的游子。扁舟,小舟。
⑮ 明月楼:月夜下的闺楼。这里指闺中思妇。

可怜楼上月徘徊①，应照离人妆镜台②。

玉户帘中卷不去③，捣衣砧上拂还来④。

此时相望不相闻⑤，愿逐月华流照君⑥。

鸿雁长飞光不度，鱼龙潜跃水成文⑦。

昨夜闲潭梦落花⑧，可怜春半不还家。

江水流春去欲尽，江潭落月复西斜。

斜月沉沉藏海雾，碣石潇湘无限路⑨。

不知乘月几人归⑩，落月摇情满江树⑪。

【阅读提示】

张若虚，扬州（今属江苏）人，生卒年、字、号均不详。唐代诗人。唐中宗神龙年间，以文词俊秀驰名于京都，与贺知章、张旭、包融并称"吴中四士"。《全唐诗》仅存其诗二首，而这首《春江花月夜》是最著名的一首，现代著名诗人闻一多高度赞扬，认为是"诗中的诗，顶峰上的顶峰"，有"孤篇横绝全唐"之誉。

《春江花月夜》为乐府吴声歌曲名，相传为南朝陈后主所作，原词已不传，张若虚这首为拟题作诗，与原先的曲调已不同，却最有名。春、江、花、月、夜，最动人的良辰美景，大自然最奇丽的景色！ 尤其是那轮亘古如常的明月，诗人举首遥望，怎能不产生无限遐思冥想，探究宇宙奥秘和人生哲理？ 明月高悬，照彻人间，诗人由月光继而展现人生图景和人间真情。清幽的意境，四句一转韵、整齐之中又错综变化的章法结构，使得诗歌具有无穷艺术魅力。

【拓展阅读】

1. 卢照邻：《长安古意》，刘希夷：《代悲白头翁》，见《全唐诗》，上海古籍出版社1986年版。

2. 闻一多：《宫体诗的自赎》，见闻一多《唐诗杂论》，上海古籍出版社1999年版。

【思考与练习】

1. 《春江花月夜》中春江月色和相思离别两部分之间有什么关系？

2. 这首诗构思上最大的特点是什么？ 为什么说"月"是整首诗的灵魂？

---

① 月徘徊：指月光偏照闺楼，徘徊不去，令人不胜其相思之苦。

② 离人：此处指思妇。妆镜台：梳妆台。

③ 玉户：形容楼阁华丽，以玉石镶嵌。

④ 捣衣砧（zhēn）：捣衣石，捶布石。

⑤ 相闻：互通音信。

⑥ 逐：追随。月华：月光。

⑦ 文：同"纹"。

⑧ 闲潭：幽静的水潭。

⑨ 碣（jié）石潇湘：碣石，山名，在渤海边上。潇湘，湘江与潇水，在今湖南。这里两个地名一南一北，暗指路途遥远，相聚无望。无限路：极言离人相距之远。

⑩ 乘月：趁着月光。

⑪ 摇情：激荡情思，犹言牵情。

孟浩然

宿业师山房待丁大不至①

夕阳度西岭②，
群壑倏已暝③。
松月生夜凉，
风泉满清听④。
樵人归欲尽，
烟鸟栖初定⑤。
之子期宿来⑥，
孤琴候萝径⑦。

早寒江上有怀

木落雁南度⑧，
北风江上寒。
我家襄水曲⑨，

---

① 选自佟培基《孟浩然诗集笺注》，上海古籍出版社 2000 年版。下同。业师：业禅师的简称，法名业的僧人。一作"来公"。山房：山中房舍，指佛寺。期：一作"待"。丁大：作者友人。名凤，排行老大，故称丁大，有才华而不得志。

② 度：过、落。

③ 壑：山谷。倏：一下子。

④ 满清听：满耳都是清脆的响声。

⑤ 烟鸟：雾霭中的归鸟。

⑥ 之子：这个人。之，此。子，古代对男子的美称。宿来：一作"未来"。

⑦ 孤琴：一作"孤宿"，或作"携琴"。

⑧ 木落：树木的叶子落下来。雁南度：大雁南飞。南：一作"初"。首二句从鲍照《登黄鹤矶》"木落江渡寒，雁还风送秋"句脱化而来。

⑨ 襄（xiāng）水曲（qū）：在汉水的转弯处。襄水，汉水流经襄阳（今属湖北）境内的一段。曲，江水曲折转弯处，即河湾。襄：一作"湘"，又作"江"。曲：一作"上"。

遥隔楚云端①。
乡泪客中尽②，
孤帆天际看③。
迷津欲有问④，
平海夕漫漫⑤。

【阅读提示】

　　孟浩然(689—740)，字浩然，号孟山人，襄州襄阳(今湖北襄阳)人，世称"孟襄阳"，因他未曾入仕，又称之为"孟山人"。孟诗多写山水田园和隐居的逸兴，在艺术上有独特的造诣，后人把孟浩然与王维并称为"王孟"，为盛唐山水田园诗派代表诗人。有唐代王士源所编《孟浩然集》三卷传世。

　　《宿业师山房待丁大不至》写诗人夜宿山寺中，于山径之上等待友人而友人未至，抱琴守候的情景。清幽的环境与高雅的意趣，对知音执着的期盼，还有淡淡的落寞，以平和、清淡、自然的语言展现出来。

　　《早寒江上有怀》借鸿雁南飞、孤帆远逝、津口迷途抒发客居思归、欲归不得的郁积之情，透露出诗人人生途程上的困惑和惆然，情和景浑然一体，含蓄深沉，耐人寻味。

【拓展阅读】

　　1.孟浩然：《秋登兰山寄张五》《夏日南亭怀辛大》《临洞庭湖赠张丞相》《岁暮归南山》《夜归鹿门歌》《与诸子登岘山》，见《全唐诗》，上海古籍出版社1986年版。

　　2.萧涤非、马茂元、程千帆等：《唐诗鉴赏辞典》，上海辞书出版社1983年版。

　　3.叶嘉莹：《叶嘉莹说初盛唐诗》，中华书局2008年版。

【思考与练习】

　　1.结合作品分析孟浩然的山水田园诗具有哪些特点。

　　2.孟浩然名句"疏雨滴梧桐，微云淡河汉"赏析。

---

①　楚云端：长江中游一带云的尽头。云：一作"山"。
②　乡泪客中尽：思乡眼泪已流尽，客旅生活无比辛酸。
③　孤：一作"归"。天际：天边。一作"天外"。
④　迷津：迷失道路。津，渡口。
⑤　平海：宽广平静的江水。漫漫：水广大貌。

王　维

送梓州李使君①

万壑树参天，
千山响杜鹃②。
山中一夜雨，
树杪百重泉③。
汉女输橦布④，
巴人讼芋田⑤。
文翁翻教授⑥，
不敢倚先贤⑦。

辛夷坞⑧

木末芙蓉花⑨，
山中发红萼⑩。

---

① 选自《王右丞集笺注》（清代赵殿起），下同，上海古籍出版社1984年版。梓州：《唐诗正音》作"东川"。梓州是隋唐州名，治所在今四川三台。李使君：李叔明，先任东川节度使、遂州刺史，后移镇梓州。

② 杜鹃：鸟名，一名杜宇，又名子规。

③ 树杪（miǎo）：树梢。

④ 汉女：汉水的妇女。橦（tóng）布：橦木花织成的布，为梓州特产。

⑤ 巴：古国名，故都在今四川重庆。芋田：蜀中产芋，当时为主粮之一。这句指巴人常为农田事发生讼案。

⑥ 文翁：汉景时为郡太守，政尚宽宏，见蜀地僻陋，乃建造学宫，诱育人才，使巴蜀日渐开化。翻：翻然改变，通"反"。

⑦ 先贤：已经去世的有才德的人。这里指汉景帝时蜀郡守。

⑧ 辛夷坞（wù）：辋川地名，因盛产辛夷花而得名，今陕西省蓝田县内。坞：周围高而中央低的谷地。

⑨ 木末芙蓉花：即指辛夷。辛夷，落叶乔木。其花初出时尖如笔椎，故又称木笔，因其初春开花，又名应春花。花有紫白二色，大如莲花。白色者名玉兰。紫者六办，办短阔，其色与形似莲花，莲花亦称芙蓉。辛夷花开在枝头，故以"木末芙蓉花"借指。木末：树梢，枝头。芙蓉花：此指辛夷花，因芙蓉花与辛夷花形相似，花色相近。

⑩ 萼（è）：花萼，花的组成部分，由若干片状物组成，包在花瓣外面，花开时托着花瓣。

涧户寂无人①，
纷纷开且落②。

终南别业③

中岁颇好道④，
晚家南山陲⑤。
兴来每独往，
胜事空自知⑥。
行到水穷处⑦，
坐看云起时。
偶然值林叟⑧，
谈笑无还期⑨。

【阅读提示】

王维（701—761，一说 699—761），字摩诘，号摩诘居士，河东蒲州（今山西运城）人，祖籍山西祁县，官至尚书右丞，故亦称王右丞。因笃信佛教，有"诗佛"之称。盛唐山水田园诗派代表诗人，与孟浩然并称"王孟"。现存诗 400 余首。精通诗、书、画、音乐等，苏轼评价其："味摩诘之诗，诗中有画；观摩诘之画，画中有诗。"有《王右丞集》。

《送梓州李使君》是诗人王维送友人李使君（李叔明）往梓州（治今四川三台）赴任的赠别之作。送别之诗，诗人起笔却不写离情，也没有一般送别诗的感伤，而是想象友人即将赴任之地的梓州山川的壮丽景象、风俗民情以及到任后可能要处理的事务，勉励友人在梓州大显身手，超过先贤。诗歌情绪积极开朗，格调高远明快。

《辛夷坞》是王维《辋川集》诗二十首之第十八首。诗歌描绘了辛夷花由开到落的美好形象，它"不为无人而不芳"，也透露出一种落寞的景况。

《终南别业》是诗人对隐居奉佛、自在闲逸、怡然自适生活的描绘或者说对这样一种人生境界的想象，是醉心于自然之中把现实挂碍暂时"遗忘"和"放下"的轻松洒脱与"偶然"带来的欢喜。然而，仔细品味，轻松洒脱背后有难以摆脱的隐隐的心灵羁绊，欢喜下面是"有意"忘却其实难以忘却的哀愁。诗歌因之在任情自然中又有一种矛盾和张力。元代方

---

① 涧（jiàn）户：一说指涧边人家；一说山涧两崖相向，状如门户。
② 且：又。
③ 别业：别墅。晋石崇《思归引序》："晚节更乐放逸，笃好林薮，遂肥遁于河阳别业。"
④ 中岁：中年。好（hào）：喜好。道：这里指佛教。
⑤ 家：安家。南山：即终南山。南山陲（chuí）：指辋川别墅所在地，意思是终南山脚下。陲，边缘，旁边，边境。
⑥ 胜事：美好的事。空：白白地。
⑦ 穷：穷尽，尽头。
⑧ 值：遇到。叟（sǒu）：老翁。
⑨ 无还期：没有回归的准确时间。

回《瀛奎律髓》中所言不虚："右丞此诗有一唱三叹不可穷之妙。"

【拓展阅读】

1. 王维：《渭川田家》《终南山》《山居秋暝》《鸟鸣涧》《山中与裴迪秀才书》，见清代赵殿起《王右丞集笺注》，上海古籍出版社 1984 年版。

2. 萧涤非、马茂元、程千帆等：《唐诗鉴赏辞典》，上海辞书出版社 1983 年版。

3. 顾随讲、叶嘉莹笔记：《中国古典诗词感发》，北京大学出版社 2012 年版。

4. 叶嘉莹：《叶嘉莹说初盛唐诗》，中华书局 2008 年版。

【思考与练习】

1. 比较王维、孟浩然山水田园诗在内容和风格上的差异。

2. 结合具体作品谈谈王维诗歌"诗中有画"的特色。

李 白

长干行①（其一）

妾发初覆额，折花门前剧。
郎骑竹马来，绕床弄青梅②。
同居长干里③，两小无嫌猜，
十四为君妇，羞颜未尝开。
低头向暗壁，千唤不一回。
十五始展眉，愿同尘与灰。
常存抱柱信④，岂上望夫台。
十六君远行，瞿塘滟滪堆⑤。
五月不可触，猿声天上哀⑥。
门前迟行迹⑦，一一生绿苔⑧。
苔深不能扫，落叶秋风早。
八月胡蝶来⑨，双飞西园草。
感此伤妾心，坐愁红颜老。

---

① 选自清王琦注《李太白全集》卷三，中华书局1999年版。下同。长干行：属乐府《杂曲歌辞》调名。

② 床：井栏，后院水井的围栏。

③ 长干里：在今南京市，当年系船民集居之地，故《长干曲》多抒发船家女子的感情。

④ 抱柱信：典出《庄子·盗跖篇》，写尾生与一女子相约于桥下，女子未到而突然涨水，尾生守信而不肯离去，抱着柱子被水淹死。

⑤ 滟（yàn）滪（yù）堆：三峡之一瞿塘峡峡口的一块大礁石，农历五月涨水没礁，船只易触礁翻沉。

⑥ 天上哀：哀一作"鸣"。

⑦ 迟行迹：迟一作"旧"。

⑧ 生绿苔：绿一作"苍"。

⑨ 胡蝶来：一作"胡蝶黄"。胡蝶，即蝴蝶。清王琦《李太白文集注》云："杨升庵谓蝴蝶或白或黑，或五彩皆具，唯黄色一种至秋乃多，盖感金气也，引太白'八月蝴蝶黄'一句，以为深中物理，而评今本'来'字为浅。琦谓以文义论字，终以'来'字为长。作'黄'字亦有道理。"

早晚下三巴①，预将书报家。
相迎不道远，直至长风沙②。

长相思③（其一）

长相思，在长安。
络纬秋啼金井阑④，
微霜凄凄簟色寒⑤。
孤灯不明思欲绝⑥，
卷帷望月空长叹。
美人如花隔云端。
上有青冥之高天⑦，
下有渌水之波澜⑧。
天长路远魂飞苦，
梦魂不到关山难⑨。
长相思，摧心肝。

乌夜啼⑩

黄云城边乌欲栖⑪，
归飞哑哑枝上啼⑫。
机中织锦秦川女⑬，
碧纱如烟隔窗语⑭。

---

① 早晚：多早晚，犹何时。三巴：地名。即巴郡、巴东、巴西。在今四川东部地区。
② 长风沙：地名，在今安徽省安庆市的长江边上，距南京约700里。
③ 长相思：属乐府《杂曲歌辞》，常以"长相思"三字开头和结尾。
④ 络纬：昆虫名，又名莎鸡，俗称纺织娘。金井阑：精美的井栏。
⑤ 簟：供坐卧用的竹席。
⑥ 不明：一作"不寐"，又作"不眠"。
⑦ 青冥：青色天空。高天：一作"长天"。
⑧ 渌：清澈。
⑨ 关山难：关山难渡。
⑩ 乌夜啼：乐府旧题，《乐府诗集》卷四十七列于《清商曲辞·西曲歌》，并引《古今乐录》云："西曲歌有《乌夜啼》。"古辞多写男女离别相思之苦。
⑪ 边：一作"南"。乌：乌鸦。欲：敦煌残卷本作"夜"。
⑫ 哑哑：乌鸦啼叫声。
⑬ 机中织锦：一作"闺中织妇"。秦川女：指晋朝苏蕙。《晋书·列女传》载，窦滔妻苏氏，始平人，名蕙，字若兰，善属文。窦滔原本是秦川刺史，后被苻坚徙流沙。苏蕙把思念织成回文璇玑图，题诗二百余，计八百余言，纵横反复皆成章句。泛指织锦女子。秦川，古地名，泛指今陕西、甘肃秦岭以北平原地带，因春秋战国时期地属秦国而得名。
⑭ 碧纱如烟：指黄昏碧绿的窗纱朦胧如烟。

停梭怅然忆远人①，

独宿孤房泪如雨②。

将进酒③

君不见，黄河之水天上来④，奔流到海不复回。

君不见，高堂明镜悲白发，朝如青丝暮成雪⑤。

人生得意须尽欢，莫使金樽空对月。

天生我材必有用，千金散尽还复来。

烹羊宰牛且为乐，会须一饮三百杯⑥。

岑夫子，丹丘生⑦，将进酒，杯莫停⑧。

与君歌一曲，请君为我倾耳听⑨。

钟鼓馔玉不足贵⑩，但愿长醉不复醒。

古来圣贤皆寂寞，惟有饮者留其名。

陈王昔时宴平乐⑪，斗酒十千恣欢谑⑫。

主人何为言少钱，径须沽取对君酌⑬。

五花马⑭，千金裘，呼儿将出换美酒，与尔同销万古愁。

【阅读提示】

李白（701—762），字太白，号青莲居士，祖籍陇西成纪（今甘肃秦安县）。约五岁时随父迁居绵州昌隆（今四川江油县）青莲乡。李白是我国伟大的浪漫主义诗人，被后人誉为"诗仙"。他的诗雄奇奔放，想象丰富，夸张大胆新奇，语言清新明快，音律和谐多变。杜甫曾说他"笔落惊风雨，诗成泣鬼神"（《寄李十二白二十韵》），杜荀鹤称他为"千古一诗人"

---

①　"停梭"句：一作"停梭向人问故夫"，一作"停梭问人忆故夫"。梭，织布用的织梭。其状如船，两头有尖。怅然，忧然若失的样子。一作"怅望"。远人，指远在外边的丈夫。

②　独宿孤房：一作"独宿空堂"，一作"欲说辽西"，一作"知在流沙"，一作"知在关西"。

③　将（qiāng）进酒：请饮酒。乐府古题，原是汉乐府短箫铙歌的曲调。《乐府诗集》卷十六引《古今乐录》曰："汉鼓吹铙歌十八曲，九曰《将进酒》。"《敦煌诗集残卷》三个手抄本此诗均题作"惜罇空"。《文苑英华》卷三三六题作"惜空罇酒"。将，请。

④　君不见：乐府诗常用作提醒人语。天上来：黄河发源于青海，因那里地势极高，故称。

⑤　高堂：房屋的正室厅堂。一说指父母，不合诗意。一作"床头"。青丝：喻柔软的黑发。一作"青云"。成雪：一作"如雪"。

⑥　会须：正应当。

⑦　岑夫子：岑勋。丹丘生：元丹丘。二人均为李白的好友。

⑧　杯莫停：一作"君莫停"。

⑨　倾耳听：一作"侧耳听"。

⑩　钟鼓：富贵人家宴会中奏乐使用的乐器。馔（zhuàn）玉：形容食物如玉一样精美。

⑪　陈王：指陈思王曹植。平乐（lè）：观名。在洛阳西门外，为汉代富豪显贵的娱乐场所。

⑫　恣：纵情任意。谑（xuè）：戏。

⑬　径须：干脆，只管。沽：通"酤"，买。

⑭　五花马：指名贵的马。一说毛色作五花纹，一说颈上长毛修剪成五瓣。

（《经谢公青山吊李翰林》）。有《李太白集》三十卷，存诗近千首。代表作有《望庐山瀑布》《行路难》《蜀道难》《将进酒》《越女词》《早发白帝城》等多首。

《长干行》（其一）是李白的两首爱情诗中的第一首。诗歌以女子自述的口吻，通过一幅幅鲜明生动的画面，描绘了女子与丈夫从青梅竹马到结为夫妇后各个生活阶段的各个生活侧面，塑造出了一个对理想生活执着追求和热切向往的少妇的艺术形象。全诗熔叙事、状景、抒情于一炉，形象鲜明饱满，风格深沉柔婉。

《长相思》共有三首，这是其中的第一首。诗歌写诗中人"在长安"的相思苦情。大约是诗人离开长安后于沉思中回忆过往情绪之作。一场梦游式的追求，运用连珠格形式，辞清意婉，十分动人。豪放飘逸的同时兼有含蓄的思致。形式整饬，韵律感极强。

"乌夜啼"为乐府古题，属《清商曲辞·西曲歌》，多写离别之男怨女恨。李白此诗开头先不点题，而是描绘一幅秋晚鸦归图，最后点明主题，引出女子对远行男子之相思、独宿空房之悲。诗歌色彩鲜明，音调响亮，选词用字令人如闻如见。诗写悲哀，读后忘掉其悲哀，而欣赏其美。传说贺知章对这首诗相当欣赏，并以此为原因之一向唐玄宗推荐李白。

《将进酒》是李白的代表作之一，主要是抒发怀才不遇的苦闷与愤郁，抒发对封建社会中人才被压抑的不合理现象的牢骚。诗人提出了"天生我材必有用"这样一种新的人生价值观：人的价值就在于他所具有的品质与才能。有才，就有价值，就必有用。这种人生价值观念，当然反映了盛唐的时代精神。"黄河之水天上来，奔流到海不复回"这种雄伟壮观的形象成为李白独特的豪迈不羁的狂士的象征，而且全篇气势豪放，如大河奔腾，浩荡而东，具有一种不可阻遏的力量。以豪放的气势抒写内心强烈的苦闷与愤郁，是李白许多表达理想与现实矛盾的诗歌的共同特点。

【拓展阅读】

1. 李白：《行路难》《梁甫吟》《宣州谢朓楼饯别校书叔云》《答王十二寒夜独酌有怀》《梦游天姥吟留别》等，可参《李太白全集》（上下），（清）王琦注，中华书局2011年版。

2. 王运熙等：《李白精讲》，复旦大学出版社2008年版。

3. 周勋初：《李白评传》，南京大学出版社2005年版。

【思考与练习】

1. 分析《长干行》的叙事特点。

2. 苏轼《贾谊论》说："非才之难，所以自用者实难。"结合李白的"天生我材必有用"，谈谈你的理解。

3. 下面是李贺的《将进酒》，请和李白的《将进酒》比较在情感内涵和艺术表现上的异同。

> 琉璃钟，琥珀浓，小槽酒滴真珠红。
> 烹龙炮凤玉脂泣，罗帏绣幕围香风。
> 吹龙笛，击鼍鼓；皓齿歌，细腰舞。
> 况是青春日将暮，桃花乱落如红雨。
> 劝君终日酩酊醉，酒不到刘伶坟上土。

杜 甫

赠卫八处士①

人生不相见，动如参与商②。
今夕复何夕，共此灯烛光。
少壮能几时，鬓发各已苍。
访旧半为鬼③，惊呼热中肠④。
焉知二十载，重上君子堂。
昔别君未婚，儿女忽成行。
怡然敬父执⑤，问我来何方。
问答乃未已⑥，驱儿罗酒浆。
夜雨剪春韭⑦，新炊间黄粱⑧。
主称会面难⑨，一举累十觞⑩。
十觞亦不醉，感子故意长⑪。

---

① 选自清仇兆鳌《杜诗详注》卷六，中华书局 1999 年版。下同。卫八处士：名字和生平事迹已不可考。处士，指隐居不仕的人；八，是处士的排行。

② 动如：动不动就像。参(shēn)商：二星名。典出《左传·昭公元年》："昔高辛氏有二子，伯曰阏伯，季曰实沉。居于旷林，不相能也。日寻干戈，以相征讨。后帝不臧，迁阏伯于商丘，主辰，商人是因，故辰为商星。迁实沉于大夏，主参，唐人是因，以服事夏商。"商星居于东方卯位(上午五点到七点)，参星居于西方酉位(下午五点到七点)，一出一没，永不相见，故以为比。

③ "访旧"句：意谓彼此打听故旧亲友，竟已死亡一半。访旧，一作"访问"。

④ "惊呼"句：有两种理解，一为：见到故友的惊呼，使人内心感到热乎乎的；二为：意外的死亡，使人惊呼怪叫以至心中感到火辣辣的难受。惊呼，一作"呜呼"。

⑤ 父执：词出《礼记·曲礼》："见父之执。"意即父亲的执友。执是接的借字，接友，即常相接近之友。

⑥ 乃未已：还未等说完。一作"未及已"。

⑦ "夜雨"句：与郭林宗冒雨剪韭招待好友范逵的故事有关。林宗自种畦圃，友人范逵夜至，自冒雨剪韭，作汤饼以供之。《琼林》：冒雨剪韭，郭林宗款友情殷；踏雪寻梅，孟浩然自娱兴雅。

⑧ 间(jiàn)：搀和的意思。黄粱：即黄米。新炊是刚煮的新鲜饭。

⑨ 主：主人，即卫八。称：就是说。曹植诗："主称千金寿。"

⑩ 累：接连。

⑪ 故意长：老朋友的情谊深长。

明日隔山岳，世事两茫茫^①。

奉赠韦左丞丈二十二韵

纨绔不饿死，儒冠多误身^②。
丈人试静听，贱子请具陈^③。
甫昔少年日，早充观国宾^④。
读书破万卷，下笔如有神^⑤。
赋料扬雄敌，诗看子建亲^⑥。
李邕求识面，王翰愿卜邻^⑦。
自谓颇挺出，立登要路津^⑧。
致君尧舜上，再使风俗淳^⑨。
此意竟萧条，行歌非隐沦^⑩。
骑驴十三载，旅食京华春^⑪。
朝扣富儿门，暮随肥马尘。
残杯与冷炙，到处潜悲辛。

主上顷见征，欻然欲求伸^⑫。

---

① 世事：包括社会和个人。两茫茫：是说明天分手后，命运如何，便彼此都不相知了。极言会面之难，正见今夕相会之乐。这时大乱还未定，故杜甫有此感觉。根据末两句，这首诗乃是饮酒的当晚写成的。

② 纨绔：指富贵子弟。不饿死：不学无术却无饥饿之忧。儒冠多误身：满腹经纶的儒生却穷困潦倒。这句是全诗的纲要。

③ 丈人：对长辈的尊称。这里指韦济。贱子：年少位卑者自谓。这里是杜甫自称。请，意谓请允许我。具陈：细说。

④ "甫昔"两句，是指开元二十三年(735)杜甫以乡贡(由州县选出)的资格在洛阳参加进士考试的事。杜甫当时才二十四岁，就已是"观国之光"(参观王都)的国宾了，故曰"早充"。"观国宾"语出《周易·观卦·象辞》："观国之光尚宾也。"

⑤ 破万卷：形容书读得多。如有神：形容才思敏捷，写作如有神助。

⑥ 扬雄：字子云，西汉辞赋家。料：差不多。敌：匹敌。子建：曹植的字，曹操之子，建安时期著名文学家。看：比拟。亲：接近。

⑦ 李邕：唐代文豪、书法家，曾任北海郡太守。杜甫少年在洛阳时，李邕奇其才，曾主动去结识他。王翰：当时著名诗人，《凉州词》的作者。

⑧ 挺出：杰出。立登要路津：很快就要得到重要的职位。

⑨ 尧舜：传说中上古的圣君。这两句说，如果自己得到重用的话，可以辅佐皇帝实现超过尧舜的业绩，使已经败坏的社会风俗再恢复到上古那样淳朴敦厚。这是当时一般儒者的最高政治理想。

⑩ "此意"两句是说，想不到我的政治抱负竟然落空。我虽然也写些诗歌，但却不是逃避现实的隐士。

⑪ 骑驴：与乘马的达官贵人对比。十三载：从开元二十三年(735)杜甫参加进士考试，到天宝六载(747)，恰好十三载。旅食：寄食。京华：京师，指长安。

⑫ 主上：指唐玄宗。顷：不久前。见征：被征召。欻然：忽然。欲求伸：希望表现自己的才能，实现致君尧舜的志愿。

青冥却垂翅,蹭蹬无纵鳞①。

甚愧丈人厚,甚知丈人真。

每于百僚上,猥诵佳句新②。

窃效贡公喜,难甘原宪贫③。

焉能心怏怏,只是走踆踆④。

今欲东入海,即将西去秦⑤。

尚怜终南山,回首清渭滨。

常拟报一饭,况怀辞大臣⑥。

白鸥没浩荡,万里谁能驯⑦?

观公孙大娘弟子舞剑器行⑧(并序)

大历二年十月十九日⑨,夔府别驾元持宅⑩,见临颍李十二娘舞剑器⑪,壮其蔚跂⑫,问其所师⑬,曰:"余公孙大娘弟子也。"开元五载⑭,余尚童稚⑮,记于郾城观公孙氏,舞剑器浑

---

① 青冥却垂翅:飞鸟折翅从天空坠落。蹭蹬:行进困难的样子。无纵鳞:本指鱼不能纵身远游。这里是说理想不得实现,以上四句所指事实是:天宝六载(747),唐玄宗下诏征求有一技之长的人赴京应试,杜甫也参加了。宰相李林甫嫉贤妒能,把全部应试的人都落选,还上表称贺:"野无遗贤。"这对当时急欲施展抱负的杜甫是一个沉重的打击。

② "每于"两句是说,承蒙您经常在百官面前吟诵我新诗中的佳句,极力加以奖掖推荐。

③ 贡公:西汉人贡禹。他与王吉为友,闻吉显贵,高兴得弹冠相庆,因为知道自己也将出头。杜甫说自己也曾自比贡禹,并期待韦济能荐拔自己。难甘:难以甘心忍受。原宪:孔子的学生,以贫穷出名。

④ 怏怏:气愤不平。踆踆:且进且退的样子。

⑤ 东入海:指避世隐居。孔子曾言:"道不行,乘桴浮于海。"(《论语》)去秦:离开长安。

⑥ 报一饭:报答一饭之恩。春秋时灵辄报答赵宣子(见《左传·宣公二年》)、汉代韩信报答漂母(见《史记·淮阴侯列传》),都是历史上有名的报恩故事。辞大臣:指辞别韦济。这两句说明赠诗之故。

⑦ 白鸥:诗人自比。没浩荡:投身于浩荡的烟波之间。谁能驯:谁还能拘束我呢?

⑧ 公孙大娘:唐玄宗开元年间著名的教坊舞伎。公孙是其姓,大娘是对年长妇人的敬称。弟子:徒弟,学生;公孙大娘弟子,即序中所说的李十二娘。剑器,古舞曲名,属剑舞(武舞)之一,舞者为女子,作男子戎装,空手而舞。表现出一种力与美相结合的武健精神。今有人考证谓执剑而舞。

⑨ 大历:唐代宗李豫年号(766—779)。大历二年,即767年。

⑩ 别驾:官名,州刺史的佐吏。又唐代都督府属官也有别驾。元持,人名,生平不详。

⑪ 临颍,县名,治所在今河南省临颍县西北。临颍是李十二娘籍贯。

⑫ 壮:用作动词,有赞赏、钦佩之意。蔚跂(qí),光彩焕发、姿态矫健的样子。

⑬ 问其所师:问她的技艺是跟谁所学。师,学习。

⑭ 开元五载:即公元717年。载,年。

⑮ 童稚:年幼。开元五年杜甫6岁。

脱^①，浏漓顿挫^②，独出冠时^③，自高头宜春梨园二伎坊内人^④，泊外供奉舞女^⑤，晓是舞者，圣文神武皇帝初^⑥，公孙一人而已。玉貌锦衣^⑦，况余白首^⑧，今兹弟子^⑨，亦匪盛颜^⑩。既辨其由来^⑪，知波澜莫二^⑫，抚事慷慨^⑬，聊为《剑器行》。昔者吴人张旭，善草书帖，数尝于邺县见公孙大娘舞西河剑器^⑭，自此草书长进，豪荡感激^⑮，即公孙可知矣^⑯。

昔有佳人公孙氏，一舞剑器动四方^⑰。
观者如山色沮丧^⑱，天地为之久低昂^⑲。
爥如羿射九日落^⑳，矫如群帝骖龙翔^㉑。
来如雷霆收震怒^㉒，罢如江海凝清光^㉓。
绛唇珠袖两寂寞^㉔，晚有弟子传芬芳。
临颍美人在白帝^㉕，妙舞此曲神扬扬。
与余问答既有以^㉖，感时抚事增惋伤^㉗。

---

　　① 郾(yǎn)城：县名，即今河南省郾城县。公孙氏，即公孙大娘。剑器浑脱，把剑器舞和浑脱舞结合起来的一种新型舞蹈。浑脱，也是唐代流行的一种剑舞。

　　② 浏漓(lí)顿挫：流利畅酣而又曲折有致。浏漓，流利飘逸的样子。顿挫，形容舞蹈跌宕起伏，回旋曲折。

　　③ 独出：特出，超群出众。冠时：在当时数第一。

　　④ 高头宜春、梨园二伎坊内人：指供奉宫廷的歌舞女艺人。高头，犹如说"前头"，指在皇帝跟前。宜春，即宜春院。宜春院与梨园是唐玄宗时宫内教授歌舞的处所。伎坊，也称教坊，是教练歌舞的机构。内人，宫中的女伎，也称"前头人"。

　　⑤ 泊(jì)：及。外供奉舞女，与内人相对而言，指不居宫中，随时应诏入宫表演的歌舞艺伎。一本无"舞女"二字。

　　⑥ 圣文神武皇帝：唐玄宗的尊号，开元二十七年(739)群臣所上。初：初年。

　　⑦ 玉貌：美自如玉的容貌。锦衣：华美彩色的服饰。

　　⑧ 况，何况。余，我。白首，白头，指年老。

　　⑨ 兹：这个。

　　⑩ 匪，同"非"，不是。盛颜，指年轻时的容貌。

　　⑪ 辨：明白，弄清楚。由来，指李十二娘舞艺的师承渊源。

　　⑫ 波澜，比喻事物的起伏变化，这里泛指舞蹈的姿态节奏等艺术风格。莫二，没有两样。

　　⑬ 慷慨：情绪激昂，心情激动。

　　⑭ 数：屡次，多次。尝：曾经。西河剑器：剑器舞的一种。

　　⑮ 豪荡感激：指书法意态飞动，饱含着激情。感激，激动。

　　⑯ 即公孙可知矣：那么公孙大娘舞蹈艺术的高妙便可想而知了。即，则，那么。

　　⑰ 动四方：轰动四方。

　　⑱ 观者如山：形容观看的人多。色沮丧，指因震惊而失色。

　　⑲ 之：指公孙大娘的舞蹈。低昂，一起一伏。表示震动。一说，低昂是偏义复词，取其"低"义。

　　⑳ 爥：一作"霍"，闪烁的样子。后羿射九日，上古神话，在尧统治天下的时代，天上有十个太阳一起出来，庄稼草木都晒枯焦了，尧就派后羿去射日，结果射落了其中的九个。

　　㉑ 矫：矫捷，形容动作有力而敏捷。帝，天神。骖，驾在车两旁的马，这里用作动词，骖龙，犹言驾着龙。

　　㉒ 来：指开场。剑器舞主要以鼓伴奏，舞前鼓乐喧阗，形成一种紧张的战斗气氛。鼓声一落，舞者登场，所以说"雷霆收震怒"。震怒，盛怒，大怒。

　　㉓ 罢：结束，指收场。凝，凝聚，凝固，形容舞蹈结束时静止不动。

　　㉔ 绛唇：大红的嘴唇，这里指青年时代的公孙大娘。珠袖，饰有珍珠的衣袖，借指公孙大娘的舞姿。寂寞，无声无息，两寂寞，是说人舞俱亡。传，继承。芬芳，香气，这里比喻舞艺美妙，不同凡俗。

　　㉕ 临颍美人：指李十二娘。白帝，即白帝城。故址在夔州(今四川奉节城东白帝山上)，这里指夔州城。

　　㉖ 既有以：即序文中所说"既辨其由来"之意。以，因由，原委。

　　㉗ 时，时局。事，指往事，即下文所言之事。惋伤，怅恨悲伤。

先帝侍女八千人①，公孙剑器初第一②。

五十年间似反掌③，风尘澒动昏王室④。

梨园弟子散如烟，女乐余姿映寒日。

金粟堆南木已拱，瞿唐石城草萧瑟。

玳筵急管曲复终，乐极哀来月东出。

老夫不知其所往⑤，足茧荒山转愁疾⑥。

秦州杂诗二十首⑦（其五）

南使宜天马⑧，

由来万匹强。

浮云连阵没，

秋草遍山长。

闻说真龙种⑨，

仍残老骕骦⑩。

哀鸣思战斗，

迥立向苍苍。

【阅读提示】

杜甫（712—770），字子美，祖籍襄阳，后迁居今河南巩县。唐代伟大诗人，与李白齐名，并称"李杜"。杜甫的诗以现实主义的手法生动具体地反映了唐代社会由盛转衰的过程，展现了安史之乱前后唐代社会各阶层、各地区的真实图画，因此他的作品被称为"诗史""图经"。有《杜少陵集》，收诗一千四百余首。

《赠卫八处士》是杜甫由左拾遗贬谪到华州去做司功参军，到洛阳去看望战乱后的故乡，后又从洛阳赶回华州这一时期的作品。诗歌写与青年时代的一位朋友的重逢和老朋友的热情款待，抒发了今昔聚散之情、人事的沧桑变化、别易会难的深沉感慨，透露了干戈乱离、人命危浅的现实，表达诗人对生活美和人情美的珍视。不同于同时期的《三吏》《三别》具体描写战争的残酷、人民的痛苦以及安史之乱后国家的残破、社会的凋零，这首诗从

---

① 先帝：指已故的唐玄宗。八千人，极言人多，不一定是确数。

② 初：当初。

③ 五十年间：自杜甫于唐玄宗开元五年（717）在郾城观看公孙大娘舞剑器浑脱，到代宗大历二年（767）在夔州见李十二娘舞剑器而写此诗，其间正好是50年。

④ 风尘：比喻战乱。澒（hòng）洞，弥漫无际。昏，昏暗，比喻国运衰退。王室，指朝廷。

⑤ 老夫：杜甫自指。不知其所往，不知道往哪里去，形容心情迷惘。

⑥ 茧：通"研"，指脚掌因磨擦而生的厚皮，这里用作动词。转，倒，反。疾，快。

⑦ 秦州：今甘肃省天水市。

⑧ 南使：唐代掌管陇右养牧马匹工作的官职名。南使的辖区在秦州北部。

⑨ 龙种：指骏马。古传骏马为龙所生。《开山图》云：陇西神马山有渊池，龙马所生。

⑩ 骕（sù）骦（shuāng）：骏马名。

侧面折射出上述内容。诗歌语言质朴自然,感情醇厚真挚而又低徊婉转。

《奉赠韦左丞丈二十二韵》是诗人得到左丞韦济的欣赏,写诗呈奉,自叙生平、才学以及平生志向和抱负,慷慨陈词,倾吐仕途失意、生活困顿的窘状,并且抨击了当时黑暗的社会和政治现实。

《观公孙大娘弟子舞剑器行》写儿时所见公孙大娘精妙绝伦的舞技和而今目睹李十二娘舞姿时对公孙大娘当年丰姿的回忆,抚今思昔,时隔五十年,热闹欢娱场面的渲染与乐极哀来的感伤遥相映照,当年的国势强大、歌舞繁华的盛时景况和如今的风雨飘摇,时代的沧桑巨变、兴衰之感,作者内心的忧伤迷惘自在其中了。艺术表现上,诗歌气势雄浑,沉郁悲壮。

《秦州杂诗二十首》是一组以诗代简的纪行诗,从作者西入秦州(今甘肃天水)写起,到打算离开秦州结束,二十首诗或记秦州风物,或叙游踪观感,或写边塞事,或描容居苦情,或发忧国议论,多侧面地反映了秦州的山川城郭风光和当时动荡不安的生活,抒发了作者的伤时感乱忧郁孤愤之情,富有鲜明的时代色彩和地域色彩。组诗手法富于变化,比兴含意深婉,语言精警准确,具有很高的艺术价值。

【拓展阅读】

1.杜甫:"三吏""三别"、《兵车行》《北征》《丽人行》《自京赴奉先县咏怀五百字》等,见萧涤非《杜甫诗选注》,人民文学出版社2002年版。

2.莫砺锋:《杜甫评传》,南京大学出版社1993年版。

3.莫砺锋:《杜甫诗歌讲演录》,广西师范大学出版社2007年版。

4.程千帆、莫砺锋、张宏生:《被开拓的诗世界》,上海古籍出版社1990年版。

【思考与练习】

1.阅读"三吏""三别",谈谈对其主题的理解。

2.分析《赠卫八处士》怎样体现乱离中的人情之美。

3.分析杜甫《漫兴九首》(其四):

　　　　　　　　二月已破三月来,
　　　　　　　　渐老逢春能几回。
　　　　　　　　莫思身外无穷事,
　　　　　　　　且尽生前有限杯。

白居易

长恨歌①

汉皇重色思倾国②,御宇多年求不得③。
杨家有女初长成④,养在深闺人未识。
天生丽质难自弃,一朝选在君王侧。
回眸一笑百媚生,六宫粉黛无颜色。
春寒赐浴华清池⑤,温泉水滑洗凝脂。
侍儿扶起娇无力,始是新承恩泽时。
云鬓花颜金步摇⑥,芙蓉帐暖度春宵。
春宵苦短日高起,从此君王不早朝。
承欢侍宴无闲暇,春从春游夜专夜。
后宫佳丽三千人,三千宠爱在一身。
金屋妆成娇侍夜⑦,玉楼宴罢醉和春。
姊妹弟兄皆列土⑧,可怜光彩生门户。
遂令天下父母心,不重生男重生女。
骊宫高处入青云⑨,仙乐风飘处处闻。
缓歌慢舞凝丝竹,尽日君王看不足。

---

① 选自白居易著、谢思炜注《白居易诗集校注》,中华书局 2006 年版。

② 汉皇:本指汉武帝,这里借指唐玄宗。倾国:指貌美的女子。据《汉书·外戚传》记载,汉武帝的乐人李延年在汉武帝面前起舞歌唱,赞美自己的妹妹李夫人的美貌:"北方有佳人,绝世而独立。一顾倾人城,再顾倾人国。"

③ 御宇:御临宇内,指统治天下。

④ 杨家有女:指杨玉环幼时养在叔父家,唐玄宗开元二十三年(735),被册封为寿王(李隆基子)妃;二十八年,李隆基为夺取她,先废她为女道士,号太真,天宝四年(745),又册封为贵妃。

⑤ 华清池:温泉浴池名,在今陕西临潼骊山上。

⑥ 金步摇:首饰,"钗"的一种。

⑦ 金屋:《汉武故事》载,武帝幼时,他姑妈问他:"汝欲得妇否?"武帝答:"欲得。"姑姑指着她的女儿阿娇问:"好否?"武帝答:"欲得阿娇作妇,当作金屋贮之。"金屋:华美的房屋,这里指杨贵妃的住处。

⑧ 列土:本指分封土地,此处指得到封爵。

⑨ 骊宫:指骊山上的华清宫。

渔阳鼙鼓动地来①，惊破霓裳羽衣曲②。

九重城阙烟尘生③，千乘万骑西南行。

翠华摇摇行复止④，西出都门百余里。

六军不发无奈何⑤，宛转蛾眉马前死。

花钿委地无人收⑥，翠翘金雀玉搔头。

君王掩面救不得，回看血泪相和流。

黄埃散漫风萧索，云栈萦纡登剑阁⑦。

峨嵋山下少人行，旌旗无光日色薄。

蜀江水碧蜀山青，圣主朝朝暮暮情。

行宫见月伤心色，夜雨闻铃肠断声。

天旋日转回龙驭⑧，到此踌躇不能去。

马嵬坡下泥土中⑨，不见玉颜空死处⑩。

君臣相顾尽沾衣，东望都门信马归。

归来池苑皆依旧，太液芙蓉未央柳⑪。

芙蓉如面柳如眉，对此如何不泪垂。

春风桃李花开夜，秋雨梧桐叶落时。

西宫南苑多秋草⑫，落叶满阶红不扫。

梨园弟子白发新⑬，椒房阿监青娥老⑭。

夕殿萤飞思悄然，孤灯挑尽未成眠。

迟迟钟鼓初长夜⑮，耿耿星河欲曙天⑯。

鸳鸯瓦冷霜华重，翡翠衾寒谁与共。

悠悠生死别经年，魂魄不曾来入梦。

---

①　渔阳句，指安禄山反叛。渔阳，唐郡名，是范阳节度使所统辖的八郡之一，这里泛指范阳地区。鼙鼓：古代军中所用的一种小鼓。

②　霓裳羽衣曲：舞曲名，是西域乐曲的一种，开元时流入中国。

③　九重城阙：天子居住的地方有九道门，故称九重。这里指京城长安。

④　翠华：指皇帝仪仗队的旗子，用翠鸟翎毛装饰。

⑤　六军：泛指皇帝的羽林军。

⑥　花钿：即金钿，镶嵌金花的首饰。

⑦　云栈：高入云霄的栈道。剑阁：大小剑山之间的栈道名，又叫剑门关，在今四川剑阁县北。

⑧　天旋日转句：唐玄宗至德二年（757）十月，郭子仪军收复长安，唐肃宗派太子太师韦见素迎玄宗于蜀郡，同年十二月，唐玄宗还京。天旋日转：谓大局转变。龙驭：皇帝的车驾。

⑨　马嵬（wéi）坡：即马嵬驿，因晋代名将马嵬曾在此筑城而得名，今陕西兴平市西，为杨贵妃缢死的地方。

⑩　空死处：空见死处。

⑪　太液、未央：原为汉代所造的池名、宫名。这里借指唐代宫廷中的池苑。

⑫　西宫：太极宫。南苑：兴庆宫。苑，一作"内"。兴庆宫在东内之南，故称南内。玄宗返京后，初居兴庆宫，因临近大街，时常和外界接触，肃宗左右的人惟恐他有复辟之心，将他迁入太极宫的甘露殿，加以变相的软禁。这句以下所写为居西宫时的情况。

⑬　梨园弟子：指唐玄宗当年所训练过的一批艺人。

⑭　椒房：后妃所住的宫殿。阿监：宫中女官。青娥：青春姣好的容颜。

⑮　钟鼓：报时的钟鼓声；初长夜：指秋夜，入秋则夜渐长，故称。

⑯　耿耿：微明的样子。

临邛道士鸿都客①，能以精诚致魂魄。

为感君王展转思，遂教方士殷勤觅。

排空驭气奔如电，升天入地求之遍。

上穷碧落下黄泉，两处茫茫皆不见。

忽闻海上有仙山，山在虚无缥缈间。

楼阁玲珑五云起，其中绰约多仙子。

中有一人字太真，雪肤花貌参差是。

金阙西厢叩玉扃，转教小玉报双成②。

闻道汉家天子使，九华帐里梦魂惊③。

揽衣推枕起徘徊，珠箔银屏迤逦开④。

云鬓半偏新睡觉⑤，花冠不整下堂来。

风吹仙袂飘飘举，犹似霓裳羽衣舞。

玉容寂寞泪阑干⑥，梨花一枝春带雨。

含情凝睇谢君王，一别音容两渺茫。

昭阳殿里恩爱绝⑦，蓬莱宫中日月长。

回头下望人寰处，不见长安见尘雾。

惟将旧物表深情，钿合金钗寄将去⑧。

钗留一股合一扇，钗擘黄金合分钿⑨。

但令心似金钿坚，天上人间会相见。

临别殷勤重寄词，词中有誓两心知。

七月七日长生殿⑩，夜半无人私语时。

在天愿作比翼鸟，在地愿为连理枝。

天长地久有时尽，此恨绵绵无绝期。

【阅读提示】

白居易(772—846)，字乐天，号香山居士，又号醉吟先生，祖籍山西太原，后迁居下邽(今陕西渭南)，生于新郑(今属于河南)。唐贞元十六年(800)进士。唐代伟大的现实主义诗人。白居易一生创作了三千多首诗，诗歌题材广泛，形式多样，语言平易通俗。其中最

---

① 临邛：县名，唐属剑南道，今四川省邛崃县。鸿都：后汉首都洛阳宫门名，这里借指长安。

② 小玉、双成都是古代神话中的女子。原注："小玉，吴王夫差女名。"双成，即董双成，西王母的侍女。

③ 九华帐：张华《博物志》卷三："汉武帝好仙道，祭祀名山大泽，以求神仙之道。时西王母遣使乘白鹿告帝当来，乃供帐九华殿以待之。"

④ 珠箔：用珍珠穿成的帘箔。银屏：镶嵌银丝花纹的屏风。

⑤ 觉：指睡醒。

⑥ 阑干：纵横的样子。

⑦ 昭阳殿：汉殿名，赵飞燕姊妹所居住，这里借指杨贵妃生前的寝宫。

⑧ 钿合：用珠宝镶嵌的一种首饰，用两片合成。

⑨ 钗擘(bò)黄金合分钿：伸足上句的意思。钗擘黄金，即上句所说的"钗留一股"；合分钿，即上句所说的"合一扇"。上句的"一股""一扇"指自己留下的一半，这里是指寄给对方的一半。擘：用手分开。

⑩ 长生殿：用来祭神的宫殿。唐代后妃所居寝宫，也可通称为长生殿。这里应指华清宫内贵妃的寝殿。

为人所传诵的是他归为"感伤诗"的《琵琶行》与《长恨歌》。有《白氏长庆集》。

　　《长恨歌》作于唐宪宗元和元年(806)十二月,白居易自言"一篇长恨有风情"(《编集拙诗成一十五卷因题卷末戏赠元九李十二》),全诗以"长恨"为中心,着力写"情",生动地描绘了唐玄宗、杨贵妃缠绵悱恻的爱情故事及悲剧结局。诗人抓住了人物精神世界里揪心的"恨",写出了造成"长恨"的原因,又对悲剧中的主人公寄予同情和惋惜。有人认为,此诗是白居易借对历史人物的咏叹,寄托自己的心情之作。

【拓展阅读】

　　1. 白居易:《井底引银瓶》《卖炭翁》《琵琶行》等,见《白居易集》,吉林出版集团 2005年版。

　　2. 郑畋:《马嵬坡》,见《全唐诗》,中华书局 1985 年版。

　　3. 袁枚:《马嵬》,见袁枚《小仓山房文诗文集》,上海古籍出版社 1988 年版。

　　4. 萧涤非、程千帆、马茂元等:《唐诗鉴赏辞典》"白居易"部分,上海辞书出版社 1983年版。

【思考与练习】

　　1. 如何理解诗中"长恨"的含义?

　　2. 你认为《长恨歌》的主题是什么? 请简要分析。

杜 牧

登乐游原①

长空澹澹②孤鸟没③，
万古销沉④向此中⑤。
看取汉家何事业⑥，
五陵⑦无树⑧起秋风。

题宣州开元寺水阁⑨

六朝文物草连空⑩，
天淡云闲今古同⑪。
鸟去鸟来山色里，
人歌人哭水声中⑫。

---

① 选自杜牧著、陈允吉校点《樊川文集》，上海古籍出版社 2007 年版。下同。乐游原：古地名，遗址在今陕西省西安市内大雁塔东北，是当时有名的游览胜地。

② 澹澹：广阔无边的样子。

③ 没：消失。

④ 销沉：形迹消失、沉没。销：同"消"，消散，消失。

⑤ 此中：指乐游原四周。

⑥ 事业：功业。

⑦ 五陵：汉代五个皇帝的陵墓，分别为汉高祖刘邦的长陵、汉惠帝刘盈的安陵、汉景帝刘启的阳陵、汉武帝刘彻的茂陵、汉昭帝刘弗陵的平陵。约位于现在的西安市西北。

⑧ 无树：即每棵树。

⑨ 宣州：唐代州名，在今安徽省宣城市一带。开元寺：建于东晋，初名永安寺，唐开元二十六年（738）改名开元寺。水阁：开元寺中临宛溪而建的楼阁。

⑩ 六朝：指吴、东晋、宋、齐、梁、陈六个朝代。文物：指礼乐典章。

⑪ 淡：恬静。闲：悠闲。

⑫ 人歌人哭：语出《礼记·檀弓下》："晋献文子成室，张老曰：'美哉轮焉！美哉奂焉！歌于斯，哭于斯，聚国族于斯。'"意思是祭祀时可以在室内奏乐，居丧时可以在这里痛哭，也可以在这里宴聚国宾及会聚宗族。诗中借指宛溪两岸的人世世代代居住在这里。

深秋帘幕千家雨，

落日楼台一笛风①。

惆怅无因见范蠡②，

参差烟树五湖东③。

【阅读提示】

杜牧(803—853)，字牧之，京兆万年(今陕西西安)人，宰相杜佑之孙。晚唐诗人。诗歌多咏史怀古，写景抒情，感时伤世之作。与李商隐一起并称"小李杜"，有《樊川文集》二十卷传世。就体裁而言，五、七言古今体皆有佳作，而七绝成就最高。

《登乐游原》这首七绝写诗人登临乐游原所触动的个人感受，有深沉的历史感伤，伤悼之情具有时代性；诗人感觉特别敏锐而又丰富，登乐游原乃玩乐事，由"孤鸟没"想到人又何尝不是如此？忽感到人生人类之悲哀，内中悲情油然而生矣。此即人生！

《题宣州开元寺水阁》是唐文宗开成三年(838)作者任宣州团练判官时，游开元寺，登水阁时的所见所闻及触景所发而作的一首咏叹盛衰兴亡的作品。诗歌超越具体史实，重在思古伤叹。以六朝文物消失和天光水色依旧对比，抒发一种人事无常而自然永恒的感慨；联想到历史人物范蠡，感慨与他无缘相见，只能怀着仰慕的心情凭吊他的遗踪。56个字，容纳了一个宇宙，把上下数百年、纵横上千里的时间与空间，把眼前的自然山水与心中的人生体验都写进去了。

【拓展阅读】

1. 杜牧：《将赴吴兴登乐游原》《过华清宫绝句三首》《汴河阻冻》等，见《樊川文集》，上海古籍出版社2007年版。

2. 葛兆光：《晚唐风韵》，中华书局2004年版。

3. 叶嘉莹：《叶嘉莹说中晚唐诗》，中华书局2018年版。

【思考与练习】

1. 《登乐游原》这首诗咏史抒怀，请结合全诗谈谈你的理解。

2. 《题宣州开元寺水阁》这首诗，古人曾说："此诗全在景中写情，极洒脱，极含蓄，读之再三，神味益出。"结合诗句分析在颈联中作者是如何"景中写情"的。请谈谈你对"惆怅无因见范蠡，参差烟树五湖东"一联的理解。

---

① 笛风：笛声随风飘动。

② 范蠡(lǐ)：春秋末政治家，字少伯，楚国宛(今河南省南阳县)人，越国大夫，辅佐越王勾践灭吴，事成后游于齐国，改名鸱夷子皮。到陶(今山东定陶西北)，又改名陶朱公，以经商致富。《吴越春秋》中说他"乃乘扁舟，出三江，入五湖，人莫知其所适"。

③ 参差：高低不齐的样子。五湖：指太湖及其相属的滆湖、洮湖、射湖、贵湖等四个小湖的合称，因而它可以用作太湖的别称。其他在宣州城之东，属今江苏省。这里指太湖。

李商隐

二月二日①

二月二日江上行，
东风日暖闻吹笙②。
花须柳眼各无赖③，
紫蝶黄蜂俱有情。
万里忆归元亮井④，
三年从事亚夫营⑤。
新滩莫悟游人意⑥，
更作风樯夜雨声⑦。

无题四首⑧（其二）

飒飒东风细雨来，
芙蓉塘外有轻雷⑨。

---

① 选自李商隐著，冯浩笺注《玉谿生诗集笺注》（上下），上海古籍出版社 2007 年版。下同。二月二日：蜀地风俗，二月二日为踏青节。

② 东风：春风。笙：一种管乐器。它是用若干根装有簧的竹管和一根吹气管装在一个锅形的座子上制成的。

③ 花须：花蕊，因花蕊细长如须，所以称为花须。柳眼：柳叶的嫩芽，因嫩芽如人睡眼方展，所以称为柳眼。无赖：本指人多诈狡狯，这里形容花柳都在任意地生长，从而撩起游人的羁愁。

④ 元亮井：这里指故里。元亮，东晋诗人陶渊明的字。

⑤ 亚夫营：这里借指柳仲郢的军幕。亚夫，即周亚夫，汉代的将军。他曾屯兵在细柳（在今陕西咸阳西南）防御匈奴，以军纪严明著称，后人称为"亚夫营"、"细柳营"或"柳营"。

⑥ 游人：作者自指。

⑦ 风樯夜雨声：夜间樯前风吹雨打的声音。这里用来形容江边浪潮声的凄切。

⑧ 《无题四首》具体创作时间难以确定。体裁既杂，各篇之间在内容上也看不出有明显的联系，似乎不一定是同时所作的有统一主题的组诗。

⑨ 芙蓉塘：荷塘。

金蟾啮锁烧香入①，
玉虎牵丝汲井回②。
贾氏窥帘韩掾少③，
宓妃留枕魏王才④。
春心莫共花争发⑤，
一寸相思一寸灰。

【阅读提示】

李商隐(约813—约858)，字义山，号玉谿生，祖籍怀州河内(今河南沁阳市)人。晚唐著名诗人，和杜牧合称"小李杜"。无题诗很有名。擅长律绝，富于文采，构思精密，情致婉曲，具有独特风格。与温庭筠合称"温李"，与杜牧并称"小李杜"。有《李义山诗集》。

《二月二日》这首诗前边写自然景物赏心悦目的"美"，后边写自己内心凄苦不堪的"愁"。诗人要写离愁，却偏偏把景物写得很美。这春景越美，作者自己的愁意就越浓。以乐境写哀思，以美丽的春色反衬自己凄苦的身世，以轻快流走的笔调抒发抑塞不舒的情怀，具有相辅相成、对立统一的艺术效果。

《无题四首》(其二)是一篇"刻意伤春"复"伤别"之作，诗人远在蜀地，仕途偃塞，此时妻子已去世。诗歌以风、雨、雷等景物起兴，春天来了，万物复苏，生命萌动，人心也醒了，深闭幽闺孤寂的女子春心萌动，追求自己的爱情。而作者以爱情的季节相思无望的痛苦呼声表达自己复杂的思绪。

【拓展阅读】

1. 李商隐：《无题四首》(其一)、《锦瑟》《安定城楼》《重过圣女祠》等，见刘学锴等注《李商隐诗歌集解》，中华书局1988年版。

2. 葛兆光：《晚唐风韵》，中华书局2004年版。

3. 顾随讲、叶嘉莹笔记：《中国古典诗词感发》，北京大学出版社2012年版。

4. 叶嘉莹：《叶嘉莹说中晚唐诗》，中华书局2018年版。

【思考与练习】

1. 《二月二日》诗歌中蕴含着作者复杂的感情，请结合全诗加以分析。

2. 清人纪昀《玉谿生诗说》："《无题》诸作，大抵感怀托讽，祖述乎美人香草之遗，以曲传其郁结，故情深调苦，往往感人。"试结合《无题四首》其他几首诗歌简要评析。

---

① 金蟾：金蛤蟆。古时在锁头上的装饰。一说是指一种蟾状香炉。啮：咬。锁：指香炉的鼻钮，可以开启放入香料。
② 玉虎：用玉石作装饰的井上辘轳，形如虎状。丝：指井索。
③ 贾氏：西晋贾充的次女。她在门帘后窥见韩寿，爱悦他年少俊美，两人私通。贾氏以皇帝赐贾充的异香赠寿，被贾充发觉，贾允遂以女嫁给韩寿。韩掾：指韩寿。韩曾为贾充的掾属。
④ 宓(fú)妃：古代传说，伏羲氏之女名宓妃，溺死于洛水上，成为洛神。这里借指三国时曹丕的皇后甄氏。魏王：指魏东阿王曹植。
⑤ 春心：指相思之情。

王禹偁

村 行①

马穿山径菊初黄，
信马悠悠野兴长②。
万壑有声含晚籁③，
数峰无语立斜阳。
棠梨叶落胭脂色④，
荞麦花开白雪香⑤。
何事吟余忽惆怅，
村桥原树似吾乡⑥。

【阅读提示】

　　王禹偁(chēng)(954—1001)，字元之，济州钜野人。北宋诗人、散文家，宋初有名的直臣，敢于直言讽谏，因此屡受贬谪。王禹偁为北宋诗文革新运动的先驱。著有《小畜集》30卷。

　　《村行》是作者即景抒情小诗中的代表作之一。这首诗以村行为线索，以多彩之笔逼真地描绘了山野迷人的景色，以含蓄的诗语真切地抒发了诗人拳拳思乡之情。

【拓展阅读】

　　1.钱锺书：《宋诗选注》，人民文学出版社2005年版。

　　2.吴之振(清)：《宋诗钞》之《小畜集钞·序》，中华书局1986年版。

　　3.白敦仁：《宋初诗坛及"三体"》，《文学遗产》1986年第3期。

---

　　①　选自王禹偁《小畜集》，吉林出版集团2005年版。
　　②　信马：骑着马随意行走。野兴：指陶醉于山林美景，怡然自得的乐趣。
　　③　晚籁：指秋声。籁，大自然的声响。
　　④　棠梨：杜梨，又名白梨、白棠。落叶乔木，木质优良，叶含红色。
　　⑤　荞麦：一年生草本植物，秋季开白色小花，果实呈黑红色三棱状。
　　⑥　原树：原野上的树。原，原野。

【思考与练习】

　　1.分析《对雪》一诗的思想内容和艺术特点。

　　2.分析梅尧臣《鲁山山行》、林逋《山园小梅》两首诗歌的特点。

鲁山山行①
梅尧臣

　　适与野情惬②,千山高复低。
　　好峰随处改③,幽径独行迷④。
　　霜落熊升树⑤,林空鹿饮溪。
　　人家在何许⑥,云外一声鸡⑦。

山园小梅（其一）
林　逋

　　众芳摇落独暄妍⑧,占尽风情向小园。
　　疏影横斜水清浅⑨,暗香浮动月黄昏⑩。
　　霜禽欲下先偷眼⑪,粉蝶如知合断魂⑫。
　　幸有微吟可相狎⑬,不须檀板共金樽⑭。

【提示】

　　梅尧臣(1002—1060),字圣俞,宣城(今属安徽)人。宣城旧称宛陵,故世称宛陵先生。所作力求平淡、含蓄,被誉为宋诗的"开山祖师"。《鲁山山行》诗作于宋仁宗康定元年

---

　　①　鲁山:一名露山,在河南鲁山县东北,接近襄城县境。
　　②　适:恰好。野情:喜爱山野之情。惬(qiè):心满意足。
　　③　随处改:(山峰)随观看的角度的变化而变化。
　　④　幽径:小路。
　　⑤　熊升树:熊爬上树。一作大熊星座升上树梢。
　　⑥　何许:何处,哪里。
　　⑦　云外:形容遥远。一声鸡:暗示有人家。
　　⑧　暄(xuān)妍:景物明媚鲜丽,这里是形容梅花。
　　⑨　疏影横斜:梅花疏疏落落,斜横枝干投在水中的影子。疏影,指梅枝的形态。
　　⑩　暗香浮动:梅花散发的清幽香味在飘动。黄昏:指月色朦胧,与上句"清浅"相对应,有双关义。
　　⑪　霜禽:羽毛白色的禽鸟。根据林逋"梅妻鹤子"的趣称,理解为"白鹤"更佳。偷眼:偷偷地窥看。
　　⑫　合:应该。断魂:形容神往,犹指销魂。
　　⑬　狎(xiá):玩赏,亲近。
　　⑭　檀(tán)板:檀木制成的拍板,歌唱或演奏音乐时用以打拍子。这里泛指乐器。金樽(zūn):豪华的酒杯,此处指饮酒。

（1040）。描写了诗人深秋时节，林空之时，在鲁山中旅行时所见的野景、野趣，突出表现山林的幽静和山行者的愉悦心情。其中情因景生，景随情移，以典型的景物表达了诗人的"野情"，其兴致之高，为大自然所陶醉之情表露无遗。

　　林逋（968—1028），字君复，钱塘（今浙江杭州）人。隐居西湖孤山，种梅养鹤，终身不娶，世称"梅妻鹤子"。谥和靖先生。其诗风格淡远。《山园小梅》描绘了一幅优美的山园小梅图：梅花之气质风姿、白鹤之爱梅、诗人之情操，咏物与抒情交融。

苏　轼

和子由渑池怀旧①

人生到处知何似，
应似飞鸿踏雪泥②。
泥上偶然留指爪，
鸿飞那复计东西。
老僧已死成新塔③，
坏壁无由见旧题④。
往日崎岖还记否，
路长人困蹇驴嘶⑤。

【阅读提示】

　　苏轼（1037—1101），字子瞻，号东坡居士。眉州眉山（今属四川）人。宋代文学家。与父苏洵、弟苏辙合称"三苏"。其文纵横恣肆，为"唐宋八大家"之一。其诗题材广阔，清新豪健，善用夸张比喻，独具风格，与黄庭坚并称"苏黄"。词开豪放一派，与辛弃疾并称"苏辛"。又工书画。有《东坡七集》《东坡易传》《东坡乐府》等。

　　《和子由渑池怀旧》是和苏辙《怀渑池寄子瞻兄》的一首诗。诗篇以雪泥鸿爪喻人生，表达对人生世事无常的感叹和前尘往事的深情眷念，在漫长的人生征途中当以顺适自然的态度去对待可贵的人生，也许还可少些感伤和烦恼。是自我宽慰也是对爱弟的劝勉。体现着诗人积极的人生态度和乐观精神。

---

　　① 选自苏轼著，王文诰辑注《苏轼诗集》，中华书局 1982 年版。子由：即苏轼弟苏辙，字子由。渑（miǎn）池：地名，今属河南。
　　② "人生"句：此是和作，苏轼依苏辙原作中提到的雪泥引发出人生之感。查慎行、冯应榴以为用禅语，王文诰已驳其非，实为精警的譬喻，故钱锺书《宋诗选注》指出："雪泥鸿爪"，"后来变为成语"。
　　③ 老僧：即指奉闲。苏辙原诗"旧宿僧房壁共题"自注："昔与子瞻应举，过宿县中寺舍，题其老僧奉闲之壁。"古代僧人死后，以塔葬其舍利。
　　④ 坏壁：指奉闲僧舍。嘉祐三年（1056），苏轼与苏辙赴京应举途中曾寄宿奉贤僧舍并题诗僧壁。
　　⑤ 蹇（jiǎn）驴：腿脚不灵便的驴子。蹇，跛脚。苏轼自注："往岁，马死于二陵（按即崤山，在渑池西），骑驴至渑池。"

附：苏辙《怀渑池寄子瞻兄》："相携话别郑原上，共道长途怕雪泥。归骑还寻大梁陌，行人已度古崤西。曾为县吏民知否？旧宿僧房壁共题。遥想独游佳味少，无言骓马但鸣嘶。"

【拓展阅读】

1. 苏轼：《六月二十日夜渡海》《题西林壁》《饮湖上初晴后雨》等，《苏东坡全集》，燕山出版社 2009 年版。

2. 王水照：《苏轼评传》，南京大学出版社 2004 年版。

【思考与练习】

1. 从拓展阅读篇目中任选一首分析苏轼诗歌的艺术特点。

2. 阅读欧阳修《戏答元珍》，分析诗人的情感表达、人生态度及诗歌艺术特色。

戏答元珍①
欧阳修

春风疑不到天涯②，二月山城未见花③。

残雪压枝犹有橘，冻雷惊笋欲抽芽④。

夜闻归雁生乡思，病入新年感物华⑤。

曾是洛阳花下客⑥，野芳虽晚不须嗟⑦。

【提示】

欧阳修（1007—1072），字永叔，号醉翁，晚年又号六一居士，谥号文忠，吉水（今属江西）人。为北宋古文运动领袖。散文富阴柔之美，为"唐宋八大家"之一。曾与宋祁合修《新唐书》，并独撰《新五代史》。有《欧阳文忠公集》《六一词》等。《戏答元珍》是欧阳修政治上遭受打击被贬后谪居山乡的寂寞心情和多病之身在时光变迁、万物更迭中产生的客子之悲，但更多的是抗争精神，对前途仍充满信心，处逆境而安之若素的思想性格。

---

① 元珍：丁宝臣，字元珍，常州晋陵（今江苏常州市）人，时为峡州（治所在今湖北宜昌）军事判官。

② 天涯：极边远的地方。诗人贬官夷陵（今湖北宜昌市），距京城已远，故云。

③ 山城：指欧阳修当时任县令的峡州夷陵县（今湖北宜昌）。夷陵面江背山，故称山城。

④ "残雪"二句：诗人在《夷陵县四喜堂记》中说，夷陵"又有橘柚茶笋四时之味"。残雪，初春雪还未完全融化。冻雷，初春时节的雷，因仍有雪，故称。

⑤ "夜闻"二句一作"鸟声渐变知芳节，人意无聊感物华"。归雁：春季雁向北飞，秋天南归，故云，又传说它能为人传信，古时常用作思乡怀归的象征物。隋薛道衡《人日思归》："人归落雁后，思发在花前。"感物华，感叹事物的美好。物华，美好的景物。

⑥ "曾是"句：宋仁宗天圣八年（1030）至景祐元年（1034），欧阳修曾任西京（洛阳）留守推官，领略了当地牡丹盛况，写过《洛阳牡丹记》。洛阳以牡丹花著称，《洛阳牡丹记·风俗记》："洛阳之俗，大抵好花。春时，城中无贵贱皆插花，虽负担者亦然。花开时，士庶竞为游遨。"

⑦ 嗟（jiē）：叹息。

陆　游

临安春雨初霁①

世味年来薄似纱②，
谁令骑马客京华③？
小楼一夜听春雨，
深巷明朝卖杏花④。
矮纸斜行闲作草⑤，
晴窗细乳戏分茶⑥。
素衣莫起风尘叹⑦，
犹及清明可到家。

沈园二首⑧

其一
城上斜阳画角哀⑨，
沈园非复旧池台。

---

① 选自陆游著、钱仲联校注《剑南诗稿》，上海古籍出版社 1985 年版。下同。
② 世味：人世滋味；社会人情。
③ 客：客居，原作"驻"，据钱仲联校注本改。京华：京城之美称。因京城是文物、人才汇集之地，故称。
④ 深巷：很长的巷道。
⑤ 矮纸：短纸、小纸。斜行：倾斜的行列。草：指草书。
⑥ 晴窗：明亮的窗户。细乳：沏茶时水面呈白色的小泡沫。校按：分茶指宋人饮茶之点茶法，乃将茶置盏中，缓注沸水，以茶筅或茶匙搅动，无何盏而现白色浮沫，即所谓细乳。戏，原作"试"，据钱仲联校注本改。分茶：宋元时煎茶之法。注汤后用箸搅茶乳，使汤水波纹幻变成种种形状。
⑦ 素衣：原指白色的衣服，这里用作代称。是诗人对自己的谦称（类似于"素士"）。风尘叹：因风尘而叹息。暗指不必担心京城的不良风气会污染自己的品质。
⑧ 沈园：即沈氏园，故址在今浙江绍兴禹迹寺南。
⑨ 斜阳：偏西的太阳。画角：涂有色彩的军乐器，发声凄厉哀怨。

伤心桥下春波绿，

曾是惊鸿照影来①。

其二

梦断香消四十年②，

沈园柳老不吹绵③。

此身行作稽山土④，

犹吊遗踪一泫然⑤。

【阅读提示】

陆游(1125—1210)，字务观，号放翁，越州山阴（今浙江绍兴）人，尚书右丞陆佃之孙，南宋文学家、史学家、爱国诗人。一生著述丰富，有《剑南诗稿》《渭南文集》等数十种存世，存诗9000多首，是中国现有存诗最多的诗人。

《临安春雨初霁》陆游晚年时期所作的七言律诗。诗歌写客中春感，以深沉的感叹直抒胸臆：世态如此炎凉！而自己的理想和抱负没有机会实现却一直不忍放弃，奔走京华！在听春雨、“作草”“分茶”中蹉跎岁月、光复中原的壮志无从实现，以无奈的闲情逸致之举出之，难掩的是无法排遣的郁闷和悲愤。“小楼一夜听春雨，深巷明朝卖杏花。”富于想象，有张力和合拍，被誉为“绘尽江南春的神魄”，而广为传诵。

《沈园二首》是陆游75岁重游沈园时触景生情怀念其原配夫人唐琬而作的两首诗，此时距沈园邂逅唐氏已四十余年。

第一首诗回忆沈园相逢之事，用反衬手法抒发物是人非之悲。

第二首诗以草木无情反衬诗人对唐琬的深情和专一。诗歌语言朴素自然，感情深沉哀婉，含蓄蕴藉。陈衍《宋诗精华录》：“无此绝等伤心之事，亦无此绝等伤心之诗。就百年论，谁愿有此事？就千年论，不可无此诗。”

【拓展阅读】

1. 陆游：《书愤》《十一月四日风雨大作》《秋夜将晓出篱门迎凉有感》，见《剑南诗稿》，上海古籍出版社1985年版。

2. 李致洙：《陆游诗研究》，文史哲出版社1991年版。

3. 邱鸣皋：《陆游评传》，南京大学出版社2002年版。

【思考与练习】

1. 结合作品分析陆游诗歌的艺术特色。

---

① 惊鸿：语出三国魏曹植《洛神赋》句“翩若惊鸿”，以喻美人体态之轻盈。这里指唐琬。

② “梦断”句：作者在禹迹寺遇到唐琬是在高宗绍兴二十五年(1155)，其后不久，唐琬郁郁而死。作此诗时距那次会面四十四年，这里的“四十”是举其成数。香消，指唐琬亡故。

③ 不吹绵：柳絮不飞。

④ 行：即将。稽(jī)山：即会稽山，在今浙江绍兴东南。

⑤ 吊：凭吊。泫(xuàn)然：流泪貌。

2. 比较探究《临安春雨初霁》与《书愤》两首诗在风格上的差异。

3. 分析陆游《剑门道中遇微雨》一诗。

衣上征尘杂酒痕，远游无处不销魂。

此身合是诗人未？细雨骑驴入剑门。

李　煜

相见欢①

林花谢了春红②，
太匆匆③。
无奈朝来寒雨晚来风④。
胭脂泪⑤，
相留醉⑥，
几时重⑦。
自是人生长恨水长东⑧。

【阅读提示】

　　李煜（937—978），南唐元宗李璟第六子，初名从嘉，字重光，号钟隐、莲峰居士，徐州彭城县（今江苏徐州）人，五代十国时期南唐末代国君，世称南唐后主、李后主。李煜精书法、工绘画、通音律，诗文均有一定造诣，尤以词的成就最高，存世共有三十余首。李煜的词，继承了晚唐以来温庭筠、韦庄等花间派词人的传统，又受李璟、冯延巳等的影响，语言明快、形象生动、用情真挚，风格鲜明，其亡国后词作更是题材广阔，含意深沉，在晚唐五代词

---

　　① 　选自《李煜词集》，上海古籍出版社 2009 年版。相见欢，词牌名，又名"乌夜啼""忆真妃""月上瓜州"等。双调三十六字，前段三句三平韵，后段四句两仄韵两平韵。另有双调三十六字，前段三句三平韵，后段四句一叶韵一叠韵两平韵；双调三十六字，前段三句三平韵，后段三句两平韵等变体。

　　② 谢：凋谢。春红：春天的花朵。

　　③ 匆匆：一作忽忽。

　　④ 无奈，作常恨。寒雨：一作寒重。晚：一作晓。

　　⑤ 胭脂泪：原指女子的眼泪，女子脸上搽有胭脂，泪水流经脸颊时沾上胭脂的红色，故云。在这里，胭脂是指林花着雨的鲜艳颜色，指代美好的花。胭脂，一作臙脂，又作燕支。

　　⑥ 相留醉：一本作"留人醉"，意为令人陶醉。留，遗留，给以。醉，心醉。

　　⑦ 几时重（chóng）：何时再度相会。

　　⑧ 自是：自然是，必然是。

中别树一帜,对后世词坛影响深远。

《相见欢·林花谢了春红》这首词当作于公元 975 年(宋太祖开宝八年)李煜被俘之后,身为阶下囚时期。是其即景抒情的典范之作,它将人生失意的无限恨恨寄寓在对暮春残景的描绘中,表面上是伤春咏别,实质上是抒写"人生长恨水长东"的深切悲慨。这种悲慨不仅是抒写一己的失意情怀,而且是涵盖了整个人类所共有的生命的缺憾,是一种融汇和浓缩了无数痛苦的人生体验的浩叹。

【拓展阅读】

1. 李煜:《虞美人·春花秋月何时了》《相见欢·无言独上西楼》《清平乐·别来春半》,《浪淘沙令·帘外雨潺潺》,见《李煜词集》,上海古籍出版社 2009 年版。

2. 李璟:《摊破浣溪沙·菡萏香消翠叶残》,傅德岷、卢晋主编:《唐宋词鉴赏辞典》,上海辞书出版社 2005 年版。

3. 冯延巳:《谒金门·风乍起》《鹊踏枝·谁道闲情抛掷久》,曾昭岷、曹济平、王兆鹏等编著《全唐五代词》,中华书局 1999 年版。

【思考与练习】

1. 结合作品分析李煜词的艺术特点。

2. 王国维《人间词话》中有这样几句话:

尼采谓:"一切文学,余爱以血书者。"后主之词,真所谓以血书者也。宋道君皇帝《燕山亭》词亦略似之。然道君不过自道身世之戚,后主则俨然有释迦、基督担荷人类罪恶之意。其大小故不同矣。

如何理解王国维对李煜词"俨然有释迦、基督担荷人类罪恶之意"的评价?

3. 下面这首《燕山亭·北行见杏花》是北宋宋徽宗赵佶在被掳北行途中,忽见杏花盛开如火,不禁万感交集,写下的如泣如诉之词。试与李煜《虞美人·春花秋月何时了》比较分析。

燕山亭·北行见杏花

裁剪冰绡,轻叠数重,淡著胭脂匀注。新样靓妆,艳溢香融,羞杀蕊珠宫女。易得凋零,更多少、无情风雨。愁苦,问院落凄凉,几番春暮。

凭寄离恨重重,者双燕,何曾会人言语。天遥地远,万水千山,知他故宫何处。怎不思量,除梦里、有时曾去。无据,和梦也、新来不做。

晏几道

临江仙①

梦后楼台高锁,酒醒帘幕低垂②。

去年春恨却来时,落花人独立,微雨燕双飞③。

记得小蘋初见④,两重心字罗衣⑤。

琵琶弦上说相思,当时明月在,曾照彩云归⑥。

---

① 选自《无可奈何花落去·二晏词》,人民文学出版社 2011 年版。临江仙:双调小令,唐教坊曲名,后用为词牌。《乐章集》入"仙吕调",《张子野词》入"高平调"。五十八字,上下片各三平韵。约有三格,第三格增二字。柳永演为慢曲,九十三字,前片五平韵,后片六平韵。

② "梦后"两句:眼前实景,"梦后""酒醒"互文,犹晏殊《踏莎行·小径红稀》所云"一场秋梦酒醒时";"楼台高锁",从外面看,"帘幕低垂",就里面说,也只是一个地方的互文,表示春来意与非常阑珊。许浑《客有卜居不遂薄游汧陇因题》:"楼台深锁无人到,落尽春风第一花。"

③ 却来:又来,再来。"去年春恨"是较近的一层回忆,独立花前,闲看燕子,比今年的醉眠愁卧,静掩房栊意兴还稍好一些。郑谷《杏花》:"小桃初谢后,双燕却来时。""独立"与双燕对照,已暗逗怀人意。《五代诗话》卷七引翁宏《宫词》"落花人独立,微雨燕双飞。"(翁诗全篇见《诗话总龟》前集卷十一。)

④ 以下直到篇末,是更远的回忆,即此篇的本事。小蘋,当时歌女名。汲古阁本《小山词》作者自跋:"始时沈十二廉叔、陈十君宠家,有莲鸿蘋云,品清讴娱客。每得一解,即以草授诸儿。"小莲、小蘋等名,又见他的《玉楼春》词中。

⑤ 心字罗衣:未详。杨慎《词品》卷二:"心字罗衣则谓心字香薰之尔,或谓女人衣曲领如心字。"说亦未必确。疑指衣上的花纹。"心"当是篆体,故可作为图案。"两重心字",殆含"心心"义。李白《宫中行乐词八首》之一:"山花插鬓髻,石竹绣罗衣",仅就两句字面,虽似与此句差远,但太白彼诗篇末云:"只愁歌舞散,化作彩云飞",显然为此词结句所本,则"罗衣"云云盖亦相绾合。前人记诵广博,于创作时,每以联想的关系,错杂融会,成为新篇。此等例子正多,殆有不胜枚举者。

⑥ 彩云:比喻美人,这里指歌女小蘋。江淹《丽色赋》:"其少进也,如彩云出崖。"其比喻美人之取义仍从《高唐赋》"行云"来,屡见李白集中,如《感遇四首》之四"巫山赋彩云"、《凤凰曲》"影灭彩云断"及前引《宫中行乐词》。白居易《简简吟》:"彩云易散琉璃脆。"此篇"当时明月""曾照彩云",与诸例均合,寓追怀往昔之意,即作者自跋所云。

鹧鸪天①

彩袖殷勤捧玉钟②，当年拚却醉颜红③。舞低杨柳楼心月，歌尽桃花扇底风④。

从别后，忆相逢，几回魂梦与君同⑤。今宵剩把银釭照⑥，犹恐相逢是梦中。

【阅读提示】

晏几道(1038—1110)，字叔原，号小山，抚州临川(今属江西)人，与其父晏殊合称"二晏"。工令词，多写爱情生活，追怀往昔欢娱之作，情调感伤，风格婉丽。表达情感直率。语言清丽，感情深挚，是婉约派的重要作家。有《小山词》传世。

《临江仙·梦后楼台高锁》写人去楼空的寂寞，以及伤春伤别的凄凉怀抱。表现作者对往日情事的回忆及明月依旧、人事全非的怅惘之情。抒发对小蘋的无限怀念和挚爱之情。

《鹧鸪天·彩袖殷勤捧玉钟》写词人与一个女子久别相思不期而遇的惊喜之情，追溯当年欢聚情景，以相逢抒别恨，今昔对比亦在其中矣。

【拓展阅读】

1.晏几道：《蝶恋花·醉别西楼醒不记》《蝶恋花·梦入江南烟水路》《鹧鸪天·小令尊前见玉箫》《阮郎归·旧香残粉似当初》，见《无可奈何花落去：二晏词》，人民文学出版社2011年版。

2.叶嘉莹：《唐宋词十七讲》，河北教育出版社2000年版。

3.唐红卫：《二晏研究》，南开大学出版社2010年版。

4.《宋词三百首》(上疆村民编、谷学彝注)，中华书局2006年版。

【思考与练习】

1.翁宏《宫词》：

又是春残也，如何出翠帷？落花人独立，微雨燕双飞。

寓目魂将断，经年梦亦非。那堪愁向夕，萧飒暮蝉辉。

晏几道"落花人独立，微雨燕双飞"。句出自翁宏诗却比翁红诗有名气，有人认为词境

---

① 鹧鸪天：词牌名，又名"思佳客"，五十五字。此词黄升《花庵词选》题作"佳会"。
② 彩袖：代指穿彩衣的歌女。玉钟：古时指珍贵的酒杯，是对酒杯的美称。
③ 拚(pàn)却：甘愿，不顾惜。却：语气助词。
④ "舞低"二句：歌女舞姿曼妙，直舞到挂在杨柳树梢照到楼心的一轮明月低沉下去；歌女清歌婉转，直唱到扇底儿风消歇(累了停下来)，极言歌舞时间之久。桃花扇，歌舞时用作道具的扇子，绘有桃花。歌扇风尽，形容不停地挥舞歌扇。这两句是《小山词》中的名句。"低"字为使动用法，使……低。
⑤ 同：聚在一起。
⑥ 剩把：剩，通"尽(jǐn)"，只管。把：持，握。银釭(gāng)：银制的烛台，也指银灯。

和诗境不同：语辞、意象、境界均不同，"诗之境阔，词之言长"，诗入词，须"化用"。请举出几个从诗境化用到词境的例子，仔细品味。

2.晏几道有不少词写"梦"，李煜也有不少词写到"梦"，试结合拓展阅读作品分析他们笔下的"梦"有何不同？

柳 永

望海潮①

　　东南形胜②,三吴都会③,钱塘自古繁华④。烟柳画桥,风帘翠幕,参差十万人家。云树绕堤沙⑤,怒涛卷霜雪,天堑无涯⑥。市列珠玑⑦,户盈罗绮,竞豪奢。

　　重湖叠𪩘清嘉⑧,有三秋桂子⑨,十里荷花。羌管弄晴,菱歌泛夜⑩,嬉嬉钓叟莲娃⑪。千骑拥高牙⑫,乘醉听箫鼓,吟赏烟霞。异日图将好景⑬,归去凤池夸⑭。

---

　　①　选自柳永《乐章集》(高建中校点),上海古籍出版社 1988 年版。下同。望海潮:词牌名。双调一百七字,前段十一句五平韵,后段十一句六平韵。《望海潮》词调,首见于柳永词。此词咏钱塘(今浙江省杭州市)景观和风俗,钱塘江观潮乃钱塘胜景,调名当取自此。

　　②　东南形胜:杭州在北宋为两浙路治所,当东南要冲。

　　③　三吴:即吴兴、吴郡、会稽三郡,在这里泛指今江苏南部和浙江的部分地区。

　　④　钱塘:即今浙江杭州,古时候的吴国的一个郡。

　　⑤　云树:形容树木高耸入云。

　　⑥　天堑(qiàn):天然壕沟,多指长江。此处指钱塘江。

　　⑦　珠玑:珠是珍珠,玑是一种不圆的珠子。这里泛指珍贵的商品。

　　⑧　重湖:以白堤为界,西湖分为里湖和外湖,所以也叫重湖。𪩘(yǎn):一作"巘",意为大山上之小山。

　　⑨　三秋:秋季,亦指秋季第三月,即农历九月。桂子:桂花。

　　⑩　泛夜:"夜泛"的倒文。泛,漂游。这句写夜晚采菱船上歌声飞扬。

　　⑪　嬉嬉:形容很快活的样子。莲娃:采莲女。

　　⑫　高牙:高蠹之军旗,高官出行时的仪仗旗帜。牙:军旗,竿上以象牙饰之。

　　⑬　异日:改日。图将:画出。将是语助词。

　　⑭　凤池:全称凤凰池,原指皇宫禁苑中的池沼。此处指朝廷。

八声甘州①

对潇潇暮雨洒江天，一番洗清秋②。渐霜风凄紧③，关河冷落，残照当楼④。是处红衰翠减⑤，苒苒物华休⑥。惟有长江水，无语东流⑦。

不忍登高临远，望故乡渺邈⑧，归思难收⑨。叹年来踪迹，何事苦淹留⑩。想佳人⑪，妆楼颙望⑫，误几回⑬、天际识归舟。争知我⑭，倚栏杆处⑮，正恁凝愁⑯。

【阅读提示】

柳永（约984—约1053），原名三变，后改名柳永，字耆卿，因排行第七，又称柳七，崇安（今福建武夷山）人，北宋著名婉约派代表词人。早年屡试不第，宋仁宗景祐元年（1034）中进士，仕途失意，仅当过屯田员外郎等小官，故世称"柳屯田"。柳永是宋代第一个倾全力填词的文人，有《乐章集》。

《望海潮·东南形胜》以大开大阖、波澜起伏的笔法，浓墨重彩地铺叙展现了杭州的繁荣、秀丽及百姓和乐的景象。是柳永的一首传世佳作。罗大经《鹤林玉露》称："金主完颜亮闻歌，欣然有慕于'三秋桂子，十里荷花'，遂起投鞭渡江之志。"此说不足为信，但足证此词流播之广。

《八声甘州·对潇潇暮雨洒江天》抒写了作者漂泊江湖的愁思和仕途失意的悲慨。上片描绘了雨后清秋的傍晚，关河冷落夕阳斜照的凄凉之景；下片抒写词人久客他乡急切思念归家之情。全词语浅而情深，融写景、抒情为一体，通过描写羁旅行役之苦，表达了强烈的思归情绪，写出了封建社会知识分子怀才不遇的典型感受，从而成为传诵千古的名篇。

---

① 八声甘州：词牌名，原为唐边塞曲。简称"甘州"，又名"潇潇雨""宴瑶池"。全词共八韵，所以叫"八声"。词分上下两片，上片写景，下片抒情，脉络十分清晰。

② "对潇潇"二句：写眼前的景象。潇潇暮雨在辽阔江天飘洒，经过一番雨洗的秋景分外清朗寒凉。潇潇，下雨声。一说雨势急骤的样子。一作"萧萧"，义同。清秋，清冷的秋景。

③ 霜风：指秋风。凄紧：一作"凄惨"，凄凉紧迫。

④ 关河：关塞与河流，此指山河。残照：落日余光。当，对。

⑤ 是处：到处。红衰翠减：指花叶凋零。红，代指花。翠，代指绿叶。此句为借代用法。

⑥ 苒（rǎn）苒：同"荏苒"，形容时光消逝，渐渐（过去）的意思。物华：美好的景物。休：这里是衰残的意思。

⑦ 惟：一作："唯"。

⑧ 渺邈（miǎo）：远貌，渺茫遥远。一作"渺渺"，义同。

⑨ 归思（sì）：渴望回家团聚的心思。

⑩ 淹留：长期停留。

⑪ 佳人：美女。古诗文中常用代指自己所怀念的对象。

⑫ 颙（yóng）望：抬头凝望。颙，一作"长"。

⑬ 误几回：多少次错把远处驶来的船只当作心上人的归舟。语意出温庭筠《望江南》词："过尽千帆皆不是，斜晖脉脉水悠悠，肠断白蘋洲。"天际，指目力所能达到的极远之处。

⑭ 争（zhēng）：怎。

⑮ 处：这里表示时间。"倚栏杆处"即"倚栏杆时"。

⑯ 恁（nèn）：如此。凝愁：愁苦不已，愁恨深重。凝，表示一往情深，专注不已。

【拓展阅读】

1. 柳永:《雨霖铃·寒蝉凄切》《蝶恋花·伫倚危楼风细细》《少年游·长安古道马迟迟》《定风波·自春来》《鹤冲天·黄金榜上》,见唐圭璋等编著《唐宋词鉴赏辞典》"柳永"部分,江苏古籍出版社 1986 年版。

2. 夏承焘:《唐宋词欣赏》,浙江古籍出版社 2003 年版。

3. 吴熊和:《唐宋词通论》,商务印书馆 2003 年版。

【思考与练习】

1. 据赵令畤《侯鲭录》记载,东坡云:"世言柳耆卿曲俗,非也,如《八声甘州》'渐霜风凄紧,关河冷落,残照当楼',此语于诗句不减唐人高处。"试分析之。

2. 市井生活对其词作产生了深刻的影响,成就了柳永。以《定风波·自春来》为例,看看这些影响表现在何处。

定风波

自春来、惨绿愁红,芳心是事可可。日上花梢,莺穿柳带,犹压香衾卧。暖酥消,腻云亸,终日厌厌倦梳裹。无那!恨薄情一去,音书无个。

早知恁么。悔当初、不把雕鞍锁。向鸡窗、只与蛮笺象管,拘束教吟课。镇相随,莫抛躲。针线闲拈伴伊坐。和我,免使年少,光阴虚过。

3. 分析下面这首柳永的《少年游·长安古道马迟迟》。

长安古道马迟迟,高柳乱蝉嘶①。夕阳鸟②,秋风原上,目断四天垂。

归云一去无踪迹,何处是前期?狎兴生疏,酒徒萧索,不似少年③时。

---

① 乱蝉嘶,一作"乱蝉栖"。

② 鸟,一作"岛"。

③ 少年,一作"去年"。

苏 轼

水龙吟①
次韵章质夫杨花词②

似花还似非花，也无人惜从教坠③。抛家傍路，思量却是，无情有思④。萦损柔肠⑤，困酣娇眼⑥，欲开还闭。梦随风万里，寻郎去处，又还被莺呼起⑦。

不恨此花飞尽，恨西园，落红难缀⑧。晓来雨过，遗踪何在？一池萍碎⑨。春色三分⑩，二分尘土，一分流水。细看来，不是杨花，点点是离人泪。

八声甘州⑪
寄参廖子⑫

有情风、万里卷潮来，无情送潮归。问钱塘江上，西兴浦口⑬，几度斜晖。不用思量今

①　选自龙榆生笺注、朱孝藏校注《东坡乐府笺》，人民文学出版社 2018 年版。水龙吟：词牌名。又名"龙吟曲""庄椿岁""小楼连苑"。《清真集》入"越调"。一百二字，前后片各四仄韵。又第九句第一字并是领格，宜用去声。结句宜用上一、下三句法，较二、二句式收得有力。

②　次韵：用原作之韵，并按照原作用韵次序进行创作，称为次韵。章质夫：即章楶（jié），建州浦城（今属福建）人。时任荆湖北路提点刑狱，常与苏轼诗词酬唱。

③　从教：任凭，不管。

④　无情有思（sì）：言杨花看似无情，却自有它的愁思。用唐韩愈《晚春》诗："杨花榆荚无才思，唯解漫天作雪飞。"这里反用其意。思：意。此处指愁思。

⑤　萦：萦绕、牵念。柔肠：柳枝细长柔软，故以柔肠为喻。用唐白居易《杨柳枝》诗："人言柳叶似愁眉，更有愁肠如柳枝。"

⑥　困酣：困倦之极。娇眼：美人娇媚的眼睛，比喻柳叶。古人诗赋中常称初生的柳叶为柳眼。

⑦　"梦随"三句：用唐金昌绪《春怨》诗："打起黄莺儿，莫教枝上啼。啼时惊妾梦，不得到辽西。"

⑧　落红：落花。缀：连结。

⑨　一池萍碎：苏轼自注，代指古人认为杨花落水变成浮萍。"杨花落水为浮萍，验之信然。"

⑩　春色：杨花。

⑪　八声甘州，词牌名。见柳永词注释。

⑫　参廖：即僧道潜，於潜人（旧县名，今并入浙江临安），是当时一位著名的诗僧，与苏轼交往密切。

⑬　西兴：即西陵，在钱塘江南，今杭州市对岸，萧山县治之西。

古,俯仰昔人非。谁似东坡老,白首忘机①。

　　记取西湖西畔,正春山好处,空翠烟霏。算诗人相得②,如我与君稀。约他年、东还海道,愿谢公、雅志莫相违③。西州路,不应回首,为我沾衣④。

【阅读提示】

　　苏轼(1037—1101),字子瞻,号东坡居士,眉州眉山(今四川省眉山市)人,北宋中期文坛领袖,在诗、词、散文、书、画等方面取得很高成就。文纵横恣肆;诗与黄庭坚并称"苏黄";词开豪放一派,与辛弃疾并称"苏辛";散文与欧阳修并称"欧苏",为"唐宋八大家"之一。苏轼善书,"宋四家"之一;擅长文人画。有《东坡七集》《东坡乐府》等。

　　《水龙吟·次韵章质夫杨花词》这首咏物词是苏轼作词答和同僚和好友章楶的次韵之作。此词咏杨柳,上阕主要写杨花(柳絮)飘忽不定的际遇和不即不离的神态;下阕与上阕相呼应,主要是写柳絮的归宿,感情色彩更加浓厚。全词不仅写出了杨花的形神,而且采用拟人的艺术手法,把咏物与写人巧妙地结合起来,将物性与人情毫无痕迹地融在一起,真正做到了"借物以寓性情",写得声韵谐婉,情调幽怨缠绵,反映了苏词婉约的一面。

　　(章楶咏杨花的《水龙吟·燕忙莺懒芳残》:"燕忙莺懒芳残,正堤上杨花飘坠。轻飞乱舞,点画青林,全无才思。闲趁游丝,静临深院,日长门闭。傍珠帘散漫,垂垂欲下,依前被风扶起。　　兰帐玉人睡觉,怪青衣,雪沾琼缀。绣床渐满,香球无数,才圆却碎。时见蜂儿,仰黏轻粉,鱼吞池水。望章台路杳,金鞍游荡,有盈盈泪。")

　　《八声甘州·寄参廖子》这首寄赠词借人格化"有情"和"无情"之风、钱塘江潮的涨落写人生的聚散离合和跌宕起伏。以景语发端,融情入景,表达了作者与友人参寥子志趣相投、两心相知的深情,同时也抒写了历经坎坷后了悟人生的深沉感慨,达观中充满豪气。

【拓展阅读】

　　1. 苏轼:《念奴娇·赤壁怀古》《卜算子·黄州定慧院寓居作》《定风波·莫听穿林打叶声》《临江仙·夜饮东坡醒复醉》《江城子·十年生死两茫茫》《洞仙歌·冰肌玉骨》《永遇乐·明月如霜》《蝶恋花·花褪残红青杏小》,见龙榆生笺注、朱孝藏校注《东坡乐府笺》,人民文学出版社2018年版。

　　2. 王水照:《苏轼传》,天津人民出版社2013年版。

　　3. 林语堂:《苏东坡传》,张振玉译,陕西师范大学出版社2005年版。

【思考与练习】

　　1. 阅读下面两位词评家对苏词的评价,谈谈你对苏轼豪放词的看法。

　　夏映庵(敬观)《映庵手批东坡词》:东坡词如春花散空,不着迹象,使柳枝歌之,正如天

---

　　① 忘机:忘却世俗的机诈之心。李白《下终南山过斛斯山人宿置酒》:"我醉君复乐,陶然共忘机。"苏轼《和子由送春》:"芍药樱桃俱扫地,鬓丝禅榻两忘机。"

　　② 相得:相投合。

　　③ "约他年"三句:以东晋谢安的故事喻归隐之志。《晋书·谢安传》:"安虽受朝寄,然东山之志,始末不渝。"

　　④ "西州路"三句:据《晋书·谢安传》,太山人羊昙素为谢安所重。谢安过世西州门病死之后,羊昙"辍乐弥年,行不由西州路"。此处是说自己要实现谢公之志,要参寥子不要像羊昙一样痛哭于西州路。

风海涛之曲,中多幽咽怨断之音,此其上乘也。若夫激昂排宕,不可一世之概,陈无几所谓:"如教坊雷大使之舞,虽极天下之工,要非本色。"乃其第二乘也。

周济《介存斋论词杂著》:人赏东坡粗豪,吾赏东坡韶秀。韶秀是东坡佳处,粗豪则病也。

2. 阅读苏轼《蝶恋花·春景》词,然后回答问题。

花褪残红青杏小。燕子飞时,绿水人家绕。枝上柳绵吹又少,天涯何处无芳草。

墙里秋千墙外道。墙外行人,墙里佳人笑。笑渐不闻声渐悄,多情却被无情恼。

俞陛云在《宋词选释》中对这首词的上阕作过这样的整体评价:"絮飞花落,每易伤春,此独作旷达语。"你同意他的看法吗? 为什么? 请结合词的内容简要赏析。

3. 分析《卜算子·黄州定慧院寓居作》这首词中的"幽人"意象。

缺月挂疏桐,漏断人初静。谁见幽人独往来,缥缈孤鸿影。

惊起却回头,有恨无人省。拣尽寒枝不肯栖,寂寞沙洲冷。

秦 观

踏莎行①

郴州旅舍②

　　雾失楼台③，月迷津渡④。桃源望断无寻处⑤。可堪孤馆闭春寒⑥，杜鹃声里斜阳暮⑦。驿寄梅花⑧，鱼传尺素⑨。砌成此恨无重数⑩。郴江幸自绕郴山⑪，为谁流下潇湘去⑫？

【阅读提示】

　　秦观(1049—1100)，字少游，一字太虚，别号邗沟居士，又被称为淮海居士。高邮军武宁乡左厢里(今江苏省高邮市三垛镇少游村)人。与黄庭坚、晁补之、张耒合称"苏门四学士"。尤工词，为北宋婉约派重要作家。有《淮海集》等。

　　《踏莎行·郴州旅舍》大约作于绍圣四年(1097)春三月作者初抵郴州之时。词人因党

---

　　① 选自《淮海集笺注》，上海古籍出版社1994年版。踏莎行：词牌名，又名"踏雪行""踏云行""柳长春""惜余春""转调踏莎行"等。以晏殊《踏莎行·细草愁烟》为正体，双调五十八字，前后段各五句、三仄韵。另有双调六十六字，前后段各六句、四仄韵；双调六十四字，前后段各六句、四仄韵变体。

　　② 郴(chēn)州：今属湖南。

　　③ 雾失楼台：暮霭沉沉，楼台消失在浓雾中。

　　④ 月迷津渡：月色朦胧，渡口迷失不见。

　　⑤ 桃源望断无寻处：拼命寻找也看不见理想的桃花源。桃源：语出晋陶渊明《桃花源记》，指生活安乐、合乎理想的地方。无寻处：找不到。

　　⑥ 可堪：怎堪，哪堪，受不住。

　　⑦ 杜鹃：鸟名，相传其鸣叫声像人言"不如归去"，容易勾起人的思乡之情。

　　⑧ 驿寄梅花：陆凯在《赠范晔诗》："折梅逢驿使，寄与陇头人。江南无所有，聊赠一枝春。"这里作者是将自己比作范晔，表示收到了来自远方的问候。

　　⑨ 鱼传尺素：东汉蔡邕的《饮马长城窟行》中有"客从远方来，遗我双鲤鱼。呼儿烹鲤鱼，中有尺素书"。另外，古时舟车劳顿，信件很容易损坏，古人便将信件放入匣子中，再将信匣刻成鱼形，美观而又方便携带。"鱼传尺素"成了传递书信的又一个代名词。这里也表示接到朋友问候的意思。

　　⑩ 砌：堆积。无重数：数不尽。

　　⑪ 郴江：清顾祖禹《读史方舆纪要·湖广》载："郴水在州东一里，一名郴江，源发黄岑山，北流经此……下流会来水及自豹水入湘江。"幸自：本自，本来是。

　　⑫ 为谁流下潇湘去：为什么要流到潇湘去呢？意思是连郴江都耐不住寂寞，何况人呢？为谁：为什么。潇湘：潇水和湘水，是湖南境内的两条河流，合流后称湘江，又称潇湘。

争遭贬,远徙郴州,精神上倍感痛苦。全词以委婉曲折的笔法,抒写失意人客次旅舍的凄苦和哀怨的心情,流露了对现实政治的不满。

【拓展阅读】

1.秦观:《满庭芳·山抹微云》《鹊桥仙·纤云弄巧》《望海潮·梅英疏淡》《浣溪沙·漠漠轻寒上小楼》《千秋岁·水边沙外》,见唐圭璋等主编《唐宋词鉴赏辞典》,上海辞书出版社1986年版。

2.周济:《宋四家词选眉批》,中华书局1986年版。

3.龙榆生:《唐宋名家词选》,上海古籍出版社1980年版。

【思考与练习】

1.结合作品分析秦观词的艺术特色。

2.有人说秦观《满庭芳·山抹微云》"将身世之感打并入艳情",试分析之。

满庭芳

山抹微云,天连衰草,画角声断谯门。暂停征棹,聊共引离尊。多少蓬莱旧事,空回首、烟霭纷纷。斜阳外,寒鸦万点,流水绕孤村。　　销魂。当此际,香囊暗解,罗带轻分。谩赢得青楼,薄幸名存。此去何时见也?襟袖上、空惹啼痕。伤情处,高城望断,灯火已黄昏。

3.背诵秦观《千秋岁·水边沙外》词。其中"春去也,飞红万点愁如海"是千古传颂的名句,试分析这句话运用了什么样的手法?有什么样的表达效果?

水边沙外,城郭春寒退。花影乱,莺声碎。飘零疏酒盏,离别宽衣带。人不见,碧云暮合空相对。　　忆昔西池会,鹓鹭同飞盖。携手处,今谁在?日边清梦断,镜里朱颜改。春去也,飞红万点愁如海。

李清照

一剪梅①

红藕香残玉簟秋②,轻解罗裳③,独上兰舟④。云中谁寄锦书来⑤?雁字回时⑥,月满西楼。

花自飘零水自流⑦,一种相思,两处闲愁⑧。此情无计可消除⑨,才下眉头,却上心头。

【阅读提示】

李清照(1084年—?),号易安居士,齐州济南(今山东省济南市章丘区)人。宋代女词人,婉约词派代表,有"千古第一才女"之称。后人辑有《漱玉词》。今人有《李清照集校注》。

《一剪梅·红藕香残玉簟秋》应为词人与赵明诚婚后偶有别离、相思怀念的别情之作。词人缘景生情,再直接抒情,表达了与丈夫情爱甚笃的初婚少妇对丈夫的一腔深情:不忍离别,沉挚相思。词人以独特的方式感知到人类最普遍存在的一种情感,又以独特的技巧表达出来。全词不饰雕饰,明白如话,格调清新,意境幽美。

【拓展阅读】

1.李清照:《点绛唇·蹴罢秋千》《如梦令·昨夜雨疏风骤》《武陵春·风住尘香花已

---

① 选自王仲闻《李清照集校注》,人民文学出版社1979年版。一剪梅:词牌名。双调小令,六十字,有前后阕句句用叶韵者,而此词上下阕各三平韵,应为其变体。每句并用平收,声情低抑。此调因此词而又名"玉簟秋"。

② 玉簟(diàn):光滑如玉的竹席。

③ 轻解:轻轻地提起。罗裳(cháng):犹罗裙。

④ 兰舟:船的美称。《述异记》卷下谓:"木兰洲在浔阳江中,多木兰树。昔吴王阖闾植木兰于此,用构宫殿也。七里洲中,有鲁班刻木兰为舟,舟至今在洲中。诗家云'木兰舟'出于此。"一说"兰舟"特指睡眠的床榻。

⑤ 锦书:书信的美称。《晋书·窦滔妻苏氏传》云:"前秦秦州刺史窦滔被徙流沙,其妻苏氏思之,织锦为回文旋图诗以赠窦滔,可宛转循环以读之,词甚凄婉,共八百四十字。"这种用锦织成的字称锦字,又称锦书。

⑥ 雁字:雁群飞行时,常排列成"人"字或"一"字形,因称"雁字"。相传雁能传书。

⑦ 飘零:凋谢,凋零。

⑧ 闲愁:无端无谓的忧愁。

⑨ 无计:没有办法。

尽》《声声慢·寻寻觅觅》《渔家傲·天接云涛连晓雾》,见《李清照词全集》,华夏出版社
2002年版。

2.邓红梅:《李清照新传》,上海古籍出版社2005年版。

【思考与练习】

李清照词中频频出现"愁""闲愁"等,请翻阅资料,谈谈李清照词中的愁。

辛弃疾

摸鱼儿^①

淳熙己亥^②，自湖北漕移湖南^③，同官王正之置酒小山亭^④，为赋。

更能消^⑤、几番风雨，匆匆春又归去。惜春长怕花开早^⑥，何况落红无数。春且住，见说道、天涯芳草无归路^⑦。怨春不语。算只有殷勤^⑧，画檐蛛网^⑨，尽日惹飞絮。

长门事^⑩，准拟佳期又误。蛾眉曾有人妒^⑪。千金纵买相如赋^⑫，脉脉此情谁诉^⑬？君

---

① 选自《稼轩长短句》，上海古籍出版社 2003 年版。下同。摸鱼儿：词牌名。一名"摸鱼子"，又名"买陂塘""迈陂塘""双蕖怨"等。唐教坊曲，后用为词牌。宋词以晁补之《琴趣外篇》所收为最早。双片一百一十六字，前片六仄韵，后片七仄韵。双结倒数第三句第一字皆领格，宜用去声。
② 淳熙己亥：淳熙是宋孝宗的年号，己亥是干支之一。淳熙己亥对应公元 1179 年。
③ 漕：漕司的简称，指转运使。
④ 同官王正之：作者调离湖北转运副使后，由王正之接任原来职务，故称"同官"。王正之：名正己，是作者旧交。
⑤ 消：经受。
⑥ 怕：一作"恨"。
⑦ 无：一作"迷"。
⑧ 算只有殷勤：想来只有檐下蛛网还殷勤地沾惹飞絮，留住春色。
⑨ 画檐：有画饰的屋檐。
⑩ 长门：汉代宫殿名，武帝皇后失宠后被幽闭于此，司马相如《长门赋序》："孝武皇帝陈皇后，时得幸，颇妒。别在长门宫，愁闷悲思。闻蜀郡成都司马相如天下工为文，奉黄金百斤，为相如、文君取酒，因于解悲愁之辞。而相如为文以悟主上，陈皇后复得亲幸。"
⑪ 蛾眉：借指女子容貌的美丽。代指美人。
⑫ 相如赋：即司马相如的《长门赋》。
⑬ 脉脉：绵长深厚。

莫舞，君不见①、玉环飞燕皆尘土②！闲愁最苦③！休去倚危栏④，斜阳正在，烟柳断肠处⑤。

贺新郎⑥

邑中园亭⑦，仆皆为赋此词⑧。一日，独坐停云⑨，水声山色，竞来相娱。意溪山欲援例者，遂作数语，庶几仿佛渊明思亲友之意云。

甚矣吾衰矣⑩。怅平生、交游零落，只今余几！白发空垂三千丈，一笑人间万事⑪。问何物、能令公喜⑫？我见青山多妩媚⑬，料青山见我应如是。情与貌，略相似。

一尊搔首东窗里⑭。想渊明《停云》诗就，此时风味。江左沉酣求名者⑮，岂识浊醪妙理⑯。回首叫、云飞风起⑰。不恨古人吾不见，恨古人不见吾狂耳⑱。知我者，二三子⑲。

【阅读提示】

辛弃疾（1140—1207），字幼安，号稼轩居士。历城（今山东济南）人。其词艺术风格多样，以豪放为主，在苏轼的基础上，大大开拓了词的思想意境，提高了词的文学地位。后人遂以"苏辛"并称。现存词600多首，有《稼轩长短句》传世。

---

① 君：指那些忌妒别人来邀宠的人。
② 玉环飞燕：杨玉环、赵飞燕，皆貌美善妒。皆尘土：用《赵飞燕外传》附《伶玄自叙》中的语意。伶玄妾樊通德能讲赵飞燕姊妹故事，伶玄对她说："斯人（指赵氏姊妹）俱灰灭矣，当时疲精力驰骛嗜欲蛊惑之事，宁知终归荒田野草乎！"
③ 闲愁：指自己精神上的郁闷。
④ 危栏：高处的栏杆。
⑤ 断肠：形容极度思念或悲痛。
⑥ 贺新郎：后人创调，又名《金缕曲》《乳燕飞》《貂裘换酒》。传作以《东坡乐府》所收为最早，惟句豆平仄，与诸家颇多不合。因以《稼轩长短句》为准。一百十六字，前后片各六仄韵。大抵用入声部韵者较激壮，用上、去声部韵者较凄郁，贵能各适物宜耳。
⑦ 邑：指铅山县。辛弃疾在江西铅山期思渡建有别墅，带湖居所失火后举家迁之。
⑧ 仆：自称。
⑨ 停云：停云堂，在瓢泉别墅。
⑩ 甚矣吾衰矣：源于《论语·述而》之句"甚矣吾衰也！久矣吾不复梦见周公"。这是孔丘慨叹自己"道不行"的话（梦见周公，欲行其道）。作者借此感叹自己的壮志难酬。
⑪ 白发空垂三千丈，一笑人间万事：这两句出典于李白的《秋浦歌》："白发三千丈，缘愁似个长。"
⑫ 问何物、能令公喜：源于《世说新语·宠礼篇》记郗超、王恂"能令公（指晋大司马桓温）喜"等典故。还有什么东西能让我感到快乐。
⑬ 妩媚：潇洒多姿。
⑭ 搔首东窗：借指陶潜《停云》诗就，自得之意。
⑮ 江左：原指江苏南部一带，此指南朝之东晋。
⑯ 浊醪（láo）：浊酒。
⑰ 云飞风起：化用刘邦《大风歌》之句"大风起兮云飞扬"。
⑱ 不恨古人吾不见，恨古人不见吾狂耳：引《南史·张融传》的典故："不恨我不见古人，所恨古人又不见我"。
⑲ 知我者，二三子：引《论语》的典故："二三子以我为隐乎。"

《摸鱼儿·更能消几番风雨》是一首忧时感世之作。词作表层写的是美女伤春、蛾眉遭妒，实际上是作者借此抒发自己壮志难酬的愤慨和对国家命运的关切之情。全词托物起兴，借古伤今，融身世之悲和家国之痛于一炉，沉郁顿挫，寄托遥深。

《贺新郎·甚矣吾衰矣》作于宋宁宗庆元四年(1198)左右。辛弃疾落职闲居信州铅山(今属江西)已经四年，是为瓢泉新居的"停云堂"题写的，仿陶渊明《停云》"思亲友"之意而作。感慨岁月流驰、人生短暂而壮志难酬，表达了罢职闲居时的寂寞与苦闷以及将寄情于山水的豪情和洒脱，淡泊的高尚节操。无奈、悲愤、快意、超逸思绪并置、转换。"以文为词"，使事用典是这首词突出的特色。

【拓展阅读】

1. 辛弃疾:《水龙吟·登建康赏心亭》《菩萨蛮·书江西造口壁》《祝英台近·晚春》《青玉案·元夕》《丑奴儿近·博山道中效李易安体》等，见《稼轩长短句》，上海古籍出版社2003年版。

2. 邓广铭:《辛弃疾传》:生活·读书·新知三联书店2007年版。

3. 赵晓岚:《金戈铁马辛弃疾》，人民文学出版社2010年版。

【思考与练习】

1. 结合作品分析辛弃疾词的艺术特色。

2. 阅读辛弃疾《鹧鸪天· 鹅湖归病起作》这首词，回答问题。

枕簟溪堂冷欲秋，断云依水晚来收。红莲相倚浑如醉，白鸟无言定自愁。

书咄咄①，且休休②，一丘一壑③也风流。不知筋力衰多少，但觉新来懒上楼。

(1)请简要分析"红莲相倚浑如醉，白鸟无言定自愁"两句有何精妙之处。

(2)分析这首词的思想内容和艺术特色。

3. 阅读辛弃疾《西江月·遣兴》，词中塑造了一个怎样的抒情主人公形象？请结合作品简要分析。

醉里且贪欢笑，要愁那得工夫。近来始觉古人书，信著全无是处。

昨夜松边醉倒，问松我醉何如？只疑松动要来扶，以手推松曰去。

---

① 书咄咄:晋代殷浩被废职后，心中愤愤不平，终日用手指在空中划"咄咄怪事"四字。

② 且休休:唐末司空图淡于名利，隐居山西中条山，建造了一座"休休亭"，并作《休休亭记》。

③ 一丘一壑:用班嗣语，指寄情山水，隐居山林，自得其乐。语本《汉书·叙传上》。

蒋　捷

虞美人①
听雨

少年听雨歌楼上,红烛昏罗帐②。
壮年听雨客舟中,江阔云低、断雁叫西风③。

而今听雨僧庐下④,鬓已星星也⑤。
悲欢离合总无情⑥,一任阶前、点滴到天明⑦。

【阅读提示】

　　蒋捷(约1245—1305后),字胜欲,号竹山,阳羡(今江苏宜兴)人,人称"竹山先生",长于词,与周密、王沂孙、张炎并称"宋末四大家"。有《竹山词》。其词多抒发故国之思、山河之恸、风格多样,而以悲凉清俊、萧寥疏爽为主。

　　《虞美人·听雨》可能写于宋亡以后,词篇以"听雨"复沓串连几十年的时空跨度,通过少年、壮年和晚年"听雨"的特殊感受,一生悲欢离合,尽在雨声中体现:少年只知追欢逐笑享受陶醉;壮年飘泊孤苦,触景伤怀;老年的寂寞孤独。

【拓展阅读】

　　1. 蒋捷:《一剪梅·舟过吴江》《少年游·梨边风紧雪难晴》《贺新郎·秋晓》,见唐圭璋等编著《唐宋词鉴赏辞典》(南宋·辽·金卷),上海辞书出版社1988年版。

---

　　①　选自蒋捷著、黄明校点《竹山词》,上海古籍出版社1985年版。虞美人:词牌名,又名"一江春水""玉壶水""巫山十二峰"等。双调,五十六字,上下片各四句,皆为两仄韵转两平韵。
　　②　昏:昏暗。罗帐:古代床上的纱幔。
　　③　断雁:失群孤雁。
　　④　僧庐:僧寺,僧舍。
　　⑤　星星:白发点点如星,形容白发很多。
　　⑥　无情:无动于衷。
　　⑦　一任:听凭。

2.沙金、安之卿、昆兰:《画里画外话宋词》,河北教育出版社2013年版。

【思考与练习】

分析蒋捷《一剪梅·舟过吴江》一词,进一步体会其词作特色:

一片春愁待酒浇。江上舟摇,楼上帘招。秋娘渡与泰娘桥,风又飘飘,雨又萧萧。

何日归家洗客袍?银字笙调,心字香烧。流光容易把人抛,红了樱桃,绿了芭蕉。

纳兰性德

长相思①

山一程,水一程②,身向榆关那畔行③,夜深千帐灯④。

风一更,雪一更⑤,聒碎乡心梦不成⑥,故园无此声⑦。

【阅读提示】

纳兰性德(1655—1685),字容若,号楞伽山人,满州正黄旗人。原名成德,因避皇太子胤礽(小名保成)之讳,改名性德。清代词人,与朱彝尊、陈维崧并称"清词三大家"。诗文均很出色,尤以词作著称于世。曾把自己的词作编选成集,名为"侧帽集",后更名为"饮水词",后人将两部词集增遗补缺,共 342 首,编辑为《纳兰词》。

《长相思·山一程》是纳兰性德于康熙二十一年(1682)创作的一首词。写将士依依惜别故乡、行军在外无论是跋涉途中还是夜晚驻扎时对故乡的绵绵思念,也暗含建功立业的雄心壮志。语言淳朴而意味深长。

【拓展阅读】

1. 纳兰性德:《蝶恋花·萧瑟兰成看老去》《画堂春·一生一代一双人》,见《纳兰词》,苏缨注评,长江文艺出版社 2015 年版。

2. 赵明华:《纳兰词典评》,黑龙江科学技术出版社 2010 年版。

---

① 选自《纳兰词笺注(修订本)》上海古籍出版社 2003 年版。长相思:词牌名,又名"吴山青""山渐青""相思令""长思仙""越山青"等。双调三十六字,前后段各四句三平韵一叠韵。

② 山一程,水一程:即山长水远。程:道路、路程。

③ 榆(yú)关:即今山海关,在今河北秦皇岛东北。那畔:即山海关的另一边,指身处关外。

④ 千帐灯:皇帝出巡临时住宿的行帐的灯火,千帐言军营之多。

⑤ 风一更,雪一更:即言整夜风雪交加也。更:旧时一夜分五更,每更大约两小时。

⑥ 聒(guō):声音嘈杂,这里指风雪声。

⑦ 故园:故乡,这里指北京。此声:指风雪交加的声音。

【思考与练习】

分析纳兰性德词《木兰花·拟古决绝词柬友》：

人生若只如初见，何事秋风悲画扇。等闲变却故人心，却道故人心易变。

骊山语罢清宵半，泪雨霖铃终不怨。何如薄幸锦衣郎，比翼连枝当日愿。

论语(三章)

贫而无谄章①(《论语·学而》)

子贡曰:"贫而无谄,富而无骄,何如②?"

子曰:"可也。未若贫而乐③,富而好礼者也。"

子贡曰:"《诗》云,'如切如磋,如琢如磨④',其斯之谓与?"

子曰:"赐也⑤,始可与言《诗》已矣,告诸往而知来者⑥。"

巧笑倩兮章(《论语·八佾⑦》)

子夏问曰:"'巧笑倩兮,美目盼兮,素以为绚兮。'⑧何谓也?"

子曰:"绘事后素⑨。"

曰:"礼后乎?"

---

① "贫而无谄"章和下面两章均选自杨伯峻译注《论语译注》,中华书局2015年版。该文选自《论语·学而》第十五。谄:音 chǎn,意为巴结、奉承。

② 何如:《论语》书中的"何如",都可以译为"怎么样"。

③ 贫而乐:一本作"贫而乐道"。

④ 如切如磋,如琢如磨:此二句见《诗经·卫风·淇澳》。有两种解释:一说切磋琢磨分别指对骨、象牙、玉、石四种不同材料的加工,否则不能成器;一说加工象牙和骨,切了还要磋,加工玉石,琢了还要磨,有精益求精之意。

⑤ 赐:子贡名,孔子对学生都称其名。

⑥ 告诸往而知来者:诸,同之;往,过去的事情;来,未来的事情。

⑦ 八佾:八佾篇主要内容涉及"礼"的问题。主张维护礼在制度上、礼节上的种种规定;孔子提出"绘事后素"的命题,表达了他的伦理思想以及"君使臣以礼,臣事君以忠"的政治道德主张。本篇佾音 yì,行列的意思。古时一佾8人,八佾就是64人,据《周礼》规定,只有周天子才可以使用八佾,诸侯为六佾,卿大夫为四佾,士用二佾。

⑧ 该文选自《论语·八佾》第八。巧笑倩兮,美目盼兮,素以为绚兮:前两句见《诗经·卫风·硕人》篇。倩,音 qiàn,面颊长得好。兮,语助词,相当于"啊"。盼:眼睛黑白分明。绚(xuàn),有文采。

⑨ 绘事后素:绘,画。素,白底。

子曰:"起予者商也①,始可与言《诗》已矣。"

长沮桀溺耦而耕章②(《论语·微子》)

长沮、桀溺耦而耕③,孔子过之,使子路问津焉④。

长沮曰:"夫执舆者为谁⑤?"子路曰:"为孔丘。"曰:"是鲁孔丘与?⑥"曰:"是也。"曰:"是知津矣⑦。"

问于桀溺。桀溺曰:"子为谁?"曰:"为仲由。"曰:"是鲁孔丘之徒与?"对曰:"然。"曰:"滔滔者,天下皆是也,而谁以易之⑧? 且而与其从辟人之士也,岂若从辟世之士哉⑨?"耰而不辍⑩。

子路行以告。夫子怃然曰⑪:"鸟兽不可与同群⑫,吾非斯人之徒与而谁与⑬? 天下有道,丘不与易也⑭。"

【阅读提示】

孔子(前551—前479),名丘,字仲尼,春秋末期鲁国人。在晚年整理"六经"(《诗》《书》《易》《礼》《乐》《春秋》)。是儒家学派的创始人。

《论语》是一部语录体的散文集,儒家学派的经典著作之一,由孔子的弟子及其再传弟子编撰而成。"论"是论篡的意思,"语"是话语、经典语句、箴言,"论语"即是论篡(先师孔子的)语言。它以语录体和对话文体为主,记录了孔子及其弟子言行,集中体现了孔子的政治主张、伦理思想、道德观念及教育原则等,与《大学》《中庸》《孟子》《诗》《书》《礼》《易》《春秋》并称为"四书五经"。通行本《论语》共二十篇,言简意赅,言约义丰。

《贫而无谄章》孔子希望他的弟子以及所有人,都能够达到贫无谄、富无骄,进一步贫而乐、富而好礼这样的人生境界。

---

① 起予者商也:起,启发。予,我,孔子自指。商,子夏名商。

② 该文选自《论语·微子第十八》。

③ 长沮、桀溺:都是当时的隐士。长沮桀溺并非人名。长沮,桀溺:意为在水田里干活的一个高个子和一个壮汉。耦(ǒu),古代的一种耕作方法,即两个人各执一耜(犁),同耕一尺宽之地。耦而耕,两人并耕。

④ 津:渡口。

⑤ 夫(fú):彼,那个。执舆:即执辔(缰绳)。舆前驾马有辔,所以执辔也叫执舆。

⑥ 与:同欤。

⑦ 这句是讥讽孔子周游列国,熟知道路,不用问别人。是:代词,当"这个人"讲。

⑧ 滔滔三句:意思是说,今天下皆乱,诸侯无贤者,你将和谁去改变这乱世使它治平呢? 滔滔:水弥漫的样子,喻世上的纷乱。因问渡口,故借水作比喻。而:同尔,你。谁:指当时诸侯。以:与。"谁以"二字倒用,犹与谁。易:改变。

⑨ 辟:同避。人:指与孔子思想不合的人。因孔子碰到他们往往走避开,故桀溺称其为"辟人之士"。而:你,指子路。辟世之士:指隐者,长沮、桀溺自谓。"与其"和"岂若"相呼应,等于现代"与其"和"不如"相呼应。

⑩ 耰(yōu):用土覆盖种子。辍:停止。

⑪ 怃然:怅然,失意。

⑫ 鸟兽句:鸟兽(我们)不可以跟他们同群。既不能隐居山林,必须在社会中生活。

⑬ 这句是说,我不跟人群在一起还跟谁在一起呢? 这是说不能隐居。斯:这。徒:徒众。斯人之徒,等于说人群、世人。

⑭ 天下有道两句:意思说,倘若天下有道,我就不参与变法的工作了。

《巧笑倩兮章》子夏从孔子所讲的"绘事后素"中，领悟到仁先礼后的道理。举一反三，做人亦如此。人须有好的本质，再施以教育，才有好的道德情操。

《长沮、桀溺耦而耕章》通过长沮、桀溺两个隐士与孔子弟子子路的对话以及孔子的言论，阐发了现实生活中人们不同人生道路的选择问题，或洁身自好或明知不可为而为之。孔子四处碰壁而志向不改，走投无路却毫不懈怠的崇高精神境界，这种坚贞不移、锲而不舍的入世精神已经融入中国封建士大夫的人格，仍在影响着后世一代代的人们。

【拓展阅读】

1. 徐志刚译注：《子路、曾皙、冉有、公西华侍坐章》《子路从而后章》等，《论语通译》，人民文学出版社 2008 年版。

2. 朱熹：《四书章句集注》，中华书局 2011 年版。

3. 李长之：《孔子的故事》，北京出版社 2002 年版。

【思考与练习】

1.《贫而无谄章》与《巧笑倩兮章》这两章可以做孔子论诗解，讲了诗的兴发。谈谈你的理解。

2.《长沮、桀溺耦而耕章》中，长沮、桀溺与孔子不同的人生道路选择问题，谈谈你的看法。

3. 结合作品分析《论语》的艺术特点。

庄子(寓言三则)

庄周梦蝶①

昔者庄周梦为胡蝶②，栩栩然胡蝶也，自喻适志与③，不知周也。俄然觉，则蘧蘧然④周也。不知周之梦为胡蝶与？胡蝶之梦为周与？周与胡蝶，则必有分矣。此之谓物化⑤。

浑沌之死⑥

南海之帝为儵，北海之帝为忽，中央之帝为浑沌⑦。儵与忽时相与遇于浑沌之地，浑沌待之甚善。儵与忽谋报浑沌之德，曰："人皆有七窍，以视听食息，此独无有，尝试凿之。"日凿一窍，七日而浑沌死。

有机事者必有机心⑧

子贡南游于楚，反于晋，过汉阴⑨，见一丈人⑩方将为圃畦，凿隧而入井，抱瓮而出灌，搰搰然⑪用力甚多而见功寡。子贡曰："有械于此，一日浸百畦，用力甚寡而见功多，夫子

---

① 三则寓言均选自孙通海注译《庄子》，中华书局 2007 年版。"庄周梦蝶"选自《庄子·内篇·齐物论》，题目为后人所加。

② 胡蝶，即蝴蝶。

③ 喻：觉得。适志：快意。与，同"欤"。

④ 蘧蘧（qú）然：僵直的样子。不太一样的样子。

⑤ 物化：万物浑然同化，指物我及人我达到无差别的境界。

⑥ 选自《庄子·内篇·应帝王》，题目为后人所加。

⑦ 这三个短句中，"儵""忽""浑沌"均为虚拟名字。前两个命名有"神速"之意，表有为；后一个命名为纯朴自然之意，喻无为。

⑧ 选自《庄子·外篇·天地》，题目为后人所加。

⑨ 汉阴：汉水的南岸。阴，山北水南谓阴，而山南水北谓阳。

⑩ 丈人：古代对老年人的尊称。

⑪ 搰搰（kū）然：用力的样子。

不欲乎?"为圃者卬①而视之曰:"奈何?"曰:"凿木为机,后重前轻,挈水若抽,数如泆汤②,其名为槔。"为圃者忿然作色而笑曰:"吾闻之吾师,有机械者必有机事,有机事者必有机心。机心存于胸中则纯白不备。纯白不备则神生不定,神生不定者,道之所不载也。吾非不知,羞而不为也。"子贡瞒然③惭,俯而不对。

【阅读提示】

　　庄子(约公元前362—前286),名周,战国时代宋之蒙(今河南商丘市东北)人。他是我国古代最伟大的思想家、哲学家、文学家之一,道家文化的创始人之一,与老子合称老庄。他的著作主要收在《庄子》一书里。传世的《庄子》有三十三篇,其中内篇七,外篇十五,杂篇十一。关于《庄子》中文章的作者,历来学术界说法不一。多数人认为内篇为庄子所作,外篇和杂篇为庄子的门徒或后学所作。

　　《庄子》是哲学著作,也是伟大的文学著作。其文学性最主要的表现在以下三个方面:首先,想象丰富,形象性强;其次,气势恢宏,风格浪漫;再次,语言含蓄多义,诗意丰富。《庄子》文学性的表征之一就是大量运用寓言这种形式表达思想学说,抒发感情。这里所选就是其中有名的几例。

　　《庄周梦蝶》形象地诠释了什么是"物化",是"人与天一",是人与世界万物之间自由的转化和融通。是对日益利益化、人性逐渐堕落的社会人生的疏离、反抗和映照。

　　《浑沌之死》写人为智慧、自作聪明所付出的代价。世界万物各有自己原有的自然的生存状态,这种状态一旦被破坏,那么与这种状态相对应的生存物也就不再存在。

　　《有机事者必有机心》是说利用聪明才智,假机械工具以完成自己所做的事情者,也必有一颗机智巧取之心,而人一旦走上这条路,淳朴洁白之心就不存在了。

【拓展阅读】

　　1.孙通海注译:《庄子》,中华书局2007年版。

　　2.程习勤、毛茵:《老庄生态智慧与诗艺——"态观"视角的文艺理论》,武汉出版社2002年版。

　　3.习生虎:《庄子的生存哲学》,中国传媒大学出版社2007年版。

【思考与练习】

　　1.《庄子·胠箧》言:"圣人不死,大盗不止。"你如何看待它的这种说法?

　　2.在《天地》篇中,子贡回去将遇到"抱瓮出灌"老人的事情告诉了孔子,孔子评之曰:"治其内而不治其外。"你同意孔子的这种看法吗? 为什么?

---

①　卬:同"仰",指抬起头。

②　数(shù):迅疾。泆(yì)汤:溢出的沸汤。

③　瞒然:目无神采的样子。

左 传

晋公子重耳之亡①

　　晋公子重耳之及于难也②，晋人伐诸蒲城③，蒲城人欲战，重耳不可，曰："保君父之命而享其生禄④，于是乎得人。有人而校⑤，罪莫大焉。吾其奔也。"遂奔狄⑥。从者狐偃、赵衰、颠颉、魏武子、司空季子⑦。

　　狄人伐廧咎如⑧，获其二女叔隗、季隗⑨，纳诸公子。公子娶季隗，生伯鯈⑩，叔刘；以叔隗妻赵衰，生盾。将适齐，谓季隗曰："待我二十五年，不来而后嫁。"对曰："我二十五年矣，又如是而嫁，则就木焉，请待子。"处狄十二年而行。

　　过卫，卫文公不礼焉。出于五鹿⑪，乞食于野人，野人与之块⑫。公子怒，欲鞭之。子犯曰："天赐也⑬！"稽首受而载之⑭。

　　及齐，齐桓公妻之，有马二十乘⑮。公子安之。从者以为不可。将行，谋于桑下。蚕

　　①　选自《左传》，中华书局2007年版。
　　②　及于难，指晋太子申生之难，《左传》记僖公四年十二月，晋献公听从骊姬的谗言，逼迫太子申生自缢而死，其余二子重耳、夷吾也同时出奔。
　　③　蒲城：今山西省隰县，当时重耳的据点。当时公子重耳驻守蒲城，对晋献公形成威胁，因此献公决定对他进兵。
　　④　保：倚仗。生禄：养生的禄邑，古代贵族从封地中取得生活资料。
　　⑤　校：同"较"，比较、对抗。
　　⑥　狄：古代中国北方的部族，散处在北方诸侯国之间。
　　⑦　狐偃，重耳的舅父，字子犯；赵衰（崔），字子馀；魏武子，名犫（抽）；司空季子，一名胥臣。他们和颠颉都是日后晋国的大夫。
　　⑧　廧：音 qiáng。咎：音 gāo。廧咎如：赤狄的分支。
　　⑨　隗（wěi），廧咎如族的姓。
　　⑩　鯈：音 chóu。
　　⑪　五鹿：卫地，今河南省濮阳县东北。
　　⑫　块：土块。
　　⑬　天赐：土块象征土地，是建立国家的预兆，所以称为天赐。
　　⑭　稽首：以头抵地，为时甚久，古代最敬之礼。
　　⑮　有马二十乘：有马八十匹。马四匹为一乘。

妾在其上①,以告姜氏。姜氏杀之,而谓公子曰:"子有四方之志②,其闻之者,吾杀之矣。"公子曰:"无之。"姜曰:"行也! 怀与安,实败名。"公子不可。姜与子犯谋,醉而遣之。醒,以戈逐子犯。

及曹,曹共公闻其骈胁,欲观其裸。浴,薄而观之③。僖负羁之妻曰:"吾观晋公子之从者,皆足以相国④。若以相,夫子必反其国⑤。反其国,必得志于诸侯。得志于诸侯,而诛无礼⑥,曹其首也。子盍蚤自贰焉!⑦"乃馈盘飧,置璧焉。公子受飧反璧。

及宋,宋襄公赠之以马二十乘。

及郑,郑文公亦不礼焉。叔詹谏曰⑧:"臣闻天之所启⑨,人弗及也,晋公子有三焉⑩,天其或者将建诸⑪。君其礼焉。男女同姓,其生不蕃⑫。晋公子,姬出也,而至于今,一也。离外之患⑬,而天不靖晋国,殆将启之⑭,二也。有三士足以上人而从之⑮,三也。晋、郑同侪,其过子弟,固将礼焉,况天之所启乎?"弗听。

及楚,楚子飨之⑯,曰:"公子若反晋国,则何以报不谷?"对曰:"子女玉帛,则君有之;羽、毛、齿、革⑰,则君地生焉。其波及晋国者⑱,君之余也。其何以报君?"曰:"虽然⑲,何以报我?"对曰:"若以君之灵⑳,得反晋国,晋楚治兵,遇于中原,其辟君三舍㉑。若不获命,其左执鞭弭㉒,右属櫜鞬㉓,以与君周旋。"子玉请杀之。楚子曰:"晋公子广而俭㉔,文而有礼。其从者肃而宽,忠而能力。晋侯无亲,外内恶之。吾闻姬姓,唐叔之后,其后衰者也。其将由晋公子乎! 天将兴之,谁能废之? 违天,必有大咎。"乃送诸秦。

---

① 蚕妾:采桑叶养蚕的女奴隶。
② 四方之志:远大的志向。
③ 薄:迫近。此言在重耳浴身时,曹共公到他身边去看他的肋骨。这是非常无礼的行为。
④ 相:在此处为辅佐君主之意。
⑤ 夫子:指重耳。
⑥ 诛:讨伐。
⑦ 盍:何不。蚤:同"早"。贰:不同。
⑧ 叔詹,郑大夫。
⑨ 天之所启:言重耳是上天所开导,所赞助的人。启,开,这里是扶助的意思。
⑩ 有三焉:有三件不同寻常的事。
⑪ 诸:同"之乎"。这句说,或者上天有意树立他吧。
⑫ 男女同姓两句:中国古代有同姓不婚的说法,认为夫妻同姓,子孙不能繁盛。
⑬ 离:同"罹",遭遇。
⑭ 殆:庶几。这句说,大约将要开出他的道路。
⑮ 三士:据《国语》,三士指狐偃、赵衰和贾佗。此言三人都是胜过一般人的贤士,当时跟着重耳。
⑯ 楚子:指楚成王。飨:以酒宴款待他。飨:音 xiǎng。
⑰ 羽、毛、齿、革:指鸟羽(翡翠、孔雀之属)、旄牛尾、象牙、犀牛皮等。
⑱ 波及:流及。波:播散。
⑲ 虽然:话虽如此。
⑳ 以君之灵,托您的福。
㉑ 辟,同"避"。舍,三十里为一舍。这句说,如晋楚有战争,晋军当撤退九十里。
㉒ 弭:音 mǐ,马鞭和不加装饰的弓。
㉓ 櫜:音 gāo,收藏甲衣或弓矢的器具。鞬:音 jiān,马上盛弓箭的器具。属:音 zhǔ,摸着。
㉔ 广而俭:志广而用俭。俭:不放纵。

秦伯纳女五人①,怀嬴与焉②。奉匜沃盥③,既而挥之④。怒,曰:"秦、晋匹也,何以卑我?"公子惧,降服而囚⑤。他日,公享之,子犯曰:"吾不如衰之文也⑥,请使衰从。"公子赋《河水》⑦,公赋《六月》⑧。赵衰曰:"重耳拜赐!⑨"公子降⑩,拜,稽首。公降一级而辞焉⑪。衰曰:"君称所以佐天子者命重耳⑫,重耳敢不拜?"

二十有四年春王正月。夏,狄伐郑。秋七月。冬,天王出居于郑。晋侯夷吾卒。

二十四年春,王正月⑬,秦伯纳之⑭。不书,不告入也⑮。及河,子犯以璧授公子,曰:"臣负羁绁⑯,从君巡于天下,臣之罪甚多矣。臣犹知之,而况君乎?请由此亡⑰。"公子曰:"所不与舅氏同心者,有如白水⑱!"投其璧于河。

济河,围令狐⑲,入桑泉⑳,取臼衰㉑。

二月,甲午,晋师军于庐柳㉒。秦伯使公子絷如晋师㉓。师退,军于郇㉔。辛丑,狐偃及秦、晋之大夫盟于郇㉕。壬寅,公子入于晋师。丙午,入于曲沃㉖。丁未,朝于武宫㉗。戊申,使杀怀公于高梁㉘。不书,亦不告也。

---

① 纳女五人:给五个妇女作为配偶。
② 怀嬴:秦穆公之女,曾嫁给晋怀公(晋惠公之子圉)。怀公自秦逃归后,又作为媵妾给重耳。秦,嬴姓,故称怀嬴。与:音 yù,参与。
③ 奉:同"捧"。匜(yí):盛水器。沃(wò):浇水。盥(guàn):洗手。这句说怀嬴捧着盛水器浇水给重耳洗手。
④ 既:完毕。挥:甩去手上的水。
⑤ 降服而囚:重耳脱去上服,自己拘囚向怀嬴谢罪。
⑥ 文:指言辞的文采,长于外交辞令。
⑦ 公子赋《河水》:春秋中期外交宴会中,指定篇名,使乐工奏乐,称为赋诗。重耳指定《河水》,古代注家以为这就是《诗经》中的《沔水》。篇首"沔彼流水,朝宗于海"两句说满满的流水,归向大海。这里有晋国人士归向秦国的意思。
⑧ 《六月》:《诗经》篇名。篇首"六月栖栖,戎车既饬",说六月中急急遑遑,兵车已经准备好了。这是歌颂尹吉甫辅佐周宣王北伐获胜的诗。
⑨ 拜赐:拜谢秦穆公赋诗表示的好意。
⑩ 降:下阶。
⑪ 公降一级:下阶一级,表示不敢接受。
⑫ 此句承上句而言。大意是说,您用尹吉甫辅佐天子的诗篇教导重耳。
⑬ 王:指周天子;王正月,即周历的正月。
⑭ 秦伯纳之:秦穆公用武力保护重耳入晋国。
⑮ 不书两句:此言重耳回国的事件,在《春秋》没有记载,因为晋国没有正式通知鲁国。
⑯ 羁:jī,马络头。绁:xiè,马缰绳。
⑰ 亡,奔往外国。
⑱ 所不与两句:写重耳指河水发誓。大意是说,如有不和舅父同心者,请以白水为证。
⑲ 令狐:地名,今山西省临猗县西。
⑳ 桑泉:地名,今山西省解县西。
㉑ 臼衰:jiù cuī,地名,在今山西省解县东南。
㉒ 晋师:晋怀公的军队,怀公派遣军队阻止重耳回国。庐柳:地名,在山西省临猗县境内。
㉓ 公子絷:zhì,秦公子。这句说,秦穆公使公子絷劝说晋怀公的军队。
㉔ 郇:xún,地名,今解县西北有郇城。
㉕ 狐偃句:狐偃、秦大夫和晋怀公的大夫在郇城订立三角同盟。
㉖ 曲沃:地名,今山西省闻喜县东北。
㉗ 武宫:重耳的祖父晋武公的神庙。
㉘ 高梁:地名,今山西省临汾市有高梁都。

　　吕、郤畏逼①，将焚公宫而弑晋侯②。寺人披请见③，公使让之④，且辞焉。曰："蒲城之役，君命一宿，女即至⑤。其后余从狄君以田渭滨⑥，女为惠公来求杀余，命女三宿，女中宿至⑦。虽有君命，何其速也？夫袪犹在⑧，女其行乎！"对曰："臣谓君之入也，其知之矣；若犹未也，又将及难。君命无二⑨，古之制也。除君之恶，唯力是视⑩。蒲人，狄人，余何有焉⑪？今君即位，其无蒲、狄乎⑫？齐桓公置射钩而使管仲相⑬，君若易之，何辱命焉⑭？行者甚众，岂唯刑臣⑮！"公见之，以难告⑯。三月，晋侯潜会秦伯于王城。乙丑，晦⑰，公宫火。瑕甥、郤芮不获公，乃如河上，秦伯诱而杀之。

　　晋侯逆夫人嬴氏以归。秦伯送卫于晋三千人⑱，实纪纲之仆⑲。

　　初，晋侯之竖头须⑳，守藏者也㉑。其出也，窃藏以逃，尽用以求纳之㉒。及入，求见，公辞焉以沐㉓。谓仆人曰："沐则心覆，心覆则图反㉔，宜吾不得见也。居者为社稷之守，行者为羁绁之仆㉕，其亦可也，何必罪居者㉖？国君而雠匹夫，惧者甚众矣。"仆人以告，公遽见之㉗。

　　狄人归季隗于晋，而请其二子㉘。文公妻赵衰㉙，生原同、屏括、楼婴。赵姬请逆盾与

---

①　吕、郤，指晋惠公的旧臣吕甥、郤芮。畏逼，怕受到重耳的迫害。
②　公宫，晋侯的宫廷。晋侯，即重耳，此后又称文公。弑，封建社会里以下杀上曰弑。
③　寺人披：寺人即阉人，名披，曾奉献公命至蒲城、狄杀重耳。
④　让：读上声，斥责。
⑤　君命一宿两句：献公命你一夜之后到达，你当天就到达了。女，同汝。
⑥　田，打猎。渭滨：渭水之滨。
⑦　命女三宿两句：惠公命你三夜之后到达，你第二夜就到达了。
⑧　袪（qū）：袖管。寺人披没有能把重耳杀死，砍断了一只袖管。这句重耳说那只袖管还在。
⑨　君命无二，执行君主的命令，没有二心。
⑩　唯力是视，唯有视自己能力之所及。
⑪　蒲人两句：蒲人狄人，在蒲城和在狄的人，借指重耳。余何有焉，与我有什么关系呢？
⑫　此句意指重耳即位之后，哪能没有在蒲城和在狄那样的反对者呢？
⑬　齐桓公句：在齐桓公和公子纠争位的时候，管仲奉公子纠之命，射桓公，中钩。后管仲为桓公所得，桓公不记前仇，用以为相。钩：带钩，束腰带上的金属钩。
⑭　君若易之两句：易，是变易，谓和桓公不同。这两句说，您若是和桓公不同，我当然走开，无须您下命令。
⑮　行者两句：刑臣，受过刑之臣，寺人披自称。这两句说，假如您不宽大为怀，那么罹罪出行的人一定很多，岂独我呢。
⑯　以难告：把吕、郤焚宫的危害告诉重耳。
⑰　晦：月终之日。
⑱　这句说，秦穆公派去保卫的军队三千人。
⑲　纪纲之仆：负责整顿组织工作的下属。
⑳　竖，小臣。未成年而给人做事的人。头须：人名。
㉑　守藏：看守库藏。
㉒　这句说，头须尽用库藏以求接纳晋文公回国。
㉓　这句说，重耳借口洗头，不见头须。
㉔　沐则心覆两句：洗头时低头向水，心即向下；心向下，那么意图就错了。图，意图。反，即正的反面。
㉕　居者两句：留在国内的人守国家的社稷；随着文公出行的人，是背着马缰的仆役。居者，头须自指。
㉖　这句说，何必歧视留在国内的人呢？
㉗　遽见，立即召见。遽：jù，急速。
㉘　请其二子，狄人请重耳指示如何处理季隗的二子伯儵、叔刘。
㉙　这句说，重耳把自己的女儿嫁给赵衰。

其母①，子余辞。姬曰："得宠而忘旧，何以使人？必逆之②！"固请，许之。来，以盾为才③，固请于公，以为嫡子。而使其三子下之④。以叔隗为内子⑤，而己下之。

晋侯赏从亡者，介之推不言禄⑥，禄亦弗及。推曰："献公之子九人，唯君在矣！惠、怀无亲，外内弃之。天未绝晋，必将有主。主晋祀者，非君而谁？天实置之⑦，而二三子以为己力，不亦诬乎？窃人之财，犹谓之盗。况贪天功以为己力乎？下义其罪，上赏其奸⑧，上下相蒙，难相处矣。"其母曰："盍亦求之，以死谁怼⑨？"对曰："尤而效之，罪又甚焉⑩！且出怨言，不食其食。"其母曰："亦使知之，若何？"对曰："言，身之文也⑪。身将隐，焉用文之？是求显也⑫。"其母曰："能如是乎？与女偕隐。"遂隐而死。晋侯求之不获，以绵上为之田⑬，曰："以志吾过⑭，且旌善人⑮。"

【阅读提示】

《左传》相传是春秋末期的鲁国史官左丘明所著。

左丘明（约公元前502—约公元前422）。东周春秋末期鲁国之附庸小邾国人，姓丘，名明，春秋末期史学家、文学家、思想家、散文家、军事家。曾任鲁国史官，为解析《春秋》而作《左传》（又称《左氏春秋》）。左丘明是中国传统史学的创始人。史学界推左丘明为中国史学的开山鼻祖。被誉为"百家文字之宗、万世古文之祖"。

《左传》是儒家经典之一，与《公羊传》《谷梁传》合称"《春秋》三传"。《左传》以丰富的历史材料去诠释《春秋》。"其言简而要，其事详而博。"对研究春秋史和远古史提供了珍贵的史料。历代注释《左传》的著作颇多，西晋大学者杜预撰《春秋经传集解》，把《春秋》与《左传》合为一编。唐孔颖达遵循杜预注而为疏，成为历史上最有影响的注释之作。清洪亮吉撰《春秋左传诂》、刘文淇撰《春秋左传旧注疏证》、今人杨伯峻撰《春秋左传注》，都是比较重要的注本。

《晋公子重耳之亡》描述了晋文公重耳因晋国国内政治斗争而出奔，流亡19载到回国夺取政权的经历。同时对各诸侯国君主和大臣的政治远见和性格也有所记录，是了解春秋时期的政治、军事、外交等不可多得的史料。寥寥几笔通过一个个小细节描述了嫁给重耳的几个女子，人物性格表现得却淋漓尽致。

----

① 赵姬句：赵姬即重耳之女，请迎还赵盾和其母叔隗。
② 必逆之，一定要迎还他们。
③ 以盾为才，这句和以下诸句的主语都是赵姬。
④ 而使其三子下之，而使她的三个儿子居于赵盾之下。
⑤ 内子，嫡妻。
⑥ 介之推，重耳逃亡时的低级从臣，姓介名推，之是语助词。
⑦ 置，立。
⑧ 下义其罪两句：在下的从亡者把有罪的事件为正义，在上的君主奖赏他们所作的坏事。
⑨ 盍亦求之两句：何不也去请求它；这样苦苦以至死又埋怨谁呢？怼，怨恨。
⑩ 尤而效之两句：既然认作过失，而又去学习它，罪过更大了。尤，过失。这里做动词用。谴责。效：效法。
⑪ 言，身之文也句：言语是人身的文饰。
⑫ 求显，求为人所知。显：显达。
⑬ 绵上，地名，在今山西省介休县南，沁源县西北的介山之下。为之田，作为他的祭田。
⑭ 志，记。
⑮ 旌，表扬。

【拓展阅读】

　　1. 左丘明：《烛之武退秦师》《秦晋崤之战》《晋楚城濮之战》《鞌之战》，见《左传》，中华书局 2007 年版。

　　2. 孙绿怡：《〈左传〉与中国古典小说》，北京大学出版社 1992 年版。

　　3. 张高评：《〈左传〉之文学价值》，台湾文史哲出版社 1982 年版。

【思考与练习】

　　1. 结合作品分析重耳形象。

　　2. 分析《晋公子重耳之亡》中的女子群像。

　　3. 结合作品分析《左传》的叙事特征。

司马迁

项羽本纪(节选)①

· · · · · · · · · · ·

项王军壁垓下②,兵少食尽,汉军及诸侯兵围之数重。夜闻汉军四面皆楚歌,项王乃大惊,曰:"汉皆已得楚乎? 是何楚人之多也!"项王则夜起,饮帐中。有美人名虞,常幸从;骏马名骓,常骑之。于是项王乃悲歌慷慨,自为诗曰:"力拔山兮气盖世,时不利兮骓不逝。骓不逝兮可奈何,虞兮虞兮奈若何!"歌数阕,美人和之。项王泣数行下,左右皆泣,莫能仰视。

于是项王乃上马骑,麾下壮士骑从者八百余人,直夜溃围南出,驰走。平明③,汉军乃觉之,令骑将灌婴以五千骑追之。项王渡淮,骑能属者百余人耳。项王至阴陵④,迷失道,问一田父,田父绐⑤曰"左"。左,乃陷大泽中。以故汉追及之。项王乃复引兵而东,至东城⑥,乃有二十八骑。汉骑追者数千人。项王自度不得脱,谓其骑曰:"吾起兵至今八岁矣,身七十余战,所当者破,所击者服,未尝败北,遂霸有天下。然今卒困于此,此天之亡我,非战之罪也。今日固决死,愿为诸君快战,必三胜之,为诸君溃围,斩将,刈⑦旗,令诸君知天亡我,非战之罪也。"乃分其骑以为四队,四向。汉军围之数重。项王谓其骑曰:"吾为公取彼一将。"令四面骑驰下,期山东为三处。于是项王大呼驰下,汉军皆披靡,遂斩汉一将。是时,赤泉侯为骑将,追项王。项王瞋目而叱之,赤泉侯人马俱惊⑧,辟易数里⑨。与其骑会为三处。汉军不知项王所在,乃分军为三,复围之。项王乃驰,复斩汉一都尉,杀数十百人。复聚其骑,亡其两骑耳。乃谓其骑曰:"何如?"骑皆伏⑩曰:"如大王言。"

---

① 选自司马迁著、韩兆琦译注《史记》(一)"本纪",中华书局 2010 年版。
② 壁:壁垒,营垒,这里用作动词,即筑营驻扎。垓下:地名,故址在今安徽宿州市灵璧县东南沱河北岸。
③ 平明:天亮时。
④ 阴陵:汉时县名,故址在今安徽滁州市定远县西北。
⑤ 绐(dài):欺骗。通"诒",欺骗。
⑥ 东城:秦县名,故址在今安徽滁州市定远县东南。
⑦ 刈(yì):割,砍。
⑧ 赤泉侯:名杨喜,后因破项羽有功,封赤泉侯。
⑨ 辟易:倒退,退避。
⑩ 伏:通"服"。

　　于是项王乃欲东渡乌江①。乌江亭长檥船待②，谓项王曰："江东虽小，地方千里，众数十万人，亦足王也。愿大王急渡。今独臣有船，汉军至，无以渡。"项王笑曰："天之亡我，我何渡为！且籍与江东子弟八千人渡江而西，今无一人还；纵江东父兄怜而王我，我何面目见之？纵彼不言，籍独不愧于心乎？"乃谓亭长曰："吾知公长者。吾骑此马五岁，所当无敌，尝一日行千里，不忍杀之，以赐公。"乃令骑皆下马步行，持短兵接战。独籍所杀汉军数百人。项王身亦被十馀创。顾见汉骑司马吕马童③，曰："若非吾故人乎？"马童面之④，指王翳曰⑤："此项王也。"项王乃曰："吾闻汉购我头千金，邑万户，吾为汝德。"乃自刎而死。王翳取其头，馀骑相蹂践争项王，相杀者数十人。最其后，郎中骑杨喜、骑司马吕马童、郎中吕胜、杨武各得其一体。五人共会其体，皆是。故分其地为五：封吕马童为中水侯，封王翳为杜衍侯，封杨喜为赤泉侯，封杨武为吴防侯，封吕胜为涅阳侯。……

　　太史公曰：吾闻之周生曰"舜目盖重瞳子"⑥，又闻项羽亦重瞳子，羽岂其苗裔邪？何兴之暴也！夫秦失其政，陈涉首难，豪杰蜂起，相与并争，不可胜数。然羽非有尺寸⑦，乘势起陇亩之中，三年遂将五诸侯灭秦，分裂天下，而封王侯，政由羽出，号为"霸王"，位虽不终，近古以来未尝有也。及羽背关怀楚⑧，放逐义帝而自立⑨，怨王侯叛己，难矣。自矜功伐，奋其私智而不师古，谓霸王之业，欲以力征经营天下，五年卒亡其国，身死东城，尚不觉寤，而不自责，过矣。乃引"天亡我，非用兵之罪也"，岂不谬哉！

【阅读提示】

　　司马迁（前145—前87？），字子长，夏阳（今陕西省韩城市）人，我国最伟大的历史学家和传记体散文家。其著作《史记》是中国第一部纪传体通史，也是我国第一部传记体文学总集，被鲁迅评为"史家之绝唱，无韵之离骚"（《汉文学史纲要》）。

　　《项羽本纪》成功塑造了项羽这个"失败的英雄"形象。节选部分写项羽垓下被围，率部下东城"溃围"。英雄虽身陷绝境，但依然骁勇善战，所向披靡，威震山河，不失英雄本色。作品善于抓住人物一生中最重要的时刻、最能表现人物心理、性格、品格的人生片段，文字干脆、洗练而语义丰富，气势恢弘而风格多变，显示极其强烈的艺术感染力。

【拓展阅读】

　　1. 司马迁：《高祖本纪》、《淮阴侯列传》、《李将军列传》和《司马穰苴列传》，可参司马迁《史记》，岳麓书社2001年版。

　　2. 陈振鹏、章培恒主编：《古文鉴赏辞典》上卷"司马迁"部分，上海辞书出版社1997

---

　　① 乌江：故址在今安徽马鞍山市和县东北四十里，今名乌江浦。
　　② 檥：(yǐ)同"舣"，移船靠岸。
　　③ 骑司马：骑兵将领中的官名。吕马童，后以战功封中水侯。
　　④ 面：通"偭"，作"背"解。面之：背对着他。王翳在旁，故转身背项王，告诉王翳。
　　⑤ 指王翳，指示王翳看。王翳后封杜衍侯。
　　⑥ 舜：虞舜。盖，疑而不能确定之辞。重瞳子：一只眼睛里有两个眸子。
　　⑦ 尺寸：一点点凭借，指土地或权力。
　　⑧ 背关怀楚：放弃关中，怀归楚地。指的是项羽不据守关中而还军建都彭城。
　　⑨ 放逐义帝：项羽之叔项梁起兵时，立楚后代熊心为怀王。灭秦后项羽尊其为义帝。后项羽自立为西楚霸王，徙义帝往长沙郴县，并阴令人于途中杀之。

年版。

3. 李长之:《司马迁之人格与风格》,天津人民出版社 2007 年版。

【思考与练习】

阅读《史记》中"项羽本纪"、"高祖本纪"、"淮阴侯列传"、"陈丞相世家"和"陈涉世家"等篇,综合考察项羽形象内涵。

曹 丕

与吴质书①

二月三日②，丕白：

岁月易得，别来行复四年③。三年不见④，《东山》犹叹其远，况乃过之，思何可支！虽书疏往返，未足解其劳结⑤。

昔年疾疫⑥，亲故多离其灾⑦，徐、陈、应、刘⑧，一时俱逝，痛可言邪？昔日游处，行则连舆，止则接席，何曾须臾相失！每至觞酌流行，丝竹并奏，酒酣耳热，仰而赋诗，当此之时，忽然不自知乐也⑨。谓百年己分⑩，可长共相保，何图数年之间，零落略尽，言之伤心。顷撰其遗文，都为一集⑪，观其姓名，已为鬼录。追思昔游，犹在心目，而此诸子，化为粪壤，可复道哉！

观古今文人，类不护细行⑫，鲜能以名节自立。而伟长独怀文抱质，恬淡寡欲，有箕山之志，可谓彬彬君子者矣⑬。著《中论》二十余篇⑭，成一家之言，词义典雅，足传于后，此子为不朽矣。德琏常斐然有述作之意⑮，其才学足以著书，美志不遂，良可痛惜。间者历览

---

① 选自夏传才、唐绍忠《曹丕集校注》，河北教育出版社2013年版。吴质，字季重，济阴（汉郡，今山东省西南部）人。《三国志》："（质）以文才为文帝所善，官至振威将军、假节都督河北诸军事，封列侯。"

② 建安（汉献帝年号）二十三年（218）之二月三日。

③ 行：将。复：又。

④ "《东山》"句：《诗经·豳风·东山》："自我不见，于今三年。"写士兵的思乡之情。远，指时间久远。

⑤ 劳结：因忧思而生的郁结。

⑥ 指建安二十二年发生的大疫（流行病）。

⑦ 离：通"罹"，遭遇，蒙，受。

⑧ 徐、陈、应、刘：指建安七子中的徐干、陈琳、应玚、刘桢。

⑨ 忽然：漫不经心。不自知乐：不觉得自己处在欢乐之中。

⑩ 谓百年己分（fèn）：百年之寿，分所应得。以为长命百年是自己的当然之事。分，本应有的。

⑪ "顷撰"二句：我最近撰集他们的遗作，汇成了一部集子。顷，近来。都，汇集。

⑫ 类：大多。护：注意。细行：小节，细小行为。

⑬ 伟长句：伟长：徐干的字。怀文抱质：文质兼备。文，文采。质，质朴。恬淡，《庄子》："虚静恬淡，寂寞无为。""恬淡"，旧注谓：泊然（安静）无营（求），不慕容（名）利。箕（jī）山之志：鄙弃利禄的高尚之志。箕山，相传为尧时许由、巢父隐居之地，后常用以代指隐逸的人或地方。彬彬君子：《论语·雍也》："文质彬彬，然后君子。"彬彬，文质兼备貌。

⑭ 《中论》：徐干著作，是一部政论性著作，系属子书，其意旨："大都阐发义理，原本经训，而归之于圣贤之道。"

⑮ 德琏：应玚的字。斐然：有文采貌。述：阐发前人著作。作：自己创作。

诸子之文,对之抆泪①,既痛逝者,行自念也。孔璋章表殊健,微为繁富②。公干有逸气,但未遒耳;其五言诗之善者,妙绝时人③。元瑜书记翩翩,致足乐也④。仲宣独自善于辞赋,惜其体弱,不足起其文,至于所善,古人无以远过⑤。

昔伯牙绝弦于钟期⑥,仲尼覆醢于子路⑦,痛知音之难遇,伤门人之莫逮。诸子但为未及古人,自一时之隽也,今之存者,已不逮矣。后生可畏⑧,来者难诬⑨,然恐吾与足下不及见也。

行年已长大,所怀万端,时有所虑,至通夜不瞑,志意何时复类昔日?已成老翁,但未白头耳。光武言:"年三十余,在兵中十岁,所更非一。"⑩吾德不及之,而年与之齐矣。以犬羊之质,服虎豹之文,无众星之明,假日月之光⑪,动见瞻观,何时易乎?恐永不复得为昔日游也。少壮真当努力,年一过往,何可攀援⑫,古人思炳烛夜游,良有以也⑬。

顷何以自娱?颇复有所述造不?

东望於邑⑭,裁书叙心。

丕白。

【阅读提示】

曹丕(187—226),字子桓,沛国谯县(今安徽亳州)人。三国时期著名的政治家、文学家,建安二十五年(220),受禅登基,以魏代汉,成为曹魏开国皇帝(220—226年在位),谥号文帝,追封父亲曹操为魏武帝。著有《典论》,当中的《论文》是中国文学史上第一部有系统的文学批评专论作品。

---

① 抆(wěn):擦拭。

② "孔璋"句:孔璋,陈琳的字。章表:奏章、奏表,均为臣下上给皇帝的奏书。殊健:言其文气十分刚健。微:稍微。繁富:指辞采繁多,不够简洁。

③ "公干"句:公干,刘桢的字。逸气:超迈流俗的气质。遒(qiú):本为迫促、坚固之意,后转为刚劲有力(特别是在论文学)。绝:超过。

④ "元瑜"句:阮瑀的字。书记:指军国书檄等官方文字。翩翩:本为鸟飞轻疾,形容词采飞扬、风致俊美之感。致足乐也:十分令人快乐。致,至,极。

⑤ "仲宣"句:仲宣,王粲(càn)的字。体弱:《三国志·魏志·王粲传》说王粲"容状短小","体弱通脱"。体,体质、气质。起其文:勃起他的文气。

⑥ "昔伯牙"句:春秋时伯牙善弹琴,唯钟子期为知音。子期死,伯牙毁琴,不再弹。事见《吕氏春秋·本味》。钟期,即钟子期。

⑦ "仲尼"句:孔子的学生子路在卫国被杀并被剁成肉酱后,孔子便不再吃肉酱一类的食物。事见《礼记·檀弓上》。醢(hǎi),肉酱。

⑧ 后生可畏:年轻人值得敬畏。《论语·子罕》:"后生可畏,焉知来者之不如今也!"

⑨ 诬:妄言,乱说。

⑩ 光武:东汉开国皇帝刘秀的谥号。"年三十"三句:李善注以为语出《东观汉记》载刘秀《赐隗嚣书》。所更非一,所经历的事不只一件。

⑪ "以犬羊"四句:谦称自己并无特出德能,登上太子之位,全凭父亲指定。扬雄《法言·吾子》:"羊质虎皮,见草而悦,见豺而战,忘其皮之虎也。"《文子》:"百星之明,不如一月之光。"服,披,穿。假,借。日月,喻帝后、天地。此喻指曹操。

⑫ 攀(pān)援:挽留。

⑬ 炳烛夜游:点着明火,夜以继日地游乐。《古诗十九首》:"昼短苦夜长,何不秉烛游?"炳,燃。一作"秉",执,持。良有以也:确有原因。

⑭ 於邑(wū yè):同"呜咽",低声哭泣,不得意,心中不快。

《与吴质书》中，曹丕叙对吴质的思念之情、友人的病逝，回忆与建安诸子流连诗酒的欢快情景，评述他们的文学成就，流露出怀念之情和对岁月的迁逝之悲。情真意切，平易晓畅，而颇富抒情气息，像散文诗。

【拓展阅读】

1.曹丕：《典论·论文》《燕歌行》，见魏宏灿《曹丕集校注》，安徽大学出版社 2009 年版。

2.鲁迅：《魏晋风度及文章与药及酒之关系》，见《鲁迅全集·而已集》第 3 卷，人民文学出版社 2005 年版。

3.陈寿：《三国志·魏书·文帝纪》(《白话三国志》)，上海古籍出版社 1996 年版。

【思考与练习】

1.本文中有"观古今文人，类不护细行，鲜能以名节自立"，再结合《典论·论文》中"文以气为主"，谈谈曹丕的"文气"论。

2.曹丕《典论·论文》与《与吴质书》中有不少格言和警句，如："于学无所遗，于辞无所假"等，请谈谈曹丕散文语言的特点。

韩　愈

进学解①

　　国子先生晨入太学②，招诸生立馆下，诲之曰："业精于勤，荒于嬉；行成于思，毁于随③。方今圣贤相逢④，治具毕张⑤。拔去凶邪，登崇俊良。占小善者率以录⑥，名一艺者无不庸⑦。爬罗剔抉⑧，刮垢磨光⑨。盖有幸而获选，孰云多而不扬？诸生业患不能精，无患有司之不明；行患不能成，无患有司之不公。"

　　言未既，有笑于列者曰："先生欺余哉！弟子事先生⑩，于兹有年矣。先生口不绝吟于六艺之文，手不停披于百家之编⑪。记事者必提其要，纂言者必钩其玄⑫。贪多务得，细大不捐⑬。焚膏油以继晷⑭，恒兀兀以穷年⑮。先生之业，可谓勤矣。觝排异端⑯，攘斥佛老，

----

① 选自韩愈《昌黎先生集》，国家图书馆出版社 2019 年版。
② 国子先生：韩愈自称，唐宪宗元和七年(812)他始任国子学博士。唐朝时，国子监是设在京都的最高学府，下面有国子学、太学等七学，各学置博士为教授官。国子学是为高级官员子弟而设的。太学：这里指国子学。唐朝国子监相当于汉朝的太学，古时对官署的称呼常有沿用前代旧称的习惯。
③ 嬉：戏乐，游玩。行：操行，品德。随：因循随俗。
④ 圣贤：圣君与贤臣。
⑤ 治具：治理的工具，主要指法令。《史记·酷吏列传》："法令者，治之具。"毕：全部。张：指建立、确立。
⑥ 占，有。率：都。
⑦ 庸：通"用"，采用、录用。
⑧ 爬罗剔抉：搜罗发掘，挑拣选择。意指仔细搜罗人才。
⑨ 刮垢磨光：指培养人才时磨砺而使之高尚纯洁。
⑩ 事：侍奉。这里指学生跟老师学习。
⑪ 披：分开，这里指翻阅。编：本指穿联竹简的绳子，这里指书籍、著作。
⑫ 纂(zuǎn)：编集。纂言者，指言论集、理论著作。
⑬ 捐：放弃。
⑭ 膏油：油脂，指灯烛。晷(guǐ)：日影。
⑮ 恒：经常。兀(wù)兀：辛勤不懈的样子。穷：终、尽。
⑯ 觝排：抵拒排斥。异端：儒家称儒家以外的学说、学派为异端。

补苴罅漏①，张皇幽眇②。寻坠绪之茫茫③，独旁搜而远绍④。障百川而东之，回狂澜于既倒⑤。先生之于儒，可谓有劳矣。沉浸醲郁，含英咀华；作为文章，其书满家。上规姚姒⑥，浑浑无涯⑦；周《诰》、殷《盘》，佶屈聱牙⑧；《春秋》谨严，《左氏》浮夸；《易》奇而法，《诗》正而葩⑨；下逮《庄》《骚》，太史所录⑩；子云、相如，同工异曲⑪。先生之于文，可谓闳其中而肆其外矣⑫。少始知学，勇于敢为；长通于方，左右具宜⑬。先生之为人，可谓成矣⑭。然而公不见信于人，私不见助于友。跋前踬后⑮，动辄得咎，暂为御史，遂窜南夷⑯。三年博士，冗不见治⑰。命与仇谋，取败几时⑱。冬暖而儿号寒，年丰而妻啼饥。头童齿豁，竟死何裨⑲？不知虑此，而反教人为⑳？"

先生曰："吁，子来前㉑！夫大木为杗，细木为桷，欂栌、侏儒、椳、闑、扂、楔㉒，各得其宜，施以成室者，匠氏之工也。玉札、丹砂、赤箭、青芝、牛溲、马勃㉓，败鼓之皮，俱收并蓄，待用无遗者，医师之良也。登明选公，杂进巧拙，纡余为妍，卓荦为杰，校短量长㉔，惟器是适者，宰相之方也。昔者孟轲好辩，孔道以明，辙环天下，卒老于行㉕。荀卿守正，大论是

---

① 补苴(jū)罅漏：弥补。苴：鞋底中垫的草，这里作动词用，是填补的意思。罅(xià)：裂缝。
② 皇：大。幽：深。眇：微小。幽眇：精深微妙。
③ 坠：衰落。绪：前人留下的事业，这里指儒家的道统。茫茫：远貌。
④ 旁：广泛。绍：继承。
⑤ 倒：倾泻。
⑥ 姚姒(sì)：姚，虞舜的姓；姒，夏禹的姓。这里指《尚书》中的《虞书》《夏书》。
⑦ 浑浑无涯：指内容深远而没有边际。浑浑，广大深厚的样子。
⑧ 周《诰》(gào)：《周书》；殷盘：《商书》。佶(jí)屈聱(áo)牙：文句艰涩生硬，念起来不顺口。佶屈，屈曲的样子，引申为不通顺；聱牙，文词艰涩，念起来不顺口。
⑨ 奇：奇妙，指卦的变化而言；法：法则，指它的内在规律而言。正而葩(pā)：内容纯正言词华美。
⑩ 太史所录：指司马迁所写的《史记》。
⑪ 子云、相如：扬雄和司马相如。同工异曲：比喻文章不同却同样精妙。
⑫ 闳(hóng)其中而肆其外：闳，通"宏"，大。肆，放纵。内容广博而言辞恣肆奔放。
⑬ 方：方术，道理。左右：各方面。具：全部。
⑭ 成：完备。
⑮ 跋(bá)：踩。踬(zhì)：绊。语出《诗经·豳风·狼跋》："狼跋其胡，载踬其尾。"意思说，狼向前走就踩着颔下的悬肉(胡)，后退就绊倒在尾巴上。形容进退都有困难。
⑯ 窜(cuàn)逐，贬谪。南夷：韩愈于贞元十九年(803)授四门博士，次年转监察御史，冬，上书论宫市之弊，触怒德宗，被贬为连州阳山令。阳山在今广东，故称南夷。
⑰ 三年博士：韩愈曾在唐宪宗元和元年(806)六月至四年(809)任国子博士。一说"三年"当作"三为"。冗(rǒng)：闲散之意。见：通"现"。表现，显露。
⑱ 几时：不时，不一定什么时候，也即随时。
⑲ 头童齿豁：头颓齿落。山无草木称为童山，头童即头上颓顶无发。齿豁，牙齿脱落，齿列露出豁口。裨(bì)：补益。
⑳ 为：语助词，表示疑问、反诘。
㉑ 吁(xū)：叹词。
㉒ 杗(máng)：屋梁。桷(jué)：屋椽。欂栌(bó lú)，斗栱，柱顶上承托栋梁的方木。侏(zhū)儒：梁上短柱。椳(wēi)：门枢臼。闑(niè)：门中央所竖的短木，在两扇门相交处。扂(diàn)：门闩之类。楔(xiè)：门两旁长木柱。
㉓ 玉札：地榆。丹砂：朱砂。赤箭：天麻。青芝：龙芝。以上四种都是名贵药材。牛溲(sōu)：牛尿，一说为车前草。马勃：马屁菌。以上两种及"败鼓之皮"都是贱价药材。
㉔ 纡余：迂回曲折。妍：美。卓荦(luò)：突出，超群出众。校(jiào)：比较。
㉕ 孟轲好辩：《孟子·滕文公下》载：孟子有好辩的名声，他说："予岂好辩哉！予不得已也。"意思说：自己因为捍卫圣道，不得不展开辩论。辙(zhé)：车轮痕迹。

弘,逃谗于楚,废死兰陵①。是二儒者,吐辞为经,举足为法,绝类离伦②,优入圣域,其遇于世何如也?今先生学虽勤而不繇其统③,言虽多而不要其中,文虽奇而不济于用,行虽修而不显于众。犹且月费俸钱,岁靡廪粟④;子不知耕,妇不知织;乘马从徒,安坐而食。踵常途之役役,窥陈编以盗窃⑤。然而圣主不加诛,宰臣不见斥,兹非其幸欤?动而得谤,名亦随之。投闲置散,乃分之宜。若夫商财贿之有亡,计班资之崇庳⑥,忘己量之所称,指前人之瑕疵⑦,是所谓诘匠氏之不以杙为楹,而訾医师以昌阳引年,欲进其豨苓也⑧。"

【阅读提示】

韩愈(768—824),字退之,河内河阳(今河南孟县)人。自谓郡望昌黎,世称韩昌黎。唐代著名的诗人、散文家。倡导古文运动,与柳宗元并称"韩柳","唐宋八大家"之首。有《昌黎先生集》。

《进学解》作于唐宪宗元和八年(813),全文假借国子监教诲、学生质疑、先生再予解答,阐明韩愈执著于"业"和"行"是立身处世之道,抒发自己有才华却遭遇坎坷、怀抱不得施展的愤懑。

【拓展阅读】

1. 韩愈:《原道》《送孟东野序》,见《韩昌黎文集校注》(全二册),马其昶校注,上海古籍出版社 2014 年版。

2. 康震:《康震讲韩愈》,中华书局 2018 年版。

【思考与练习】

分析文章题目为什么叫"进学解",其艺术构思、表现方法、语言形式等方面具有什么特点。

---

① 荀卿:即荀况,战国后期时儒家大师,时人尊称为卿。曾在齐国做祭酒,被人谗毁,逃到楚国。楚国春申君任他做兰陵(今属山东临沂)令。春申君死后,他也被废,死在兰陵,著有《荀子》。

② 离、绝:都是超越的意思。伦、类:都是"类"的意思,指一般人。

③ 繇(yóu):通"由"。

④ 靡(mǐ):浪费,消耗。廪(lǐn):粮仓。

⑤ 踵(zhǒng):脚后跟,这里是跟随的意思。役役:拘谨局促的样子。窥:从小孔、缝隙或隐僻处察看。陈编:古旧的书籍。

⑥ 财贿:财物,这里指俸禄。亡:通"无"。班资:等级、资格。庳(bēi):通"卑",低。前人:指职位在自己前列的人。

⑦ 瑕(xiá):玉石上的斑点。疵(cī):病。瑕疵,比喻人的缺点。如上文所说"不公""不明"。

⑧ 杙(yì):小木桩。楹(yíng):柱子。訾(zǐ):指责。昌阳:菖蒲。药材名,相传久服可以长寿。豨(xī)苓:又名猪苓,利尿药。这句意思说:自己堂屋前部的小材不宜大用,不应计较待遇的多少、高低,更不该埋怨主管官员的任使有什么问题。

柳宗元

愚溪诗序①

　　灌水之阳有溪焉②,东流入于潇水③。或曰:冉氏尝居也,故姓是溪为冉溪。或曰:可以染也,名之以其能④,故谓之染溪。余以愚触罪⑤,谪潇水上。爱是溪,入二三里,得其尤绝者家焉⑥。古有愚公谷⑦,今余家是溪,而名莫能定,土之居者,犹龂龂然⑧,不可以不更也,故更之为愚溪⑨。

　　愚溪之上,买小丘,为愚丘。自愚丘东北行六十步,得泉焉,又买居之⑩,为愚泉。愚泉凡六穴,皆出山下平地,盖上出也⑪。合流屈曲而南⑫,为愚沟。遂负土累石⑬,塞其隘⑭,为愚池。愚池之东为愚堂。其南为愚亭。池之中为愚岛。嘉木异石错置⑮,皆山水之奇者,以余故,咸以愚辱焉⑯。

---

　　① 选自刘禹锡编《柳河东集》,上海古籍出版社 2008 年版。柳宗元因参加王叔文革新运动,于唐宪宗元和元年(806)被贬到永州担任司马。到永州后,其母病故,王叔文被处死,他自己也不断受到统治者的诽谤和攻击,心情压抑。唐宪宗元和五年(810),柳宗元在城郊发现了冉溪,于是结茅树蔬,住在了这里,并改其名为"愚溪",又写了《八愚诗》,此文便是诗的序言。

　　② 灌水:湘江支流,在今广西东北部,今称灌江。阳:山的南面,水的北面。

　　③ 潇水:在今湖南省道县北,因源出潇山,故称潇水,与灌水都在当时的永州境内。

　　④ 能:胜任的,能做到的。

　　⑤ 以愚触罪:唐宪宗时,柳宗元因参加王叔文政治集团革新政治失败,被贬永州。愚,指此事。

　　⑥ 尤绝:更好的,指风景极佳美的。家:居住。

　　⑦ 愚公谷:在今山东省淄博市北。刘向《说苑·政理》曾记载此谷名称的由来:"齐桓公出猎,入山谷中,见一老翁,问曰:'是为何谷?'对曰:'愚公之谷。'桓公问其故,曰:'以臣名之。'"

　　⑧ 龂(yín)龂然:争辩的样子。

　　⑨ 更:易,改换名称。

　　⑩ 买居之:买下来以为己有。居,占有、拥有。

　　⑪ 上出:指泉向上冒。

　　⑫ 合流屈曲而南:泉水汇合后弯弯曲曲地向南流去。

　　⑬ 负土累石:指运土堆石。负,背。累,堆积。

　　⑭ 塞其隘:堵住水沟狭窄的地方。

　　⑮ 错置:交错布置,以求变化。

　　⑯ 辱:屈辱。

　　夫水,智者乐也①。今是溪独见辱于愚,何哉?盖其流甚下,不可以溉灌。又峻急多坻石②,大舟不可入也。幽邃浅狭③,蛟龙不屑,不能兴云雨,无以利世,而适类于余④,然则虽辱而愚之,可也。

　　宁武子"邦无道则愚"⑤,智而为愚者也;颜子"终日不违如愚"⑥,睿而为愚者也⑦。皆不得为真愚。今余遭有道而违于理⑧,悖于事⑨,故凡为愚者,莫我若也。夫然,则天下莫能争是溪,余得专而名焉。

　　溪虽莫利于世,而善鉴万类⑩,清莹秀澈⑪,锵鸣金石⑫,能使愚者喜笑眷慕⑬,乐而不能去也。余虽不合于俗,亦颇以文墨自慰⑭,漱涤万物⑮,牢笼百态⑯,而无所避之。以愚辞歌愚溪⑰,则茫然而不违,昏然而同归⑱,超鸿蒙,混希夷⑲,寂寥而莫我知也⑳。于是作《八愚诗》,记于溪石上。

【阅读提示】

　　柳宗元(773—819),字子厚,唐代河东(今山西省永济县)人,,世称柳河东。又因他在柳州刺史任上政绩卓著又死于柳州,世人又称柳柳州。唐代著名诗人、散文家、唯物主义思想家。与韩愈共同倡导古文运动,同被列入"唐宋八大家",并称"韩柳"。其诗风格清峭,与刘禹锡并称"刘柳",与王维、孟浩然、韦应物并称"王孟韦柳"。有《柳河东集》(或《柳柳州集》)。

　　《愚溪诗序》借愚溪而自喻,用足笔墨写一"愚"字,将山水亭堂皆冠以愚,发泄心中之

---

　　①　乐(yào):喜爱,爱好。此句语出《论语·雍也》:"知者乐水,仁者乐山。"

　　②　峻急:湍急。坻(chí):水中的高地或小洲。

　　③　幽邃:深远。

　　④　适:恰好。

　　⑤　宁武子:春秋时卫国大夫宁俞,"武"是谥号。此句语出《论语·公冶长》:"子曰:'宁武子,邦有道则智,邦无道则愚。其智可及也,其愚不可及也。'"意谓宁武子乃佯愚,并非真愚。

　　⑥　颜子:颜回,字子渊,孔子学生。此句语出《论语·为政》:"子曰:'吾与回言,终日不违如愚。退而省其私,亦足以发,回也不愚。'"意谓颜回听孔子讲学,从不提不同看法,好像很愚笨。但考察他私下的言行,发现他不但懂得孔子的话,而且还有所发挥,可见他不愚。

　　⑦　睿:通达,明智。

　　⑧　有道:指政治清明的时代。

　　⑨　悖(bèi):违背,逆而不顺。

　　⑩　鉴:照。万类:万物。

　　⑪　清莹:形容水如玉色光洁。澈:清澄。

　　⑫　锵鸣金石:水声像金石一样铿锵作响。锵,金石撞击声。金石,用金属、石头制成的钟、磬一类乐器。

　　⑬　眷慕:眷恋、爱慕。

　　⑭　文墨:指写作。

　　⑮　漱涤:洗涤。

　　⑯　牢笼:包罗,概括。

　　⑰　愚辞:指所作序的《八愚诗》,诗已失传。

　　⑱　不违、同归:此处都是谐和的意思。两句谓茫茫然昏昏然好像同愚溪融为一体。

　　⑲　"超鸿蒙,混希夷"句:超鸿蒙指超越天地尘世。鸿蒙,指宇宙形成以前的混沌状态。语出《庄子·在宥》:"云将东游,过扶摇之枝,而适遭鸿蒙。"指与自然混同,物我不分。希夷:虚寂玄妙的境界。语出《老子》:"视之不见名曰夷,听之不闻名曰希,搏之不得名曰微。此三者,不可致诘,故混而为一。"这是道家所指的一种形神俱忘、空虚无我的境界。

　　⑳　寂寥而莫我知也:谓连自己的存在也忘记了。寂寥,寂静空阔。

郁抑。文章笔致跌宕,寓意深厚。行文整齐之中有变化,结构精绝。表达方式上,议论清晰、叙事井然、写景如画,三者有机结合。

【拓展阅读】

1. 柳宗元:《始得西山宴游记》《蝜蝂传》《梓人传》,见《柳河东集》,上海古籍出版社2008年版。

2. 康震:《康震讲柳宗元》,中华书局2018年版。

3. 彭二珂:《柳宗元研究》,中国社会科学出版社2018年版。

【思考与练习】

1. 本文体现了"序"的哪些特点? 最鲜明的艺术特色是什么?

2. 对柳宗元心中的郁闷,你怎样看? 结合当下,说说"不合于俗"的内涵。

欧阳修

梅圣俞诗集序①

　　予闻世谓诗人少达而多穷②，夫岂然哉？盖世所传诗者③，多出于古穷人之辞也。凡士之蕴其所有④，而不得施于世者，多喜自放于山巅水涯之外⑤，见虫鱼草木、风云鸟兽之状类，往往探其奇怪。内有忧思感愤之郁积，其兴于怨刺⑥，以道羁臣寡妇之所叹⑦，而写人情之难言，盖愈穷则愈工。然则非诗之能穷人，殆穷者而后工也⑧。

　　予友梅圣俞⑨，少以荫补为吏⑩，累举进士，辄抑于有司⑪，困于州县，凡十余年。年今五十⑫，犹从辟书⑬，为人之佐⑭。郁其所蓄⑮，不得奋见于事业⑯。其家宛陵⑰，幼习于诗，自为童子，出语已惊其长老⑱。既长，学乎六经仁义之说⑲。其为文章，简古纯粹⑳，不求苟说于世㉑，世之人徒知其诗而已。然时无贤愚，语诗者必求之圣俞。圣俞亦自以其不得志

---

①　选自《欧阳修散文精选》，东方出版中心 1999 年版。

②　达：显达，在仕途上顺利得志。穷：困顿，在仕途上困窘不得志。

③　盖：副词，表不肯定。

④　蕴其所有：指怀抱理想和才干。蕴：蓄藏。

⑤　放：放任、纵情。

⑥　兴于怨刺：兴起怨恨、讽刺的念头。怨刺：怨恨、讽刺。

⑦　道：表达出。羁(jī)臣：即"羁旅之臣"，指旅居在外或被贬谪的官员。

⑧　殆：大概、恐怕。穷：使……穷。工：精美。

⑨　梅圣俞：梅尧臣，字圣俞，宣州宣城（今安徽宣城）人。

⑩　荫(yīn)：指因前辈功勋而得官。补：指官员有缺额，选人授职。

⑪　辄：总是。抑：压抑。有司：官吏。

⑫　今：通"近"。

⑬　辟书：招聘文书。

⑭　佐：辅佐，指郡县的副职。

⑮　郁：压抑，使不得舒发。

⑯　奋见：发挥、表现出来。

⑰　宛陵：今安徽省宣城市。

⑱　长老：年老的人，长辈。

⑲　六经：指《诗》《书》《礼》《乐》《易》《春秋》六部儒家经典。

⑳　简古：指文风简洁古朴。

㉑　苟：苟且。说："悦"的通假。

者,乐于诗而发之。故其平生所作,于诗尤多。世既知之矣,而未有荐于上者。昔王文康公尝见而叹曰①:"二百年无此作矣!"虽知之深,亦不果荐也。若使其幸得用于朝廷,作为"雅""颂",以歌咏大宋之功德,荐之清庙②,而追商、周、鲁、《颂》之作者,岂不伟欤?奈何使其老不得志而为穷者之诗,乃徒发于虫鱼物类、羁愁感叹之言。世徒喜其工,不知其穷之久而将老也,可不惜哉!

圣俞诗既多,不自收拾。其妻之兄子谢景初,惧其多而易失也,取其自洛阳至于吴兴以来所作,次为十卷。予尝嗜圣俞诗③,而患不能尽得之,遽喜谢氏之能类次也④,辄序而藏之。其后十五年,圣俞以疾卒于京师,余既哭而铭之⑤,因索于其家,得其遗稿千余篇。并旧所藏,掇其尤者⑥,六百七十七篇,为一十五卷。呜呼!吾于圣俞诗,论之详矣,故不复云。庐陵欧阳修序。

【阅读提示】

欧阳修(1007—1072),字永叔,号醉翁,晚号六一居士,谥号"文忠",故世称欧阳文忠公。吉州永丰(今江西省吉安市永丰县)人。他领导了北宋诗文革新运动,是宋代文学史上开创一代文风的文坛领袖,"唐宋八大家"之一,他曾主修《新唐书》,并独撰《新五代史》。有《欧阳文忠集》传世。

《梅圣俞诗集序》作于嘉祐六年(1061),欧阳修将梅尧臣诗编撰成《梅圣俞诗集》并为之写了这篇序文。此文中,作者提出了诗歌"穷而后工"这一著名美学观点,对这位杰出诗人困顿的境遇表示了深切的同情,表达了对诗人的才华得不到世人重视的惋惜之情。作为序文,还交代了《梅圣俞诗集》的编撰经过。语言平淡无华、明白流畅。

【拓展阅读】

1.吴楚材、吴调侯:《古文观止》,中华书局1987年版。

2.钱锺书:《宋诗选注》,人民文学出版社1958年版。

3.王水照、崔铭:《欧阳修传》,天津人民出版社2013年版。

【思考与练习】

欧阳修散文继承韩愈文从字顺的要求,追求平易的文风。这篇序文也是这种风格的体现,试结合作者其他篇目阅读体会。

---

① 王文康公:王曙,字晦叔,号文康,河南人,宋仁宗时任宰相。

② 荐:奉献。清庙:祖庙。

③ 嗜:喜欢。

④ 遽(jù):骤然,顿时。类次:分类、编排。

⑤ 铭之:给他写了墓志铭。

⑥ 掇(duō):采取,选择。尤:优异。

苏 轼

潮州韩文公庙碑①

　　匹夫而为百世师，一言而为天下法，是皆有以参天地之化②，关盛衰之运。其生也有自来，其逝也有所为。故申、吕自岳降③，傅说为列星④，古今所传，不可诬也。孟子曰："我善养吾浩然之气⑤。"是气也，寓于寻常之中，而塞乎天地之间。卒然遇之，则王、公失其贵，晋、楚失其富，良、平失其智⑥，贲、育失其勇⑦，仪、秦失其辩⑧。是孰使之然哉？其必有不依形而立，不恃力而行，不待生而存，不随死而亡者矣！故在天为星辰，在地为河岳，幽则为鬼神，而明则复为人。此理之常，无足怪者。

　　自东汉以来，道丧文弊⑨，异端并起⑩。历唐贞观开元之盛，辅以房、杜、姚、宋而不能救。独韩文公起布衣，谈笑而麾之，天下靡然从公，复归于正⑪，盖三百年于此矣⑫。文起

---

　　①　选自《苏轼文集》(孔凡礼点校)，中华书局1986年版。潮州：治所在广东省潮州市潮安区。韩文公：即韩愈。文公：韩愈死后的谥号。

　　②　参天地之化：《礼记·中庸》："可以赞天地之化育，则可以与天地参矣。"宋朱熹注："与天地参，谓与天地并立为三矣。"

　　③　申、吕自岳降：申、吕，指周宣王时的申侯和吕伯(亦称甫侯)，伯夷的后代。相传他们是山岳之神降生的。

　　④　傅说为列星：傅说，商王武丁的贤臣。相传他死后飞升上天，和众星并列。

　　⑤　我善养吾浩然之气：见《孟子·公孙丑上》。浩然之气，盛大刚直的正气。

　　⑥　良、平：张良和陈平，都是汉高祖刘邦的开国功臣，都以足智多谋著称。

　　⑦　贲(bēn)、育：孟贲和夏育，古代著名的勇士，据称力大无穷。

　　⑧　仪、秦：张仪和苏秦，战国时的辩士，以能言善辩著称。

　　⑨　道：指儒家的学说思想，即所谓道统。

　　⑩　异端：儒家把道家、墨家等不同的学派斥为异端。这里指汉、魏以来长期兴盛的佛教与道教。

　　⑪　正：儒家的正道。

　　⑫　盖三百年于此：从韩愈倡导古文到苏轼时期将近三百年。

八代之衰①，而道济天下之溺②；忠犯人主之怒③，而勇夺三军之帅④。此岂非参天地、关盛衰，浩然而独存者乎？

盖尝论天人之辨：以谓人无所不至，惟天不容伪。智可以欺王公，不可以欺豚鱼⑤；力可以得天下，不可以得匹夫匹妇之心。故公之精诚，能开衡山之云⑥，而不能回宪宗之惑⑦；能驯鳄鱼之暴⑧，而不能弭皇甫镈（bó）、李逢吉之谤⑨；能信于南海之民⑩，庙食百世⑪，而不能使其身一日安于朝廷之上：盖公之所能者天也，其所不能者人也。

始潮人未知学，公命进士赵德为之师，自是潮之士，皆笃于文行，延及齐民，至于今，号称易治。信乎孔子之言："君子学道则爱人，小人学道则易使也。⑫"潮人之事公也，饮食必祭，水旱疾疫，凡有求必祷焉。而庙在刺史公堂之后⑬，民以出入为艰。前太守欲请诸朝作新庙⑭，不果。元祐五年⑮，朝散郎王君涤来守是邦⑯，凡所以养士治民者，一以公为师，民既悦服，则出令曰："愿新公庙者，听。"民欢趋之，卜地于州城之南七里⑰，期年而庙成。

或曰："公去国万里而谪于潮，不能一岁而归⑱，没而有知⑲，其不眷恋于潮也审矣！⑳"轼曰："不然。公之神在天下者，如水之在地中，无所往而不在也。而潮人独信之深，思之至，焄蒿凄怆㉑，若或见之。譬如凿井得泉，而曰水专在是，岂理也哉！"

---

① 八代：指东汉、魏、晋、宋、齐、梁、陈、隋。
② 道济天下之溺：指韩愈提倡儒家之道，把天下人从沉溺佛、老等异端的困境中拯救出来。济：拯救。
③ 忠犯人主之怒：唐宪宗（李纯）派使者往凤翔迎佛骨入宫，韩愈上表进谏，言词激切，触怒宪宗，几乎被处死。幸大臣裴度、崔群等营救，才贬为潮州刺史。
④ 勇夺三军之帅：唐穆宗（李恒）时，镇州（治所在今河北正定县）叛乱，杀节度使田弘正，另立王廷凑，韩愈奉命前去宣抚。大臣们都替他担心，认为有被杀的危险，但他只用一次谈话便说服了作乱的将士。回京后穆宗大为高兴，转韩愈为吏部侍郎。三军，指军队。
⑤ 豚鱼：泛指小动物。豚，小猪。
⑥ 能开衡山之云：衡山，五岳中的南岳，在湖南省衡山县境内。据韩愈《谒衡岳庙遂宿岳寺题门楼》诗说：他路过衡山游南岳，正逢秋雨，天阴无风，他诚心祷告，马上云开雨止，天气晴朗。
⑦ 不能回宪宗之惑：指韩愈谏迎佛骨，唐宪宗不听一事。
⑧ 能驯鳄鱼之暴：韩愈任潮州刺史时，听说鳄鱼危害百姓，便作《祭鳄鱼文》，命令鳄鱼迁走。据说后来鳄鱼果然向西迁移六十里。
⑨ 不能弭皇甫镈、李逢吉之谤：弭，消除。韩愈贬潮州后，上表谢罪。宪宗看后，很是后悔，想叫他官复原职，但遭到宰相皇甫镈的中伤阻止，就改韩愈为袁州刺史。唐穆宗时，宰相李逢吉曾弹劾韩愈，皇帝罢去韩愈御史大夫职务，降为兵部侍郎。
⑩ 南海：古代郡名。潮州临南海，所以借南海指潮州。
⑪ 庙食：接受后世的立庙祭祀。
⑫ "君子学道则爱人"二句：语见《论语·阳货》。君子，指士大夫。小人，指老百姓。
⑬ 刺史公堂：州官办公的厅堂。刺史，唐代州的最高行政长官。
⑭ 太守：唐时的刺史，相当汉的太守。这里沿用旧名。
⑮ 元祐五年：宋哲宗（赵煦）元祐五年，即公元1090年。
⑯ 朝散郎：文官名，官阶为从七品。王涤：生平不详。
⑰ 卜地：选择地址。
⑱ 不能一岁：没有一年。韩愈于唐宪宗元和十四年（819）正月贬潮州刺史，同年十月改袁州刺史，在潮州不到一年。
⑲ 没：通"殁"，死亡。
⑳ 审：明白。
㉑ 焄（xūn）蒿凄怆：祭祀时引起悲伤的情感。焄，同"熏"，指祭物的香气。蒿，香气蒸发上升的样子。语见《礼记·祭义》。

元丰元年①，诏拜公昌黎伯②，故榜曰③"昌黎伯韩文公之庙"。潮人请书其事于石，因作诗以遗之④，使歌以祀公。其辞曰："公昔骑龙白云乡，手抉云汉分天章⑤，天孙为织云锦裳⑥。飘然乘风来帝旁，下与浊世扫秕糠⑦。西游咸池略扶桑⑧，草木衣被昭回光⑨。追逐李、杜参翱翔⑩，汗流籍、湜走且僵⑪。灭没倒影不能望⑫，作书诋佛讥君王。要观南海窥衡湘，历舜九嶷吊英皇⑬。祝融先驱海若藏⑭，约束蛟鳄如驱羊。钧天无人帝悲伤⑮，讴吟下招遣巫阳⑯。犦牲鸡卜羞我觞⑰，于粲荔丹与蕉黄⑱。公不少留我涕滂，翩然被发下大荒⑲。"

【阅读提示】

《潮州韩文公庙碑》是苏轼于1092年（元祐七年）三月，接受了潮州知州王涤的请求，为潮州重新修建的韩愈庙所撰写的碑文。文章对韩愈在儒学、文学和政治方面的成就予以高度的评价和热情的颂扬。并具体描述了潮州人民对韩愈的崇敬怀念之情。碑文结构谨严，感情充沛，气势磅礴，颇有韩愈"奇崛"之风。

【拓展阅读】

1. 苏轼：《超然台记》《石钟山记》《方山子传》，见吴楚材、吴调侯《古文观止》，中华书局2011年版。

2. 康震：《康震评说唐宋八大家》，中华书局2010年版。

3. 王水照：《苏轼研究》，中华书局2015年版。

【思考与练习】

1. 这篇碑文将议论、描述、引征、对话、诗歌等熔铸于一炉，高论卓识，雄健奔放，骈散兼施，文情并茂。阅读下面两则资料，体会本文写作特点及写作成就。

---

① 元丰元年：据《经进东坡文集事略》卷五十五，应为"元丰七年"。宋神宗（赵顼）元丰七年，即公元1084年。

② 昌黎伯：韩愈的祖籍在昌黎（今属河北省），因而世称昌黎伯。伯：爵位的一种。

③ 榜：木匾。

④ 遗：送给。

⑤ 手抉：用手挑取。云汉：天河。天章：指天上的日月星辰。

⑥ 天孙：织女，传说织女是天帝的孙女。

⑦ 秕糠：本指米的皮屑，这里比喻邪说异端。

⑧ 西游咸池略扶桑：咸池，神话中太阳沐浴的地方。略：到。扶桑：神话中日没的地方。

⑨ 草木衣被昭回光：是说韩愈的道德文章辉映一代，如同日月光照大地，泽及草木一样。

⑩ 李、杜：李白和杜甫。

⑪ 籍、湜：张籍和皇甫湜，唐代文学家，韩愈同时代人。汗流、走且僵：都是形容追赶不上。

⑫ 灭没倒影不能望，形容张籍、皇甫湜像倒影一样容易灭没，不能仰望韩愈日月般的光辉。

⑬ 九嶷：山名，又名苍梧，在今湖南省宁远县境内。英、皇：女英、娥皇，尧帝的两个女儿，同嫁舜帝为妃。

⑭ 祝融：传说的火神。海若：海神。

⑮ 钧天：天的中央。帝：天帝。

⑯ 讴吟：唱歌。巫阳：神巫名。

⑰ 犦（bào）牲鸡卜羞我觞：犦牲：用牦牛作祭品。鸡卜：用鸡骨占卜。羞我觞：进酒。觞：一作酒器。

⑱ 荔丹：红色的荔枝。蕉黄：黄色的香蕉。以上两句指庙中的祭品。

⑲ 翩然被发下大荒：祈望韩愈快快降临人世享受祭祀。被：同"披"。大荒：即大地。

王世贞说："此碑自始至末，无一懈怠，佳言格论，层见迭出，如太牢之悦口，夜明之夺目，苏文古今所推，此尤其最得意者。"（《御选唐宋文醇》引）

宋·洪迈《容斋随笔》卷八《论韩文公》："刘梦得、李习之、皇甫持正、李汉，皆称诵韩公之文，各极其挚。及东坡之碑一出，而后众说尽废。骑龙白云之诗，蹈厉发越，直到《雅》《颂》，所谓若捕龙蛇、搏虎豹者，大哉言乎！"

2. 下面一篇短文反映了苏轼怎样的人生观与智慧？

试笔自书

吾始至南海，环视天水无际，凄然伤之曰："何时得出此岛耶？"已而思之：天地在积水之中，九州在大瀛海中，中国在少海中，有生孰不在岛者？覆盆水于地，芥浮于水，蚁附于芥，茫然不知所济。少焉水涸，蚁即径去；见其类，出涕曰："几不复与子相见。"岂知俯仰之间，有方轨八达之路乎？念此可以一笑。

戊寅九月十二日，与客饮薄酒小醉，信笔书此纸。

［提示：试笔自书（又名《在儋耳书》），写于苏轼谪居海南时期。儋耳：地名，今海南省儋州市。方轨：两车并行］

张　岱

西湖七月半^①

西湖七月半，一无可看，止可看看七月半之人^②。看七月半之人，以五类看之。其一，楼船箫鼓^③、峨冠盛筵^④，灯火优傒^⑤，声光相乱，名为看月而实不见月者，看之^⑥。其一，亦船亦楼，名娃闺秀^⑦，携及童娈^⑧，笑啼杂之，还坐露台，左右盼望，身在月下而实不看月者，看之。其一，亦船亦声歌，名妓闲僧，浅斟低唱，弱管轻丝，竹肉相发^⑨，亦在月下，亦看月而欲人看其看月者，看之。其一，不舟不车，不衫不帻^⑩，酒醉食饱，呼群三五，跻入人丛^⑪，昭庆^⑫、断桥，嘄呼嘈杂，装假醉，唱无腔曲，月亦看，看月者亦看，不看月者亦看，而实无一看者，看之。其一，小船轻幌，净几暖炉，茶铛旋煮^⑬，素瓷静递^⑭，好友佳人，邀月同坐，或匿影树下，或逃嚣里湖，看月而人不见其看月之态，亦不作意看月者，看之。

杭人游湖，巳出酉归^⑮，避月如仇。是夕好名^⑯，逐队争出，多犒门军酒钱。轿夫擎

---

①　选自张岱《陶庵梦忆》（苗怀明译注），中华书局 2020 年版。西湖：即今杭州西湖。七月半：农历七月十五，又称中元节。

②　"止可看"句：谓只可看那些来看七月半景致的人。止，同"只"。

③　楼船：指考究的有楼的大船。箫鼓：指吹打音乐。

④　峨冠：头戴高冠，指士大夫。盛筵：摆着丰盛的酒筵。

⑤　优傒(xī)：优伶和仆役。

⑥　看之：谓要看这一类人。下四类叙述末尾的"看之"同。

⑦　娃：美女。闺秀：有才德的女子。

⑧　童娈(luán)：容貌美好的家僮。

⑨　竹肉：指管乐和歌喉。

⑩　"不舟"二句：不坐船，不乘车，不穿长衫，不戴头巾，指放荡随便。"帻(zé)"，头巾。

⑪　跻(jī)：通"挤"。

⑫　昭庆：寺名。

⑬　铛(chēng)：温茶、酒的器具。旋(xuàn)：随时，随即。

⑭　素瓷静递：雅洁的瓷杯无声地传递。

⑮　巳：巳时，约为上午九时至十一时。酉：酉时，约为下午五时至七时。

⑯　是夕好名：七月十五这天夜晚，人们喜欢"中元节"的这个名目，或者说"名堂"。

燎①，列侯岸上。一入舟，速舟子急放断桥②，赶入胜会。以故二鼓以前③，人声鼓吹，如沸如撼，如魇如呓，如聋如哑。大船小船一齐凑岸，一无所见，止见篙击篙，舟触舟，肩摩肩，面看面而已。少刻兴尽，官府席散，皂隶喝道去。轿夫叫，船上人怖以关门，灯笼火把如列星，一一簇拥而去。岸上人亦逐队赶门，渐稀渐薄，顷刻散尽矣。

吾辈始舣舟近岸④，断桥石磴始凉⑤，席其上，呼客纵饮。此时月如镜新磨，山复整妆，湖复靧面⑥，向之浅斟低唱者出，匿影树下者亦出。吾辈往通声气，拉与同坐。韵友来⑦，名妓至，杯箸安，竹肉发。月色苍凉，东方将白，客方散去。吾辈纵舟，酣睡于十里荷花之中，香气拍人⑧，清梦甚惬⑨。

【阅读提示】

张岱(1597—1679)，字宗子、石公，又名维城，号陶庵，别号蝶庵居士，晚号六休居士，浙江山阴(今绍兴)人。明末清初散文家、史学家，最擅长散文。他的散文语言清新活泼，形象生动，广览简取，《西湖七月半》《湖心亭看雪》是他的代表作。著有《琅嬛文集》《陶庵梦忆》《西湖梦寻》《夜航船》《三不朽图赞》等绝代文学名著，另有史学名著《石匮书》亦为其代表作，李长祥以为"当今史学，无逾陶庵"。

《西湖七月半》真可谓"片言役万景"，此"景"是杭人七月半游西湖之人世之景。作者用短短几百字驱无数人物于笔端，以类别摄之，人物身份、性情、精神追求，雅俗分明，层次井然。寓褒贬于客观描述之中，而情趣显见：追求诗意雅韵。难免文人的高标自赏而摒弃市井之"俗"，反观之则可见杭人出游西湖的人间烟火气。

【拓展阅读】

1. 张岱：《湖心亭》，见《西湖梦寻》(李小龙注)，中华书局 2011 年版。

2. 张岱：《柳敬亭说书》《湖心亭看雪》，见《陶庵梦忆》(苗怀明译注)，中华书局 2020 年版。

3. 余德余：《都市文人——张岱传》，浙江人民出版社 2006 年版。

【思考与练习】

1. 领会《西湖七月半》标举文人清高情趣的立意并分析其写作特色。

2. 阅读《湖心亭看雪》，试分析作者从哪几个角度写西湖雪景的，文中有关"湖上影子"的几句描写西湖特点。

3. 从《西湖七月半》《湖心亭看雪》等文谈谈张岱的审美情趣与文化心态。

---

① 擎(qíng)：举。燎(liáo)：火把。

② 速：催促。

③ 二鼓：二更，约为夜里十一点左右。

④ 舣(yǐ)：通"移"，移动船使船停靠岸边。

⑤ 石磴(dèng)：石头台阶。

⑥ 靧(huì)面：一作"颒面"，洗脸。

⑦ 韵友：风雅的朋友，诗友。

⑧ 拍：扑。

⑨ 惬(qiè)：快意。

归有光

沧浪亭记①

　　浮图文瑛居大云庵②，环水，即苏子美沧浪亭之地也③。亟求余作《沧浪亭记》④，曰："昔子美之记，记亭之胜也。请子记吾所以为亭者。"

　　余曰：昔吴越有国时⑤，广陵王镇吴中⑥，治南园于子城之西南⑦；其外戚孙承祐⑧，亦治园于其偏。迨淮海纳土⑨，此园不废。苏子美始建沧浪亭，最后禅者居之：此沧浪亭为大云庵也。有庵以来二百年，文瑛寻古遗事，复子美之构于荒残灭没之余：此大云庵为沧浪亭也。

　　夫古今之变，朝市改易。尝登姑苏之台⑩，望五湖之渺茫⑪，群山之苍翠，太伯、虞仲之所建⑫，阖闾、夫差之所争⑬，子胥、种、蠡之所经营⑭，今皆无有矣。庵与亭何为者哉？虽然，钱镠因乱攘窃，保有吴越，国富兵强，垂及四世。诸子姻戚，乘时奢僭⑮，宫馆苑囿，极

---

①　选自《归有光全集》，上海人民出版社2015年版。

②　浮图：即浮屠，梵语音译，指佛。这里是指信奉佛事的僧人，也叫和尚。文瑛：生平不详。庵：小庙，多为女尼所居。

③　苏子美：苏舜钦，字子美，北宋诗人。他曾建沧浪亭，自号沧浪翁。该亭在今江苏省苏州市。

④　亟：屡次，多次。

⑤　吴越：指吴越王，即唐末钱镠，官拜节度使。后建国吴越，称吴越国王（907—932）。是五代十国时的十国之一，辖地包括今浙江、江苏南部、福建东北部地区。有国时：国家存在的时候。

⑥　广陵王：指吴越王钱镠的儿子钱元璙。吴中：指苏州一带地区。

⑦　治南园：辟建南园。子城：附属于大城的小城，这里指内城。

⑧　外戚：指帝王的母族或妻族。孙承祐：钱镠的孙子钱俶的岳父，故说为"外戚"。

⑨　迨：到，等到。淮海纳土：指吴越国王钱俶献其地于宋。纳土，指将国土贡献给了宋王朝。

⑩　姑苏台，在今苏州城西南。据传是春秋末期吴王阖闾、夫差两代君主所建，工程浩大。越灭吴，被焚毁。

⑪　五湖：这是泛指包括太湖在内附近所有的湖泊。渺茫：形容一望无际。

⑫　太伯：周代太王古公亶父的长子。虞仲：古公亶父的次子。传说太子准备将幼子季历立为王，于是长子太伯、次子虞仲就远避江南，遂为当地君长，成了春秋时吴国的开国者。

⑬　阖闾：春秋时吴国的国王（公元前514－公元前496）。夫差：阖闾的儿子，吴国的国王（公元前496－公元前475）。

⑭　子胥：姓伍，名员，字子胥，春秋时楚国人。种、蠡：指文种和范蠡。文种，春秋末年越国大夫，楚人；范蠡，春秋末年楚人，曾辅助越王灭吴。

⑮　奢僭（jiàn）：奢侈豪华过度而不合礼制法度。僭（jiàn）：超越本分。

一时之盛。而子美之亭,乃为释子所钦重如此。可以见士之欲垂名于千载,不与其澌然而俱尽者①,则有在矣。文瑛读书喜诗,与吾徒游,呼之为沧浪僧云。

【阅读提示】

归有光(1506—1571),字熙甫,又字开甫,别号震川,自号项脊生,明代昆山(今江苏昆山)人,后徙居嘉定(今上海嘉定)。明代散文家、文学家、古文家。归有光以散文创作为主,与王慎中、唐顺之、茅坤并称为"唐宋派"。其文被称作"明文第一",有"今之欧阳修"的赞誉,世称"震川先生"。

《沧浪亭记》是作者应僧人文瑛之请记其重建沧浪亭事,短短二三百字,好像没有刻意谋篇,而是从容有度地记叙沧浪亭的历史变迁、抒发对世事变化的感慨、阐明淡泊名利的胸次,实则是浑然天成的艺术巧构。感情真挚深沉,文笔清淡朴素,语调自然亲切,细节生动传神,自是归有光小品的特色。

【拓展阅读】

1. 归有光:《项脊轩志》,见陈振鹏、章培恒主编《古文鉴赏辞典》(下),上海辞书出版社2014年版。

2. 苏舜钦:《沧浪亭记》,见《苏舜钦集》(朱东润校注),上海古籍出版社1981年版。

3. 沈新林:《归有光评传·年谱》,安徽文艺出版社2000年版。

【思考与练习】

1. 下面是苏舜钦的《沧浪亭记》,试与归有光所作《沧浪亭记》比较阅读分析其各自的艺术特色。

沧浪亭记

予以罪废,无所归。扁舟吴中,始僦舍以处。时盛夏蒸燠,土居皆褊狭,不能出气,思得高爽虚辟之地,以舒所怀,不可得也。

一日过郡学,东顾草树郁然,崇阜广水,不类乎城中。并水得微径于杂花修竹之间。东趋数百步,有弃地,纵广合五六十寻,三向皆水也。杠之南,其地益阔,旁无民居,左右皆林木相亏蔽。访诸旧老,云钱氏有国,近戚孙承祐之池馆也。坳隆胜势,遗意尚存。予爱而徘徊,遂以钱四万得之,构亭北碕,号"沧浪"焉。前竹后水,水之阳又竹,无穷极。澄川翠干,光影会合于轩户之间,尤与风月为相宜。

予时榜小舟,幅巾以往,至则洒然忘其归。箕而浩歌,踞而仰啸,野老不至,鱼鸟共乐。形骸既适则神不烦,观听无邪则道以明;返思向之汩汩荣辱之场,日与锱铢利害相磨戛,隔此真趣,不亦鄙哉!

噫!人固动物耳。情横于内而性伏,必外寓于物而后遣。寓久则溺,以为当然;非胜是而易之,则悲而不开。惟仕宦溺人为至深。古之才哲君子,有一失而至于死者多矣,是未知所以自胜之道。予既废而获斯境,安于冲旷,不与众驱,因之复能乎内外失得之原,沃

---

① 澌然而俱尽:犹一同消亡。澌然,冰块消融的样子。

然有得，笑闵万古。尚未能忘其所寓目，用是以为胜焉！

2. 以口头语说家常事的笔墨和意境，是归有光在唐宋八大家之后的一种创造，他的文章比以往的散文更贴近日常生活。归有光善于选取生活小事、平凡场景，表现人物音容笑貌，寄托自己的深情。请阅读《项脊轩志》，体会这种写作特点。

梁启超

少年中国说①

　　日本人之称我中国也,一则曰老大帝国,再则曰老大帝国。是语也,盖袭译欧西人之言也。呜呼!我中国其果老大矣乎?梁启超曰:恶!是何言!是何言!吾心目中有一少年中国在。

　　欲言国之老少,请先言人之老少。老年人常思既往,少年人常思将来。惟思既往也,故生留恋心;惟思将来也,故生希望心。惟留恋也,故保守;惟希望也,故进取。惟保守也,故永旧;惟进取也,故日新。惟思既往也,事事皆其所已经者,故惟知照例;惟思将来也,事事皆其所未经者,故常敢破格。老年人常多忧虑,少年人常好行乐。惟多忧也,故灰心;惟行乐也,故盛气。惟灰心也,故怯懦;惟盛气也,故豪壮。惟怯懦也,故苟且;惟豪壮也,故冒险。惟苟且也,故能灭世界;惟冒险也,故能造世界。老年人常厌事,少年人常喜事。惟厌事也,故常觉一切事无可为者;惟好事也,故常觉一切事无不可为者。老年人如夕照,少年人如朝阳;老年人如瘠牛,少年人如乳虎;老年人如僧,少年人如侠;老年人如字典,少年人如戏文;老年人如鸦片烟,少年人如泼兰地酒;老年人如别行星之陨石,少年人如大洋海之珊瑚岛;老年人如埃及沙漠之金字塔,少年人如西伯利亚之铁路;老年人如秋后之柳,少年人如春前之草;老年人如死海之潴②为泽,少年人如长江之初发源。此老年与少年性格不同之大略也。梁启超曰:人固有之,国亦宜然。

　　梁启超曰:伤哉,老大也。浔阳江头琵琶妇,当明月绕船,枫叶瑟瑟,衾寒于铁,似梦非梦之时,追想洛阳尘中春花秋月之佳趣。西宫南内,白发宫娥,一灯如穗,三五对坐,谈开元、天宝间遗事,谱《霓裳羽衣曲》。青门种瓜人③,左对孺人④,顾弄孺子,忆侯门似海、珠

---

　　①　选自梁启超《饮冰室合集》,中华书局 1989 年版。
　　②　潴(zhū):水停聚的地方。
　　③　青门种瓜人:指召(shào 邵)平。秦时,召平封东陵侯。秦亡后,家贫,种瓜于长安城东。他种的瓜味美,世称东陵瓜。青门,长安城东的霸城门,门青色,故称青门。
　　④　孺人,古代大夫之妻称孺人,明、清两代七品官的妻子封孺人。

履杂遝①之盛事。拿破仑之流于厄蔑②，阿剌飞③之幽于锡兰，与三两监守吏，或过访之好事者，道当年短刀匹马，驰骋中原，席卷欧洲，血战海楼，一声叱咤，万国震恐之丰功伟烈，初而拍案，继而抚髀④，终而揽镜。呜呼，面皱齿尽，白发盈把，颓然老矣！若是者，舍幽郁之外无心事，舍悲惨之外无天地，舍颓唐之外无日月，舍叹息之外无音声，舍待死之外无事业。美人豪杰且然，而况寻常碌碌者耶？生平亲友，皆在墟墓，起居饮食，待命于人，今日且过，遑知他日？今年且过，遑恤明年？普天下灰心短气之事，未有甚于老大者。于此人也，而欲望以擎云之手段⑤，回天之事功，挟山超海之意气，能乎不能？呜呼！我中国其果老大矣乎？立乎今日，以指畴昔，唐虞三代⑥，若何之郅治⑦；秦皇汉武，若何之雄杰；汉唐来之文学，若何之隆盛；康乾间之武功，若何之烜赫！历史家所铺叙，词章家所讴歌，何一非我国民少年时代良辰美景、赏心乐事之陈迹哉！而今颓然老矣！昨日割五城，明日割十城；处处雀鼠尽，夜夜鸡犬惊。十八省之土地财产⑧，已为人怀中之肉；四百兆之父兄子弟⑨，已为人注籍之奴。岂所谓"老大嫁作商人妇"者耶？呜呼！凭君莫话当年事，憔悴韶光不忍看！楚囚相对⑩，岌岌顾影；人命危浅，朝不虑夕。国为待死之国，一国之民为待死之民，万事付之奈何，一切凭人作弄，亦何足怪！

任公曰：我中国其果老大矣乎？是今日全地球之一大问题也。如其老大也，则是中国为过去之国，即地球上昔本有此国，而今渐渐灭，他日之命运殆将尽也；如其非老大也，则是中国为未来之国，即地球上昔未现此国，而今渐发达，他日之前程且方长也。欲断今日之中国为老大耶？为少年耶？则不可不先明"国"字之意义。夫国也者，何物也？有土地，有人民，以居于其土地之人民，而治其所居之土地之事，自制法律而自守之；有主权，有服从，人人皆主权者，人人皆服从者。夫如是，斯谓之完全成立之国。地球上之有完全成立之国也，自百年以来也。完全成立者，壮年之事也；未能完全成立而渐进于完全成立者，少年之事也。故吾得一言以断之曰：欧洲列邦在今日为壮年国，而我中国在今日为少年国。

夫古昔之中国者，虽有国之名，而未成国之形也。或为家族之国，或为酋长之国，或为诸侯封建之国，或为一王专制之国，虽种类不一，要之，其于国家之体质也，有其一部而缺其一部。正如婴儿自胚胎以迄成童，其身体之一二官支⑪，先行长成，此外则全体虽粗具，然未能得其用也。故唐虞以前为胚胎时代，殷商之际为乳哺时代，由孔子而来至于今为童子时代。逐渐发达，而今乃始将入成童以上少年之界焉。其长成所以若是之迟者，则历代之民贼有窒其生机者也。譬犹童年多病，转类老态，或且疑其死期之将至焉，而不知皆由

---

① 杂遝(tà)，杂乱。

② 厄蔑：今译作厄尔巴，地中海中的岛屿。

③ 阿剌飞：今译作阿拉比(1839—1911)，埃及爱国军官，曾率军抵抗英国的侵略，失败后被流放锡兰(今斯里兰卡)。

④ 髀(bì)：大腿。

⑤ 擎云：以手摘云，比喻志向远大，本领高强。

⑥ 唐虞三代：指唐尧、虞舜和夏、商、周三代。

⑦ 郅(zhì)治：至治，把国家治理得太平强盛。

⑧ 十八省：清初全国共分十八个省。光绪末年增至二十三省，但人们习惯上仍称十八省。

⑨ 四百兆：即四亿，当时中国有四亿人口。

⑩ 楚囚相对：喻遇到强敌，窘迫无计。

⑪ 官支：五官、四肢。

未完全、未成立也；非过去之谓，而未来之谓也。

　　且我中国畴昔，岂尝有国家哉？不过有朝廷耳。我黄帝子孙，聚族而居，立于此地球之上者既数千年，而问其国之为何名，则无有也。夫所谓唐、虞、夏、商、周、秦、汉、魏、晋、宋、齐、梁、陈、隋、唐、宋、元、明、清者，则皆朝名耳。朝也者，一家之私产也；国也者，人民之公产也。朝有朝之老少，国有国之老少。朝与国既异物，则不能以朝之老少而指为国之老少明矣。文、武、成、康，周朝之少年时代也。幽、厉、桓、赧，则其老年时代也。高、文、景、武，汉朝之少年时代也。元、平、桓、灵，则其老年时代也。自余历朝，莫不有之。凡此者，谓为一朝廷之老也则可，谓为一国之老也则不可。一朝廷之老且死，犹一人之老且死也，于吾所谓中国者何与焉。然则吾中国者，前此尚未出现于世界，而今乃始萌芽云尔。天地大矣，前途辽矣，美哉，我少年中国乎！

　　玛志尼者①，意大利三杰之魁也。以国事被罪，逃窜异邦。乃创立一会，名曰"少年意大利"。举国志士，云涌雾集以应之，卒乃光复旧物，使意大利为欧洲之一雄邦。夫意大利者，欧洲第一之老大国也。自罗马亡后，土地隶于教皇，政权归于奥国，殆所谓老而濒于死者矣。而得一玛志尼，且能举全国而少年之，况我中国之实为少年时代者耶！堂堂四百余州之国土，凛凛四百余兆之国民，岂遂无一玛志尼其人者！

　　龚自珍氏之集有诗一章，题曰《能令公少年行》②。吾尝爱读之，而有味乎其用意之所存。我国民而自谓其国之老大也，斯果老大矣；我国民而自知其国之少年也，斯乃少年矣。西谚有之曰："有三岁之翁，有百岁之童。"然则，国之老少，又无定形，而实随国民之心力以为消长者也。吾见乎玛志尼之能令国少年也，吾又见乎我国之官吏士民能令国老大也。吾为此惧！夫以如此壮丽浓郁、翩翩绝世之少年中国，而使欧西、日本人谓我为老大者何也？则以握国权者皆老朽之人也。非哦几十年八股，非写几十年白折③，非当几十年差，非捱几十年俸，非递几十年手本④，非唱几十年喏，非磕几十年头，非请几十年安，则必不能得一官，进一职。其内任卿贰以上、外任监司以上者⑤，百人之中，其五官不备者⑥，殆九十六七人也；非眼盲，则耳聋，非手颤，则足跛，否则半身不遂也。彼其一身饮食、步履、视听、言语，尚且不能自了，须三四人在左右扶之捉之，乃能度日，于此而乃欲责之以国事，是何异立无数木偶而使之治天下也。且彼辈者，自其少壮之时，既已不知亚细、欧罗巴为何处地方，汉祖、唐宗是那朝皇帝，犹嫌其顽钝腐败之未臻其极，又必搓磨之、陶冶之，待其脑髓已涸，血管已塞，气息奄奄，与鬼为邻之时，然后将我二万里山河、四万万人命，一举而畀⑦于其手。呜呼！老大帝国，诚哉其老大也！而彼辈者，积其数十年之八股、白折、当差、捱俸、手本、唱喏、磕头、请安，千辛万苦，千苦万辛，乃始得此红顶花翎之服色，中堂大

①　玛志尼(1805—1872)：意大利爱国者。罗马帝国灭亡后，意大利受奥地利帝国奴役，玛志尼创立"少年意大利党"，创办《少年意大利报》，发动和组织资产阶级革命，完成意大利的独立统一事业。他与同时的加里波弟、加富尔并称"意大利三杰"。

②　《能令公少年行》：龚自珍抒怀之诗，收入《定庵全集》，原意是说一个人不追求名利，放宽胸怀，就能长葆青春。这里取其长葆青春意。

③　白折：用白纸做成的折页。清代科举考试朝考时用的答卷。官员向朝廷上书时也用白折。

④　手本：明清官场中下级晋见上级时用的名帖。

⑤　卿贰：卿是朝廷各部的长官，贰指副职。监司：清代通称各省布政使、按察使及各道道员为监司。

⑥　五官不备：指五官功能不全。

⑦　畀：(bì)，给予。

人之名号,乃出其全副精神,竭其毕生力量,以保持之。如彼乞儿,拾金一锭,虽轰雷盘旋其顶上,而两手犹紧抱其荷包,他事非所顾也,非所知也,非所闻也。于此而告之以亡国也,瓜分也,彼乌从而听之①? 乌从而信之? 即使果亡矣,果分矣,而吾今年既七十矣,八十矣,但求其一两年内,洋人不来,强盗不起,我已快活过了一世矣。若不得已,则割三头两省之土地奉申贺敬②,以换我几个衙门;卖三几百万之人民作仆为奴,以赎我一条老命,有何不可? 有何难办? 呜呼! 今之所谓老后、老臣、老将、老吏者,其修身、齐家、治国、平天下之手段,皆具于是矣。西风一夜催人老,凋尽朱颜白尽头。使走无常当医生③,携催命符以祝寿。嗟乎痛哉! 以此为国,是安得不老且死,且吾恐其未及岁而殇也。

任公曰:造成今日之老大中国者,则中国老朽之冤业也;制出将来之少年中国者,则中国少年之责任也。彼老朽者何足道,彼与此世界作别之日不远矣,而我少年乃新来而与世界为缘。如僦屋者然④,彼明日将迁居他方,而我今日始入此室处。将迁居者,不爱护其窗棂,不洁治其庭庑,俗人恒情,亦何足怪? 若我少年者,前程浩浩,后顾茫茫,中国而为牛、为马、为奴、为隶,则烹脔鞭棰之惨酷⑤,惟我少年当之。中国如称霸宇内、主盟地球,则指挥顾盼之尊荣,惟我少年享之。于彼气息奄奄、与鬼为邻者何与焉? 彼而漠然置之,犹可言也;我而漠然置之,不可言也。使举国之少年而果为少年也,则吾中国为未来之国,其进步未可量也;使举国之少年而亦为老大也,则吾中国为过去之国,其渐亡可翘足而待也。故今日之责任,不在他人,而全在我少年。少年智则国智,少年富则国富,少年强则国强,少年独立则国独立,少年自由则国自由,少年进步则国进步,少年胜于欧洲,则国胜于欧洲,少年雄于地球,则国雄于地球。红日初升,其道大光;河出伏流,一泻汪洋;潜龙腾渊,鳞爪飞扬;乳虎啸谷,百兽震惶;鹰隼试翼,风尘翕张;奇花初胎,矞矞皇皇⑥;干将发硎⑦,有作其芒;天戴其苍,地履其黄⑧;纵有千古,横有八荒;前途似海,来日方长。美哉,我少年中国,与天不老! 壮哉,我中国少年,与国无疆!

"三十功名尘与土,八千里路云和月。莫等闲、白了少年头,空悲切。"此岳武穆《满江红》词句也,作者自六岁时即口授记忆,至今喜诵之不衰。自今以往,弃"哀时客"之名,更自名曰:"少年中国之少年。"

【阅读提示】

梁启超(1873—1929),字卓如,号任公,又号饮冰室主人,广东新会人。中国近代维新派代表人物、启蒙思想家、教育家、史学家和文学家。曾倡导文体改良的"诗界革命"和"小说界革命"。其著作合编为《饮冰室合集》。

《少年中国说》写于戊戌变法失败后的 1900 年,晚清严峻的社会政治形势下,作者就

---

① 乌:何,哪里。
② 三头两省:方言,三两个省。
③ 走无常:迷信说法,阴间用死人为鬼役,摄取后死者的魂。充当这种鬼差者,称走无常。
④ 僦(jiù)屋:租赁房屋。
⑤ 脔(luán):切成小块的肉,这里用作动词,宰割之意。棰:棍杖,这里用作动词,捶打之意。
⑥ 矞(yù)矞皇皇:形容生气勃勃、明丽盛大的样子。
⑦ 干将:古剑名,后泛指宝剑。发硎(xíng):刀刃新磨。硎,磨刀石。
⑧ "天戴"二句:形容少年中国如天地之广大、远阔。

日本和欧洲对中国"老大帝国"的称呼提出质疑,极力歌颂少年的朝气蓬勃,热切希望出现"少年中国",振奋人民的精神。具有强烈的进取精神和强烈的鼓励性。寄托了作者对少年中国的热爱和期望。鲜活地表达了当时知识分子对国民存亡的一些积极诉求与思考。

【拓展阅读】

1. 梁启超:《新民说》,中州古籍出版社 1998 年版。

2. [美]张灏:《梁启超与中国思想的过渡(1890—1907)》,崔志海、葛夫平译,江苏人民出版社 1995 年版。

3. 孟祥才:《梁启超评传》,中华书局 2012 年版。

【思考与练习】

1. 谈谈你对梁启超"国"的概念的理解。

2. 根据梁启超的观点,中国少年如何创建"少年中国"?

刘义庆

世说新语(二则)①

小儿辈大破贼②

谢公与人围棋③,俄而谢玄淮上信至④,看书竟⑤,默然无言,徐向局⑥。客问淮上利害⑦,答曰:"小儿辈大破贼⑧。"意色举止,不异于常。

王子猷雪夜访戴⑨

王子猷居山阴⑩。夜大雪,眠觉⑪,开室,命酌酒,四望皎然⑫。因起仿徨⑬,咏左思《招

---

① 选自刘义庆《世说新语》(张㧑之译注),上海古籍出版社 2012 年版。
② "小儿辈大破贼"这一则选自《世说新语·雅量》。
③ 谢公:谢安。谢玄:(343—388),字幼度,小字遏,一作羯。谢奕子,谢安侄。谢安为相时,举玄应征,拜建武将军、兖州刺史,领广陵相,募练北府兵。太元八年(383),与谢石、谢琰大破前秦苻坚于淝水。
④ 淮上:淮河上。淝水是淮河上游的支流,在今安徽西北部,故称。信,使者。
⑤ 书:书信。
⑥ 徐:从容地。局:指棋局。
⑦ 利害:指战争胜负。
⑧ 小儿辈:淝水之战时,东晋朝廷任命谢安为征讨大都督,指挥抗击前秦。谢安派遣其弟谢石、侄谢玄、子谢琰,各任将领,统军北上。故称谢玄等为"小儿辈",犹言孩子们。
⑨ 选自《世说新语·任诞》。王子猷:名徽之,字子猷。晋代大书法家王羲之的儿子。
⑩ 山阴:今浙江省绍兴市。
⑪ 眠觉:睡醒。
⑫ 皎然:洁白光明的样子。
⑬ 因:于是。

隐诗》①，忽忆戴安道②，时戴在剡③，即便夜乘小船就之④。经宿方至⑤，造门不前而返⑥。人问其故⑦，王曰："吾本乘兴而行，兴尽而返，何必见戴？"

【阅读提示】

《世说新语》是南朝刘义庆编著，全书分德行、言语、政事、文学等三十六类，主要记述东汉末到东晋年间文人名士的轶事和言谈。

"小儿辈大破贼"描述了谢安在获知大败敌军的消息时谈笑风生、镇定自若的风采，这种大惊大喜面前安之若素的人生境界真是一首绝美的诗，拖着悠长的余韵鉴照后人，可以说是魏晋风流的典型。

"王子猷雪夜访戴"以简约的文字记述了王子猷雪夜访戴逵兴尽而返的故事，王子猷潇洒率真的个性，飘逸的神采，任性放达的精神风貌跃然纸上。王子猷雪夜咏诗、雪夜行舟、兴尽而返的境界，创造出了自由的、唯美的、不假借任何"意义"的生命奇迹。

【拓展阅读】

1.阅读《世说新语》的其他作品，可参余嘉锡著《世说新语笺疏》（上中下），中华书局2007年版。

2.鲁迅：《魏晋风度及文章与药及酒之关系》，《鲁迅全集》第三卷，人民文学出版社2005年版。

3.蒋凡：《世说新语研究》，学林出版社1998年版。

【思考与练习】

1.分析所选作品，品味《世说新语》文字简约的特点。

2.阅读下面两篇《世说新语·任诞》关于王子猷的记载，分析王子猷形象。

王子猷尝暂寄人空宅住，便令种竹。或问："暂住何烦尔！"王啸咏良久，直指竹曰："何可一日无此君？"

王子猷出都，尚在渚下。旧闻桓子野善吹笛，而不相识。遇桓于岸上过，王在船中，

客有识之者，云是桓子野。王便令人与相闻，云："闻君善吹笛，试为我一奏。"桓时已贵显，素闻王名，即便回下车，踞胡床，为作三调。弄毕，便上车去。客主不交一言。

3.阅读下面《世说新语·言语》中的一则故事，谈谈你对魏晋风度的理解。

晋文帝与二陈共车，过唤钟会同载，即驶车委去。比出，已远。既至，因嘲之曰："与人

---

① 　左思：西晋文学家，字太冲。招隐：田园诗名，旨在歌咏隐士清高的生活。

② 　戴安道：即戴逵，安道是他的字。谯国（今安徽省北部）人。学问广博，隐居不仕。

③ 　时：当时。剡（shàn）：指剡县，古县名，治所在今浙江嵊州。

④ 　即：即刻。便：就。就：到，去。

⑤ 　经宿方至：经过一宿的功夫才到达。经：经过。方：才。

⑥ 　造门不前而返：到了门前不进去就返回了。造：到，至。

⑦ 　故：原因。

期行,何以迟迟?望卿遥遥不至①。"会答曰:"矫然懿实,何必同群②!"帝复问会:"皋繇何如人③?"答曰:"上不及尧、舜,下不逮周、孔,亦一时之懿士④。"

---

① 遥遥:形容时间长久。按:因为钟会的父亲名繇,而繇和遥同音,所以用"遥遥"来戏弄钟会。
② 矫然:形容高超出众。懿实:指有美德实才的人,懿指美好。按:陈骞的父亲名陈矫,晋文帝的父亲是司马懿,陈泰的父亲名陈群,祖父名陈寔(音实)。钟会在回答时或者直用其名,或者用同音字,以此来报复他们三人。
③ 皋繇:舜时的法官。按:"繇"和钟会父亲的名字同字同音。
④ 懿士:有懿德(美德)的人。

李朝威

柳毅传①

仪凤中②，有儒生柳毅者③，应举下第，将还湘滨。念乡人有客于泾阳者④，遂往告别。至六七里，鸟起马惊，疾逸道左⑤。又六七里，乃止。见有妇人，牧羊于道畔。毅怪视之，乃殊色也。然而蛾脸不舒，巾袖无光，凝听翔立，若有所伺。毅诘之曰："子何苦而自辱如是？"妇始楚而谢，终泣而对曰："贱妾不幸，今日见辱问于长者。然而恨贯肌骨，亦何能愧避？幸一闻焉。妾，洞庭龙君小女也。父母配嫁泾川次子⑥，而夫婿乐逸⑦，为婢仆所惑，日以厌薄。既而将诉于舅姑⑧，舅姑爱其子，不能御。迨诉频切，又得罪舅姑。舅姑毁黜以至此。"言讫，歔欷流涕，悲不自胜。又曰："洞庭于兹，相远不知其几多也？长天茫茫，信耗莫通。心目断尽，无所知哀。闻君将还吴，密通洞庭⑨。或以尺书寄托侍者⑩，未卜将以为可乎？"毅曰："吾义夫也。闻子之说，气血俱动，恨无毛羽，不能奋飞，是何可否之谓乎！然而洞庭深水也。吾行尘间，宁可致意耶？惟恐道途显晦，不相通达，致负诚托，又乖恳愿。子有何术可导我邪？"女悲泣且谢，曰："负载珍重，不复言矣。脱获回耗⑪，虽死必谢。君不许，何敢言。既许而问，则洞庭之与京邑，不足为异也。"毅请闻之。女曰："洞庭之阴，有大橘树焉，乡人谓之'社橘'。君当解去兹带，束以他物。然后叩树三发，当有应者。因而随之，无有碍矣。幸君子书叙之外，悉以心诚之话倚托，千万无渝！"毅曰："敬闻命矣。"女遂于襦间解书，再拜以进。东望愁泣，若不自胜。毅深为之戚，乃致书囊中，因复谓曰：

---

① 选自鲁迅编校《唐宋传奇集》，人民文学出版社 1956 年版。
② 仪凤：唐高宗李治年号（676—678）。
③ 儒生：别称儒士、儒客，指遵从儒家学说的读书人。
④ 泾阳：今陕西省三原县，在长安北，泾河北岸。
⑤ 疾逸道左：指马不受拘束，向路旁乱跑。
⑥ 泾川：指泾河龙君。
⑦ 乐逸：专好游逸、放荡的生活。
⑧ 舅姑：古指"公婆"。
⑨ 密通：接近。
⑩ 尺书：指尺素，书信。
⑪ 回耗：回音。

"吾不知子之牧羊,何所用哉?神岂宰杀乎?"女曰:"非羊也,雨工也①。""何为雨工?"曰:"雷霆之类也。"毅顾视之,则皆矫顾怒步,饮龁甚异,而大小毛角,则无别羊焉。毅又曰:"吾为使者,他日归洞庭,幸勿相避。"女曰:"宁止不避,当如亲戚耳。"语竟,引别东去。不数十步,回望女与羊,俱亡所见矣。

其夕,至邑而别其友,月余到乡,还家,乃访友于洞庭。洞庭之阴,果有社橘。遂易带向树②,三击而止。俄有武夫出于波间,再拜请曰:"贵客将自何所至也?"毅不告其实,曰:"走谒大王耳。"武夫揭水止路,引毅以进。谓毅曰:"当闭目,数息可达矣。"毅如其言,遂至其宫。始见台阁相向,门户千万,奇草珍木,无所不有.夫乃止毅,停于大室之隅,曰:"客当居此以俟焉。"毅曰:"此何所也?"夫曰:"此灵虚殿也。"谛视之,则人间珍宝毕尽于此。柱以白璧,砌以青玉,床以珊瑚,帘以水精,雕琉璃于翠楣,饰琥珀于虹栋③。奇秀深杳,不可殚言。然而王久不至。毅谓夫曰:"洞庭君安在哉?"曰:"吾君方幸玄珠阁,与太阳道士讲《火经》,少选当毕。"毅曰:"何谓《火经》?"夫曰:"吾君,龙也。龙以水为神,举一滴可包陵谷。道士,乃人也。人以火为神圣,发一灯可燎阿房。然而灵用不同,玄化各异④。太阳道士精于人理⑤,吾君邀以听焉。"语毕而宫门辟,景从云合⑥,而见一人,披紫衣,执青玉。夫跃曰:"此吾君也!"乃至前以告之。

君望毅而问曰:"岂非人间之人乎?"对曰:"然。"毅而设拜,君亦拜,命坐于灵虚之下。谓毅曰:"水府幽深,寡人暗昧,夫子不远千里,将有为乎?"毅曰:"毅,大王之乡人也。长于楚,游学于秦。昨下第,闲驱泾水右涘,见大王爱女牧羊于野,风鬟雨鬓⑦,所不忍睹。毅因诘之,谓毅曰:'为夫婿所薄,舅姑不念,以至于此。'悲泗淋漓,诚怛人心。遂托书于毅。毅许之,今以至此。"因取书进之。洞庭君览毕,以袖掩面而泣曰:"老父之罪,不能鉴听,坐贻聋瞽,使闺窗孺弱,远罹构害。公,乃陌上人也,而能急之。幸被齿发,何敢负德⑧!"词毕,又哀咤良久。左右皆流涕。时有宦人密侍君者,君以书授之,令达宫中。须臾,宫中皆恸哭。君惊,谓左右曰:"疾告宫中,无使有声,恐钱塘所知。"毅曰:"钱塘,何人也?"曰:"寡人之爱弟,昔为钱塘长,今则致政矣。"毅曰:"何故不使知?"曰:"以其勇过人耳。昔尧遭洪水九年者,乃此子一怒也。近与天将失意,塞其五山⑨。上帝以寡人有薄德于古今,遂宽其同气之罪。然犹縻系于此,故钱塘之人日日候焉。"语未毕,而大声忽发,天拆地裂。宫殿摆簸,云烟沸涌。俄有赤龙长千余尺,电目血舌,朱鳞火鬣,项掣金锁,锁牵玉柱。千雷万霆,激绕其身,霰雪雨雹,一时皆下。乃擘青天而飞去⑩。毅恐蹶仆地。君亲起持之曰:"无惧,固无害。"毅良久稍安,乃获自定。因告辞曰:"愿得生归,以避复来。"君曰:"必不如

---

① 雨工:雨师。行雨之神。
② 易带:解带、脱带。
③ 虹栋:彩色如虹的屋梁。
④ 灵用不同二句:谓水、火各有其神异的作用和玄妙的变化。
⑤ 人理:人类用火的道理。
⑥ 景从云合:比喻侍从众多。景从,如影之从形。景,同"影"。
⑦ 风鬟雨鬓:受到风吹雨打,容貌憔悴。形容妇女头发蓬松散乱,容颜憔悴。
⑧ 幸被齿发二句:犹言有生之日,不敢背德。幸被齿发,指还存活着。
⑨ 塞其五山:发大水淹掉五座山。
⑩ 擘青天而飞去:挣断金锁破空飞去。擘,分裂。

此。其去则然，其来则不然，幸为少尽缱绻。"因命酌互举，以款人事①。

俄而祥风庆云，融融怡怡，幢节玲珑②，箫韶以随③。红妆千万，笑语熙熙。中有一人，自然蛾眉，明珰满身，绡縠参差④。迫而视之，乃前寄辞者。然若喜若悲，零泪如丝。须臾，红烟蔽其左，紫气舒其右，香气环旋，入于宫中。君笑谓毅曰："泾水之囚人至矣。"君乃辞归宫中。须臾，又闻怨苦，久而不已。有顷，君复出，与毅饮食。又有一人，披紫裳，执青玉，貌耸神溢，立于君左。君谓毅曰："此钱塘也。"毅起，趋拜之。钱塘亦尽礼相接，谓毅曰："女侄不幸，为顽童所辱。赖明君子信义昭彰，致达远冤。不然者，是为泾陵之土矣。飨德怀恩，词不悉心。"毅撝退辞谢⑤，俯仰唯唯。然后回告兄曰："向者辰发灵虚，巳至泾阳，午战于彼，未还于此。中间驰至九天，以告上帝。帝知其冤，而宥其失。前所谴责，因而获免。然而刚肠激发，不遑辞候，惊扰宫中，复忤宾客。愧惕惭惧，不知所失。"因退而再拜。君曰："所杀几何？"曰："六十万。""伤稼乎？"曰："八百里。""无情郎安在？"曰："食之矣。"君怃然曰："顽童之为是心也，诚不可忍，然汝亦太草草。赖上帝显圣，谅其至冤。不然者，吾何辞焉？从此以去，勿复如是。"钱塘君复再拜。是夕，遂宿毅于凝光殿。

明日，又宴毅于凝碧宫。会友戚，张广乐，具以醴醴，罗以甘洁。初，箫角鼙鼓，旌旗剑戟，舞万夫于其右。中有一夫前曰："此《钱塘破阵乐》⑥。"旌铫杰气⑦，顾骤悍栗⑧。座客视之，毛发皆竖。复有金石丝竹，罗绮珠翠，舞千女于其左，中有一女前进曰："此《贵主还宫乐》。"清音宛转，如诉如慕，坐客听下，不觉泪下。二舞既毕，龙君大悦。锡以纨绮，颁于舞人，然后密席贯坐，纵酒极娱。酒酣，洞庭君乃击席而歌曰："大天苍苍兮，大地茫茫，人各有志兮，何可思量，狐神鼠圣兮，薄社依墙。雷霆一发兮，其孰敢当？荷贞人兮信义长，令骨肉兮还故乡，齐言惭愧兮何时忘！"洞庭君歌罢，钱塘君再拜而歌曰："上天配合兮，生死有途。此不当妇兮，彼不当夫。腹心辛苦兮，泾水之隅。风霜满鬓兮，雨雪罗襦。赖明公兮引素书，令骨肉兮家如初。永言珍重兮无时无。"钱塘君歌阕，洞庭君俱起，奉觞于毅。毅踧踖而受爵⑨，饮讫，复以二觞奉二君，乃歌曰："碧云悠悠兮，泾水东流。伤美人兮，雨泣花愁。尺书远达兮，以解君忧。哀冤果雪兮，还处其休⑩。荷和雅兮感甘羞。山家寂寞兮难久留。欲将辞去兮悲绸缪⑪。"歌罢，皆呼万岁。洞庭君因出碧玉箱，贮以开水犀；钱塘君复出红珀盘，贮以照夜玑：皆起进毅，毅辞谢而受。然后宫中之人，咸以绡彩珠璧，投于毅侧。重叠焕赫，须臾埋没前后。毅笑语四顾，愧谢不暇。泊酒阑欢极，毅辞起，复宿于凝光殿。

① 以款人事：以尽款待宾客之礼。
② 幢节：作为仪仗用的旗帜之类。
③ 箫韶以随：有随从演奏的乐队。箫韶，相传为虞舜时的乐曲。
④ 绡縠参差：丝绸的衣服长短交错。縠，绉纱。
⑤ 撝退：谦逊。
⑥ 《钱塘破阵乐》：为钱塘君胜利而演奏的乐曲。
⑦ 旌铫杰气：挥动旌旗、武器，显出英雄的气概。铫，矛，古代武器。
⑧ 顾骤悍栗：顾盼、动作威势逼人。骤，动作、步伐。悍栗，形容勇猛使人战栗。
⑨ 踧（音促）踖（音辑）：恭敬而不安貌。
⑩ 还处其休：回家享受幸福的生活。
⑪ 悲绸缪：悲思缠绵，表示恋恋不舍。绸缪，缠绵。

　　翌日，又宴毅于清光阁。钱塘因酒作色，踞谓毅曰①："不闻猛石可裂不可卷②，义士可杀不可羞耶？愚有衷曲，欲一陈于公。如可，则俱在云霄；如不可，则皆夷粪壤。足下以为何如哉？"毅曰："请闻之。"钱塘曰："泾阳之妻，则洞庭君之爱女也。淑性茂质③，为九姻所重④。不幸见辱于匪人，今则绝矣。将欲求托高义，世为亲戚，使受恩者知其所归，怀爱者知其所付，岂不为君子始终之道者？"毅肃然而作，欻然而笑曰⑤："诚不知钱塘君孱困如是⑥！毅始闻跨九州，怀五岳，泄其愤怒；复见断金锁，掣玉柱，赴其急难。毅以为刚决明直，无如君者。盖犯之者不避其死，感之者不爱其生⑦，此真丈夫之志。奈何萧管方洽，亲宾正和，不顾其道，以威加人？岂仆人素望哉！若遇公于洪波之中，玄山之间，鼓以鳞须，被以云雨，将迫毅以死，毅则以禽兽视之，亦何恨哉！今体被衣冠，坐谈礼义，尽五常之志性，负百行怖之微旨，虽人世贤杰，有不如者，况江河灵类乎？而欲以蠢然之躯，悍然之性，乘酒假气，将迫于人，岂近直哉！且毅之质，不足以藏王一甲之间。然而敢以不伏之心，胜王不道之气。惟王筹之！"钱塘乃逡巡致谢曰："寡人生长宫房，不闻正论。向者词述疏狂，妄突高明。退自循顾⑧，戾不容责⑨。幸君子不为此乖间可也⑩。"其夕，复饮宴，其乐如旧。毅与钱塘遂为知心友。

　　明日，毅辞归。洞庭君夫人别宴毅于潜景殿，男女仆妾等悉出预会。夫人泣谓毅曰："骨肉受君子深恩，恨不得展愧戴，遂至睽别。"使前泾阳女当席拜毅以致谢。夫人又曰："此别岂有复相遇之日乎？"毅其始虽不诺钱塘之情，然当此席，殊有叹恨之色。宴罢，辞别，满宫凄然。赠遗珍宝，怪不可述。毅于是复循途出江岸，见从者十余人，担囊以随，至其家而辞去。毅因适广陵宝肆，鬻其所得。百未发一，财已盈兆。故淮右富族，咸以为莫如。遂娶于张氏，亡。又娶韩氏，数月，韩氏又亡。徙家金陵。常以鳏旷多感，或谋新匹。有媒氏告之曰："有卢氏女，范阳人也。父名曰浩，尝为清流宰。晚岁好道，独游云泉，今则不知所在矣。母曰郑氏。前年适清河张氏，不幸而张夫早亡。母怜其少，惜其慧美，欲择德以配焉。不识何如？"毅乃卜日就礼⑪。既而男女二姓俱为豪族，法用礼物，尽其丰盛。金陵之士，莫不健仰。居月余，毅因晚入户，视其妻，深觉类于龙女，而艳逸丰厚，则又过之。因与话昔事。妻谓毅曰："人世岂有如是之理乎？"

　　经岁余，有一子。毅益重之。既产，逾月，乃秾饰换服，召毅于帷室之间，笑谓毅曰："君不忆余之于昔也？"毅曰："夙为姻好，何以为忆？"妻曰："余即洞庭君之女也。泾川之冤，君使得白。衔君之恩，誓心求报。洎钱塘季父论亲不从，遂至睽违。天各一方，不能相

---

　　① 踞：踞坐，坐时两脚岔开，表示傲慢的态度。

　　② 猛石可裂不可卷：《诗经·邶风·柏舟》："我心匪石，不可转也；我心匪席，不可卷也。"此化用其意，以坚石比方自己坚强的性格。猛石，坚石。

　　③ 茂质：品质优良。茂，美。

　　④ 九姻：所有的亲戚。九，多数。

　　⑤ 欻然：忽然。

　　⑥ 孱困：羸弱，无用。

　　⑦ 犯之者不避其死二句：抗击残暴不避死亡，报答恩人不惜生命。

　　⑧ 循顾：仔细反省。

　　⑨ 戾不容责：言罪大，非责罚所能了事。

　　⑩ 乖间：乖隔，疏远。

　　⑪ 就礼：举行婚礼。

问。父母欲配嫁于濯锦小儿某①，遂闭户剪发，以明无意。虽为君子弃绝，分见无期。而当初之心，死不自替。他日父母怜其志，复欲驰白于君子。值君子累娶，当娶于张，已而又娶于韩。迨张、韩继卒，君卜居于兹，故余之父母乃喜余得遂报君之意。今日获奉君子，咸善终世，死无恨矣。"因呜咽，泣涕交下。对毅曰："始不言者，知君无重色之心。今乃言者，知君有感余之意。妇人匪薄，不足以确厚永心，故因君爱子，以托相生②。未知君意如何？愁惧兼心，不能自解。君附书之日，笑谓妾曰：'他日归洞庭，慎无相避。'诚不知当此之际，君岂有意于今日之事乎？其后季父请于君，君固不许。君乃诚将不可邪，抑忿然邪？君其话之。"毅曰："似有命者。仆始见君子，长泾之隅，枉抑憔悴，诚有不平之志。然自约其心者，达君之冤，余无及也。以言'慎无相避'者，偶然耳，岂有意哉？洎钱塘逼迫之际，唯理有不可直，乃激人之怒耳。夫始以义行为之志，宁有杀其婿而纳其妻者邪？一不可也。某素以操真为志尚，宁有屈于己而伏于心者乎？二不可也。且以率肆胸臆，酬酢纷纶③，唯直是图，不遑避害。然而将别之日，见君有依然之容，心甚恨之。终以人事扼束，无由报谢。吁，今日，君，卢氏也，又家于人间。则吾始心未为惑矣。从此以往，永奉欢好，心无纤虑也。"妻因深感娇泣，良久不已。有顷，谓毅曰："勿以他类，遂为无心，固当知报耳。夫龙寿万岁，今与君同之。水陆无往不适。君不以为妄也。"毅嘉之曰："吾不知国客乃复为神仙之饵！"乃相与觐洞庭。既至，而宾主盛礼，不可具纪。

后居南海仅四十年，其邸第、舆马、珍鲜、服玩，虽侯伯之室，无以加也。毅之族咸遂濡泽。以其春秋积序，容状不衰。南海之人，靡不惊异。

洎开元中，上方属意于神仙之事，精索道术。毅不得安，遂相与归洞庭。凡十余岁，莫知其迹。

至开元末，毅之表弟薛嘏为京畿令④，谪官东南。经洞庭，晴昼长望，俄见碧山出于远波。舟人皆侧立，曰："此本无山，恐水怪耳。"指顾之际，山与舟相逼，乃有彩船自山驰来，迎问于嘏。其中有一人呼之曰："柳公来候耳。"嘏省然记之，乃促至山下，摄衣疾上。山有宫阙如人世，见毅立于宫室之中，前列丝竹，后罗珠翠，物玩之盛，殊倍人间。毅词理益玄，容颜益少。初迎嘏于砌，持嘏手曰："别来瞬息，而发毛已黄。"嘏笑曰："兄为神仙，弟为枯骨，命也。"毅因出药五十丸遗嘏，曰："此药一丸，可增一岁耳。岁满复来，无久居人世以自苦也。"欢宴毕，嘏乃辞行。自是已后，遂绝影响。嘏常以是事告于人世。殆四纪，嘏亦不知所在。

陇西李朝威叙而叹曰："五虫之长，必以灵者，别斯见矣。人，裸也，移信鳞虫。洞庭含纳大直，钱塘迅疾磊落，宜有承焉。嘏咏而不载，独可邻其境⑤愚义之，为斯文。"

【阅读提示】

李朝威（约766—820），陇西人，唐代著名传奇作家。他的作品仅存《柳毅传》（见《太平广记》）和《柳参军传》两篇。

---

① 濯锦小儿：指濯锦江龙君之子。濯锦江即锦江，四川岷江支流，流经成都市一带。
② 因君爱子二句：表示希望柳毅因爱子而及其母。相生，生活在一起。
③ 酬酢纷纶：应答时很杂乱。酬酢，应对。
④ 薛嘏：生平不详。京畿令：指京兆府所属县的县令。
⑤ 嘏咏而不载二句：谓只有薛嘏曾亲历仙境，咏叹、传说其事，却没有记载成文。

《柳毅传》收入《太平广记》419卷，只题作"柳毅"，无"传"字。鲁迅的《唐宋传奇集》始为校增。汪国垣的《唐人小说》仍作"柳毅"。曾慥《类说》引《异闻集》题作"洞庭灵姻传"，似是原题。作品写洞庭龙女远嫁泾川，受其夫泾阳君与公婆虐待，幸遇书生柳毅为传家书至洞庭龙宫，得其叔父钱塘君营救，回归洞庭，钱塘君等感念柳毅恩德，即令之与龙女成婚。柳毅因传信乃急人之难，本无私心，且不满钱塘君之蛮横，故严词拒绝，告辞而去。但龙女对柳毅已生爱慕之心，自誓不嫁他人，几番波折后二人终成眷属。

它所概括出的问题，如家庭矛盾、妇女和封建社会的矛盾，以及现实生活中所存在的其他具体矛盾，处处都和现实生活的发展、变化分不开，具有一定进步意义。

【拓展阅读】

1.元稹：《莺莺传》、蒋防：《霍小玉传》，可参董乃斌、黄霖等编撰《古代小说鉴赏辞典》（上），上海辞书出版社2004年版。

2.冯梦龙：《杜十娘怒沉百宝箱》，可参董乃斌、黄霖等编撰《古代小说鉴赏辞典》（下），上海辞书出版社2004年版。

3.廖玉蕙编撰：《唐朝的短篇小说——唐代传奇》，三环出版社1992年版。

【思考与练习】

1.本文以书信为线索展开情节，以曲折的故事情节和动人的细节描写来表现人物个性，结合作品情节之奇、传书方式之奇、奇人奇景等体会唐传奇的特点。

2.分析柳毅、钱塘君两个人物形象。

蒲松龄

王子安①

　　王子安，东昌名士②，困于场屋。人闱后，期望甚切。近放榜时，痛饮大醉，归卧内室。忽有人白："报马来③。"王踉跄起曰："赏钱十千！"家人因其醉，诳而安之曰："但请睡，已赏矣。"王乃眠。俄又有入者曰："汝中进士矣！"王自言："尚未赴都④，何得及第？"其人曰："汝忘之耶？三场毕矣⑤。"王大喜，起而呼曰："赏钱十千！"家人又诳之如前。又移时，一人急入曰："汝殿试翰林⑥，长班在此⑦。"果见二人拜床下，衣冠修洁。王呼赐酒食，家人又绐之，暗笑其醉而已。久之，王自念不可不出耀乡里，大呼长班；凡数十呼，无应者。家人笑曰："暂卧候，寻他去。"又久之，长班果复来。王捶床顿足，大骂："钝奴焉往⑧！"长班怒曰："措大无赖⑨！向与尔戏耳，而真骂耶？"王怒，骤起扑之，落其帽。王亦倾跌。

　　妻入，扶之曰："何醉至此！"王曰："长班可恶，我故惩之，何醉也？"妻笑曰："家中止有一媪，昼为汝炊，夜为汝温足耳。何处长班，伺汝穷骨？"子女皆笑。王醉亦稍解，忽如梦醒，始知前此之妄。然犹记长班帽落：寻至门后，得一缨帽如盏大⑩，共异之。自笑曰："昔人为鬼揶揄⑪，吾今为狐奚落矣。"

---

① 选自蒲松龄著、张友鹤辑校《聊斋志异》，上海古籍出版社 2011 年版。

② 东昌：明清府名，治所在今山东省聊城县。

③ 报马：也称"报子"，为科举中式者报喜的人，因骑马快报故称"报马"。

④ 都：京城。明清时进士考试在京城北京举行，故云"尚未赴都，何得及第"。

⑤ 三场：指礼部会成的三场考试。

⑥ 殿试翰林：指殿试及第，授官翰林。殿试，举人赴京参加会试录取后，再参加复试、殿试，考中的称"进士"。殿试由皇帝主持，在殿廷上举行，前三名赐进士及第。其中第一名称"状元"，授职翰林院修撰，第二、三名授职翰林院编修。

⑦ 长班：又称"长随"，明清时官员随身使唤的公役。

⑧ 钝奴：犹言"蠢才"。钝，笨。

⑨ 措大：旧时对贫寒读书人的轻慢称呼。无赖：憎骂语。此处斥其强横无理。

⑩ 缨帽：红缨帽，清代的官帽，帽顶披红缨。盏，杯子。

⑪ 昔人为鬼揶揄：指晋代罗友仕途失意，被鬼揶揄。揶揄，戏弄。

异史氏曰："秀才入闱，有七似焉。初入时，白足提篮①，似丐。唱名时②，官呵隶骂，似囚。其归号舍也③，孔孔伸头，房房露脚，似秋末之冷蜂。其出场也，神情倘怳④，天地异色，似出笼之病鸟。迨望报也⑤，草木皆惊⑥，梦想亦幻，时作一得志想，则顷刻而楼阁俱成，作一失意想，则瞬息而骸骨已朽。此际行坐难安，则似被絷之猱⑦。忽然而飞骑传人⑧，报条无我，此时神情猝变，嗒然若死，则似饵毒之蝇⑨，弄之亦不觉也。初失志，心灰意败，大骂司衡无目⑩，笔墨无灵⑪，势必举案头物而尽炬之；炬之不已，而碎踏之；踏之不已，而投之浊流⑫。从此披发入山，面向石壁⑬，再有以'且夫''尝谓'之文进我者⑭，定当操戈逐之。无何，日渐远，气渐平，技又渐痒⑮；遂似破卵之鸠，只得衔木营巢，从新另抱矣。如此情况，当局者痛哭欲死；而自旁观者视之，其可笑孰甚焉。王子安方寸之中，顷刻万绪，想鬼狐窃笑已久，故乘其醉而玩弄之。床头人醒⑯，宁不哑然失笑哉？顾得志之况味，不过须臾；词林诸公⑰，不过经两三须臾耳⑱。子安一朝而尽尝之，则狐之恩与荐师等⑲。"

【阅读提示】

蒲松龄(1640—1715)，又名柳泉居士，聊斋先生，字留仙，一字剑臣，别号柳泉居士，世称聊斋先生，山东淄川（今淄博）人。早岁即有文名，屡应省试，皆落第，年七十一岁始成贡生。以数十年时间，写成短篇小说集《聊斋志异》，全书八卷，计四百三十一篇，这是我国古典文学中非常脍炙人口的一部短篇小说集。作者运用唐传奇小说文体，通过谈狐说鬼方式，对当时的社会、政治多所批判。

---

① 白足提篮：科举场规有搜挟带之条。情初规定，考生入场携带格眼竹柳考篮，只准带笔墨、食具等物。顺治时规定士子穿拆缝衣服，单层鞋袜。入场时，诸生解衣等候，左手执笔砚，右手执袜，赤脚站立，等候点名、搜检。

② 唱名：即点名入场。乡试入场前，先告知士子点名入场的分路和次序，士子齐集后由差役持点名牌导人，官呵吏骂，如对因犯。

③ 号舍：乡试贡院甬道两侧为考生的号舍。号门之内有小巷，巷北有号舍五六十间至百间。号舍为考生日间考试、夜间住宿之所，无门，搭木板于墙供书写之用，故考试时考生伸头露脚。

④ 倘怳(chǎng huǎng)：神志模糊，失意迷惘。

⑤ 望报：盼望报录人。报，科举时代向考中者报告喜信的人。

⑥ 草木皆惊：形容情绪紧张。此为成语"草木皆兵"的化用，意谓但有风吹草动，都以为是报马到来。

⑦ 猱(náo)：猿猴。

⑧ 飞骑(jì)传人：报马传送喜报给别人。飞骑，指报马。

⑨ 饵毒：服毒。饵，吃。

⑩ 司衡无目：考官瞎眼。司衡，主持衡文评卷官员。

⑪ 笔墨无灵：谓自己文思失灵，不能下笔有神。

⑫ 浊流，对清流而言。古称德行高洁之士为"清流"。欧阳修《朋党论》，谓唐昭宗时，尽杀朝中名士，或投之黄河，曰："此辈清流，可投浊流。"此谓把案头物投之浊流，意思是摒弃八股文，不再应科举。

⑬ 披发入山，面向石壁：指遁入深山，出家修道。面壁，佛教用语，面对石壁默坐静修的意思。相传印度僧人达摩来中国，曾在嵩山少林寺修真养性，面壁而坐，终日默然。见《五灯会元》。

⑭ "且夫""尝谓"之文：指八股文。"且夫""尝谓"是八股文常用的套语。

⑮ 技又渐痒：意谓又揣摩八股，跃跃欲试，准备下届应考。技痒，长于某种技艺的人，一遇机会，就急欲表现，如像身上发痒不能自忍。

⑯ 床头人醒：谓其妻旁观，比较清醒，床头人，指妻子。

⑰ 词林诸公：指翰林院的诸位先生。词林，翰林院的别称。

⑱ 经两三须臾：经历二三次短暂的得志况味，指经历乡试、会试或殿试考中的喜悦。

⑲ 荐师：科举时代，乡试或会试主考官以下，设副同考官若干人，分房阅卷，同考官在认可的试卷上批一"荐"字，荐给主考官，由主考官核批录取，被录取者称荐举其试卷的官员为"房师"或"荐师"。

《王子安》抓住乡试发榜时王子安酒醉中一系列的幻觉描写,表现当时读书人对科举的热衷以及对名利的渴望、在科举成功后思想与立场的转变以及科举中举梦破灭后的无奈,揭示科举制度对个体心灵的扭曲和人性的摧残。与《儒林外史》中"范进中举"有异曲同工之妙。

【拓展阅读】

1.蒲松龄:《席方平》《婴宁》《促织》,见蒲松龄《聊斋志异》,上海古籍出版社 2010 年版。

2.吴组缃等著:《聊斋志异欣赏》,北京大学出版社 1986 年版。

3.周学武编撰:《瓜棚下的怪谈——聊斋志异》,三环出版社 1992 年版。

【思考与练习】

1.查资料,结合蒲松龄的生平谈谈作者为什么能塑造出王子安这样的形象。

2.体会本篇梦境与现实交织的写法。

曹雪芹

红楼梦（节选）[①]

第五回　游幻境指迷十二钗　饮仙醪曲演红楼梦

题曰："春困葳蕤拥绣衾，恍随仙子别红尘。问谁幻入华胥境，千古风流造孽人。"

第四回中既将薛家母子在荣国府中寄居等事略已表明，此回则暂不能写矣。如今且说林黛玉，自在荣府以来，贾母万般怜爱，寝食起居一如宝玉，迎春探春惜春三个亲孙女倒且靠后。便是宝玉和黛玉二人之亲密友爱处，亦自较别个不同，日则同行同坐，夜则同息同止，真是言和意顺，略无参商。不想如今忽来了一个薛宝钗，年纪虽大不多，然品格端方，容貌丰美，人多谓黛玉所不及；而且宝钗行为豁达，随分从时，不比黛玉孤高自许，目无下尘，故比黛玉大得下人之心。便是那些小丫头们，亦多喜与宝钗去顽。因此黛玉心中便有些悒郁不忿之意，宝钗却浑然不觉。那宝玉亦在孩提之间，况自天性所秉来的一片愚拙偏僻，视姊妹弟兄皆出一意，并无亲疏远近之别。其中因与黛玉同随贾母一处坐卧，故略比别个姊妹熟惯些；既熟惯，则更觉亲密；既亲密，则不免一时有求全之毁、不虞之隙。这日不知为何，他二人言语有些不合起来。黛玉又气的独在房中垂泪。宝玉又自悔言语冒撞，前去俯就，那黛玉方渐渐的回转来。

因东边宁府中花园内梅花盛开，贾珍之妻尤氏乃治酒请贾母、邢夫人、王夫人等赏花。是日先携了贾蓉夫妻二人来面请。贾母等于早饭后过来，就在会芳园游顽，先茶后酒，不过皆是宁荣二府女眷家宴小集，并无别样新文趣事可记。一时，宝玉倦怠，欲睡中觉。贾母命人好生哄着，歇息一回再来。贾蓉之妻秦氏便忙笑回道："我们这里有给宝叔收拾下的屋子，老祖宗放心，只管交与我就是了。"又向宝玉的奶娘丫鬟等道："嬷嬷姐姐们，请宝叔随我这里来。"贾母素知秦氏是个极妥当的人，生得袅娜纤巧，行事又温柔和平，乃重孙媳中第一个得意之人，见他去安置宝玉自是安稳的。当下秦氏引了一簇人来至上房内间，宝玉抬头，先看见一幅画贴在上面，画的人物甚好，其故事乃是"燃藜图"，也不看系何人所画，心中便有些不快。又有一副对联，写的是："世事洞明皆学问。人情练达即文章"。及看了这两句，纵然室宇精美，铺陈华丽，亦断断不肯在这里了，忙说道："出去，出去。"秦氏

---

① 选自曹雪芹、高鹗《红楼梦》（中国艺术研究院红楼梦研究所校注），人民文学出版社1982年版。

听了笑道："这里还不好，可往那里去呢？不然，往我屋里去罢。"宝玉点头微笑。有一个嬷嬷说道："那里有个叔叔往侄儿房里睡觉的礼！"秦氏笑道："嗳哟哟，不怕他恼。他能多大了，就忌讳这些个！上月你没看见我那兄弟来了，虽然和宝叔同年，两个人若站在一处，只怕那一个还高些呢。"宝玉道："我怎么没见过？你带他来我瞧瞧。"众人笑道："隔着二三十里那里带去！见的日子有呢。"说着，大家来至秦氏房中。刚至房门，便有一股细细的甜香袭人。宝玉便觉眼饧骨软，连说"好香"。入房，向壁上看时，有唐伯虎画的"海棠春睡图"；两边有宋学士秦太虚写的一副对联，其联云："嫩寒锁梦因春冷，芳气笼人是酒香。"案上设着武则天当日镜室中设的宝镜。一边摆着飞燕立着舞过的金盘，盘内盛着安禄山掷过伤了太真乳的木瓜。上面设着寿昌公主于含章殿下卧的榻，悬的是同昌公主制的连珠帐。宝玉含笑，连说"这里好"。秦氏笑道："我这屋子，大约连神仙也可以住得了。"说着，亲自展开了西子浣过的纱衾，移了红娘抱过的鸳枕。于是众奶母伏侍宝玉卧好，款款散去，只留下袭人、媚人、晴雯、麝月四个丫鬟为伴。秦氏便吩咐小丫鬟们，好生在廊檐下，看着猫儿狗儿打架。

那宝玉刚合上眼，便惚惚的睡去，犹似秦氏在前，遂悠悠荡荡随了秦氏，至一所在。但见朱栏白石，绿树清溪，真是人迹希逢，飞尘不到。宝玉在梦中欢喜，想道："这个去处有趣。我就在这里过一生，纵然失了家，也愿意，强如天天被父母师傅打呢。"正胡思之间，忽听山后有人作歌曰：

"春梦随云散，飞花逐水流。寄言众儿女，何必觅闲愁。"

宝玉听了，是女子的声音。歌音未息，早见那边走出一个人来，蹁跹袅娜，端的与人不同。有赋为证：

"方离柳坞，乍出花房。但行处鸟惊庭树，将到时影度回廊。仙袂乍飘兮，闻麝兰之馥郁。荷衣欲动兮，听环珮之铿锵。靥笑春桃兮，云堆翠髻。唇绽樱颗兮，榴齿含香。纤腰之楚楚兮，回风舞雪。珠翠之辉辉兮，满额鹅黄。出没花间兮，宜嗔宜喜。徘徊池上兮，若飞若扬。蛾眉颦笑兮，将言而未语。莲步乍移兮，待止而欲行。羡彼之良质兮，冰清玉润。慕彼之华服兮，闪灼文章。爱彼之貌容兮，香培玉琢。美彼之态度兮，凤翥龙翔。其素若何，春梅绽雪。其洁若何，秋兰披霜。其静若何，松生空谷。其艳若何，霞映澄塘。其文若何，龙游曲沼。其神若何，月射寒江。应惭西子，实愧王嫱。奇矣哉，生于孰地，来自何方。信矣乎，瑶池不二，紫府无双。果何人哉，如斯之美也。"

宝玉见是一个仙姑，喜的忙来作揖，笑问道："神仙姐姐，不知从那里来，如今要往那里去？我也不知这是何处，望乞携带携带。"那仙姑笑道："吾居离恨天之上，灌愁海之中，乃放春山遣香洞太虚幻境警幻仙姑是也，司人间之风情月债，掌尘世之女怨男痴。因近来风流冤孽，缠绵于此处，是以前来访察机会，布散相思。今忽与尔相逢，亦非偶然。此离吾境不远，别无他物，仅有自采仙茗一盏，亲酿美酒一瓮，素练魔舞歌姬数人，新填红楼梦仙曲十二支。试随吾一游否？"宝玉听了，喜跃非常，便忘了秦氏在何处，竟随了仙姑至一所在。有石牌坊横建，上书"太虚幻境"四个大字，两边一副对联，乃是：

"假作真时真亦假，无为有处有还无。"

转过牌坊，便是一座宫门，上面横书四个大字乃是"孽海情天"，又有一副对联，大书云：

"厚地高天，堪叹古今情不尽。痴男怨女，可怜风月债难偿。"

宝玉看了,心下自思道:"原来如此。但不知何为古今之情,又何为风月之债,从今倒要领略领略。"宝玉只顾如此一想,不料早把些邪魔招入膏肓了。当下随了仙姑,进入二层门内,只见两边配殿,皆有匾额对联,一时看不尽许多。惟见几处写着:"痴情司"、"结怨司"、"朝啼司"、"夜怨司"、"春感司"、"秋悲司"。宝玉看了,因向仙姑道:"敢烦仙姑引我到各司中游顽游顽,不知可使得?"仙姑道:"此各司中皆贮的是普天之下所有的女子过去未来的簿册,尔凡眼尘躯,未便先知的。"宝玉听了,那里肯依,复央之再四。仙姑无奈说:"也罢,就在此司内略随喜随喜罢了。"宝玉喜不自胜,抬头看这司的匾上,乃是"薄命司"三字。两边对联写着:

"春恨秋悲皆自惹,花容月貌为谁妍。"

宝玉看了,便知感叹。进入门来,只见有十数个大厨皆用封条封着。看那封条上,皆是各省地名。宝玉一心只拣自己的家乡封条看,遂无心看别省的了。只见那边厨上封条大书七字云:"金陵十二钗正册",宝玉因问何为"金陵十二钗正册"。警幻道:"即贵省中十二冠首女子之册,故为正册。"宝玉道:"常听人说金陵极大,怎么只十二个女子? 如今单我们家里上上下下,就有几百女孩儿呢。"警幻冷笑道:"贵省女子固多,不过择其紧要者录之。下边二厨,则又次之。馀者庸常之辈,则无册可录矣。"宝玉听说,再看下首二厨上,果然写着:"金陵十二钗副册",又一个写着:"金陵十二钗又副册"。宝玉便伸手将又副册厨门开了,拿出一本册来。揭开一看,只见这首页上画着一幅画,又非人物,也无山水,不过是水墨溽染的满纸乌云浊雾而已。后有几行字迹写着:

"霁月难逢,彩云易散。心比天高,身为下贱。风流灵巧招人怨,寿夭多因诽谤生,多情公子空牵念。"

宝玉看了,又见后面画着一簇鲜花,一床破席。也有几句言词写着:

"枉自温柔和顺,空云似桂如兰。堪羡优伶有福,谁知公子无缘。"

宝玉看了不解。遂掷下这个,又去开了副册厨门,拿起一本册来。揭开看时,只见画着一株桂花,下面有一池沼,其中水涸泥干,莲枯藕败。画后书云:

"根并荷花一茎香,平生遭际实堪伤。自从两地生孤木,致使香魂返故乡。"

宝玉看了仍不解。他又掷了,再去取正册看。只见头一页上便画着两株枯木,木上悬着一围玉带;又有一堆雪,雪下一股金簪。也有四句言词道:

"可叹停机德,堪怜咏絮才。玉带林中挂,金簪雪里埋。"

宝玉看了仍不解。待要问时,情知他必不肯泄漏;待要丢下,又不舍。遂又往后看时,只见画着一张弓,弓上挂一香橼。也有一首歌词云:

"二十年来辨是非,榴花开处照宫闱。三春争及初春景,虎兔相逢大梦归。"

后面又画着两人放风筝,一片大海,一只大船,船中有一女子掩面泣涕之状。也有四句写云:

"才自精明志自高,生于末世运偏消。清明涕送江边望,千里东风一梦遥。"

后面又画几缕飞云,一湾逝水。其词曰:

"富贵又何为,襁褓之间父母违。转眼吊斜晖,湘江水逝楚云飞。"

后面又画着一块美玉,落在泥垢之中。其断语云:

"欲洁何曾洁,云空未必空。可怜金玉质,终陷淖泥中。"

后面忽画一恶狼,追扑一美女,欲啖之意。其书云:

“子系中山狼，得志便猖狂。金闺花柳质，一载赴黄粱。”

后面便是一座古庙，里面有一美人在内独坐看经。其判云：

“勘破三春景不长，缁衣顿改昔年妆。可怜绣户侯门女，独卧青灯古佛傍。”

后面便是一片冰山，山上有一只雌凤。其判云：

“凡鸟偏从末世来，都知爱慕此生才。一从二令三人木，哭向金陵事更哀。”

后面又是一座荒村野店，有一美人在那里纺织。其判曰：

“势败休云贵，家亡莫论亲。偶因济刘氏，巧得遇恩人。”

诗后又画一盆茂兰，傍有一位凤冠霞帔的美人。其判云：

“桃李春风结子完，到头谁似一盆兰。如冰水好空相妒，枉与他人作笑谈。”

后面又画着高楼大厦，有一美人悬梁自缢。其判云：

“情天情海幻情身，情既相逢必主淫。漫言不肖皆荣出，造衅开端实在宁。”

宝玉还欲看时，那仙姑知他天分高明，性情颖慧，恐把天机泄漏，遂掩了卷册，笑向宝玉道：“且随我去游顽奇景，何必在此打这闷葫芦。”宝玉恍恍惚惚，不觉弃了卷册，又随了警幻来至后面。但见珠帘绣幙，画栋雕檐，说不尽那光摇朱户金铺地，雪照琼窗玉作宫；更见仙花馥郁，异草芬芳，真好个所在。宝玉正在观之不尽，忽听警幻笑呼道：“你们快出来迎接贵客。”一语未了，只见房中又走出几个仙子来，皆是荷袂蹁跹，羽衣飘舞，娇若春花，媚如秋月。一见了宝玉，都怨谤警幻道：“我们不知系何贵客，忙的接了出来。姐姐曾说今日今时，必有绛珠妹子的生魂前来游顽旧景，故我等久待。何故反引这浊物来，污染这清净女儿之境？”宝玉听如此说，便吓得欲退不能退，果觉自形污秽不堪。警幻忙携住宝玉的手，向众姊妹笑道：“你等不知原委。今日原欲往荣府去接绛珠，适从宁府经过，偶遇宁荣二公之灵，嘱吾云：‘吾家自国朝定鼎以来，功名奕世，富贵传流，虽历百年，奈运终数尽，不可挽回。子孙虽多，竟无一个可以继业者。惟嫡孙宝玉一人，秉性乖张，生情怪谲，虽聪明灵慧，略可望成，无奈吾家运数合终，恐无人规引入正。幸仙姑偶来，万望先以情欲声色等事警其痴顽，或能使彼跳出迷人圈子，然后入于正路，亦吾弟兄之幸矣。’如此嘱吾，故发慈心，引彼至此。先以彼家上中下三等女子之终身册籍，令彼熟顽，尚未觉悟；故引彼再至此处，令其再历饮馔声色之幻，或冀将来一悟，亦未可知也。”说毕，携了宝玉入室。但闻一缕幽香，竟不知其所焚何物。宝玉遂不禁相问。警幻冷笑道：“此香尘世中既无，尔何能知。此系诸名山胜境初生异卉之精，合各种宝林珠树之油所制，名为‘群芳髓’。”宝玉听了，自是羡慕而已。大家入坐，小鬟捧上茶来。宝玉自觉清香异味，纯美非常，因又问何名。警幻道：“此茶出在放春岩遣香洞，又以仙花灵叶上所带之宿露而烹。此茶名曰‘千红一窟’。”宝玉听了，点头称赏。因看房内，瑶琴、宝鼎，古画、新诗，无所不有，更喜窗下亦有唾绒，奁间时渍粉污。壁上亦有一副对联，书云：“幽微灵秀地。无可奈何天。”宝玉看毕，无不羡慕。因又请问众仙姑姓名。一名“痴梦仙姑”，一名“钟情大士”，一名“引愁金女”，一名“度恨菩提”，各道名号不一。少刻，有小鬟来调桌安椅，摆设酒肴，真是琼浆满泛玻璃盏，玉液浓斟琥珀杯，更不用再说那肴馔之盛。宝玉因闻得此酒清香甘冽异乎寻常，又不禁相问。警幻道：“此酒乃以百花之蕊、万木之汁，加以麟髓之醅、凤乳之麹酿成，因名为‘万艳同杯’。”宝玉称赏不迭。饮酒之间，又有十二个舞女上来，请问演何词曲。警幻道：“就将新制‘红楼梦’十二支演上来。”舞女们答应了，便轻敲檀板，款按银筝，听他唱道：“开辟鸿蒙……”方歌了一句，警幻便说道：“此曲不比尘世中所填传奇之曲，必有生旦净末之别,又有南北九宫之限。此或咏叹一人,或感怀一事,偶成一曲,即可谱入管弦。若非个中人,不知其中之妙。料尔亦未必深明此调。若不先阅其稿,后听其歌,翻成嚼蜡矣。"说毕,回头命小鬟取了《红楼梦》原稿来,递与宝玉。宝玉揭起,一面目视其文,一面耳聆其歌曰:

〔第一支红楼梦引子〕开辟鸿蒙,谁为情种。都只为风月情浓。趁着这奈何天、伤怀日、寂寥时,试遣愚衷。因此上演出这怀金悼玉的《红楼梦》。

〔第二支终身误〕都道是金玉良姻,俺只念木石前盟。空对着山中高士晶莹雪,终不忘世外仙姝寂寞林。叹人间美中不足今方信。纵然是齐眉举案,到底意难平。

〔第三支枉凝眉〕一个是阆苑仙葩,一个是美玉无瑕。若说没奇缘,今生偏又遇着他;若说有奇缘,如何心事终虚化。一个枉自嗟呀,一个空劳牵挂。一个是水中月,一个是镜中花。想眼中能有多少泪珠儿,怎经得秋流到冬尽,春流到夏。

宝玉听了此曲,散漫无稽,不见得好处;但其声韵凄惋,竟能销魂醉魄。因此也不察其原委,问其来历,就暂以此释闷而已。因又听下面唱道:

〔第四支恨无常〕喜荣华正好,恨无常又到。眼睁睁把万事全抛,荡悠悠芳魂消耗,望家乡路远山高,故向爹娘梦里相寻告:儿今命已入黄泉,天伦呵,须要退步抽身早。

〔第五支分骨肉〕一帆风雨路三千,把骨肉家园齐来抛闪。恐哭损残年,告爹娘,休把儿悬念。自古穷通皆有定,离合岂无缘。从今分两地,各自保平安。奴去也,莫牵连。

〔第六支乐中悲〕襁褓中父母叹双亡,纵居那绮罗丛,谁知娇养。幸生来英豪阔大宽宏量,从未将儿女私情略萦心上,好一似霁月光风耀玉堂。厮配得才貌仙郎,博得个地久天长,准折得幼年时坎坷形状。终久是云散高唐,水涸湘江。这是尘寰中消长数应当,何必枉悲伤。

〔第七支世难容〕气质美如兰,才华复比仙,天生成孤癖人皆罕。你道是啖肉食腥膻,视绮罗俗厌,却不知太高人愈妒,过洁世同嫌。可叹这青灯古殿人将老,辜负了红粉朱楼春色阑,到头来依旧是风尘肮脏违心愿,好一似无瑕白玉遭泥陷,又何须王孙公子叹无缘。

〔第八支喜冤家〕中山狼,无情兽,全不念当日根由。一味的骄奢淫荡贪顽够,觑着那侯门艳质同蒲柳,作践的公府千金似下流。叹芳魂艳魄,一载荡悠悠。

〔第九支虚花悟〕将那三春看破,桃红柳绿待如何。把这韶华打灭,觅那清淡天和。说甚么天上夭桃盛,云中杏蕊多,到头来谁见把秋捱过。则看那白杨村里人呜咽,青枫林下鬼『吟』哦,更兼着连天衰草遮坟墓。这的是昨贫今富人劳碌,春荣秋谢花折磨。似这般生关死劫谁能躲。闻说道西方宝树唤婆娑,上结着长生果。

〔第十支聪明累〕机关算尽太聪明,反送了卿卿性命。生前心已碎,死后性空灵。家富人宁,终有个家亡人散各奔腾。枉费了意悬悬半世心,好一似荡悠悠三更梦,忽喇喇如大厦倾,昏惨惨似灯将尽。呀!一场欢喜忽悲辛,叹人世终难定。

〔第十一支留馀庆〕留馀庆,留馀庆,忽遇恩人。幸娘亲,幸娘亲,积得阴功。劝人生济困扶穷,休似俺那爱银钱、忘骨肉的狠舅奸兄。正是乘除加减,上有苍穹。

〔第十二支晚韶华〕镜里恩情,更那堪梦里功名。那美韶华去之何迅,再休提绣帐鸳衾。只这戴珠冠,披凤袄,也抵不了无常性命。虽说是人生莫受老来贫,也须要阴骘积儿孙。气昂昂头戴簪缨,簪缨,光灿灿胸悬金印;威赫赫爵禄高登,高登,昏惨惨黄泉路近。问古来将相可还存,也只是虚名儿与后人钦敬。

〔第十三支好事终〕画梁春尽落香尘。擅风情,秉月貌,便是败家的根本。箕裘颓堕皆从敬，家事消亡首罪宁。宿孽总因情。

〔第十四支飞鸟各投林〕为官的家业凋零，富贵的金银散尽。有恩的死里逃生，无情的分明报应。欠命的命已还，欠泪的泪已尽。冤冤相报实非轻，分离聚合皆前定。欲知命短问前生，老来富贵也真侥幸。看破的遁入空门，痴迷的枉送了性命。好一似食尽鸟投林，落了片白茫茫大地真干净。

歌毕，还要歌副曲。警幻见宝玉甚无趣味，因叹："痴儿竟尚未悟！"那宝玉忙止歌姬不必再唱，自觉朦胧恍惚，告醉求卧。警幻便命撤去残席，送宝玉至一香闺绣阁之中。其间铺陈之盛乃素所未见之物，更可骇者，早有一女子在内，其鲜妍妩媚有似宝钗，其袅娜风流则又如黛玉，正不知何意。忽警幻道："尘世中多少富贵之家，那些绿窗风月，绣阁烟霞，皆被淫污纨袴与那些流荡女子悉皆玷辱。更可恨者，自古来多少轻薄浪子，皆以好色不淫为饰，又以情而不淫作案，此皆饰非掩丑之语也。好色即淫，知情更淫。是以巫山之会，云雨之欢，皆由既悦其色，复恋其情之所致也。吾所爱汝者，乃天下古今第一淫人也。"宝玉听了，吓得忙答道："仙姑差矣。我因懒于读书，家父母尚每垂训伤，岂敢再冒'淫'字。况且年纪尚小，不知'淫'字为何物。"警幻道："非也。淫虽一理，意则有别。如世之好淫者，不过悦容貌，喜歌舞，调笑无厌，云雨无时，恨不能尽天下之美女供我片时之趣兴，此皆皮肤滥淫之蠢物耳。如尔，则天分中生成一段痴情，吾辈推之为'意淫'。'意淫'二字，惟心会而不可口传，可神通而不可语达。汝今独得此二字，在闺阁中固可为良友，然于世道中未免迂阔怪诡，百口嘲谤，万目睚眦。今既遇令祖宁荣二公，剖腹深嘱，吾不忍君独为我闺阁增光，见弃于世道，故特引前来，醉以灵酒，沁以仙茗，警以妙曲，再将吾妹一人，乳名兼美，字可卿者，许配与汝。今夕良时，即可成姻。不过令汝领略此仙闺幻境之风光尚然如此，何况尘境之情哉！而今以后，万万解释，改悟前情，留意于孔孟之间，委身于经济之道。"说毕，便秘授以云雨之事。于是推宝玉入房，将门掩上自去。那宝玉恍恍惚惚，依警幻所嘱之言，未免有儿女之事，难以尽述。至次日便柔情缱绻，软语温存，与可卿难解难分。二人因携手出去游顽，忽至一个所在，但见荆榛遍地，狼虎同群，迎面一道黑溪阻路，并无桥梁可通。正在犹豫之间，忽见警幻从后追来，告道："快休前进，作速回头要紧。"宝玉忙止步问道："此系何处？"警幻道："此即迷津也。深有万丈，遥亘千里，中无舟楫可通。只有一个木筏，乃木居士掌柁，灰侍者撑篙，不受金银之谢，但遇有缘者渡之。尔今偶游至此，设如堕落其中，则深负我从前一番以情悟道，守理衷情之言。"话犹未了，只听迷津内水响如雷，竟有许多夜叉海鬼将宝玉拖将下去。吓的宝玉汗下如雨，一面失声喊叫："可卿救我！"慌得袭人辈众丫鬟忙上来搂住，叫："宝玉别怕，我们在这里。"

却说秦氏正在房外，嘱咐小丫头们好生看着猫儿狗儿打架，忽听宝玉在梦中唤他的小名，因纳闷道："我的小名这里从无人知道，他如何知道得，在梦里叫将出来？"正是：

"一场幽梦同谁近，千古情人独我痴。"

【阅读提示】

曹雪芹（约1715—1763或1764），名霑，字芹圃，号芹溪、梦阮。祖籍辽阳，正白旗人。其"批阅十载，增删五次"呕心沥血写就的一部皇皇巨著《红楼梦》是举世公认的中国古典小说巅峰之作，中国封建社会的百科全书，传统文化的集大成者。

《红楼梦》版本有两个系列，一是80回抄本，多有脂砚斋评语，题为"脂砚斋重评石头记",简称为"脂本"。二是120回刊本,由程伟元先后两次刊行,乾隆五十六年(1791)本称为"程甲本",乾隆五十七年(1792)本称为"程乙本",合称"程高本"。

《红楼梦》堪称是中国古典小说发展史上的一座丰碑:就文学而言,它众体兼备,散文、诗歌、词、赋、诔文、楹联、联句、匾额、谜语、酒令、杂曲、民谣等一应俱全;文学之外则涉及绘画、游艺、服饰、器皿、装饰、佩戴之物、烹调、工艺、建筑、园林、医药、品茶等方面,中华民族文化的各个层面在小说中几乎都得以展现。

第五回可以说是全书的"总纲"。通过贾宝玉梦游太虚幻境,利用画册、判词及歌曲的形式,隐喻含蓄地将《红楼梦》众多主要人物的命运做了暗示,埋下伏笔,后面所写的内容就是按照它所描述的轨迹发展的,结构上有机统一。

【拓展阅读】

1. 曹雪芹、高鹗:《红楼梦》(上中下),人民文学出版社1982年版。

2. 孙逊、孙菊园主编:《红楼梦鉴赏辞典》,上海辞书出版社2011年版。

3. 蔡义江:《红楼梦诗词曲赋全解》,复旦大学出版社2012年版。

【思考与练习】

1.《红楼梦》又名"石头记""情僧录""金陵十二钗",说说后三个题目与小说之间的关系。

2. 分析贾宝玉形象,谈谈你是如何理解贾宝玉与大观园女儿们的关系的。

3. 学术界和读者中间一直存在关于黛钗高低优劣之争,谈谈你的认识。

刘　鹗

老残游记(节选)

明湖居听书

　　老残从鹊华桥往南,缓缓向小布政司街走去。一抬头,见那墙上贴了一张黄纸,有一尺长,七八寸宽的光景。居中写着"说鼓书"三个大字;旁边一行小字是"二十四日明湖居"。那纸还未十分干,心知是方才贴的,只不知道这是甚么事情,别处也没有见过这样招子。一路走着,一路盘算,只听得耳边有两个挑担子的说道:"明儿白妞说书,我们可以不必做生意,来听书罢。"又走到街上、听铺子里柜台上有人说道:"前次白妞说书是你告假的,明儿的书,应该我告假了。"一路行未,街谈巷议,大半都是这话,心里诧异道:"白妞是何许人? 说的是何等样书,为甚一纸招贴,便举国若狂如此?"信步走来,不知不觉已到高升店口。

　　进得店去,茶房便来回道:"客人,用什么夜膳?"老残一一说过,就顺便问道:"你们此地说鼓书是个什么玩意儿,何以惊动这么许多的人?"茶房说:"客人,你不知道。这说鼓书本是山东乡下的土调,用一面鼓,两片梨花简,名叫'梨花大鼓',演说些前人的故事,本也没甚稀奇。自从王家出了这个白妞、黑妞姊妹两个,这白妞名字叫做王小玉,此人是天生的怪物! 她十二三岁时就学会了这说书的本事。她却嫌这乡下的调儿没甚么出奇,她就常到戏园里看戏,所有甚么西皮、二簧、梆子腔等唱,一听就会;什么余三胜、程长庚、张二奎等人的调子,她一听也就会唱。仗着她的喉咙,要多高有多高;她的中气,要多长有多长。她又把那南方的什么昆腔、小曲,种种的腔调,她都拿来装在这大鼓书的调儿里面。不过二三年工夫,创出这个调儿,竟至无论南北高下的人,听了她唱书,无不神魂颠倒。现在已有招子,明儿就唱。你不信,去听一听就知道了。只是要听还要早去,她虽是一点钟开唱,若到十点钟去,便没有坐位的。"老残听了,也不甚相信。

　　次日六点钟起,先到南门内看了舜井。又出南门,到历山脚下,看看相传大舜昔日耕田的地方。及至回店,已有九点钟的光景,赶忙吃了饭,走到明湖居,才不过十点钟时候。那明湖居本是个大戏园子,戏台前有一百多张桌子。那知进了园门,园子里面已经坐的满满的了,只有中间七八张桌子还无人坐,桌子却都贴着"抚院定""学院定"等类红纸条儿。老残看了半天,无处落脚,只好袖子里送了看坐儿的二百个钱,才弄了一张短板凳,在人缝里坐下。看那戏台上，只摆了一张半桌，桌子上放了一面板鼓，鼓上放了两个铁片儿，心里知道这就是所谓梨花简了，旁边放了一个三弦子，半桌后面放了两张椅子，并无一个人在台上。偌大的个戏台，空空洞洞，别无他物，看了不觉有些好笑。园子里面，顶着篮子卖烧饼油条的有一二十个，都是为那不吃饭来的人买了充饥的。

到了十一点钟，只见门口轿子渐渐拥挤，许多官员都着了便衣，带着家人，陆续进来。不到十二点钟，前面几张空桌俱已满了，不断还有人来，看坐儿的也只是搬张短凳，在夹缝中安插。这一群人来了，彼此招呼，有打千儿的，有作揖的，大半打千儿的多。高谈阔论，说笑自如。这十几张桌子外，看来都是做生意的人；又有些像是本地读书人的样子：大家都喊喊喳喳的在那里说闲话。因为人大多了，所以说的什么话都听不清楚，也不去管他。

到了十二点半钟，看那台上，从后台帘子里面，出来一个男人：穿了一件蓝布长衫，长长的脸儿，一脸疙瘩，仿佛风干福橘皮似的，甚为丑陋，但觉得那人气味倒还沉静。出得台来，并无一语，就往半桌后面左手一张椅子上坐下。慢慢的将三弦子取来，随便和了和弦，弹了一两个小调，人也不甚留神去听。后来弹了一支大调，也不知道叫什么牌子。只是到后来，全用轮指，那抑扬顿挫，入耳动心，恍若有几十根弦，几百个指头，在那里弹似的。这时台下叫好的声音不绝于耳，却也压不下那弦子去，这曲弹罢，就歇了手，旁边有人送上茶来。

停了数分钟时，帘子里面出来一个姑娘，约有十六七岁，长长鸭蛋脸儿，梳了一个抓髻，戴了一副银耳环，穿了一件蓝布外褂儿，一条蓝布裤子，都是黑布镶滚的。虽是粗布衣裳，倒十分洁净。来到半桌后面右手椅子上坐下。那弹弦子的便取了弦子，铮铮鏦鏦弹起。这姑娘便立起身来，左手取了梨花简，夹在指头缝里，便丁丁当当的敲，与那弦子声音相应；右手持了鼓棰子，凝神听那弦子的节奏。忽羯鼓一声，歌喉遽发，字字清脆，声声宛转，如新莺出谷，乳燕归巢，每句七字，每段数十句，或缓或急，忽高忽低；其中转腔换调之处，百变不穷，觉一切歌曲腔调俱出其下，以为观止矣。

旁坐有两人，其一人低声问那人道："此想必是白妞了罢？"其一人道："不是。这人叫黑妞，是白妞的妹子。她的调门儿都是白妞教的，若比白妞，还不晓得差多远呢！她的好处人说得出，白妞的好处人说不出；她的好处人学得到，白妞的好处人学不到。你想，这几年来，好玩耍的谁不学她们的调儿呢？就是窑子里的姑娘，也人人都学。只是顶多有一两句到黑妞的地步。若白妞的好处，从没有一个人能及她十分里的一分的。"说着的时候，黑妞早唱完，后面去了。这时满园子里的人，谈心的谈心，说笑的说笑。卖瓜子、落花生、山里红、核桃仁的，高声喊叫着卖，满园子里听来都是人声。

正在热闹哄哄的时节，只见那后台里，又出来了一位姑娘，年纪约十八九岁，装束与前一个毫无分别，瓜子脸儿，白净面皮，相貌不过中人以上之姿，只觉得秀而不媚，清而不寒，半低着头出来，立在半桌后面，把梨花简丁当了几声，煞是奇怪：只是两片顽铁，到她手里，便有了五音十二律以的。又将鼓棰子轻轻地点了两下，方抬起头来，向台下一盼。那双眼睛，如秋水，如寒星，如宝珠，如白水银里头养着两丸黑水银，左右一顾一看，连那坐在远远墙角子里的人，都觉得王小玉看见我了；那坐得近的，更不必说。就这一眼，满园子里便鸦雀无声，比皇帝出来还要静悄得多呢，连一根针掉在地下都听得见响！

王小玉便启朱唇，发皓齿，唱了几句书儿。声音初不甚大，只觉入耳有说不出来的妙境：五脏六腑里，像熨斗熨过，无一处不伏贴；三万六千个毛孔，像吃了人参果，无一个毛孔不畅快。唱了十数句之后,渐渐的越唱越高,忽然拔了一个尖儿,像一线钢丝抛入天际,不禁暗暗叫绝。那知他于那极高的地方,尚能回环转折。几啭之后,又高一层,接连有三四叠,节节高起。恍如由傲来峰西面,攀登泰山的景象:初看傲来峰削壁千仞,以为上与天通;及至翻到傲来峰顶,才见扇子崖更在傲来峰上;及至翻到扇子崖,又见南天门更在扇子崖上:愈翻愈险,愈险愈奇。那王小玉唱到极高的三四叠后,陡然一落,又极力骋其千回百折的精神,如一条飞蛇在黄山三十六峰半中腰里盘旋穿插。顷刻之间,周匝数遍。从此以后,愈唱愈低,愈低愈细,那声音渐渐地就听不见了。满园子的人都屏气凝神,不敢少动。约有两三分钟之久,仿佛有一点声音从地底下发出。这一出之后,忽又扬起,像放那东洋烟火,一个弹子上天,随化作千百道五色火光,纵横散乱。这一声飞起,即有无限声音俱来并发。那弹弦子的亦全用轮指,忽大忽小,同她那声音相和相合,有如花坞春晓,好鸟乱鸣。耳朵忙不过来,不晓得听那一声的为是。正在撩乱之际,忽听霍然一声,人弦俱寂。这时台下叫好之声,轰然雷动。

停了一会,闹声稍定,只听那台下正座上,有一个少年人,不到三十岁光景,是湖南口音,说道:"当年读书,见古人形容歌声的好处,有那'余音绕梁,三日不绝'的话,我总不懂。空中设想,余音怎样会得绕梁呢?又怎会三日不绝呢?及至听了小玉先生说书,才知古人措辞之妙。每次听他说书之后,总有好几天耳朵里无非都是她的书,无论做什么事,总不入神,反觉得'三日不绝',这'三日'二字下得太少,还是孔子'三月不知肉味','三月'二字形容得透彻些!"旁边人都说道:"梦湘先生论透辟好极了!'于我心有戚戚焉'!"

说着,那黑妞又上来说了一段,底下便又是白妞上场。这一段,闻旁边人说,叫做"黑驴段"。听了去,不过是一个士子见一美人,骑了一个黑驴走过去的故事。将形容那美人,先形容那黑驴怎样怎样好法,待铺叙到美人的好处,不过数语,这段书也就完了。其音节全是快板,越说越快。白香山诗云:"大珠小珠落玉盘。"可以尽之。其妙处,在说得极快的时候,听的人仿佛都赶不上听,她却字字清楚,无一字不送到人耳轮深处。这是她的独到,然比着前一段却未免逊了一筹了。

这时不过五点钟光景,算计王小玉应该还有一段。不知那一段又是怎样好法,究竟如何,且听下回分解。

【阅读提示】

刘鹗(1857—1909),原名梦鹏,又名孟鹏,字铁云,号老残,笔名洪都百炼生(又名鸿都百炼生)。江苏丹徒(今镇江市)人,清末小说家。他学识博杂,涉猎众多领域,著有《老残游记》《铁云藏龟》《历代黄河变迁图考》等书。《老残游记》备受世人赞誉,是十大古典白话长篇小说之一,又是中国四大讽刺小说之一。

《老残游记》以行走江湖的名士老残在游历中的见闻,展现了清末山东一带社会生活的面貌。揭露了当时官吏昏庸残暴的行径,反映了社会的黑暗和人民的痛苦,也表现出作者支持革命运动,主张维新图强、科学救国的政治态度。这部小说刻画人物、描写自然景物比较生动形象,在语言运用和表现手法上颇具特色。鲁迅先生在《中国小说史略》中评论这部作品:"叙景状物,时有可观。"

《明湖居听书》便是很典型的"可观"的一节。文章节选部分对白妞一发即逝的说书的声音的感觉和描摹,能够曲尽其妙,美不胜收。

【拓展阅读】

    1. 刘鹗:《老残游记》,陕西人民出版社 1998 年版。
    2. 刘青文主编:《中国小说欣赏》,中华书局 2001 年版。

【思考与练习】

    试把本文作者对白妞说书声音的描摹与白居易《琵琶行》中对琵琶声的描写作一比较,体会各自的妙处。

王实甫

西厢记（节选）

长亭送别①

（夫人长老上开）今日送张生赴京，十里长亭，安排下筵席。我和长老先行，不见张生小姐来到。〔旦、末、红同上〕〔旦云〕今日送张生上朝取应，早是离人伤感，况值那暮秋天气，好烦恼人也呵！"悲欢聚散一杯酒，南北东西万里程。"（旦唱）

〔正宫〕〔端正好〕碧云天，黄花地②，西风紧，北雁南飞。晓来谁染霜林醉？总是离人泪③。

〔滚绣球〕恨相见得迟，怨归去得疾。柳丝长玉骢难系④，恨不倩疏林挂住斜晖⑤。马儿迍迍⑥行，车儿快快的随，却告了相思回避⑦，破题儿又早别离。听得道一声"去也"，松了金钏⑧；遥望见十里长亭，减了玉肌。此恨谁知⑨？

〔红云〕姐姐今日怎么不打扮？〔旦云〕你那知我的心里呵？（旦唱）

〔叨叨令〕见安排着车儿、马儿，不由人熬熬煎煎的气；有甚么心情花儿、靥儿⑩，打扮得娇娇滴滴的媚？准备着被儿、枕儿，则索昏昏沉沉的睡，从今后衫儿、袖儿，都揾湿做重

---

① 节选自《西厢记》（第四本第三折），中华书局1980年版。
② 碧云天黄花地：句本范仲淹《苏幕遮》词："碧云天，黄叶地，秋色连波，波上寒烟翠。"黄花，指菊花，菊花秋天开放。
③ "晓来"二句：意谓是离人带血的泪，把深秋早晨的枫林染红了。霜林醉，深秋的枫林经霜变红，就像人喝醉酒脸色红晕一样。
④ "柳丝长"句：玉骢（cōng）：马名，一种青白色的骏马。此指张生赴试所乘之马。古人有折柳送别之习惯，故写别情多借助于柳，此言柳丝虽长却系不住玉骢，犹言情虽长却留不住张生。
⑤ 倩（qìng）：请人代己做事之谓。
⑥ 迍：行动缓慢，留连不进的样子。
⑦ "却告"二句：却，犹恰；破题，唐宋诗赋多于开头几句点破题意，元曲中用于比喻开端、起始或第一次。
⑧ 钏：古代称臂环为钏，今谓之手镯。
⑨ 恨：遗憾，不满意。与今天"仇恨""怨恨"的恨相别。
⑩ 花儿、靥儿：即花钿。

重叠叠的泪。兀的不闷杀人也么哥？兀的不闷杀人也么哥！久已后书儿、信儿，索与我凄凄惶惶的寄。

〔做到〕〔见夫人科〕〔夫人云〕张生和长老坐，小姐这壁坐，红娘将酒来。张生，你向前来，是自家亲眷，不要回避。俺今日将莺莺与你，到京师休辱没了俺孩儿，挣揣①一个状元回来者。

〔末云〕小生托夫人余阴，凭着胸中之才，视官如拾芥耳②。〔洁云〕夫人主张不差，张生不是落后的人。〔把酒了，坐〕〔旦长吁科〕

〔脱布衫〕下西风黄叶纷飞，染寒烟衰草萋迷。酒席上斜签着坐地③，蹙愁眉死临侵地④。

〔小梁州〕我见他阁泪汪汪不敢垂⑤，恐怕人知。猛然见了把头低，长吁气，推整素罗衣⑥。

〔幺篇〕虽然久后成佳配，奈时间怎不悲啼⑦。意似痴，心如醉⑧，昨宵今日，清减了小腰围。

〔夫人云〕小姐把盏者！〔红递酒，旦把盏长吁科云〕请吃酒！

〔上小楼〕合欢未已，离愁相继。想着俺前暮私情，昨夜成亲，今日别离。我谂知，这几日相思滋味，却元来比别离情更增十倍⑨。

〔幺篇〕年少呵轻远别，情薄呵易弃掷⑩。全不想腿儿相压，脸儿相偎，手儿相携。你与俺崔相国做女婿，妻荣夫贵⑪，但得一个并头莲，强似状元及第。

〔夫人云〕红娘把盏者！〔红把酒科〕〔旦唱〕

〔满庭芳〕供食太急，须臾对面，顷刻别离。若不是酒席间子母每当回避，有心待与他举案齐眉。虽然是厮守得一时半刻，也合着俺夫妻每共桌而食。眼底空留意⑫，寻思起就里，险化做望夫石。

〔红云〕姐姐不曾吃早饭，饮一口儿汤水。〔旦云〕红娘，甚么汤水咽得下！

〔快活三〕将来的酒共食，尝着似土和泥。假若便是土和泥，也有些土气息、泥滋味。

〔朝天子〕暖溶溶玉醅⑬，白泠泠似水，多半是相思泪。眼面前茶饭怕不待要⑭吃，恨塞

---

① 挣揣：争取、夺得。
② 视官如拾芥：把取得官职看得像从地上拾取一根草棍那样容易。
③ 斜签着坐：侧身半坐，封建时代晚辈在长辈面前不能实坐。
④ 死临侵地：呆呆地，没精打采的样子。
⑤ 阁泪汪汪不敢垂：强忍泪水而不敢任其流出。阁泪，含泪。
⑥ 推整素罗衣：意谓装作整理衣裳。推，借口，这里有"假装"的意思。
⑦ 时间：目下，眼前。
⑧ 意似痴，心如醉：《乐府新声》无名氏《骂玉郎带感皇恩采茶歌》："心似烧，意似痴，情如醉。"
⑨ "我谂知"二句：意谓这几天我已经深深知道了相思滋味的苦痛难堪，原来这离别比相思更苦十倍。谂，知道。
⑩ 弃掷：本指抛弃，此指撇下莺莺而远离。
⑪ 妻荣夫贵：本指妻子可以依靠丈夫的爵位而尊贵，这里反其义用之，意谓说你与崔相国家做女婿，本已因妻而贵，大可不必再去求取功名了。
⑫ 眼底空留意：意谓母亲在座，有所避忌，不得与张生同桌共食以诉衷曲，只能以眉眼传情表达心意。
⑬ 玉醅（pēi）：美酒。
⑭ 怕不待要：难道不想、何尝不想之意。

满愁肠胃。"蜗角虚名^①，蝇头微利^②"，拆鸳鸯在两下里。一个这壁，一个那壁，一递一声长吁气。

〔夫人云〕辆起车儿^③，俺先回去，小姐随后和红娘来。〔下〕〔末辞洁科〕〔洁云〕此一行别无话儿，贫僧准备买登科录看^④，做亲的茶饭少不得贫僧的。先生在意，鞍马上保重者！从今经忏无心礼，专听春雷第一声^⑤。〔下〕〔旦唱〕

〔四边静〕霎时间杯盘狼籍，车儿投东，马儿向西，两意徘徊，落日山横翠。知他今宵宿在那里？在梦也难寻觅。

张生，此一行得官不得官，疾早便回来。〔末云〕小生这一去白夺一个状元，正是"青霄有路终须到^⑥，金榜无名誓不归"。〔旦云〕君行别无所谓，口占一绝^⑦，为君送行："弃掷今何在，当时且自亲。还将旧来意，怜取眼前人。"〔末云〕小姐之意差矣，张珙更敢怜谁？谨赓一绝^⑧，以剖寸心："人生长远别，孰与最关亲？不遇知音者，谁怜长叹人？"〔旦唱〕

〔耍孩儿〕淋漓襟袖啼红泪，比司马青衫更湿。伯劳东去燕西飞，未登程先问归期。虽然眼底人千里，且尽生前酒一杯。未饮心先醉，眼中流血，心内成灰。

〔五煞〕到京师服水土，趁程途节饮食^⑨，顺时自保揣身体^⑩。荒村雨露宜眠早，野店风霜要起迟！鞍马秋风里，最难调护，最要扶持。

〔四煞〕这忧愁诉与谁？相思只自知，老天不管人憔悴。泪添九曲黄河溢，恨压三峰华岳低^⑪。到晚来闷把西楼倚，见了些夕阳古道，衰草长堤。

〔三煞〕笑吟吟一处来，哭啼啼独自归。归家若到罗帏里，昨日个绣衾香暖留春住，今夜个翠被生寒有梦知。留恋你别无意，见据鞍上马^⑫，阁不住泪眼愁眉。

〔二煞〕你休忧"文齐福不齐"^⑬，我则怕你"停妻再娶妻"。休要"一春鱼雁无消息"！我这里青鸾有信频须寄，你却休要"金榜无名誓不归"。此一节君须记，若见了那异乡花草，再休似此处栖迟^⑭。

〔末云〕有甚言语嘱咐小生咱？〔旦唱〕

〔末云〕再谁似小姐？小生又生此念？〔旦唱〕

〔一煞〕青山隔送行，疏林不做美，淡烟暮霭相遮蔽。夕阳古道无人语，禾黍秋风听马嘶。我为甚么懒上车儿内，来时甚急，去后何迟？^⑮

---

① 蜗角虚名：蜗角极细极微，喻微小之浮名。

② 蝇头微利：比喻因小利而忘危难。

③ 辆：动词，驾好，套好。

④ 登科录：登载录取进士姓名的名册。

⑤ 春雷第一声：进士试于春正、二月举行，故称中第消息为春雷第一声。

⑥ "青霄"二句：此为当时成语，青霄路即致身青云之路。

⑦ 口占一绝：随口吟出一首绝句诗。不打草稿，随口成文叫口占。

⑧ 赓（gēng）：续作。

⑨ 趁程途节饮食：意谓路途中要节制饮食。趁，赶；趁程途，赶路。

⑩ 顺时自保揣身体：估量自己的身体情况，适应季节变化，自己保重。

⑪ "泪添"二句：上句以水喻愁之多，下句以山喻愁之重。华岳三峰，即西岳华山的莲花峰、仙人掌、落雁峰。

⑫ 据鞍：跨鞍。

⑬ 文齐福不齐：意谓有文才而缺少福分，不能考中。

⑭ 栖迟：留连，逗留。

⑮ 来时甚急，去后何迟：时与后，都为语气词，相当于"呵"或"啊"。

〔红云〕夫人去好一会,姐姐,咱家去!〔旦唱〕

〔收尾〕四围山色中,一鞭残照里。遍人间烦恼填胸臆,量这些大小车儿如何载得起?

〔旦、红下〕仆童赶早行一程儿,早寻个宿处。泪随流水急,愁逐野云飞。① 〔下〕

【阅读提示】

王实甫(约 1260—1336),名德信,字实甫,大都(现在北京市)人,元代著名杂剧作家。代表作《西厢记》。

《长亭送别》是《西厢记》中第四本第三折。诗情画意而又悱恻动人的气氛下,以文采斐然读来余香满口的曲词呈现崔莺莺十里长亭送张生进京赶考的话别场景,并且层层展示了人物复杂曲折的心理内涵。

【拓展阅读】

1. 关汉卿:《救风尘》,中州古籍出版社 2003 年版。

2. 王国维:《宋元戏曲史》,华东师范大学出版社 1995 年版。

【思考与练习】

《红楼梦》第二十三回中写林黛玉读《西厢记》:"但觉词句警人,馀香满口。"

试分析《长亭送别》语言特点。

---

① "泪随"二句:互文见义,谓睹秋云、见流水都引起对莺莺的思念而愁生泪落。

汤显祖

牡丹亭(节选)

惊梦①

〔绕池游〕(旦上)梦回莺啭，乱煞年光遍②。人立小庭深院。(贴)注尽沉烟③，抛残绣线，恁今春关情似去年？

〔乌夜啼〕"(旦)晓来望断梅关④，宿妆残⑤。〔贴〕你侧着宜春髻子恰凭阑⑥。〔旦〕剪不断，理还乱⑦，闷无端。〔贴〕已分付催花莺燕借春看。"(旦)春香，可曾叫人扫除花迳？(贴)分付了。(旦)取镜台衣服来。(贴取镜台衣服上)"云髻罢梳还对镜，罗衣欲换更添香。"⑧镜台衣服在此。

〔步步娇〕(旦)袅晴丝吹来闲庭院⑨，摇漾春如线。停半晌、整花钿。没揣菱花⑩，偷人半面，迤逗的彩云偏⑪。(行介)步香闺怎便把全身现！(贴)今日穿插的好。

〔醉扶归〕(旦)你道翠生生出落的裙衫儿茜⑫，艳晶晶花簪八宝填⑬，可知我一生儿爱好是天然。恰三春好处无人见⑭。不提防沉鱼落雁鸟惊喧，则怕的羞花闭月花愁颤。(贴)早茶时了，请行。(行介)你看："画廊金粉半零星，池馆苍苔一片青。踏草怕泥新绣

---

① 节选自汤显祖《牡丹亭》(第十出)，人民文学出版社 2005 年版。

② 乱煞年光遍：缭乱的春光到处都是。

③ 贴：贴旦的简称。杂剧、传奇中次要的旦角。沉烟：沉水香，沉香的别称。

④ 梅关：即大庾岭，宋代在这里设有梅关。在剧本故事发生地江西省南安府(大庾)的南面。一说是虚指。

⑤ 宿妆：隔夜妆。

⑥ 宜春髻子：相传立春那天，妇女剪彩作燕子状，戴在髻上，上贴"宜春"二字。

⑦ 剪不断，理还乱：南唐李后主词《相见欢》中的两句。

⑧ "云髻罢梳还对镜"两句：薛逢诗《宫词》中的两句，见《全唐诗》卷二十。

⑨ 晴丝：游丝、飞丝，也即后文所说的烟丝，虫类所吐的丝缕，常在春天晴空里飘游。

⑩ 没揣：不意，不料。菱花：镜子的代称。古代用的是铜镜，镜子后面背面所铸花纹一般为菱花。

⑪ 迤逗(yǐ dòu)：引惹，挑逗。彩云：美丽的发卷的代称。

⑫ 翠生生：极言色彩鲜艳。出落：衬托的。茜：茜红色。

⑬ 艳晶晶花簪八宝填：镶嵌着多种宝石的光灿灿的簪子。八宝：泛指各种珍宝。填：嵌饰。

⑭ 三春好处：比喻自己的青春美貌。

袜①，惜花疼煞小金铃②。"（旦）不到园林，怎知春色如许！

［皂罗袍］原来姹紫嫣红开遍，似这般都付与断井颓垣。良辰美景奈何天，赏心乐事谁家院！恁般景致，我老爷和奶奶再不提起。（合）朝飞暮卷，云霞翠轩；雨丝风片，烟波画船——锦屏人忒看的这韶光贱③！（贴）是花都放了，那牡丹还早。

［好姐姐］（旦）遍青山啼红了杜鹃，荼蘼外烟丝醉软。春香啊，牡丹虽好，他春归怎占的先④！（贴）成对儿莺燕啊。（合）闲凝眄，生生燕语明如翦⑤，呖呖莺歌溜的圆。（旦）去罢。（贴）这园子委是观之不足也。（旦）提他怎的！（行介）

［隔尾］观之不足由他缱⑥，便赏遍了十二亭台是枉然。到不如兴尽回家闲过遣。（作到介）（贴）"开我西阁门，展我东阁床。瓶插映山紫⑦，炉添沉水香。"小姐，你歇息片时，俺瞧老夫人去也。（下）（旦叹介）"默地游春转，小试宜春面⑧。"春呵，得和你两留连，春去如何遣？咳，恁般天气，好困人也。春香那里？（作左右瞧介）（又低首沉吟介）天呵，春色恼人，信有之乎！常观诗词乐府，古之女子，因春感情，遇秋成恨，诚不谬矣。吾今年已二八，未逢折桂之夫；忽慕春情，怎得蟾宫之客？昔日韩夫人得遇于郎⑨，张生偶逢崔氏，曾有《题红记》、《崔徽传》二书。此佳人才子，前以密约偷期，后皆得成秦晋⑩。（长叹介）吾生于宦族，长在名门。年已及笄⑪，不得早成佳配，诚为虚度青春，光阴如过隙耳。［泪介］可惜妾身颜色如花，岂料命如一叶乎⑫！

［山坡羊］没乱里春情难遣⑬，蓦地里怀人幽怨。则为俺生小婵娟，拣名门一例、一例里神仙眷。甚良缘，把青春抛的远！俺的睡情谁见？则索因循腼腆⑭。想幽梦谁边，和春光暗流传。迁延，这衷怀那处言！淹煎，泼残生⑮，除问天！身子困乏了，且自隐几而眠⑯。（睡介）（梦生介）（生持柳枝上）"莺逢日暖歌声滑，人遇风情笑口开。一径落花随水入，今朝阮肇到天台。"⑰小生顺路儿跟着杜小姐回来，怎生不见？（回看介）呀，小姐，小姐！（旦

---

① 泥：沾污。

② 惜花疼煞小金铃——《开元天宝遗事》："天宝初，宁王……于后园中纫红丝线为绳，密缀金铃，系于花梢之上。每有鸟鹊翔集，则令园吏掣铃索以惊之。盖惜花之谷野。"疼，为惜花常常掣铃，连小金铃都被拉疼了。夸张手法。

③ 锦屏人：泛指幽居深闺，不能领略大自然美丽的人，包括游园前的杜丽娘。

④ 牡丹虽好，他春归怎占的先：皮日休咏牡丹诗有"独占人间第一春"句。牡丹当春尽才开花，故有此反问。整句意为：牡丹虽美，但它开花太晚了，怎能占春花中第一呢？

⑤ 眄：斜视。生生燕语明如翦：形容燕语明快如翦。

⑥ 缱：留恋，牵绊。全句的意思是，看不足也由他去吧。

⑦ 映山紫：映山红（杜鹃花）的一种。

⑧ 宜春面：指新装。

⑨ 韩夫人得遇于郎：唐传奇故事："唐僖宗时，宫女韩氏以红叶题诗，从御沟中流出，被于郎拾到。"于也以红叶题诗，投入沟水的上流，寄给韩氏。后来两人结为夫妇。见《青琐高议》前集卷五《流红记》，见王骥德《曲律·杂论》第三十九下。

⑩ 秦晋：得成夫妇。春秋时代，秦、晋两国世代联姻，后世称联姻为秦晋之好。

⑪ 及笄（jī）：古代女子十五岁开始以笄（髻）束发，叫及笄，表示已到了成婚的年龄。见《礼记·内则》。

⑫ 岂料命如一叶乎：元好问《鹧鸪天·薄命妾》词："颜色如花画不成，命如叶薄可怜生。"

⑬ 没乱里：形容心绪很乱。

⑭ 索因：只得。循腼腆：害羞。

⑮ 淹煎：受煎熬。泼残生：苦命儿。

⑯ 隐几：靠着几案。

⑰ 今朝阮肇到天台：见到所爱之人。用刘晨和阮肇在天台山桃源洞遇见仙女的故事。

作惊起介)(相见介)(生)小生那一处不寻访小姐来,却在这里!(旦作斜视不语介)(生)恰好花园内,折取垂柳半枝。姐姐,你既淹通书史,可作诗以赏此柳枝乎?(旦作惊喜,欲言又止介)(背想)这生素昧平生,何因到此?(生笑介)小姐,咱爱杀你哩!

〔山桃红〕则为你如花美眷,似水流年,是答儿闲寻遍①。在幽闺自怜。小姐,和你那答儿讲话去。(旦作含笑不行)(生作牵衣介)(旦低问)那边去?(生)转过这芍药栏前,紧靠着湖山石边。(旦低问)秀才,去怎的?(生低答)和你把领扣松,衣带宽,袖梢儿揾着牙儿苫也②,则待你忍耐温存一晌眠③。(旦作羞)(生前抱)(旦推介)(合)是那处曾相见,相看俨然,早难道这好处相逢无一言④?(生强抱旦下)(末扮花神束发冠,红衣插花上)"催花御史惜花天⑤,检点春工又一年。蘸客伤心红雨下⑥,勾人悬梦采云边。"吾乃掌管南安府后花园花神是也。因杜知府小姐丽娘,与柳梦梅秀才,后日有姻缘之分。杜小姐游春感伤,致使柳秀才入梦。咱花神专掌惜玉怜香,竟来保护他,要他云雨十分欢幸也。

〔鲍老催〕(末)单则是混阳烝变,看他似虫儿般蠢动把风情扇。一般儿娇凝翠绽魂儿颠。这是景上缘,想内成,因中见⑦。呀,淫邪展污了花台殿。咱待拈片落花儿惊醒他。(向鬼门丢花介⑧)他梦酣春透了怎留连?拈花闪碎的红如片。秀才才到得半梦儿;梦毕之时,好送杜小姐仍归香阁。吾神去也。(下)

〔山桃红〕(生、旦携手上)(生)这一霎天留人便,草藉花眠。小姐可好?(旦低头介)(生)则把云鬟点,红松翠偏。小姐休忘了啊,见了你紧相偎,慢厮连,恨不得肉儿般团成片也,逗的个日下胭脂雨上鲜。(旦)秀才,你可去呵?(合)是那处曾相见,相看俨然,早难道这好处相逢无一言?(生)姐姐,你身子乏了,将息,将息。(送旦依前作睡介)(轻拍旦介)姐姐,俺去了。(作回顾介)姐姐,你好十分将息,我再来瞧你那。"行来春色三分雨,睡去巫山一片云。"(下)(旦作惊醒,低叫介)秀才,秀才,你去了也?(又作痴睡介)(老旦上)"夫婿坐黄堂,娇娃立绣窗。怪他裙衩上,花鸟绣双双。"孩儿,孩儿,你为甚瞌睡在此?(旦作醒,叫秀才介)咳也。(老旦)孩儿怎的来?(旦作惊起介)奶奶到此!(老旦)我儿,何不做些针指,或观玩书史,舒展情怀?因何昼寝于此?(旦)孩儿适在花园中闲玩,忽值春暄恼人,故此回房。无可消遣,不觉困倦少息。有失迎接,望母亲恕儿之罪。(老旦)孩儿,这后花园中冷静,少去闲行。

(旦)领母亲严命。(老旦)孩儿,学堂看书去。(旦)先生不在,且自消停。(老旦叹介)女孩儿长成,自有许多情态,且自由他。正是:"宛转随儿女,辛勤做老娘。"(下)(旦长叹介)(看老旦下介)哎也,天那,今日杜丽娘有些侥幸也。偶到后花园中,百花开遍,睹景伤

---

① 是答儿:到处。

② 揾(wèn):用手指按。苫(shàn):用席、布遮盖。

③ 一晌:一会儿。

④ 早难道:难道。更强调难道的程度。

⑤ 催花御史:《说郛》卷二十七《云仙散录》引《玉集》:唐"穆宗,每宫中花开,则以重顶蒙蔽栏栅,置惜御花史掌之"。

⑥ 蘸(zhàn):指红雨(落花)沾在人的身上。

⑦ 景:影,与下文的想、因都是佛家的说法。景上缘,想内成:比喻姻缘短暂,是不真实的梦影。因中见(现):佛法认为一切事物都由因缘造合而成。

⑧ 鬼门:一作古门,戏台上演员上、下场的门。

情。没兴而回,昼眠香阁。忽见一生,年可弱冠①,丰姿俊妍。于园中折得柳丝一枝,笑对奴家说:"姐姐既淹通书史,何不将柳枝题赏一篇?"那时待要应他一声,心中自忖,素昧平生,不知名姓,何得轻与交言。正如此想间,只见那生向前说了几句伤心话儿,将奴搂抱去牡丹亭畔,芍药阑边,共成云雨之欢。两情和合,真个是千般爱惜,万种温存。欢毕之时,又送我睡眠,几声"将息"。正待自送那生出门,忽值母亲来到,唤醒将来。我一身冷汗,乃是南柯一梦②。忙身参礼母亲,又被母亲絮了许多闲话。奴家口虽无言答应,心内思想梦中之事,何曾放怀。行坐不宁,自觉如有所失。娘呵,你教我学堂看书去,知他看那一种书消闷也。(作掩泪介)

〔绵搭絮〕雨香云片③,才到梦儿边。无奈高堂,唤醒纱窗睡不便。泼新鲜冷汗粘煎,闪的俺心悠步嚲④,意软鬌偏。不争多费尽神情⑤,坐起谁忺⑥?则待去眠。(贴上)"晚妆销粉印,春润费香篝。"小姐,薰了被窝睡罢。

〔尾声〕(旦)困春心游赏倦,也不索香薰绣被眠。天呵,有心情那梦儿还去不远。

春望逍遥出画堂,(张说)间梅遮柳不胜芳。(罗隐)

可知刘阮逢人处?(许浑)回首东风一断肠。(韦庄)

【阅读提示】

汤显祖(1550—1616),字义仍,号若士,江西临川人。出身书香门第,从小受王学左派的影响,结交被当时统治者视为异端的李贽等人,反程朱理学,肯定人欲,追求个性自由的思想对他影响很大。是我国古代继关汉卿之后的又一位伟大的戏剧家,也有人称他为"东方的莎士比亚"。他的戏剧创作现存主要有五种,即"玉茗堂四梦"(或称"临川四梦")及《紫箫记》。"玉茗堂四梦"即《紫钗记》《牡丹亭》《邯郸记》《南柯记》,其中,汤显祖最得意、影响最大的当数《牡丹亭》。作者曾直言:"一生'四梦',得意处唯在《牡丹》。"

《牡丹亭》的基本情节取自明代话本小说《杜丽娘慕色还魂》,讲述了杜丽娘与柳梦梅刻骨铭心的爱情故事,杜丽娘感春生梦,因梦成痴,为爱而死,因情复生的传奇经历,具有大胆奇思和鲜明浪漫主义色彩。

《惊梦》一出写一场惊世骇俗的梦。太守之女杜丽娘随一腐儒学习诗书礼仪,身心颇受封建礼教的压抑。在侍女的引导下,她前往自家后花园被"姹紫嫣红开遍"的美景深深吸引,惊叹春光灿烂,感伤自己韶光虚度,一时春愁翻涌,不觉入梦。梦中与一书生柳梦梅两情和合,共赴云雨。正如戏剧开篇所说:"情不知所起,一往而深。生者可以死,死可以生。生而不可与死,死而不可复生者,皆非情之至也。"动人心弦的故事情节、清丽优雅的文采辞藻、尚情与至情的思想,对禁绝人性的传统理学振聋发聩的鞑伐,深受千百年来的

---

① 弱冠:二十岁。《礼·曲礼》上:"人生十年曰幼,学;二十曰弱,冠;三十曰壮,有室……"男子到二十岁行冠礼,表示已成年。

② 南柯一梦:唐人传奇故事。说淳于棼梦见自己被大槐安国国王招为驸马,作南柯太守。历尽了富贵荣华,人世沉浮。醒来,才发现槐安国不过是大槐树下的一个蚁穴,南柯郡则是南面树枝下另一个蚁穴。见《太平广记》卷四七五引李公佐《淳于棼》。南柯,后来被用作梦的代称。

③ 雨香云片:指偷情幽会。

④ 步嚲:脚步挪不动。

⑤ 不争多:差不多,几乎。

⑥ 忺(xiān):惬意。

读者喜爱。

【拓展阅读】

1. 白先勇（策划）：《姹紫嫣红牡丹亭》，广西师范大学出版社 2004 年版。

2. 朱栋霖：《论青春版〈牡丹亭〉现象》，《文学评论》2006 年第 6 期。

3. 孙绍先：《浪漫艺术装点的"性梦"——〈牡丹亭〉论》，见孙绍先《英雄之死与美人迟暮》，社会科学文献出版社 2000 年版。

4. 袁行霈主编：《中国文学史》第四卷"汤显祖"部分，高等教育出版社 2005 年版。

【思考与练习】

1. 以"从杜丽娘'惊梦'想开去"为题写一篇小文章，字数在 800 字左右。

2. 阅读汤显祖《牡丹亭》与白先勇策划青春版《牡丹亭》，比较两部作品在把握杜丽娘这一人物形象上的区别。

下　编

中国现当代文学经典选读

月 夜

沈尹默

霜风呼呼的吹着，
月光明明的照着。
我和一株顶高的树并排立着，
却没有靠着。

一九一七年作
（选自 1918 年 1 月《新青年》四卷 1 号）

【阅读提示】

沈尹默（1883—1971），原名君默，浙江吴兴人。著名书法家、教育家、文学史家、诗人。沈尹默是新文化运动的倡导者之一，也是最早的新诗尝试者之一。其部分新诗收入《秋明集》，主要新诗作品有《月夜》《落叶》《三弦》等。

《月夜》写于 1917 年，初刊于《新青年》杂志，这是《新青年》第一次刊登的三首白话诗中的一首。诗人用纯熟的白话，托物咏志，以霜风、明月、挺立的高树三种景物，烘托与"一株顶高的树"并立的"我"这一五四时期觉醒的一代知识分子的形象。艺术上，象征意境的创造，显得含蓄蕴藉，清新质朴。

【拓展阅读】

1. 沈尹默：《三弦》，见蔡天新主编：《现代汉诗 100 首》，生活·读书·新知三联书店 2007 年版。

2. 褚斌杰：《中国历代诗词精品鉴赏》（下册），青海人民出版社 2001 年版。

3. 张贤明：《中国现代名诗 100 首赏读》，现代出版社 2013 年版。

【思考与练习】

诗人康白情说沈尹默的《月夜》是具备新诗美德的第一首散文诗，请简要分析。

教我如何不想她

刘半农

天上飘着些微云，
地上吹着些微风。
啊！
微风吹动了我头发，
教我如何不想她？

月光恋爱着海洋，
海洋恋爱着月光。
啊！
这般蜜也似的银夜，
教我如何不想她？

水面落花慢慢流，
水底鱼儿慢慢游。
啊！
燕子你说些什么话？
教我如何不想她？

枯树在冷风里摇，
野火在暮色中烧。
啊！
西天还有些儿残霞，
教我如何不想她？

一九二〇年九月四日，伦敦

（选自《扬鞭集》，北新书局 1926 年版）

【阅读提示】

刘半农（1891—1934），原名寿彭，后改为复，初字半侬，后改为半农，号曲庵。江苏省江阴县人。是"五四"新文化运动的先驱、新诗人、杂文家和著名的语言学家。诗集有《瓦釜集》(1926)、《扬鞭集》(1926)等。其他著作有《半农杂文》《中国文法通论》《四声实验录》等，另有译著《法国短篇小说集》《茶花女》等。

　　《教我如何不想她》是刘半农 1920 年于英国伦敦大学留学期间所作,诗歌形式整饬,音韵和谐,语言流畅。诗名开始时叫做"情歌",后来改为"教我如何不想她"。1926 年被著名的语言学家赵元任谱成曲,广为传唱。刘半农在这首诗中首创了"她"字,受到广泛的赞誉。艺术上,诗歌既有传统歌谣的复选与比兴手法,又有西方象征派诗歌的联想与暗示。

【拓展阅读】

　　1. 刘半农:《我之文学改良观》,《新青年》第 3 卷第 3 号(1917 年 5 月)。

　　2. 贾植芳:《现代散文鉴赏辞典》,上海辞书出版社 2003 年版。

　　3. 吴奔星:《读刘半农的〈教我如何不想她〉》,《名作欣赏》1983 年第 10 期。

【思考与练习】

　　1."教我如何不想她?"反复出现的作用是什么?

　　2. 从一个角度入手分析本诗的表现手法。

偶　然

徐志摩

我是天空里的一片云，
偶尔投影在你的波心——
　　你不必讶异，
　　更无须欢喜——
在转瞬间消灭了踪影。

你我相逢在黑夜的海上，
你有你的，我有我的，方向；
　　你记得也好，
　　最好你忘掉，
在这交会时互放的光亮！

初载于 1926 年 5 月 27 日《晨报副刊·诗镌》第 9 期
（选自《翡冷翠的一夜》，新月书店 1927 年 9 月版）

【阅读提示】

　　徐志摩（1897—1931），名章垿，浙江海宁人。现代诗人、散文家，新月派代表诗人，有诗集《志摩的诗》《翡冷翠的一夜》《猛虎集》《云游》，散文集《爱眉小札》《志摩日记》等。

　　《偶然》是诗人对人生情感的深切感悟：人生路途上有多少交会、多少美好的东西，转瞬即逝，永不重复！这首诗正是对爱与美的消逝的感叹以及对这些美好情愫的眷顾之情的感叹曲。诗歌艺术形式整饬、华美，字句清新，韵律谐和："用整齐柔丽清爽的诗句，来写那微妙的灵魂的秘密。"（陈梦家《纪念徐志摩》）

【拓展阅读】

1.徐志摩：《徐志摩诗集》，时代出版传媒股份有限公司，黄山书社 2009 年版。
2.胡适：《追忆志摩》，《新月》第 4 卷第 1 期，《志摩纪念号》(1932 年 1 月)
3.林徽因：《林徽因文集·你是人间四月天》，安徽文艺出版社 2018 年版。
4.谢冕：《徐志摩名作欣赏》，中国和平出版社 1994 年版。

【思考与练习】

1."你记得也好，最好你忘掉"的内容是什么？这两句诗是否矛盾？谈谈你的理解。
2.谈谈你阅读这首诗歌的感受。

寻梦者

戴望舒

梦会开出花来的，
梦会开出娇妍的花来的：
去求无价的珍宝吧。
在青色的大海里，
在青色的大海的底里，
深藏着金色的贝一枚。

你去攀九年的冰山吧，
你去航九年的瀚海吧，
然后你逢到那金色的贝。
它有天上的云雨声，
它有海上的风涛声，
它会使你的心沉醉。

把它在海水里养九年，
把它在天水里养九年，
然后，它在一个暗夜里开绽了。
当你鬓发斑斑了的时候，
当你眼睛朦胧了的时候，
金色的贝吐出桃色的珠。

把桃色的珠放在你怀里，
把桃色的珠放在你枕边，
于是一个梦静静地升上来了。
你的梦开出花来了，
你的梦开出娇妍的花来了，
在你已衰老了的时候。

1932 年 11 月 8 日

（选自王文彬、金石主编：《戴望舒全集·诗歌卷》，中国青年出版社 1999 年版）

【阅读提示】

戴望舒(1905—1950),名承,字朝安,后曾用笔名梦鸥、梦鸥生等,浙江杭州人。中国现代派诗人、翻译家等。著有诗集《我底记忆》《望舒草》等。

《寻梦者》是诗人赴法留学前夕创作的一首现代诗,这首诗歌唱出了诗人寻求理想、憧憬光明、历经磨难、上下求索的心路历程,对人生荒诞性的深刻体验及在此基础上达成的抒情主人公对自我的嘲弄。诗篇成功塑造一个艰难跋涉、追求而又对自己的艰难跋涉、追求质疑、嘲弄的现代寻梦者形象。

诗歌运用象征手法,以"金色的贝"作为象征喻体,描摹出了寻梦者追逐理想的过程,注重的是诗的内在情绪的律动。追求中西方诗歌艺术的统一:回环往复的句子、色彩的运用、用字的精练,具有鲜明的中国古典诗歌韵味;不停的矛盾、困惑,构成一个充满张力的复调结构,深化了诗篇的现代性审美内涵。正如杜衡所说:"戴望舒的诗兼有象征派的形式古典派的内容,很少架空的感情,铺张而不虚伪,华美而有法度。"

【拓展阅读】

1. 戴望舒:《戴望舒选集》,人民文学出版社 2002 年版。
2. 戴望舒:《望舒诗论》,《现代》第 2 卷第 1 期(1932 年)。
3. 杜衡:《望舒草·序》,《现代》第 3 卷第 4 期(1933 年)。
4. 蓝棣之:《现代诗名著名篇解读》,人民文学出版社 2007 年版。
5. 左怀建:《戴望舒与现代诗歌》,见周金声、左怀建主编:《大学人文语文》,人民出版社 2011 年版。

【思考与练习】

1. 谈谈你对诗歌题目"寻梦者"的理解。(提示:谁是寻梦者? 寻找什么梦? ……)
2. 诗中充满了矛盾的两极:梦想的激情与人生的衰老、梦想的魅力与人生的艰辛、憧憬与失望、收获与失去……理想对于人生究竟意味着什么? 传达出作者对于理想怎样的心态?

断 章

卞之琳

你站在桥上看风景，
看风景人在楼上看你。
明月装饰了你的窗子，
你装饰了别人的梦。

1935 年 10 月

【阅读提示】

卞之琳(1910—2000)，祖籍江苏溧水，生于江苏海门，现代诗人、文学评论家、翻译家。1936 年与李广田、何其芳一起出版诗合集《汉园集》，被誉为"汉园三诗人"。主要诗集还有《三秋草》《鱼目集》《十年诗草》等。

《断章》是一首文字简短，然而意蕴丰富而又朦胧的现代诗歌。诗人通过对"风景"的刹那间感悟，涉及了"相对性"的哲理命题："你站在桥上看风景"，而相对于楼上的人来说，桥上的"你"就是他们眼中的风景，他们"在楼上看你"；"明月装饰了你的窗子"，而相对于梦见"你"的人来说，"你"则像窗外的明月一样，"装饰"了他们的"梦"。"这是抒情诗，是以超然而珍惜的感情，写一刹那的意境。诗人将人生哲理与诗歌意象融合起来，表现了自己对宇宙和人生的探求；在技巧和形式方面，诗人融会了传统的意境和西方象征主义的艺术手法。

诗歌以"断章"为题，妙语双关。其一是从一首完整的长诗中抽出来的片断，其二是人类内心那份失落的、难以言传的情感，而这份内心独特的感受往往能触动人类内心最柔软的地方。诗人以短短四行"断章"，便充分表达出了人物内心绵绵的情思，同时又包含着深广的哲学象征意义。

【拓展阅读】

1. 卞之琳：《雕虫纪历》(1930—1958)(增订版)，三联书店(香港)有限公司 1982 年版。
2. 袁可嘉：《略论卞之琳对新诗艺术的贡献》，《文艺研究》1990 年第 1 期。

【思考与练习】

《断章》这首诗的意旨，历来有不同的理解：有人说它乃是对人类个体存在命运的诗性思考，有人说它是一首爱情诗……谈谈你的理解。

玫瑰的故事

穆　旦

　　英国现代散文家 L. P. Smith 有一篇小品 The Rose,文笔简洁可爱,内容也非常隽永,使人百读不厌,故事既有不少的美丽处,所以竟采取了大部分织进这一篇诗里,背景也一仍原篇,以收异域及远代的憧憬之趣。至于本诗能够把握住几许原文的美,我是不敢断言的;因为,这诗对于我本来便是一个大胆的尝试。想起在一九三六年的最后三天里,苦苦地改了又改,算是不三不四地把它完成了;现在看到,我虽然并不满意,但却也多少是有些喜欢的。

二十六年一月忙考时谨志

庭院里盛开着老妇人的玫瑰,
有如焰焰的火狮子雄踞在人前,
当老妇人讲起来玫瑰的故事,
回忆和喜悦就轻轻飘过她的脸。

……许多年前,还是我新婚以后,
我同我的丈夫在意大利周游,
那时还没有铁路,先生,一辆马车,
带我们穿过城堡又在草原上驰走。

在罗马南的山路上马车颠坏了,
它的修理给我们三天的停留:
第一晚我们在茫茫的荒野里,
找到路旁的一间房子,敝落而且破旧。

我怎能睡啊,那空旷的可怕的黑夜!
流水的淙淙和虫鸣嘘去了我的梦;
趁天色朦胧,我就悄悄爬起来,
倚立在窗前,听头发舞弄着晨风。

已经很多年了,我尚能依稀记得,
清凉的月光下那起伏的蓝峰;
渐渐儿白了,红了,一些远山的村落,

吻着晨曦，象是群星明耀地闪射。
小村烦嚣地栖息在高耸的山顶，
一所客栈逗留住我们两个客人。
几十户人家围在短墙里，像个小菜园，
但也有礼俗，交易，人生的悲哀和喜欢。

酒店里一些贵族医生和官员，
也同样用悠闲弹开了每天的时间，
在他们中间我看到一个清瘦的老人，
又美丽，又和蔼，有着雄健的话锋。

他的头发斑白，精神像个青年，
他明亮的眸子里闪耀着神光，
不住地向我们看，生疏里掺些惊异，
可是随即笑了，又像我们早已熟悉。

老人的温和引起来一阵微风，
轻轻地吹动了水面上的浮萍；
他向我们说陌生人不必客气，
他愿意邀请陌生的客人到他家里。

于是，在一个晴朗炎热的下午，
青青的峦峰上斜披夕阳的紫衫，
一辆小车辘辘地驰向老人的田园，
里面坐着我和我的丈夫。

这所田园里铺满了小小的碎石，
丛绿下闪动着池水的波影，
一棵紫红的玫瑰向天空高伸，
发散着甜香，又蔽下幽幽的静。

玫瑰的花朵展开了老人的青春，
每一阵香化成过去美丽的烟痕，
老人一面让酒一面向我们讲，
多样的回忆在他脸上散出了红光。

他坦然地微笑，带着老年的漠冷，
慢慢地讲起他不幸的爱情：
"……多少年以前，我年轻的时候，
那隔河的山庄住着我爱的女郎，

"她年轻，美丽，有如春天的鸟，
她黄莺般的喉咙会给我歌唱，
我常常去找她，把马儿骑得飞快，

越过草坪，穿出小桥，又抛下寂寞的墓场。

"可是那女郎待我并不怎样仁慈，
她要故意让我等，啊，从日出到日中！
在她的园子里我只有急躁地徘徊，
激动的心中充满了热情和期待。

"园子里盛开着她喜爱的玫瑰，
清晨时她常殷殷地去浇水。
焦急中我无意地折下了一枝，
可是当我警觉时便把它藏进衣袋里。

"这小枝玫瑰从此便在泥土中成长，
洗过几十年春雨也耐过了风霜，
如今，啊，它已是这样大的一棵树……"
别时，老人折下一枝为我们祝福。

修理好的马车把我们载上路程，
铃声伴着孩子们欢快的追送；
终于渐渐儿静了，我回视那小村
已经高高地抛在远山的峰顶……

现在，那老人该早已去世了，
年轻的太太也斑白了头发！
她不但忘却了老人的名字，
并且也遗失了那个小镇的地址。

只有庭院的玫瑰在繁茂地滋长，
年年的六月里它鲜艳的苞蕾怒放。
好像那新芽里仍燃烧着老人的热情，
浓密的叶子里也勃动着老人的青春。

发表于《清华周刊》(1937 年 1 月 25 日)

（署名：慕旦）

【阅读提示】

穆旦(1918—1977)，原名查良铮，浙江海宁人。"九叶诗派"的代表性诗人、翻译家，被许多现代文学专家推为现代诗歌第一人。诗集有《探险队》《穆旦诗集(1939—1945)》《旗》等，主要译作有俄国普希金的作品《青铜骑士》《普希金抒情诗集》，英国雪莱的《云雀》《雪莱抒情诗选》，英国拜伦的《唐璜》《拜伦抒情诗选》《拜伦诗选》，英国《布莱克诗选》《济慈诗选》等。

《玫瑰的故事》歌咏青春的爱情。在这首诗的题记中，诗人写有这样的文字："英国现代散文家 L．P．Smith 有一篇小品 The Rose，文笔简洁可爱，内容也非常隽永，使人百读不厌，故事既有不少的美丽处，所以竟采取了大部分编织进这篇诗里，背景也一仍原篇，以收异域及远代的憧憬之趣。"这是一个优美的故事,更优美的是诗人对它的精心改写,构成了三重讲述。这种结构上的层层讲述的开放性,再加内容上无限的包容性、格律的谨严和故事本身所拥有的异域风情,读来真是余香满口,给人以美的无穷回味。

【拓展阅读】

1. 穆旦:《穆旦诗集》,人民文学出版社 2001 年版。

2. 李方编:《穆旦诗全集》,中国文学出版社 1996 年版。

3. 吉素芬:《行走在人生途程——穆旦诗三首解读》,《语文学刊》2008 年第 5 期。

【思考与练习】

体会这首诗歌结构上的开放性。

这是四点零八分的北京

食　指

这是四点零八分的北京，
一片手的海浪翻动；
这是四点零八分的北京，
一声雄伟的汽笛长鸣。

北京车站高大的建筑，
突然一阵剧烈的抖动。
我双眼吃惊地望着窗外，
不知发生了什么事情。

我的心骤然一阵疼痛，一定是
妈妈缀扣子的针线穿透了心胸。
这时，我的心变成了一只风筝，
风筝的线绳就在母亲的手中。

线绳绷得太紧了，就要扯断了，
我不得不把头探出车厢的窗棂。
直到这时，直到这时候，
我才明白发生了什么事情。

——一阵阵告别的声浪，
就要卷走车站；
北京在我的脚下，
已经缓缓地移动。

我再次向北京挥动手臂，
想一把抓住她的衣领，
然后对她大声地叫喊：
永远记着我，妈妈啊，北京！

终于抓住了什么东西，
管他是谁的手，不能松，

因为这是我的北京，

这是我的最后的北京。

1968 年 12 月 20 日

（选自《食指的诗》，人民文学出版社 2000 年版）

【阅读提示】

食指（1948—），本名郭路生，山东鱼台人，当代著名诗人。有诗集《相信未来》《食指·黑大春现代抒情诗合集》，诗歌《鱼儿三部曲》《海洋三部曲》等。

《这是四点零八分的北京》写于 1968 年底，在 1968 年底，从北京掀起了一场波及全国、影响到千家万户的上百万青年上山下乡的狂潮。此诗是作者告别北京站、乘每天一班的四点零八分的火车到所插队的山西农村过程中写的。写的是知青"上山下乡"，离开家园的场景，诗人抓住火车开动这一时刻，把远离父母家乡的惜别之情，对未来命运的忧虑和恐慌，都汇聚在"四点零八分"这一瞬间，使这一瞬间浓缩了一个特定时代的重大历史内涵。全诗以极为通俗平实的语言，倾注满怀真情，又抓住特定的时代内涵，使其主旨有更深广的历史意义，发人深思。此诗后被选入多个版本的教科书中。

另外，诗人受到了现代诗的影响，很注意诗的韵脚变化，而且一韵到底，显得非常流畅。在诗的结尾，用双重的反复"我的北京/是我的最后的北京"，来吟诵自己依依不舍的心情，使本诗更加情绪饱满而柔肠百结。

这首诗写于那个史无前例的年代，没有空话、套话，出奇地冷静、客观，至今读来，仍令人耳目震惊。因为它在冷静、客观的同时，又饱含着炙人的热情，流露出极其深沉的忧患意识。诗人用平易的文字，将冷静的思考与炽热的感情糅合在字里行间，并且表达得如此和谐，实在难能可贵。诗人通过个人的命运来显示所有同代人乃至国家的命运，就更充分地显示出诗的构思的深度与广度。

【拓展阅读】

1. 食指：《食指的诗》，人民文学出版社 2000 年版。

2. 潘鸣啸：《失落的一代——中国的上山下乡运动（1968—1980）》增订版，中国大百科全书出版社 2013 年版。

【思考与练习】

《这是四点零八分的北京》作为一首现代离别诗，你认为它与传统离别诗有何不同？它所表达的离情别绪有什么特定性和时代意义？

神女峰

舒　婷

在向你挥舞的各色花帕中
是谁的手突然收回
紧紧捂住了自己的眼睛
当人们四散离去，谁
还站在船尾
衣裙漫飞，如翻涌不息的云

江涛
高一声
低一声
美丽的梦留下美丽的忧伤
人间天上，代代相传
但是，心
真能变成石头吗

为眺望远天的杳鹤①
错过无数次春江月明②
沿着江岸
金光菊和女贞子的洪流③
正煽动新的背叛④
与其在悬崖上展览千年
不如在爱人肩头痛哭一晚

1981 年 6 月于长江

（原载《绿洲》1982 年第一期）

---

① 杳（yǎo）鹤：象征虚妄的空名，无望的等候，"杳"即是远，像天边的远鹤永远无法触及。

② 春江月明：指身边的月圆月缺，潮涨潮落，虽平凡但却真实，触手可及。

③ 金光菊和女贞子："金光菊"和"女贞子"是巫峡中的常见植物，它们聚凑成迎船而来的"洪流"。

④ 煽动新的背叛：指发起新的追求俗世的幸福的妇女解放运动。

【阅读提示】

舒婷(1952—)，原名龚佩瑜，福建厦门人。朦胧诗派代表诗人。诗歌代表作有《致橡树》《祖国啊，我亲爱的祖国》《这也是一切》。已出版诗集《双桅船》《会唱歌的鸢尾花》等。

《神女峰》是诗人在长江上游历三峡时经过神女峰时的感受，以一个怀疑者、反思者、批评者的形象抒发了对女性生命价值的深刻思考，反映了女性对自身自由和解放的追求，同时批判了以人的幸福作为牺牲品的旧道德，体现了对传统女性观念的唾弃、对现代女性意识的充分张扬和释放。诗歌运用映衬手法与象征手法增强了诗歌的艺术感染力。

【拓展阅读】

1. 洪子诚、程光炜：《朦胧诗新编》，长江文艺出版社 2009 年版。

2. 孙绍振：《从橡树到神女峰》，《名作欣赏》2008 年第 11 期。

【思考与练习】

从《致橡树》到《神女峰》再到《惠安女子》，舒婷以女性立场或者说女性主义角度对几千年以来中国女性的生存问题和观念意识进行反思，呼唤女性觉醒，大胆地追求身心的自由和个体的幸福。阅读这几首诗歌，写篇小论文谈谈你的见解。

远和近

顾　城

你
一会看我
一会看云
我觉得
你看我时很远
你看云时很近

（1980 年底刊登于《诗刊》）

【阅读提示】

顾城（1956—1993），生于北京，朦胧诗代表诗人。有《顾城诗全编》、长篇小说《英儿》，及散文集多部。代表诗作有《一代人》《远和近》等。

《远和近》运用象征手法，表现"你""我""云"之间的"距离"，阐述在视觉变换下的不同感受，表现了心理距离与物理距离的不和谐，充满着关于人与自然、人与人关系的哲理性的思考。人与人心灵的距离。自然界中的距离，再遥远，也是有个度量的，可是人与人之间的心理距离，有时是远不可测的。诗人对诗歌留白艺术的处理，言短意长，表达含蓄、精炼而内容深刻，恰到好处地赋予了诗歌更深远的意义，使得诗歌充满着更强烈的生命力。一个远，一个近，引发了人类与自然、物质与精神、肉体与灵魂、存在与虚无的种种思索，还能给读者带来很多联想。

【拓展阅读】

1. 顾城：《顾城的诗》，人民文学出版社 1998 年版。

2. 洪子诚、刘登翰：《中国当代新诗史》，北京大学出版社 2010 年版。

【思考与练习】

1. 结合《远和近》《一代人》等，谈谈顾城诗歌的主要特色。

2. 请指出《远和近》中"你""我""云"三个意象的象征意义，就作者对社会、人生、人与人之间关系的深度思考，谈谈你的理解。

祖国(或以梦为马)

海　子

我要做远方的忠诚的儿子

和物质的短暂情人

和所有以梦为马的诗人一样

我不得不和烈士和小丑走在同一道路上

万人都要将火熄灭我一人独将此火高高举起

此火为大,开花落英于神圣的祖国

和所有以梦为马的诗人一样

我借此火得度一生的茫茫黑夜

此火为大,祖国的语言和乱石投筑的梁山城寨

以梦为上的敦煌——那七月也会寒冷的骨骼

如雪白的柴和坚硬的条条白雪,横放在众神之山

和所有以梦为马的诗人一样

我投入此火,这三者是囚禁我的灯盏吐出光辉

万人都要从我刀口走过,去建筑祖国的语言

我甘愿一切从头开始

和所有以梦为马的诗人一样

我也愿将牢底坐穿

众神创造物中只有我最易朽,带着不可抗拒的死亡的速度

只有粮食是我珍爱

我将她紧紧抱住,抱住她在故乡生儿育女

和所有以梦为马的诗人一样

我也愿将自己埋葬在四周高高的山上,守望平静的家园

面对大河我无限惭愧

我年华虚度,空有一身疲倦

和所有以梦为马的诗人一样

岁月易逝,一滴不剩,水滴中有一匹马儿一命归天

千年后如若我再生于祖国的河岸

千年后我再次拥有中国的稻田和周天子的雪山

天马踢踏

和所有以梦为马的诗人一样

我选择永恒的事业

我的事业就是要成为太阳的一生

他从古至今——"日"——他无比辉煌无比光明

和所有以梦为马的诗人一样

最后我被黄昏的众神抬入不朽的太阳

太阳是我的名字

太阳是我的一生

太阳的山顶埋葬诗歌的尸体——千年王国和我

骑着五千年凤凰和名字叫"马"的龙——我必将失败

但诗歌本身以太阳必将胜利

1987 年

（选自《海子的诗》，海子著，人民文学出版社 2012 年版）

【阅读提示】

海子(1964—1989)，原名查海生，安徽省怀宁县高河镇查湾村人，当代青年诗人。有《土地》《海子、骆一禾作品集》《海子的诗》和《海子诗全编》等等。比较著名的作品有《亚洲铜》《麦地》《以梦为马》《黑夜的献诗——献给黑夜的女儿》等。

《祖国（或以梦为马）》是海子的著名诗篇。把自己的梦想作为前进的方向和动力（马，在这里是指像马稳重，坚定）。《以梦为马：海子经典诗选》2016 年 3 月由北京十月文艺出版社出版。

海子以饱满的激情展示了诗人、诗歌、语言和祖国之间的关系，重申了诗人和诗歌的独特使命。诗人的坚守——"我藉此火得度一生的茫茫黑夜"、诗人对语言的认识"去建筑祖国的语言……/我也愿将牢底坐穿"、诗人完成大诗的宏愿。

【拓展阅读】

1. 海子：《海子诗选》，天津人民出版社 2010 年版。

2. 崔卫平编：《不死的海子》，中国文联出版社 1999 年版。

【思考与练习】

1.《祖国（或以梦为马）》这首诗境界开阔，在强劲的感情冲击中，诗人在高蹈的理想与谦卑的情怀，生命的圣洁与脆弱，诗人的舛途与诗歌的大道……这些彼此纠葛的张力中，书写了一个中国诗人的赤子之情。正如诗人的同道骆一禾在《海子生涯》中借引的一位东欧诗人的话："他是第一个人向我们表明，人不仅要写，还要像自己写的那样去生活。"谈谈这首诗对你的激励和启发。

2. 有人说《祖国（或以梦为马）》是一首八十年代青春的祭歌，八十年代后期物质欲望空前膨胀，精神空前狭小，节节败退，托举着熊熊理想火炬的海子的诗，是用"诗歌行动"进行的一次坚守和对抗，这代人"青春的绝唱"。结合时代背景，谈谈你的理解。

伤 逝①

——涓生的手记——

鲁 迅

如果我能够，我要写下我的悔恨和悲哀，为子君，为自己。

会馆里的被遗忘在偏僻里的破屋是这样地寂静和空虚。时光过得真快，我爱子君，仗着她逃出这寂静和空虚，已经满一年了。事情又这么不凑巧，我重来时，偏偏空着的又只有这一间屋。依然是这样的破窗，这样的窗外的半枯的槐树和老紫藤，这样的窗前的方桌，这样的败壁，这样的靠壁的板床。深夜中独自躺在床上，就如我未曾和子君同居以前一般，过去一年中的时光全被消灭，全未有过，我并没有曾经从这破屋子搬出，在吉兆胡同创立了满怀希望的小小的家庭。

不但如此。在一年之前，这寂静和空虚是并不这样的，常常含着期待；期待子君的到来。在久待的焦躁中，一听到皮鞋的高底尖触着砖路的清响，是怎样地使我骤然生动起来呵！于是就看见带着笑涡的苍白的圆脸，苍白的瘦的臂膊，布的有条纹的衫子，玄色的裙。她又带了窗外的半枯的槐树的新叶来，使我看见，还有挂在铁似的老干上的一房一房的紫白的藤花。

然而现在呢，只有寂静和空虚依旧，子君却决不再来了，而且永远，永远地！……

子君不在我这破屋里时，我什么也看不见。在百无聊赖中，顺手抓过一本书来，科学也好，文学也好，横竖什么都一样；看下去，看下去，忽而自己觉得，已经翻了十多页了，但是毫不记得书上所说的事。只是耳朵却分外地灵，仿佛听到大门外一切往来的履声，从中便有子君的，而且橐橐地逐渐临近，——但是，往往又逐渐渺茫，终于消失在别的步声的杂沓中了。我憎恶那不像子君鞋声的穿布底鞋的长班②的儿子，我憎恶那太像子君鞋声的常常穿着新皮鞋的邻院的搽雪花膏的小东西！

莫非她翻了车么？莫非她被电车撞伤了么？……

我便要取了帽子去看她，然而她的胞叔就曾经当面骂过我。

蓦然，她的鞋声近来了，一步响于一步，迎出去时，却已经走过紫藤棚下，脸上带着微

---

① 选自《鲁迅全集》第 2 卷，人民文学出版社 2005 年版。
② 长班：旧时官员的随身仆人，也用来称呼一般的"听差"。

笑的酒窝。她在她叔子的家里大约并未受气；我的心宁帖了，默默地相视片时之后，破屋里便渐渐充满了我的语声，谈家庭专制，谈打破旧习惯，谈男女平等，谈伊孛生，谈泰戈尔，谈雪莱……她总是微笑点头，两眼里弥漫着稚气的好奇的光泽。壁上就钉着一张铜板的雪莱半身像，是从杂志上裁下来的，是他的最美的一张像。当我指给她看时，她却只草草一看，便低了头，似乎不好意思了。这些地方，子君就大概还未脱尽旧思想的束缚，——我后来也想，倒不如换一张雪莱淹死在海里的记念像或是伊孛生的罢；但也终于没有换，现在是连这一张也不知那里去了。

"我是我自己的，他们谁也没有干涉我的权利！"

这是我们交际了半年，又谈起她在这里的胞叔和在家的父亲时，她默想了一会之后，分明地，坚决地，沉静地说了出来的话。其时是我已经说尽了我的意见，我的身世，我的缺点，很少隐瞒；她也完全了解的了。这几句话很震动了我的灵魂，此后许多天还在耳中发响，而且说不出的狂喜，知道中国女性，并不如厌世家所说那样的无法可施，在不远的将来，便要看见辉煌的曙色的。

送她出门，照例是相离十多步远；照例是那鲇鱼须的老东西的脸又紧帖在脏的窗玻璃上了，连鼻尖都挤成一个小平面；到外院，照例又是明晃晃的玻璃窗里的那小东西的脸，加厚的雪花膏。她目不邪视地骄傲地走了，没有看见；我骄傲地回来。

"我是我自己的，他们谁也没有干涉我的权利！"这彻底的思想就在她的脑里，比我还透澈，坚强得多。半瓶雪花膏和鼻尖的小平面，于她能算什么东西呢？

我已经记不清那时怎样地将我的纯真热烈的爱表示给她。岂但现在，那时的事后便已模胡，夜间回想，早只剩了一些断片了；同居以后一两月，便连这些断片也化作无可追踪的梦影。我只记得那时以前的十几天，曾经很仔细地研究过表示的态度，排列过措辞的先后，以及倘或遭了拒绝以后的情形。可是临时似乎都无用，在慌张中，身不由己地竟用了在电影上见过的方法了。后来一想到，就使我很愧恧，但在记忆上却偏只有这一点永远留遗，至今还如暗室的孤灯一般，照见我含泪握着她的手，一条腿跪了下去……

不但我自己的，便是子君的言语举动，我那时就没有看得分明；仅知道她已经允许我了。但也还仿佛记得她脸色变成青白，后来又渐渐转作绯红，——没有见过，也没有再见的绯红；孩子似的眼里射出悲喜，但是夹着惊疑的光，虽然力避我的视线，张皇地似乎要破窗飞去。然而我知道她已经允许我了，没有知道她怎样说或是没有说。

她却是什么都记得：我的言辞，竟至于读熟了的一般，能够滔滔背诵；我的举动，就如有一张我所看不见的影片挂在眼下，叙述得如生，很细微，自然连那使我不愿再想的浅薄的电影的一闪。夜阑人静，是相对温习的时候了，我常是被质问，被考验，并且被命复述当时的言语，然而常须由她补足，由她纠正，像一个丁等的学生。

这温习后来也渐渐稀疏起来。但我只要看见她两眼注视空中，出神似的凝想着，于是神色越加柔和，笑窝也深下去，便知道她又在自修旧课了，只是我很怕她看到我那可笑的电影的一闪。但我又知道，她一定要看见，而且也非看不可的。

然而她并不觉得可笑。即使我自己以为可笑，甚而至于可鄙的，她也毫不以为可笑。这事我知道得很清楚，因为她爱我，是这样地热烈，这样地纯真。

去年的暮春是最为幸福，也是最为忙碌的时光。我的心平静下去了，但又有别一部分和身体一同忙碌起来。我们这时才在路上同行，也到过几回公园，最多的是寻住所。我觉得在路上时时遇到探索，讥笑，猥亵和轻蔑的眼光，一不小心，便使我的全身有些瑟缩，只得即刻提起我的骄傲和反抗来支持。她却是大无畏的，对于这些全不关心，只是镇静地缓缓前行，坦然如入无人之境。

寻住所实在不是容易事，大半是被托辞拒绝，小半是我们以为不相宜。起先我们选择得很苛酷，——也非苛酷，因为看去大抵不像是我们的安身之所；后来，便只要他们能相容了。看了二十多处，这才得到可以暂且敷衍的处所，是吉兆胡同一所小屋里的两间南屋；主人是一个小官，然而倒是明白人，自住着正屋和厢房。他只有夫人和一个不到周岁的女孩子，雇一个乡下的女工，只要孩子不啼哭，是极其安闲幽静的。

我们的家具很简单，但已经用去了我的筹来的款子的大半；子君还卖掉了她唯一的金戒指和耳环。我拦阻她，还是定要卖，我也就不再坚持下去了；我知道不给她加入一点股分去，她是住不舒服的。

和她的叔子，她早经闹开，至于使他气愤到不再认她做侄女；我也陆续和几个自以为忠告，其实是替我胆怯，或者竟是嫉妒的朋友绝了交。然而这倒很清静。每日办公散后，虽然已近黄昏，车夫又一定走得这样慢，但究竟还有二人相对的时候。我们先是沉默的相视，接着是放怀而亲密的交谈，后来又是沉默。大家低头沉思着，却并未想着什么事。我也渐渐清醒地读遍了她的身体，她的灵魂，不过三星期，我似乎于她已经更加了解，揭去许多先前以为了解而现在看来却是隔膜，即所谓真的隔膜了。

子君也逐日活泼起来。但她并不爱花，我在庙会时买来的两盆小草花，四天不浇，枯死在壁角了，我又没有照顾一切的闲暇。然而她爱动物，也许是从官太太那里传染的罢，不一月，我们的眷属便骤然加得很多，四只小油鸡，在小院子里和房主人的十多只在一同走。但她们却认识鸡的相貌，各知道那一只是自家的。还有一只花白的叭儿狗，从庙会买来，记得似乎原有名字，子君却给它另起了一个，叫作阿随。我就叫它阿随，但我不喜欢这名字。

这是真的，爱情必须时时更新，生长，创造。我和子君说起这，她也领会地点点头。

唉唉，那是怎样的宁静而幸福的夜呵！

安宁和幸福是要凝固的，永久是这样的安宁和幸福。我们在会馆里时，还偶有议论的冲突和意思的误会，自从到吉兆胡同以来，连这一点也没有了；我们只在灯下对坐的怀旧谭中，回味那时冲突以后的和解的重生一般的乐趣。

子君竟胖了起来，脸色也红活了；可惜的是忙。管了家务便连谈天的工夫也没有，何况读书和散步。我们常说，我们总还得雇一个女工。

这就使我也一样地不快活，傍晚回来，常见她包藏着不快活的颜色，尤其使我不乐的是她要装作勉强的笑容。幸而探听出来了，也还是和那小官太太的暗斗，导火线便是两家的小油鸡。但又何必硬不告诉我呢？人总该有一个独立的家庭。这样的处所，是不能居住的。

我的路也铸定了，每星期中的六天，是由家到局，又由局到家。在局里便坐在办公桌前钞,钞,钞些公文和信件;在家里是和她相对或帮她生白炉子,煮饭,蒸馒头。我的学会了煮饭,就在这时候。

但我的食品却比在会馆里时好得多了。做菜虽不是子君的特长,然而她于此却倾注着全力;对于她的日夜的操心,使我也不能不一同操心,来算作分甘共苦。况且她又这样地终日汗流满面,短发都粘在脑额上;两只手又只是这样地粗糙起来。

况且还要饲阿随,饲油鸡,……都是非她不可的工作。

我曾经忠告她:我不吃,倒也罢了;却万不可这样地操劳。她只看了我一眼,不开口,神色却似乎有点凄然;我也只好不开口。然而她还是这样地操劳。

我所豫期的打击果然到来。双十节的前一晚,我呆坐着,她在洗碗。听到打门声,我去开门时,是局里的信差,交给我一张油印的纸条。我就有些料到了,到灯下去一看,果然,印着的就是:

奉
局长谕史涓生着毋庸到局办事
秘书处启　十月九号

这在会馆里时,我就早已料到了;那雪花膏便是局长的儿子的赌友,一定要去添些谣言,设法报告的。到现在才发生效验,已经要算是很晚的了。其实这在我不能算是一个打击,因为我早就决定,可以给别人去钞写,或者教读,或者虽然费力,也还可以译点书,况且《自由之友》的总编辑便是见过几次的熟人,两月前还通过信。但我的心却跳跃着。那么一个无畏的子君也变了色,尤其使我痛心;她近来似乎也较为怯弱了。

"那算什么。哼,我们干新的。我们……"她说。

她的话没有说完;不知怎地,那声音在我听去却只是浮浮的;灯光也觉得格外黯淡。人们真是可笑的动物,一点极微末的小事情,便会受着很深的影响。我们先是默默地相视,逐渐商量起来,终于决定将现有的钱竭力节省,一面登"小广告"去寻求钞写和教读,一面写信给《自由之友》的总编辑,说明我目下的遭遇,请他收用我的译本,给我帮一点艰辛时候的忙。

"说做,就做罢! 来开一条新的路!"

我立刻转身向了书案,推开盛香油的瓶子和醋碟,子君便送过那黯淡的灯来。我先拟广告;其次是选定可译的书,迁移以来未曾翻阅过,每本的头上都满漫着灰尘了;最后才写信。

我很费踌躇,不知道怎样措辞好,当停笔凝思的时候,转眼去一瞥她的脸,在昏暗的灯光下,又很见得凄然。我真不料这样微细的小事情,竟会给坚决的,无畏的子君以这么显著的变化。她近来实在变得很怯弱了,但也并不是今夜才开始的。我的心因此更缭乱,忽然有安宁的生活的影像——会馆里的破屋的寂静,在眼前一闪,刚刚想定睛凝视,却又看见了昏暗的灯光。

许久之后,信也写成了,是一封颇长的信;很觉得疲劳,仿佛近来自己也较为怯弱了。于是我们决定,广告和发信,就在明日一同实行。大家不约而同地伸直了腰肢,在无言中,似乎又都感到彼此的坚忍崛强的精神,还看见从新萌芽起来的将来的希望。

外来的打击其实倒是振作了我们的新精神。局里的生活，原如鸟贩子手里的禽鸟一般，仅有一点小米维系残生，决不会肥胖；日子一久，只落得麻痹了翅子，即使放出笼外，早已不能奋飞。现在总算脱出这牢笼了，我从此要在新的开阔的天空中翱翔，趁我还未忘却了我的翅子的扇动。

小广告是一时自然不会发生效力的；但译书也不是容易事，先前看过，以为已经懂得的，一动手，却疑难百出了，进行得很慢。然而我决计努力地做，一本半新的字典，不到半月，边上便有了一大片乌黑的指痕，这就证明着我的工作的切实。《自由之友》的总编辑曾经说过，他的刊物是决不会埋没好稿子的。

可惜的是我没有一间静室，子君又没有先前那么幽静，善于体帖了，屋子里总是散乱着碗碟，弥漫着煤烟，使人不能安心做事，但是这自然还只能怨我自己无力置一间书斋。然而又加以阿随，加以油鸡们。加以油鸡们又大起来了，更容易成为两家争吵的引线。

加以每日的"川流不息"的吃饭；子君的功业，仿佛就完全建立在这吃饭中。吃了筹钱，筹来吃饭，还要喂阿随，饲油鸡；她似乎将先前所知道的全都忘掉了，也不想到我的构思就常常为了这催促吃饭而打断。即使在坐中给看一点怒色，她总是不改变，仍然毫无感触似的大嚼起来。

使她明白了我的作工不能受规定的吃饭的束缚，就费去五星期。她明白之后，大约很不高兴罢，可是没有说。我的工作果然从此较为迅速地进行，不久就共译了五万言，只要润色一回，便可以和做好的两篇小品，一同寄给《自由之友》去。只是吃饭却依然给我苦恼。菜冷，是无妨的，然而竟不够；有时连饭也不够，虽然我因为终日坐在家里用脑，饭量已经比先前要减少得多。这是先去喂了阿随了，有时还并那近来连自己也轻易不吃的羊肉。她说，阿随实在瘦得太可怜，房东太太还因此嗤笑我们了，她受不住这样的奚落。

于是吃我残饭的便只有油鸡们。这是我积久才看出来的，但同时也如赫胥黎的论定"人类在宇宙间的位置"一般，自觉了我在这里的位置：不过是叭儿狗和油鸡之间。

后来，经多次的抗争和催逼，油鸡们也逐渐成为肴馔，我们和阿随都享用了十多日的鲜肥；可是其实都很瘦，因为它们早已每日只能得到几粒高粱了。从此便清静得多。只有子君很颓唐，似乎常觉得凄苦和无聊，至于不大愿意开口。我想，人是多么容易改变呵！

但是阿随也将留不住了。我们已经不能再希望从什么地方会有来信，子君也早没有一点食物可以引它打拱或直立起来。冬季又逼近得这么快，火炉就要成为很大的问题；它的食量，在我们其实早是一个极易觉得的很重的负担。于是连它也留不住了。

倘使插了草标到庙市去出卖，也许能得几文钱罢，然而我们都不能，也不愿这样做。终于是用包袱蒙着头，由我带到西郊去放掉了，还要追上来，便推在一个并不很深的土坑里。

我一回寓，觉得又清静得多多了；但子君的凄惨的神色，却使我很吃惊。那是没有见过的神色，自然是为阿随。但又何至于此呢？我还没有说起推在土坑里的事。

到夜间，在她的凄惨的神色中，加上冰冷的分子了。

"奇怪。——子君，你怎么今天这样儿了？"我忍不住问。

"什么？"她连看也不看我。

"你的脸色……"

"没有什么，——什么也没有。"

我终于从她言动上看出，她大概已经认定我是一个忍心的人。其实，我一个人，是容易生活的，虽然因为骄傲，向来不与世交来往，迁居以后，也疏远了所有旧识的人，然而只要能远走高飞，生路还宽广得很。现在忍受着这生活压迫的苦痛，大半倒是为她，便是放掉阿随，也何尝不如此。但子君的识见却似乎只是浅薄起来，竟至于连这一点也想不到了。

我拣了一个机会，将这些道理暗示她；她领会似的点头。然而看她后来的情形，她是没有懂，或者是并不相信的。

天气的冷和神情的冷，逼迫我不能在家庭中安身。但是，往那里去呢？大道上，公园里，虽然没有冰冷的神情，冷风究竟也刺得人皮肤欲裂。我终于在通俗图书馆里觅得了我的天堂。

那里无须买票；阅书室里又装着两个铁火炉。纵使不过是烧着不死不活的煤的火炉，但单是看见装着它，精神上也就总觉得有些温暖。书却无可看：旧的陈腐，新的是几乎没有的。

好在我到那里去也并非为看书。另外时常还有几个人，多则十余人，都是单薄衣裳，正如我，各人看各人的书，作为取暖的口实。这于我尤为合式。道路上容易遇见熟人，得到轻蔑的一瞥，但此地却决无那样的横祸，因为他们是永远围在别的铁炉旁，或者靠在自家的白炉边的。

那里虽然没有书给我看，却还有安闲容得我想。待到孤身枯坐，回忆从前，这才觉得大半年来，只为了爱，——盲目的爱，而将别的人生的要义全盘疏忽了。第一，便是生活。人必生活着，爱才有所附丽。世界上并非没有为了奋斗者而开的活路；我也还未忘却翅子的扇动，虽然比先前已经颓唐得多……

屋子和读者渐渐消失了，我看见怒涛中的渔夫，战壕中的兵士，摩托车①中的贵人，洋场上的投机家，深山密林中的豪杰，讲台上的教授，昏夜的运动者和深夜的偷儿……子君，——不在近旁。她的勇气都失掉了，只为着阿随悲愤，为着做饭出神；然而奇怪的是倒也并不怎样瘦损……

冷了起来，火炉里的不死不活的几片硬煤，也终于烧尽了，已是闭馆的时候。又须回到吉兆胡同，领略冰冷的颜色去了。近来也间或遇到温暖的神情，但这却反而增加我的苦痛。记得有一夜，子君的眼里忽而又发出久已不见的稚气的光来，笑着和我谈到还在会馆时候的情形，时时又很带些恐怖的神色。我知道我近来的超过她的冷漠，已经引起她的忧疑来，只得也勉力谈笑，想给她一点慰藉。然而我的笑貌一上脸，我的话一出口，却即刻变为空虚，这空虚又即刻发生反响，回向我的耳目里，给我一个难堪的恶毒的冷嘲。

子君似乎也觉得的，从此便失掉了她往常的麻木似的镇静，虽然竭力掩饰，总还是时时露出忧疑的神色来，但对我却温和得多了。

我要明告她，但我还没有敢，当决心要说的时候，看见她孩子一般的眼色，就使我只得暂且改作勉强的欢容。但是这又即刻来冷嘲我，并使我失却那冷漠的镇静。

---

① 摩托车：当时对小汽车的称呼。

　　她从此又开始了往事的温习和新的考验,逼我做出许多虚伪的温存的答案来,将温存示给她,虚伪的草稿便写在自己的心上。我的心渐被这些草稿填满了,常觉得难于呼吸。我在苦恼中常常想,说真实自然须有极大的勇气的;假如没有这勇气,而苟安于虚伪,那也便是不能开辟新的生路的人。不独不是这个,连这人也未尝有!

　　子君有怨色,在早晨,极冷的早晨,这是从未见过的,但也许是从我看来的怨色。我那时冷冷地气愤和暗笑了;她所磨练的思想和豁达无畏的言论,到底也还是一个空虚,而对于这空虚却并未自觉。她早已什么书也不看,已不知道人的生活的第一着是求生,向着这求生的道路,是必须携手同行,或奋身孤往的了,倘使只知道捶着一个人的衣角,那便是虽战士也难于战斗,只得一同灭亡。

　　我觉得新的希望就只在我们的分离;她应该决然舍去,——我也突然想到她的死,然而立刻自责,忏悔了。幸而是早晨,时间正多,我可以说我的真实。我们的新的道路的开辟,便在这一遭。

　　我和她闲谈,故意地引起我们的往事,提到文艺,于是涉及外国的文人,文人的作品:《诺拉》,《海的女人》①。称扬诺拉的果决……也还是去年在会馆的破屋里讲过的那些话,但现在已经变成空虚,从我的嘴传入自己的耳中,时时疑心有一个隐形的坏孩子,在背后恶意地刻毒地学舌。

　　她还是点头答应着倾听,后来沉默了。我也就断续地说完了我的话,连余音都消失在虚空中了。

　　“是的。”她又沉默了一会,说,“但是,……涓生,我觉得你近来很两样了。可是的?你,——你老实告诉我。”

　　我觉得这似乎给了我当头一击,但也立即定了神,说出我的意见和主张来:新的路的开辟,新的生活的再造,为的是免得一同灭亡。

　　临末,我用了十分的决心,加上这几句话:

　　“……况且你已经可以无须顾虑,勇往直前了。你要我老实说;是的,人是不该虚伪的。我老实说罢:因为,因为我已经不爱你了! 但这于你倒好得多,因为你更可以毫无挂念地做事……”

　　我同时豫期着大的变故的到来,然而只有沉默。她脸色陡然变成灰黄,死了似的;瞬间便又苏生,眼里也发了稚气的闪闪的光泽。这眼光射向四处,正如孩子在饥渴中寻求着慈爱的母亲,但只在空中寻求,恐怖地回避着我的眼。

　　我不能看下去了,幸而是早晨,我冒着寒风径奔通俗图书馆。

　　在那里看见《自由之友》,我的小品文都登出了。这使我一惊,仿佛得了一点生气。我想,生活的路还很多,——但是,现在这样也还是不行的。

　　我开始去访问久已不相闻问的熟人,但这也不过一两次;他们的屋子自然是暖和的,我在骨髓中却觉得寒冽。夜间,便蜷伏在比冰还冷的冷屋中。

　　冰的针刺着我的灵魂,使我永远苦于麻木的疼痛。生活的路还很多,我也还没有忘却

---

　　① 《诺拉》通译《娜拉》(又译作《傀儡之家》);《海的女人》,通译《海的夫人》。都是易卜生的著名剧作。

翅子的扇动，我想。——我突然想到她的死，然而立刻自责，忏悔了。

在通俗图书馆里往往瞥见一闪的光明，新的生路横在前面。她勇猛地觉悟了，毅然走出这冰冷的家，而且，——毫无怨恨的神色。我便轻如行云，漂浮空际，上有蔚蓝的天，下是深山大海，广厦高楼，战场，摩托车，洋场，公馆，晴明的闹市，黑暗的夜……

而且，真的，我豫感得这新生面便要来到了。

我们总算度过了极难忍受的冬天，这北京的冬天；就如蜻蜓落在恶作剧的坏孩子的手里一般，被系着细线，尽情玩弄，虐待，虽然幸而没有送掉性命，结果也还是躺在地上，只争着一个迟早之间。

写给《自由之友》的总编辑已经有三封信，这才得到回信，信封里只有两张书券：两角的和三角的。我却单是催，就用了九分的邮票，一天的饥饿，又都白挨给于己一无所得的空虚了。

然而觉得要来的事，却终于来到了。

这是冬春之交的事，风已没有这么冷，我也更久地在外面徘徊；待到回家，大概已经昏黑。就在这样一个昏黑的晚上，我照常没精打采地回来，一看见寓所的门，也照常更加丧气，使脚步放得更缓。但终于走进自己的屋子里了，没有灯火；摸火柴点起来时，是异样的寂寞和空虚！

正在错愕中，官太太便到窗外来叫我出去。

"今天子君的父亲来到这里，将她接回去了。"她很简单地说。

这似乎又不是意料中的事，我便如脑后受了一击，无言地站着。

"她去了么？"过了些时，我只问出这样一句话。

"她去了。"

"她，——她可说什么？"

"没说什么。单是托我见你回来时告诉你，说她去了。"

我不信；但是屋子里是异样的寂寞和空虚。我遍看各处，寻觅子君；只见几件破旧而黯淡的家具，都显得极其清疏，在证明着它们毫无隐匿一人一物的能力。我转念寻信或她留下的字迹，也没有；只是盐和干辣椒，面粉，半株白菜，却聚集在一处了，旁边还有几十枚铜元。这是我们两人生活材料的全副，现在她就郑重地将这留给我一个人，在不言中，教我借此去维持较久的生活。

我似乎被周围所排挤，奔到院子中间，有昏黑在我的周围；正屋的纸窗上映出明亮的灯光，他们正在逗着孩子玩笑。我的心也沉静下来，觉得在沉重的迫压中，渐渐隐约地现出脱走的路径：深山大泽，洋场，电灯下的盛筵；壕沟，最黑最黑的深夜，利刃的一击，毫无声响的脚步……

心地有些轻松，舒展了，想到旅费，并且嘘一口气。

躺着，在合着的眼前经过的豫想的前途，不到半夜已经现尽；暗中忽然仿佛看见一堆食物，这之后，便浮出一个子君的灰黄的脸来，睁了孩子气的眼睛，恳托似的看着我。我一定神，什么也没有了。

但我的心却又觉得沉重。我为什么偏不忍耐几天，要这样急急地告诉她真话的呢？

现在她知道，她以后所有的只是她父亲——儿女的债主——的烈日一般的严威和旁人的赛过冰霜的冷眼。此外便是虚空。负着虚空的重担，在严威和冷眼中走着所谓人生的路，这是怎么可怕的事呵！而况这路的尽头，又不过是——连墓碑也没有的坟墓。

我不应该将真实说给子君，我们相爱过，我应该永久奉献她我的说谎。如果真实可以宝贵，这在子君就不该是一个沉重的空虚。谎语当然也是一个空虚，然而临末，至多也不过这样地沉重。

我以为将真实说给子君，她便可以毫无顾虑，坚决地毅然前行，一如我们将要同居时那样。但这恐怕是我错误了。她当时的勇敢和无畏是因为爱。

我没有负着虚伪的重担的勇气，却将真实的重担卸给她了。她爱我之后，就要负了这重担，在严威和冷眼中走着所谓人生的路。

我想到她的死……我看见我是一个卑怯者，应该被摈于强有力的人们，无论是真实者，虚伪者。然而她却自始至终，还希望我维持较久的生活……

我要离开吉兆胡同，在这里是异样的空虚和寂寞。我想，只要离开这里，子君便如还在我的身边；至少，也如还在城中，有一天，将要出乎意表地访我，像住在会馆时候似的。

然而一切请托和书信，都是一无反响；我不得已，只好访问一个久不问候的世交去了。他是我伯父的幼年的同窗，以正经出名的拔贡①，寓京很久，交游也广阔的。

大概因为衣服的破旧罢，一登门便很遭门房的白眼。好容易才相见，也还相识，但是很冷落。我们的往事，他全都知道了。

“自然，你也不能在这里了，”他听了我托他在别处觅事之后，冷冷地说，“但那里去呢？很难。——你那，什么呢，你的朋友罢，子君，你可知道，她死了。”

我惊得没有话。

“真的？”我终于不自觉地问。

“哈哈。自然真的。我家的王升的家，就和她家同村。”

“但是，——不知道是怎么死的？”

“谁知道呢。总之是死了就是了。”

我已经忘却了怎样辞别他，回到自己的寓所。我知道他是不说谎话的；子君总不会再来的了，像去年那样。她虽是想在严威和冷眼中负着虚空的重担来走所谓人生的路，也已经不能。她的命运，已经决定她在我所给与的真实——无爱的人间死灭了！

自然，我不能在这里了；但是，“那里去呢？”

四围是广大的空虚，还有死的寂静。死于无爱的人们的眼前的黑暗，我仿佛一一看见，还听得一切苦闷和绝望的挣扎的声音。

我还期待着新的东西到来，无名的，意外的。但一天一天，无非是死的寂静。

我比先前已经不大出门，只坐卧在广大的空虚里，一任这死的寂静侵蚀着我的灵魂。死的寂静有时也自己战栗，自己退藏，于是在这绝续之交，便闪出无名的，意外的，新的

---

① 拔贡：清代科举考试制度，在规定的年限（原定六年，后改为十二年）选拔“文行计优”的秀才，保送到京师，贡入国子监，称为“拔贡”。是贡生的一种。

期待。

一天是阴沉的上午，太阳还不能从云里面挣扎出来；连空气都疲乏着。耳中听到细碎的步声和咻咻的鼻息，使我睁开眼。大致一看，屋子里还是空虚；但偶然看到地面，却盘旋着一匹小小的动物，瘦弱的，半死的，满身灰土的……

我一细看，我的心就一停，接着便直跳起来。

那是阿随。它回来了。

我的离开吉兆胡同，也不单是为了房主人们和他家女工的冷眼，大半就为着这阿随。但是，"那里去呢？"新的生路自然还很多，我约略知道，也间或依稀看见，觉得就在我面前，然而我还没有知道跨进那里去的第一步的方法。

经过许多回的思量和比较，也还只有会馆是还能相容的地方。依然是这样的破屋，这样的板床，这样的半枯的槐树和紫藤，但那时使我希望，欢欣，爱，生活的，却全都逝去了，只有一个虚空，我用真实去换来的虚空存在。

新的生路还很多，我必须跨进去，因为我还活着。但我还不知道怎样跨出那第一步。有时，仿佛看见那生路就像一条灰白的长蛇，自己蜿蜒地向我奔来，我等着，等着，看看临近，但忽然便消失在黑暗里了。

初春的夜，还是那么长。长久的枯坐中记起上午在街头所见的葬式，前面是纸人纸马，后面是唱歌一般的哭声。我现在已经知道他们的聪明了，这是多么轻松简截的事。

然而子君的葬式却又在我的眼前，是独自负着虚空的重担，在灰白的长路上前行，而又即刻消失在周围的严威和冷眼里了。

我愿意真有所谓鬼魂，真有所谓地狱，那么，即使在孽风怒吼之中，我也将寻觅子君，当面说出我的悔恨和悲哀，祈求她的饶恕；否则，地狱的毒焰将围绕我，猛烈地烧尽我的悔恨和悲哀。

我将在孽风和毒焰中拥抱子君，乞她宽恕，或者使她快意……

但是，这却更虚空于新的生路；现在所有的只是初春的夜，竟还是那么长。我活着，我总得向着新的生路跨出去，那第一步，——却不过是写下我的悔恨和悲哀，为子君，为自己。

我仍然只有唱歌一般的哭声，给子君送葬，葬在遗忘中。

我要遗忘；我为自己，并且要不再想到这用了遗忘给子君送葬。

我要向着新的生路跨进第一步去，我要将真实深深地藏在心的创伤中，默默地前行，用遗忘和说谎做我的前导……

一九二五年十月二十一日毕

【阅读提示】

鲁迅（1881—1936），原名周樟寿，后改名周树人，字豫亭，后改为豫才，浙江绍兴人，出身于没落封建官僚家庭。笔名"鲁迅"最早用于白话小说处女作《狂人日记》。有小说集《呐喊》（1923）、《彷徨》（1926）、《故事新编》（1936），散文诗集《野草》（1927），回忆性散文集《朝花夕拾》（1928），杂文创作贯穿一生，结集有《坟》《热风》《华盖集》《华盖集续编》《而已集》《三闲集》《二心集》《南腔北调集》《伪自由书》《花边文学》《准风月谈》《且介亭杂文》《且介亭杂文二集》《且介亭杂文末编》《集外集拾遗》等。

《伤逝》创作于 1925 年,收入《彷徨》,是五四时期鲁迅唯一一部以青年婚恋问题为题材的小说。承载着"人的解放""个性解放""妇女解放"等五四启蒙主义精神价值的青年婚恋创作题材,为"五四"时期众多作家所热衷。1923 年 12 月鲁迅在北京女高师作了题为"娜拉走后怎样"的演讲,又作小说《伤逝》就此问题表达自己的看法。《伤逝》的叙事重心不仅在于对涓生与子君爱情悲剧复杂成因的揭示,而且更多地在于着重揭示他们的精神痛苦和自身的精神危机。这也正是《伤逝》较之于其他同类题材小说,"表现的深切"之所在。在此独特视角的审视下,五四启蒙运动以来所凸显的妇女解放问题、知识分子与社会的关系、人的精神意识的独立性问题,一并在小说中得以开掘和探讨,进而藉此警醒沉溺于爱情追求的人们,当着眼于社会/个人、自由/责任等关系中去思索爱情的真谛和人生的内涵,去寻找"新的生路"。

【拓展阅读】

1.鲁迅:《鲁迅全集》第 2 卷,人民文学出版社 2005 年版。
2.鲁迅:《鲁迅全集》第 1 卷,人民文学出版社 2005 年版。
3.李今:《析〈伤逝〉的反讽性质》,《文学评论》2010 年第 2 期。

【思考与练习】

1.试分析子君、涓生形象。
2.试分析《伤逝》中涓生、子君婚恋悲剧的原因。

春风沉醉的晚上

郁达夫

一

在沪上闲居了半年，因为失业的结果，我的寓所迁移了三处。最初我住在静安寺路南的一间同鸟笼似的永也没有太阳晒着的自由的监房里。这些自由的监房的住民，除了几个同强盗小窃一样的凶恶裁缝之外，都是些可怜的无名文士，我当时所以送了那地方一个 Yellow Grab Street 的称号。在这 Grub Street 里住了一个月，房租忽涨了价，我就不得不拖了几本破书，搬上跑马厅附近一家相识的栈房里去。后来在这栈房里又受了种种逼迫，不得不搬了，我便在外白渡桥北岸的邓脱路中间，日新里对面的贫民窟里，寻了一间小小的房间，迁移了过去。

邓脱路的这几排房子，从地上量到屋顶，只有一丈几尺高。我住的楼上的那间房间，更是矮小得不堪。若站在楼板上伸一伸懒腰，两只手就要把灰黑的屋顶穿通的。从前面的弄里踱进了那房子的门，便是房主的住房。在破布洋铁罐玻璃瓶旧铁器堆满的中间，侧着身子走进两步，就有一张中间有几根横档跌落的梯子靠墙摆在那里。用了这张梯子往上面的黑黝黝的一个二尺宽的洞里一接，即能走上楼去。黑沉沉的这层楼上，本来只有猫额那样大，房主人却把它隔成了两间小房，外面一间是一个 N 烟公司的女工住在那里，我所租的是梯子口头的那间小房，因为外间的住者要从我的房里出入，所以我的每月的房租要比外间的便宜几角小洋。

我的房主，是一个五十来岁的弯腰老人。他的脸上的青黄色里，映射着一层暗黑的油光。两只眼睛是一只大一只小，颧骨很高，额上颊上的几条皱纹里满砌着煤灰，好像每天早晨洗也洗不掉的样子。他每日于八九点钟的时候起来，咳嗽一阵，便挑了一双竹篮出去，到午后的三四点钟总仍旧是挑了一双空篮回来的；有时挑了满担回来的时候，他的竹篮里便是那些破布破铁器玻璃瓶之类。像这样的晚上，他必要去买些酒来喝喝，一个人坐在床沿上瞎骂出许多不可捉摸的话来。

我与隔壁的同寓者的第一次相遇，是在搬来的那天午后。春天的急景已经快晚了的五点钟的时候，我点了一支蜡烛，在那里安放几本刚从栈房里搬过来的破书。先把它们叠成了两方堆，一堆小些，一堆大些，然后把两个二尺长的装画的画架覆在大一点的那堆书上。因为我的器具都卖完了，这一堆书和画架白天要当写字台，晚上可以当床睡觉的。摆好了画架的板，我就朝着了这张由书叠成的桌子，坐在小一点的那堆书上吸烟，我的背自然朝着了梯子的接口的。我一边吸烟，一边在那里呆看放在桌上的蜡烛火，忽而听见梯子口上起了响动。回头一看，我只见了一个自家的扩大的投射影子，此外什么也辨不出来，但我的听觉分明告诉我说："有人上来了。"我向暗中凝视了几秒钟，一个圆形灰白的面貌，半截纤细的女人的身体，方才映到我的眼帘上来。一见了她的容貌，我就知道她是我的隔壁的同居者了。因为我来找房子的时候，那房主的老人便告诉我说，这屋里除了他一个人外，楼上只住着一个女工。我一则喜欢房价的便宜，二则喜欢这屋里没有别的女人小孩，所以立刻就租定了的。等她走上了梯子，我才站起来对她点了点头说：

"对不起，我是今朝才搬来的，以后要请你照应。"

她听了我这话，也并不回答，放了一双漆黑的大眼，对我深深的看了一眼，就走上她的门口去开了锁，进房去了。我与她不过这样的见了一面，不晓是什么原因，我只觉得她是一个可怜的女子。她的高高的鼻梁，灰白长圆的面貌，清瘦不高的身体，好像都是表明她是可怜的特征，但是当时正为了生活问题在那里操心的我，也无暇去怜惜这还未曾失业的女工，过了几分钟我又动也不动的坐在那一小堆书上看蜡烛光了。

在这贫民窟里过了一个多礼拜，她每天早晨七点钟去上工和午后六点多钟下工回来，总只见我呆的对着了蜡烛或油灯坐在那堆书上。大约她的好奇心被我那痴不痴呆不呆的态度挑动了吧，有一天她下了工走上楼来的时候，我依旧和第一天一样的站起来让她过去。她走到了我的身边忽而停住了脚。看了我一眼，吞吞吐吐好像怕什么似的问我说：

"你天天在这里看的是什么书？"

（她操的是柔和的苏州音，听了这一种声音以后的感觉，是怎么也写不出来的，所以我只能把她的言语译成普通的白话。）

我听了她的话，反而脸上涨红了。因为我天天呆坐在那里，面前虽则有几本外国书摊着，其实我的脑筋昏乱得很，就是一行一句也看不进去。有时候我只用了想像在书的上一行与下一行中间的空白里，填些奇异的模型进去。有时候我只把书里边的插画翻开来看看，就了那些插画演绎些不近人情的幻想出来。我那时候的身体因为失眠与营养不良的结果，实际上已经成了病的状态了。况且又因为我的唯一的财产的一件棉袍子已经破得不堪，白天不能走出外面去散步和房里全没有光线进来，不论白天晚上，都要点着油灯或蜡烛的缘故，非但我的全部健康不如常人，就是我的眼睛和脚力，也局部的非常萎缩了。在这样状态下的我，听了她这一问，如何能够不红起脸来呢？所以我只是含含糊糊地回答说：

"我并不在看书，不过什么也不做呆坐在这里，样子一定不好看，所以把这几本书摊放着的。"

她听了这话，又深深地看了我一眼，作了一种不了解的形容，依旧的走到她的房里去了。

那几天里，若说我完全什么事情也不去找，什么事情也不曾干，却是假的。有时候，我的脑筋稍微清新一点下来，也曾译过几首英法的小诗，和几篇不满四千字的德国的短篇小说，于晚上大家睡熟的时候，不声不响地出去投邮，在寄投给各新开的书局。因为当时我的各方面就职的希望，早已经完全断绝了，只有这一方面，还能靠了我的枯燥的脑筋，想想法子看。万一中了他们编辑先生的意，把我译的东西登了出来，也不难得着几块钱的酬报。所以我自迁移到邓脱路以后，当她第一次同我讲话的时候，这样的译稿已经发出了三四次了。

二

　　在乱昏昏的上海租界里住着,四季的变迁和日子的过去是不容易觉得的。我搬到了邓脱路的贫民窟之后,只觉得身上穿在那里的那件破棉袍子一天一天的重了起来,热了起来,所以我心里想:

　　"大约春光也已经老透了吧?"

　　但是囊中很羞涩的我,也不能上什么地方去旅行一次,日夜只是在那暗室的灯光下呆坐。在一天大约是午后了,我也是这样的坐在那里,间壁的同住者忽而手里拿了两包用纸包好的物件走了上来,我站起来让她走的时候,她把手里的纸包放了一包在我的书桌上说:

　　"这一包是葡萄浆的面包,请你收藏着,明天好吃的。另外我还有一包香蕉买在这里,请你到我房里来一道吃吧!"

　　我替她拿住了纸包,她就开了门邀我进她的房里去,共住了这十几天,她好像已经信用我是一个忠厚的人的样子。我见她初见我的时候脸上流露出来的那一种疑惧的形容完全没有了。我进了她的房里,才知道天还未暗,因为她的房里有一扇朝南的窗,太阳返射的光线从这窗里投射进来,照见了小小的一间房,由二条板铺成的一张床,一张黑漆的半桌,一只板箱,和一条圆凳。床上虽则没有帐子,但堆着有二条洁净的青布被褥。半桌上有一只小洋铁箱摆在那里,大约是她的梳头器具,洋铁箱上已经有许多油污的点子了。她一边把堆在圆凳上的几件半旧的洋布棉袄,粗布裤等收在床上,一边就让我坐下。我看了她那殷勤待我的样子,心里倒不好意思起来,所以就对她说:

　　"我们本来住在一处,何必这样的客气。"

　　"我并不客气,但是你每天当我回来的时候,总站起来让我,我却觉得对不起得很。"

　　这样的说着,她就把一包香蕉打开来让我吃。她自家也拿了一只,在床上坐下,一边吃一边问我说:

　　"你何以只住在家里,不出去找点事情做做?"

　　"我原是这样的想,但是找来找去总找不着事情。"

　　"你有朋友么?"

　　"朋友是有的,但是到了这样的时候,他们都不和我来往了。"

　　"你进过学堂么?"

　　"我在外国的学堂里曾经念过几年书。"

　　"你家在什么地方? 何以不回家去?"

　　她问到了这里,我忽而感觉到我自己的现状了。因为自去年以来,我只是一日一日的萎靡下去,差不多把"我是什么人?""我现在所处的是怎么一种境遇?""我的心里还是悲还是喜?"这些观念都忘掉了。经她这一问,我重新把半年来困苦的情形一层一层地想了出来。所以听她的问话以后,我只是呆呆地看她,半晌说不出话来。她看了我这个样子,以为我也是一个无家可归的流浪人。脸上就立时起了一种孤寂的表情,微微的叹着说:

　　"唉! 你也是同我一样的么?"

　　微微地叹了一声之后,她就不说话了。我看她的眼圈上有些潮红起来,所以就想了一个另外的问题问她说:

"你在工厂里做的是什么工作？"

"是包纸烟的。"

"一天作几个钟头工？"

"早晨七点钟起，晚上六点钟止，中上休息一个钟头，每天一共是作十个钟头的工。少作一点钟就要扣钱的。"

"扣多少钱？"

"每月九块钱，所以是三块钱十天，三分大洋一个钟头。"

"饭钱多少？"

"四块钱一月。"

"这样算起来，每月一个钟头也不休息，除了饭钱，可省下五块钱来。够你付房钱买衣服的么？"

"那里够呢！并且那管理人又……啊啊！……我……我所以非常恨工厂的。你吃烟的么？"

"吃的。"

"我劝你顶好还是不吃。就吃也不要去吃我们工厂的烟。我真恨死它在这里。"

我看看她那一种切齿怨恨的样子，就不愿意再说下去。把手里捏着的半个吃剩的香蕉咬了几口，向四边一看，觉得她的房里也有些灰黑了，我站起来道了谢，就走回到了我自己的房里。她大约作工倦了的缘故，每天回来大概是马上就入睡的，只有这一晚上，她在房里好像是直到半夜还没有就寝。从这一回之后，她每天回来，总和我说几句话。我从她自家的口里听得，知道她姓陈，名叫二妹，是苏州东乡人，从小系在上海乡下长大的，她父亲也是纸烟工厂的工人，但是去年秋天死了。她本来和她父亲同住在那间房里，每天同上工厂去的，现在却只剩了她一个人了。她父亲死后的一个多月，她早晨上工厂去也一路哭了去，晚上回来也一路哭了回来的。她今年十七岁，也无兄弟姊妹，也无近亲的亲戚。她父亲死后的葬殓等事，是他于未死之前把十五块钱交给楼下的老人，托这老人包办的。她说：

"楼下的老人倒是一个好人，对我从来没有起过坏心，所以我得同父亲在日一样的去作工，不过工厂的一个姓李的管理人却坏得很，知道我父亲死了，就天天的想戏弄我。"

她自家和她父亲的身世，我差不多全知道了，但她母亲是如何的一个人？死了呢还是活在哪里？假使还活着，住在什么地方，等等，她却从来还没有说及过。

三

天气好像变了。几日来我那独有的世界，黑暗的小房里的腐浊的空气，同蒸笼里的蒸气一样，蒸得人头昏欲晕，我每年在春夏之交要发的神经衰弱的重症，遇了这样的气候，就要使我变成半狂。所以我这几天来到了晚上，等马路上人静之后，也常常走出去散步去。一个人在马路上从狭隘的深蓝天空里看看群星，慢慢的向前行走，一边作些漫无涯涘的空想，倒是于我的身体很有利益。当这样的无可奈何，春风沉醉的晚上，我每要在各处乱走，走到天将明的时候才回家里。我这样地走倦了回去就睡，一睡直可睡到第二天的日中，有几次竟要睡到二妹下工回来的前后方才起来，睡眠一足，我的健康状态也渐渐地回复起来了。平时只能消化半磅面包的我的胃部，自从我的深夜游行的练习开始之后，进步得几乎能容纳面包一磅了。这事在经济上虽则是一大打击,但我的脑筋,受了这些滋养,似乎比从前稍能统一;我于游行回来之后,就睡之前,却做成了几篇 Allan Poe 式的短篇小说,自家看看,也不很坏。我改了几次,抄了几次,一一投邮寄出之后,心里虽然起了些微细的希望,但是想想前几回的译稿的绝无消息,过了几天,也便把它们忘了。

邻住者的二妹,这几天来,当她早晨出去上工的时候,我总在那里酣睡,只有午后下工回来的时候,有几次有见面的机会,但是不晓是什么原因,我觉得她对我的态度,又回到从前初见面的时候的疑惧状态去了。有时候她深深的看我一眼,她的黑晶晶,水汪汪的眼睛里,似乎是满含着责备我规劝我的意思。

我搬到这贫民窟里住后,约莫已经有二十多天的样子,一天午后我正点上蜡烛,在那里看一本从旧书铺里买来的小说的时候,二妹却急急忙忙的走上楼来对我说:

"楼下有一个送信的在那里,要你拿了印子去拿信。"她对我讲这话的时候,她的疑惧我的态度更表示得明显,她好像在那里说:"呵呵,你的事件是发觉了啊!"我对她这种态度,心里非常痛恨,所以就气急了一点,回答她说:

"我有什么信?不是我的!"

她听了我这气愤愤的回答,更好像是得了胜利似的,脸上忽涌出了一种冷笑说:

"你自家去看吧;你的事情,只有你自家知道的!"

同时我听见楼底下门口果真有一个邮差似的人在催着说:

"挂号信!"

我把信取来一看,心里就突突的跳了几跳,原来我前回寄去的一篇德文短篇的译稿,已经在某杂志上发表了,信中寄来的是五圆钱的一张汇票。我囊里正是将空的时候,有了这五圆钱,非但月底要预付的来月的房金可以无忧,并且付过房金以后,还可以维持几天食料,当时这五圆钱对我的效用的广大,是谁也不能推想得出来的。

第二天午后,我上邮局去取了钱,在太阳晒着的大街上走了一会,忽而觉得身上就淋出了许多汗来。我向我前后左右的行人一看,复向我自家的身上一看,就不知不觉地把头低俯了下去。我颈上头上的汗珠,更同盛雨似的,一颗一颗地钻出来了。因为当我在深夜游行的时候,天上并没有太阳,并且料峭的春寒,于东方微白的残夜,老在静寂的街巷中留着,所以我穿的那件破棉袍子,还觉得不十分与节季违异。如今到了阳和的春日晒着的这日中,我还不能自觉,依旧穿了这件夜游的敝袍,在大街上阔步,与前后左右的和节季同时进行的我的同类一比,我哪得不自惭形秽呢?我一时竟忘了几日后不得不付的房金,忘了囊中本来将尽的些微的积聚,便慢慢的走上了闸路的估衣铺去。好久不在天日之下行走的我,看看街上来往的汽车人力车,车中坐着的华美的少年男女,和马路两边的绸缎铺金银铺窗里的丰丽的陈设,听听四面的同蜂衙似的嘈杂的人声、脚步声、车铃声,一时倒也觉得是身到了大罗天上的样子。我忘记了我自家的存在,也想和我的同胞一样的欢歌欣舞起来,我的嘴里便不知不觉的唱起几句久忘了的京调来了。这一时的涅槃幻境,当我想横越过马路,转入闸路去的时候,忽而被一阵铃声惊破了。我抬起头来一看,我的面前正冲来了一乘无轨电车,车头上站着的那肥胖的机器手,伏出了半身,怒目的大声骂我说:

"猪头三!侬(你)艾(眼)睛勿散(生)咯!跌杀时,叫旺(黄)够(狗)来抵侬(你)命噢!"

我呆呆地站住了脚,目送那无轨电车尾后卷起了一道灰尘,向北过去之后,不知是从何处发出来的感情,忽而竟禁不住哈哈哈哈的笑了几声。等得四面的人注视我的时候,我才红了脸慢慢地走向了闸路里去。

　　我在几家估衣铺里，问了些夹衫的价线，还了他们一个我所能出的数目，几个估衣铺的店员，好像是一个师父教出的样子，都摆下了脸面，嘲弄着说：

　　"侬（你）寻萨略（什么）凯（开心）！马（买）勿起好勿要马（买）咯！"

　　一直问到五马路边上的一家小铺子里，我看看夹衫是怎么也买不成了，才买定了一件竹布单衫，马上就把它换上。手里拿了一包换下的棉袍子，默默地走回家来。一边我心里却在打算：

　　"横竖是不够用了，我索性来痛快地用它一下吧。"同时我又想起了那天二妹送我的面包香蕉等物。不等第二次的回想我就寻着了一家卖糖食的店，进去买了一块钱巧格力香蕉糖鸡蛋糕等杂食。站在那店里，等店员在那里替我包好来的时候，我忽而想起我有一月多不洗澡了，今天不如顺便也去洗一个澡吧。

　　洗好了澡，拿了一包棉袍子和一包糖食，回到邓脱路的时候，马路两旁的店家，已经上电灯了。街上来往的行人也很稀少，一阵从黄浦江上吹来的日暮的凉风，吹得我打了几个冷噤。我回到了我的房里，把蜡烛点上。向二妹的房门一照，知道她还没有回来。那时候我腹中虽则饥饿得很，但我刚买来的那包糖食怎么也不愿意打开来。因为我想等二妹回来同她一道吃。我一边拿出书来看，一边口里尽在咽唾液下去。等了许多时候，二妹终不回来，我的疲倦不知什么时候出来战胜了我，就靠在书堆上睡着了。

四

　　二妹回来的响动把我惊醒的时候，我见我面前的一枝十二盎司一包的洋蜡烛已经点去了二寸的样子，我问她是什么时候了！她说：

　　"十点的汽管刚刚放过。"

　　"你何以今天回来得这样迟？"

　　"厂里因为销路大了，要我们作夜工。工钱是增加的，不过人太累了。"

　　"那你可以不去做的。"

　　"但是工人不够，不做是不行的。"

　　她讲到这里，忽而滚了两粒眼泪出来，我以为她是作工作得倦了，故而动了伤感，一边心里虽在可怜她，但一边看她这同小孩似的脾气，却也感着了些儿快乐。把糖食包打开，请她吃了几颗之后，我就劝她说：

　　"初作夜工的时候不惯，所以觉得困倦，作惯了以后，也没有什么的。"

　　她默默地坐在我的半高的由书叠成的桌上，吃了几颗巧格力，对我看了几眼，好像是有话说不出来的样子。我就催她说：

　　"你有什么话说？"

　　她又沉默了一会，便断断续续地问我说：

　　"我……我……早想问你了，这几天晚上，你每晚在外边，可在与坏人作伙友么？"

　　我听了她这话，倒吃了一惊，她好像在疑我天天晚上在外面与小窃恶棍混在一块。她看我呆了不答，便以为我的行为真的被她看破了，所以就柔柔和和的连续着说：

　　"你何苦要吃这样好的东西，要穿这样好的衣服。你可知道这事情是靠不住的。万一被人家捉了去，你还有什么面目做人。过去的事情不必去说它，以后我请你改过了吧。……"

我尽是张大了眼睛张大了嘴呆呆的在看她，因为她的思想太奇突了，使我无从辩解起。她沉默了数秒钟，又接着说：

"就以你吸的烟而论，每天若戒绝了不吸，岂不可省几个铜子。我早就劝你不要吸烟，尤其是不要吸那我所痛恨的 N 工厂的烟，你总是不听。"

她讲到了这里，又忽而落了几滴眼泪。我知道这是她为怨恨 N 工厂而滴的眼泪，但我的心里，怎么也不许我这样的想，我总要把它们当作因规劝我而洒的。我静静儿地想了一会，等她的神经镇静下去之后，就把昨天的那封挂号信的来由说给她听，又把今天的取钱买物的事情说了一遍。最后更将我的神经衰弱症和每晚何以必要出去散步的原因说了。她听了我这一番辩解，就信用了我，等我说完之后，她颊上忽而起了两点红晕，把眼睛低下去看看桌上，好像是怕羞似地说：

"噢，我错怪你了，我错怪你了。请你不要多心，我本来是没有歹意的。因为你的行为太奇怪了，所以我想到了邪路里去。你若能好好儿的用功，岂不是很好么？你刚才说的那——叫什么的——东西，能够卖五块钱，要是每天能做一个，多么好呢？"

我看了她这种单纯的态度，心里忽而起了一种不可思议的感情，我想把两只手伸出去拥抱她一回，但是我的理性却命令我说：

"你莫再作孽了！你可知道你现在处的是什么境遇！你想把这纯洁的处女毒杀了么？恶魔，恶魔，你现在是没有爱人的资格的呀！"

我当那种感情起来的时候，曾把眼睛闭上了几秒钟，等听了理性的命令以后，我的眼睛又开了开来，我觉得我的周围，忽而比前几秒钟更光明了。对她微微地笑了一笑，我就催她说：

"夜也深了，你该去睡了吧！明天你还要上工去的呢！我从今天起，就答应你把纸烟戒下来吧！"

她听了我这话，就站了起来，很喜欢地回到她的房里去睡了。

她去之后，我又换上一枝洋蜡烛，静静儿的想了许多事情：

"我的劳动的结果，第一次得来的这五块钱已经用去了三块了。连我原有的一块多钱合起来，付房钱之后，只能省下二三角小洋来，如何是好呢！"

"就把这破棉袍子去当吧！但是当铺里恐怕不要。"

"这女孩子真是可怜，但我现在的境遇，可是还赶她不上，她是不想做工而工作要强迫她做，我是想找一点工作，终于找不到。"

"就去作筋肉的劳动吧！啊啊，但是我这一双弱腕，怕吃不下一部黄包车的重力。"

"自杀！我有勇气，早就干了。现在还能想到这两个字，足证我的志气还没有完全消磨尽哩！"

"哈哈哈哈！今天的那无轨电车的机器手！他骂我什么来？"

"黄狗，黄狗倒是一个好名词，……"

"……"

我想了许多零乱断续的思想，终究没有一个好法子，可以救我出目下的穷状来。听见工厂的汽笛，好像在报十二点钟了，我就站了起来，换上了白天脱下的那件破棉袍子，仍复吹熄了蜡烛，走出外面去散步去。

贫民窟里的人已经睡眠静了。对面日新里的一排临邓脱路的洋楼里，还有几家点着了红绿的电灯,在那里弹罢拉拉衣加。一声二声清脆的歌音,带着哀调,从静寂的深夜的冷空气里传到我的耳膜上来,这大约是俄国的飘泊的少女,在那里卖钱的歌唱。天上罩满了灰白的薄云,同腐烂的尸体似的沉沉的盖在那里。云层破处也能看得出一点两点星来,但星的近处,黝黝看得出来的天色,好像有无限的哀愁蕴藏着的样子。

1923 年 7 月 15 日

(首刊于 1924 年 2 月 28 日《创造季刊》第 2 卷第 2 期)

【阅读提示】

郁达夫(1896—1945),名文,字达夫,原名郁文,出生于浙江富阳满洲弄(今达夫弄)的一个知识分子家庭。中国现代小说家、散文家、诗人。代表作有《沉沦》《故都的秋》《春风沉醉的晚上》《过去》《迟桂花》等。

《春风沉醉的晚上》叙述了"五四"以后一对贫困沦落的男女青年的故事:"我"是一个没有工作、很穷的文人,与一个素不相识的烟厂女工陈二妹共同租住在一间房子的里外屋里,由女工对"我"提防到流露人间真情的互相关心。"春风沉醉的晚上"颇具反讽意味,在非常美丽、浪漫的气氛下表达的是两个生存艰难、前景惨淡的青年人"生的苦闷"。小说结构严谨精巧,语言质朴,情节自然,层层推进,心理描写细微,无论在思想上,还是在艺术上,都有较高的价值。

【拓展阅读】

1. 郁达夫:《郁达夫全集》第一卷(小说卷上),浙江大学出版社 2007 年版。

2. 许子东:《郁达夫新论》,华东师范大学出版社 2014 年版。

3. 蒋增福:《众说郁达夫》,浙江文艺出版社 1996 年版。

【思考与练习】

1. 从《沉沦》到《春风沉醉的晚上》,郁达夫小说创作有什么变化?

2. 试分析《春风沉醉的晚上》中的陈二妹形象。

绣 枕

凌淑华

大小姐正在低头绣一个靠垫,此时天气闷热,小巴狗只有躺在桌底伸出舌头喘气的份儿,苍蝇热昏昏的满玻璃窗上打转。张妈站在背后打扇子,脸上一道一道的汗渍,她不住的用手巾擦,可总擦不干.鼻尖的刚才干了,嘴边的又点点凸了出来.她瞧着她主人的汗虽然没有她那样多,可是脸热的酱红,白细夏布褂汗湿了一背脊,忍不住说道:

"大小姐,歇会儿,凉快凉快吧。老爷虽说明天得送这靠垫去,可是没定规早上或晚上呢。"

"他说了明儿早上十二点以前,必得送去才好,不能不赶了.你站过来扇扇。"小姐答完仍旧低头做活。

张妈走过左边,一面打着扇子,一面不住眼的看着绣的东西,叹口气道:

"我从前听人家讲故事,说那头面长得俊的小姐,一定也是聪明灵巧的,我总想这是说书人信嘴编的,哪知道就真有。这样一个水葱儿似的小姐,还会这一手活计! 这鸟绣的真爱死人!"大小姐嘴边轻轻的显露一弧笑涡,但刹那便止。张妈话兴不断,接着说:

"哼,这一对靠枕儿送到白总长那里,大家看了,别提有多少人来说亲呢,门也得挤破了……听说白总长的二少爷二十多岁还没找着合适亲事。唔,我懂得老爷的意思了,上回算命的告诉太太今年你有红鸾星照命主……"

"张妈,少胡扯吧。"大小姐停针打住说,她的脸上微微红晕起来。

此时屋内又是很寂静,只听见绣花针噗噗的一上一下穿缎子的声音和那扇子拂拂轻微的风响,忽听竹帘外边有一个十三四岁的女孩子叫道:

"妈,我来了。"

"小妞儿吗? 这样大热天跑来干么?"张妈赶紧问。小妞儿穿着一身的蓝布裤褂,满头满脸的汗珠,一张窝瓜脸热得紫涨,此时已经闪身入到帘内,站在房门口边,只望着大小姐出神。她喘吁吁的说:

"妈,昨儿四嫂子说这里大小姐绣了一对甚么靠垫,已经绣了半年啦,说光是那只鸟已经用了三四十样线,我不信。四嫂子说,不信你赶快去看看,过两天就要送人啦。我今儿吃了饭就进城,妈,我到那儿看看,行吗?"

张妈听完连忙陪笑问:

"大小姐,你瞧小妞儿多么不自量,想看看你的活计哪!"

大小姐抬头望望小妞儿,见她的衣服很脏,拿住一条灰色手巾不住的擦脸上的汗,大张着嘴,露出两排黄板牙,瞪直了眼望里看,她不觉皱眉答:

"叫她先出去，等会儿再说吧。"

张妈会意这因为嫌她的女儿脏，不愿使她看的话，立刻对小妞儿说：

"瞧瞧你鼻子上的汗，还不擦把脸去。我屋里有脸水，大热天的这汗味儿可别薰着大小姐。"

小妞儿脸上显出非常失望的神气，听她妈说完还不想走出去。张妈见她不动，很不忍的瞪了她一眼，说：

"去我屋洗脸去吧。我就来。"

小妞儿撅着嘴掀帘出去。大小姐换线时偶尔抬起头往窗外看，只见小妞拿起前襟擦额上的汗，大半块衣襟都湿了。院子里盆栽的石榴吐着火红的花，直映着日光，更叫人觉得暑热，她低头看见自己的膈肢窝汗湿了一大片了。

光阴一晃便是两年，大小姐还在深闺做针线活，小妞儿已经长成和她妈一样粗细，衣服也懂得穿干净些了。现在她妈告假回家的当儿，她居然能做替工。

夏天夜上，小妞儿正在下房坐近灯旁缝一对枕头顶儿，忽听见大小姐喊她，便放下针线，跑到上房。

她与大小姐捶腿时，有一搭没一搭的说闲话：

"大小姐，前天干妈送我一对枕头顶儿，顶好看啦，一边是一只翠鸟，一边是一只凤凰。"

"怎么还有绣半只鸟的吗?"大小姐似乎取笑她说。

"说起我这对枕头顶儿，话长哪。咳，为了它，我还和干姐姐怄了回子气。那本来是王二嫂子给我干妈的，她说这是从两个大靠垫子上剪下来的，因为已经弄脏了，新的时候好看极哪。一个绣的是荷花和翠鸟，那一个绣的是一只凤凰站在石山上。头一天，人家送给她们老爷，就放在客厅的椅子上，当晚便被吃醉了的客人吐脏了一大片；另一个给打牌的人，挤掉在地上，便有人拿来当作脚踏垫子用，好好的缎地子，满是泥脚印。少爷看见，就叫王二嫂捡了去。干妈后来就和王二嫂要了来给我，那晚上，我拿回家来足足看了好一会子，真爱死人咧，只那凤凰尾巴就用了四十多样线。那翠鸟的眼睛望着池子里的小鱼儿真要绣活了，那眼睛真个发亮，不知用什么线绣的。"

大小姐听到这里忽然心中一动，小妞儿还往下说：

"真可惜，这样好看东西毁了。干妈前天见了我，教我剪去脏的地方拿来缝一对枕头顶儿。那知道干姐姐真小气，说我看见干妈好东西就想法子讨了去。"

大小姐没有理会她们怄气的话，却只在回想她在前年的伏天曾绣过一对很精细的靠垫——上头也有翠鸟与凤凰的。那时白天太热，拿不得针，常常留到晚上绣，完了工，还害了十多天眼病。她想看看这鸟比她的怎样，吩咐小妞儿把那对枕顶儿立刻拿来。小妞儿把枕顶片儿拿来说：

"大小姐你看看这样好的黑青云霞缎的地子都脏了。这鸟听说从前都是凸出来的，现在已经踏凹了。您看——这鸟的冠子，这鸟的红嘴，颜色到现在还很鲜亮. 王二嫂说那翠鸟的眼球子，从前还有两颗真珠子镶在里头。这荷花不行了，都成了灰色。荷叶太大，做枕顶儿用不着。……这个山石旁还有小花朵儿……"

大小姐只管对着这两块绣花片子出神，小妞儿末了说的话，一句都听不清了。她只回忆起她做那鸟冠子曾拆了又绣，足足三次，一次是汗污了嫩黄的线，绣完才发见；一次是配错了石绿的线,晚上认错了色;末一次记不清了。那荷花瓣上的嫩粉色的线她洗完手都不敢拿,还得用爽身粉擦了手,再绣。……荷叶太大块,更难绣,用一样绿色太板滞,足足配了十二色绿线……做完那对靠垫以后,送了给白家,不少亲戚朋友对她的父母进了许多谀词。她的闺中女伴,取笑了许多话,她听到常常自己红着脸微笑。还有,她夜里也曾梦到她从来未经历过的娇羞傲气,穿戴着此生未有过的衣饰,许多小姑娘追她看,很羡慕她,许多女伴面上显出嫉妒颜色。那种是幻境,不久她也懂得.所以她永远不愿再想起它来撩乱心思。今天却不由得一一想起来。

小妞儿见她默默不言,直着眼,只管看那枕顶片儿。便说道:

"大小姐也喜欢它不是? 这样针线活,真爱死人呢。明儿也照样绣一对儿不好吗?"

大小姐没有听见小妞儿问的是什么,只能摇了摇头算答复了。

(初载 1925 年 3 月 21 日《现代评论》1 卷 15 期)

【阅读提示】

凌叔华(1900 年 3 月 25 日—1990 年 5 月 22 日),生于北京。中国现代作家。

作品有短篇小说集《花之寺》《女人》《小哥儿俩》及散文集《爱山庐梦影》等。还有短篇小说自选集《凌叔华选集》等。代表作有短篇小说《绣枕》《酒后》等。

《绣枕》叙述了一个大小姐绣枕头绣得非常漂亮,这个"绣枕"是一个象征性的意象,大小姐靠这对"绣枕"显示自己的价值,以取得她的婚姻,而婚姻决定她一生的幸福。"绣枕"的受重视与否象征了那个时代女性的命运。小说简短精炼、心理描写细腻而耐人寻味。

【拓展阅读】

1.凌叔华:《凌叔华小说集》,台北洪范书店 1984 年版。

2.孟悦、戴锦华:《浮出历史地表——现代妇女文学研究》,中国人民大学出版社 2004 年版。

【思考与练习】

1.小说以"绣枕"为标题具有什么寓意? 请结合全文简要分析。

2.简要分析小说中的女主人公形象。

萧 萧

沈从文

乡下人吹唢呐接媳妇,到了十二月是成天会有的事情。

唢呐后面一顶花轿,两个佚子平平稳稳的抬着。轿中人被铜锁锁在里面,虽穿了平时不上过身的体面红绿衣裳,也仍然得荷荷大哭。在这些小女人心中,做新娘子,从母亲身边离开,且准备作他人的母亲,从此必然有许多新事情等待发生。象做梦一样,将同一个陌生男子汉在一个床上睡觉,做着承宗接祖的事情。这些事想起来,当然有些害怕,所以照例觉得要哭哭,于是就哭了。

也有做媳妇不哭的人,萧萧作媳妇就不哭。这女人没有母亲,从小寄养到伯父种田的庄子上,终日提着个小竹兜萝,在路旁田坎捡狗屎。出嫁只是从这家转到那家。因此到那一天,这女人还只是笑。她又不害羞,又不怕。她是什么事也不知道,就做了人家的新媳妇了。

萧萧作媳妇时年纪十二岁,有一个小丈夫,年纪还不到三岁。丈夫比她年少十来岁,断奶还不多久。地方有这么一个老规矩,过了门,她喊他作弟弟。她每天应作的事是抱弟弟到村前柳树下去玩,到溪边去玩,饿了,喂东西吃,哭了,就哄他,摘南瓜花或狗尾草戴到小丈夫头上,或者连连亲嘴,一面说:"弟弟,哪,啵再来,啵。"在那肮脏的小脸上亲了又亲,孩子于是便笑了。孩子一欢喜兴奋,行动粗野起来,会用短短的小手乱抓萧萧的头发。那是平时不太能收拾蓬蓬松松在头上的黄发。有时候,垂到脑后那条小辫儿被拉得太久,把红绒线结也弄松了,生了气,就挞那弟弟几下,弟弟自然哇的哭出声来。萧萧于是也装成要哭的样子,用手指这弟弟的哭脸,说:"哪,人不讲理,可不行! 哪能这样动手动脚,长大了不是要杀人放火!"

天晴落雨日子混下去,每日抱抱丈夫,也帮着家中作点杂事,能动手就动手,又时常到溪沟里去洗衣,搓尿片,一面还捡拾有花纹的田螺给坐在身边的小丈夫玩。到了夜里睡觉,便常常做这种年龄的人做的梦,梦到后门角落或别的什么地方捡得大把大把铜钱,吃好东西,爬树,自己变成鱼到水中各处溜。或一时仿佛身子很轻,飞到天上众星中,没有一个人,只是一片白,一片金光,于是大喊"妈!"人就吓醒了。醒来心还只是跳。吵了隔壁的人,不免骂着:"疯子,你想什么! 白天玩得疯,晚上就做梦!"萧萧听着不作声,只是咕咕的笑。也有很好很爽快的梦,为丈夫哭醒的事情。那丈夫本来晚上在自己母亲身边睡,吃奶方便,但是吃多了奶,或因另外情形,半夜大哭,起来放水拉稀是常有的事。丈夫哭得婆婆无可奈何,于是萧萧轻手轻脚爬起床来,睡眼迷蒙,走到床边,把人抱起,给他看月亮,看星光;或者仍然啵啵的亲嘴,互相觑着,孩子气的"嗨,嗨,看猫呵"那样喊着哄着,于是丈夫笑了。玩一会会，困倦起来，慢慢的阖上眼。人睡定后，放上床，站在床边看着，听远处一传一递的鸡叫，知道天快到什么时候了，于是仍蜷到小床上睡去。天亮后，虽不做梦，却可以无意中闭眼开眼，看一阵在面前空中变幻无端的黄边紫心葵花，那是一种真正的享受。

萧萧嫁过了门，做了拳头大的丈夫的小媳妇，一切并不比先前受苦，这只看她半年来身体的发育就可明白。风里雨里过日子，象一株长在园角落不为人注意的蓖麻，大叶大枝，日增茂盛。这小女人简直是全不为丈夫设想那么似的，一天比一天长大起来了。

夏夜光景说来如做梦。大家饭后坐到院中心歇凉，挥摇蒲扇，看天上的星同屋角的萤，听南瓜棚上纺织娘咯咯咯拖长声音纺车，远近声音繁密如落雨。禾花风翛翛吹到脸上，正是让人在各种方便中说笑话的时候。

萧萧好高，一个人常常爬到草料堆上去，抱了已经熟睡的丈夫在怀里，轻轻的轻轻的随意唱着自编的四句头山歌。唱来唱去却把自己也催眠起来，快要睡去了。

在院坝中，公公婆婆，祖父祖母，另外还有帮工汉子两个，散乱的坐在小板凳上，摆龙门阵学古，轮流下去打发上半夜。

祖父身边有个烟包，在黑暗中放光。这用艾篙做成的烟包，是驱逐长脚蚊的得力东西，蜷在祖父脚边，犹如一条乌梢蛇。间或又拿起来晃那么几下。

想起白天场上的事情，祖父开口说话：

"我听三金说，前天又有女学生过身。"

大家就哄然笑了起来。

这笑的意义何在？只因为大家印象中，都知道女学生没有辫子，留个鹌鹑尾巴，象个尼姑，又不完全象。穿的衣服像洋人，又不象洋人。吃的，用的……总而言之，事事不同，一想起来就觉得怪可笑！

萧萧不大明白，她不笑。所以老祖父又说话了。他说：

"萧萧，你长大了，将来也会做女学生！"

大家于是更哄然大笑起来。

萧萧为人并不愚蠢，觉得这一定是不利于己的一件事情，所以接口便说：

"爷爷，我不做女学生。"

"你象个女学生，不做可不行。"

"我一定不做。"

众人有意取笑，异口同声的说："萧萧，爷爷说得对，你非做女学生不行！"

萧萧急得无可如何："做就做，我不怕。"其实做女学生有什么不好，萧萧全不知道。

女学生这东西，在本乡的确永远是奇闻。每年一到六月天，据说放"水假"日子一到，照例便有三三五五女学生，由一个荒谬不经的热闹地方来，到另一个远地方去，取道从本地过身。从乡下人眼中看来，这些人都近于另一世界中活下的人，装扮奇奇怪怪，行为更不可思议。这种女学生过身时，使一村人都可以说一整天的笑话。

祖父是当地一个人物，因为想起所知道的女学生在大城中的生活情形，所以说笑话要萧萧去作女学生。一面听到这话，就感觉一种打哈哈趣味，一面还有那被说的萧萧感觉一种惶恐，说这话的不为无意义了。

女学生由祖父方面所知道的是这样的一种人：她们穿衣服不管天气冷暖，吃东西不问饥饱，晚上交到子时才睡觉，白天正经事全不作，只知唱歌打球，读洋书。她们都会花钱，一年用的钱可以买十六只水牛。她们在省里京里想往什么地方去时，不必走路，只要钻进一个大匣子中，那匣子就可以带她到地。城市中还有各种各样的大小不同匣子，都用机器开动。她们在学校，男女在一处上课，人熟了，就随意同那男子睡觉，也不要媒人，也不要财礼，名叫"自由"。她们也做州县官，带家眷上任，男子仍喊作"老爷"，小孩子叫"少爷"。她们自己不喂牛，却吃牛奶羊奶，如小牛小羊；买那奶时是用铁罐子盛的。她们无事时到一个唱戏地方去，那地方完全先象个大庙，从衣袋中取出一块洋钱来（那洋钱在乡下可买五只母鸡），买了一小方纸片儿，拿了那纸片到里面去，就可以坐下看洋人扮演影子戏。她们被冤了，不赌咒，不哭。她们年纪有老到二十四岁还不肯嫁人的，有老到三十四十居然还好意思嫁人的。她们不怕男子，男子不能使她们受委屈，一受委屈就上衙门打官司，要官罚男子的款，这笔钱她有时独占自己花用，有时和官平分。她们不洗衣煮饭，也不养猪喂鸡；有了小孩子，也只花五块钱或十块钱一月，雇个人专管小孩，自己仍然整天看戏打牌，或者读那些没有用处的闲书。……

总而言之，说来事事都稀奇古怪，和庄稼人不同，有的简直可以说岂有此理。这时经祖父一为说明，听过这话的萧萧，心中却忽然有了一种模模糊糊的愿望，以为倘若她也是个女学生，她是不是照祖父说的女学生一个样子去做那些事情？不管好歹，女学生并不可怕，因此一来，却已为这乡下姑娘初次体念到了。

因为听祖父说起女学生是怎样的人物，到后萧萧独自笑得特别久。笑够了时，她说：

"爷爷，明天有女学生过路，你喊我，我要看看。"

"你看，她们捉你去做丫头。"

"我不怕她们。"

"她们读洋书念经你也不怕？"

"念观音菩萨消灾经，念紧箍咒，我都不怕。"

"她们咬人，和做官的一样，专吃乡下人，吃人骨头渣渣也不吐，你不怕？"

萧萧肯定的回答说："也不怕。"

可是这时节萧萧手上所抱的丈夫，不知为甚么，在睡梦中哭了，媳妇于是用做母亲的声势，半哄半吓的说：

"弟弟，弟弟，不许哭，不许哭，女学生咬人来了。"

丈夫还仍然哭着，得抱起各处走走。萧萧抱着丈夫离开了祖父，祖父同人说另外一样古话去了。

萧萧从此以后心中有个"女学生"。做梦也便常常梦到女学生，且梦到同这些人并排走路。仿佛也坐过那种自己会走路的匣子，她又觉得这匣子并不比自己跑路更快。在梦中那匣子的形体同谷仓差不多，里面有小小灰色老鼠，眼珠子红红的，各处乱跑，有时钻到门缝里去，把个尾巴露在外边。

因为有这样一段经过，祖父从此喊萧萧不喊"小丫头"，不喊"萧萧"，却唤作"女学生"。在不经意中萧萧答应得很好。

乡下的日子也如世界上一般日子，时时不同。世界上的人把日子糟蹋，和萧萧一类人家把日子吝惜是同样的，各有所得，各属分定。许多城市中文明人，把一个夏天全消磨到软绸衣服、精美饮料以及种种好事情上面。萧萧的一家,因为一个夏天的劳作,却得了十多斤细麻,二三十担瓜。

做小媳妇的萧萧,一个夏天中,一面照料丈夫,一面还绩了细麻四斤。到秋八月工人摘瓜,在瓜间玩,看硕大如盆、上面满是灰粉的大南瓜,成排成堆摆到地上,很有趣味。时间到摘瓜,秋天真的已来了,院子中各处有从屋后林子里树上吹来的大红大黄木叶。萧萧在瓜旁站定,手拿木叶一束,为丈夫编小小笠帽玩。

工人中有个名叫花狗,年纪二十三岁,抱了萧萧的丈夫到枣树下去打枣子。小小竹竿打在枣树上,落枣满地。

"花狗大,莫打了,太多了吃不完。"

虽这样喊,还不动身。到后,仿佛完全因为丈夫要枣子,花狗才不听话。萧萧于是又警告她那小丈夫:

"弟弟,弟弟,来,不许捡了。吃多了生东西肚子痛!"

丈夫听话,兜了一堆枣子向萧萧身边走来,请萧萧吃枣子。

"姊姊吃,这是大的。"

"我不吃。"

"要吃一颗!"

她两手那里有空! 木叶帽正在制边,工夫要紧,还正要个人帮忙!

"弟弟,把枣子喂我口里。"

丈夫照她的命令做事,作完了觉得有趣,哈哈大笑。

她要他放下枣子帮忙捏紧帽边,便于添新木叶。

丈夫照她吩咐作事,但老是顽皮地摇动,口中唱歌。这孩子原来象一只猫,欢喜时就得捣乱。

"弟弟,你唱的是什么?"

"我唱花狗大告我的山歌。"

"好好的唱一个给我听。"

丈夫于是帮忙拉着帽边,一面就唱下去,照所记到的歌唱:

> 天上起云云起花,
> 包谷林里种豆荚,
> 豆荚缠坏包谷树,
> 娇妹缠坏后生家。
>
> 天上起云云重云,
> 地下埋坟坟重坟,
> 娇妹洗碗碗重碗,
> 娇妹床上人重人。

歌中意义丈夫全不明白,唱完了就问萧萧好不好。萧萧说好,并且问跟谁学来的。她知道是花狗教的,却故意盘问他。

"花狗大告我,他说还有好歌,长大了再教我唱。"

听说花狗会唱歌,萧萧说:

"花狗大,花狗大,你唱一个正经好听的歌我听听。"

那花狗,面如其心,生长得不很正气,知道萧萧要听歌,人也快到听歌的年龄了,就给她唱"十岁娘子一岁夫"。那故事说的是妻年大,可以随便到外面做一点不规矩的事,夫年小,只知道吃奶,让他吃奶。这歌丈夫完全不懂,懂到一点儿的是萧萧。把歌听过后,萧萧装成"我全明白"那种神气,她用生气的样子,对花狗说:

"花狗大,这个不行,这是骂人的歌!"

花狗分辩说:"不是骂人的歌。"

"我明白,是骂人的歌。"

花狗难得说多话,歌已经唱过了,错了赔礼,只有不再唱。他看她已经有点懂事了,怕她回头告祖父,会挨顿臭骂,就把话支开,扯到"女学生"上头去。他问萧萧,看不看女学生习体操唱洋歌的事情。

若不是花狗提起,萧萧几乎忘却了这事情。这时又提到女学生,她问花狗近来有没有女学生过路,她想看看。

花狗一面把南瓜从棚架边抱到墙角去,告她女学生唱歌的事,这些事的来源还是萧萧的那个祖父。他在萧萧面前说了点大话,说他曾经到官路上见到四个女学生,她们都拿得有旗帜,走长路流汗喘气之中仍然唱歌,同军人所唱的一模一样。不消说,这自然完全是胡诌的笑话。可是那故事把萧萧可乐坏了。因为花狗说这个就叫作"自由"。

花狗是起眼动眉毛、一打两头翘、会说会笑的一人。听萧萧带着歆羡口气说,"花狗大,你膀子真大。"他就说,"我不止膀子大。"

"你身个子也大。"

"我全身无处不大。"

萧萧还不大懂得这个话的意思,只觉得憨而好笑。

到萧萧抱了她丈夫走去以后,同花狗在一起摘瓜,取名字叫哑巴的,开了平时不常开的口,他说:

"花狗,你少坏点。人家是十三岁黄花女,还要等十二年后才圆房!"

花狗不做声,打了那伙计一巴掌,走到枣树下捡落地枣去了。

到摘瓜的秋天,日子计算起来,萧萧过丈夫家有一年了。

几次降雪落雪,几次清明谷雨,一家中人都说萧萧是大人了。天保佑,喝冷水,吃粗砺饭,四季无疾病,倒发育得这样快。婆婆虽生来象一把剪子,把凡是给萧萧暴长的机会都剪去了,但乡下的日头同空气都帮助人长大,却不是折磨可以阻拦得住。

萧萧十五岁时已高如成人,心却还是一颗糊糊涂涂的心。

人大了一点,家中做的事也多了一点。绩麻、纺车、洗衣、照料丈夫以外,打猪草推磨一些事情也要作,还有浆纱织布。凡事都学,学学就会了。乡下习惯凡是行有余力的都可从劳作中攒点本分私房,两三年来仅仅萧萧个人份上所聚集的粗细麻和纺就的棉纱,已够萧萧坐到土机上抛三个月的梭子了。

丈夫早断了奶。婆婆有了新儿子,这五岁的儿子就象归萧萧独有了。不论做什么,走到什么地方去,丈夫总跟到身边。丈夫有些方面很怕她,当她如母亲,不敢多事。他们俩实在感情不坏。

地方稍稍进步,祖父的笑话转到"萧萧你也把辫子剪去好自由"那一类事上去了。听着这话的萧萧,某个夏天也看过一次女学生,虽不把祖父笑话认真,可是每一次在祖父说过这个笑话以后,她到水边去,必不自觉的用手捏着辫子末梢,设想着没有辫子的人的那种神气,那点趣味。

打猪草,带丈夫上螺狮山的山阴是常有的事。

小孩子不知事故,听别人唱歌也唱歌。一开腔唱歌,就把花狗引来了。

花狗对萧萧生了另外一种心,萧萧有点明白了,常常觉得惶恐不安。但花狗是男子,凡是男子的美德恶德都不缺少,劳动力强,手脚勤快,又会玩会说,所以一面使萧萧的丈夫非常欢喜同他玩,一面一有机会即缠在萧萧身边,且总是想方设法把萧萧那点惶恐减去。

山大人小,到处是树林蒙茸,平时不知道萧萧所在,花狗就站在高处唱歌逗萧萧身边的丈夫;丈夫小口一开,花狗穿山越岭就来到萧萧面前了。

见了花狗,小孩子只有欢喜,不知其他。他原要花狗为他编草虫玩,做竹箫哨子玩,花狗想方法支使他到一个远处去找材料,便坐到萧萧身边来,要萧萧听他唱那使人开心红脸的歌。她有时觉得害怕,不许丈夫走开;有时又象有了花狗在身边,打发丈夫走去反倒好一点。终于有一天,萧萧就这样给花狗把心窍子唱开,变成妇人了。

那时节,丈夫走到山下采刺莓去了,花狗唱了许多歌,到后却向萧萧唱:

> 娇家门前一重坡,
>
> 别人走少郎走多,
>
> 铁打草鞋穿烂了,
>
> 不是为你为那个?

末了却向萧萧说:"我为你睡不着觉。"他又说他赌咒不把这事情告给人。听了这些话仍然不懂什么的萧萧,眼睛只注意到他那一对粗粗的手膀子,耳朵只注意到他最后一句话。末了花狗大便又唱了许多歌给她听。她心里乱了。她要他当真对天赌咒,赌过了咒,一切好象有了保障,她就一切尽他了。到丈夫返身时,手被毛毛虫螫伤了,肿了一片,走到萧萧身边。萧萧捏紧这一只小手,且用口去呵它,吮它,想到刚才的糊涂,才仿佛明白自己做了一点不大好的糊涂事。

花狗诱她做坏事是麦黄四月,到六月,李子熟了,她欢喜吃生李子。她觉得身体有点特别,在山上碰到花狗,就将这事情告给他,问他怎么办。

讨论了多久,花狗全无主意。虽以前自己当天赌得有咒,也仍然无主意。原来这家伙个子大,胆量小。个子大容易做错事,胆量小做错了事就想不出办法。

到后,萧萧捏着自己那条乌梢蛇似的大辫子,想起城里了,她说:

"花狗大,我们到城里去自由,帮帮人过日子,不好么?"

"那怎么行? 到城里去做什么?"

"我肚子大了,那不成。"

"我们找药去。场上有郎中卖药。"

"你赶快找药来,我想……"

"你想逃到城里去自由,不成的。人生面不熟,讨饭也有规矩,不能随便!"

"你这没有良心的,你害了我,我想死!"

"我赌咒不辜负你。"

"负不负我有什么用,帮我个忙,赶快拿去肚子里这块肉吧。我害怕!"

花狗不再做声,过了一会,便走开了。不久丈夫从他处拿了大把山里红果子回来,见萧萧一个人坐在草地上哭,眼睛红红的。丈夫心中纳罕。看了一会,问萧萧:

"姊姊,为甚么哭?"

"不为甚么,毛毛虫落到眼睛窝里,痛。"

"我吹吹罢。"

"不要吹。"

"你瞧我,得这些这些。"

他把手中拿的和从溪中捡来的放在衣口袋里的小蚌、石头全部陈列在萧萧面前,萧萧泪眼婆娑看了一会儿,勉强笑着说:"弟弟,我们要好,我哭你莫告家中。告家中我可要生气!"到后这事情家中当真就无人知道。

过了半个月,花狗不辞而行,把自己所有的衣裤都拿去了。祖父问同住的长工哑巴,知不知道他为什么走路,走哪儿去?是上山落草,还是作薛仁贵投军?哑巴只是摇头,说花狗还欠了他两百钱,临走时话都不留一句,为人少良心。哑巴说他自己的话,并没有把花狗走的理由说明。因此这一家稀奇一整天,谈论一整天。不过这工人既不偷走物件,又不拐带别的,这事情过后不久,自然也就把他忘掉了。

萧萧仍然是往日的萧萧。她能够忘记花狗就好了。但是肚子真有些不同了,肚中东西总在动,使她常常一个人干着急,尽做怪梦。

她脾气坏了一点,这坏处只有丈夫知道,因为她对丈夫似乎严厉苛刻了好些。

仍然每天同丈夫在一处,她的心,想到的事自己也不十分明白。她常想,我现在死了,什么都好了。可是为什么要死?她还很高兴活下去,愿意活下去。

家中人不拘谁在无意中提起关于丈夫弟弟的话,提起小孩子,提起花狗,都象使这话如拳头,在萧萧胸口上重重一击。

到八月,她担心人知道更多了,引丈夫庙里去玩,就私自许愿,吃了一大把香灰。吃香灰被她丈夫看见了,丈夫问这是做甚么,萧萧就说肚痛,应当吃这个。萧萧自然说谎。虽说求菩萨保佑,菩萨当然没有如她的希望,肚子中的长大的东西仍在慢慢的长大。

她又常常往溪里去喝冷水,给丈夫见到了,丈夫问她她就说口渴。

一切她所想到的方法都没有能够使她与自己不喜欢的东西分开。大肚子只有丈夫一人知道,他却不敢告这件事给父母晓得。因为时间长久,年龄不同,丈夫有些时候对于萧萧的怕同爱,比对于父母还深切。

她还记得花狗赌咒那一天里的事情,如同记着其他事情一样。到秋天,屋前屋后毛毛虫都结茧,成了各种好看蝶蛾。丈夫象故意折磨她一样,常常提起几个月前被毛毛虫所螫的旧话,使萧萧心里难过。她因此极恨毛毛虫,见了那小虫就想用脚去踹。

有一天,又听人说有好些女学生过路,听过这话的萧萧,睁了眼做过一阵梦,愣愣的对日头出处痴了半天。

萧萧步花狗后尘,也想逃走,收拾一点东西预备跟了女学生走的那条路上城。但没有动身,就被家里人发觉了。这种打算照乡下人来说是一件大事,于是把她两手捆了起来,丢在灶屋边,饿了一天。

家中追究这逃走的根源,才明白这个十年后预备给小丈夫生儿子继香火的萧萧肚子已经被另一个人抢先下了种。这在一家人生活中真是了不得的一件大事！一家人的平静生活，为这一件事全弄乱了。生气的生气，流泪的流泪，骂人的骂人，各按本分乱下去。悬梁、投水、吃毒药，被禁困着的萧萧，诸事漫无边际的全想到了，究竟是年纪太小，舍不得死，却不曾做。于是祖父从现实出发，想出了个聪明主意，把萧萧关在房里，派人好好看守着，请萧萧本族的人来说话，照规矩看是"沉潭"还是"发卖"？萧萧家中人要面子，就沉潭淹死她；舍不得就发卖。萧萧只有一个伯父，在近处庄子里为人种田，去请他时先还以为是吃酒，到了才知是这样丢脸的事，弄得这老实忠厚的家长手足无措。

大肚子作证，什么也没有可说。照习惯，沉潭多是读过"子曰"的族长爱面子才做出的蠢事。伯父不读"子曰"，不忍把萧萧沉潭，萧萧当然应当嫁人做"二路亲"了。

这处罚好像也极其自然，照习惯受损失的是丈夫家里，然而却可以在改嫁上收回一笔钱，作为赔偿损失的数目。那伯父把这事情告给了萧萧，就要走路。萧萧拉着伯父衣角不放，只是幽幽的哭。伯父摇了一会头，一句话不说，仍然走了。

一时没有相当的人家来要萧萧，送到远处也得有人，因此暂时就仍然在丈夫家中住下。这件事情既经说明白，照乡下规矩，倒又象不甚要紧，只等待处分，大家反而释然了。先是小丈夫不能再同萧萧在一处，到后又仍然如月前情形，姊弟一般有说有笑的过日子了。

丈夫知道了萧萧肚子中有儿子的事情，又知道因为这样萧萧才应当嫁到远处去。但是丈夫并不愿意萧萧去，萧萧自己也不愿意去。大家全莫名其妙，只是照规矩象逼到要这样做，不得不做。究竟是谁定的规矩，是周公还是周婆，也没有人说得清楚。

在等候主顾来看人，等到十二月，还没有人来，萧萧只好在这人家过年。

萧萧次年二月间，十月满足，坐草生了一个儿子，团头大眼，声响宏壮。大家把母子二人照料得好好的，照规矩吃蒸鸡同江米酒补血，烧纸谢神。一家人都欢喜那儿子。

生下的既是儿子，萧萧不嫁别处了。

到萧萧正式同丈夫拜堂圆房时，儿子已经年纪十岁，有了半劳动力，能看牛割草，成为家中生产者的一员了。平时喊萧萧丈夫作大叔，大叔也答应，从不生气。

这儿子名叫牛儿，牛儿十二岁时也接了亲，媳妇年长六岁。媳妇年纪大，方能诸事做帮手，对家中有帮助。唢呐吹到门前时，新娘在轿中呜呜的哭着，忙坏了那个祖父，曾祖父。

这一天，抱了自己新生的毛毛，在屋前榆蜡树篱笆间看热闹，同十年前抱丈夫一个样子。

1929 年冬作，1935 年 10 月重作

1957 年 2 月校改文句

（选自凌宇编选《沈从文小说选》（上），人民文学出版社 1982 年版）

【阅读提示】

沈从文(1902—1988)原名沈岳焕，湖南凤凰县人。1924 年开始文学创作，沈从文作为中国现代最杰出的作家之一，其主要贡献是用小说等文学样式建造起特异的"湘西世界"及其所包含着的有别于现代文明的那种健全、协调、化外境界的新发现，曾为京派小说的领衔者，共出版了《蜜柑》《老实人》《雨后及其他》《龙朱》《神巫之爱》《石子船》《虎雏》《都

市一妇人》《月下小景》《八骏图》《新与旧》《主妇集》《黑凤集》等 30 多个短集小说集和《边城》《长河》等 6 部中长篇小说,两度被提名为诺贝尔文学奖评选侯选人。

《萧萧》作于 1929 年,重作于 1935 年,再修改于新中国成立后的 1957 年。小说主人公萧萧乃一孤女,自幼生长在伯父的庄子里。小小年纪嫁与三岁男童做童养媳之时,竟懵懂不经地"笑"坐嫁轿中;后来又在帮工花狗的歌声里听任自然人性的驱使,"开心脸红"地变成了妇人;东窗事发之后,因秉性淳朴且不读"子曰"的乡亲消极应对,坐以待毙的萧萧方得以逃脱礼法习俗的惩处。透过萧萧看似有惊无险乍喜乍悲的成长际遇,沈从文小说一贯所热情襄扬的乡里人"更有人性、更近人情"的主题十分突显,同时也更为集中地折射出作家对其一向所标举的"自然人性"的深度思考。小说着重关注湘西乡民代代相承的生命形式,作者以既含热情又带惆怅的笔触,描绘了一种迥异于传统伦理规范的世俗性范式,一种庄严与悲凉互现,落后和优美同陈的湘西底层平凡民众的生存状态。

【拓展阅读】

1. 沈从文:《边城》,长江文艺出版社 2014 年版。
2. 赵园主编:《沈从文名作欣赏》,中国和平出版社 1993 年版。
3. 吴立昌:《人性的治疗者——沈从文传》,百花文艺出版社 2013 年版。

【思考与练习】

1. 谈谈你对萧萧命运的看法。
2. 简述《萧萧》的艺术风格。

断魂枪

老　舍

沙子龙的镖局已改成客栈。

东方的大梦没法子不醒了。炮声压下去马来与印度野林中的虎啸。半醒的人们，揉着眼，祷告着祖先与神灵；不大会儿，失去了国土、自由与主权。门外立着不同面色的人，枪口还热着。他们的长矛毒弩，花蛇斑彩的厚盾，都有什么用呢；连祖先与祖先所信的神明全不灵了啊！龙旗的中国也不再神秘，有了火车呀，穿坟过墓破坏着风水。枣红色多穗的镖旗，绿鲨皮鞘的钢刀，响着串铃的口马，江湖上的智慧与黑话，义气与声名，连沙子龙，他的武艺、事业，都梦似的变成昨夜的。今天是火车、快枪，通商与恐怖。听说，有人还要杀下皇帝的头呢！

这是走镖已没有饭吃，而国术还没被革命党与教育家提倡起来的时候。

谁不晓得沙子龙是短瘦、利落、硬棒，两眼明得像霜夜的大星？可是，现在他身上放了肉。镖局改了客栈，他自己在后小院占着三间北房，大枪立在墙角，院子里有几只楼鸽。只是在夜间，他把小院的门关好，熟悉熟悉他的"五虎断魂枪"。这条枪与这套枪，二十年的工夫，在西北一带，给他创出来"神枪沙子龙"五个字，没遇见过敌手。现在，这条枪与这套枪不会再替他增光显胜了；只是摸摸这凉、滑、硬而发颤的杆子，使他心中少难过一些而已。只有在夜间独自拿起枪来，才能相信自己还是"神枪沙"。在白天，他不大谈武艺与往事；他的世界已被狂风吹了走。

在他手下创练起来的少年们还时常来找他。他们大多数是没落子弟，都有点武艺，可是没地方去用。有的在庙会上去卖艺：踢两趟腿，练套家伙，翻几个跟头，附带着卖点大力丸，混个三吊两吊的。有的实在闲不起了，去弄筐果子，或挑些毛豆角，赶早儿在街上论斤吆喝出去。那时候，米贱肉贱，肯卖膀子力气本来可以混个肚儿圆；他们可是不成：肚量既大，而且得吃口管事儿的；干饽饽辣饼子咽不下去。况且他们还时常去走会：五虎棍，开路，太狮少狮……虽然算不了什么——比起走镖来——可是到底有个机会活动活动，露露脸。是的，走会捧场是买脸的事，他们打扮得像个样儿，至少得有条青洋绉裤子，新漂白细市布的小褂，和一双鱼鳞洒鞋——顶好是青缎子抓地虎靴子。他们是神枪沙子龙的徒弟——虽然沙子龙并不承认——得到处露脸，走会得赔上俩钱，说不定还得打场架。没钱，上沙老师那里去求。沙老师不含糊，多少不拘，不让他们空着手儿走。可是，为打架或献技去讨教一个招数，或是请给说个"对子"——什么空手夺刀，或虎头钩进枪——沙老师有时说句笑话，马虎过去"教什么？拿开水浇吧！"有时直接把他们赶出去。他们不大明白沙老师是怎么了，心中也有点不乐意。

可是，他们到处为沙老师吹腾，一来是愿意使人知道他们的武艺有真传授，受过高人的指教；二来是为激动沙老师：万一有人不服气而找上老师来，老师难道还不露一两手真的么？所以，沙老师一拳就砸倒了个牛！沙老师一脚把人踢到房上去，并没使多大的劲！他们谁也没见过这种事，但是说着说着，他们相信这是真的了，有年月，有地方，千真万确，敢起誓！

王三胜——沙子龙的大伙计——在土地庙拉开了场子，摆好了家伙。抹了一鼻子茶叶末色的鼻烟，他抢了几下竹节钢鞭，把场子打大一些。放下鞭，没向四围作揖，又着腰念了两句："脚踢天下好汉，拳打五路英雄！"向四围扫了一眼："乡亲们，王三胜不是卖艺的；玩艺儿会几套，西北路上走过镖，会过绿林中的朋友。现在闲着没事，拉个场子陪诸位玩玩。有爱练的尽管下来，王三胜以武会友，有赏脸的，我陪着。神枪沙子龙是我的师傅；玩艺地道！诸位，有愿下来的没有？"他看着，准知道没人敢下来，他的话硬，可是那条钢鞭更硬，十八斤重。

王三胜，大个子，一脸横肉，弩着对大黑眼珠，看着四围。大家不出声。他脱了小褂，紧了紧深月白色的"腰里硬"，把肚子杀进去。给手心一口吐沫，抄起大刀来："诸位，王三胜先练趟瞧瞧。不白练，练完了，带着的扔几个；没钱，给喊个好，助助威。这儿没生意口。好，上眼！"

大刀靠了身，眼珠弩出多高，脸上绷紧，胸脯子鼓出，像两块老桦木根子。一跺脚，刀横起，大红缨子在肩前摆动。削砍劈拨。蹲越闪转，手起风生，忽忽直响。忽然刀在右手心上旋转，身弯下去，四围鸦雀无声，只有缨铃轻叫。刀顺过来，猛的一个"跺泥"，身子直挺，比众人高着一头，黑塔似的，收了势："诸位！"一手持刀，一手叉腰，看着四围。稀稀地扔下几个铜钱，他点点头。"诸位！"他等着，等着，地上依旧是那几个亮而削薄的铜钱，外层的人偷偷散去。他咽了口气："没人懂！"他低声地说，可是大家全听见了。

"有功夫！"西北角上一个黄胡子老头儿答了话。

"啊？"王三胜好似没听明白。

"我说：你——有——功——夫！"老头子的语气很不得人心。

放下大刀，王三胜随着大家的头往西北看。谁也没看重这个老人：小干巴个儿，披着件粗蓝布大衫，脸上窝窝瘪瘪，眼陷进去很深，嘴上几根细黄胡，肩上扛着条小黄草辫子，有筷子那么细，而绝对不像筷子那么直顺。王三胜可是看出这老家伙有功夫，脑门亮，眼睛亮——眼眶虽深，眼珠可黑得像两口小井，深深地闪着黑光。王三胜不怕：他看得出别人有功夫没有，可更相信自己的本事，他是沙子龙手下的大将。

"下来玩玩，大叔！"王三胜说得很得体。

点点头，老头儿往里走。这一走，四处全笑了。他的胳臂不大动；左脚往前迈，右脚随着拉上来，一步步地往前拉扯，身子整着，像是患过瘫痪病。蹭到场中，把大衫扔在地上，一点没理会四围怎样笑他。

"神枪沙子龙的徒弟，你说？好，让你使枪吧，我呢？"老头子非常地干脆，很像久想动手。

人们全回来了，邻场要狗熊的无论怎么敲锣也不中用了。

"三截棍进枪吧？"王三胜要看老头子一手，三截棍不是随便就拿得起来的家伙。

老头子又点点头，拾起家伙来。王三胜弩着眼，抖着枪，脸上十分难看。

老头子的黑眼珠更深更小了,像两个香火头,随着面前的枪尖儿转,王三胜忽然觉得不舒服,那俩黑眼珠似乎要把枪尖吸进去! 四处已围得风雨不透,大家都觉出老头子确是有威。为躲那对眼睛,王三胜耍了个枪花。老头子的黄胡子一动:"请!"王三胜一扣枪,向前躬步,枪尖奔了老头子的喉头去,枪缨打了一个红旋。老人的身子忽然活展了,将身微偏,让过枪尖,前把一挂,后把撩王三胜的手。啪,啪,两响,王三胜的枪撒了手。场外叫了好。王三胜连脸带胸口全紫了,抄起枪来;一个花子,连枪带人滚了过来,枪尖奔了老人的中部。老头子的眼亮得发着黑光;腿轻轻一屈,下把掩裆,上把打着刚要抽回的枪杆;啪,枪又落在地上。

场外又是一片彩声。王三胜流了汗,不再去拾枪,努着眼,木在那里。老头子扔下家伙,拾起大衫,还是拉拉着腿,可是走得很快了,大衫搭在臂上,他过来拍了王三胜一下:"还得练哪,伙计!"

"别走!"王三胜擦着汗:"你不离,姓王的服了! 可有一样,你敢会会沙老师?"

"就是为会他才来的!"老头子的干巴脸上皱起点来,似乎是笑呢。"走,收了吧,晚饭我请!"

王三胜把兵器拢在一处,寄放在变戏法二麻子那里,陪着老头子往庙外走。后面跟着不少人,他把他们骂散了。

"你老贵姓?"他问。

"姓孙哪,"老头子的话与人一样,都那么干巴。"爱练;久想会会沙子龙。"

沙子龙不把你打扁了! 王三胜心里说。他脚底下加了劲,可是没把孙老头落下。他看出来,老头子的腿是老走着查拳门中的连跳步;交起手来,必定很快。但是,无论他怎么快,沙子龙是没对手的。准知道孙老头要吃亏,他心中痛快了些,放慢了些脚步。

"孙大叔贵处?"

"河间的,小地方。"孙老者也和气了些:"月棍年刀一辈子枪,不容易见功夫! 真的,你那两手就不坏!"

王三胜头上的汗又回来了,没言语。

到了客栈,他心中直跳,惟恐沙老师不在家,他急于报仇。他知道老师不爱管这种事,师弟们已碰过不少回钉子,可是他相信这回必定行,他是大伙计,不比那些毛孩子;再说,人家在庙会上点名叫阵,沙老师还能丢这个脸吗?

"三胜,"沙子龙正在床上看着本《封神榜》,"有事吗?"

三胜的脸又紫了,嘴唇动着,说不出话来。

沙子龙坐起来,"怎么了,三胜?"

"栽了跟头!"

只打了个不甚长的哈欠,沙老师没别的表示。

王三胜心中不平,但是不敢发作;他得激动老师:"姓孙的一个老头儿,门外等着老师呢;把我的枪,枪,打掉了两次!"他知道"枪"字在老师心中有多大分量。没等吩咐,他慌忙跑出去。

客人进来,沙子龙在外间屋等着呢。彼此拱手坐下,他叫三胜去泡茶。三胜希望两个老人立刻交了手,可是不能不沏茶去。孙老者没话讲,用深藏着的眼睛打量沙子龙。

沙子龙很客气:"要是三胜得罪了你,不用理他,年纪还轻。"

孙老者有些失望,可也看出沙子龙的精明。他不知怎样好了,不能拿一个人的精明断定他的武艺。"我来领教领教枪法!"他不由地说出来。

沙子龙没接碴儿。王三胜提着茶壶走进来——急于看二人动手,他没管水开了没有,就沏在壶中。

"三胜,"沙子龙拿起个茶碗来,"去找小顺们去,天汇见,陪孙老者吃饭。"

"什么!"王三胜的眼珠几乎掉出来。看了看沙老师的脸,他敢怒而不敢言地说了声:"是啦!"走出去,噘着大嘴。

"教徒弟不易!"孙老者说。

"我没收过徒弟。走吧,这个水不开!茶馆去喝,喝饿了就吃。"沙子龙从桌子上拿起缎子褡裢,一头装着鼻烟壶,一头装着点钱,挂在腰带上。

"不,我还不饿!"孙老者很坚决,两个"不"字把小辫从肩上抢到后边去。

"说会子话儿。"

"我来为领教领教枪法。"

"功夫早搁下了,"沙子龙指着身上,"已经放了肉!"

"这么办也行,"孙老者深深地看了沙老师一眼:"不比武,教给我那趟五虎断魂枪。"

"五虎断魂枪?"沙子龙笑了:"早忘干净了!早忘干净了!告诉你,在我这儿住几天,咱们各处逛逛,临走,多少送点盘缠。"

"我不逛,也用不着钱,我来学艺!"孙老者立起来,"我练趟给你看看,看够得上学艺不够!"一屈腰已到了院中,把楼鸽都吓飞起去。拉开架子,他打了趟查拳:腿快,手飘洒,一个飞脚起去,小辫儿飘在空中,像从天上落下来一个风筝;快之中,每个架子都摆得稳、准、利落;来回六趟,把院子满都打到。走得圆,接得紧,身子在一处,而精神贯串到四面八方。抱拳收势,身儿缩紧,好似满院乱飞的燕子忽然归了巢。

"好!好!"沙子龙在台阶上点着头喊。

"教给我那趟枪!"孙老者抱了抱拳。

沙子龙下了台阶,也抱着拳:"孙老者,说真的吧;那条枪和那套枪都跟我入棺材,一齐入棺材!"

"不传?"

"不传!"

孙老者的胡子嘴动了半天,没说出什么来。到屋里抄起蓝布大衫,拉拉着腿:"打搅了,再会!"

"吃过饭走!"沙子龙说。

孙老者没言语。

沙子龙把客人送到小门,然后回到屋中,对着墙角立着的大枪点了点头。

他独自上了天汇,怕是王三胜们在那里等着。他们都没有去。

王三胜和小顺们都不敢再到土地庙去卖艺,大家谁也不再为沙子龙吹腾;反之,他们说沙子龙栽了跟头,不敢和个老头儿动手;那个老头子一脚能踢死个牛。不要说王三胜输给他,沙子龙也不是他的对手。不过呢,王三胜到底和老头子见了个高低,而沙子龙连句硬话也没敢说。"神枪沙子龙"慢慢似乎被人们忘了。

夜静人稀,沙子龙关好了小门,一气把六十四枪刺下来,而后,挂着枪,望着天上的群星,想起当年在野店荒林的威风。叹一口气,用手指慢慢摸着凉滑的枪身,又微微一笑:"不传! 不传!"

(创作于 1935 年秋,在济南齐鲁大学任教期间)

【阅读提示】

老舍(1899—1966),生于北京,原名舒庆春,字舍予。满族人。剧作家,作家。作品有小说《老张的哲学》《赵子曰》《二马》《猫城记》《离婚》《牛天赐传》《骆驼祥子》《四世同堂》等,话剧《龙须沟》《茶馆》等。获"人民艺术家"称号。代表作《骆驼祥子》《四世同堂》《茶馆》等。

《断魂枪》发表于 1935 年,作者通过一个江湖镖师沙子龙在社会转型期的无奈和悲愤,表现了一种古老的传统文化面临西方强势文明挑战时进退两难的尴尬局面,展示了民族传统文化在现代文明社会中的尴尬处境,像熟习"五虎断魂枪"枪法的沙子龙一样,这个民族面对着当时那样一个"三千年未有之大变局"的时候,只能痛苦地挣扎、适应,"表现了老舍对民族传统文化的原有形态既思其变又难以割舍的复杂心态"。作品像一曲挽歌,对传统文化之一种的"最后一个"的哀悼和叹息,是对民族文化传统的批判和反思。艺术上,语言含蓄、简练传神,人物刻画形象丰满,构思巧妙。

【拓展阅读】

1. 老舍:《骆驼祥子》,人民文学出版社 2012 年版。
2. 老舍:《老舍生活与创作自述》,人民文学出版社 1997 年版。
3. 王润华:《老舍小说新论》,学林出版社 1995 年版。

【思考与练习】

1. 思考沙子龙为什么将镖局改为客栈,将镖局改为客栈后沙子龙还在夜里偷偷练枪?
2. 分析沙子龙、王三胜、孙老者的个性特点,把握他们在时代变革中的基本心态和特点。
3. 如何看待在时代的碰撞期传统文明的衰落问题?

倾城之恋(节选)①

张爱玲

……

铃又响了起来,她不去接电话,让它响去。"的铃铃……的铃铃……"声浪分外的震耳,在寂静的房间里,在寂静的旅舍里,在寂静的浅水湾。流苏突然觉悟了,她不能吵醒了整个的浅水湾饭店。第一,徐太太就在隔壁。她战战兢兢拿起听筒来,搁在褥单上。可是四周太静了,虽是离了这么远,她也听得见柳原的声音在那里心平气和地说:"流苏,你的窗子里看得见月亮么?"流苏不知道为什么,忽然哽咽起来。泪眼中的月亮大而模糊,银色的,有着绿的光棱。柳原道:"我这边,窗子上面吊下一枝藤花,挡住了一半。也许是玫瑰,也许不是。"他不再说话了,可是电话始终没挂上。许久许久,流苏疑心他可是盹着了,然而那边终于扑秃一声,轻轻挂断了。流苏用颤抖的手从褥单上拿起她的听筒,放回架子上。她怕他第四次再打来,但是他没有。这都是一个梦——越想越像梦。

第二天早上她也不敢问他,因为他准会嘲笑她——"梦是心头想",她这么迫切地想念他,连睡梦里他都会打电话来说"我爱你"?他的态度也和平时没有什么不同。他们照常的出去玩了一天。流苏忽然发觉拿他们当夫妇的人很多很多——仆欧们,旅馆里和她搭讪的几个太太老太太。原不怪他们误会。柳原跟她住在隔壁,出入总是肩并肩,深夜还到海岸上去散步,一点都不避嫌疑。一个保姆推着孩子车走过,向流苏点点头,唤了一声"范太太"。流苏脸上一僵,笑也不是,不笑也不是,只得皱着眉向柳原睃了一眼,低声道:"他们不知道怎么想着呢!"柳原笑道:"唤你范太太的人,且不去管他们;倒是唤你做白小姐的人,才不知道他们怎么想的呢!"流苏变色。柳原用手抚摸下巴,微笑道:"你别枉担了这个虚名!"

流苏吃惊地朝他望望,蓦地里悟到他这人多么恶毒。他有意当着人做出亲狎的神气,使她没法可证明他们没有发生关系。她势成骑虎,回不得家乡,见不得爷娘,除了做他的情妇之外没有第二条路。然而她如果迁就了他,不但前功尽弃,以后更是万劫不复了。她偏不!就算她枉担了虚名,他不过口头上占了个便宜。归根究底,他还是没有得到她。既然他没有得到她,或许他有一天还会回到她这里来,带了较优的议和条件。

她打定了主意,便告诉柳原她打算回上海去。柳原却也不坚留,自告奋勇要送她回去。流苏道:"那倒不必了。你不是要到新加坡去么?"柳原道:"反正已经耽搁了,再耽搁些时也不妨事,上海也有事等着料理呢。"流苏知道他还是一贯政策,唯恐众人不议论他们

---

① 选自张爱玲《传奇》,人民文学出版社 1986 年版。

俩。众人越是说得凿凿有据，流苏越是百喙莫辩，自然在上海不能安身。流苏盘算着，即使他不送她回去，一切也瞒不了她家里的人。她是豁出去了，也就让他送她一程。徐太太见他们俩正打得火一般的热，忽然要拆开了，诧异非凡，问流苏，问柳原，两人虽然异口同声的为彼此洗刷，徐太太哪里肯信。

在船上，他们接近的机会很多，可是柳原既能抗拒浅水湾的月色，就能抗拒甲板上的月色。他对她始终没有一句扎实的话。他的态度有点淡淡的，可是流苏看得出他那闲适是一种自满的闲适——他拿稳了她跳不出他的手掌心去。

到了上海，他送她到家，自己没有下车。白公馆里早有了耳报神，探知六小姐在香港和范柳原实行同居了。如今她陪人家玩了一个多月，又若无其事的回来了，分明是存心要丢白家的脸。

流苏勾搭上了范柳原，无非是图他的钱。真弄到了钱，也不会无声无臭的回家来了，显然是没得到他什么好处。本来，一个女人上了男人的当，就该死；女人给当给男人上，那更是淫妇；如果一个女人想给当给男人上而失败了，反而上了人家的当，那是双料的淫恶，杀了她也还污了刀。平时白公馆里，谁有了一点芝麻大的过失，大家便炸了起来。逢到了真正耸人听闻的大逆不道，爷奶奶们兴奋过度，反而吃吃艾艾，一时发不出话来。大家先议定了："家丑不可外扬"，然后分头去告诉亲戚朋友，迫他们宣誓保守秘密，然后再向亲友们一个个的探口气，打听他们知道了没有，知道了多少。最后大家觉得到底是瞒不住，爽性开诚布公，打开天窗说亮话，拍着腿感慨一番。他们忙着这种种手续，也忙了一秋天，因此迟迟的没向流苏采取断然行动。流苏何尝不知道，她这一次回来，更不比往日。她和这家庭早是恩断义绝了。她未尝不想出去找个小事，胡乱混一碗饭吃。再苦些，也强如在家里受气。但是寻了个低三下四的职业，就失去了淑女的身份。那身份，食之无味，弃之可惜。尤其是现在，她对范柳原还没有绝望，她不能先自贬身价，否则他更有了藉口，拒绝和她结婚了。因此她无论如何得忍些时。

熬到了十一月底，范柳原果然从香港拍来了电报。那电报，整个的白公馆里的人都传观过了，老太太方才把流苏叫去，递到她手里。只有寥寥几个字："乞来港。船票已由通济隆办妥。"白老太太长叹了一声道："既然是叫你去，你就去罢！"她就这样下贱么？她眼里掉下泪来。这一哭，她突然失去了自制力，她发现她已经是忍无可忍了。一个秋天，她已经老了两年——她可禁不起老！于是她第二次离开了家上香港来。这一趟，她早失去了上一次的愉快的冒险的感觉。她失败了。固然，女人是喜欢被屈服的，但是那只限于某种范围内。如果她是纯粹为范柳原的风仪与魅力所征服，那又是一说了，可是内中还掺杂着家庭的压力——最痛苦的成份。

范柳原在细雨迷蒙的码头上迎接她。他说她的绿色玻璃雨衣像一只瓶，又注了一句："药瓶。"她以为他在那里讽嘲她的孱弱，然而他又附耳加了一句："你就是医我的药。"她红了脸，白了他一眼。

他替她定下了原先的房间。这天晚上，她回到房里来的时候，已经两点钟了。在浴室里卸妆，熄了灯出来，方才记起了，她房里的电灯开关装置在床头，只得摸着黑过来，一脚踩在地板上的一只皮鞋上，差一点栽了一跤，正怪自己疏忽，没把鞋子收好，床上忽然有人笑道："别吓着了！是我的鞋。"流苏停了一会，问道："你来做什么？"柳原道："我一直想从你的窗户里看月亮。这边屋里比那边看得清楚些。"……那晚上的电话的确是他打来的——不是梦！他爱她。这毒辣的人，他爱她，然而他待她也不过如此！她不由得心寒，拨转身走到梳妆台前。十一月尾的纤月，仅仅是一钩白色，像玻璃窗上的霜花。然而海上毕竟有点月意，映到窗子里来，那薄薄的光就照亮了镜子。流苏慢腾腾摘下了发网，把头发一搅，搅乱了，夹叉叮呤啷掉下地来。她又戴上网子，把那发网的梢头狠狠地衔在嘴里，拧着眉毛，蹲下身去把夹叉一只一只拣了起来，柳原已经光着脚走到她后面，一只手搁在她头上，把她的脸倒扳了过来，吻她的嘴。发网滑下地去了。这是他第一次吻她，然而他们两人都疑惑不是第一次，因为在幻想中已经发生无数次了。从前他们有过许多机会——适当的环境，适当的情调；他也想到过，她也顾虑到那可能性。然而两方面都是精刮的人，算盘打得太仔细了，始终不肯冒失。现在这忽然成了真的，两人都糊涂了。流苏觉得她的溜溜转了个圈子，倒在镜子上，背心紧紧抵着冰冷的镜子。他的嘴始终没有离开过她的嘴。他还把她往镜子上推，他们似乎是跌到镜子里面，另一个昏昏的世界里去，凉的凉，烫的烫，野火花直烧上身来。

第二天，他告诉她，他一礼拜后就要上英国去。她要求他带她一同去，但是他回说那是不可能的。他提议替她在香港租下一幢房子住下，等个一年半载，他也就回来了。她如果愿意在上海住家，也听她的便。她当然不肯回上海。家里那些人——离他们越远越好。独自留在香港，孤单些就孤单些。问题却在他回来的时候，局势是否有了改变。那全在他了。一个礼拜的爱，吊得住他的心么？可是从另一方面看来，柳原是一个没长性的人，这样匆匆的聚了又散了，他没有机会厌倦她，未始不是于她有利的。一个礼拜往往比一年值得怀念……他果真带着热情的回忆重新来找她，她也许倒变了呢！近三十的女人往往有着反常的娇嫩，一转眼就憔悴了。总之，没有婚姻的保障而要长期的抓住一个男人，是一件艰难的，痛苦的事，几乎是不可能的。啊，管它呢！她承认柳原是可爱的，他给她美妙的刺激，但是她跟他的目的究竟是经济上的安全。这一点，她知道她可以放心。

他们一同在巴内顿道看了一所房子，坐落在山坡上，屋子粉刷完了，雇定了一个广东女佣，名唤阿栗，家具只置办了几件最重要的，柳原就该走了。其余都丢给流苏慢慢的去收拾。家里还没有开火仓，在那冬天的傍晚，流苏送他上船时，便在船上的大餐间里胡乱的吃了些三明治。流苏因为满心的不得意，多喝了几杯酒，被海风一吹，回来的时候，便带着三分醉。到了家，阿栗在厨房里烧水替她随身带着的那孩子洗脚。流苏到处瞧了一遍，到一处开一处的灯。客室里门窗上的绿漆还没干，她用食指摸着试了一试，然后把那黏黏的指尖贴在墙上，一贴一个绿迹子。为什么不？这又不犯法！这是她的家！她笑了，索性在那蒲公英黄的粉墙上打了一个鲜明的绿手印。

她摇摇晃晃走到隔壁屋里去。空房，一间又一间——清空的世界。她觉得她可以飞到天花板上去。她在空荡荡的地板上行走，就像是在洁无纤尘的天花板上。房间太空了，她不能不用灯光来装满它，光还是不够，明天她得记着换上几只较强的灯泡。

她走上楼梯去。空得好，她急需着绝对的静寂。她累得很，取悦于柳原是太吃力的事，他脾气向来就古怪；对于她，因为是动了真感情，他更古怪了，一来就不高兴。他走了，倒好，让她松下这口气。现在她什么人都不要——可憎的人，可爱的人，她一概都不要。从小时候起，她的世界就嫌过于拥挤。推着，挤着，踩着，背着，抱着，驮着，老的小的，全是人。一家二十来口，合住一幢房子，你在屋子里剪个指甲也有人在窗户眼里看着。好容易远走高飞，到了这无人之境。如果她正式做了范太太，她就有种种的责任，她离不了人。

现在她不过是范柳原的情妇，不露面的，她应该躲着人，人也应该躲着她。清静是清静了，可惜除了人之外，她没有旁的兴趣。她所仅有的一点学识。凭着这点本领，她能够做一个贤慧的媳妇，一个细心的母亲，在这里她可是英雄无用武之地。"持家"罢，根本无家可持，看管孩子罢，柳原根本不要孩子。省俭着过日子罢，她根本用不着为了钱操心。她怎样消磨这以后的岁月？找徐太太打牌去，看戏？然后渐渐的妍戏子，抽鸦片，往姨太太们的路子上走？她突然站住了，挺着胸，两只手在背后紧紧互扭着。那倒不至于！她不是那种下流的人。她管得住自己。但是……她管得住她自己不发疯么？楼上的品字式的三间屋，楼下品字式的三间屋，全是堂堂地点着灯。新打了蜡的地板，照得雪亮。没有人影儿。一间又一间，呼喊着空虚……流苏躺到床上去，又想下去关灯，又动弹不得。后来她听见阿栗拖着木屐上楼来，一路扑托扑托关着灯，她紧张的神经方才渐归松弛。

那天是十二月七日，一九四一年。十二月八日，炮声响了。一炮一炮之间，冬晨的银雾渐渐散开，山巅，山洼子里，全岛上的居民都向海面上望去，说"开仗了，开仗了"。谁都不能够相信，然而毕竟是开仗了。流苏孤身留在巴丙顿道，哪里知道什么。等到阿栗从左邻右舍探到了消息，仓皇唤醒了她，外面已经进入酣战阶段。巴丙顿道的附近有一座科学试验馆，屋顶上架着高射炮，流弹不停地飞过来，尖溜溜一声长叫，"吱呦呃呃呃呃……"，然后"砰"，落下地去。那一声声的"吱呦呃呃呃呃……"撕裂了空气，撕毁了神经。淡蓝的天幕被扯成一条一条，在寒风中簌簌飘动。风里同时飘着无数剪断了的神经尖端。

流苏的屋子是空的，心里是空的，家里没有置办米粮，因此肚子里也是空的。空穴来风，所以她感受到恐怖的袭击分外强烈。打电话到跑马地徐家，久久打不通，因为全城装有电话的人没有一个不在打电话，询问哪一区较为安全，作避难的计划。流苏到下午方才接通了，可是那边铃尽管响着，老是没有人来听电话，想必徐先生徐太太已经匆匆出走，迁到平静一些的地带。流苏没了主意。炮火却逐渐猛烈了。邻近的高射炮成为飞机注意的焦点。飞机蝇蝇地在顶上盘旋，"孜孜孜……"绕了一圈又绕回来，"孜孜……"痛楚地，像牙医的螺旋电器，直挫进灵魂的深处。阿栗抱着她的哭泣的孩子坐在客室的门槛上，人仿佛入了昏迷的状态，左右摇摆着，喃喃唱着呓语似的歌曲，哄着拍着孩子。窗外又是"吱呦呃呃呃呃……"一声，"砰"削去屋檐的一角，沙石哗啦啦落下来。阿栗怪叫了一声，跳起身来，抱着孩子就往外跑。流苏在大门口追上了她，一把揪住她问道："你上哪儿去？"阿栗道："这儿蹲不得了！我——我带她到阴沟里去躲一躲。"流苏道："你疯了！你去送死！"阿栗连声道："你放我走！我这孩子——就只这么一个——死不得的……阴沟里躲一躲……"流苏拼命扯住了她，阿栗将她一推，她跌倒了，阿栗便闯出门去。正在这当口，轰天震地一声响，整个的世界黑了下来，像一只硕大无朋的箱子，拍地关上了盖。数不清的罗愁绮恨，全关在里面了。

流苏只道是没有命了，谁知还活着。一睁眼，只见满地的玻璃屑，满地的太阳影子。她挣扎着爬起身来，去找阿栗。阿栗紧紧搂着孩子，垂着头，把额角抵在门洞子里的水泥墙上，人是震糊涂了。流苏拉了她进来，就听见外面喧嚷着隔壁落了个炸弹，花园里炸出一个大坑。这一次巨响，箱子盖关上了，依旧不得安静。继续的砰砰砰，仿佛在箱子盖上用锤子敲钉，捶不完地捶。从天明捶到天黑，又从天黑捶到天明。

流苏也想到了柳原，不知道他的船有没有驶出港口，有没有被击沉。可是她想起他便觉得有些渺茫，如同隔世。现在的这一段，与她的过去毫不相干，像无线电里的歌，唱了一半,忽然受了恶劣的天气的影响噼噼啪啪炸了起来。炸完了,歌是仍旧要唱下去的,就只怕炸完了,歌已经唱完了,那就没得听了。

第二天,流苏和阿栗母子分着吃完了罐子里的几片饼干,精神渐渐衰弱下来,每一个呼啸着的子弹的碎片便像打在她脸上的耳刮子。街头轰隆轰隆驰来一辆军用卡车,意外地在门前停下了。铃一响,流苏自己去开门,见是柳原,她捉住他的手,紧紧地搂住他的手臂,像阿栗搂住孩子似的,人向前一扑,把头磕在门洞子里的水泥墙上。柳原用另外的一只手托住她的头,急促地道:"受了惊吓罢?别着急,别着急。你去收拾点得用的东西,我们到浅水湾去。快点,快点!"流苏跌跌冲冲奔了进去,一面问道:"浅水湾那边不要紧么?"柳原道:"都说不会在那边上岸的。而且旅馆里吃的方面总不成问题,他们收藏的很丰富。"流苏道:"你的船……"柳原道:"船没开出去。他们把头等舱的乘客送到了浅水湾饭店。本来昨天就要来接你的,叫不到汽车,公共汽车又挤不上。好容易今天设法弄到了这部卡车。"流苏哪里还定得下心整理行装,胡乱扎了个小包裹。柳原给了阿栗两个月的工钱,嘱咐她看家,两个人上了车,面朝下并排躺在运货的车厢里,上面蒙着黄绿色油布篷,一路颠簸着,把肘弯与膝盖上的皮都磨破了。

柳原叹道:"这一炸,炸断了多少故事的尾巴!"流苏也怆然,半晌方道:"炸死了你,我的故事就该完了。炸死了我,你的故事还长着呢!"柳原笑道:"你打算替我守节么?"他们两人都有点神经失常,无缘无故,齐声大笑。而且一笑便止不住。笑完了,浑身只打颤。

卡车在"吱呦呃呃……"的流弹网里到了浅水湾。浅水湾饭店楼下驻扎着军队,他们仍旧住到楼上的老房间里。住定了,方才发现,饭店里储藏虽富,都是留给兵吃的。除了罐头装的牛乳,牛羊肉,水果之外,还有一麻袋一麻袋的白面包,麸皮面包。分配给客人的,每餐只有两块苏打饼干,或是两块方糖,饿得大家奄奄一息。

先两日浅水湾还算平静,后来突然情势一变,渐渐火炽起来。楼上没有掩蔽物,众人容身不得,都来到楼下,守在食堂里,食堂里大开着玻璃门,门前堆着沙袋,英国兵就在那里架起了大炮往外打。海湾里的军舰摸准了炮弹的来源,少不得也一一还敬。隔着棕榈树与喷水池子,子弹穿梭般来往。柳原与流苏跟着大家一同把背贴在大厅的墙上。那幽暗的背景便像古老的波斯地毯,织出各色的人物,爵爷,公主,才子,佳人。毯子被挂在竹竿上,迎着风扑打上面的灰尘,拍拍打着,下劲打,打得上面的人走投无路。炮子儿朝这边射来,他们便奔到那边;朝那边射来,便奔到这边。到后来一间敞厅打得千疮百孔,墙也坍了一面,逃无可逃,只得坐下地来,听天由命。

流苏到了这个地步,反而懊悔她有柳原在身边,一个人仿佛有了两个身体,也就蒙了双重危险。一颗子弹打不中她,还许打中他。他若是死了,若是残废了,她的处境更是不堪设想。她若是受了伤,为了怕拖累他,也只有横了心求死。就是死了,也没有孤身一个人死得干净爽利。她料着柳原也是这般想。别的她不知道,在这一刹那,她只有他,他也只有她。

停战了。困在浅水湾饭店的男女们缓缓向城中走去。过了黄土崖、红土崖,又是红土崖、黄土崖,几乎疑心是走错了道,绕回去了。然而不,先前的路上没有这炸裂的坑,满坑的石子。柳原与流苏很少说话。从前他们坐一截子汽车,也有一席话,现在走上几十里的路,反而无话可说了。偶然有一句话,说了一半,对方每每就知道了下文,没有往下说的必要。柳原道:"你瞧,海滩上。"流苏道:"是的。"海滩上布满了横七竖八割裂的铁丝网,铁丝网外面,淡白的海水泪泪吞吐淡黄的沙。冬季的晴天也是淡漠的蓝色。野火花的季节已经过去了。流苏道:"那堵墙……"柳原道:"也没有去看看。"流苏叹了口气道:"算了罢。"柳原走得热了起来,把大衣脱下来搁在臂上,臂上也出了汗。流苏道:"你怕热,让我给你拿着。"若在往日,柳原绝对不肯,可是他现在不那么绅士风了,竟交了给她。再走一程子,山渐渐高了起来。不知道是风吹着树呢,还是云影的飘移,青青的山麓缓缓地暗了下来。细看时,不是风也不是云,是太阳悠悠地移过山头,半边山麓埋在巨大的蓝影子里。山上有几座房屋在燃烧,冒着烟——山阴的烟是白的,山阳的是黑烟——然而太阳只是悠悠地移过山头。

到了家,推开了虚掩着的门,拍着翅膀飞出一群鸽子来。穿堂里满积着尘灰与鸽粪。流苏走到楼梯口,不禁叫了一声"哎呀"。二层楼上歪歪斜斜大张口躺着她新置的箱笼,也有两只顺着楼梯滚了下来,梯脚便淹没在绫罗绸缎的洪流里。流苏弯下腰来,捡起一件蜜合色衬绒旗袍,却不是她自己的东西,满是汗垢,香烟洞与贱价的香水气味。她又发现许多陌生女人的用品,破杂志,开了盖的罐头荔枝,淋淋漓漓流着残汁,混在她的衣服一堆。这屋子里驻过兵么?——带有女人的英国兵?去得仿佛很仓促。挨户洗劫的本地的贫民,多半没有光顾过,不然,也不会留下这一切。柳原帮着她大声唤阿栗。末一只灰背鸽,斜刺里穿出来,掠过门洞子里的黄色的阳光,飞了出去。

阿栗是不知去向了,然而屋子里的主人们,少了她也还得活下去。他们来不及整顿房屋,先去张罗吃的,费了许多事,用高价买进一袋米。煤气的供给幸而没有断,自来水却没有。柳原拎了铅桶到山里去汲了一桶泉水,煮起饭来。以后他们每天只顾忙着吃喝与打扫房间。柳原各样粗活都来得,扫地,拖地板,帮着流苏拧绞沉重的褥单。流苏初次上灶做菜,居然带点家乡风味。因为柳原忘不了马来菜,她又学会了做油炸"沙袋",咖哩鱼。他们对于饭食上虽然感到空前的兴趣,还是极力的撙节着。柳原身边的港币带得不多,一有了船,他们还得设法回上海。

在劫后的香港住下去究竟不是长久之计。白天这么忙忙碌碌也就混了过去。一到了晚上,在那死的城市里,没有灯,没有人声,只有那莽莽的寒风,三个不同的音阶,"喔……呵……呜……"无穷无尽地叫唤着,这个歇了,那个又渐渐响了,三条并行的灰色的龙,一直线地往前飞,龙身无限制地延长下去,看不见尾。"喔……呵……呜……"叫唤到后来,索性连苍龙也没有了,只是三条虚无的气,真空的桥梁,通入黑暗,通入虚空的虚空。这里是什么都完了。剩下点断堵颓垣,失去记忆力的文明人在黄昏中跌跌跄跄摸来摸去,像是找着点什么,其实是什么都完了。

流苏拥被坐着,听着那悲凉的风。她确实知道浅水湾附近,灰砖砌的那一面墙,一定还屹然站在那里。风停了下来,像三条灰色的龙,蟠在墙头,月光中闪着银鳞。她仿佛做梦似的,又来到墙根下,迎面来了柳原。她终于遇见了柳原。……在这动荡的世界里,钱财、地产、天长地久的一切,全不可靠了。靠得住的只有她腔子里的这口气,还有睡在她身边的这个人。她突然爬到柳原身边,隔着他的棉被,拥抱着他。他从被窝里伸出手来握住她的手。他们把彼此看得透明透亮,仅仅是一刹那的彻底的谅解,然而这一刹那够他们在一起和谐地活个十年八年。

他不过是一个自私的男子,她不过是一个自私的女人。在这兵荒马乱的时代,个人主义者是无处容身的,可是总有地方容得下一对平凡的夫妻。

有一天，他们在街上买菜，碰着萨黑荑妮公主。萨黑荑妮黄着脸，把蓬松的辫子胡乱编了个麻花髻，身上不知从哪里借来一件青布棉袍穿着，脚下却依旧跶着印度式七宝嵌花纹皮拖鞋。她同他们热烈地握手，问他们现在住在哪里，急欲看看他们的新屋子。又注意到流苏的篮子里有去了壳的小蚝，愿意跟流苏学习烧制清蒸蚝汤。柳原顺口邀了她来吃便饭，她很高兴的跟了他们一同回去。她的英国人进了集中营，她现在住在一个熟识的，常常为她当点小差的印度巡捕家里。她有许久没有吃饱过。她唤流苏"白小姐"。柳原笑道："这是我太太。你该向我道喜呢！"萨黑荑妮道："真的么？你们几时结的婚？"柳原耸耸肩道："就在中国报上登了个启事。你知道，战争期间的婚姻，总是潦草的……"流苏没听懂他们的话。萨黑荑妮吻了他又吻了她。然而他们的饭菜毕竟是很寒苦，而且柳原声明他们也难得吃一次蚝汤。萨黑荑妮没有再上门过。

当天他们送她出去，流苏站在门槛上，柳原立在她身后，把手掌合在她的手掌上，笑道："我说，我们几时结婚呢？"流苏听了，一句话也没有，只低下了头，落下泪来。柳原拉住她的手道："来来，我们今天就到报馆里去登报启事。不过你也许愿意候些时，等我们回到上海，大张旗鼓的排场一下，请请亲戚们。"流苏道："呸！他们也配！"说着，嗤的笑了出来，往后顺势一倒，靠在他身上。柳原伸手到前面去羞她的脸道："又是哭，又是笑！"

两人一同走进城去，走到一个峰回路转的地方，马路突然下泻，眼见只是一片空灵——淡墨色的，潮湿的天。小铁门口挑出一块洋磁招牌，写的是："赵祥庆牙医。"风吹得招牌上的铁钩子吱吱响，招牌背后只是那空灵灵的天。

柳原歇下脚来望了半晌，感到那平淡中的恐怖，突然打起寒战来，向流苏道："现在你可该相信了：'死生契阔'，我们自己哪儿做得了主？轰炸的时候，一个不巧——"流苏嗔道："到了这个时候，你还说做不了主的话！"柳原笑道："我并不是打退堂鼓。我的意思是——"他看了看她的脸色，笑道："不说了。不说了。"他们继续走路。柳原又道："鬼使神差地，我们倒真的恋爱起来了！"流苏道："你早就说过你爱我。"柳原笑道："那不算。我们那时候太忙着谈恋爱了，哪里还有工夫恋爱？"

结婚启事在报上刊出了，徐先生徐太太赶了来道喜。流苏因为他们在围城中自顾自搬到安全地带去，不管她的死活，心中有三分不快，然而也只得笑脸相迎。柳原办了酒菜，补请了一次客。不久，港沪之间恢复了交通，他们便回上海来了。

白公馆里流苏只回去过一次，只怕人多嘴多，惹出是非来。然而麻烦是免不了的。四奶奶决定和四爷进行离婚，众人背后都派流苏的不是。流苏离了婚再嫁，竟有这样惊人的成就，难怪旁人要学她的榜样。流苏蹲在灯影里点蚊烟香。想到四奶奶，她微笑了。

柳原现在从来不跟她闹着玩了。他把他的俏皮话省下来说给旁的女人听。那是值得庆幸的好现象，表示他完全把她当自家人看待——名正言顺的妻。然而流苏还是有点怅惘。

香港的陷落成全了她。但是在这不可理喻的世界里，谁知道什么是因，什么是果？谁知道呢，也许就因为要成全她，一个大都市倾覆了。成千上万的人死去，成千上万的人痛苦着，跟着是惊天动地的大改革……流苏并不觉得她在历史上的地位有什么微妙之点。她只是笑吟吟的站起身来，将蚊烟香盘踢到桌子底下去。

传奇里倾城倾国的人大抵如此。到处都是传奇，可不见得有这么圆满的收场。胡琴咿咿哑哑拉着，在万盏灯的夜晚，拉过来又拉过去，说不尽的苍凉的故事——不问也罢！

最初发表于 1943 年 9—10 月的《杂志》第十一卷 6—7 期，

1944 年 9—10 月收入《传奇》。

【阅读提示】

张爱玲(1920—1995)，原名张瑛，原籍河北丰润，生于上海，出身晚清巨宦世家。1943年，张爱玲在周瘦鹃主编的《紫罗兰》上连续发表《沉香屑：第一炉香》和《沉香屑：第二炉香》，引起文坛注目，1944 年出版了最能代表其艺术个性与特色的小说集《传奇》，同年还有散文集《流言》和长篇连载《连环套》，一举成为当时上海文坛最走红的作家。代表作有《金锁记》《倾城之恋》《红玫瑰与白玫瑰》等。1969 年以后主要从事古典小说的研究，著有红学论集《红楼梦魇》。

《倾城之恋》在新旧文化冲突与现实动荡的历史环境中，言说出身于式微世家的白流苏与华侨富商子弟范柳原的"传奇"情爱故事，通过两性关系与家庭关系来表现上海与香港都市"饮食男女"于"虚伪之中有真实，浮华之中有素朴"的日常人生与人性真实。正如《传奇》卷首题词说："书名叫传奇，目的是在传奇里寻找普通人，在普通人里寻找传奇"。

《倾城之恋》打破了五四以来的基本爱情模式，女人第一次发出世俗的、这么不浪漫的声音。是战火下的危城成就了流苏的"倾城之恋"，"也许就因为要成全她，一个大都市倾覆了"，"一顾倾人城，再顾倾人国"的古典意象被作者翻出现代意味。张爱玲以流利典雅的文笔来言情写实，同时又在古老与现代的转化中创造着新意境。

【拓展阅读】

1. 张爱玲：张爱玲《传奇》，北京十月文艺出版社 2006 年版。

2. 黄修己主编：《张爱玲名作欣赏》，中国和平出版社 1996 年版。

3. 陈子善编：《张爱玲的风气——1949 年前张爱玲评说》，山东画报出版社 2004。

4. 胡兰成：《永远的张爱玲》，学林出版社 1996 年版。

【思考与练习】

1. 简析白流苏形象。

2. 选择 1～2 个关于白流苏心理刻画的细节予以分析。

围城(节选)①

钱锺书

九

……

旧历冬至前一天早晨,柔嘉刚要出门,鸿渐道:"别忘了,今天咱们要到老家里吃冬至晚饭。昨天老太爷亲自打电话来叮嘱的,你不能再不去了。"柔嘉鼻梁皱一皱,做个厌恶表情道:"去,去,去!'丑媳妇见公婆!'真跟你计较起来,我今天可以不去。前一晚姑母家里宴会,你不肯陪我去,为什么今天我要陪你去?"鸿渐笑她拿糖作醋。柔嘉道:"我是要跟你说说,否则,你占了我的便宜还认为应该的呢。我回家等你回来了同去,叫我一个去,我不肯的。"鸿渐道:"你又不是新娘第一次上门,何必要我多走一趟路。"柔嘉没回答就出门了。她出门不久,王先生来电话,请他立刻去。他猜出了大事,怦怦心跳,急欲知道,又怕知道。王先生见了他,苦笑道:"董事会昨天晚上批准我辞职,随我什么时候离馆,他们早已找好替人,我想明天办交代,先通知你一声。"鸿渐道:"那么我今天向你辞职——我是你委任的——要不要书面辞职?"王先生道:"你去跟你老丈商量一下,好不好?"鸿渐道:"这是我私人的事。"王先生是个正人,这次为正义被逼而走,喜欢走得热闹点,减少去职的凄黯,不肯私奔似的孑身溜掉。他入世多年,明白在一切机关里,人总有人可替,坐位总有人来坐。怄气辞职只是辞的人吃亏,被辞的职位漠然不痛不痒;人不肯坐椅子,苦了自己的腿,椅子空着不会肚子饿,椅子立着不会腿酸的。不过椅子空得多些,可以造成不景气的印象。鸿渐虽非他的私人,多多益善,不妨凑个数目。所以他跟着国内新闻,国外新闻,经济新闻以及两种副刊的编辑同时提出辞职。报馆管理方面早准备到这一着,夹袋里有的是人;并且知道这次辞职有政治性,希望他们快走,免得另生节枝,反正这个月的薪水早发了。除掉经济新闻的编者要挽留以外,其余王先生送阅的辞职信都一一照准。资料室最不重要,随时可以换人,所以鸿渐失业最早,第一个准辞。当天下午,他丈人听到消息,忙来问他,这事得柔嘉同意没有,他随口说得她同意。丈人快快不信。鸿渐想明天不来了,许多事要结束,打电话给柔嘉,说他今天没工夫回家同去,请她也直接去罢,不必等。电话听里得出她很不高兴,鸿渐因为丈人忽然又走来,不便解释。

他近七点钟才到老家,一路上懊悔没打电话问柔嘉走了没有,她很可能不肯单独来。大家见了他,问怎么又是一个人来,母亲铁青脸说:"你这位奶奶真是贵人不踏贱地,下帖

—————————————
① 选自钱锺书《围城》,人民文学出版社 1991 年版。

子请都不来了。"鸿渐正在解释，柔嘉进门。二奶奶三奶奶迎上去，笑说："真是稀客!"方老太太勉强笑了笑，仿佛笑痛了脸皮似的。柔嘉借口事忙。三奶奶说："当然你在外面做事的人，比我们忙多了。"二奶奶说："办公有一定时间的，大哥，三弟，我们老二也在外面做事，并没有成天不回家。大姐姐又做事，又管家务，所以分不出工夫来看我们了。"鸿渐因为她们说话像参禅似的，都隐着机锋，听着徒乱人意，便溜上楼去见父亲。讲不到三句话，柔嘉也来了，问了遯翁好，寒暄几句，熬不住埋怨丈夫道："我现在知道你不回家接我的缘故了。你为什么向报馆辞职不先跟我商量？ 就算我不懂事，至少你也应该先到这儿来请教爹爹。"遯翁没听儿子说辞职，失声惊问。鸿渐窘道："我正要告诉爹呢——你——你怎么知道的?"柔嘉道："爸爸打电话给我的，你还哄他! 他都没有辞职，你为什么性急就辞，待下去看看风头再说，不好么?"鸿渐忙替自己辩护一番。遯翁心里也怪儿子莽撞，但不肯当媳妇的面坍他的台，反正事情已无可挽回，便说："既然如此，你辞了很好。咱们这种人，万万不可以贪小利而忘大义。我所以宁可逃出来做难民，不肯回乡，也不过为了这一点点气节。你当初进报馆，我就不赞成，觉得比教书更不如了。明天你来，咱们爷儿俩讨论讨论，我替你找条出路。"柔嘉不再说话，板着脸。吃饭时，方老太太苦劝鸿渐吃菜，说："你近来瘦了，脸上一点不滋润。在家里吃些什么东西? 柔嘉做事忙，没工夫当心你，你为什么不到这儿来吃饭? 从小就吃我亲手做的菜，也没有把你毒死。"柔嘉低头，尽力抑制自己，挨了半碗饭，就不肯吃。方老太太瞧媳妇的脸不像好对付的，不敢再撩拨，只安慰自己总算媳妇没有敢回嘴。

回家路上，鸿渐再三代母亲道歉。柔嘉只简单地说："你当时尽她说，没有替我表白一句。我又学了一个乖。"一到家，她说胃痛，叫李妈冲热水袋来暖胃。李妈忙问："小姐怎么吃坏了?"她说，吃没有吃坏，气倒气坏了。在平时，鸿渐准要怪她为什么把主人的事告诉用人，今天他不敢说。当夜柔嘉没再理他，明早夫妇间还是鸦雀无声。吃早点时，李妈问鸿渐今天中饭要吃什么。鸿渐说有事要到老家去，也许不回来吃了，叫她不必做菜。柔嘉冷笑道："李妈，以后你可以省事了。姑爷从此不在家吃饭，他们老太太说你的菜里放毒药的。"

鸿渐皱眉道："唉! 你何必去跟她讲——"

柔嘉重顿着右脚的皮鞋跟道："我偏要跟她讲。李妈在这儿做见证，我要讲讲明白。从此以后你打死我，杀死我，我不再到你家去。我死了，你们诗礼人家做羹饭祭我，我的鬼也不来的——"说到此处眼泪夺眶溢出，鸿渐心痛，站起来抚慰，她推开他——"还有，咱们从此河水不犯井水，一切你的事都不用跟我来说。我们全要做汉奸，只有你方家养的狗都深明大义的。"说完，回身就走，下楼时一路哼着英文歌调，表示她满不在乎。

鸿渐郁闷不乐，老家也懒去。遯翁打电话来催。他去听了遯翁半天议论，并没有实际的指示和帮助。他对家里的人都起了憎恨，不肯多坐。出来了，到那家转运公司去找它的经理，想问问旅费，没碰见他，约明天再去。上王先生家去也找个空。这时候电车里全是办公室下班的人，他挤不上，就走回家，一壁想怎样消释柔嘉的怨气。在街口瞧见一部汽车，认识是陆家的，心里就鲠一鲠。开后门经过跟房东合用的厨房，李妈不在，火炉上燉的罐头喋喋自语个不了。他走到半楼，小客室门罅开，有陆太太高声说话。他冲心的怒，不愿进去，脚仿佛钉住。只听她正说："鸿渐这个人，本领没有，脾气倒很大，我也知道，不用李妈讲。柔嘉，男人像小孩子一样，不能 spoil 的，你太依顺他——"他血升上脸，恨不能大喝一声,直扑进去,忽听李妈脚步声,向楼下来,怕给她看见,不好意思,悄悄又溜出门。火冒得忘了寒风砭肌,不知道这讨厌的女人什么时候滚蛋,索性不回去吃晚饭了,反正失了业准备讨饭,这几个小钱不用省它。走了几条马路,气愤稍平。经过一家外国面包店,厨窗里电灯雪亮,照耀各式糕点。窗外站一个短衣褴褛的老头子,目不转睛地看窗里的的东西,臂上挽个篮,盛着粗拙的泥娃娃和蜡纸粘的风转。鸿渐想现在都市里的小孩子全不要这种笨朴的玩具了,讲究的洋货有的是,可怜的老头子,不会有生意。忽然联想到自己正像他篮里的玩具,这个年头儿没人过问,所以找职业这样困难。他叹口气,掏出柔喜送的钱袋来,给老头子两张钞票。面包店门口候客人出来讨钱的两个小乞丐,就赶上来要钱,跟了他好一段路。他走得肚子饿了,挑一家便宜的俄国馆子,正要进去,伸手到口袋一摸,钱袋不知去向,急得在冷风里微微出汗,微薄得不算是汗,只譬如情感的蒸汽。今天真是晦气日子!只好回家,坐电车的钱也没有,一股怨毒全结在柔嘉身上。假如陆太太不来,自己决不上街吃冷风,不上街就不会丢钱袋,而陆太太是柔嘉的姑母,是柔嘉请上门的——柔嘉没请也要冤枉她。并且自己的钱一向前后左右口袋里零碎搁着,弄手至多摸空一个口袋,有了钱袋一股脑儿放进去,倒给弄手便利,这全是柔嘉出的好主意。

李妈在厨房洗碗,见他进来,说:"姑爷,你吃过晚饭了?"他只作没听见。李妈从没有见过他这样板着脸回家,担心地目送他出厨房,柔嘉见是他,搁下手里的报纸,站起来说:"你回来了!外面冷不冷?在什么地方吃的晚饭?我们等等你不回来,就吃了。"

鸿渐准备赶回家吃饭的,知道饭吃过了,失望中生出一种满意,仿佛这事为自己的怒气筑了牢固的基础,今天的吵架吵得响,沉着脸说:"我又没有亲戚家可以去吃白食,当然没有吃饭。"

柔嘉惊异道:"那么,快叫李妈去买东西。真糟糕!家里的饼干前天吃完了我忘掉去买,要给你点点饥的东西也没有!你到什么地方去了?叫我们好等!姑妈特来看你的。等等你不来,我就留她吃晚饭了!"

鸿渐像落水的人,捉到绳子的一头,全力挂住,道:"哦!原来她来了!怪不得!人家把我的饭吃掉了,我自己倒没得吃。承她情来看我,我没有请她来呀!我不上她的门,她为什么上我的门?姑母要留住吃饭,丈夫是应该挨饿的。好,称了你的心罢,我就饿一天,不要李妈去买东西。"

柔嘉坐下去,拿起报纸,道:"我理了你都懊悔,你这不识抬举的家伙。你愿意挨饿,活该,跟我不相干。报馆又不去了,深明大义的大老爷在外面忙些什么国家大事呀?到这时候才回来!家里的开销,我负担一半的,我有权利请客,你管不着。并且,李妈做的菜有毒,你还是少吃为妙。"

鸿渐气上加气,胃里刺痛,身边零用一个子儿没有了,要明天上银行去拿,这时候又不肯向柔嘉要,说:"反正我饿死了你快乐,你的好姑母会替你找好丈夫。"

柔嘉冷笑道:"啐!我看你疯了。饿不死的,饿了可以头脑清楚点。"

鸿渐的愤怒像第二阵潮水冒上来,说:"这是不是你那位好姑母传授你的秘诀?'柔嘉,男人不能太 spoil 的,要饿他,冻他,虐待他。'"

柔嘉仔细研究他丈夫的脸道:"哦,所以房东家的老妈子说看见你回来的。为什么不光明正大上楼呀?偷偷摸摸像个贼,躲在半楼梯偷听人说话。这种事只配你那二位弟媳妇去干,亏你是个大男人!羞不羞?"

鸿渐道："我是要听听，否则我真蒙在鼓里，不知道人家在背后怎么糟踏我呢？"

"我们怎样糟蹋你？你何妨说？"

鸿渐摆空城计道："你心里明白，不用我说。"

柔嘉确曾把昨天吃冬至晚饭的事讲给姑母听，两人一唱一和地笑骂，以为全落在鸿渐耳朵里了，有点心慌，说："本来不是说给你听的，谁教你偷听？我问你，姑母说要替你在厂里找个位置，你的尖耳朵听到没有？"

鸿渐跳起来大喝道："谁要她替我找事？我讨饭也不要向她讨！她养了 Bobby 跟你孙柔嘉两条狗还不够么？你对她说，方鸿渐'本领虽没有，脾气很大'，资本家走狗的走狗是不做的。"

两人对站着。柔嘉怒得眼睛异常明亮，说："她那句话一个字儿没有错。人家倒可怜你，你不要饭碗，饭碗不会发霉。好罢，你父亲会替你'找出路'。不过，靠老头子不希奇，有本领自己找出路。"

"我谁都不靠。我告诉你，我今天已经拍电报给赵辛楣，方才跟转运公司的人全讲好了。我去了之后，你好清静，不但留姑妈吃晚饭，还可以留她住夜呢。或者干脆搬到她家去，索性让她养了你罢，像 Bobby 一样。"

柔嘉上下唇微分，睁大了眼，听完，咬牙说："好，咱们算散伙。行李衣服，你自己去办，别再来找我。去年你浪荡在上海没有事，跟着赵辛楣算到了内地，内地事丢了，靠赵辛楣的提拔到上海，上海事又丢了，现在再到内地投奔赵辛楣去。你自己想想，一辈子跟住他，咬住他的衣服，你不是他的走狗是什么？你不但本领没有，连志气都没有，别跟我讲什么气节了。小心别讨了你那位好朋友的厌，一脚踢你出来，那时候又回上海，看你有什么脸见人。你去不去，我全不在乎。"

鸿渐再熬不住，说："那么，请你别再开口，"伸右手猛推她的胸口。她踉跄退后，撞在桌子边，手臂把一个玻璃杯带下地，玻璃屑混在水里，气喘说："你打我？你打我！"衣服厚实的李妈像爆进来一粒棉花弹，嚷："姑爷，你怎么动手打人？你要打，我就叫。让楼下全听见——小姐，他打你什么地方，打伤没有？别怕，我老命一条跟他拼。做了男人打女人！老爷太太没打过你，我从小喂你吃奶，用气力拍你一下都没有，他倒动手打你！"说着眼泪滚下来。柔嘉也倒在沙发里心酸啜泣。鸿渐看她哭得可怜，而不愿意可怜，恨她转深。李妈在沙发边庇护着柔嘉，道："小姐，你别哭！你哭我也要哭了——"说时又拉起围裙擦眼泪——"瞧，你打得她这个样子！小姐，我真想去告诉姑太太，就怕我去了，他又要打你。"

鸿渐厉声道："你问你小姐，我打她没有？你快去请姑太太，我不打你小姐得了，"半推半操，把李妈直推出房，不到一分钟，她又冲进来，说："小姐，我请房东家大小姐替我打电话给姑太太，她马上就来，咱们不怕他了！"鸿渐和柔嘉都没想到她会当真，可是两人这时候还是敌对状态，不能一致联合怪她多事。柔嘉忘了哭，鸿渐惊奇地望着李妈，仿佛小孩子见了一只动物园里的怪兽。沉默了一会，鸿渐道："好，她来我就走，你们两个女人结了党不够，还要添上一个，说起来倒是我男人欺负你们，等她走了我回来。"到衣架上取外套。

柔嘉不愿意姑母来把事闹大，但瞧丈夫这样退却，鄙薄得不复伤心，嘶声说："你是个Coward! Coward! Coward! 我再不要看见你这个 Coward！"每个字像鞭子打一下，要鞭出她丈夫的胆气来，她还嫌不够狠，顺手抓起桌上一个象牙梳子尽力扔他。鸿渐正回头要回答，躲闪不及，梳子重重地把左颊打个着，迸到地板上，折为两段。柔嘉只听见他"啊哟"叫痛,瞧梳子打处立刻血隐隐地红肿,倒自悔过分,又怕起来,准备他还手。李妈忙在两人间拦住。鸿渐惊骇她会这样毒手,看她扶桌僵立,泪渍的脸像死灰,两眼全红,鼻孔翕开,嘴咽唾沫,又可怜又可怕,同时听下面脚声上楼,不计较了,只说:"你狠,啊!你闹得你家里人知道不够,还要闹得邻舍全知道,这时候房东家已经听见了。你新学会泼辣不要面子,我还想做人,倒要面子的。我走了。你老师来了再学点新的本领,你真是个好学生,学会了就用!你替我警告她,我饶她这一次。以后她再来教坏你,我会上门找她去,别以为我怕她。李妈,姑太太来,别专说我的错,你亲眼瞧见的是谁打谁。"走近门大声说:"我出去了,"慢慢地转门钮,让门外偷听的人得讯走开然后出去。柔嘉眼睁睁看他出了房,瘫倒在沙发里,扶头痛哭,这一阵泪不像只是眼里流的,宛如心里,整个身体里都挤出了热泪合在一起宣泄。

　　鸿渐走出门,神经麻木,不感觉冷,意识里只有左颊在发烫。头脑里,情思弥漫纷乱像个北风飘雪片的天空。他信脚走着,彻夜不睡的路灯把他的影子一盏盏彼此递交。他仿佛另外有一个自己在说:"完了!完了!"散杂的心思立刻一撮似的集中,开始觉得伤心。左颊忽然星星作痛。他一摸湿腻腻的,以为是血,吓得心倒定了,脚里发软。走到灯下,瞧手指上没有痕迹,才知道流了眼泪。同时感到周身疲乏,肚子饥饿。鸿渐本能地伸手进口袋,想等个叫卖的小贩,买个面包,恍然记起身上没有钱。肚子饿的人会发火,不过这火像纸头烧起来的,不会耐久。他无处可去,想还是回家睡,真碰见了陆太太也不怕她。就算自己先动手,柔嘉报复得这样狠毒,两下勾销。他看表上十点已过,不清楚自己什么时候出来的,也许她早走了。到街口没见汽车,先放了心。他一进门,房东太太听见声音,赶出来说:"方先生,是你!你们少奶奶不舒服,带了李妈到陆家去了,今天不回来了。这是你房上的钥匙,留下来交给你的。你明天早饭到我家来吃,李妈跟我说好的。"鸿渐心直沉下去,捞不起来,机械地接钥匙,道声谢。房东太太像还有话说,他三脚两步逃上楼。开了卧室的门,拨亮电灯,破杯子跟梳子仍在原处,成堆的箱子少了一只,他呆呆地站着,身心迟钝得发不出急,生不出气。柔嘉走了,可是这房里还留下她的怒容,她的哭声,她的说话,在空气里没有消失。他望见桌上一张片子,走近一看,是陆太太的。忽然怒起,撕为粉碎,狠声道:"好,你倒自由得很,撇下我就走!滚你妈的蛋,替我滚,你们全替我滚!",这简短一怒把余劲都使尽了,软弱得要傻哭个不歇。和衣倒在床上,觉得房屋旋转,想不得了,万万不能生病!明天要去找那位经理,说妥了再筹旅费,旧历年可以在重庆过。心里又生希望,像湿柴虽点不着火,开始冒烟,似乎一切会有办法。不知不觉中黑地昏天合拢,裹紧,像灭尽灯火的夜,他睡着了。最初睡得脆薄,饥饿像镊子要镊破他的昏迷,他潜意识挡住它。渐渐这镊子松了,钝了,他的睡也坚实得镊不破了,没有梦,没有感觉,人生最原始的睡,同时也是死的样品。

　　那只祖传的老钟从容自在地打起来,仿佛积蓄了半天的时间,等夜深人静,搬出来一一细数:"当、当、当、当、当、当"响了六下。六点钟是五个钟头以前,那时候鸿渐在回家的路上走,蓄心要待柔嘉好,劝他别再为昨天的事弄得夫妇不欢;那时候,柔嘉在家里等鸿渐回家来吃晚饭,希望他会跟姑母和好,到她厂里做事。这个时间落伍的计时机无意中包涵对人生的讽刺和感伤,深于一切语言、一切啼笑。

（1944—1946年连载于《文艺复兴》）

（1947年由上海晨光出版公司出版单行本）

【阅读提示】

钱锺书(1910—1998),字默存,号槐聚,曾用笔名中书君。出身于无锡一个教育世家。1934 年清华大学外文系毕业,1935 年留学欧洲,获副博士学位。抗战爆发回国后历任清华大学、蓝田师范学院、震旦女子文理学校、上海暨南大学、西南联合大学等校教授,晚年就职于中国社会科学院,任副院长。钱锺书在文学上是一个奇才。做学问用文言文,其《谈艺录》《管锥编》博大精深;搞创作用白话文,长篇小说《围城》、短篇小说集《人·兽·鬼》、散文集《写在人生边上》皆是现代文学史上的精品。

《围城》写一个出身江南山区封建士家的青年留学生抱着对外面世界的好奇,经历就读北京大学、欧洲留学、抗战乱世中在内地就业、继而回上海结婚、就业,上海沦陷弃职再待游走内地,表现了人格、能力最普通的知识分子的生活、命运和精神困惑,以此揭示中西方文化碰撞语境中,中国人生从传统向现代转化过程中,其多方面的辛酸苦辣、悲欢离合。表面上,小说借主人公方鸿渐的行踪扫描了中国社会现实的一些方面,具有现实批判意义;小说站在超越性视角,对中西方文化缺陷进行反思,是现代少有的思想复杂、艺术高超的文化反思小说;小说揭示人生的根本困境,与西方现代派文学对接,是典型的“人生迷茫”小说,但是小说还隐藏很深地有存在主义意向,从一个层面显示自由不可逃避的内涵。

小说塑造的方鸿渐是现代以来无数受过高等教育、各方面又最普通的知识分子的代表,以“反英雄”的审美诉求迎来无数普通知识分子的认同和共鸣。围绕方鸿渐,小说还写了鲍小姐、苏文纨、唐晓芙、孙柔嘉等女性形象,各具姿色、个性,也各有其象征意义。艺术上,新鲜独特的比喻、意象,精妙的议论,高超的反讽艺术,让无数读者迷恋不已。

【拓展阅读】

1. 钱锺书:《围城》,人民文学出版社 1991 年版。
2. 杨绛:《杨绛作品集》第 2 卷,中国社会科学出版社 1993 年版。
3. 解志熙:《人生的困境与存在的勇气——论〈围城〉的现代性》,《文学评论》1985 年第 5 期。

【思考与练习】

1. 如何理解方鸿渐的形象内涵?
2. 如何理解鲍小姐、苏文纨、唐晓芙、孙柔嘉形象的象征意义?
3. 如何理解《围城》的讽刺艺术?

小阳春

杨　绛

　　其实是秋天,俞斌博士心上只觉得像春天。谁说他老了! 四十岁正是壮年有为,他皮底下还流着青年的血。他的兴致,像刚去了盖的汽水瓶里的泡沫,咕嘟嘟直往上冒。他推开满书桌乱堆着的政治思想社会问题的世界名著。什么研究! 什么著作! 他只觉得一对脚尖儿,着了魔似的站立不定,不由自主地想跳舞。而俞斌从没工夫学跳舞。他哼哼了一会儿,发现惟一会哼的半个调子——他小儿子唱的"小耗子"上半节——太单调些,不够传达胸中生意。跑向窗口,望望楼底下大门前的一小方草地:虽然绿得憔悴,还没枯黄。白石盆里的兰花,正晒在夕阳里,阳光中的绿叶,好像对他会心微笑。俞斌立刻决定要出去散散步。

　　他还没转身,听见太太的脚步声,便喊:"小宝贝呢?"

　　俞太太忙接口喊:"小弟! 爸爸叫。"

　　俞斌听见她进来了,灵巧地用跳舞步伐把身子一旋——在一个四十岁稍微发胖的从不运动的人,实在灵活得出人意外。他转过身子,拦腰一把,把太太搂住,在她丰腴的颊上,扑地贴上一个大肥吻,笑道:"这宝贝儿不认得自己!"

　　俞太太不耐烦地挣脱身,半嗔半恼瞅他一眼道:"你干么?"一面抽出小手绢儿来擦脸。

　　俞斌觉得没意思。推开他也罢了,还用手绢儿擦脸,不是分明嫌他? 可是他这时的大圆脸儿,连皮带肉都在笑,没处容纳恼怒。只涎着脸道:"秋胡戏妻呀!"不等她回口,忙又拉住她说:"咱们出去走走。"

　　"走哪儿去? 回头裁缝要来,我想把你那件丝绵袍重翻一翻。还有半斤丝绵,不知搁哪儿了。"她忙着开橱开柜子开抽屉——这屋是他们的卧室。俞斌喜欢在这里用功,比楼下兼做客厅的书房亮。

　　看光景,太太不会肯出门。俞斌故意大声怨叹道:"好! 好! 我是个老鳏夫,没人陪伴的!"一面跑到太太的梳妆台前去打扮自己。笨拙地打开太太的杏仁蜜瓶,把瓶盖滚得老远。

　　"唉! 你尽看中我的杏仁蜜!"俞太太捡起瓶盖,过来盖上。看丈夫翘着十个指头,两手心捧着脸颊搽蜜,不禁笑了。"好个老鳏夫! 太美了!"

　　俞斌端详着镜中的自己,很满意地说:"也满漂亮呀! 也不算老呀!"

　　太太说:"本来谁说你老!"

　　俞斌刷着头发,叹道:"不过头发略为秃些,略为!"他故意对镜挤眉弄眼,表示自己很幽默。

太太笑道："什么秃,越显得脑门子高大呀!"她不耐烦地抢过刷子,替丈夫刷整齐了头发,又给他换一件干净手绢儿便催他快走。

下了楼,出门之先,他抬头看看卧室的窗口,再叫一声:"蕙芬!"(这回不再叫什么小宝贝了)太太探出头问什么事,俞斌只笑着对她挥挥手说:"回头见。"太太怒道:"人家有事呢!"缩进头就不见了。俞斌头上好像淋了一杯冷水。

表示不屈精神,他脚底下的弹簧,弹力越发振足。他不顾道上行人看他笑他,挺着脖子,挺着肚子,撅呀撅的走得真起劲。可是拐了两个弯,兴致泄了一半。像掉在沟水里的泄了气的皮球,泄掉几分气,灌进几分污水。俞斌渐渐觉得心上重滞得浮不大起。没趣么? 真没趣! 当然,蕙芬是好太太,头等好太太。可是,一个女人,怎么做了太太便把其他都忘了? 太太,便不复是情人,不复是朋友,多没趣! 她这样就满足了。做个好太太,称心满意的发了胖,准备老了! 俞斌觉得自己的发胖,全是太太传染给他的。难道胖不会传染吗? 她心平气和,感情懒怠,影响了自己,便也发胖了。俞斌真不愿意胖呀! 没人知道他多么嫌恨肥人。"给我瘦的! 全身是筋的瘦人!"他指女人。皮肤白的他也不喜欢。"白有什么好? 生面粉似的! 给我太阳晒熟的颜色。宁可晒焦,不要生的!"这是俞斌的择妻条件。像一切开列了择妻条件的男人,他恰恰选择了和条件绝对相反的太太。俞斌并没有什么不满于太太的,虽然和他的条件相反。只是有时候,对于现实不满,模糊地希冀着什么——譬如这时候,他就因发胖而联想到皮肤的黑白:"白是没感情的颜色。黑,表示涵蕴着太阳的热——或者——像一朵乌云,饱含着电!"俞斌微微的笑了,知道自己在颂赞谁。反正,胡想想,又不是当了胡若蕖小姐的面恭维她!

他已经顺脚进了公园,在僻静的乱石道上,踏着树影,慢慢地走,做着梦——也不是做梦,不过在想着那俏丽轻健的身体,薄薄脸儿,灵巧的口鼻,修镊得细而弯的黑眉,浓黑的睫毛,乌黑的眼珠,一笑一亮——俞斌脚下一拌,险的摔跤。就势坐在树下石条上,自己嘲笑自己:想不得! 危险! ——咄,想她! 她眼睛生在头顶上呢! 男同学哪一个在她眼睛里! 从前还虚心常上门向自己讨教,现在把先生都不放在眼里了——放在眼睛里又怎么? 一个秃了顶的老头子——一阵风过,俞斌觉得冷。原来太阳不知什么时候已经下去了。满地斜长的树影儿都不见了,只剩些半青半黄的落叶,显得冷落可怜。他不觉连叹了两声气。"老了,老了,老了。"他无限感叹的踱回家去。

吃晚饭的时候,太太忽然说:"刚才一个女学生来找你。"

小弟立刻道:"胡若蕖!"

俞太太说:"你知道什么,快吃饭。"

大哥很老成地说:"是她。"

俞斌只觉得热烘烘的,不知心上,还是脸上。他装作满不在乎地问道:"她来干么?"

俞太太毫无兴趣地说:"谁知道她!"

"你没问问她?"

"我说你刚出门。"太太索然说。

俞斌再要追问,又觉得没什么可问的。看看太太的脸,找不出一丝表情。只得扯淡道:"小弟怎么都认识?"小弟和大哥都忙着啃鸭翅膀。太太微笑道:"我就一辈子也分不清谁叫什么。只记得一个乌黑乌黑的锅底脸,一脸黑毛,说话哼呀哼,像要哭出来似的。"

俞斌大声诧怪道:"胡若蕖么? 何至于像你说的那样!"

"也不知道胡若蕖不胡若蕖,就是刚才来的一个。"太太很冷静的放下筷子,起来洗脸。

俞斌满心愤慨。胡小姐黑是黑,可是离锅底还远着。她汗毛重些,又何曾一脸黑毛! 人家年轻小姐一股子娇劲儿,怎么是"哼呀哼"! 真真的女人全不懂审美,只把自己做标准。俞斌瞪视着热气腾腾的热毛巾后面的太太尊容:鼻子、嘴、脸颊、眼泡,全是油光光的嫩粉红色。半根毛都没有,连眉毛都没有。一个赤裸裸的胖大的嫩粉红脸儿。当然,蕙芬平时并不整个脸儿嫩红。谁都承认她相貌好。不过"美"也有休息的时候。俞斌不是不讲理的男人,一定要太太每一分钟都好看。可是说人家一脸黑毛,叫他不由自主的注意到她那无毛的脸,她真该照照镜子!

恰好这时候,门铃响,张妈开门请进来一位小姐,不是别人,正是那位"满脸黑毛"的胡若蕖。

俞斌丢下饭碗,哑着声急促地赶两个孩子:"快,快,上去吧,上去。"因为他们吃饭的"饭厅",不过是会客室凸出的一小四方。让客气的客人看见,俞斌总觉得很不体面。孩子们果然放下碗要跑了。可是俞太太很坚定地叫大哥小弟坐下慢慢吃。她高声请胡小姐坐坐,自己却坐到饭桌旁看孩子吃饭,替他们夹菜。

俞斌拉起湿毛巾抹了一下嘴,忙迎出去。只见胡小姐站在灯底下,穿一件墨红呢夹旗袍,罩一件深灰色狭腰身的夹大衣。她黑得静、软、暖和。像一朵堆绒的墨红洋玫瑰花苞儿。她扇动浓密的睫毛,半含羞、半撒娇地笑道:"我又来了。"

俞斌忙道歉方才失迎,请胡小姐坐,问胡小姐脱大衣么? 胡小姐吃了晚饭么? 他匆忙得一句句话都相互磕碰,意思都撞乱了;一阵不自在,忙搭讪着回头叫"蕙芬"。可是俞太太不知和孩子谈着什么乐呢,押着他们俩说笑着上楼去了。

胡小姐慢慢地脱下大衣,一面皱起眉头,嘟起小嘴,如怨如慕的看着俞斌道:"我真过意不去,一次两次来打搅俞太太。"俞斌只顾说:"哪里哪里",也没辨明人家是在道歉,还是在告状。她接着很矜持地说:她是负着使命来的,要不然,绝不敢一次两次上门。她在编辑级刊,一定要俞先生大文,以光篇幅。俞斌得意地嘻着嘴道歉:"没有好稿子。"胡小姐歪着脸怪调皮地笑着说:"只怕太好。"俞斌翻着抽屉,踌躇了半天。胡小姐站到抽屉旁边,偷望着宝藏,更顽皮的说:俞先生舍不得,她就抢了。俞斌挑了一篇旧文章,自谦"不好"。胡小姐捧着就读,读着坐下沙发。可是她知道俞先生在读她的脸。顶坏的俞先生! 她收起稿子,很正经的道谢。于是——两人忽然觉得没什么话说了。俞斌便问胡小姐近来看什么书? 忙得怎样? 胡小姐便问俞先生,近来有何新作? 说完,两人更觉得没话说了。可是,胡小姐并不想起身,俞斌也生怕她告辞。

此时无言胜有言! 俞斌只觉得这时会客室里,充满了"饱含着电的乌云"里流散出来的阴阳电子。他自己活像一支颤巍巍的铜丝,等候着触电。忽然,他灵机一动,拍着腿笑道:"对了! 胡小姐请坐一坐——"他跳起身时太急,差点儿踹在胡小姐脚上,忙移开脚尖,身子一倾,正跌在胡小姐坐的沙发上。她立刻两手扶住,没说什么,大家眼对着眼笑了一笑。俞斌这时真是触了电,道歉都忘了。他像个害羞的女孩子,逃也似的往楼上跑。

冲进房间就喊蕙芬,问她:"小弟的糖呢?"俞太太正坐在梳妆台前拢头发,镜子里,看见丈夫兴奋的脸。她手停在半空,也不回头,只看住了镜中的丈夫。她平时吃过饭不再打扮,今晚非但搽粉,还涂了胭脂。不过俞斌并没留意。他不等太太回答,便去开橱门取小弟的糖匣,知道两兄弟都在三楼玩,不会来抵抗。可是俞太太赶过来把他一把推开,关上橱门，再把身子倚在橱门上。她坚定地说："小弟的！"

想不到太太会这般小气。俞斌陪着笑道："我买还他一匣。"

太太越发铁青了脸："谁要你还！"她索性锁上橱门，自己下楼。

这又算什么呢！为一匣糖！俞斌怪冤屈的跟下去。

太太脸变得真快。她已经满脸堆下笑，对胡小姐道歉："简慢胡小姐了，不能早来奉陪。"胡小姐怪甜醇的笑着，也一再道歉："打扰了俞太太。"俞斌忽然发现俞太太在笑的空隙中，两只眼睛里，放射着刀枪剑戟似的目光，在剁人刺人。"胡小姐真能干啊！"——一刀。

"哪里，俞太太！"她满不在乎的笑着，垂下浓密的睫毛作盾牌。

"您真是能者多劳了。"——一枪。

"您笑话了，俞太太。"

"啊！！"俞斌恍然大悟。"怪不得！！胡小姐不来，是太太得罪了她，"他不由自主的对太太起了敌意。看她那敛了笑容的脸，实在替胡小姐难堪。人家那么个骄傲人，为老师一篇文章，平白无辜的受怠慢，看颜色。俞斌感愧之余，更增添了对胡小姐的怜惜。她睫毛掩映着乌黑发亮的眼珠，装做不知不觉。难道她会不知觉！这么个活泼伶俐的脸！比了她，太太的脸，真呆滞黯淡得无光无色——俞斌把眼光转向太太，才知觉太太的眼光，一刀一枪的搠向自己脸上来了。俞斌既没本事和她交战，也没浓长的睫毛作盾牌，只把眼睛看着鼻子，不再去欣赏胡小姐抵御的艺术。听太太小姐技巧纯熟地交换恭维，又插不进话去。呆坐着，傻笑了两次，不知这般局面如何打破。

胡小姐预备告辞了，一只手慢慢地取过大衣。唉，真对不起人家。

她还没有起身，楼上两个孩子，一递一声的高叫着"妈妈"，越叫越响。胡小姐站起来说："该走了。"太太也站起来，忙得不及留她，匆匆说再见，她得上去看看那两个吵闹的孩子。就这样她先告辞退场。俞斌很抱歉地说："不再坐会儿？"胡小姐只疲乏地摇摇头，自己披上了夹大衣。

俞斌送她出门。懊悔没帮她穿外衣，他又抱愧太太简慢，无从表白自己，只能利用洋规矩，临别热诚地握一握手。还不知是他太热诚了些，捏痛了胡小姐的手；还不知是他们没行惯这种洋礼貌，时间握得太长了——也不知是怎么一回事，胡小姐一缩手，俞斌还不及放开，她往前一栽，恰好撞在俞斌怀里，俞斌恰好吻着了这位堆绒的墨红花儿小姐。

俞太太打发了两个孩子睡了觉，等着等着，怎么丈夫还不上来？她悄悄地蹑足下楼。只见客堂里雪亮的灯下，俞斌独自痴呆呆的坐着。半晌半晌，他没动一动。

钟打十下，俞斌如梦初醒的跳起来。方才打的"补血针"或"刺激针"反应已过，药力已到。他浑身轻健地两步并作一步，哼着"小耗子，上灯台……"跑进房间，只见太太呆呆的坐在镜台前。看他进来了，才忙着拆散头发，拿起刷子，慢慢的刷。俞斌吓了一跳，怎么回事？她知道了么？

他假装打两个呵欠，先表白一句："我看书看得眼睛都合下来了。"

太太不理。

"胡小姐对你楼窗上招手，看见么？"他再试探一句。

"没看见。"太太非常冷淡。

俞斌越发狐疑了。不敢再多问，怀着鬼胎到洗脸室去洗脸漱口，等待太太发作。可是太太只说："今儿暖和,少盖一床被吧。"难道这句话是双关?

他躺上床,合眼装睡。在半醉情绪中,一会儿就睡着了。沉沉一觉,醒来已天亮。睁眼一看,向来晚起的太太,已经不在房里。忙看钟,还不过七点。怪么? 俞斌一奇怪,便想起了昨晚所有的事。恰如酒醒后回味,觉得没意思。假如蕙芬为他气得一夜没睡,怎么对得起她。当初,他们俩不是恋爱而结婚的? 半老的人了,还跟年轻小姐们胡闹什么? 他的春天已经过去了。春天是别人的了。

俞斌披衣起来,一面下决心,一面又觉悲凄。春天是别人的了。自己的春天已经过去了。就没知觉怎么过去的。挣扎着,挣扎着,为生活,为学问。人生真和流水一般,不舍昼夜。他现在是有声望有成就的俞博士。可是,才站定脚跟,才有闲暇睁眼望望这世界,这世界已经枯黄憔悴,变了颜色。

这时,太太进来拿东西。她脸上有些浮肿,却粉刷得很鲜艳。俞斌关切地忙问:"怎么一清早就起来了?"太太很高兴的样儿说:"睡得熟,就起得早。"

"你也不叫我一声?"

太太笑道:"让你多做几个好梦呀!"她头也不回的一直出去了。

俞斌忙叫:"蕙芬! 蕙芬!"太太又折回来,脸上冷冰。刚才的笑容原来是勉强的。她一双冰冷的眼睛,打着问号,停在他脸上。俞斌没看见太太这般冷过。很不舒服的避开了脸,强笑道:

"我说,假如我做的好梦,不跟你——"

太太摔手道:"有你的自由。"

"你不吃醋?"

太太像一块冒着汽的冰。冰冻的眼睛里,腾腾地冒出愤怒。"我从来不爱吃醋。"她坚定地只说了这一句,紧抿着嘴,好像真有人要灌她喝醋似的。俞斌讨了老大没趣。原想借此招认求饶的,太太既然拒人于千里之外,叫他也无从亲近起。况且,俞斌想:"她在乎么? 她还爱他么? 她不过占有着丈夫罢了! 逼他一同老,不许他再有春天,不许他在别人的春天里分一份。"

"该放心了!"太太看他半天不说话,心上抱歉起来,忙笑着叮上这一句。

俞斌不答理,也没看见太太赔笑的脸。他自言自语地说:"她才不在乎。"

太太赌气也不答应。趁他转背,忙从自己枕头底下,挖出一团皱结成一块的手绢儿,拿去浸在水盆子里。

这一天俞斌不上学校。明天到校,却不见胡小姐。他心上纳罕,她生了气么? 好糊涂! 现在不能指望胡若蘖上门请教,该自己先看她去! 两天浸沉在墨红堆绒花儿的回味中,饥渴着要再看见她。不知道再见她时,该怎么个态度。她在避不见面么? 恼了么? 俞斌不安得很,打定主意要冒昧到胡小姐家里去一次。

胡小姐住在某街某弄,他早在无意中留心过。这天上完课,且不回家,先到理发店去剃头刮面。修饰整洁了,鼓足勇气到胡小姐家去。借口是:上次那篇稿子有几处要修改——假如需要借口。他找到了弄堂,找到了出入的后门。可是应门的女佣说:"这儿是丁家。"俞斌忙退出来,心想:"糟了! 搅错了门号了。"那女佣却很伶俐地打量俞斌道:

"您找胡小姐么?"

俞斌忙应:"是。"

"您贵姓啊？"

俞斌说了姓名，那女佣越发把他细细地上下端详了好几眼。笑道：

"您是俞博士先生啊？胡小姐不在家，可是有一封信给您的。"她进去拿信，俞斌莫名其妙的站在厨房里等着。一会儿，那女佣拿着一封信来了；信面上没有地名，只有"俞斌先生台启"几个字。

"是您吧？胡小姐没在家。"她再申说一遍。

俞斌很失望。人家不请他进去坐，总不成强赖在厨房里。退出后门，再抬头向楼窗上望望，希望看见胡小姐伸头看他，可以证实他的疑心。但是胡小姐即使偷望，绝不肯让他看见。俞斌快快的走出弄堂。

他对于情书早已不感兴趣。好几年前，偶然翻阅自己结婚前给惠芬的通信，他脸上发烧，身上起鸡皮疙瘩，不敢想惠芬之外有谁偷看过；趁太太不在家，一顿火烧个干净。叫他再干这一套傻事，他可没本事了。不过他怕胡若蕖这信，还不是情书，十九是埋怨他或是和他决绝的信。

信很简短："俞先生：我不知道该快活还是该害怕。请你教我。——若蕖。某月某日"月日旁边，名字底下，两行细字："这位小姐今晚没洗脸就睡了，猜，为什么？"

为什么？俞斌步出弄堂，恍然大悟。"啊！她怕擦掉了——她愿意留着——"羞愧感激，俞斌恨不能把她搂在怀中挤挤。这孩子可爱，"美人才调太玲珑"，正是为她说的。俞斌又抽出信来，看看日期，正是那天晚上。好糊涂，两天冷搁了她，这孩子一定气坏了。"该快活还是该害怕？"这句话他不喜欢。"请你教我。"语气是严冷的还是撒娇？总觉得有些儿咄咄逼人。并且，她怎么预定他会上门去取这信？

俞斌对于恋爱，恰像老年人对于生命，只企求安逸的享受，赖得再赔上苦恼挣扎。"我亦阴符满腹中"，可是要他再运用机智，太麻烦些。然而胡小姐这信不能不复。他得搁开正经，费神好好儿回复她。

对着太太写信不方便，借端一人在楼下写。偏偏的太太不识趣，说是节省电灯，抱了一包绒线活儿来坐在对面。俞斌对着手不停织的太太，一个字都落不下纸。

床上翻腾着，又觉写信太落痕迹，不如写一首诗，飘忽，灵动，还可以缚住了胸中捉拿不定的情感。他闭上眼睛，抓住这个字，嵌下那个字，把半个恬静的夜，涂抹成一幅字迹模糊的诗稿。末后，合上的眼睛前也模糊了。诗稿像白布幕上的电影，停了电，只剩下一幅白布。俞斌睡着了。

醒来立刻记起，难题还未解决。还是当面讲吧，比动笔省力。可是俞斌虽然有机会看见胡若蕖，却从没机会跟她说半句话。在俞斌面前，她眼皮儿都不抬一抬，分明是恼了。怎么办呢？明知是寻烦恼，那天晚上他不应该——可是，那是不可避免的偶然呀！

俞斌毕竟是个有学问的人。知道哪里去找参考书本。像学生做论文，他抄袭修改，制成了很长的一封情书，这般交了卷。

第二天早上，夫妇俩正吃早饭——孩子们早已吃了上学了——忽然前门有人按铃，女佣接进来一封俞先生的信。俞斌一看笔迹，就知道是谁的。信封上也分明写着胡缄。他只觉一颗心直往下沉，然后又左右上下乱撞乱跳。这孩子太莽撞，还是她故意捣乱？忙抢过信，觉得脸在发烧，不知怎么好，硬装出一阵咳嗽。下文如何，还没想出来，只得咳个不停，假咳变成了真咳。太太放下筷子道："怎么了？米到了鼻子里去了？"他借此抓了信直

咳到楼上,把信妥藏在里面口袋里,忙在自己书桌上另拿一封同样信封的旧信,一路看下来。一面笑着说:

"我要紧说话,偏罚我说不出话来。可不是一颗粥米跑到鼻子里去了!"

"谁的信?"太太样子很随便。

"没关系的。"他把信一扬,随便放在一旁。

太太偷偷儿斜过眼去看信,于是她问:"你刚才要说什么?"

"忘了。"他把指头擦着太阳穴,笑道:"忘得一干二净。"他拍拍胸口,表示还咳得痛。

太太要说什么,一顿,没说。继续吃她的早饭。俞斌疑疑惑惑放下半个心。

哄过了太太么?他不敢探问,只忙忙的吃完上楼,换了衣裳出门。怀了信,躲到公园僻静处,准备在到校之前把这信细读一遍。

信却短得不经一读,只两句:"谢谢你的信。我今天下午在家。你的——"

只有"你的"下一竖,能使他反复玩味,把各式称呼填嵌进去。俞斌试填了几种,觉得在自哄自,觉得失望、无趣,他更怀疑她故意送信上门,是对他太太宣战。可是,除了他家,叫她往哪儿寄信呢。

当天下午,胡小姐在丁家客堂里接待他:很自然,很大方,不太冷,也不太热。她穿着一件软绸夹袍,很清楚地衬出浑身轮廓。怪精致的脚,穿一双半新的绣花鞋。这般动人打扮,使俞斌局促不安,不敢看她。她却自在地酬答,告诉他许多细碎的事,同时,放任他吹牛,谈他"自己"。她说,她笑,她静听,她谄媚:好像他们中间,从没有过那晚的事———那事好像是俞斌的幻想,他背了人做的梦。只在临别时,胡若蕖把她瘦小的手,钻了俞斌肥厚的手掌中,俞斌心醉地捏紧了这一只可怜的彷徨的小手,又跑进了那晚的梦境。可是门外的脚声,把俞斌从那梦中直拖出来。他笨拙地站起来告辞。胡小姐好像什么都很自然。她送俞斌出门,请他再来。

原来胡小姐课余在丁家处馆。她自己的家在乡下。胡小姐和东家相处得好,能随时借用客厅。俞斌从此做了这客堂里的惯客。这里,幻想是实在,梦是真,白水是酒,谈笑是诗。"你们平庸人,忠实的丈夫,循规蹈矩的公民,你们知道什么叫人生!什么是恋爱!"俞斌胜利地自觉不平凡。他非但年青了,并且尝到了人生真滋味。他常在图书馆"写稿子",他从胡小姐那儿收到的"稿子",藏在贴身衬衣口袋里的,也愈积愈厚。

俞斌整个人,已经从"散文"改变成"诗"。因此,常嫌恨他的"稿子"(俞太太奇怪丈夫近来灵感之富,写那么多稿子)不配传达自己。诗还嫌有文字的渣滓,最好用音乐。可是他不能抱一堆音乐送人,所以俞斌到花店去选了一大束紫红玫瑰,买了一大匣非常体面的巧克力糖,等不及胡小姐指定的日期,兴匆匆的去寻他的"梦",他的"幻想"。

照规矩从常开着的后门进去,穿过厨房进客堂。俞斌一只脚才踏进客堂,便冻结住在门口。套着青布套的长沙发上,胡若蕖扭着腰扬着脸坐着,恰好是他看惯的姿势。只是,离她脸不到三寸的另一个脸,不是俞斌的。这位先生,正是俞斌的另一个得意高足陈谦。

胡小姐立刻跑过来,两手护着花,把脸颊偎上去嗅着笑道:"好美的花儿!"

陈谦把礼貌都忘了。只方方正正地坐着。一脸威严,两眼义愤,把俞斌收缩成一个束手就擒的小偷儿。

所谓情急智生,俞斌捏着花不放手,笑道:"不错吧?这是送我内人的生日礼物。"

胡小姐立刻改演另一角色,顽皮地笑道:"师母生日么?啊呀,俞先生,不请我们吃面!

陈谦,咱们立刻买了寿礼盯着俞先生回去!"陈谦咕噜了一声不知什么话。俞斌紧捏着花儿,挟着糖匣,也不坐下,只含糊说:

"我路过,进来通知你一声,稿子排好了,让我自己校样。"

胡小姐踢踢陈谦的脚道:"听见没有?"

陈谦懒怠地移动一下座位,眼看着地下道:"好吧。"

胡小姐礼貌周到的送老师出门,陈谦也懒拖拖的跟着送出来。俞斌捧着花,挟着糖匣,尴尬的笑着告辞回去。

可怜俞斌,活像一只雨淋的大公鸡。快到家了,才想起手里的东西怎么处置,扔了?舍不得。送别人?没别人送。好在上面并没写胡若薬名字,尽可以将错就错,送给太太。只是老夫妇忽然送起花来,未免突兀。而且做家的太太,一定还要怪他不买便宜的菊花,却买珍贵的玫瑰;不买称磅散装的糖,却买匣子。她一定埋怨一顿,留下糖匣送人情。

俞太太非但不嫌突兀,也没怪他浪费。傻女人,傻得不可思议。你把情人待她,她便情人自居;珍重地接过一束玫瑰,嗅嗅,笑笑,还摘下一朵,戴在鬓上。抱着糖匣,脸上糖一般甜蜜。这不是丈夫向自己请罪的意思么! 俞太太懊悔连日心上冷淡了丈夫,把他撇得老远。原来他都觉得,原来他跟自己还是好好的。是自己太小心眼儿,冤他厌弃自己。其实,还不是自己冷落了他! 俞太太怪有意思的看了丈夫一眼,打开糖盒子,自己先吃一块——不像太太,不像母亲,小女孩儿一般,她咬着糖——俞斌偷看太太,确定她不再赌气,才放心陪吃,也叫孩子们来分享。

胡若薬原约俞斌明晨大清早在公园僻静处等她。昨天没取消这约会,当然他还得赴约。他急要听胡小姐的解释。她有许多男朋友,俞斌早知道。可是他并不必吃醋争风,因为胡若薬对他的感情,只安慰了他,增添了他的自信,原来他远在这群追随者之上。可是胡若薬没欺哄他么? 她不过是帮助自己欺哄陈谦么? 她没有误会自己的花和糖的原意么? 俞斌心上像有蚂蚁在爬。天没亮他就起来了,惊醒了太太。

"起来了!"

"好天气,想到公园走走去——你去不去? 看菊花?"俞斌拿定太太绝不肯去。万不料太太吃了情人糖也变成了情人,她一骨碌从被窝中钻了出来。俞斌忙按住她,叫她再睡一会儿。可是,他越体贴,太太越巴结;立刻下床,立刻梳洗,立刻穿衣打扮。俞斌偷不出一分钟的空隙,能让他思索个对付良策。大哥小弟还没吃早饭,他们夫妇俩已经并肩出门了。

俞斌心里直在急:"糟糕! 糟糕!"嘴里不停的和太太说话。太太今天的话偏多,兴致偏好。她要到池边去看鱼,她要站在桥上照水看自己影子,她要走那条小路,看青苔多厚……

胡小姐远远看见,实在不能相信自己的眼睛。他们迎面走近来了。可不是俞先生,臂上挂着个鲜妍愉快的俞太太! 这分明是俞先生对自己的侮辱。她迎上去笑道:

"俞先生,俞太太,你们早呀!"

俞太太再想不到,他们夫妇游园,正好让"她"瞧见,太称心满意了! 她满脸骄傲的笑道:"您也早啊!"

"在等人。"胡小姐说。

俞太太不愿意为胡小姐耽搁,她笑着一点头,扯扯丈夫的衣袖。俞斌没说一句话,傻笑着给太太带走了。走过几步，俞太太鄙夷地说："一老清早，在等什么情人呢！"一面不由自主地回过头去看她。恰好胡小姐也在回头，忙回过脸来恶笑着道："她在看你呢！"

俞斌掏出大手绢来，抹着汗道："咱们到那边儿看菊花去。"

"哼！"太太想，"这回开了眼吧！人家在等人！"俞太太的胜利，满了一百分。

她哪里知道，情人间的误会，好比木柴上的根节，着了火，燃烧得分外旺。两汪泪，一个吻，俞斌和胡若蕖的交情，又斩进了一关。俞太太还自满自傲的兀坐在"太太"宝座上。

这个建筑在错误上的快活，也依照盈虚消长的原则，满了就亏损。她这天偶然尽心，在丈夫换下的衬衣口袋里掏摸一下，防里面有遗忘的钞票。没想到袋里厚厚一大叠纸，正是胡小姐的"稿子"。她饿鹰抓小鸡似的攫取了这叠情书。看了一封又一封，简直不能相信。怕丈夫赶回来抢，又怕张妈撞来看见，索性躲进浴室，锁上了门。

假如她读到丈夫的"稿子"，也许会伤心。可是，读到胡小姐写给自己丈夫的信，只使她无限鄙夷，几次对信纸狠狠地"啐！"一下。"不要脸的贱女人！讲神圣爱情！讲心！讲灵魂！偏有这种糊涂下流男人把她当真，反把太太蒙在鼓里。"她气愤地倚坐在浴缸边上。事实渐渐儿沁入意识，她一下子发现自己完全孤独，她被欺骗，她被遗弃了。她成了无人需要的多余的东西。没有一滴眼泪润泽她心上的干枯烦躁，只觉自己是脱了仁的壳，去了酒的渣滓。

"好哇！跟你那黑毛女人去吧！我稀罕！"真的，有了这般个好太太而不知珍贵，他也只配跟那黑毛女人混去！可是，俞太太切实的头脑，立刻又把这话推翻。"为什么？倒让她！没那么容易！我做弃妇免她做妗妇！"单为叫人家不称心，她也绝不退让，得实行伊索寓言中占据马槽的恶狗。并且，她还得为孩子们着想啊。

忽然，她敏锐地听得下面开门声。是丈夫记起情书赶回来了么？俞太太警告自己，千万留心，装不知道，别跟他闹。胡小姐不妨当她是个没头脑的当家女人，她可有她的心眼儿，才不闹离婚便宜别人。俞太太很快的把一叠信塞进原来口袋，扭开水龙头，把脏衣裳连带情书冲了又冲，再在口袋上用力乱捏，让水进去，把那叠肉麻东西融成一块墨糕。这是件快意的事，她擦着手，恶笑着开了浴室的门。

她等待着，故意拣起绒线活，闲闲地编织。只听得张妈滞缓的脚声，一级级上楼。说是卖酱油的来问要不要送酱油。打发了张妈下去，俞太太觉得紧张后的松弛，挟着无限烦厌。做一个太太有什么好？还怕别人抢了地盘去？她得占住这地盘，把自己搅拌在柴米琐碎中间。丈夫的世界，她走不进。孩子的世界，她走不进。用剩了，她成了累赘。俞太太觉得不服气。什么地方错了？也许错的是她自己，女人自己。

可是俞太太没力量理论，只觉得无限烦倦。厨下饭菜的味儿在往上浮。一会儿孩子们就回家了，丈夫也就要回来了。俞太太忽然觉得不愿意看见他们。她要独自一个人。已经十一点了。她也不打扮，披上大衣，拿了钱袋，下楼告诉张妈她不在家吃饭，一个人走出门去。

哪儿去呢？出了门又踌躇，一阵风来，冷得很。俞太太抬头看看天，像要下雨。早晨的太阳冷冷淡淡，这时完全给黑云遮没了。她无目的地走了一会，买了点儿东西，觉得乏了，便到平日丈夫常带她吃点心的地方去吃饭，赌气自己款待一下。可是她把菜单读了半天，只叫了一碗面。对着一碗面，没缘由的伤心起来，簌簌地眼泪直抛。这时不愿意哭，偏又泪多。勉强怂恿自己，一个人看戏去。无聊无赖的在街上闲荡了一阵，跑进戏院去呆等。上了戏,看了一半,觉得实在没味,没看完便出来了。外面,天已经黑沉沉的在下雨了。斜斜的细雨,下得很认真。俞太太只能雇了车回家,一路上冷得直哆嗦。

大哥小弟早已吃完热点心,在偷空玩儿。丈夫呢?"刚回家,"张妈笑着道,"先生淋得一身是水。"她正忙着打热水。

俞斌光着一双脚坐在床上。地下是湿了的鞋袜。头发上全是雨水。他看着自己的两个大脚趾头,在发呆。

"该死的! 你要着凉了!"俞太太还是习惯地怜惜丈夫。

俞斌抬起脸,从雨湿模糊的眼镜里,雾中看花似的看着太太。他有几分心虚,却厚皮涎脸的笑着说:"我说,蕙芬,咱们到杭州去。"

"杭州去?"俞太太眼睛都睁圆了,她只想破口骂他发疯,可是管束住自己,掩饰着心上的怀疑,装作冷静的问道:"干么?"

"玩儿去。"俞斌看着太太,把两个大脚趾对碰着。

"杭州去? 玩儿? 跟谁?"

"咱们俩啊!"

俞太太冷笑了。"咱们俩! 到杭州! 看菊花吧?"提起这事,她一肚子怨愤,再也按捺不住。"当我不知道! 我跟你上杭州! 听你们星呀月呀灵魂儿呀的谈神圣的恋爱去!"

俞斌尴尬着脸在笑。他回家吃饭时,已经发现了那块墨糕了。他手扳着脚,往后一倒,滚了一个元宝。

俞太太越发生气了。原先决定假作痴聋的决心都撇开,她一连串的冷笑道:

"你乐呀! 带了你的妍头新娘子度蜜月去,何必再拿我开心!"

俞斌床上爬起来道:"你说谁?"

"说谁? 还要人家多说几遍你心上人儿的芳名? 说谁? 我就知道红莲白莲青莲紫莲,就没听见过黑荷花!"

俞斌认真大笑了:"你说胡若蕖么? 你放心,人家已经订了婚了。"

"跟谁? 跟你?"

"跟陈谦。"

俞太太不言语。猜疑地看着丈夫,然后恍然道:"所以气得你失魂落魄,把自己弄成个雨淋鬼似的。"

俞斌骄矜的自夸道:"我气么! 就是我劝她的。"

"为什么要你劝!"太太冷笑了。"你是她的谁?"

"我,我,我绝不肯对不起你——我怎么能够呢。"他一把拉过太太,"你不相信么? 我——"

太太摔开手背过脸去。俞斌赤脚下地又拉她回来。

"她自己要跟我谈,她说陈谦对她怎么怎么有意思,我就劝她——我——我劝她——"他想起方才胡小姐探问他时眼睛里的表情,听了他的劝告伏在桌上呜咽哭泣,使他觉得自己真是个懦夫,对不起胡小姐。幸而事情都过去了,不愿意再想起,便大声唤张妈怎么热水还不来。

张妈等他们夫妇间风平浪静了,立刻提了热水上去。俞斌手指微微在抖,眼看着鼻子,正襟危坐的洗脚。太太挂好自己的大衣,呆站着,长长地吐口气。张妈走了,俞斌强笑着问道:"怎么?"

"什么怎么?"

"我说,咱们杭州去玩儿呀。只许年轻人乐,咱们不乐!"

俞太太强笑着应道:"好呀。"

"咱们明后天就走。"

俞太太叹了一声说:"好呀。"可是她知道,他们决不会去。

因为毕竟是深秋天气了。十月小阳春,已在一瞬间过去。时光不愿意老,回光返照地还挣扎出几个春天,可是到底不是春天了。窗外的风雨,只往屋里打。俞太太觉得冷,她一手护着肩,过来关上了窗子。

（原载 1946 年 8 月 1 日《文艺复兴》第 2 卷第 1 期,后经个别文字修改收入作者作品集《杂忆与杂写》,花城出版社 1992 年 7 月初版）

（现选自《中国新文学大系》(1937－1949)第五集·短篇小说卷三,上海文艺出版社 1990 年 12 月版）

【阅读提示】

杨绛(1911 年 7 月 17 日—2016 年 5 月 25 日),本名杨季康,江苏无锡人,现代著名女作家、文学翻译家和外国文学研究家。有《杨绛文集》八卷。代表作品有:戏剧《称心如意》《弄真成假》《风絮》;小说《玉人》《小阳春》等;散文《干校六记》《我们仨》,散文集《走到人生边上》等,翻译作品《堂·吉诃德》被公认为最优秀的翻译佳作。

《小阳春》特别揭示了中年男性的"小阳春"心理,及其不可避免的失落。小说对于这种男性有同情也有讽刺。同情是因为这种"小阳春"心理是人生命中的一种自然现象,它表明人青春的最后闪光,而其必然失落又显示了人生命的脆弱和无奈,它体现人生命存在的悲剧性。讽刺是因为有这种"小阳春"心理的男性忽视了自己太太的感受,也暂时忘却了这种"小阳春"心理之实现的不可能,表现出一种"痴"和"傻",结果混乱了生活的时序,也给自己带来尴尬。小说中的胡若渠代表都市人生的聪明处、迷人处,也代表都市人生的伪饰处、危险处。

如果将这篇小说所写与钱锺书《围城》对比着阅读,将会有新的意义敞开。

【拓展阅读】

1. 杨绛:《杨绛全集》第 1 卷,人民文学出版社 2014 年 8 月版。

2. 徐岱:《大智慧与小文本——论杨绛的小说艺术》,《文艺理论研究》2002 年第 1 期。

3. 孔庆茂:《钱锺书与杨绛》,凤凰出版社 2001 年 4 月版。

【思考与练习】

1. 如何理解小说男主人公的"小阳春"心理?

2. 小说中俞太太感叹丈夫的世界自己走不进、孩子的世界自己也走不进,请你结合以往的阅读经验中思考人与人关系问题的其他作品谈谈你对这个问题的理解。

永远的尹雪艳

白先勇

一

尹雪艳总也不老。十几年前那一班在上海百乐门舞厅替她捧场的五陵年少,有些头上开了顶,有些两鬓添了霜;有些来台湾降成了铁厂、水泥厂、人造纤维厂的闲顾问,但也有少数却升成了银行的董事长、机关里的大主管。不管人事怎么变迁,尹雪艳永远是尹雪艳,在台北仍旧穿着她那一身蝉翼纱的素白旗袍,一径那么浅浅的笑着,连眼角儿也不肯皱一下。

尹雪艳着实迷人。但谁也没能道出她真正迷人的地方。尹雪艳从来不爱擦胭抹粉,有时最多在嘴唇上点着些似有似无的蜜丝佛陀;尹雪艳也不爱穿红戴绿,天时炎热,一个夏天,她都浑身银白,净扮得了不得。不错,尹雪艳是有一身雪白的肌肤,细挑的身材,容长的脸蛋儿配着一副俏丽恬静的眉眼子,但是这些都不是尹雪艳出奇的地方。见过尹雪艳的人都这么说,也不知是何道理,无论尹雪艳一举手、一投足,总有一份世人不及的风情。别人伸个腰、蹙一下眉,难看,但是尹雪艳做起来,却又别有一番妩媚了。尹雪艳也不多言、不多语,紧要的场合插上几句苏州腔的上海话,又中听、又熨贴。有些荷包不足的舞客,攀不上叫尹雪艳的台子,但是他们却去百乐门坐坐,观观尹雪艳的风采,听她讲儿句吴侬软语,心里也是舒服的。尹雪艳在舞池子里,微仰着头,轻摆着腰,一径是那么不慌不忙的起舞着;即使跳着快狐步,尹雪艳从来也没有失过分寸,仍旧显得那么从容,那么轻盈,像一球随风飘荡的柳絮,脚下没有扎根似的。尹雪艳有她自己的旋律。尹雪艳有她自己的拍子。绝不因外界的迁异,影响到她的均衡。

尹雪艳迷人的地方实在讲不清,数不尽。但是有一点却大大增加了她的神秘。尹雪艳名气大了,难免招忌,她同行的姊妹淘醋心重的就到处嘈起说:尹雪艳的八字带着重煞,犯了白虎,沾上的人,轻者家败,重者人亡。谁知道就是为着尹雪艳享着重煞的令誉,上海洋场的男士们都对她增加了十分的兴味。生活悠闲了,家当丰沃了,就不免想冒险,去闯闯这颗红遍了黄浦滩的煞星儿。上海棉纱财阀王家的少老板王贵生就是其中探险者之一。天天开着崭新的开德拉克,在百乐门门口候着尹雪艳转完台子,两人一同上国际饭店十四楼的屋顶花园去共进华美的夜宵。望着天上的月亮及灿烂的星斗,王贵生说,如果用他家的金条儿能够搭成一道天梯,他愿意爬上天空去把那弯月牙儿掐下来,插在尹雪艳的云鬓上。尹雪艳吟吟地笑着,总也不出声,伸出她那兰花般细巧的手,慢条斯理地将一枚枚涂着俄国乌鱼子的小月牙儿饼拈到嘴里去。

王贵生拼命地投资，不择手段地赚钱，想把原来的财富堆成三倍、四倍，将尹雪艳身边那批富有的逐鹿者一一击倒，然后用钻石玛瑙串成一根链子，套在尹雪艳的脖子上，把她牵回家去。当王贵生犯上官商勾结的重罪，下狱枪毙的那一天，尹雪艳在百乐门停了一宵，算是对王贵生致了哀。

最后赢得尹雪艳的却是上海金融界一位热可炙手的洪处长。洪处长休掉了前妻，抛弃了三个儿女，答应了尹雪艳十条条件；于是尹雪艳变成了洪夫人，住在上海法租界一幢从日本人接收过来华贵的花园洋房里。两三个月的工夫，尹雪艳便像一株晚开的玉梨花，在上海上流社会的场合中以压倒群芳的姿态绽发起来。

尹雪艳着实有压场的本领。每当盛宴华筵，无论在场的贵人名媛，穿着紫貂，围着火狸，当尹雪艳披着她那件翻领束腰的银狐大氅，像一阵三月的微风，轻盈盈地闪进来时，全场的人都好像给这阵风熏中了一般，总是情不自禁地向她迎过来。尹雪艳在人堆子里，像个冰雪化成的精灵，冷艳逼人，踏着风一般的步子，看得那些绅士以及仕女们的眼睛都一齐冒出火来。这就是尹雪艳：在兆丰夜总会的舞厅里、在兰心剧院的过道上，以及在霞飞路上一栋栋侯门官府的客堂中，一身银白，歪靠在沙发椅上，嘴角一径挂着那流吟吟浅笑，把场合中许多银行界的经理、协理、纱厂的老板及小开，以及一些新贵和他们的夫人们都拘到跟前来。

可是洪处长的八字到底软了些，没能抵得住尹雪艳的重煞。一年丢官，两年破产，到了台北来连个闲职也没捞上。尹雪艳离开洪处长时还算有良心，除了自己的家当外，只带走一个从上海跟来的名厨司及两个苏州娘姨。

二

尹雪艳的新公馆落在仁爱路四段的高级住宅区里，是一栋崭新的西式洋房，有个十分宽敞的客厅，容得下两三桌酒席。尹雪艳对她的新公馆倒是刻意经营过一番。客厅的家具是一色桃花心红木桌椅。几张老式大靠背的沙发，塞满了黑丝面子鸳鸯戏水的湘绣靠枕，人一坐下去就陷进了一半，倚在柔软的丝枕上，十分舒适。到过尹公馆的人，都称赞尹雪艳的客厅布置妥帖，教人坐着不肯动身。打麻将有特别设备的麻将间，麻将桌、麻将灯都设计得十分精巧。有些客人喜欢挖花，尹雪艳还特别腾出一间有隔音设备的房间，挖花的客人可以关在里面恣意唱和。冬天有暖炉，夏天有冷气，坐在尹公馆里，很容易忘记外面台北市的阴寒及溽暑。客厅案头的古玩花瓶，四时都供着鲜花。尹雪艳对于花道十分讲究，中山北路的玫瑰花店长年都送来上选的鲜货。整个夏天，尹雪艳的客厅中都细细地透着一股又甜又腻的晚香玉。

尹雪艳的新公馆很快地便成为她旧雨新知的聚会所。老朋友来到时，谈谈老话，大家都有一腔怀古的幽情，想一会儿当年，在尹雪艳面前发发牢骚，好像尹雪艳便是上海百乐门时代永恒的象征，京沪繁华的佐证一般。

"阿囡，看看干爹的头发都白光喽！侬还像枝万年青一式，愈来愈年轻！"

吴经理在上海当过银行的总经理，是百乐门的座上常客，来到台北赋闲，在一家铁工厂挂个顾问的名义。见到尹雪艳，他总爱拉着她半开玩笑而又不免带点自怜的口吻这样说。吴经理的头发确实全白了，而且患着严重的风湿，走起路来，十分蹒跚，眼睛又害沙眼，眼毛倒插，长年淌着眼泪，眼圈已经开始溃烂，露出粉红的肉来。冬天时候，尹雪艳总把客厅里那架电暖炉移到吴经理的脚跟前，亲自奉上一盅铁观音，笑吟吟地说道：

"哪里的话，干爹才是老当益壮呢！"

吴经理心中熨帖了，恢复了不少自信，眨着他那烂掉了睫毛的老花眼，在尹公馆里，当众票了一出《坐宫》，以苍凉沙哑的嗓子唱出：

> 我好比浅水龙，
>
> 被困在沙滩。

尹雪艳有迷男人的功夫，也有迷女人的功夫。跟尹雪艳结交的那班太太们，打从上海起，就背地数落她。当尹雪艳平步青云时，这起太太们气不忿，说道：凭你怎么爬，左不过是个货腰娘。当尹雪艳的靠山相好遭到厄运的时候，她们就叹气道：命是逃不过的，煞气重的娘儿们到底沾惹不得。可是十几年来这起太太们一个也舍不得离开尹雪艳，到了台北都一窝蜂似的聚到尹雪艳的公馆里，她们不得不承认尹雪艳实在有她惊动人的地方。尹雪艳在台北的鸿翔绸缎庄打得出七五折，在小花园里挑得出最登样的绣花鞋儿，红楼的绍兴戏码，尹雪艳最在行，吴燕丽唱《孟丽君》的时候，尹雪艳可以拿得到免费的前座戏票，论起西门町的京沪小吃，尹雪艳又是无一不精了。于是这起太太们，由尹雪艳领队，逛西门町、看绍兴戏，坐在三六九里吃桂花汤团，往往把十几年来不如意的事儿一股脑儿抛掉，好像尹雪艳周身都透着上海大千世界荣华的麝香一般，熏得这起往事沧桑的中年妇人都进入半醉的状态，而不由自主都津津乐道起上海五香斋的蟹黄面来。这起太太们常常容易闹情绪。尹雪艳对于她们都一一施以广泛的同情，她总耐心地聆听她们的怨艾及委屈，必要时说几句安抚的话，把她们焦躁的脾气一一熨平。

"输呀，输得精光才好呢！反正家里有老牛马垫背，我不输，也有旁人替我输！"

每逢宋太太搓麻将输了钱时就向尹雪艳带着酸意地抱怨道。宋太太在台湾得了妇女更年期的痴肥症，体重暴增到一百八十多磅，形态十分臃肿，走多了路，会犯气喘。宋太太的心酸话较多，因为她先生宋协理有了外遇，对她颇为冷落，而且对方又是一个身段苗条的小酒女。十几年前宋太太在上海的社交场合出过一阵风头，因此她对以往的日子特别向往。尹雪艳自然是宋太太倾诉衷肠的适当人选，因为只有她才能体会宋太太那种今昔之感。有时讲到伤心处，宋太太会禁不住掩面而泣。

"宋家阿姊，'人无千日好，花无百日红'，谁又能保得住一辈子享荣华，受富贵呢？"

于是尹雪艳便递过热毛巾给宋太太揩面，怜悯地劝说道。宋太太不肯认命，总要抽抽搭搭地怨怼一番：

"我就不信我的命又要比别人差些！像侬吧，尹家妹妹，侬一辈子是不必发愁的，自然有人会来帮衬侬。"

三

尹雪艳确实不必发愁，尹公馆门前的车马从来也未曾断过。老朋友固然把尹公馆当做世外桃源，一般新知也在尹公馆找到别处稀有的吸引力。尹雪艳公馆一向维持它的气派。尹雪艳从来不肯把它降低于上海霞飞路的排场。出入的人士，纵然有些是过了时的，但是他们有他们的身份，有他们的派头，因此一进到尹公馆，大家都觉得自己重要。即使是十几年前作废了的头衔，经过尹雪艳娇声亲切的称呼起来，也如同受过诰封一般，心理上恢复了不少的优越感。至于一般新知，尹公馆更是建立社交的好所在了。

当然,最吸引人的,还是尹雪艳本身。尹雪艳是一个最称职的主人。每一位客人,不分尊卑老幼,她都招呼得妥妥帖帖。一进到尹公馆,坐在客厅中那些铺满黑丝面椅垫的沙发上,大家都有一种宾至如归,乐不思蜀的亲切之感,因此,做会总在尹公馆开标,请生日酒总在尹公馆开席,即使没有名堂的日子,大家也立一个名目,凑到尹公馆成一个牌局。一年里,倒有大半的日子,尹公馆里总是高朋满座。

尹雪艳本人极少下场,逢到这些日期,她总预先替客人们安排好牌局;有时两桌,有时三桌。她对每位客人的牌品及癖性都摸得清清楚楚,因此牌搭子总配得十分理想,从来没有伤过和气。尹雪艳本人督导着两个头干脸净的苏州娘姨在旁边招呼着。午点是宁波年糕或者湖州粽子。晚饭是尹公馆上海名厨的京沪小菜:金银腿、贵妃鸡、炝虾、醉蟹——尹雪艳亲自设计了一个转动的菜牌,天天转出一桌桌精致的筵席来。到了下半夜,两个娘姨便捧上雪白喷了明星花露水的冰面巾,让大战方酣的客人们揩面醒脑,然后便是一碗鸡汤银丝面作了宵夜。客人们掷下的桌面十分慷慨,每次总上两三千。赢了钱的客人固然值得兴奋,即使输了钱的客人也是心甘情愿。在尹公馆里吃了玩了,末了还由尹雪艳差人叫好计程车,一一送回家去。

当牌局进展激烈的当儿,尹雪艳便换上轻装,周旋在几个牌桌之间,踏着她那风一般的步子,轻盈盈的来回巡视着,像个通身银白的女祭司,替那些作战的人们祈祷和祭祀。

"阿囡,干爹又快输脱底喽!"

每到败北阶段,吴经理就眨着他那烂掉了睫毛的眼睛,向尹雪艳发出讨救的哀号。

"还早呢,干爹,下四圈就该你摸清一色了。"

尹雪艳把个黑丝椅垫枕到吴经理害了风湿症的背脊上,怜恤地安慰着这个命运乖谬的老人。

"尹小姐,你是看到的。今晚我可没打错一张牌,手气就那么背!"

女客人那边也经常向尹雪艳发出乞怜的呼吁,有时宋太太输急了,也顾不得身份,就抓起两颗骰子啐道:

"呸!呸!呸!勿要面孔的东西,看你楣到啥个辰光!"

尹雪艳也照例过去,用着充满同情的语调,安抚她们一番。这个时候,尹雪艳的话就如同神谕一般令人敬畏。在麻将桌上,一个人的命运往往不受控制,客人们都讨尹雪艳的口采来恢复信心及加强斗志。尹雪艳站在一旁,叼着金嘴子的三个九,徐徐地喷着烟圈,以悲天悯人的眼光看着她这一群得意的、失意的、老年的、壮年的、曾经叱咤风云的、曾经风华绝代的客人们,狂热地互相厮杀,互相宰割。

四

新来的客人中,有一位叫徐壮图的中年男士,是上海交通大学的毕业生;生得品貌堂堂,高高的个儿,结实的身体,穿着剪裁合度的西装,显得分外英挺。徐壮图是个台北市新兴的实业巨子,随着台北市的工业化,许多大企业应运而生,徐壮图头脑灵活,具有丰富的现代化工商管理的知识,才是四十出头,便出任一家大水泥公司的经理。徐壮图有位贤慧的太太及两个可爱的孩子。家庭美满,事业充满前途,徐壮图成为一个雄心勃勃的企业家。

徐壮图第一次进入尹公馆是在一个庆生酒会上。尹雪艳替吴经理做六十大寿,徐壮图是吴经理的外甥，也就随着吴经理来到尹雪艳的公馆。

那天尹雪艳着实装饰了一番，穿着一袭月白短袖的织锦旗袍，襟上一排香妃色的大盘扣；脚上也是月白缎子的软底绣花鞋，鞋尖却点着两瓣肉色的海棠叶儿。为了讨喜气，尹雪艳破例地在右鬓簪上一朵酒杯大血红的郁金香，而耳朵上却吊着一对寸把长的银坠子。客厅里的寿堂也布置得喜气洋洋。案上全换上才铰下的晚香玉，徐壮图一踏进去，就嗅中一阵沁人脑肺的甜香。

"阿囡，干爹替侬带来顶顶体面的一位人客。"吴经理穿着一身崭新的纺绸长衫，佝着背，笑呵呵地把徐壮图介绍给尹雪艳道，然后指着尹雪艳说：

"我这位干小姐呀，实在孝顺不过。我这个老朽三灾五难的还要赶着替我做生。我忖忖：我现在又不在职，又不问世，这把老骨头天天还要给触霉头的风湿症来折磨。管他折福也罢，今朝我且大模大样地生受了干小姐这场寿酒再讲。我这位外甥，年轻有为，难得放纵一回，今朝也来跟我们这群老朽一道开心开心。阿囡是个最妥当的主人家，我把壮图交给侬，侬好好地招待招待他吧。"

"徐先生是稀客，又是干爹的令戚，自然要跟别人不同一点。"尹雪艳笑吟吟地答道，发上那朵血红的郁金香颤巍巍地抖动着。

徐壮图果然受到尹雪艳特别的款待。在席上，尹雪艳坐在徐壮图旁边一径殷勤地向他劝酒让菜，然后歪向他低声说道：

"徐先生，这道是我们大师傅的拿手，你尝尝，比外面馆子做的如何？"

用完席后，尹雪艳亲自盛上一碗冰冻杏仁豆腐捧给徐壮图，上面却放着两颗鲜红的樱桃。用完席成上牌局的时候，尹雪艳走到徐壮图背后看他打牌。徐壮图的牌张不熟，时常发错张子，才是八圈，已经输掉一半筹码。有一轮，徐壮图正当发出一张梅花五筒的时候，突然尹雪艳从后面欠过身伸出她那细巧的手把徐壮图的手背按住说道：

"徐先生，这张牌是打不得的。"

那一盘徐壮图便和了一副"满园花"，一下子就把输出去的筹码赢回了大半。客人中有一个开玩笑抗议道：

"尹小姐，你怎么不来替我也点点张子，瞧瞧我也输光啦。"

"人家徐先生头一趟到我们家，当然不好意思让他吃了亏回去的喽。"徐壮图回头看到尹雪艳正朝着他满面堆着笑容，一对银耳坠子吊在她乌黑的发脚下来回地浪荡着。

客厅中的晚香玉到了半夜，吐出一蓬蓬的浓香来。席间徐壮图喝了不少热花雕，加上牌桌上和了那盘"满园花"的亢奋，临走时他已经有些微醺的感觉了。

"尹小姐，全得你的指教，要不然今晚的麻将一定全盘败北了。"

尹雪艳送徐壮图出大门时，徐壮图感激地对尹雪艳说道。尹雪艳站在门框里，一身白色的衣衫，双手合抱在胸前，像一尊观世音，朝着徐壮图笑吟吟地答道：

"哪里的话，隔日徐先生来白相，我们再一道研究研究麻将经。"

隔了两日，果然徐壮图又来到了尹公馆，向尹雪艳讨教麻将的诀窍。

五

徐壮图太太坐在家中的藤椅上，呆望着大门，两腮一天天消瘦，眼睛凹成了两个深坑。

当徐太太的干妈吴家阿婆来探望她的时候，她牵着徐太太的手失惊叫道：

"嗳呀,我的干小姐,才是个把月没见着,怎么你就瘦脱了形?"

吴家阿婆是一个六十来岁的妇人,硕壮的身体,没有半根白发,一双放大的小脚,仍旧行走如飞。吴家阿婆曾经上四川青城山去听过道,拜了上面白云观里一位道行高深的法师做师父。这位老法师因为看上吴家阿婆天生异禀,飞升时便把衣钵传了给她。吴家阿婆在台北家中设了一个法堂,中央供着她老师父的神像。神像下面悬着八尺见方黄绫一幅。据吴家阿婆说,她老师父常在这幅黄绫上显灵,向她授予机宜,因此吴家阿婆可以预卜凶吉,消灾除祸。吴家阿婆的信徒颇众,大多是中年妇女,有些颇有社会地位。经济环境不虞匮乏,这些太太们的心灵难免感到空虚。于是每月初一十五,她们便停止一天麻将,或者标会的聚会,成群结队来到吴家阿婆的法堂上,虔诚地念经叩拜,布施散财,救济贫困,以求自身或家人的安宁。有些有疑难大症,有些有家庭纠纷,吴家阿婆一律慷慨施以许诺,答应在老法师灵前替她们祈求神助。

"我的太太,我看你的气色竟是不好呢!"吴家阿婆仔细端详了徐太太一番,摇头叹息。徐太太低首俯面忍不住伤心哭泣,向吴家阿婆道出了许多衷肠话来。

"亲妈,你老人家是看到的,"徐太太流着泪断断续续地诉说道,"我们徐先生和我结婚这么久,别说破脸,连句重话都向来没有过。我们徐先生是个争强好胜的人,他一向都这么说:'男人的心五分倒有三分应该放在事业上。'来台湾熬了这十来年,好不容易盼着他们水泥公司发达起来,他才出了头,我看他每天为公事在外面忙着应酬,我心里只有暗暗着急。事业不事业倒在其次,求祈他身体康宁,我们母子再苦些也是情愿的。谁知道打上月起,我们徐先生竟好像变了一个人似的。经常两晚三晚不回家。我问一声,他就摔碗砸筷,脾气暴得了不得。前天连两个孩子都挨了一顿狠打。有人传话给我听,说是我们徐先生外面有了人,而且人家还是个有头有脸的人物。亲妈,我这个本本分分的人哪里经过这些事情?人还撑得住不走样?"

"干小姐,"吴家阿婆拍了一下巴掌说道,"你不提呢,我也就不说了。你晓得我是最怕兜揽是非的人。你叫了我声亲妈,我当然也就向着你些。你知道那个胖婆儿宋太太呀,她先生宋协理搞上个什么'五月花'的小酒女。她跑到我那里一把鼻涕一把眼泪要我替她求求老师父。我拿她先生的八字来一算,果然冲犯了东西。宋太太在老师父灵前许了重愿,我替她念了十二本经。现在她男人不是乖乖地回去了?后来我就劝宋太太:'整天少和那些狐狸精似的女人穷混,念经做善事要紧!'宋太太就一五一十地把你们徐先生的事情原原本本数了给我听。那个尹雪艳呀,你以为她是个什么好东西?她没有两下,就能笼得住这些人?连你们徐先生那么个正人君子她都有本事抓得牢。这种事情历史上是有的:褒姒、妲己、飞燕、太真——这起祸水!你以为都是真人吗?妖孽!凡是到了乱世,这些妖孽都纷纷下凡,扰乱人间。那个尹雪艳还不知道是个什么东西变的呢!我看你呀,总得变个法儿替你们徐先生消了这场灾难才好。"

"亲妈,"徐太太忍不住又哭了起来,"你晓得我们徐先生不是那种没有良心的男人。每次他在外面逗留了回来,他嘴里虽然不说,我晓得他心里是过意不去的。有时他一个人闷坐着猛抽烟,头筋叠暴起来,样子真吓人。我又不敢去劝解他,只有干着急。这几天他更是着了魔一般,回来嚷着说公司里人人都寻他晦气。他和那些工人也使脾气,昨天还把人家开除了几个。我劝他说犯不着和那些粗人计较,他连我也喝斥了一顿。他的行径反常得很,看着不像,真不由得不教人担心哪!"

"就是说呀！"吴家阿婆点头说道，"怕是你们徐先生也犯着了什么吧？你且把他的八字递给我，回去我替他测一测。"

徐太太把徐壮图的八字抄给了吴家阿婆说道：

"亲妈，全托你老人家的福了。"

"放心，"吴家阿婆临走时说道，"我们老师父最是法力无边，能够替人排难解厄的。"

然而老师父的法力并没有能够拯救徐壮图。有一天，正当徐壮图向一个工人拍起桌子喝骂的时候。那个工人突然发了狂，一把扁钻从徐壮图前胸刺穿到后背。

六

徐壮图的治丧委员会吴经理当了总干事。因为连日奔忙，风湿又弄翻了，他在极乐殡仪馆穿出穿进的时候，一径挂着拐杖，十分蹒跚。开吊的那一天，灵堂就设在殡仪馆里。一时亲朋好友的花圈丧幛白簌簌地一直排到殡仪馆的门口来。水泥公司同仁挽的却是"痛失英才"四个大字。来祭吊的人从早上九点钟起开始络绎不绝。徐太太早已哭成了痴人，一身麻衣丧服带着两个孩子，跪在灵前答谢。吴家阿婆却率领了十二个道士，身着法衣，手执拂尘，在灵堂后面的法坛打解冤法业醮。此外并有僧尼十数人在念经超度，拜大悲忏。

正午的时候，来祭吊的人早挤满了一堂，正当众人熙攘之际，突然人群里起了一阵骚动，接着全堂静寂下来，一片肃穆。原来尹雪艳不知什么时候却像一阵风一般地闪了进来。尹雪艳仍旧一身素白打扮，脸上未施脂粉，轻盈盈地走到管事台前，不慌不忙地提起毛笔，在签名簿上一挥而就地签上了名，然后款款地步到灵堂中央，客人们都候地分开两边，让尹雪艳走到灵台跟前，尹雪艳凝着神，敛着容，朝着徐壮图的遗像深深地鞠了三鞠躬。这时在场的亲友大家都呆如木鸡。有些显得惊讶，有些却是忿愤，也有些满脸惶惑，可是大家都好似被一股潜力镇住了，未敢轻举妄动。这次徐壮图的惨死，徐太太那一边有些亲戚迁怒于尹雪艳，他们都没有料到尹雪艳居然有这个胆识闯进徐家的灵堂来。场合过分紧张突兀，一时大家都有点手足无措。尹雪艳行完礼后，却走到徐太太面前，伸出手抚摸了一下两个孩子的头，然后庄重地和徐太太握了一握手。正当众人面面相觑的当儿，尹雪艳却踏着她那轻盈盈的步子走出了极乐殡仪馆。一时灵堂里一阵大乱，徐太太突然跪倒在地，昏厥了过去，吴家阿婆赶紧丢掉拂尘，抢身过去，将徐太太抱到后堂去。当晚，尹雪艳的公馆里又成上了牌局，有些牌搭子是白天在徐壮图祭悼会后约好的。吴经理又带了两位新客人来。一位是南国纺织厂新上任的余经理；另一位是大华企业公司的周董事长。这晚吴经理的手气却出了奇迹，一连串地在和满贯。吴经理不停地笑着叫着，眼泪从他烂掉了睫毛的血红眼圈一滴滴淌落下来。到了第二十圈，有一盘吴经理突然双手乱舞大叫起来：

"阿囡，快来！快来！'四喜临门'！这真是百年难见的怪牌。东、南、西、北——全齐了，外带自摸双！人家说和了大四喜，兆头不祥。我倒楣了一辈子，和了这副怪牌，从此否极泰来。阿囡，阿囡，侬看看这副牌可爱不可爱？有趣不有趣？"

吴经理喊着笑着把麻将撒满了一桌子。尹雪艳站到吴经理身边，轻轻地按着吴经理的肩膀，笑吟吟地说道：

"干爹,快打起精神多和两盘。回头赢了余经理及周董事长他们的钱,我来吃你的红!"

(一九六五年《现代文学》第二十四期)

(选自白先勇《台北人》,广西师范大学出版社 2010 年版)

【阅读提示】

白先勇(1937—),回族,祖籍江苏南京,生于广西桂林。中国国民党高级将领白崇禧之子。台湾成就最大、影响最广泛的作家。主要作品有短篇小说集《谪仙记》《寂寞的十七岁》《台北人》《纽约客》,散文集《蓦然回首》《明星咖啡屋》《第六只手指》,长篇小说《孽子》等。其中《台北人》入选 20 世纪中文小说 100 强(列第七位,为在世作家作品的最高排名)。

《永远的尹雪艳》写一个原在上海成名的交际花尹雪艳来到台北后怎样保持当年的派头和魅力仍然征服着一波又一波成功男人。尹雪艳在男人面前冷静、超拔。她凭什么能保持这样的派头和风度? 仅仅凭借其出众的容貌、迷人的身姿和高超的交际手段吗? 这里,作家对其形象定位,显然有对人生特别的认识、对文学特别的美学追求、对她所代表的三四十年代的大上海的特别迷恋有关。在三四十年代的上海,她正是"上海滩,上海塌也"——上海集天堂性与地狱性于一体的生存状况的形象表达。她的生存是不符合通常伦理道德的,这一点她比任何人都清楚,但是也比任何人都知道这种生存的辛酸和魅力。她的本事是可以超越平常的伦理道德而达到人生和美学的高级融合。她其实不是为了平常的生活,所谓"日子"而活,她是为了对生活(日子)超越、为了更高层次的美而活。这里体现的是戈蒂耶、王尔德们有用的就不再是美的,美的往往与道德无关的"唯美"追求。如此,尹雪艳只可能是"公有"的,或者说是无家可归的,她的整个生活就是一个男人们随意出入的公寓房子。尹雪艳是整个 20 世纪中国现代性发展、都市人生崛起最饱满的形象表达,圣女性与恶魔性同样令人惊心动魄,西方文化色彩与东方文化内蕴交融,形成"东方恶之花"的最佳标本。

【拓展阅读】

1. 白先勇:《台北人》,广西师范大学出版社 2010 年版。

2. 王德威:《想像中国的方法》,生活·读书·新知三联书店 1998 年版。

【思考与练习】

对于尹雪艳这种文学形象,你是如何理解的? 你欣赏和认同吗? 请说说理由。

命若琴弦

史铁生

  莽莽苍苍的群山之中走着两个瞎子,一老一少,一前一后,两顶发了黑的黑帽起伏蹿动,匆匆忙忙,像是随着一条不安静的河水在漂流。无所谓从哪儿来,也无所谓到哪儿去,每人带一把三弦琴,说书为生。

  方圆几百上千里这片大山中,层峦叠嶂,沟壑纵横,人烟稀疏,走一天才能见一片开阔地,有几个村落。荒草丛中随时会飞起一对山鸡,跳出一只野兔、狐狸、或者其他小野兽。山谷中常有鹞鹰盘旋。

  寂静的群山没有一点阴影,太阳正热得凶。

  "把三弦子抓在手里。"老瞎子喊,在山间震起回声。

  "抓在手里呢。"小瞎子回答。

  "操心身上的汗把三弦子弄湿了。弄湿了晚上弹你的肋条?"

  "抓在手里呢。"

  老少二人都赤着上身,各自拎了一条木棍探路,缠在腰间的粗布小褂已经被汗水洇湿了一大片。蹚起来的黄土干得呛人。这正是说书的旺季。天长,村子里的人吃罢晚饭都不呆在家里;有的人晚饭也不在家吃,捧上碗到路边去,或者到场院里。老瞎子想赶着多说书,整个热季领着小瞎子一个村子一个村子紧走,一晚上一晚上紧说。老瞎子一天比一天紧张、激动,心里算定:弹断一千根琴弦的日子就在这个夏天了,说不定就在前面的野羊坳。

  暴躁了一整天的太阳这会儿正平静下来,光线开始变得深沉。远远近近的蝉鸣也舒缓了许多。

  "小子!你不能走快点吗?"老瞎子在前面喊,不回头也不放慢脚步。

  小瞎子紧跑几步,吊在屁股上的一只大挎包叮啷哐啷地响,离老瞎子仍有几丈远。

  "野鸽子都在窝里飞啦。"

  "什么?"小瞎子又紧走几步。

  "我说野鸽子都回窝了,你还不快走!"

  "噢。"

  "你又鼓捣我那电匣子呢。"

  "嘿——鬼动来。"

  "那耳机子快让你鼓捣坏了。"

  "鬼动来!"

老瞎子暗笑：你小子才活了几天？"蚂蚁打架我也听得着。"老瞎子说。

小瞎子不争辩了，悄悄把耳机子塞到挎包里去，跟在师父身后闷闷地走路。无尽无休的无聊的路。

走了一阵子，小瞎子听见有只獾在地里啃庄稼，就使劲学狗叫，那只獾连滚带爬地逃走了，他觉得有点开心，轻声哼了几句小调儿，哥哥呀妹妹的。师父不让他养狗，怕受村子里的狗欺负，也怕欺负了别人家的狗，误了生意。又走了一会儿，小瞎子又听见不远处有条蛇在游动，弯腰摸了块石头砍过去，"哗啦啦"一阵子高粱叶子响。老瞎子有点可怜他了，停下来等他。

"除了獾就是蛇。"小瞎子赶忙说，担心师父骂他。

"有了庄稼地了，不远了。"老瞎子把一个水壶递给徒弟。

"干咱们这营生的，一辈子就是走。"老瞎子又说，"累不？"

小瞎子不回答，知道师父最讨厌他说累。

"我师父才冤呢。就是你师爷，才冤呢。东奔西走一辈子，到了没弹够一千根琴弦。"

小瞎子听出师父这会儿心绪好，就问："什么是绿色的长乙(椅)？"

"什么？噢，八成是一把椅子吧。"

"曲折的油狼(游廊)呢？"

"油狼？什么油狼？"

"曲折的油狼。"

"不知道。"

"匣子里说的。"

"你就爱瞎听那些玩艺儿。听那些玩艺儿有什么用？天底下的好东西多啦，跟咱们有什么关系？"

"我就没听您说过，什么跟咱们有关系。"小瞎子把"有"字说得重。

"琴！三弦子！你爹让你跟了我来，是为了让你弹好三弦子，学会说书。"

小瞎子故意把水喝得咕噜噜响。

再上路时小瞎子走在前头。

大山的阴影在沟谷里铺开来。地势也渐渐的平缓，开阔。

接近村子的时候，老瞎子喊住小瞎子，在背阴的山脚下找到一个小泉眼，细细的泉水从石缝里往外冒，淌下来，积成脸盆大小的水洼，周围的野草长得茂盛，水流出几十米便被干渴的土地吸干。

"过来洗洗吧，洗洗你那身臭汗味。"

小瞎子拨开野草在水洼边蹲下，心里还猜想着"曲折的油狼"。

"把浑身都洗洗。你那样儿准像个小叫花子。"

"那你不就是个老叫花子了？"小瞎子把手按在水里，嘻嘻地笑。

老瞎子也笑，双手掬起水来往脸上泼。"可咱们不是叫花子，咱们有手艺。"

"这地方咱们好像来过。"小瞎子侧耳听着四周的动静。

"可你的心思总不在学艺上。你这小子心太野。老人的话你从来不着耳朵听。"

"咱们准是来过这儿。"

"别打岔！你那三弦子弹得还差着远呢。咱这命就在几根琴弦上，我师父当年就这么跟我说。"

泉水清凉凉的。小瞎子又哥哥妹妹的哼起来。

老瞎子挺来气:"我说什么你听见了吗?"

"咱这命就在这儿根琴弦上,您师父我师爷说的。我都听过八百遍了。您师父还给您留下一张药方,您得弹断一千根琴弦才能去抓那服药,吃了药您就能看见东西了。我听您说过一千遍了。"

"你不信?"

小瞎子不正面回答,说:"干嘛非得弹断一千根琴弦才能去抓那服药呢?"

"那是药引子。机灵鬼儿,吃药得有药引子!"

"一千根断了的琴弦还不好弄?"小瞎子忍不住哧哧地笑。

"笑什么笑! 你以为你懂得多少事? 得真正是一根一根弹断了的才成。"

小瞎子不敢吱声了,听出师父又要动气。每回都是这样,师父容不得对这件事有怀疑。

老瞎子也没再作声,显得有些激动,双手搭在膝盖上,两颗骨头一样的眼珠对着苍天,像是一根一根地回忆着那些弹断的琴弦。盼了多少年了呀,老瞎子想,盼了五十年了! 五十年中翻了多少架山,走了多少里路哇。挨了多少回晒,挨了多少回冻,心里受了多少委屈呀。一晚上一晚上地弹,心里总记着,得真正是一根一根尽心地弹断了才成。现在快盼到了,绝出不了这个夏天了。老瞎子知道自己又没什么能要命的病,活过这个夏天一点不成问题。"我比我师父可运气多了,"他说,"我师父到了儿没能睁开眼睛看一回。"

"咳! 我知道这地方是哪儿了!"小瞎子忽然喊起来。

老瞎子这才动了动,抓起自己的琴来摇了摇,叠好的纸片碰在蛇皮上发出细微的响声,那张药方就在琴槽里。

"师父,这儿不是野羊岭吗?"小瞎子问。

老瞎子没搭理他,听出这小子又不安稳了。

"前头就是野羊坳,是不是,师父?"

"小子,过来给我擦擦背。"老瞎子说,把弓一样的脊背弯给他。

"是不是野羊坳,师父?"

"是! 干什么? 你别又闹猫似的。"

小瞎子的心扑通扑通跳,老老实实给师父擦背。老瞎子觉出他擦得很有劲。

"野羊坳怎么了? 你别又叫驴似的会闻味儿。"

小瞎子心虚,不吭声,不让自己显出兴奋。

"又想什么呢? 别当我不知道你那点心思。"

"又怎么了我?"

"怎么了你? 上回你在这儿疯得不够? 那妮子是什么好货!"老瞎子心想,也许不该再带他到野羊坳来。可是野羊坳是个大村子,年年在这儿生意都好,能说上半个多月。老瞎子恨不能立刻弹断最后几根琴弦。

小瞎子嘴上嘟嘟囔囔的,心却飘飘的,想着野羊坳里那个尖声细气的小妮子。

"听我一句话,不害你。"老瞎子说,"那号事靠不住。"

"什么事?"

"少跟我贫嘴。你明白我说的什么事。"

"我就没听您说过,什么事靠得住。"小瞎子又偷偷地笑。

老瞎子没理他,骨头一样的眼珠又对着苍天。那儿,太阳正变成一汪血。

两面脊背和山是一样的黄褐色。一座已经老了,嶙峋瘦骨像是山根下裸露的基石。另一座正年轻。老瞎子七十岁,小瞎子才十七。

小瞎子十四岁上父亲把他送到老瞎子这儿来,为的是让他学说书,这辈子好有个本事,将来可以独自在世上活下去。

老瞎子说书已经说了五十多年。这一片偏僻荒凉的大山里的人们都知道他:头发一天天变白,背一天天变驼,年年月月背一把三弦琴满世界走,逢上有愿意出钱的地方就拨动琴弦唱一晚上,给寂寞的山村带来欢乐。开头常是这么几句:"自从盘古分天地,三皇五帝到如今,有道君王安天下,无道君王害黎民。轻轻弹响三弦琴,慢慢稍停把歌论,歌有三千七百本,不知哪本动人心。"于是听书的众人喊起来,老的要听董永卖身葬父,小的要听武二郎夜走蜈蚣岭,女人们想听秦香莲。这是老瞎子最知足的一刻,身上的疲劳和心里的孤寂全忘却,不慌不忙地喝几口水,待众人的吵嚷声鼎沸,便把琴弦一阵紧拨,唱到:"今日不把别人唱,单表公子小罗成。"或者:"茶也喝来烟也吸,唱一回哭倒长城的孟姜女。"满场立刻鸦雀无声,老瞎子也全心沉到自己所说的书中去。

他会的老书数不尽。他还有一个电匣子,据说是花了大价钱从一个山外人手里买来,为的是学些新词儿,编些新曲儿。其实山里人倒不太在乎他说什么唱什么。人人都称赞他那三弦子弹得讲究,轻轻漫漫的,飘飘洒洒的,疯颠狂放的,那里头有天上的日月,有地上的生灵。老瞎子的嗓子能学出世上所有的声音。男人、女人、刮风下雨,兽啼禽鸣。不知道他脑子里能呈现出什么景象,他一落生就瞎了眼睛,从没见过这个世界。

小瞎子可以算见过世界,但只有三年,那时还不懂事。他对说书和弹琴并无多少兴趣,父亲把他送来的时候费尽了唇舌,好说歹说连哄带骗,最后不如说是那个电匣子把他留住。他抱着电匣子听得入神,甚至没发觉父亲什么时候离去。

这只神奇的匣子永远令他着迷,遥远的地方和稀奇古怪的事物使他幻想不绝,凭着三年朦胧的记忆,补充着万物的色彩和形象。譬如海,匣子里说蓝天就像大海,他记得蓝天,于是想像出海,匣子里说海是无边无际的水,他记得锅里的水,于是想像出满天排开的水锅。再譬如漂亮的姑娘,匣子里说就像盛开的花朵,他实在不相信会是那样,母亲的灵柩被抬到远山上去的时候,路上正开遍着野花,他永远记得却永远不愿意去想。但他愿意想姑娘,越来越愿意想;尤其是野羊坳的那个尖声细气的小妮子,总让他心里荡起波澜。直到有一回匣子里唱道,"姑娘的眼睛就象太阳",这下他才找到了一个贴切的形象,想起母亲在红透的夕阳中向他走来的样子,其实人人都是根据自己的所知猜测着无穷的未知,以自己的感情勾画出世界。每个人的世界就都不同。

也总有一些东西小瞎子无从想象,譬如"曲折的油狼"。

这天晚上,小瞎子跟着师父在野羊坳说书,又听见那小妮子站在离他不远处尖声细气地说笑。书正说到紧要处——"罗成回马再交战,大胆苏烈又兴兵。苏烈大刀如流水,罗成长枪似腾云,好似海中龙吊宝,犹如深山虎争林。又战七日并七夜,罗成清茶无点唇……"老瞎子把琴弹得如雨骤风疾,字字句句唱得铿锵,小瞎子却心猿意马,手底下早乱了套数……

　　野羊岭上有一座小庙，离野羊坳村二里地，师徒二人就在这里住下。石头砌的院墙已经残断不全，几间小殿堂也歪斜欲倾百孔千疮，唯正中一间尚可遮蔽风雨，大约是因为这一间中毕竟还供奉着神灵。三尊泥像早脱尽了尘世的彩饰，还一身黄土本色返璞归真了，认不出是佛是道。院里院外、房顶墙头都长满荒藤野草，翁翁郁郁倒有生气。老瞎子每日到野羊坳说书都住在这儿，不出房钱又不惹是非。小瞎子是第二次住在这儿。

　　散了书已经不早，老瞎子在下殿里安顿行李，小瞎子在侧殿的檐下生火烧水。去年砌下的灶火稍加修整就可以用。小瞎子撅着屁股吹火，柴草不干呛得他满院里转着圈咳嗽。

　　老瞎子在正殿里数叨他："我看你能干好什么。"

　　"柴湿嘛。"

　　"我没说这事。我说的是你的琴，今儿晚上的琴你弹成了什么。"

　　小瞎子不敢接这话茬，吸足了几口气又跪到灶火前去，鼓着腮帮子一通猛吹。"你要是不想干这行，就趁早给你爹捎信把你领回去。老这么闹猫闹狗的可不行，要闹回家闹去。"

　　小瞎子咳嗽着从灶火边跳开，几步蹿到院子另一头，呼哧呼哧大喘气，嘴里一边骂。

　　"说什么呢？"

　　"我骂这火。"

　　"有你那么吹火的？"

　　"那怎么吹？"

　　"怎么吹？哼，"老瞎子顿了顿，又说："你就当这灶火是那妮子的脸！"

　　小瞎子又不敢搭腔了，跪到灶火前去再吹，心想：真的，不知道兰秀儿的脸什么样。那个尖声细气的小妮子叫兰秀儿。

　　"那要是妮子的脸，我看你不用教也会吹。"老瞎子说。

　　小瞎子笑起来，越笑越咳嗽。

　　"笑什么笑！"

　　"您吹过妮子的脸？"

　　老瞎子一时语塞。小瞎子笑得坐在地上。"日他妈。"老瞎子骂道，笑笑，然后变了脸色，再不言语。

　　灶膛里腾的一声，火旺起来。小瞎子再去添柴，一心想着兰秀儿。才散了书的那会儿，兰秀儿挤到他跟前来小声说："哎，上回你答应我什么来？"师父就在旁边，他没敢吭声。人群挤来挤去，一会儿又把兰秀儿挤到他身边。"噫，上回吃人家的煮鸡蛋倒白吃了？"兰秀儿说，声音比上回大。这时候师父正忙着跟几个老汉拉话。他赶紧说："嘘——我记着呢。"兰秀儿又把声音压低："你答应给我听电匣子你还没给我听。""嘘——我记着呢。"幸亏那会儿人声嘈杂。

　　正殿里好半天没有动静。之后，琴声响了，老瞎子又上好了一根新弦，他本来应该高兴的，来野羊坳头一晚就又弹断一根琴弦。可是那琴声却低沉、零乱。

　　小瞎子渐渐听出琴声不对，在院里喊："水开了，师父。"

　　没有回答。琴声一阵紧似一阵了。

　　小瞎子端了一盆热水进来。放在师父跟前，故意嘻嘻笑着说："您今儿晚还想弹断一根是怎么着?"

老瞎子没听见,这会儿他自己的往事都在心中,琴声烦躁不安,像是年年旷野里的风雨,像是日夜山谷中的溪流,象是奔奔忙忙不知所归的脚步声。小瞎子有点害怕了:师父很久不这样了,师父一这样就要犯病,头疼、心口疼、浑身疼,会几个月爬不起炕来。

"师父,您先洗脚吧。"

琴声不停。

"师父,您该洗脚了。"小瞎子的声音发抖。

琴声不停。

"师父!"

琴声戛然而止,老瞎子叹了口气。

小瞎子松了口气。老瞎子洗脚,小瞎子乖乖地坐在他身边。

"睡去吧,"老瞎子说,"今儿格够累的了。"

"您呢?"

"你先睡,我得好好泡泡脚。人上了岁数毛病多。"老瞎子故意说得轻松。

"我等您一块儿睡。"

山深夜静。有一点风,墙头的草叶子响。夜猫子在远处哀哀地叫。听得见野羊坳里偶尔有几声狗吠,又引得孩子哭。月亮升起来,白光透过残损的窗棂进了殿堂,照见两个瞎子和三尊神像。

"等我干嘛,时候不早了。"

"你甭担心我,我怎么也不怎么。"老瞎子又说。

"听见没有,小子?"

小瞎子到底年轻,已经睡着。老瞎子推推他让他躺好,他嘴里咕哝了几句倒头睡去。老瞎子给他盖被子时,从那身日渐发育的筋肉上觉出,这孩子到了要想那些事的年龄,非得有一段苦日子过不可了。唉,这事谁也替不了谁。

老瞎子再把琴抱在怀里,摩挲着根根绷紧的琴弦,心里使劲念叨:又断了一根了,又断了一根了。再摇摇琴槽,有轻微的纸和蛇皮的摩擦声,惟独这事能为他排忧解烦。一辈子的愿望。

小瞎子作了一个好梦。醒来吓了一跳,鸡已经叫了。他一骨碌爬起来听听,师父正睡得香,心说还好。他摸到那个大挎包,悄悄地掏出电匣子,蹑手蹑脚出了门。

往野羊坳方向走了一会儿,他才觉出不对头,鸡叫声渐渐停歇,野羊坳里还是静静的没有人声。他愣了一会儿,鸡才叫头遍吗?灵机一动扭开电匣子。电匣子里也是静悄悄。现在是半夜。他半夜里听过匣子,什么都没有。这匣子对他来说还是个表。只要扭开一听,便知道是几点钟,什么时候有什么节目都是一定的。

小瞎子回到庙里,老瞎子正翻身。

"干吗哪?"

"撒尿去了。"小瞎子说。

一上午,师父逼着他练琴。直到晌午饭后,小瞎子才瞅机会溜出庙来,溜进野羊坳。鸡也在树荫下打盹,猪也在墙根下说着梦话,太阳又热得凶,村子里很安静。

小瞎子踩着磨盘，扒着兰秀儿家的墙头轻声喊："兰秀儿——兰秀儿——"

屋里传出雷似的鼾声。

他犹豫了片刻，把声音稍稍抬高："兰秀儿！兰秀儿——"

狗叫起来。屋里鼾声停了，一个闷声闷气的声音问："谁呀？"

小瞎子不敢回答，把脑袋从墙头上缩下来。

屋里吧唧了一阵嘴，又响起鼾声。

他叹口气，从磨盘上下来，快快地往回走。忽听见身后嘎吱一声院门响，随即一阵细碎的脚步声向他跑来。

"猜是谁？"尖声细气。小瞎子的眼睛被一双柔软的小手捂上了。——这才多余呢。兰秀儿不到十五岁，认真说还是孩子。

"兰秀儿！"

"电匣子拿来没？"

小瞎子掀开衣襟，匣子挂在腰上。"嘘——别在这儿，找个没人的地方听去。"

"咋啦？"

"回头招好些人。"

"咋啦？"

"那么多人听，费电。"

两个人东拐西弯，来到山背后那眼小泉边。小瞎子忽然想起件事，问兰秀儿："你见过曲折的油狼吗？"

"啥？"

"曲折的油狼。"

"曲折的油狼？"

"知道吗？"

"你知道？"

"当然。还有绿色的长椅。就一把椅子。"

"椅子谁不知道。"

"那曲折的油狼呢？"

兰秀儿摇摇头，有点崇拜小瞎子了。小瞎子这才郑重其事地扭开电匣子，一支欢快的乐曲在山沟里飘荡。

地方又凉快又没有人来打扰。

"这是《步步高》。"小瞎子说，跟着哼。一会儿又换了支曲子，叫《旱天雷》，小瞎子还能跟着哼。兰秀儿觉得很惭愧。

"这曲子也叫《和尚思妻》。"

兰秀儿笑起来："瞎骗人！"

"你不信？"

"不信。"

"爱信不信。这匣子里说的古怪事多啦。"小瞎子玩着凉凉的泉水，想了一会儿。"你知道什么叫接吻吗？"

"你说什么叫？"

这回轮到小瞎子笑,光笑不答。兰秀儿明白准不是好话,红着脸不再问。

音乐播完了,一个女人说,"现在是讲卫生节目。"

"啥?"兰秀儿没听清。

"讲卫生。"

"是什么?"

"嗯——你头发上有虱子吗?"

"去——别动!"

小瞎子赶忙缩回手来,赶忙解释:"要有就是不讲卫生。"

"我才没有。"兰秀儿抓抓头,觉得有些刺痒,"噫——瞧你自个儿吧!"兰秀儿一把搬过小瞎子的头。"看我捉几个大的。"

这时候听见老瞎子在半山上喊:"小子,还不给我回来!该做饭了,吃罢饭还得去说书!"他已经站在那儿听了好一会儿了。

野羊坳里已经昏暗,羊叫、驴叫、狗叫、孩子们叫,处处起了炊烟。野羊岭上还有一线残阳,小庙正在那淡薄的光中,没有声响。

小瞎子又撅着屁股烧火。老瞎子坐在一旁淘米,凭着听觉他能把米中的沙子捡出来。

"今天的柴挺干。"小瞎了说。

"嗯。"

"还是焖饭?"

"嗯。"

小瞎子这会儿精神百倍,很想找些话说,但是知道师父的气还没消,心说还是少找骂。两个人默默地干着自己的事,又默默地一块儿把饭做熟。岭上也没了阳光。

小瞎子盛了一碗小米饭,先给师父:"您吃吧。"声音怯怯的,无比驯顺。

老瞎子终于开了腔:"小子,你听我一句行不?"

"嗯。"小瞎子往嘴里扒拉饭,回答得含糊。

"你要是不愿意听,我就不说。"

"谁说不愿意听了? 我说'嗯'!"

"我是过来人,总比你知道的多。"

小瞎子闷头扒拉饭。

"我经过那号事。"

"什么事?"

"又跟我贫嘴!"老瞎子把筷子往灶台上一摔。

"兰秀儿光是想听听电匣子。我们光是一块儿听电匣子来。"

"还有呢?"

"没有了。"

"没有了?"

"我还问她见没见过曲折的油狼。"

"我没问你这个。"

"后来,后来,"小瞎子不那么气壮了。"不知怎么一下就说起了虱子……"

"还有呢?"

"没了,真没了!"

两个人又默默地吃饭。老瞎子带了这徒弟好几年,知道这孩子不会撒谎,这孩子最让人放心的地方就是诚实,厚道。

"听我一句话,保准对你没坏处。以后离那妮子远点儿。"

"我知道她不坏,可离她远点儿好。早年你师爷这么跟我说,我也不相信……"

师爷? 说兰秀儿?"

"什么兰秀儿,那会儿还没她呢,那会儿还没有你们呢……"老瞎子阴郁的脸又转向暮色浓重的天际,骨头一样白色的眼珠不住地转动,不知道在那儿他想能"看"见什么。

许久,小瞎子说:"今儿晚上您多半又能弹断一根琴弦。"想让师父高兴些。

这天晚上师徒在野羊坳说书。"上回说到罗成死,三魂七魄赴幽冥,听歌君子莫嘈嚷,列位听我道下文。罗成阴魂出地府,一阵旋风就起身,旋风一阵来得快,长安不远面前存……"老瞎子的琴声也乱,小瞎子的琴声也乱,小瞎子回忆着那双柔软的小手捂在自己脸上的感觉,还有自己的头被兰秀儿搬过去的滋味。老瞎子想起的事情更多……

夜里老瞎子翻来覆去睡不安稳,多少往事在他耳边喧嚣,在他心头动荡,身体里仿佛有什么东西要爆炸。坏了,要犯病,他想。头昏,胸口憋闷,浑身紧巴巴的难受。他坐起来,对自己叨咕:"可别犯病,一犯病今年甭想弹够那些琴弦了。"他又摸到琴。要能叮叮当当随心所欲地疯弹一阵,心头的忧伤或许就能平息,耳边的往事或许就会消散。可是小瞎子正睡得香甜。

他只好再全力去想那张药方和琴弦:还剩下几根,还只剩最后几根了。那时就可以去抓药了,然后就能看见这个世界——他无数次爬过的山,无数次走过的路,无数次感到过她的温暖和炽热的太阳,无数次梦想着的蓝天、月亮和星星……还有呢? 突然间心里一阵空,空得深重。就只为了这些? 还有什么? 他朦胧中所盼望的东西似乎比这要多得多……

夜风在山里游荡。

猫头鹰又在凄哀地叫。

不过现在他老了,无论如何没几年活头了,失去的已经永远失去了,他像是刚刚意识到这一点。七十年中所受的全部辛苦就为了最后能看一眼世界,这值得吗? 他问自己。

小瞎子在梦里笑,在梦里说:"那是一把椅子,兰秀儿……"

老瞎子静静地坐着,静静地坐着的还有那三尊分不清是佛是道的泥像。

鸡叫头遍的时候老瞎子决定,天一亮就带这孩子离开野羊坳。否则这孩子受不了,他自己也受不了。兰秀儿人不坏,可这事会怎么结局,老瞎子比谁都"看"得清楚。鸡叫二遍,老瞎子开始收拾行李。

可是一早起来小瞎子病了,肚子疼,随即又发烧。老瞎子只好把行期推迟。

一连好几天,老瞎子无论是烧火、淘米、捡柴,还是给小瞎子挖药、煎药,心里总在说:"值得,当然值得。"要是不这么反反复复对自己说,身上的力气几乎就要垮掉。"我非要最后看一眼不可。""要不怎么着? 就这么死了去?""再说就只剩下最后几根了。"后面三句都是理由。老瞎子又冷静下来,天天晚上还到野羊坳去说书。

这一下小瞎子倒来了福气。每天晚上师父到岭下去了,兰秀儿就猫似的轻轻跳进庙里来听匣子。兰秀儿还带来煮熟的鸡蛋,条件是得让她亲手去扭那匣子的开关。"往哪边扭?""往右""扭不动。""往右,笨货,不知道哪边是右哇?""咔嗒"一下,无论是什么便响起来,无论是什么两人都爱听。

又过了几天,老瞎子又弹断了三根琴弦。

这一晚,老瞎子在野羊坳里自弹自唱:"不表罗成投胎事,又唱秦王李世民。秦王一听双泪流,可怜爱卿丧残身,你死一身不打紧,缺少扶朝上将军……"

野羊岭上的小庙里这时更热闹。电匣子的音量开得挺大,又是孩子哭,又是大人喊,轰隆隆地又响炮,嘀嘀哒吹地又吹号。月光照进正殿,小瞎子躺着啃鸡蛋,兰秀儿坐在他旁边。两个人都听得兴奋,时而大笑,时而稀里糊涂莫名其妙。

"这匣子你师父哪买来?"

"从一个山外头的人手里。"

"你们到山外头去过?"兰秀儿问。

"没。我早晚要去一回就是,坐坐火车。"

"火车?"

"火车你也不知道? 笨货。"

"噢,知道知道,冒烟哩是不是?"

过了一会儿兰秀儿又说:"保不准我就得到山外头去。"语调有些恓惶。

"是吗?"小瞎子一挺坐起来,"那你到底瞧瞧曲折的油狼是什么。"

"你说是不是山外头的人都有电匣子?"

"谁知道。我说你听清楚没有? 曲、折、的、油、狼,这东西就在山外头。"

"那我得跟他们要一个电匣子。"兰秀儿自言自语地想心事。

"要一个?"小瞎子笑两声,然后屏住气,然后大笑:"你干嘛不要俩? 你可真本事大。你知道这匣子几千块钱一个? 把你卖了吧,怕也换不来。"

兰秀儿心里正委屈,一把揪住小瞎子的耳朵使劲拧,骂道:"好你死瞎子。"

两个人在堂殿里扭打起来。三尊泥像袖手旁观帮不上忙,两个年轻的正在发育的身体碰撞在一起,纠缠在一起,一个把一个压在身下,一会儿又颠倒过来,骂声变成笑声。匣子在一边唱。

打了好一阵子,两个人都累得住手,心怦怦跳,面对面躺着喘气,不言声儿,谁却也不愿意再拉开距离。

兰秀儿呼出的气吹在小瞎子的脸上,小瞎子感到了诱惑,并且想起那天吹火时师父说的话,就往兰秀儿脸上吹气。兰秀儿并不躲。

"嘿,"小瞎子小声说:"你知道接吻是什么了吗?"

"是什么?"兰秀儿的声音也小。

小瞎子对着兰秀儿的耳朵告诉她。兰秀儿不说话。老瞎子回来之前,他们试着亲了嘴儿,滋味真不坏……

就是这天晚上,老瞎子弹断了最后两根琴弦。两根弦一齐断了。他没料到。他几乎是连跑带爬地上了野羊岭,回到小庙里。

小瞎子吓了一跳:"怎么了,师父?"

老瞎子喘吁吁地坐在那儿，说不出话。

小瞎子有些犯嘀咕：莫非是他和兰秀儿干的事让师父知道了？

老瞎子这才相信一切都是值得的。一辈子的辛苦是值得的。能看一回，好好看一回，怎么都是值得的。

"小子，明天我就去抓药。"

"明天？"

"明天。"

"又断了一根了？"

"两根。两根都断了。"

老瞎子把那两根弦卸下来，放在手里揉搓了一会儿，然后把它们并到另外的九百九十八根去，绑成一捆。

"明天就走？"

"天一亮就动身。"

小瞎子心里一阵发凉。老瞎子开始剥琴槽上的蛇皮。

"可我的病还没好利索。"小瞎子小声叨咕。

"噢，我想过了，你就先留在这儿，我用不了十天就回来。"

小瞎子喜出望外。

"你一个人行不？"

"行！"小瞎子紧忙说。

老瞎子早忘了兰秀儿的事。"吃的、喝的、烧的全有。你要是病好利索了，也该学着自个儿出去说回书。行吗？"

"行。"小瞎子觉得有点对不住师父。

蛇皮剥开了，老瞎子从琴槽中取出一张叠得方方正正的纸条。他想起这药方进琴槽时，自己才二十岁，便觉得浑身上下都好像冷。

小瞎子也把那药方放在手里摸了一会儿，也有了几分肃穆。

"你师爷一辈子才冤呢。"

"他弹断了多少根？"

"他本来能弹够一千根，可他记成了八百。要不然他能弹断一千根。"

天不亮老瞎子就上路了。他说最多十天就回来，谁也没想到他竟去了那么久。

老瞎子回到野羊坳时已经是冬天。

漫天大雪，灰暗的天空连接着白色的群山。没有声息，处处也没有生气，空旷而沉寂。所以老瞎子那顶发了黑的草帽就尤其蹒跚得显著。他蹒蹒跚跚地爬上野羊岭，庙院中衰草瑟瑟，蹿出一只狐狸，仓惶逃远。

村里人告诉他，小瞎子已经走了些日子。

"我告诉他等我回来。"

"不知道他干嘛就走了。"

"他没说去哪儿，留下什么话没？"

"他说让您甭找他。"

"什么时候走的?"

人们想了好久,都说是在兰秀儿嫁到山外去的那天。

老瞎子心里便一切全明白。

众人劝老瞎子留下来,这么冰天雪地的上哪去? 不如在野羊坳说一冬天书。老瞎子指指他的琴,人们见琴柄上空荡荡已经没了琴弦。老瞎子面容也憔悴,呼吸也羸弱,嗓音也沙哑了,完全变了个人。他说得去找他的徒弟。

若不是还想着他的徒弟,老瞎子就回不到野羊坳。那张他保存了五十年的药方原来是一张无字的白纸。他不信,请了多少识字而又诚实的人帮他看,人人都说那果真是一张无字的白纸。老瞎子在药铺前的台阶上坐了一会儿,他以为是一会儿,其实已经几天几夜,骨头一样的眼珠在询问苍天,脸色也变成骨头一样的苍白。有人以为他是疯了,安慰他,劝他。老瞎子苦笑:七十岁了再疯还有什么意思? 他只是再不想动弹,吸引着他活下去、走下去、唱下去的东西骤然间消失干净。就像一根不能拉紧的琴弦,再难弹出悦耳的曲子。老瞎子的心弦断了。现在发现那目的原来是空的。老瞎子在一个小客店里住了很久,觉得身体里的一切都在熄灭。他整天躺在炕上,不弹也不唱,一天天迅速地衰老。直到花光了身上所有的钱,直到忽然想起他的徒弟,他知道自己的死期将至,可那孩子在等他回去。

茫茫雪野,皑皑群山,天地之间蹿动着一个黑点。走近时,老瞎子的身影弯得如一座桥。他去找他的徒弟。他知道那孩子目前的心情、处境。

他想自己先得振作起来,但是不行,前面明明没有了目标。

他一路走,便怀恋起过去的日子,才知道以往那些奔奔忙忙兴致勃勃的翻山、走路、弹琴,乃至心焦、忧虑都是多么欢乐! 那时有个东西把心弦扯紧,虽然那东西原是虚设。老瞎子想起他师父临终时的情景。他师父把那张自己没用上的药方封进他的琴槽。"您别死,再活几年,您就能睁眼看一回了。"说这话时他还是个孩子。他师父久久不言语,最后说:"记住,人的命就像这琴弦,拉紧了才能弹好,弹好了就够了。"……不错,那意思就是说:目的本来没有。老瞎子知道怎么对自己的徒弟说了。可是他又想:能把一切都告诉小瞎子吗? 老瞎子又试着振作起来,可还是不行,总摆脱不掉那无字的白纸……

在深山里,老瞎子找到了小瞎子。

小瞎子正跌倒在雪地里,一动不动,想那么等死。老瞎子懂得那绝不是装出来的悲哀。老瞎子把他拖进一个山洞,他已无力反抗。

老瞎子捡了些柴,点起一堆火。

小瞎子渐渐有了哭声。老瞎子放了心,任他尽情尽意地哭。只要还能哭就还有救,只要还能哭就有哭够的时候。

小瞎子哭了几天几夜,老瞎子就那么一声不吭地守着。火光和哭声惊动了野兔子、山鸡、野羊、狐狸和鹞鹰……

终于小瞎子说话了:"干嘛咱们是瞎子!"

"就因为咱们是瞎子。"老瞎子回答。

终于小瞎子又说:"我想睁开眼看看,师父,我想睁开眼看看! 哪怕就看一回。"

"你真那么想吗?"

"真想,真想——"

老瞎子把篝火拨得更旺些。

雪停了。铅灰色的天空中，太阳像一面闪光的小镜子，鹞鹰在平稳地滑翔。

"那就弹你的琴弦，"老瞎子说，"一根一根尽力地弹吧。"

"师父，您的药抓来了？"小瞎子如梦方醒。

"记住，得真正是弹断的才成。"

"您已经看见了吗？师父，您现在看得见了？"

小瞎子挣扎着起来，伸手去摸师父的眼窝。老瞎子把他的手抓住。

"记住，得弹断一千二百根。"

"一千二？"

"把你的琴给我，我把这药方给你封在琴槽里。"老瞎子现在才弄懂了师父当年对他说的话——咱的命就在这琴弦上。

目的虽是虚设的，可非得有不行，不然琴弦怎么拉紧，拉不紧就弹不响。

"怎么是一千二，师父？"

"是一千二，我没弹够，我记成了一千。"老瞎子想：这孩子再怎么弹吧，还能弹断一千二百根？永远扯紧欢跳的琴弦，不必去看那无字的白纸……

这地方偏僻荒凉，群山不断。荒草丛中随时会飞起一对山鸡，跳出一只野兔、狐狸、或者其他小野兽。山谷中鹞鹰在盘旋。

现在让我们回到开始：

莽莽苍苍的群山之中走着两个瞎子，一老一少，一前一后，两顶发了黑的草帽起伏蹑动，匆匆忙忙，像是随着一条不安静的河水在漂流。无所谓从哪儿来、到哪儿去，也无所谓谁是谁……

1985 年 4 月 20 日

【阅读提示】

史铁生(1951—2010)，出生于北京，中国当代著名作家、散文家。《史铁生全集》由北京出版社 2018 年出版发行，全集共 350 万字，按体裁分为各类小说、散文随笔、剧本、诗歌、书信、访谈等 12 卷。代表作：小说《我的遥远的清平湾》《命若琴弦》《原罪·宿命》《务虚笔记》等，散文《秋天的怀念》《我与地坛》《病隙随笔》等。

《命若琴弦》以寓言的方式讲述了老瞎子和小瞎子的人生命运，表达对生命以及生命意义的探索，揭示了深刻的人生哲理：人类普遍面临的生存困境是无法逃避的，每个人都有自己的宿命，因为人的能力与欲望之间总是有着巨大的距离，人无论怎样努力，都无法满足自我欲望，这就是人类永恒的生存困境；生命意义在于过程，体验苦难、超越苦难，坦然面对人与现实世界的冲突，以洒脱的态度对待人生的虚无和无尽的生命苦难，在追求中获取生命的意义和生活的幸福；人生需要目标与希望，目标可能是虚无的、渺茫的，但它却能引导真实的结果。史铁生以诗意的语言抒写了生命的悲怆，表达了对生命终极意义的探寻和对人类生存状态的深切关怀，为人们漂泊的灵魂找到了心灵的归宿。

【拓展阅读】

1.史铁生:《我的遥远的清平湾》,见《青年文学》1983 年第 1 期。

2.胡山林:《对人本困境的思考》,《当代作家评论》1999 年第 4 期。

3.李林徽:《永远悠扬的生命弦音——〈命若琴弦〉的艺术哲学意蕴及现实意义》,《传承》2010 年第 9 期。

【思考与练习】

1.《命若琴弦》讲述的是一个什么故事? 你从中有何启发?

2.你如何理解老瞎子的师父以及老瞎子将一张无字纸条封进徒弟琴盒的举动?

3.小说中的老少二人几乎一直处于行走状态,有人也认为"生命就在行走的过程",说说你的看法。

红高粱（节选）

莫　言

七

……

　　"汽车来啦！"父亲的话像一把刀，仿佛把所有的人斩了似的，高粱地里笼罩着痴呆呆的平静。

　　余司令高兴地吼一声："小舅子们，到底来了，弟兄们，准备好，我说开火就开火。"

　　路西边，哑巴拍着屁股跳高。几十个队员，都哈着腰，提着武器，趴到河堤墁坡上。

　　已经听到了汽车嗡嗡的吼叫声。父亲伏在余司令身边，擎着沉重的勃朗宁手枪，手腕灼热酸麻，手掌汗水粘湿，手虎口那儿有一块肉突然跳了一下，接着便突突地乱跳起来。父亲惊讶地看着那块杏核大的皮肉有节奏地跳动，好像里边藏着一只破壳欲出的小鸟。父亲不想让它跳，却因用了力，连动得整条胳膊都哆嗦起来。余司令在他背上按了一下，那块肉跳动猛停，父亲把勃朗宁手枪换到左手，右手五指痉挛，半天伸不直。

　　汽车飞快地驶近，增大，车头前那两只马蹄大的眼睛射出一道道白光，轰轰的马达声像急雨前的风响，带着一种陌生的、压迫人心的激动。父亲是平生第一次看到汽车，父亲猜想着这种怪物是吃草还是吃料，是喝水还是喝血，它们比我家那两头年轻力壮的细腰骡子跑得还要快。月亮般的车轮飞速旋转，黄尘飞腾。渐渐看到车上的东西了，临近石桥时，汽车慢慢减速，黄烟从车后漫过车头，朦胧地遮掩着第一辆车上二十几个穿杏黄色衣服、头上扣着乌亮铁帽子的人，父亲后来知道了铁帽子名叫钢盔。——一九五八年大炼钢铁时，我们家的铁锅被征收走了，我哥哥从钢铁堆里偷回一个钢盔，吊在炭火上烧水做饭。父亲凝视着在烟火中变幻颜色的钢盔，绿色的眼睛里，流露出伏枥老马的悲壮神色。中间两辆汽车上，装着小山一样高的雪白口袋，最后一辆汽车上，跟第一辆车一样，站着二十几个头戴钢盔的日本兵。

　　汽车逼近河堤，缓缓转动的轮子显得高大笨重，方方正正的汽车头，在父亲看来，像一个硕大无比的蚂蚱头。黄尘慢慢淡薄，汽车尾部，一屁一屁打出深蓝色的烟雾。

　　父亲把头使劲缩着，一种从未有过的冰冷从脚底上升到腹部，在腹部集合成团，产生强大压力。父亲感到尿急，尿水激得鸡头乱点，他用力扭动着臀部，来克制即将洒出的水。余司令严厉地说："兔崽子，别动！"

　　父亲万般无奈，叫了一句干爹，请求下去撒尿。

　　父亲得到余司令的允许，退到高粱地里，费劲撒出一泡红高粱颜色、烧灼得鸡头热辣辣发痛的尿。这时他感到轻松多了。他无意中看了一眼队员们的脸色，都如庙中塑像一般狰狞可怖。王文义舌尖吐出，目光好似蜥蜴，呆板不转。

汽车像警觉的大兽，屏住呼吸往前爬，父亲闻到了它们身上那股香喷喷的味道。这时，汗透红罗衫的我奶奶和气喘吁吁的王文义妻子出现在蜿蜒的墨水河堤上。

我奶奶挑着一担拤饼，王文义妻子挑着一担绿豆汤，轻松地望见了墨水河中凄惨的大石桥。奶奶欣慰地对王文义妻子说："嫂子，总算挨到了。"奶奶出嫁之后，一直养尊处优，这一担沉重的拤饼，把她柔嫩的肩膀压出了一道深深紫印，这紫印伴随着她离开了人世，升到了天国。这道紫印，是我奶奶英勇抗日的光荣的标志。

还是我的父亲最先发现我的奶奶，父亲靠着某种神秘力量的启示，在大家都目不转睛地盯着缓缓逼近的汽车时，他往西一歪头，看到奶奶像鲜红的大蝴蝶一样款款地飞过来。父亲高叫一声："娘……"

父亲的叫声，像下达了一道命令，从日本人的汽车上，射出了一阵密集的子弹。日本人的三挺歪把子机枪架在汽车顶上，枪声沉闷，像雨夜中阴沉的狗叫。父亲眼见着我奶奶胸膛上的衣服啪啪裂开两个洞。奶奶欢快地叫了一声，就一头栽倒，扁担落地，压在她的背上。两笸斗拤饼，一笸斗滚到堤南，一笸斗滚到堤北。那些雪白的大饼，葱绿的大葱，揉碎的鸡蛋，散在绿草茵茵的草坡上。奶奶倒地后，王文义妻子那颗长方形的头颅上迸出了红黄相间的液体，溅得好远好远，溅到了堤下的高粱上。父亲看到这个小个子女人中弹之后，后退一步，身体一侧，歪在了堤南边，又滚到河床上。她挑来的那担绿豆汤，一桶倾倒，另一桶也倾倒，汤汁淋漓，如同英雄血。铁桶中的一只，跌跌撞撞跳进河，在乌黑的河水中，慢慢地向前漂着，从哑巴的面前漂过，在石桥墩上碰撞几下，钻过桥洞，又从余司令从我父亲从王文义从方六方七兄弟面前漂过。

"娘——"我父亲撕肝裂胆地高叫一声，身体弹到堤上。余司令扯了一把我父亲，没扯住。余司令吼一声："回来！"我父亲没听见余司令的命令，他什么也听不到。父亲瘦小孱弱的身体跑到狭窄的河堤上，父亲身上阳光斑斓，他在弹上堤的同时，就扔掉了手枪，手枪落在一棵叶子折断的金色苦菜花上。父亲张着两只手，像飞腾的小鸟，向奶奶扑去。河堤上安静，落尘有声，河水只亮不流，堤外的高粱安详庄重。父亲瘦弱的身体在河堤上跑着，父亲高大雄伟漂亮，父亲高叫着："娘——娘——娘——"，这一声声"娘"里渗透了人间的血泪，骨肉的深情，崇高的原由。父亲跑完东边的河堤，跳过连环的铁耙，攀上西边的河堤。堤下，哑巴们化石般的面孔从父亲身边擦过。父亲扑到奶奶身上，又叫一声娘。奶奶平卧堤上，脸贴着堤边的野草。奶奶背上，有两个翻边的弹洞，一股新鲜的高粱酒的味道，从那洞里涌出来。父亲扳着奶奶的肩头，把奶奶翻过来。奶奶脸上没有受伤，面容整肃，头发纹丝不乱，五绺留海下，两条眉梢儿下垂，奶奶半睁着眼，苍翠的脸上双唇鲜红。父亲抓住奶奶温暖的手，又叫一声娘。奶奶睁开眼，满脸绽开天真的笑容。奶奶又伸出一只手，交给父亲。

鬼子汽车停在桥头，马达高一阵低一阵轰鸣着。

一个高大的人影在河堤上一闪，我父亲和我奶奶被拉下河堤，是哑巴干的好事。父亲未及思想，又一阵狂风般的子弹，把他们头上的无数棵高粱，打断了，打碎了。

四辆汽车紧挨着，在桥外不动，第一辆车上和最后一辆车上，八挺歪把子机枪，射出的子弹，织成一束束干硬的光带，交叉出一个破碎的扇面，又交叉成一个破碎的扇面，时而在路东,时而在路西,高粱齐声哀鸣。高粱的残破肢体成直线下落成弧线飞升,钻到堤上的子弹,激起一泡泡黄烟,发出一串串噗噗声。

堤堤坡上的队员们身体紧贴着野草和黑土,一动不动。机枪扫射持续了三分钟,突然停止,汽车周围布满了金灿灿的弹壳。

余司令压低声音说:"不许开枪!"

鬼子沉默着。河面上一缕缕淡薄的硝烟,随着轻俏的小风向东飘去。

父亲告诉我,在这片刻的宁静里,王文义摇摇晃晃地走上河堤,他站在河堤上,手提长筒子鸟枪,目瞪口张,痛苦万分,高叫一声:"孩子他娘!"不及挪步,就被几十颗子弹把腹部打成了一个月亮般透明的大窟窿,那些沾带着肠子的子弹从余司令头上淅淅沥沥地飞过去。

王文义一头栽下河堤,也滚到了河床上,与他的妻子隔桥相望,他的心脏还在跳,他的头完整无缺,他感到一种异常清晰的透彻感涌上心头。

父亲告诉过我,王文义的妻子生了三个阶梯式的儿子。这三个儿子被高粱米饭催得肥头大耳,生动茂盛。有一天,王文义和妻子下地锄高粱,三个孩子在院里玩耍,一架双翅日本飞机,嗡嗡怪叫着,从村子上空飞过,飞机下了一蛋,落在王文义家院子里,把三个孩子炸得零零碎碎,弃置房脊,挂上树梢,涂之墙壁……余司令一树起抗日旗,王文义就被妻子送去……

余司令咬牙瞪眼,恨恨地瞅着半个头颅扎进河水的王文义,又低吼一声:"不要动!"

八

飞散的高粱米粒在奶奶脸上弹跳着,有一粒竟蹦到她微微翕开的双唇间,搁在她清白的牙齿上。父亲看着奶奶红晕渐褪的双唇,哽咽一声娘,双泪落胸前。在高粱织成的珍珠雨里,奶奶睁开了眼,奶奶的眼睛里射出珍珠般的虹彩。她说:"孩子……你干爹呢……"父亲说:"他在打仗,我干爹。""他就是你的亲爹……"奶奶说。父亲点了点头。

奶奶挣扎着要坐起来,她的身体一动,那两股血就汹涌地蹿出来。

"娘,我去叫他来。"父亲说。

奶奶摇摇手,突然折坐起来,说::"豆官……我的儿……扶着娘……咱回家、回家啦……"

……

奶奶躺着,胸脯上的灼烧感逐渐减弱。她恍然觉得儿子解开了自己的衣服,儿子用手捂住她乳房上的一个枪眼,又捂住她乳下的一个枪眼。奶奶的血把父亲的手染红了,又染绿了;奶奶洁白的胸脯被自己的血染绿了,又染红了。枪弹射穿了奶奶高贵的乳房,暴露出了淡红色的蜂窝状组织。父亲看着奶奶的乳房,万分痛苦。父亲捂不住奶奶伤口的流血,眼见着随着鲜血的流失,奶奶脸愈来愈苍白,奶奶的身体愈来愈轻飘,好像随时都会升空飞走。

奶奶幸福地看着在高粱阴影下,她与余司令共同创造出来的、我父亲那张精致的脸,逝去岁月里那些生动的生活画面,像奔驰的走马掠过了她的眼前。

奶奶想起那一年,在倾盆大雨中,像坐船一样乘着轿,进了单廷秀家住的村庄,街上流水洸洸,水面上漂浮着一层高粱的米壳。花轿抬到单家大门时,出来迎亲的只有一个梳着豆角辫的干老头子。大雨停后,还有一些零星落雨打在地面上的水汪汪里。尽管吹鼓手也吹着曲子,但没有一个人来看热闹,奶奶知道大事不妙。扶我奶奶拜天地的是两个男人,一个五十多岁,一个四十多岁。五十多岁的就是刘罗汉大爷,四十多岁的是烧酒锅上的一个伙计。

轿夫、吹鼓手们落汤鸡般站在水里,面色严肃地看着两个枯干男子把一抹酥红的我奶奶架到了幽暗的堂房里。奶奶闻到两个男人身上那股强烈的烧酒气息,好像他们整个人都在酒里浸泡过。

奶奶在拜堂时,还是蒙上了那块臭气熏天的盖头布。在蜡烛燃烧的腥气中,奶奶接住一根柔软的绸布,被一个人牵着走。这段路程漆黑憋闷,充满了恐怖。奶奶被送到炕上坐着。始终没人来揭罩头红布,奶奶自己揭了。她看到在炕下方凳上蜷曲着一个面孔痉挛的男人。那个男人生着一个扁扁的长头,下眼睑烂得通红。他站起来,对着奶奶伸出一只鸡爪状的手,奶奶大叫一声,从怀里摸一把剪刀,立在炕上,怒目逼视着那男人。男人又萎萎缩缩地坐到凳子上。这一夜,奶奶始终未放下手中的剪刀,那个扁头男人也始终未离开方凳。

第二天一早,趁着那男人睡着,奶奶溜下炕,跑出房门,开开大门,刚要飞跑,就被一把拉住。那个梳豆角辫的干瘦老头子抓住她的手腕,恶狠狠地看着她。

单廷秀干咳了两声,收起恶容换笑容,说:"孩子,你嫁过来,就像我的亲女儿一样,扁郎不是那病,你别听人家胡说。咱家大业大,扁郎老实,你来了,这个家就由你当了。"单廷秀把一大串黄铜钥匙递给奶奶,奶奶未接。

第二夜,奶奶手持剪刀,坐到天明。

第三天上午,我外曾祖父牵着一匹小毛驴,来接我奶奶回门。新婚三日接闺女,是高密东北乡的风俗。外曾祖父与单廷秀一直喝到太阳过晌,才动身回家。

奶奶偏坐毛驴,驴背上搭着一条薄被子,晃晃荡荡出了村。大雨过后三天,路面依然潮湿,高粱地里白色蒸气腾腾升集,绿高粱被白气缭绕,具有了仙风道骨。曾外祖父褡裢里银钱叮当,人喝得东倒西歪,目光迷离。小毛驴蹙着长额,慢吞吞地走,细小的蹄印清晰地印在潮湿的路上。奶奶坐在驴上,一阵阵头晕眼花,她眼皮红肿,头发凌乱,三天中又长高了一节的高粱,嘲弄地注视着我奶奶。

奶奶说:"爹呀,我不回他家啦,我死也不去他家啦……"

外曾祖父说:"闺女,你好大的福气啊,你公公要送我一头大黑骡子,我把毛驴卖了去……"

毛驴伸出方方正正的头,啃了一口路边沾满细小泥点的绿草。

奶奶哭着说:"爹呀,他是个麻风……"

外曾祖父说:"你公公要给咱家一头骡子……"

外曾祖父已醉得不成人样,他不断地把一口口的酒肉呕吐到路边草丛里。污秽的脏物引逗得奶奶翻肠搅肚。奶奶对他满心仇恨。

毛驴走到蛤蟆坑,一股扎鼻的恶臭,刺激得毛驴都垂下耳朵。奶奶看到了那个劫路人的尸体。他的肚子鼓起老高,一层翠绿的苍蝇,盖住了他的肉皮。毛驴驮着奶奶,从腐尸跟前跑过,苍蝇愤怒地飞起,像一团绿云。外曾祖父跟着毛驴,身体似乎比道路还宽,他忽而擦动左边高粱,忽而踩倒右边野草。在倒尸面前,外曾祖父嗬嗬连声,嘴唇哆嗦着说:

"穷鬼……你这个穷鬼……你躺在这里睡着了吗……"奶奶一直不能忘记劫路人南瓜般的面孔,在苍蝇惊起的一瞬间,死劫路人雍容华贵的表情与活动路人凶狠胆怯的表情形成鲜明的对照。走了一里又一里,白日斜射,青天如涧,外曾祖父被毛驴甩在后面,毛驴认识路径,驮着奶奶,徜徉前行。道路拐了个小弯,毛驴走到弯上,奶奶身体后仰,脱离驴背,一只有力的胳膊挟着她,向高粱深处走去。

奶奶无力挣扎,也不愿挣扎。三天新生活,如同一场大梦惊破,有人在一分钟内成了伟大领袖,奶奶在三天中参透了人生禅机。她甚至抬起一只胳膊,揽住了那人的脖子,以便他抱得更轻松一些。高粱叶子嚓嚓响着。路上传来曾外祖父嘶哑的叫声:"闺女,你去哪儿啦?"

石桥附近传来大喇叭凄厉的长鸣和机枪分不清点儿的射击声。奶奶的血还在随着她的呼吸,一线一线往外流。父亲叫着:"娘啊,你的血别往外流啦,流完了血你就要死啦。"父亲从高粱根下抓起黑土,堵在奶奶的伤口上,血很快洇出,父亲又抓上一把。奶奶欣慰地微笑着,看着湛蓝的、深不可测的天空,看着宽容温暖的、慈母般的高粱。奶奶的脑海里,出现了一条绿油油的缀满小白花的小路。在这条小路上,奶奶骑着小毛驴,悠闲地行走,高粱深处,那个伟岸坚硬的男子,顿喉高歌,声越高粱。奶奶循声而去,脚踩高粱梢头,像腾着一片绿云……

那人把奶奶放到地上,奶奶软得像面条一样,眯着羊羔般的眼睛。那人撕掉蒙面黑布,显出了真相。是他!奶奶暗呼苍天,一阵类似幸福的强烈震颤冲激得奶奶热泪盈眶。

余占鳌把大蓑衣脱下来,用脚踩断了数十棵高粱,在高粱的尸体上铺上了蓑衣。他把我奶奶抱到蓑衣上。奶奶神魂出舍,望着他脱裸的胸膛,仿佛看到强劲慓悍的血液在他黝黑的皮肤下川流不息。高粱梢头,薄气袅袅,四面八方响着高粱生长的声音。风平、浪静,一道道炽目的潮湿阳光,在高粱缝隙里交叉扫射。奶奶心头撞鹿,潜藏了十六年的情欲,迸然炸裂。奶奶在蓑衣上扭动着。余占鳌一截截地矮,双膝啪嗒落下,他跪在奶奶身边,奶奶浑身发抖,一团黄色的、浓香的火苗,在她面上哔哔剥剥地燃烧。余占鳌粗鲁地撕开我奶奶的胸衣,让直泻下来的光束照耀着奶奶寒冷紧张、密密麻麻起了一层小白疙瘩的双乳。在他的刚劲动作下,尖刻锐利的痛楚和幸福磨砺着奶奶的神经,奶奶低沉暗哑地叫了一声:"天哪……"就晕了过去。

奶奶和爷爷在生机勃勃的高粱地里相亲相爱,两颗蔑视人间法规的不羁心灵,比他们彼此愉悦的肉体贴得还要紧。他们在高粱地里耕云播雨,为我们高密东北乡丰富多彩的历史上,抹了一道酥红。我父亲可以说是秉领天地精华而孕育,是痛苦与狂欢的结晶。……

九

汽车顶上的机枪持续不断地扫射,汽车轮子转动着,爬上了坚固的大石桥。枪弹压住了爷爷和爷爷的队伍。有几个不慎把脑袋露出堤外的队员已经死在了堤下。爷爷怒火填胸。汽车全部上了桥,机枪子弹已飞得很高。爷爷说:"弟兄们,打吧!"爷爷啪啪啪连放三枪,两个日本兵趴到了汽车顶上,黑血涂在了车头上。随着爷爷的枪声,道路东西两边的河堤后,响起了几十响破烂不堪的枪声,又有七八个日本兵倒下了,有两个日本兵栽到车外,腿和胳膊扑动着,直扎进桥两边的黑水里。方家兄弟的大抬杠怒吼一声,喷出一道宽广的火舌,吓人地在河道上一闪,铁砂子、铁蛋子全打在第二辆汽车上载着的白口袋上。烟火升腾之后,从无数的破洞里,哗哗啦啦地流出了雪白的大米。我父亲从高粱地里,蛇行到河堤边,急着要对爷爷讲话,爷爷紧急地往自来得手枪里压着子弹。鬼子的第一辆汽车加足马力冲上桥头,前轮子扎在朝天的耙齿上。车轮破了,哧哧地泄着气。汽车轰轰地怪叫着,连环铁耙被推得咔哒咔哒后退,父亲觉得汽车像一条吞食了刺猬的大蛇,在痛苦地甩动着脖颈。第一辆汽车上的鬼子纷纷跳下。爷爷说:"老刘。吹号!"刘大号吹起大喇叭,声音凄厉恐怖。爷爷喊:"冲!"爷爷抢着手枪跳起,他根本不瞄准,一个个日本兵在他的枪口前弯腰俯背。西边的队员们也冲到了车前,队员们跟鬼子兵搅和在一起,后边车上的鬼子把子弹都射到天上去。汽车上还有两个鬼子,爷爷看到哑巴一纵身飞上汽车,两个鬼子兵端着刺刀迎上去,哑巴用刀背一磕,格开一柄刺刀,刀势一顺,一颗戴着钢盔的鬼子头颅平滑地飞出,在空中拖着悠长的嚎叫,噗通落地之后,嘴里还吐出半句响亮的呜叫。父亲想哑巴的腰刀真快。父亲看到鬼子头上凝着脱离脖颈前那种惊愕的表情,它腮上的肉还在颤抖,它的鼻孔还在抽动,好像要打喷嚏。哑巴又削掉了一颗鬼子头,那具尸体倚在车栏上,脖颈上的皮肤突然褪下去一节,血水咕嘟咕嘟往外冒。这时,后边那辆车上的鬼子把机枪压低,打出了不知多少发子弹,爷爷的队员像木桩一样倒在鬼子的尸体上。哑巴一屁股坐在汽车顶棚上,胸膛上有几股血蹿出来。

父亲和爷爷伏在地上,爬回高粱地,从河堤上慢慢伸出头。最后边那辆汽车吭吭吭吭地倒退着,爷爷喊:"方六,开炮!打那个狗娘养的!"方家兄弟把装好火药的大抬杠顺上河堤,方六弓腰去点引火绳,肚子上中了一弹,一根青绿的肠子,嗞溜嗞溜地钻出来。方六叫了一声娘,捂着肚子滚进了高粱地。汽车眼见着就要退出桥,爷爷着急地喊:"放炮!"方七拿着火绒,哆哆嗦嗦地往引火绳上触,却怎么也点不着。爷爷扑过去,夺过火绒,放在嘴边一吹,火绒一亮。爷爷把火绒触到引火绳上,引火绳吱吱地响着,冒着白烟消逝了。大抬杠沉默地蹲踞着,像睡着了一样。父亲想它是不会响了。鬼子汽车已经退出桥头,第二辆第三辆汽车也在后退。车上的大米哗哗啦啦地流着,流到桥上,流到水里,把水面打出了那么多的斑点。几具鬼子尸体慢慢向东漂,尸体散着血,成群结队的白鳝在血水中转动。大抬杠沉默片刻之后,呼隆一声响了。钢铁枪身在河堤上跳起老高,一道宽广的火焰,正中了那辆还在流大米的大米车。汽车下部,刮刺刺地着起了火。

那辆退出大桥的汽车停住了,车上的鬼子乱纷纷跳下,趴到对面河堤上,架起机枪,对着这边猛打。方六的脸上中了一弹,鼻梁被打得四分五裂,他的血溅了父亲一脸。

起火汽车上的两个鬼子,推开车门跳出来,慌慌张张蹦到河里。中间那辆流大米的汽车,进不得退不得。在桥上吭吭怪叫,车轮子团团旋转。大米像雨水一样哗哗流。

对面鬼子的机枪突然停了,只剩下几支盖子枪在叭勾叭勾响。十几个鬼子,抱着枪,弯着腰,贴着着火汽车的两边往北冲。爷爷喊一声打,响应者寥寥。父亲回头看到堤下堤上躺着队员们的尸体,受伤的队员们在高粱地里呻吟喊叫。爷爷连开几枪,把几个鬼子打下桥。路西边也稀疏地响了几枪,打倒几个鬼子。鬼子退了回去。河南堤飞起一颗子弹,打中了爷爷的右臂,爷爷的胳膊一蹉,手枪落下,悬在脖子上。爷爷退到高粱地里,叫着:"豆官,帮帮我。"爷爷撕开袖子,让父亲抽出他腰里那条白布,帮他捆扎在伤口上。父亲趁着机会,说:"爹,俺娘想你。"爷爷说:"好儿子!先跟爹去把那些狗娘养的杀光!"爷爷从腰里拔出父亲扔掉的勃朗宁手枪,递给父亲。刘大号拖着一条血腿,从河堤边爬过来,他问:

"司令吹号吗?"

"吹吧!"爷爷说。

刘大号一条腿跪着,一条腿拖着,举起大喇叭,仰天吹起来,喇叭口里飘出暗红色的声音。

"冲啊,弟兄们!"爷爷高喊着。

路西边高粱地里有几个声音跟着喊。爷爷左手举着枪,刚刚跳起,就有几颗子弹擦着他的腮边飞过。爷爷就地一滚,回到了高粱地。路西边河堤上响起一声惨叫,父亲知道,又一个队员中了枪弹。

刘大号对着天空吹喇叭,暗红色的声音碰得高粱棵子索索打抖。

爷爷抓住父亲的手,说:"儿子,跟着爹,到路西边与弟兄们汇合去吧。"

桥上的汽车浓烟滚滚,在哗哗叭叭的火焰里。大米像冰霜一样满河飞动。爷爷牵着父亲,飞步跨过公路,子弹追着他们,把路面打得噗噗作响。两个满面焦糊、皮肤开裂的队员见到爷爷和父亲,嘴咧了咧,哭着说:"司令,咱们完了!"

爷爷颓丧地坐在高粱地里,好久都没抬起头来,河对岸的鬼子也不开枪了。桥上响着汽车燃烧的爆裂声,路东响着刘大号的喇叭声。

父亲已经不感到害怕,他沿着河堤,往西出溜了一段,从一蓬枯黄的衰草后,他悄悄伸出头。父亲看到从第二辆尚末燃烧的汽车棚里,跳出一个日本兵,日本兵又从车厢里拖出了一个老鬼子。老鬼子异常干瘦,手上套着雪白的手套,腔上挂着一柄长刀,黑色皮马靴装到膝盖。他们沿着汽车边,把着桥墩,哧溜哧溜往下爬。父亲举起勃朗宁手枪,他的手抖个不停,那个老鬼子干瘪的屁股在父亲枪口前跳来跳去。父亲咬牙闭眼开了一枪。勃朗宁嗡地一声响,子弹打着呼哨钻进水里,把一条白鳝鱼打翻了肚皮。鬼子官跌到水中。父亲高叫着:"爹,一个大官!"

父亲的脑后一声枪响,老鬼子的脑袋炸裂了,一团血在水里噗啦啦散开了。另一个鬼子手脚并用,钻到了桥墩背后。

鬼子的枪弹又压过来,父亲被爷爷按住。子弹在高粱地里唧唧咕咕乱叫。爷爷说:"好样的,是我的种!"

父亲和爷爷不知道,他们打死的老鬼子,就是有名的中岗尼高少将。

刘大号的喇叭声不断,天上的太阳,被汽车的火焰烤得红绿间杂,萎萎缩缩。

父亲说:"爹,俺娘想你啦,叫你去。"

爷爷问:"你娘还活着?"

父亲说:"活着。"

父亲牵着爷爷的手,向着高粱深处走。

奶奶躺在高粱下,脸上印着高粱的暗影,脸上留着为我爷爷准备的高贵的笑容。奶奶的脸空前白净,双眼尚末合拢。

父亲第一次发现,两行泪水,从爷爷坚硬的脸上流下来。

爷爷跪在奶奶身旁,用那只没受伤的手,把奶奶的眼皮合上了。

……

(原载于 1986 年第 8 期《人民文学》)

(选自莫言《红高粱家族》,当代世界出版社 2004 年版)

【阅读提示】

　　莫言(1955——　　)，原名管谟业，山东高密人，在农村生活了20多年。他的"红高粱"家族系列小说《红高粱》《高粱酒》《狗道》《高粱殡》《奇死》等得到了广泛好评，其中，《红高粱》2000年入选《亚洲周刊》评选的"20世纪中文小说100强"(第18位)。著名作品还有《檀香刑》《四十一炮》《丰乳肥臀》《生死疲劳》《蛙》等。2012年获得诺贝尔文学奖，其作品被认为"以幻觉现实主义融合了民间故事、历史与当代"。

　　《红高粱》是莫言早期代表作。小说中，作家首次创造了"高密东北乡"的艺术世界，通过"我"的叙述，描写了抗日战争期间，"我"的祖先在高密东北乡上演的一幕幕轰轰烈烈、英勇悲壮的爱情历史剧。"我"的家族里的先辈们，爷爷、奶奶、父亲、姑姑等，一方面奋起抗击残暴的日本侵略者，一方面发生着传奇般的爱情故事。小说借助叙述者"我"的口吻，充分表现了莫言对故乡、历史和爱情的看法。作品大胆借鉴意识流、感觉主义和魔幻现实主义等新颖表现手段，制造了当代文学的"感觉爆炸"；叙述中情节片段的分解、闪回、跳跃、穿插，形成灵活、开放的艺术结构，对后来的文学创作产生了强烈的影响。

【拓展阅读】

　　1. 莫言：《红高粱家族》，当代世界出版社2004年版。

　　2. 莫言：《我的高密》，中国青年出版社2010年版。

　　3. 王德威、张旭东等：《说莫言》，上海书店出版社2013年版。

【思考与练习】

　　1. 谈谈你对《红高粱》中爱情主题的理解。

　　2. 莫言在《红高粱》中是如何呈现历史的？你作何评价？

　　3. 如何理解《红高粱》在艺术上的创新？

一地鸡毛

刘震云

小林家一斤豆腐变馊了。

一斤豆腐有五块,二两一块,这是公家副食店卖的。个体户的豆腐一斤一块,水分大,发稀,锅里炒不成团。小林每天清早六点起床,到公家副食店门口排队买豆腐。排队也不一定每天都能买到豆腐,要么排队的人多,赶排到了,豆腐也卖完了;要么还没排到,已经七点了,小林得离开豆腐队去赶单位的班车。最近单位办公室新到一个处长老关,新官上任三把火,对迟到早退抓得挺紧。最使人感到丧气的是,队眼看排到了,上班的时间也到了。离开豆腐队,小林就要对长长的豆腐队咒骂一声:

"妈拉个×,天底下穷人家多了真不是好事!"

但今天小林把豆腐买到了。不过他今天排到七点十五,把单位的班车给误了。不过今天误了也就误了,办公室处长老关今天到部里听会,副处长老何到外地出差去了,办公室管考勤的临时变成了一个新来的大学生,这就不怕了,于是放心排队买豆腐。豆腐拿回家,因急着赶公共汽车上班,忘记把豆腐放到了冰箱里,晚上回来,豆腐仍在门厅塑料兜里藏着,大热的天,哪有不馊的道理?

豆腐变馊了,老婆又先于他下班回家,这就使问题复杂化了。老婆一开始是责备看孩子的保姆,怪她不打开塑料袋,把豆腐放到冰箱里。谁知保姆一点不买账。保姆因嫌小林家工资低,家里饭菜差,早就闹着罢工,要换人家,还是小林和小林老婆好哄歹哄,才把人家留下;现在保姆看着馊豆腐,一点不心疼,还一股脑把责任推给了小林,说小林早上上班走时,根本没有交代要放豆腐。小林下班回来,老婆就把怒气对准了小林,说你不买豆腐也就罢了,买回来怎么还让它在塑料袋里变馊?你这存的是什么心?小林今天在单位很不愉快,他以为今天买豆腐晚点上班没什么,谁知道新来的大学生很认真,看他八点没到,就自作主张给他划了一个"迟到"。虽然小林气鼓鼓上去自己又改成"准时",但一天心里很不愉快,还不知明天大学生会不会汇报他。现在下班回家,见豆腐馊了,他也很丧气,一方面怪保姆太斤斤计较,走时没给你交代,就不能往冰箱里放一放了?放几块豆腐能把你累死?一方面怪老婆小题大做,一斤豆腐,馊了也就馊了,谁也不是故意的,何必说个没完,大家一天上班都很累,接着还要做饭弄孩子,这不是有意制造疲劳空气?于是说:

"算了算了,怪我不对,一斤豆腐,大不了今天晚上不吃,以后买东西注意放就是了!"

如果话到此为止,事情也就过去了,可惜小林憋不住气,又补了一句:

"一斤豆腐就上纲上线个没完了,一斤豆腐才值几个钱?上次你失手打碎一个暖水壶,七八块钱,谁又责备你了?"

老婆一听暖水壶,马上又来了火,说:"动不动就提暖水壶,上次暖水壶怪我吗? 本来那暖水壶就没放好,谁碰到都会碎! 咱们别说暖水壶,说花瓶吧! 上个月花瓶是怎么回事? 花瓶可是好端端地在大立柜上边放着,你抹灰尘给抹碎了,你倒有资格说我了!"

接着就哉到了小林跟前,眼里噙着泪,胸部一挺一挺的,脸变得没有血色。根据小林的经验,老婆的脸一无血色,就证明她今天在单位也很不顺。老婆所在的单位,和小林的单位差不多,让人愉快的时候不多。可你在单位不愉快,把这不愉快带回来发泄就道德了? 小林就又气鼓鼓地想跟她理论花瓶。照此理论下去,一定又会盘盘碟碟牵扯个没完,陷入恶性循环,最后老婆会把那包馊豆腐摔到小林头上。保姆看到小林和小林老婆吵架,已经习惯了,就像没看见一样,在旁边若无其事地剪指甲。这更激起了两个人的愤怒。小林已做好破碗破摔的准备,幸好这时有人敲门,大家便都不吱声了。老婆赶紧去抹脸上的眼泪,小林也压抑住自己的怒气,保姆把门打开,原来是查水表的老头来了。

查水表的老头是个瘸子,每月来查一次水表。老头子腿瘸,爬楼很不方便,到每一个人家都累得满头大汗,先喘一阵气,再查水表。但老头工作积极性很高,有时不该查水表也来,说来看看水表是否运转正常。但今天是该查水表的日子,小林和小林老婆暂时收住气,让保姆领他去查水表。老头查完水表,并没有走的意思,而是自作主张在小林家床上坐下了。老头一坐下,小林心里就发凉,因为老头一在谁家坐下,就要高谈阔论一番,说说他年轻时候的事。他说他年轻时曾给某位死去的大领导喂过马。小林初次听他讲,还有些兴趣,问了他一些细节,看他一副瘸样,年轻时竟还和大领导接触过,但后来听得多了,心里就不耐烦,你年轻时喂过马,现在不照样是个查水表的? 大领导已经死了,还说他干什么? 但因为他是查水表的,你还不能得罪他。他一不高兴,就敢给你整个门洞停水。老头子手里就提着管水闸门的扳手。看着他手里的扳手,你就得听他讲喂马。不过今天小林实在不欢迎他讲马,人家家里正闹着气,你也不看一看家庭气氛,就擅自坐下,于是就板着脸没过去,没像过去一样跟他打招呼。

但查水表的老头不管这个,自己从口袋里已经掏出了烟。划火点着烟,屋里就飘起了老头鼻腔的味道。小林知道老头接着就要讲马,但小林猜错了,这次老头没有讲马,而是一脸严肃地说,他要谈些正事。他说,据群众反映,这个门洞有人偷水,晚上不把水管龙头关死,故意让水往下滴,下边放个水桶接着;滴水水表不转,桶里的水不成偷的了? 这样下去是不行的,大家都偷水,自来水厂如何受得了?

听了老头的话,小林与小林老婆脸都一赤一白的。说来惭愧,因为上个礼拜小林家就偷过几次水,是小林老婆在单位闲聊中听到的办法,回来指使保姆试验。后来小林看不上,觉得这事太猥琐,一吨水才几分钱,何必干这个? 一夜水管滴滴答答个没完,大家也难心安理得睡觉。于是在第三天就停止了。但这事老头子怎么会知道? 是谁汇报的? 小林和小林老婆都不约而同想到了对门。对门住着一对胖子,女主人自称长得像印度人,眉心常点着一个红豆。他们家也有一个孩子,大小与小林家孩子差不多,两家孩子常在一起玩,也常打架;为了孩子,小林老婆与印度女人有些面和心不和。两家主人不和,两家保姆却很要好,虽然不是一个省来的,却常在一起共同商讨对付主人的办法。准是两家保姆乱串,印度女人得知小林家滴过两回水,就汇报了老头子,现在有了老头子一番话。但这种事如何上得了台面,如何说得出口? 说出口以后在人前怎么站? 小林赶紧到老头子跟前,正色声明,这门洞有没有人偷水他不知道,但他家是决不干这种事,他家虽然穷,但穷有穷的骨气！小林老婆也上去说,谁反映的这事,就证明谁偷水,不然他怎么会知道偷水的方法,这不是贼喊捉贼是什么？老头子听了他们的话,弹了一下烟灰：

"行了,这事就到这里为止了。以前大家偷没有偷,就既往不咎了,以后注意不偷就行了！"

说完,站起来,做出宽宏大量的样子,一瘸一瘸走了,留下小林和小林老婆在那里发尴。

由于有偷水这件事的介入,使豆腐发馊事件变得不那么重要了。小林心里还责备老婆,一个大学生,什么时候学得这么市民气,偷了两桶水,值不了几分钱,丢人现眼让人数落了一顿。小林老婆也自感惭愧,就不好意思再追究馊豆腐一事,只是瞪了小林一眼,自己就下厨房做饭了。因为这件事的介入,使本来要爆发战争的家庭平静下来,小林又有些感激老头子。

2

晚饭一个炒豆角,一个炒豆芽,一碟子小泥肠,一碗昨天剩下的杂烩菜。小泥肠主要是让孩子吃的,其他三个菜是让小林、小林老婆和保姆吃的。但保姆不吃剩菜,说她一吃剩菜就闹肚子。为此小林老婆还和保姆吵过一架,说你倒成贵族了,我还吃剩菜,你倒闹肚子,过去你在农村吃什么来着？保姆便又哭又闹,闹罢工,要换人家。最后还是小林从中斡旋,才又把她留下。把人留下人家就有了资本,从此更不吃剩菜。小林老婆也没办法,吃饭时只好和小林先吃剩菜,剩菜吃完再吃新的。吃饭时孩子很闹,抓东抓西的,看样子有些想流鼻涕,小林老婆怀疑她是否要感冒。好歹把饭吃完,已经快八点半了。按照惯例,这时保姆洗碗,小林给孩子洗澡,老婆应该上床睡觉。因老婆上班比小林远,清早上班要早起,早点上床睡觉理所当然。但今天老婆没有早睡,脚也没洗,坐在床前想心思。老婆一想心思,小林心里就有些发毛,不知老婆心思想过以后,会不会又提出什么新的话题。不过今天老婆不错,心思想过以后,没有说什么,草草洗完脚就上床睡觉了。老婆睡觉有这点好处,平时嘴唠叨,一上床就不唠叨了,三分钟就能入睡,响起轻微的鼾声,比孩子入睡还快。前几年刚结婚,小林对这点很不满意,哪能上床就入睡？问：

"你怎么躺倒就着,长此以往,可让人受不了！"

老婆不好意思地解释：

"累了一天,跟猪似的,哪有不躺倒就着的道理！"

后来有了孩子,生活越来越复杂,几次折腾搬家,上班下班,弄吃喝拉撒,弄大人小孩,大家都很疲劳,老婆也变得爱唠叨了,这时小林倒觉得老婆上床就入睡是个优点,大家闹矛盾有个盼头,只要头一挨枕头,战争就停止了。所以小林觉得世界上没有绝对的优点缺点,优点缺点是可以转化的。

老婆入睡,孩子入睡,保姆入睡,三个人都响起鼾声,小林检查了一下屋里的灯火水电,也上床睡觉。过去临睡觉之前,小林有看书看报的习惯,动不动还爬起来记笔记。现在一天家务处理完,两个眼皮早在打架,于是这一切过程都省略了。能早睡就早睡,第二天清早还要起床排队买豆腐。想起买豆腐,小林突然又想起今天那一斤变馊的豆腐,现在仍在门厅里扔着,没有处理。这是导火索。明天清早老婆起来再看到它,说不定又会节外生枝。于是又从床上爬起来,到门厅打开灯,去处理那包馊豆腐。

　　小林的老婆叫小李，没结婚之前，是一个文静的、眉目清秀的姑娘。别看个头小，显得小巧玲珑，眼小显得聚光，让人见了从心里怜爱。那时她言语不多。打扮不时髦，却很干净。头发长长的。通过同学介绍，小林与她恋爱。她见人有些腼腆。与她在一起，让人感到轻松、安静，甚至还有一点淡淡的诗意。那时连小林都开始注意言语、注意身体卫生了。哪里想到几年之后，这位安静的富有诗意的姑娘，会变成一个爱唠叨、不梳头、还学会夜里滴水偷水的家庭妇女呢？两人都是大学生，谁也不是没有事业心，大家都奋斗过，发愤过，挑灯夜读过，有过一番宏伟的理想，单位的处长局长，社会上的大大小小机关，都不在眼里，哪里会想到几年之后，他们也跟大家一样，很快淹没到黑鸦鸦的千篇一律千人一面的人群之中呢？你也无非是买豆腐、上班下班、吃饭睡觉洗衣服、对付保姆弄孩子，到了晚上你一页书也不想翻，什么宏图大志，什么事业理想，狗屁，那是年轻时候的事，大家都这么混，不也活了一辈子？有宏图大志怎么了？有事业理想怎么了？"古今将相在何方，荒冢一堆草没了！"一辈子下来谁还知道谁！有时小林想想又感到心满意足，虽然在单位经过几番折腾，但折腾之后就是成熟，现在不就对各种事情应付自如了？只要有耐心，能等，不急躁，不反常，别人能得到的东西，你最终也能得到。譬如房子，几年下来，通过与人合居，搬到牛街贫民窟；贫民窟要拆迁，搬到周转房；几经折腾，现在不也终于混上了一个一居室的单元？别人家一开始有冰箱彩电，小林家没有，让小林感到惭愧，后来省着攒着，现在不也买了？当然现在还没有组合家具和音响，但物质追求哪里有个完。一切不要急，耐心就能等到共产主义。倒是使人不耐心的，是些馊豆腐之类的日常生活琐事。过去总说，老婆孩子热炕头，是农民意识，但你不弄老婆孩子弄什么？你把老婆孩子热炕头弄好是容易的？老婆变了样，孩子不懂事，工作量经常持久，谁能保证炕头天天是热的？过去老说单位如何复杂不好弄，老婆孩子炕头就是好弄的？过去你有过宏伟理想，可以原谅，但那是幼稚不成熟，不懂得事物的发展规律。千里之行，始于足下，小林，一切还是从馊豆腐开始吧。第二天早上六点，小林照例爬起来，去公家副食店前排队买豆腐。这时老婆已经睡醒，大睁着两眼在看天花板。老婆入睡快，醒来脑子清醒得也快，不像小林，睡觉起来头半天是木的，得半个小时才缓过劲儿来，老婆只要五分钟就可以清醒，续上入睡前的思路。这是优点，也是缺点，如果两个人正闹矛盾，老婆早晨醒来，又会迅速续上昨天的事情，继续补课。看今天老婆发呆的样子，又回到了昨天入睡前坐在床沿上想心思的模样，小林心里就有些打鼓，不知老婆又要搞什么名堂。但老婆见他起床，并没有搭理他。小林就有些放心，赶忙刷牙洗脸，拿上塑料袋悄悄出门。但等小林刚要去拉门，老婆在床上发了言：

　　"我说你，今天的豆腐就别买了！"

　　原来老婆并没有放过他，仍要续昨天的豆腐事件。小林心里就"嘟嘟"地冒火，一斤馊豆腐，已经扔了，又过了一夜，还真纠缠个没完了？于是说：

　　"馊了一斤豆腐，还至于今后不买了？今天买回放到冰箱里不就结了！你还要纠缠多少年！"

　　老婆向他摆摆手：

　　"我不是跟你说豆腐，昨天我想了一夜，我再也不能在这个单位呆了，我一定得调，你得跟我来商量商量这事！你不能对我的事漠不关心！"

　　原来并不是豆腐事件，小林有些放心。但老婆说的是调工作，调工作也是个让人窝心烦躁的事，比馊豆腐事件还复杂。本来老婆的工作单位不错，大学毕业坐办公室，每天也就是摘摘文件，写写工作总结，余下的时间是喝茶看报纸。但老婆性格很直，像小林初到单位一样，各方面关系一开始没处理好，留下后遗症。后来觉悟了，改正了，但以前总留下伤疤，免不了有磕磕碰碰的时候。在单位不愉快，回来就向小林唠叨，说要换个单位。小林就拿自己现身说法，说只要将幼稚不懂事的毛病改掉，时间长了自然会适应，换什么单位，天下单位都一样。再说换个单位是容易的？我们都无权无势，两眼一抹黑，哪个单位会要你？老婆就说小林没本领，看着老婆在水深火热之中，一点帮不上忙。小林说，外边帮不上忙，内里不也帮了？不也向你解释了？解释不也是帮忙？就把老婆劝下了。老婆唠叨一顿，怨气出了，第二天就不说了，仍照常上班。如果这样下去，老婆慢慢也会适应，没有单位非换不可的烦恼。但小林家搬了几次，搬来搬去，住得离小林老婆单位越来越远。当初搬家时，因房子越搬越好，老婆很高兴，说咱们终于也在北京有个房子，把主要精力花在布置房子上，怎么装窗帘，怎么布局，怎么摆冰箱和电视，还差什么东西，苦恼主要在这个方面。等家收拾得差不多了，老婆就不满意了，怪这个地方离她单位太远，因她的单位在这条线上没有班车，她得挤公共汽车上班，往返一趟，得三四个小时。清早六点起床，晚上七八点回来，顶着星星出去，戴着月亮回来，天天如此，车又挤，老婆就受不了，觉得是非换单位不可了。小林看着老婆每天下班疲惫不堪的样子，也觉得这和在单位不愉快不同，在单位不愉快可以忍耐、改正，离单位太远无法人为缩短距离，是得换个离家近一点的单位。真要决定换单位，两人才感到面前的困难像山一样，因为换不换单位，并不是小林和小林老婆能决定的。瞎猫撞老鼠，小林和小林老婆找了几个单位，人家都是一口回绝，连个商量的余地都不留，弄得小林和小林的老婆挺丧气。小林说：

"算了算了，别跑了，再跑也是瞎跑，你凑合着吧，北京还有比你上班更远的呢！别光想路程，想想纺织女工，人家上一天班，站着干一天活，你上班是喝茶看报，还不知足吗？"小林老婆发了火：

"你没有本事，就让我凑合。你天天有班车坐，我挤四个小时车的滋味你哪里有体验？我非换单位不可，要不换单位，我明天就不上班，你挣钱养活我们娘俩！"

3

第二天就真不去上班，把小林急坏了。急了一次真管用，小林开动脑筋，真想出一个办法。前三门有一个单位，听有人说，那单位管人事的头头，和小林单位的副局长老张是同学。小林帮老张搬过家，十分卖力，老张对小林看法不错。老张自与女老乔犯过作风问题以后，夹着尾巴做人，对下边的同志特别关心，肯帮助人，只要有事去求他，他都认真帮忙。小林觉得这事如去找老张，老张不至于一口回绝。通过老张介绍说不定前三门那个单位倒有些希望。前三门那个单位虽离小林家也很远，如坐公共汽车，也得两个小时，但前三门那里和小林家连地铁，地铁跑得快，四十分钟就够了，况且地铁不像公共汽车那么挤，有时上车还有座位。小林将这想法向老婆说了，老婆也很高兴，同意去那个单位，让小林去找老张。小林找到老张，将老婆的困难摆出来，又提出前三门那个单位，听说老领导在那里有熟人，想请老领导帮帮忙。老张果然痛快，说：

"可以，可以，单位那么远，是应该换一换！"

又说：

"前三门那个单位，我也不熟，但管人事的同志，是我的同学，我给他写一封信，你找他,看他能不能给办!"

小林又大着胆子说:

"最好老领导再给他打一个电话!"

老张摸着胖脑袋"哈哈"笑了,照小林头上打了一巴掌:

"现在的年轻人,比我们那时精明多了! 好,好,我给你打一个电话!"

老张打了一个电话,又给小林写了一封信。小林捧到这封信,如同捧到圣旨一样高兴。小林老婆看到信,也很高兴。小林拿着这信到前三门的单位去,果然管用。管人事的头头接见了他,看了那封信说:

"老张是我的老同学,当年在大学,我们两个都爱搞田径!"

小林斜欠着身子坐在头头办公桌前,忙接上去说:

"现在老张也爱锻炼!"

头头看他一眼,突然又问起老张前一段出事的事,让小林讲一讲细节。小林感到有些为难,讲不好,不讲也不好,于是只拣些重要的讲了讲,说老张也只是和女老乔在办公室坐了一坐,并没有真正在一起,其他一切都是谣传。那头头听后"哈哈"笑了,说:

"这个老张,还是那么可爱!"

最后才谈起小林老婆调动的事。那头头情绪正好,说:

"行,行,老张托的事,就是我的事,我看看下边哪个单位缺人!"

这不等于答应了? 小林回来向老婆一汇报,老婆马上抱着他在脸上乱亲。两人度过了一个愉快的夜晚。如果就这样等着,小林老婆一定能调成,能每天坐着地铁到前三门那个单位上班,但这时小林和小林老婆聪明反被聪明误,自己把事情办坏了。本来人家管人事的头头正在努力,小林和小林老婆仍不放心,小林老婆打听出一个熟人的丈夫,也在前三门那个单位工作,而且是一个处长,就同小林商量,单是一个管人事的头头是否太单薄,是否也找一找这个处长? 当时小林也没犯考虑,觉得多一个人就多一份力量,找一找总没什么坏处。于是就又找了这个处长。谁知这一找不要紧,让人家管人事的头头知道了,管人事的头头马上停止了努力。小林再去找他,他比以前冷淡了,说:

"你不是也找某某了,让他给办办看吧!"

小林这才着了急,知道自己犯了路线性错误。找人办事,如同在单位混事,只能投靠一个主子,人家才死力给你办;找的人多了,大家都不会出力;何况你找多了,证明你认识的人多,显得你很高明,既然你高明能再找人,何必再找我? 这时除了不帮忙不说,还容易产生抵触心理,说不定背后再给你帮点倒忙,看你不依靠我依靠别人这事能办成! 小林和小林老婆认识到这个道理,明白过来,事情已经晚了。两人一开始是互相埋怨,埋怨以后,又共同想补救的方法。但这时能想出什么补救办法? 小林只能再找老张,让他给同学再打电话。但老张又不是你的亲兄弟,人家是单位的副局长,老找人家也不好。于是小林老婆调工作的事,就这样不上不下地放着。时间一长,小林事情一忙就暂时把这件事给忘记了,但小林老婆忘不了,时常一个人坐在那里想心思。昨天发生了馊豆腐事件,馊豆腐事件过去以后,她没洗脚坐在床边想的,就是这件事,今天早上起来,她将这话题又重新向小林提出。小林一开始以为老婆又让他找老张,但再找老张小林已很怵头,于是说:

"事情已经让咱们办坏了,光让我找老张有什么用?"

小林老婆说:

"这次不让你找老张,还让你找前三门单位那个管人事的头头。"

再找管人事的头头,比让他找老张还怵头,小林说:

"因为找你那个熟人的丈夫,人家态度都冷淡了,如何有脸面再找人家? 再找作用也不大!"

小林老婆说:

"为什么作用不大,这事我想了,你也别光怪我那个熟人的丈夫,这不是问题的关键,关键还是功夫下得不够。现在在社会上办事,光动嘴皮子如何行? 我考虑,咱得给他上个供。现在苍蝇没有不见血的,你不出血,他能给你来真的? 还是得出血!"

小林说:

"只和人家见过几次面,熟都不熟,连人家家在哪里住都不知道,这供如何上?"

小林老婆发了火:

"看你说话的口气,就是对我的事情漠不关心! 上次你要入党,给女老乔送了什么? 那时咱家那么困难,孩子吃奶都没有钱,我不照样让你送了? 轮到我的事,你怎么就这么推三挡四的,你这存的是什么心!"

说着说着脸就变白了。小林见她越说话越多,真生气了,忙说:

"好,好,咱送,咱送,看送了能起什么作用!"

4

话说到这里就算完了。白天两个照常上班,等晚上回来,两人匆匆吃完饭,交代保姆看好孩子,就一起到前三门单位管人事头头家里去上供。但真到上供,供上些什么,两人都犯了难。两人来到商店,逛了半个小时,拿不定主意。礼太小了送不出去,礼太大了又心疼钱。最后小林老婆相中了一个工艺品,一个玻璃匣子里镶嵌了几个花鸟和小鱼,美观大方,四十多元,可以买。但两人商量半天,觉得这个礼品也不合适,管人事的头头能会喜欢花鸟? 别以为是随便十几块钱买的贱价货搪塞他,那样作用更不好。最后又转,转到食品冷饮柜,小林突然眼睛一亮,说:

"有了!"

小林老婆问:

"什么有了?"

小林便向老婆指了指一箱一箱的"可口可乐",上边挂着一块牌子:"大减价,一块九一听",而"可口可乐"的正常价格,却是三块五。"可口可乐"拿得出手,一听一块九,一箱二十四听,也就四十多块,看着体积大,又是名牌饮料,拿出来实用大方,管人事的头头肯定喜欢。只是不知它为何减价。小林老婆说:

"别是过期了吧,那样就不好了!"

问了问售货员,也不过期,实在是奇怪,好像是单为今天他们送礼准备的。小林说:

"看这样子,今天顺利,这事肯定能成!"

老婆兴致也高了,马上掏钱买了一箱,由小林扛着,两人挤上公共汽车去送礼。兴高采烈到了管人事头头家的楼下,已是晚上八点半,时间也合适。但等两人进楼道刚要上楼,从楼上走下来一个人,正是前三门单位管人事的头头。小林忙向他打招呼,倒让正下楼的头头吃了一惊,等看清是小林,因在家门口,倒比在办公室客气,忙止住脚步笑着说:

"你们来了？"

小林说：

"王叔叔，这是我爱人，为她工作的事，老张让我们再来找您一次！"

头头说：

"我知道了，那个工作的事，我这里没有问题，关键是下边接收单位不好办，你们如能找到哪个处室可以接收，让他们再来找我就行了！今天晚上我出去还有点事，车子在下边等着，恕不能接待你们了！"

小林和小林老婆心里都凉了半截。这不等于回绝了？等头头走到了楼外，小林才意识到自己肩上还扛着一箱"可口可乐"，忙向楼外喊：

"王叔叔，我还给您带了一箱饮料！"

头头在楼外笑着答：

"我这里还缺几筒饮料？扛回去自己喝吧！"

接着，车子发动开走了。把小林和小林老婆尴到了楼道里。尴了半天，两人才缓过劲儿来。小林将箱子摔到楼梯上：

"操他妈的，送礼人家都不要！"

又埋怨老婆：

"我说不要送吧，你非要送，看这礼送的，丢人不丢人！"

小林老婆也说：

"这个人怎么这么恶劣，这个人怎么这么小心眼！"

两人便重新扛着饮料回家。因为礼没有送出去，回家以后两人又为买礼心疼了半天，四十多块钱买一箱"可口可乐"放到家里，这不是吃饱撑的？一箱"可口可乐"怎么处理？退回商店，入口的东西人家一律不退，自己喝了吧，哪能关起门没事喝"可口可乐"？过了两天，还是老婆聪明，把"可口可乐"打开，时常拿出一筒让孩子到院子里去喝。过去从来没买过饮料，也没买过带鱼，孩子穿得破烂，在院子里穷出了名。一次倒是买了一次带鱼，是贱价处理的，有些发臭，臭味跑到了楼道里，让对门印度女人到处宣扬，现在让小女儿拿着"可口可乐"到处喝，也起一个正面宣扬的作用，也算这箱"可口可乐"买得没有白费。只是工作的事仍没有着落，仍是小林和小林老婆继续窝心的问题。

家里来了客人。小林晚上下班回来，一进楼道，就知道家里来了客人。因为他家的门大开着，里边传出外地老家人的咳嗽声。等小林回到家，果然，里间床上正坐着两个皮肤晒得焦黑，头上暴着青筋的老家人，脚边放着几个七十年代的帆布包，提包上还印着毛主席语录。两个人正在不住地抽烟，咳嗽，毫不犹豫地将烟灰和痰弹吐了一地。小林的小女儿也被烟呛得不住地咳嗽，在烟雾里乱跑。小林本来今天心情不错，办公室新到处长老关，别看平时一脸严肃，原来对人却没有坏心眼，季度评奖，给小林评了个头奖，多发给他五十块钱。虽然五十块钱不算什么，但多五十总比少五十强，拿回来总能买老婆个高兴。谁知兴冲冲回家，老婆还没下班，家里却来了两个老家人。小林像被兜头浇了一桶凉水，一天的好兴致，立即跑得无影无踪。本来老家来人应该高兴，多年不见的乡亲，见了叙叙旧也没什么不可，但老家经常来人，就高兴叙旧不起来，反过来倒成了一种负担。家里来人不得招待？招待一次就得几十块钱。经常来人，家庭就受不了。老家来人和别的同学朋友来还不一样，别看老家来的人焦黑，头上暴着青筋，是农村人，但农村比城里人礼还多，同学朋友招待不好人家可以原谅，这些农村人招待不好他反倒不高兴，回到老家说你。他们认为你在北京，来到北京理应该你招待，全不知小林在北京也是社会的最底层，也整天清早排队买豆腐，只是客人来了，才多加两个菜。有时小林看老家人那故作傲慢的样子，不禁又好气又好笑：你们在家才吃什么！老家人来，如果单是吃一顿饭，还好应付，往往吃过饭，他们还要交代许多事让小林办。搞物资，搞化肥，买汽车，打官司，走时还让小林给买火车票。小林哪里有那么强的办事能力！自己老婆的工作都办不了，送礼人家都不收，还能给别人打官司买汽车？买火车票小林照样得去北京站排队。一开始小林爱面子，总觉得如说自己什么都不能办，也让家乡人看不起，就答应试一试，但往往试一试也是白试，虽然有些同学分到了不同的单位，但都是刚到单位不久，还没到掌权的地步，哪里办得成？免不了回头还是尴尬。后来渐渐学聪明了，学会了说："不，这事我办不了！"当然说这话人家会看不起，但看不起是早晚的事，早看不起倒可以省下麻烦。但老家仍是源源不断来人，来了起码吃你一顿饭。问题的复杂性还在于，小林老婆是城市人，城市到底比农村关系简单，来的人很少。人家家老不来人，自己家老来人，来了就要吃饭，农村人又不讲究，到处弹烟灰吐痰，也让小林不好意思。按说小林老婆在这方面还算开通，一开始来人不说什么，后来多了，成了常事，成了日常工作，人家就受不了，来了客人脸色不好，也不去买菜，也不去下厨房。小林虽然怪老婆不给自己面子，但人家生气得也有道理，两人如倒个个儿，小林也会不高兴。于是除了责备妻子，也怪自己老家不争气，捎带自己让人也看不起。老家如同一个大尾巴，时不时要掀开让人看看羞处，让人不忘记你仍是一个农村人。对门印度女人就说过，看他们家那土样，一家子农村人。弄得小林老婆很不高兴。所以小林时常提心吊胆，一到下班，就担心今天老家是否来人了？有时在家里坐，一听院子里有人说外地口音，他就心惊胆战，忙跑到阳台上看，看这外地口音是否进了自己的门洞，如不是进这门洞，才松一口气。虽然小林不盼望自己老家来人，却盼望老婆那边来人。

5

那边如也来人，小林故意热情些，也可抵消一些自己这边来人，让老婆心里平衡一些。但人家来人少，让小林时刻亏着心。老家的父母也不懂小林心情，觉得自己儿子在北京，是个可炫耀的事情，时常说："我儿子在北京，你们找他去！"人家来了，小林就不能不热情。后来时间长了，小林发觉你越热情，来的人越多，小林学聪明了，就不再热情。不热情，怠慢人家，人家就不高兴，回去说你忘本。但忘本也就忘本，这个本有什么可留恋的！小林也给自己父母写信，说我这里也很忙，经济很难，以后不要图你们面子好看，故意往这里介绍人。信写好以后，小林还故意让老婆看了看，老婆没领他这个情，照地下吐了一口唾沫：

"早知道你家是这样，当初我就不会嫁你！"

小林马上火了，指着老婆说：

"当初我也把家庭情况向你说了，你说不在乎，照你这么说，好像我欺骗你！"

但斗气归斗气，家里还是照常来人。因人照常来，久而久之小林老婆也习惯了。习惯了就自然了。无非是脸色不高兴。这就使小林很满意。小林也自觉，客人来了，吃饭只加两个大路菜，无非是一条鱼，或一只鸡，没有酒水。老家人不满意，只好让他不满意，总比让老婆不满意要好。

但今天来的两个客人，使小林觉得只加两个菜绝对说不过去。这两个人一个老头子，一个年轻人，一开始小林没有认出来，上去问他们是哪个村的，听那老头子一说话，小林认出来了，是自己小学时的老师。这老师姓杜，小林上小学时，跟他学了五年，杜老师既教数学，又教语文。一年冬天小林捣蛋，上自习跑出去玩冰，冰炸了，小林掉到了冰窟窿里。被救上来，老师也没吵他，还忙将湿衣裳给他脱下来，将自己的大棉袄给他披上。这样的老师，十几年没见，现在到了自己门上，如何使小林不激动？小林上去握住他的手：

"老师！"

老师见他激动，也激动起来，拉住小林说：

"小林！街上遇到你，肯定我认不出来！"

又忙把年轻人向他介绍，说是自己的儿子。

大家激动过，小林问老师来北京的意思。老师把意思一说，小林又有些胆战心惊，原来老师得了肺气肿，到底发展没发展成肺癌，老家医院水平低，诊断不出来，这时老师想起他培养的学生，还就数小林混得高，混到了北京，于是带儿子来投奔他，想让他找个医院给确诊确诊。如果是癌症，最好能住院治疗；如果不是癌症是肺气肿，也望能做一下手术。小林一边说：

"咱慢慢商量，咱慢慢商量！"

一边转动脑筋。可北京哪里有他熟悉的医院？这时门开了，小林老婆下班回来。小林一看表，已是晚上七点半。小林见了老婆又是一番胆战心惊，一边看老婆的脸色，一边向老婆介绍，这是自己的老师和老师的儿子，这是自己的爱人。老婆见又来了一屋人，屋里烟气冲天，痰迹遍地，当然不会有好脸色，只是点点头，就进了厨房。一会儿，厨房就传来吵声，老婆在责备保姆，都七点半了，怎么还没给孩子弄饭？小林知道那责备是冲着自己，也怪自己大意，只顾跟老师聊天，忘了交代保姆先给孩子弄饭。何况来了两个客人，加上小林、小林老婆、保姆、孩子，一下成了六口人，这饭还没准备呢。于是就让老师先坐着，自己去厨房给老婆解释。解释之前，他先掏出今天单位发的五十块钱，作为晋见礼；然后又解释说，实在没办法，这是自己小学时的老师，不同别人，好歹给弄顿饭，招待过去就完。谁知老婆一把将五张人民币打飞了，说：

"去你妈的，谁没有老师！我孩子还没吃饭，哪里管得上老师了！"

小林拉她：

"你小声点，让人听见！"

小林老婆更大声说：

"听见怎么了，三天两头来人，我这里不是旅馆！再这样下去，我实在受不了了！"

就坐在厨房的水池边落泪。

小林怒火一股股往头上冲。但现在生气也不是办法，客人还在里间坐着，只好先退出去，又去陪老师。但看老师的样子，已经听见他们的争吵。老师到底有文化，不比别的老家人，招待不好故意傲慢，马上大声说：

"小林你不必忙，俺已经在外面吃过饭了，俺住在劲松地下旅馆，也就是来看看你，给你带了点老家土产，喝了这杯水，俺就该走了，晚了怕坐不上车！"

接着拉开了帆布提包，让儿子把两桶香油送到了厨房。

小林感到心中更加不忍。他知道老师肯定没有吃饭，只是怕他为难，故意说这话给他老婆听。也许是两桶香油起了作用，也许是老婆觉悟过来，饭到底还是做了，做得还不错，

四个菜,把孩子吃的虾仁都炒了一盘。好歹吃完饭,小林将老师和他儿子送出门。路上老师一个劲儿地说:

"我一来,给你添了麻烦。本来我不想来,可你师母老劝我来看看你,就来了!"

小林看着老师的满头白发,蹒跚的步子,脸上皱褶里都是土,自己也没有让他在家洗洗脸,心里不禁一阵辛酸,说:

"老师身体有病,该来北京看看。我先给你们找个便宜旅馆住下,明天我就给老师找医院!"

老头子忙用手止住小林:

"你忙你的,我还有办法!"

接着摘下帽子,从里边拿出一张纸条:

"来时怕找不到你,我找了县教育局李科长。李科长有一个同学,在某大机关当司长,看,都给我写了信!我投奔他,他那么大的干部,肯定有办法!"

6

老师话说到这里,小林就不再坚持。因让他找医院,他也肯定找不出什么好医院,是瞎耽误老师的时间,还不如让人家去找司长。于是就只好将老师和他儿子送到公共汽车上,和他们再见。看着公共汽车开远,老师还在车上微笑着向他挥手,车猛地一停一开,老头子身子前后乱晃,仍不忘向他挥手,小林的泪刷刷地涌了出来。自己小时上学,老师不就是这么笑?等公共汽车开得看不见了,小林一个人往回走,这时感到身上沉重极了,像有座山在身上背着,走不了几步,随时都有被压垮的危险。

第二天上班,小林在办公室看报纸,看到一篇悼念文章,悼念一位已经死去好多年的大人物,说大人物生前如何尊师爱教,曾把他过去少年时仅存的两个老师接到北京,住在最好的地方,逛了整个北京。小林本来对这位死去的大人物印象不错,现在也禁不住骂道:

"谁不想尊师重教?我也想让老师住最好的地方,逛整个北京,可得有这条件!"

就把这张报纸扔到了废纸篓里。

孩子病了。流鼻涕,咳嗽。老婆说:

"你老师有肺气肿,上次他来咱们家一次,是不是把孩子给传染上了?"

孩子有病,小林也很着急。孩子一病,和不病时大不一样,小林和小林老婆,起码得一个人请假在家照顾。这时单靠保姆是不行的。但老婆胡乱联系,又责备他的老师,使小林心里很愤怒。上次老师走后,小林两天没理老婆,怪她破坏他的情感,当着老师的面让他下不来台。人家吃了你一顿饭,却给你提来两桶香油,两桶香油有十斤,现在北京自由市场一斤香油卖八块,十斤就是八十多块,你一顿饭值八十吗?两天来吃着老师的香油,老婆也面有愧色,也觉自己做得太过分。但现在孩子病了,她有气无处撒,又想反攻倒算,拿小林的老师做码子,小林就有些不客气,说:

"孩子有病,还是先检查。如检查出不是肺气肿传染,你提前这么责备人家,不就不道德了吗?"

于是两人都请假,带孩子去医院检查。但检查是好检查的?说来说去还是一个字:钱。现在给孩子看一次病,出手就要二三十;不该化验的化验,不该开的药乱开。小林觉得，别人不诚实可以，连医生都这么不诚实了，这还叫人怎么活？一次孩子拉稀，看下来硬是要了七十五。小林老婆又好气又好笑，抖着双手向小林说：

"一泡屎值七十五？"

每次给孩子看完病，小林和小林老婆都觉得是来上当。但孩子一病，这个当你还非上不可。你别无选择。譬如现在，路上孩子又有些发烧，温度还挺高，这时两人都忘记了相互指责，忘记了是去上当，精力都集中到孩子身上，于是加快步伐挤车去医院。到医院一检查，原来也无非是感冒。但拿着药单子到药房窗口一划价：四十五块五毛八。小林老婆抖着单子说：

"看，又宰人了吧！你说，这药还拿不拿！"

小林没"说"，也没理她。刚才小林有些着急，小孩发烧那么高，不知出了什么问题，不知是不是老师给传染了，现在诊断出是感冒，小林就放了心。放心之后，小林又开始愤怒，刚才你断定是我的老师传染，现在经过医院诊断，不成感冒了？小林本想跟她先理论理论这事，再说宰人不宰人的事，但看到药房前边排队的人很多，来往的人也很多，这个场合理论不对，就没有理她，只是没好气地向老婆说：

"怕宰人就别来呀，人家谁请你非拿药不可了？"

老婆马上抱起孩子：

"照这么说，我就真不拿药了！"

抱起孩子就走。看着老婆赌气不拿药，小林倒着了急。他知道老婆的脾气，赌上气九牛拉不回来。赌气不拿药，回家孩子怎么办？忙又撵出去，拦住老婆：

"哎，哎，这事你还能真赌气呀，把药单子给我！"

谁知老婆这次不是赌气，她看着小林说：

"这药不拿了，不就是感冒吗？上次我感冒从单位拿的药还没吃完，让她吃点不就行了？大不了就是'先锋'、'冲剂'、退烧片之类，再花钱不也是这个！"

小林说：

"那是大人药，大人小孩子不一样！"

小林老婆说：

"怎么不一样，少吃一点就是了。这事你别管。不花四十五块，我也能让孩子三天好了。药吃完我再到单位要！"

小林觉得老婆说得也有道理。他用手摸了摸女儿的头，不知是孩子刚刚睡醒的缘故，还是嗅到了医院的味道，烧突然又退了下去。眼睛也有神了，指着医院对面的"哈密瓜"要吃。看情况有些缓解，小林觉得老婆的办法也可试一试。于是就跟老婆一块出医院，给孩子买了一块"哈密瓜"。吃了一块"哈密瓜"，孩子更加活泼，连咳嗽一时也不咳了，跳到地上拉着小林的手玩。小林高兴，老婆也高兴。大家一高兴，心胸也就开阔了，小林也不再追究老婆说过老师传染不传染的话了，那都是着急时没有办法乱发的火，不足为凭。既然不追究了，孩子的病也确诊了，老婆想出办法，看病又省下四十五块钱，这不等于白白收入？大家心情更开朗。小林对老婆也关心了。路过小吃街，小林对老婆说：

"你不是爱吃炒肝？吃一碗吧！"

小林老婆咂吧咂吧嘴说：

"一块五一碗，也就吃着玩，多不划算！"

小林马上掏出一块五，递给摊主：

"来一碗炒肝！"

7

炒肝端上来，小林老婆不好意思地看了小林一眼，就坐下吃起来。看她吃的爱惜样子，这炒肝她是真爱吃。她捡了两节肠子给孩子吃，孩子嚼不动又吐出来，她忙又扔到自己嘴里吃了。她一定让小林尝尝汤儿，小林害怕肠，以为肠汤一定不好喝，但禁不住老婆一次一次劝，老婆的声音并且变得很温柔，眼神很多情，像回到了当初没结婚正谈恋爱的时候，小林只好尝了一口。汤里有香菜，热腾腾的，汤的味道果然不错。老婆问他味道怎么样，他说味道不错，老婆又多情地看了他一眼。想不到一碗炒肝，使两人重温了过去的温暖。这种情绪一直持续到晚上。因孩子病得不重，回家后老婆让她吃了药，她就自己玩去了。晚上也不咳了，睡得很死。等外间保姆传来鼾声，小林和小林老婆都很有激情。事情像新婚时一样好。事情过去以后，两人又相互抚摸着谈起了天，重新总结今天孩子病的原因。小林老婆主动承认错误，说今天一时性急，错怪了小林的老师。小林说既然不怪老师，就怪我们夜里没看好，让孩子踹了被子。老婆说也不怪夜里没看好，就怪一个人。小林心里"咯噔"，问是谁，老婆用手指了指外间门厅。这是指保姆。接着老婆说了保姆一大堆不是，说保姆斤斤计较，干活不主动，交代的任务故意磨蹭，爱在保姆间乱串，爱泄露家中的机密；对孩子也不是真心实意，两人上班不在家，她让孩子一个人玩水，自己睡觉或看电视，还有个不感冒的？等今年九月份，一定送孩子入托，把她辞出去。她一个人工资四十元，吃喝费用得六十元，还用小林老婆的卫生巾、化妆品，再加上水果杂用，一月一百多，占一个人的工资，家里哪会不穷？等孩子入托，辞了保姆，一个月省下这么多钱，家里生活肯定能改善，前途还是光明的。小林也受了鼓舞，加上他平时对保姆印象也不好，也跟着老婆说了一阵子话。说完感到气都出了，心里很畅快。两人又亲了一下，才分开身子睡觉。老婆一转身三分钟睡着了，小林没睡着，想了想刚才的一番议论，又感到有些羞愧。两人温暖一天，最后把罪过归到保姆身上，未免有些小气。人家一个十几岁的小姑娘，出门几千里在外，整天看你脸色说话，就是容易的？小林感到自己也变得跟个娘儿们差不多了，不由感叹一声。但接着疲倦也上来了，两个眼皮一合，也就睡着了，不再想那么多。

但等第二天早晨，小林又感到昨天对保姆的指责没有错。清早老婆上班，小林照常出去排豆腐。排完豆腐，小林本来应该去上班，但今天下着蒙蒙小雨，来排豆腐的人少，豆腐买得顺利，看看表，还有富裕时间，因惦着孩子感冒，就又回家看了一趟。回家后，发现保姆床也没叠，孩子的饭也没做，药也没喂，给了孩子一盆洗脸水让她玩，她呢，正在给自己鼓捣吃的。清早起来小林和小林老婆都吃的剩饭，把昨天的剩饭泡了泡，就着咸菜吃下了肚。保姆不吃剩饭，你再熬点新粥也就罢了，谁知她正在用给女儿做饭的小锅下挂面，进屋一股香气，她加了香菜，加了豆腐干，还卧了一个鸡蛋。保姆见他突然回来，也有些吃惊，忙用筷子把鸡蛋往面条底下捺。但不管怎么捺，还是让小林发现了。小林怒火一股股往脑门冲，这不是故意败坏人吗？起床孩子不弄，自己倒先偷着做好的吃。大家都不容易，我们背后议论你，把一切罪过归到你身上固然不对，但你也忒不自觉，忒不值得尊重和体谅。但小林没有再指责保姆。按说现在抓住了罪证，当面指责一顿十分痛快，但保姆是这种样子，你指责她一顿，岂敢保证你走了以后，她会不把气撒到孩子身上？孩子还不懂事,能让她再替你承担罪过? 于是只是把孩子正在玩的保姆的洗脸水,气鼓鼓地夺过来倾到马桶里。孩子一玩水,又开始流鼻涕;水被夺走,便坐在地上拧着屁股哭。小林没理,摔上门就上班去了。边匆匆下楼边心里骂:

"妈的,九月份一定让你滚蛋!"

晚上下班回家,孩子的感冒似乎又加重了,鼻子齉齉的,一个劲咳嗽;摸摸头,烧也有点升上来。小林知道,这和保姆一天捣蛋肯定有关系。但他又不敢把清早保姆捣蛋的事告诉老婆,那样肯定会引起另一场轩然大波。不过,不知老婆今天怎么了,一脸喜色,对孩子病情加重也不在意,喜滋滋地自己坐在床前想心思。老婆一有这种脸色,肯定有好事。来厨房看看,果然,老婆买回来一节香肠。买了香肠不说,还买回来一瓶"燕京"啤酒。这肯定是给小林买的。过去单身汉时,小林最爱喝啤酒。自结婚以后,这种爱好渐渐就根除了。一瓶一块多,喝它干吗,就是不说钱,平时谁有喝啤酒的心思! 小林摸不透老婆今天的心思,忙进里间问:

"喂,你今天怎么了?"

老婆"吃吃"地笑。

小林感到有些奇怪:

"你笑什么? 说出来我听听!"

老婆说:

"小林,我告诉你,我的工作问题解决了!"

小林吃了一惊:

"什么? 解决了? 你去前三门单位了? 管人事的头头答应了?"

老婆摇摇头。

小林问:

"找到新的单位了?"

老婆摇摇头。

小林禁不住泄气:

"那解决什么?"

老婆说:

"这工作我不调了!"

小林说:

"怎么不调了,你对单位又有感情了? 你不怕挤公共汽车了?"

小林老婆说:

"感情谈不上,但以后不挤公共汽车了。我们单位的头头说,从九月份开始,往咱们这条线发一趟班车! 你想,有了班车,我就不用挤公共汽车,四十分钟也到了。自己单位的班车,上车还有座位,这不比挤地铁去前三门单位还好? 小林,我想通了,只要九月份通班车,我工作就不调了。这单位固然不好,人事关系复杂,但前三门那个单位就不复杂了? 看那管人事头头的嘴脸! 我信了你的话,天下的老鸦一般黑。只要有班车,我就不调了,睁只眼闭只眼混算了。这不是工作问题解决了!"

8

小林听了老婆一番话,也很高兴。家中的一件大事,过去天天苦恼,时常为此闹矛盾,现在终于有了着落。虽然工作问题的解决实际上是以不解决为解决,但不管怎样,解决了,老婆就安心了,就没有烦恼了,就不会情绪激动了,家里就不会再为此闹矛盾。说来问题解决也简单,靠小林和小林老婆自己去求人,去送东西到处碰壁,最终解决无非是单位发了一趟班车。但不管怎么解决,小林也马上和老婆一样高兴起来,说:

"好,好,这不以后不存在这问题了? 你就不再跟我闹了?"

老婆说:

"是不存在呀!"

又娇嗔道:

"谁跟你闹了? 你没有本事解决,还怪我跟你闹! 最后不还是靠我自己解决! 就等九月份了!"

小林说:

"是呀,是呀,是靠你自己解决,就等九月份!"

大家情绪很好。孩子的病也压过去了。吃饭时大家喝了啤酒。晚上孩子保姆入睡,两人又欢乐了一次。欢乐时两人很有激情。欢乐以后,两人都很不好意思。昨天欢乐,今天又欢乐,很长时间没这么勤了。接着两人又抚摸着谈心,说九月份。九月份真是个好日子,老婆工作问题解决,孩子入托辞退保姆,家里可省一大笔开支。两人又展望未来,憧憬九月份的幸福日子,讨论节省下的开支如何使用。后来老婆又说,现在孩子还小,要不再让孩子在家呆一年,再用一年保姆,等明年再送孩子入托。小林想起早晨保姆的事,马上恶狠狠地说:

"不,就今年,不为孩子,也为保姆,马上让她滚蛋!"

老婆与保姆矛盾很深,听小林这么说,也很高兴,又亲了他一下,翻过身就睡着了。

九月份了。九月份有两件事,一、老婆通班车;二、孩子入托辞退保姆。老婆通班车这一条比较顺,到了九月一号,老婆单位果然在这条线通了班车。老婆马上显得轻松许多。早上不用再顶星星。过去都是早六点起床,晚一点儿就要迟到;现在七点起床就可以了,可以多睡一个小时。七点起床梳洗完毕,吃点饭,七点二十轻轻松松出门,到门口上班车;上了班车还有座位,一直开到单位院内,一点不累。晚上回来也很早,过去要戴月亮,七点多才能到家,现在不用戴了;单位五点下班,她五点四十就到了家,还可以休息一会儿再做饭。老婆很高兴。不过她这高兴与刚听到通班车时的高兴不同,她现在的高兴有些打折扣。本来听说这条线通班车,老婆以为是单位头头对大家的关心,后来打听清楚,原来单位头头并不是考虑大家,而是单位头头的一个小姨子最近搬家搬到了这一块地方,单位头头的老婆跟单位头头闹,单位头头才让往这里加一线班车。老婆听到这个消息,马上就有些沮丧,感到这班车通得有些贬值,自己高兴得有些盲目。回来与小林唠叨,小林听到心里也挺别扭,感到似乎是受了污辱。但这污辱比起前三门单位管人事的头头拒不收礼的污辱算什么! 于是向老婆解释,管他娘嫁给谁,管是因为什么通的班车,咱只要跟着能坐就行了。老婆说:

"原来以为坐班车是公平合理,单位头头的关心,谁知是沾了人家小姨子的光,以后每天坐车,不都得想起小姨子!"

小林说:

"那有什么办法。现在看,没有人家小姨子,你还坐不上班车!"

小林老婆说:

"我坐车心里总感到有些别扭,感到自己是二等公民!"

小林说:

"你还像大学刚毕业那么天真,什么二等三等,有个班车给你坐就不错了。我只问你,就算沾了人家小姨子的光,总比挤公共汽车强吧?"

小林老婆说:

"那倒是!"

小林又说:

"再说,沾她光的又不是你自己,我只问你,是不是每天一班车人?"

老婆说:

"可不是一班车人,大家都不争气!"

小林说:

"人家不争气,这时你倒长了志气。你长志气,你以后再去坐公共汽车,没人拉你非坐班车!你调工作不也照样求人巴结人?给人送东西,还让晾到了楼道里!"

9

老婆这时"扑哧"笑了:

"我也就是说说,你倒说个没完了。不过你说得对,到了这时候,还说什么志气不志气!谁有志气?有志气顶他妈屁用,管他妈嫁给谁,咱只管每天有班车坐就是了!"

小林拍巴掌:

"这不结了!"

所以老婆每天显得很愉快。但小孩入托一事,碰到了困难。小林单位没有幼儿园,老婆单位有幼儿园,但离家太远,每天跟着老婆来回坐车也不合适,这就只能在家门口附近找幼儿园。门口倒是有几个幼儿园,有外单位办的,有区里办的,有街道办的,有居委会办的,有个体老太太办的。这里边最好的是外单位办的,里边有幼师毕业的阿姨,可以教孩子些东西;区以下就比较差些,只会让孩子排队拉圈在街头走;最差的是居委会或个体办的,无非是几个老太太合伙领着孩子玩,赚个零用钱花花。因孩子教育牵扯到下一代,老婆对这事看得比她调工作还重。就撺掇小林去争取外单位办的幼儿园,次之只能是区里办的,街道以下不予考虑。小林一开始有些轻敌,以为不就给孩子找个幼儿园吗?临时呆两年,很快就出去了,估计困难不会太大,但他接受以前一开始说话腔太满,后来被老婆找后账的教训,说:

"我找人家说说看吧,我也不是什么领导人,谁知人家会不会买我的账,你也不能限制得太死!"

对门印度女人家也有一个孩子,大小跟小林家孩子差不多,也该入托,小林老婆听说,她家的孩子就找到了幼儿园,就是外单位办的那个。小林老婆说话有了根据,对小林说:

"怎么不限制死,就得限制死,就是外单位那个,她家的孩子上那个,咱孩子就得上那个,区里办的也不用考虑了!"

任务就这样给小林布置下了。等小林去落实时,小林才感到给孩子找个幼儿园,原来比给老婆调工作困难还大。小林首先摸了一下情况,外单位这个幼儿园办得果真不错,年年在市里得先进。一些区一级的领导,自己区里办的有幼儿园,却把孩子送到这个幼儿园。但人家名额限制得也很死,没有过硬的关系,想进去比登天还难。进幼儿园的表格,都在园长手里,连副园长都没权力收孩子。而要这个园长发表格,必须有这个单位局长以上的批条。小林绞尽脑汁想人,把京城里的同学想遍,没想出与这个单位有关系的人。也是急病乱投医,小林想不出同学,却突然想起门口一个修自行车的老头。小林常在老头那里修车,"大爷""大爷"地叫,两人混得很熟。平时带钱没带钱,都可以修了车子推上先走。一次在闲谈中,听老头说他女儿在附近的幼儿园当阿姨,不知是不是外单位这个? 想到这个茬儿,小林兴奋起来,立即骑上车去找修车老头。如果他女儿是在外单位这个,虽然只是一个阿姨,说话不一定顶用,但起码打开一个突破口,可以让她牵内线提供关系。找到修车老头,老头很热情,也很豪爽,听完小林的诉说,马上代他女儿答应下来,说只要小林的孩子想入他女儿的托,他只要说一句话,没有个进不去的。只是他女儿的幼儿园,不是外单位那个,而是本地居委会办的。小林听后十分丧气。回来将情况向老婆作了汇报。老婆先是责备他无能,想不出关系,后又说:

"咱们给园长备份厚礼送去,花个七十八十的,看能不能打动她! 对门那个印度孩子怎么能进去? 也没见她丈夫有什么特别的本事,肯定也是送了礼!"

小林摆摆手说:

"连认识都不认识,两眼一抹黑,这礼怎么送得出去? 上次给前三门单位管人事的头头送礼,没放着样子?"

老婆火了:

"关系你没关系,礼又送不出,你说怎么办?"

小林说:

"干脆入修车老头女儿那个幼儿园算了! 一个三岁的孩子,什么教育不教育,韶山冲一个穷沟沟,不也出了毛主席! 还是看孩子自己!"

老婆马上愤怒,说小林不能这样对孩子不负责任;跟修车的女儿在一起,长大不修车才怪;到目前为止,你连外单位的幼儿园的园长见都没见一面,怎么就料定人家不收你的孩子? 有了老婆这番话,小林就决定斗胆直接去见一下幼儿园园长。不通过任何介绍,去时也不带礼,直接把困难向人家说一下,看能否引起人家的同情。路上小林安慰自己,中国的事情很复杂,别看素不相识,别看不送礼,说不定事情倒能办成;有时认识、有关系,倒容易关系复杂,相互嫉妒,事情倒不大好办。不认识怎么了? 不认识说不定倒能引起同情。世上就没好人了? 说不定这里就能碰上一个。但等小林在幼儿园见到园长,才知道自己的想法幼稚天真。幼儿园园长是个五十多岁的老太太,人倒挺和蔼,说她这个幼儿园不招收外单位的孩子;本单位孩子都收不了,招外单位的大家会没有意见? 不过情况也有例外,现在幼儿园想搞一项基建,一直没有指标,看小林在国家机关工作,如能帮他们搞到一个基建指标,就可以收下小林的孩子。小林一听就泄了气,自己连自己都顾不住,哪能帮人家搞什么基建指标? 如有本事搞基建指标,孩子哪个幼儿园不能进,何必非进你这个幼儿园? 他垂头丧气回到家,准备向老婆汇报,谁知家里又起了轩然大波,正在闹另一种矛盾。原来保姆已经闻知他们在给孩子找幼儿园;给孩子找到幼儿园,不马上要辞退她?她不能束手待毙,也怪小林老婆不事先跟她打招呼,于是就先发制人,主动提出要马上辞退工作。小林老婆觉得保姆很没道理,我自己的孩子,找不找幼儿园还用跟你商量?现在幼儿园还没找到,你就辞工作,不是故意给人出难题?两人就吵起来。到了这时候,小林老婆不想再给保姆说好话,说,要辞马上辞,立即就走。保姆也不服软,马上就去收拾东西。小林回到家,保姆已将东西收拾好,正要出门。小林幼儿园联系得不顺利,觉得保姆现在走措手不及,忙上前去劝,但被老婆拦住:

"不用劝她,让她走,看她走了,天能塌下来不成!"

小林也无奈。可到保姆真要走,孩子不干了。孩子跟她混熟了,见她要走,便哭着在地上打滚;保姆对孩子也有了感情,忙上前又去抱起孩子。最后保姆终于放下嗷嗷哭的孩子,跑着下楼走了。保姆一走,小林老婆又哭了,觉得保姆在这干了两年多,把孩子看大,现在就这么走了也很不好,赶忙让小林到阳台上,给保姆再扔下一个月的工资。

保姆走后,家里乱了套。幼儿园没找着,两人就得轮流请假在家看孩子。这时老婆又开始恶狠狠地责骂保姆,怪她给出了这么个难题,又责怪小林无能,连个幼儿园都找不到。

小林说:

"人家要基建指标,别说我,换我们的处长也不一定能搞到!"

又说:

"依我说,咱也别故意把事情搞复杂,承认咱没本事,进不了那个幼儿园,干脆,进修车老头女儿的幼儿园算了!这个幼儿园不也孩子满满当当的!"

事到如今,小林老婆的思想也有些活动。整天这么请假也不是个事。第二天又与小林到修车老头女儿的幼儿园看了看,印象还不错,当然比外单位那个幼儿园差远了,但里面还干净,几个房间里圈着几十个孩子,一个屋子角上还放着一架钢琴。幼儿园离马路也远。小林见老婆不说话,知道她基本答应了,心里一块石头才算落了地。

10

回来,开始给孩子做入托的准备。收拾衣服、枕头、吃饭的碗和勺子、喝水的杯子、揩鼻涕的手绢,像送儿出征一样。小林老婆又落了泪:

"爹娘没本事,送你到居委会幼儿园,你以后就好自为之吧!"

但等孩子体检完身体,第二天要去居委会幼儿园时,事情又发生了转机,外单位那个幼儿园,又同意接收小林的孩子。当然,这并不是小林的功劳,而是对门那个印度女人的丈夫意外给帮了忙。这天晚上有人敲门,小林打开门,是印度女人的丈夫。印度女人的丈夫具体是干什么的,小林和小林老婆都不清楚,反正整天穿得笔挺,打着领带,骑摩托上班。由于人家家里富,家里摆设好,自家比较穷,家里摆设差,小林和小林老婆都有些自卑,与他们家来往不多。只是小林老婆与印度女人有些接触,还面和心不和。现在印度女人的丈夫突然出现,小林和小林老婆都提高了警惕:他来干什么?谁知人家很大方,坐在床沿上说:

"听说你们家孩子入托遇到困难?"

小林马上感到有些脸红。人家问题解决了,自己没有解决,这不显得自己无能?就有些支吾。印度女人丈夫说:

"我来跟你们商量个事,如果你们想上外单位那个幼儿园,我这里还有一个名额。原来搞了两个名额,我孩子一个,我姐姐孩子一个,后来我姐姐孩子不去了,如果你们不嫌这个幼儿园差,这个名额可以让给你们,大家对门住着!"

小林和小林老婆都感到一阵惊喜。看印度女人丈夫的神情,也没有恶意。小林老婆马上高兴地答:

"那太好了,那太感谢你了!那幼儿园我们努力半天,都没有进去,正准备去居委会的呢!"

这时小林脸上却有些挂不住。自己无能,回过头还得靠人家帮助解决,不太让人看不起了!所以倒没像老婆那样喜形于色。印度女人丈夫又体谅地说:

"本来我也没什么办法,只是我单位一个同事的爸爸,正好是那个单位的局长,通过求他,才搞到了名额。现在这年头儿,还不是这么回事!"

这倒叫小林心里有些安慰。别看印度女人爱搅是非,印度女人的丈夫却是个男子汉。小林忙拿出烟,让他一支。烟不是什么好烟,也就是"长乐",放了好多天,有些干燥了,但人家也没嫌弃,很大方地点着,与小林一人一支,抽了起来。

孩子顺利地入了托。小林和小林老婆都松了一口气。从此小林家和印度女人家的家庭关系也融洽许多。两家孩子一同上幼儿园。但等上了几天,小林老婆的脸又沉了下来。小林问她怎么回事,她说:

"咱们上当了! 咱们不该让孩子上外单位幼儿园!"

小林问:

"怎么上当? 怎么不该去?"

小林老婆说:

"表面看,印度家庭帮了咱的忙,通过观察,我发现这里头不对,他们并不是要帮咱们,他们是为了他们自己。原来他们孩子哭闹,去幼儿园不顺利,这才拉上咱们孩子给他陪读。两个孩子以前在一起玩,现在一块上幼儿园,当然好上了。我也打听了,那个印度丈夫根本没有姐姐! 咱们自己没本事,孩子也跟着受欺负! 我坐班车是沾了人家小姨子的光,没想到孩子进幼儿园,也是为了给人家陪读!"

接着开始小声哭起来。听了老婆的话,小林也感到后背冷飕飕的。妈的,原来印度家庭没安好心。可这事又摆不上桌面,不好找人理论。但小林心里像吃了马粪一样感到龌龊。事情龌龊在于:老婆哭后,小林安慰一番,第二天孩子照样得去给人家当"陪读";在好的幼儿园当陪读,也比在差的幼儿园胡混强啊! 就像蹭人家小姨子的班车,也比挤公共汽车强一样。当天夜里,老婆孩子入睡,小林第一次流下了泪,还在漆黑的夜里扇了自己一耳光:

"你怎么这么没本事,你怎么这么不会混!"

但他扇的声音不大,怕把老婆弄醒。

今年大白菜丰收。

小林站在市民排起的长队里,嘴里哈着寒气,开始购买冬贮大白菜。大家一人手里捏着一个纸片。天冷了,有人头上已经扣上了棉帽子。大家排队时间一长,相互混熟了,前边一个中年人让给小林一支烟,两人燃着,说些闲话。一到购买冬贮大白菜,小林的心情是既焦急又矛盾。看着别人用自行车、三轮车、大筐往家里弄大白菜,留下一路菜帮子,他很焦急;生怕大白菜一下卖完,他落了空,冬天里没有菜吃。等到挤到人群里去买,他心里又觉得是上当。年年买大白菜,年年上当。买上几十棵便宜菜,不够伺候它的,天天得摆、晾、翻,天天夜里得收到一起码着。这样晾好,白菜已经脱了几层皮。一开始是舍不得吃,宁肯再到外面买;等到舍得吃,白菜已经开始发干,萎缩,一个个变成了小棍棍,一层层揭下去,就剩一个小白菜心,弄不好还冻了,煮出一股酸味。每到第二年春天,面对着剩下的几根小棍棍,小林和小林老婆都发誓,等秋天再不买大白菜。可一到秋天,看着一堆堆白菜那么便宜,政府在里边有补贴,别人家一车一车推,自己不买又感到吃亏。这样矛盾焦急心理,小林感到是一种折磨,其心理损耗远远超过了白菜的价值。所以今年一到秋天小林便下定决心:坚决不买大白菜。与老婆商量,老婆也同意,说把冬贮菜的亏烂刨去,也不见得便宜到哪里去。于是他们今年真没有买大白菜。但这样仅坚持了三天,小林又扣上棉帽子排到了买冬贮菜的行列。这并不是今年小林的意志不坚强,而是今年北京大白菜过剩,单位号召大家买"爱国菜",谁买了"爱国菜"可以到单位报销。这样,不买白不买,小林和小林老婆马上又改变了最初的决定,决定马上去买"爱国菜",而且单位能报销多少,就买多少。小林单位可以报销三百斤,小林老婆单位可以报销二百斤,于是两人决定买五百斤。这比往年自己决定买大白菜的量还多。小林专门借了办公室副处长老何家的三轮车。小林说:

"原来说不买大白菜了,谁知单位又要报销,逼着你非再麻烦一次!"

11

由于这麻烦是报销引起的而不是自己决定的,所以小林一边排队买菜,一边又感到委屈,叹了一口气,用脚踢了踢"爱国菜",漫不经心地看前边称菜。但小林很快又克服了漫不经心。因大家买菜都不花钱,竞争都挺激烈,生怕排到自己"爱国菜"脱销,眼珠子瞪得都挺大。小林也不由紧张起来,将棉帽子的帽翅卷了起来,露出耳朵。

五百斤大白菜买回家,家里便充满了大白菜的气味。小林心情不好。但由于这大白菜不花钱,老婆的积极性倒挺高,在那里晾晒。不过结果小林仍然知道,无非变成七八十个小棍棍。看着它堆积那么高,一个冬天要吃掉它,也叫人倒胃口。不过老婆心情开朗,小林也跟着心情好起来,家里气氛倒是比以前轻松。大白菜拉回家的第二天,小林老家又来了人,一共来了六个,小林心里一阵紧张,小林老婆的脸也变了颜色。不过这六个客人并没有吃饭,坐了一会就走了,说是去东北出差。小林才放下心来。小林老婆脸上的颜色也转了过来,送客人时显得很热情,弄得大家都很满意。

这天,小林下班早,到菜市场去转。先买了一堆柿子椒,又用粮票换了二斤鸡蛋(保姆走后,粮食宽裕许多,可以腾出些粮票换鸡蛋),正准备回家,突然看到市场上新添了一个卖安徽板鸭的个体食品车,许多人站队在那里买。小林过去看了看,鸭子太贵,四块多一斤;但鸭杂便宜,才三块钱一斤。小林女儿爱吃动物杂碎,小林就也排到了队伍中,准备买半斤鸭杂。摊主有两个人,一个操安徽口音的在剁鸭子,另一个老板模样的人在收钱。可等排到小林,小林要把钱交给老板时,老板看他一眼,两人眼睛一对,禁不住都叫道:

"小林!"

"小李白!"

两人都丢下鸭杂和钱,笑着搂抱在一起。这个"小李白"是小林的大学同学,当年在学校时,两人关系很好,都喜欢写诗,一块加入了学校的文学社。那时大家都讲奋斗,一股子开天辟地的劲头。"小李白"很有才,又勤奋,平均一天写三首诗,诗在一些报刊还发表过,豪放洒脱,上下几千年,秦皇汉武,唐宗宋祖,都不在话下,人称"小李白"。惹得许多女同学追他。毕业以后,大家烟消云散。"小李白"也分到一个国家机关。后来听说他坐不了办公室,自己辞职跑到一个公司去了,现在怎么又卖起了板鸭?"小李白"见到小林,生意也不做了,一切交给剁鸭子的安徽人,拉小林到旁边树下聊天。两人抽着烟,小林问:

"你不是在公司吗? 怎么又卖起了板鸭?"

"小李白"一笑:

"妈拉个×,公司倒闭了,就当上了个体户,卖起了板鸭! 不过卖板鸭也不错,跟自己开公司差不多,一天也弄个百儿八十的!"

小林吓了一跳,又问:

"你还写诗吗?"

"小李白"朝地上啐了一口浓痰:

"狗屁! 那是年轻时不懂事! 诗是什么,诗是搔首弄姿混扯淡! 如果现在还写诗,不得饿死? 混呗。你结婚了吗?"

小林说:

"孩子都三岁了!"

"小李白"拍了一巴掌:

"看,还说写诗,写姥姥! 我可算看透了,不要异想天开,不要总想着出人头地,就在人堆里混,什么都不想,最舒服,你说呢?"

小林深有同感,于是点点头。又问:

"你有孩子吗?"

"小李白"伸出了三个手指头。小林吃了一惊:

"你敢不计划生育?"

"小李白"一笑:

"结了三个,离了三个,现在又结了一个。结一个下一个果,离婚人家不要孩子,我可不就落了三个! 不卖鸭子成吗? 家里五六张嘴等着吃食哩!"

小林也一笑,觉得"小李白"到底是"小李白",诗虽然不写了,但那股洒脱劲儿还没褪下。两人又谈了半天,天快黑了,"小李白"突然想起什么,照小林肩上拍了一掌:

"有了!"

小林吓了一跳:

"什么有了?"

"小李白"说:

"我得出去十来天,去外地弄鸭子,这里没人收账,我正愁找不到人,你以后每天下班,来替我收收账算了!"

小林忙摆手:

"别,别,我还得上班。再说,我也不会卖鸭子!"

"小李白"说:

"我知道你是爱那个面子! 你还是天真幼稚,现在普天下谁还要面子? 要面子一股子穷酸,不要面子享荣华富贵。就你小林清高?看你的穿戴神情,也是改不掉的穷酸受罪模样。你下班来替我收账,帮我十天,我每天给你二十块钱!"

然后,不由分说,将一个大鸭子塞到小林手里,把小林推走了。

小林边摇头边笑提着鸭子回到家,老婆正不高兴他这么晚才回来,孩子也没准时接;又看他手里提鸭子,以为是花钱买的,叫道:

"你成贵族了,吃这么大的鸭子!"

小林将鸭子扔到饭桌上,瞪了老婆一眼:

"人家送的!"

12

小林老婆吃了一惊:

"你当官了?也有人给你送东西!"

小林便将菜市场的巧遇原原本本给老婆说了。最后把"小李白"让他看鸭子收账的事也说了。没想到老婆一听这事倒高兴,同意他去卖鸭子,说:

"一天两个小时,也不耽误上班,两个小时给你二十块钱,比给资本家端盘子挣得还多,怎么不可以!从明天起孩子我接,你卖鸭子吧,这事你能干得下来!"

小林倒在床上,手扣住后脑勺说:

"干是干得下来,只是面子上挂不住,卖鸭子!"

小林老婆说:

"管他呢!讲面子不是穷了这么多年?你又不找老婆,我不怕你丢面子,你还怕什么!"

于是,从第二天起,小林每天下午下班,就坐在板鸭车后边卖鸭子收款。一开始还真有些不好意思,穿上白围裙,就不敢抬眼睛,不敢看买鸭子的是谁,生怕碰到熟人。回家一身鸭子味,赶紧洗澡。可干了两天,每天能捏两张人民币,眼睛、脸就敢抬了,碰到熟人也不怕了。回来澡也不洗了。习惯了就自然了。小林感到就好像当娼妓,头一次接客总是害怕、害臊,时间一长,态度就大方了,接谁都一样。这时小林觉得长期这样卖鸭子也不错,每月可多六百元的收入,一年下来不就富了?可惜"小李白"只出去十天,十天回来,小林就干不成了。如果自己早一点见到"小李白"就好了。

鸭子卖到第九天,这天小林正在车后卖鸭子,又碰到一个熟人。本来现在小林已经不怕熟人了,但这个熟人不同别的熟人,小林还是有些害怕,他是小林办公室的处长老关。老关家住别处,本来不逛这个菜市场,怎么他今天逛到这里来了?当老关看到板鸭车后坐的是自己的部下,吃惊得眼睛瞪得溜圆。小林也感到不好意思。小林第二天上班,就准备老关找他谈话。果然,老关找他单独"通气"。不过这时小林一点不怕老关,大家都在社会上混,又不是在单位卖鸭子,下班挣个零钱有什么不可以?有钱到底过得愉快,九天挣了一百八,给老婆添了一件风衣,给女儿买了一个五斤重的大哈密瓜,大家都喜笑颜开。这与面子、与挨领导两句批评相比,面子和批评实在不算什么。当然小林在单位混了这么多年,已不像刚来单位时那么天真,尽说大实话;在单位就要真真假假,真亦假来假亦真,说假话者升官发财,说真话倒霉受罚。于是在老关要求他解释昨天的事时,小林故作天真地一笑,说卖板鸭的是他的同学,他觉得好玩,就穿上同学的围裙坐那里试了一试,喊了两嗓子，纯粹是闹着玩，正好被领导碰上，他并没有真的卖鸭子，给单位丢名誉。老关听到情况是这样，就松了一口气，说："我说呢，堂堂一个国家干部，你也不至于卖鸭子！既然是闹着玩，这事就算了，以后别这么闹就是了！"

小林忙答应一声，两人便分了手。等老关走远，小林朝地上啐了一口唾沫，怎么不至于卖鸭子，老子就是卖了九天鸭子！可惜今天是最后一天了。如果能长期这样，我这个鸭子还真要长期卖下去。

可惜，这天下午，"小李白"准时从外地回来了，小林就告别了板鸭车。临别时"小李白"把最后二十块钱交给小林，交代他以后想吃鸭子就来拿；以后他到外地去弄鸭子，还请他来看摊。小林这时一点也没不好意思，声音很大地答应：

"以后需要我帮忙，你尽管言声！"

孩子上幼儿园已经三个月了。小林或小林老婆每天接送。平心而论，孩子上幼儿园以后，家务比以前多了，家里没有保姆，刷碗、擦地、洗衣洗单子，都要自己动手；孩子每天清早送、晚上接，都要准时，不像过去家里有保姆担着，回去的早晚没关系。家务虽然重了，但因为家里没有保姆，孩子一天不在家，让人心理上轻松许多；孩子接回来，关起门也是自己一家人，没有外人。保姆一走，每月省下一百多元钱，扣除孩子的入托费，还剩五六十，经济上也显得宽裕了，老婆也舍得吃了，时不时买根香肠，有时还买只烧鸡。两人在一起讨论起来，都说没有保姆好处多，接着说了用保姆的一连串毛病。但现在人家已经走了，两人还边啃烧鸡边声讨人家，未免显得有些小气。不说她也罢。以后两人说保姆少了。

孩子入托好是好，但小林和小林老婆一直有一个心理问题还没有解决。因为孩子入托是沾了印度家庭的光，是为了给人家孩子当陪读。清早一送孩子，晚上一接孩子，就想起这档子事，让人心理上不愉快。接送过程中，常碰到印度女人或她的丈夫，招呼还是要打，但打过招呼就有一种羞愧和不自然。不过孩子不懂事，有时从幼儿园出来，还和印度女人的孩子拉着手，玩得很愉快。但什么事情都有一个过程，时间一长，小林和小林老婆就把这事看得轻了。有时又一想什么陪读不陪读，只要能进幼儿园，只要孩子愉快就行了。就好像帮人家卖鸭子，面子是不好看，领导也批评，但二百块钱总是到手了。只是有时见了印度家的人依然愤怒，愤怒起来心里要骂一句：

"帮我联系幼儿园，我也不承你的情！"

孩子在幼儿园也有一个习惯过程。开始几天，孩子哭着不去。送时哭，接时也哭。这是年幼不懂事，大人只要坚持下来，孩子也没办法。坚持一段孩子就习惯了。等孩子熟悉了新的环境，老师、别的孩子，她都认识了，于是也就不哭了。小林有时觉得那么小的孩子，在无奈中也会渐渐适应环境，想起来有些心酸。可老放在身边怎么成，她就不长大了吗？长大混世界，不更得适应？于是也就不把这辛酸放到心上。这时有了世界杯足球赛，小林前几年爱看足球，看得脸红心跳，觉得过瘾，世界级的明星，都能说出口。那时觉得人生的一大目的就是看足球，世界杯四年一次，人生才有几个四年？但后来参加工作、结婚以后，足球赛渐渐不看了。看它有什么用？人家球踢得再好，也不解决小林身边任何问题。小林的问题是房子、孩子、蜂窝煤和保姆、老家来人。所以对热闹的世界杯充耳不闻。现在孩子入了幼儿园，小林心里轻松一些，看到今天晚上要决赛，也禁不住心里痒痒起来；由于转播是半夜，他想跟老婆通融通融，半夜起来看一次转播。于是下班接孩子回来，猛干家务。老婆看他有些反常,问他有什么事,他就觍着脸把这件事说了,并说今天晚上上场的有马拉多纳。谁知老婆仍是那么不通情达理,她的思路仍没有转过弯来,竟将围裙摔到桌子上:

"家里蜂窝煤都没有了,你还要半夜起来看足球,还是累得轻! 你要能让马拉多纳给咱家拉蜂窝煤,我就让你半夜起来看他!"

小林一阵扫兴,连忙摆手:

"算了,算了,你别说了,我不看了,明天我去拉蜂窝煤不就行了!"

13

于是也不再干家务,坐在床头犯傻,像老婆有时在单位不顺心回到家坐床边犯傻的样子。这天夜里,小林一夜没睡着。老婆半夜醒来,见小林仍睁眼在那里犯傻,倒有些害怕,说:

"你要真想看,你看去吧! 明天不误拉蜂窝煤就行了!"

这时小林一点兴致都没有了,一点不承老婆的情,厌恶地说:

"我说看了? 不看足球,还不让我想想事情了!"

第二天早起,小林就请了一上午假,去拉蜂窝煤。拉完蜂窝煤下午到单位,新来的大学生便来征求他对昨晚足球的意见。小林恶狠狠地说:

"一个鸡巴足球,有什么看的! 我从来不看足球!"

接着就自己去翻报纸。倒把大学生吓了一跳。晚上下班回来,老婆见他仍在闹情绪,蜂窝煤也拉来了,倒觉得有点对不住他,自己忙里忙外弄孩子,还看着他的脸色说话。这倒叫小林有些过意不去,心里的恶气才稍稍出了一些。

这天晚上,小林和小林老婆正准备吃饭,查水表的瘸腿老头来了。本来今天不该查水表,但查水表的老头来了,就不敢不让他查。小林和小林老婆停止弄饭,让他查。这次老头除了拿着关水的扳手,身上还背着一个大背包,背包似乎还很重,累得老头一脸的汗。小林看着大背包,心里吓了一跳,不知老头又要搞什么名堂。果然,老头查完水表,又理所当然地坐到了小林家的床上。小林站在他跟前,不知他想说年轻时喂马,还是继续说上次偷水的事。但老头这两件事都没有说,而是突然笑嘻嘻的,对小林说:

"小林,我得求你一件事!"

小林吃了一惊,说:

"大爷,您说哪儿去了,都是我有事求您,您哪里会有事求我?"

老头说:

"这次真有事求你。你不是在×部×局×处工作吗?"

小林点点头。

老头说:

"×省×地区×县的一件批文,是不是压在你们处里?"

小林想了想,想起似乎是有这么一个文,压在处里,似乎是压在女小彭手上;女小彭这些天忙着去日坛公园学气功,就把这事给压下了。于是说:

"好像是有这件事!"

老头拍着巴掌说:

"这就对了！×省×县是我的老家呀！老家为这件事着急得不得了，县长书记都来了，找到我，让我想办法！"

小林吃一惊，县长书记进京，竟求到一个查水表的老头身上？但又想起他年轻时曾给大领导喂过马，于是就想通了。

老头继续说：

"我能想什么办法？我让他们打听一下批文压在哪个部哪个局哪个处，他们打听出来，我一听真是凑巧，这个处正好是你在的处，我忽然想咱们俩认识，于是今天就求到你头上了！这事情好办吗？"

小林在机关呆了五六年，机关那一套还不熟悉？这事情说好办就好办，明天他给女小彭说一句话，女小彭抹口红的工夫，这批件就从她手里出去了；说不好办也不好办，如果陌生人公事公办去找女小彭，如果女小彭正在做气功你打扰了她，或者因为别的事她正心情不好，这批件就难说了；她会给你找出批件的好多毛病，找出国家的种种规定，不能审批的原因，最后还弄得你口服心服，以为是批件本身有毛病而不是别的什么其他原因。瘫老头说的这批件，就看小林帮忙不帮忙，如果帮忙，明天就可以批；如果不帮忙，这批件就仍然得压一些日子。但瘫老头不是一般的老头，管着给他们查水表，这个忙看样子得帮。但小林已不是过去的小林，小林成熟了。如果放在过去，只要能帮忙，他会立即满口答应，但那是幼稚。能帮忙先说不能帮忙，好办先说不好办，这才是成熟。不帮忙不好办最后帮忙办成了，人家才感激你。一开始就满口答应，如果中间出了岔子没办成，本来答应人家，最后没办成，反倒落人家埋怨。所以小林将手搭在后脑勺上，将身子仰到被子垛上说：

"这事情不好办哪！批文是有这么一个批文，但我听说里边有好多毛病呢，不是说批就能批的！"

瘫老头虽然以前给大领导喂过马，但毕竟是多年以前的事了，现在已沦落成一个查水表的，不懂其中奥妙，已经多年矣，所以赶忙迎着小林笑：

"是呀是呀，我也给老家的县长书记说，北京中央不比地方，各项规定严着哩。不过小林你还是得帮帮忙！"

小林老婆这时也听出了什么意思，凑过来说：

"大爷，他就会偷水，哪里会帮您这大忙！"

瘫老头一脸尴尬，说：

"那是误会，那是误会，怪我乱听反映，一吨水才几分钱，谁会偷水！"

接着又忙把他的背包拉开，掏出一个大纸匣子，说：

"这是老家人的一点心意，你们收下吧！"

然后不再多留，对小林眨眨眼，瘫着腿走了。老头一走，小林老婆说：

"看来以后生活会有转变！"

小林问：

"怎么有转变？"

小林老婆指着纸盒子说：

"看，都有人开始送礼了！"

接着将纸盒子打开，掏出礼物一看，两人大吃一惊，原来是一个小型的微波炉，在市场上要七八百元一台。小林说：

"这多不合适,如果是一个布娃娃,可以收下,七八百元的东西,如何敢收! 明天给他送回去!"

老婆也觉得是。晚上吃饭,两人都心事重重的。到了晚上,老婆突然问他:

"我只问你,那个批文好办吗?"

14

小林说:

"批文倒好办,我明天给女小彭说一下,马上就可以批!"

小林老婆拍了一下巴掌:

"那这微波炉我收下了!"

小林担心地说:

"这不合适吧? 帮批个文,收个微波炉,这不太假公济私了? 再说,也给瘸腿老头留下话柄了呀!"

小林老婆说:

"给他把事情办了,还有什么话柄? 什么假公济私,人家几千几万地倒腾,不照样做着大官! 一个微波炉算什么!"

小林想想也是,就不再说什么。小林老婆马上将微波炉电源插上,拣了几块白薯放到里边试烤。几分钟之后,满屋的白薯香。打开炉子,白薯焦黄滚烫,小林老婆、小林、孩子三人,一人捧一块"稀溜稀溜"吃。小林老婆高兴地说,微波炉用处多,除了烤白薯,还可以烤蛋糕,烤馍片,烤鸡烤鸭。小林吃着白薯也很高兴,这时也得到一个启示,看来改变生活也不是没有可能,只要加入其中就行了。这天晚上,他与老婆又亲热了一回。由于有微波炉的刺激,老婆也很有激情。昨天发生的足球事件,这时也显得无足轻重了。

第二天上班,小林找到了女小彭。果然,谈笑之间,两人就把那个批件给处理了。

微波炉用了两个星期,孩子突然出了毛病。本来去幼儿园她已习惯了,接送都不哭了,有时还一蹦一跳地进幼儿园。但这两天突然反常,每天早上都哭,哭着不去幼儿园,或说肚子疼,或说要拉屎;真给她便盆,什么也拉不出来。呵斥她一顿,强着送去,路上倒不哭了,但怔怔的,犯愣,像傻了一样。小林和小林老婆都有些害怕,断定她在幼儿园出了毛病,要么是小朋友欺负了她,使她见了这个小朋友就害怕;要么问题出在阿姨身上,阿姨不喜欢她,罚她站了墙根或是让她当众出丑,伤了她的自尊心,使她害怕再见阿姨。小林和小林老婆便问孩子因为什么,孩子倒哭着说:

"我没有什么呀,我没有什么呀!"

于是小林老婆只好接孩子时在其他家长中进行调查。调查的结果,原来毛病出在小林和小林老婆身上。他们大意了。大意之中过了元旦;元旦之前,别的家长都向阿姨们送东西,或多或少,意思意思,惟独小林家没有意思,于是迹象就出现在孩子身上。老婆埋怨小林:

"你也真是,孩子进了幼儿园,你连个元旦都记不住! 幼儿园阿姨背地里不知嘲笑咱多少回,肯定说咱抠门、寒酸!"

小林也说:

"大意了大意了,过去送礼被人家推出去,就害怕送礼,谁知该送礼的时候,又把这事给忘了！"

于是就跟老婆商量补救措施，看补送一些什么合适。真要说送什么，两人又犯了愁。送个贺年卡、挂历，显得太小气，何况新年已过去了；送毯子、衣服又太大，害怕人家不收。

小林说：

"要不问问孩子？"

小林老婆说：

"问她干什么，她懂个屁！"

小林还是将孩子叫过来，问孩子知不知道其他孩子给老师送了什么，没想到孩子竟然知道，答：

"炭火！"

小林倒吃一惊：

"炭火？为什么送炭火？给老师送炭火干什么？"

于是让老婆第二天再调查。果然，孩子说对了，有许多家长在元旦给老师送了"炭火"。因为现在冬天了，冬天北京时兴吃涮羊肉，大家便给老师送"炭火"。小林说：

"这还不好办？别人送炭火，咱也送炭火！"

但等真要买炭火，炭火在北京已经脱销了。小林感到发愁，与老婆商量送点别的算了，何况别人家已经送了炭火，咱再送也是多余，不如送点别的。但孩子记住了"炭火"，每天清早爬起来第一句话便是：

"爸爸，你给老师买炭火了吗？"

看着一个三岁孩子这么顽固地要送"炭火"，小林又好气又好笑，拍了一下床说：

"不就是一个炭火吗，我全城跑遍，也一定要买到它！"

果然，最后在郊区一个旮旯小店里买到了炭火。不过是高价的。高价能买到也不错。小林让老婆把炭火送到幼儿园。第二天，女儿就恢复了常态，高兴去幼儿园。女儿一高兴，全家情绪又都好起来。这天晚上吃饭，老婆用微波炉烤了半只鸡，又让小林喝了一瓶啤酒。啤酒喝下，小林头有些发晕，满身变大。这时小林对老婆说，其实世界上事情也很简单，只要弄明白一个道理，按道理办事，生活就像流水，一天天过下去，也蛮舒服。舒服世界，环球同此凉热。老婆见他喝多了，瞪了他一眼，一把将啤酒瓶给夺了过来。啤酒虽然夺了过去，但小林脑袋已经发懵，这天夜里睡得很死。半夜做了一个梦，梦见自己睡觉，上边盖着一堆鸡毛，下边铺着许多人掉下的皮屑，柔软舒服，度年如日。又梦见黑鸦鸦无边无际的人群向前涌动，又变成一队队祈雨的蚂蚁。一觉醒来，已是天亮，小林摇头回忆梦境，梦境已是一片模糊。这时老婆醒来，见他在那里发傻，便催他去买豆腐。这时小林头脑清醒过来，不再管梦，赶忙爬起来去排队买豆腐。买完豆腐上班，在办公室收到一封信，是上次来北京看病的小学老师他儿子写的，说自上次父亲在北京看了病，回来停了三个月，现已去世；临去世前，曾嘱咐他给小林写封信，说上次到北京受到小林的招待，让代他表示感谢。小林读了这封信，难受一天。现在老师已埋入黄土，上次老师来看病，也没能给他找个医院。到家里也没让他洗个脸。小时候自己掉到冰窟窿里，老师把棉袄都给他穿。但伤心一天，等一坐上班车，想着家里的大白菜堆到一起有些发热，等他回去拆堆散热，就把老师的事给放到一边了。死的已经死了，再想也没有用，活着的还是先考虑大白菜为好。小林又想，如果收拾完大白菜，老婆能用微波炉再给他烤点鸡，让他喝瓶啤酒,他就没有什么不满足的了。

一九九〇年十月北京十里堡

【阅读提示】

刘震云,1958 年生于河南省新乡市延津县,中国当代著名作家。

著有长篇小说《故乡天下黄花》《故乡相处流传》《故乡面和花朵》(四卷)、《手机》等,中短篇小说集《塔铺》《一地鸡毛》《官场》《官人》《刘震云文集》(四卷),中篇小说《新闻》《新兵连》《头人》《单位》《温故一九四二》《一句顶一万句》等。《塔铺》《新兵连》《单位》《一地鸡毛》《温故一九四二》等作品分别获得多种文学奖。

《一地鸡毛》发表于 1991 年初,作者以非常冷峻而又略带微讽的笔触,叙写出了极其平庸琐碎的当代日常生活场景,渗透着对人的生存困境的深刻思考。小林从满怀理想的大学毕业生到淹没在菜篮子、妻子、孩子、豆腐、保姆、单位中的恩恩怨怨和是是非非里,与老婆吵架、老婆调动工作、孩子入托、排队抢购大白菜、拉蜂窝煤以及每天的上班下班、吃饭睡觉,这些日常琐事组成了小林的全部生活内容。考察小林这个人物的精神发展轨迹,即可看出这种生活的严峻性及其对个人精神的磨损作用,作者敏锐地捕捉到了八九十年代的大多数中国人在时代大潮裹挟下生活的本真状态,真正写出了一个社会生存中人人都会认同又都会感到无奈的人间。以小林"一地鸡毛"的梦境揭示他对生活的理解:一切繁琐小事造就了人生,人生的过程也就意味着丧失自己的过程。

【拓展阅读】

1. 刘震云:《刘震云精选集》,北京燕山出版社 2006 年版。

2. 宋剑华:《论〈一地鸡毛〉——刘震云小说中的"生存"与"本能"》,见《文艺争鸣》2010 年第 11 期。

3. 陈思和:《中国当代文学史教程》,复旦大学出版社 2008 年版。

4. 王坤:《生存困境的悲哀——〈一地鸡毛〉中的意象解读》,《语文学刊》,2011 第 16 期。

【思考与练习】

1. 分析作品中"一地鸡毛"意象的象征意义。

2. 试分析小说中的小林形象。

活着(节选)

余 华

……

这样的日子过到苦根四岁那年,二喜死了。二喜是被两排水泥板夹死的。干搬运这活,一不小心就磕破碰伤,可丢了命的只有二喜,徐家的人命都苦。那天二喜他们几个人往板车上装水泥板,二喜站在一排水泥板前面,吊车吊起四块水泥板,不知出了什么差错,竟然往二喜那边去了,谁都没看到二喜在里面,只听他突然大喊一声:

"苦根。"

二喜的伙伴告诉我,那一声喊把他们全吓住了,想不到二喜竟有这么大的声音,像是把胸膛都喊破了。他们看到二喜时,我的偏头女婿已经死了,身体贴在那一排水泥板上,除了脚和脑袋,身上全给挤扁了,连一根完整的骨头都找不到,血肉跟糨糊似的粘在水泥板上。他们说二喜死的时候脖子突然伸直了,嘴巴张得很大,那是在喊他的儿子。

苦根就在不远处的池塘旁,往水里扔石子,他听到爹临死前的喊叫,便扭过去叫:

"叫我干什么?"

他等了一会,没听到爹继续喊他,便又扔起了石子。直到二喜被送到医院里,知道二喜死了,才有人去叫苦根:

"苦根,苦根,你爹死啦。"

苦根不知道死究竟是什么,他回头答应了一声:

"知道啦。"

就再没理睬人家,继续往水里扔石子。

那时候我在田里,和二喜一起干活的人跑来告诉我:

"二喜快死啦,在医院里,你快去。"

我一听说二喜出事了被送到医院里,马上就哭了,我对那人喊:

"快把二喜抬出去,不能去医院。"

那人呆呆看着我,以为我疯了,我说:

"二喜一进那家医院,命就难保了。"

有庆、凤霞都死在那家医院里,没想到二喜到头来也死在了那里。你想想,我这辈子三次看到那间躺死人的小屋子,里面三次躺过我的亲人。我老了,受不住这些。去领二喜时,我一见那屋子,就摔在了地上。我是和二喜一样被抬出那家医院的。

二喜死后,我便把苦根带到村里来住了。离开城里那天,我把二喜屋里的用具给了那里的邻居,自己挑了几样轻便的带回来。我拉着苦根走时,天快黑了,邻居家的人都走过

来送我,送到街口,他们说:

"以后多回来看看。"

有几个女的还哭了,她们摸着苦根说:

"这孩子真是命苦。"

苦根不喜欢她们把眼泪掉到他脸上,拉着我的手一个劲地催我:"走呀,快走呀。"

那时候天冷了,我拉着苦根在街上走,冷风呼呼地往脖子里灌,越走心里越冷,想想从前热热闹闹一家人,到现在只剩下一老一小,我心里苦得连叹息都没有了。可看看苦根,我又宽慰了,先前是没有这孩子的,有了他比什么都强,香火还会往下传,这日子还得好好过下去。

走到一家面条店的地方,苦根突然响亮地喊了一声:

"我不吃面条。"

我想着自己的心事,没留意他的话,走到了门口,苦根又喊了:"我不吃面条。"

喊完他拉住我的手不走了,我才知道他想吃面条,这孩子没爹没娘了,想吃面条总该给他吃一碗。我带他进去坐下,花了九分钱买了一碗小面,看着他哧溜哧溜地吃了下去,他吃得满头大汗,出来时舌头还在嘴唇上舔着,对我说:

"明天再来吃好吗?"

我点点头说:"好。"

走了没多远,到了一家糖果店前,苦根又拉住了我,他仰着脑袋认真地说:

"本来我还想吃糖,吃过了面条,我就不吃了。"

我知道他是在变个法子想让我给他买糖,我手摸到口袋,摸到个两分的,想了想后就去摸了个五分出来,给苦根买了五颗糖。

苦根到了家说是脚疼得厉害,他走了那么多路,走累了。我让他在床上躺下,自己去烧些热水,让他烫烫脚。烧好了水出来时,苦根睡着了,这孩子把两只脚架在墙上,睡得呼呼的。看着他这副样子,我笑了。脚疼了架在墙上舒服,苦根这么小就会自己照顾自己了。随即心里一酸,他还不知道再也见不着自己的爹了。

这天晚上我睡着后,总觉得心里闷的发慌,醒来才知道苦根的小屁股全压在我胸口上了,我把他的屁股移过去。过了没多久,我刚要入睡时,苦根的屁股一动一动又移到我胸口,我伸手一摸,才知道他尿床了,下面湿了一大块,难怪他要把屁股往我胸口上压。我想就让他压着吧。

第二天,这孩子想爹了。我在田里干活,他坐在田埂上玩,玩着玩着突然问我:

"是你送我回去?还是爹来领我?"

村里人见了他这模样,都摇着头说他可怜,有一个人对他说:

"你不回去了。"

他摇了摇脑袋,认真地说:

"要回去的。"

到了傍晚,苦根看到他爹还没有来,有些急了,小嘴巴翻上翻下把话说得飞快,我是一句也没听懂,我想着他可能是在骂人了,末了,他抬起脑袋说:

"算啦,不来接就不来接,我是小孩认不了路,你送我回去。"

我说:"你爹不会来接你,我也不能送你回去,你爹死了。"

他说:"我知道他死了,天都黑了还不来领我?"

我是那天晚上躺在被窝里告诉他死是怎么回事,我说人死了就要被埋掉,活着的人就再也见不到他了。这孩子先是害怕地哆嗦,随后想到再也见不到二喜,他呜呜地哭了,小脸蛋贴在我脖子上,热乎乎的眼泪在我胸口流,哭着哭着他睡着了。

过了两天,我想该让他看看二喜的坟了,就拉着他走到村西,告诉他,哪个坟是他外婆的,哪个是他娘的,还有他舅舅的。我还没说二喜的坟,苦根伸手指指他爹的坟哭了,他说:

"这是我爹的。"

我和苦根在一起过了半年,村里包产到户了,日子过起来也就更难。我家分到一亩半地。我没法像从前那样混在村里人中间干活,累了还能偷偷懒。现在田里的活是不停地叫唤我,我不去干,就谁也不会去替我。

年纪一大,人就不行了,腰是天天都疼,眼睛看不清东西。从前挑一担菜进城,一口气便到了城里,如今是走走歇歇,歇歇走走,天亮前两个小时我就得动身,要不去晚了菜会卖不出去,我是笨鸟先飞。这下苦了苦根,这孩子总是睡得最香的时候,被我一把拖起来,两只手抓住后面的箩筐,跟着我半开半闭着眼睛往城里走。苦根是个好孩子,到他完全醒了,看我挑着担子太沉,老是停住歇一会,他就从两只箩筐里拿出两颗菜抱到胸前,走到我前面,还时时回过头来问我:

"轻些了吗?"

我心里高兴啊,就说:

"轻多啦。"

说起来苦根才刚满五岁,他已经是我的好帮手了。我走到哪里,他就跟到哪里,和我一起干活,他连稻子都会割了。我花钱请城里的铁匠给他打了一把小镰刀,那天这孩子高兴坏了。平日里带他进城,一走过二喜家那条胡同,这孩子忽地一下蹿进去,找他的小伙伴去玩,我怎么叫他,他都不答应。那天说是给他打镰刀,他扯住我的衣服就没有放开过,和我一起在铁匠铺子前站了半晌,进来一个人,他就要指着镰刀对那人说:

"是苦根的镰刀。"

他的小伙伴找他去玩,他扭了扭头得意扬扬地说:

"我现在没工夫跟你们说话。"

镰刀打成了,苦根睡觉都想抱着,我不让,他就说放到床下面。早晨醒来第一件事便是去摸床下的镰刀。我告诉他镰刀越使越快,人越勤快就越有力气,这孩子眨着眼睛看了我很久,突然说:

"镰刀越快,我力气也就越大啦。"

苦根总还是小,割稻子自然比我慢多了,他一看到我割得快,便不高兴,朝我叫:

"福贵,你慢点。"

村里人叫我福贵,他也这么叫,也叫我外公。我指指自己割下的稻子说:"这是苦根割的。"

他便高兴地笑起来,也指指自己割下的稻子说:

"这是福贵割的。"

苦根年纪小,也就累得快,他时时跑到田埂上躺下睡一会,对我说:

"福贵,镰刀不快啦。"

他是说自己没力气了。他在田埂上躺一会,又站起来神气活现地看我割稻子,不时叫道:

"福贵,别踩着稻穗啦。"

旁边田里的人见了都笑,连队长也笑了。队长也和我一样老了,他还在当队长,他家人多,分到了五亩地,紧挨着我的地。队长说:

"这小子真他娘的能说会道。"

我说:"是凤霞不会说话欠的。"

这样的日子苦是苦,累也是累,心里可是高兴,有了苦根,人活着就有劲头。看着苦根一天一天大起来,我这个做外公的也一天比一天放心。到了傍晚,我们两个人就坐在门槛上,看着太阳落下去,田野上红红一片闪亮着,听着村里人吆喝的声音,家里养着的两只母鸡在我们面前走来走去,苦根和我亲热,两个人坐在一起,总是有说不完的话。看着两只母鸡,我常想起我爹在世时说的话,便一遍一遍去对苦根说:

"这两只鸡养大了变成鹅,鹅养大了变成羊,羊大了又变成牛。我们啊,也就越来越有钱啦。"

苦根听后格格直笑,这几句话他全记住了,多次他从鸡窝里掏出鸡蛋来时,总要唱着说这几句话。

鸡蛋多了,我们就拿到城里去卖。我对苦根说:

"钱积够了我们就去买牛,你就能骑到牛背上去玩了。"

苦根一听眼睛马上亮了,他说:

"鸡就变成牛啦。"

从那时以后,苦根天天盼着买牛这天的来到,每天早晨他睁开眼睛便要问我:

"福贵,今天买牛吗?"

有时去城里卖了鸡蛋,我觉得苦根可怜,想给他买几颗糖吃吃,苦根就会说:

"买一颗就行了,我们还要买牛呢。"

一转眼苦根到了七岁,这孩子力气也大多了。这一年到了摘棉花的时候,村里的广播说第二天有大雨,我急坏了,我种的一亩半棉花已经熟了,要是雨一淋那就全完蛋。一清早我就把苦根拉到棉花地里,告诉他今天要摘完,苦根仰着脑袋说:

"福贵,我头晕。"

我说:"快摘吧,摘完了你就去玩。"

苦根便摘起了棉花,摘了一阵他跑到田埂上躺下,我叫他,叫他别再躺着,苦根说:

"我头晕。"

我想就让他躺一会吧,可苦根一躺下便不起来了,我有些生气,就说:

"苦根,棉花今天不摘完,牛也买不成啦。"

苦根这才站起来,对我说:

"我头晕得厉害。"

我们一直干到中午,看看大半亩棉花摘了下来,我放心了许多,就拉着苦根回家去吃饭,一拉苦根的手,我心里一怔,赶紧去摸他的额头,苦根的额头烫得吓人。我才知道他是真病了,我真是老糊涂了,还逼着他干活。回到家里,我就让苦根躺下。村里人说生姜能治百病，我就给他熬了一碗姜汤，可是家里没有糖，想往里面撒些盐，又觉得太委屈苦根了，便到村里人家那里去要了点糖，我说：

"过些日子卖了粮，我再还给你们。"

那家人说："算啦，福贵。"

让苦根喝了姜汤，我又给他熬了一碗粥，看着他吃下去。

我自己也吃了饭，吃完了我还得马上下地，我对苦根说：

"你睡上一觉会好的。"

走出了屋门，我越想越心疼，便去摘了半锅新鲜的豆子，回去给苦根煮熟了，里面放上盐。把凳子搬到床前，半锅豆子放在凳上，叫苦根吃，看到有豆子吃，苦根笑了，我走出去时听到他说：

"你怎么不吃啊。"

我是傍晚才回到屋里的，棉花一摘完，我累得人架子都要散了。从田里到家才一小段路，走到门口我的腿便哆嗦了，我进了屋叫：

"苦根，苦根。"

苦根没答应，我以为他是睡着了，到床前一看，苦根歪在床上，嘴半张着能看到里面有两颗还没嚼烂的豆子。一看那嘴，我脑袋里嗡嗡乱响了，苦根的嘴唇都青了。我使劲摇他，使劲叫他，他的身体晃来晃去，就是不答应我。我慌了，在床上坐下来想了又想，想到苦根会不会是死了，这么一想我忍不住哭了起来。我再去摇他，他还是不答应，我想他可能真是死了。我就走到屋外，看到村里一个年轻人，对他说：

"求你去看看苦根，他像是死了。"

那年轻人看了我半晌，随后拔脚便往我屋里跑。他也把苦根摇了又摇，又将耳朵贴到苦根胸口听了很久，才说：

"听不到心跳。"

村里很多人都来了，我求他们都去看看苦根，他们都去摇摇，听听，完了对我说：

"死了。"

苦根是吃豆子撑死的，这孩子不是嘴馋，是我家太穷，村里谁家的孩子都过得比苦根好，就是豆子，苦根也是难得能吃上。我是老昏了头，给苦根煮了这么多豆子，我老得又笨又蠢，害死了苦根。

往后的日子我只能一个人过了，我总想着自己日子也不长了，谁知一过又过了这些年。我还是老样子，腰还是常常疼，眼睛还是花，我耳朵倒是很灵，村里人说话，我不看也能知道是谁在说。我是有时候想想伤心，有时候想想又很踏实，家里人全是我送的葬，全是我亲手埋的，到了有一天我腿一伸，也不用担心谁了。我也想通了，轮到自己死时，安安心心死就是，不用盼着收尸的人，村里肯定会有人来埋我的，要不我人一臭，那气味谁也受不了。我不会让别人白白埋我的，我在枕头底下压了十元钱，这十元钱我饿死也不会去动它的，村里人都知道这十元钱是给替我收尸的那个人，他们也都知道我死后是要和家珍他们埋在一起的。

这辈子想起来也是很快就过来了，过得平平常常，我爹指望我光耀祖宗，他算是看错人了，我啊，就是这样的命。年轻时靠着祖上留下的钱风光了一阵子，往后就越过越落魄了，这样反倒好，看看我身边的人，龙二和春生，他们也只是风光了一阵子，到头来命都丢了。做人还是平常点好，争这个争那个，争来争去赔了自己的命。像我这样，说起来是越混越没出息，可寿命长，我认识的人一个挨着一个死去，我还活着。

苦根死后第二年，我买牛的钱凑够了，看看自己还得活几年，我觉得牛还是要买的。牛是半个人，它能替我干活，闲下来时我也有个伴，心里闷了就和它说说话。牵着它去水边吃草，就跟拉着个孩子似的。

买牛那天，我把钱揣在怀里走着去新丰，那里是个很大的牛市场。路过邻近一个村庄时，看到晒场上围着一群人，走过去看看，就看到了这头牛，它趴在地上，歪着脑袋吧哒吧哒掉眼泪，旁边一个赤膊男人蹲在地上霍霍地磨着牛刀，围着的人在说牛刀从什么地方刺进去最好。我看到这头老牛哭得那么伤心，心里怪难受的。想想做牛真是可怜。累死累活替人干了一辈子，老了，力气小了，就要被人宰了吃掉。

我不忍心看它被宰掉，便离开晒场继续往新丰去。走着走着心里总放不下这头牛，它知道自己要死了，脑袋底下都有一滩眼泪了。

我越走心里越是定不下来，后来一想，干脆把它买下来。我赶紧往回走，走到晒场那里，他们已经绑住了牛脚，我挤上去对那个磨刀的男人说：

"行行好，把这头牛卖给我吧。"

赤膊男人手指试着刀锋，看了我好一会才问：

"你说什么？"

我说："我要买这牛。"

他咧开嘴嘻嘻笑了，旁边的人也哄地笑起来，我知道他们都在笑我，我从怀里抽出钱放到他手里，说：

"你数一数。"赤膊男人马上傻了，他把我看了又看，还搔搔脖子，问我：

"你当真要买？"

我什么话也不去说，蹲下身子把牛脚上的绳子解了，站起来后拍拍牛的脑袋，这牛还真聪明，知道自己不死了，一下子站起来，也不掉眼泪了。我拉住缰绳对那个男人说：

"你数数钱。"

那人把钱举到眼前像是看看有多厚，看完他说：

"不数了，你拉走吧。"

我便拉着牛走去，他们在后面乱哄哄地笑，我听到那个男人说：

"今天合算，今天合算。"

牛是通人性的，我拉着它往回走时，它知道是我救了它的命，身体老往我身上靠，亲热得很，我对它说：

"你呀，先别这么高兴，我拉你回去是要你干活，不是把你当爹来养着的。"

我拉着牛回到村里，村里人全围上来看热闹，他们都说我老糊涂了，买了这么一头老牛回来，有个人说：

"福贵，我看它年纪比你爹还大。"

会看牛的告诉我，说它最多只能活两年三年的，我想两三年足够了，我自己恐怕还活不到这么久。谁知道我们都活到了今天，村里人又惊又奇，就是前两天，还有人说我们是——

"两个老不死。"

　　牛到了家,也是我家里的成员了,该给它取个名字,想来想去还是觉得叫它福贵好。定下来叫它福贵,我左看右看都觉得它像我,心里美滋滋的,后来村里人也开始说我们两个很像,我嘿嘿笑,心想我早就知道它像我了。

　　福贵是好样的,有时候嘛,也要偷偷懒,可人也常常偷懒,就不要说是牛了。我知道什么时候该让它干活,什么时候该让它歇一歇,只要我累了,我知道它也累了,就让它歇一会,我歇得来精神了,那它也该干活了。

　　老人说着站了起来,拍拍屁股上的尘土,向池塘旁的老牛喊了一声,那牛就走过来,走到老人身旁低下了头,老人把犁扛到肩上,拉着牛的缰绳慢慢走去。

　　两个福贵的脚上都沾满了泥,走去时都微微晃动着身体。我听到老人对牛说:

　　"今天有庆、二喜耕了一亩,家珍、凤霞耕了也有七、八分田,苦根还小都耕了半亩。你嘛,耕了多少我就不说了,说出来你会觉得我是要羞你。话还得说回来,你年纪大了,能耕这么些田也是尽心尽力了。"

　　老人和牛渐渐远去,我听到老人粗哑的令人感动的嗓音在远处传来,他的歌声在空旷的傍晚像风一样飘扬。老人唱道——

　　少年去游荡,

　　中年想掘藏,

　　老年做和尚。

　　炊烟在农舍的屋顶袅袅升起,在霞光四射的空中分散后消隐了。

　　女人吆喝孩子的声音此起彼伏,一个男人挑着粪桶从我跟前走过,扁担吱呀吱呀一路响了过去。慢慢地,田野趋向了宁静,四周出现了模糊,霞光逐渐退去。

　　我知道黄昏正在转瞬即逝,黑夜从天而降了。我看到广阔的土地袒露着结实的胸膛,那是召唤的姿态,就像女人召唤着她们的儿女,土地召唤着黑夜来临。

(选自余华《活着》,南海出版公司 1998 年版)

【阅读提示】

　　余华(1960—　　),浙江海盐人。从 1984 年开始发表小说。《十八岁出门远行》(1987)是他的成名作,以后重要著作有《在细雨中呼喊》(1992)、《活着》(1993)、《许三观卖血记》(1995)、《兄弟》(2005—2006)、《第七天》(2013)等。其中《活着》和《许三观卖血记》被认为是"九十年代最有影响的十部作品"中的两部。

　　《活着》讲述了福贵的一生:富家少爷嗜赌成性,最后赌光了家产。贫困之中,为母亲求医的路上,又被国民党当壮丁抓去,后来被解放军俘虏,放他回了家。结果回到家中,母亲已经病逝,妻子家珍独自将一双儿女拉扯大,女儿凤霞在一次意外中变成了哑巴,儿子有庆尚且活泼机灵。本以为这次大难不死是必有后福,但是悲惨的人生才刚刚开始上演。凤霞难产而死,有庆因为县长夫人难产捐血,抽血过多而死,外孙苦根因为太饿一下子吃豆子过多而噎死。《活着》展现了一个又一个人的死亡过程,掀起一波又一波无边无际的苦难波浪,表现了一种面对死亡过程的可能的态度。活着本身很艰难,延续生命就得艰难的活着,正因为异常艰难,活着才具有深刻的含义。没有比活着更美好的事,也没有比活着更艰难的事。

　　作家通过富贵历经磨难的一生思考人生的苦难与忍受:忍受生命赋予我们的责任,去忍受现实给予我们的幸福和苦难、无聊和平庸；反思现实：个人与时代、人民与国家、温情与批判；叩问生存与困境、死亡与活着、意义与虚无。

【拓展阅读】

　　1. 余华：《许三观卖血记》，南海出版社 2003 年版。

　　2. 洪治纲：《余华评传》，郑州大学出版社 2005 年版。

【思考与练习】

　　谈谈你对《活着》中"活着"的理解。

希　望

鲁　迅

　　我的心分外地寂寞。

　　然而我的心很平安；没有爱憎，没有哀乐，也没有颜色和声音。

　　我大概老了。我的头发已经苍白，不是很明白的事么？我的手颤抖着，不是很明白的事么？那么我的灵魂的手一定也颤抖着，头发也一定苍白了。

　　然而这是许多年前的事了。

　　这以前，我的心也曾充满过血腥的歌声：血和铁①，火焰和毒，恢复和报仇。而忽然这些都空虚了，但有时故意地填以没奈何的自欺的希望。希望，希望，用这希望的盾，抗拒那空虚中的暗夜的袭来，虽然盾后面也依然是空虚中的暗夜。然而就是如此，陆续地耗尽了我的青春。

　　我早先岂不知我的青春已经逝去？但以为身外的青春固在：星，月光，僵坠的胡蝶，暗中的花，猫头鹰的不祥之言，杜鹃②的啼血，笑的渺茫，爱的翔舞……虽然是悲凉漂渺的青春罢，然而究竟是青春。

　　然而现在何以如此寂寞？难道连身外的青春也都逝去，世上的青年也多衰老了么？

　　我只得由我来肉薄③这空虚中的暗夜了。我放下了希望之盾，我听到 Petöfi Sándor④（1823—1849）的"希望"之歌：

　　希望是什么？是娼妓：

　　她对谁都蛊惑，将一切都献给；

　　待你牺牲了极多的宝贝——

　　你的青春——她就抛弃你。

----

　　① 血和铁：鲜血和武器。

　　② 杜鹃：鸟名，亦名子规、杜宇，初夏时常昼夜啼叫。唐代陈藏器撰的《本草拾遗》说："杜鹃鸟，小似鹞，鸣呼不已，出血声始止。"

　　③ 肉薄：指拼搏，搏斗。

　　④ Petöfi Sándor：裴多菲·山陀尔（1823—1849），匈牙利诗人、革命家。曾参加 1848 年至 1849 年间反抗奥地利的民族革命战争，在作战中英勇牺牲。他的主要作品有《勇敢的约翰》《民族之歌》等。这里引的《希望》一诗，作于 1845年。

这伟大的抒情诗人,匈牙利的爱国者,为了祖国而死在可萨克①兵的矛尖上,已经七十五年了。悲哉死也,然而更可悲的是他的诗至今没有死。

但是,可惨的人生!桀骜英勇如 Petöfi,也终于对了暗夜止步,回顾着茫茫的东方了。他说:

绝望之为虚妄,正与希望相同②。

倘使我还得偷生在不明不暗的这"虚妄"中,我就还要寻求那逝去的悲凉漂渺的青春,但不妨在我的身外。因为身外的青春倘一消灭,我身中的迟暮也即凋零了。

然而现在没有星和月光,没有僵坠的胡蝶以至笑的渺茫,爱的翔舞。然而青年们很平安③。

我只得由我来肉薄这空虚中的暗夜了,纵使寻不到身外的青春,也总得自己来一掷我身中的迟暮。但暗夜又在那里呢?现在没有星,没有月光以至没有笑的渺茫和爱的翔舞;青年们很平安,而我的面前又竟至于并且没有真的暗夜。

绝望之为虚妄,正与希望相同!

一九二五年一月一日

(最初发表于 1925 年 1 月 19 日《语丝》周刊第十期,后收入《野草》)

(选自《鲁迅全集》第二卷,人民文学出版社 2005 年版)

【阅读提示】

鲁迅(1881—1936),原名周树人,字豫才,浙江绍兴人。1918 年 5 月,首次以"鲁迅"作笔名,发表了中国文学史上第一篇白话小说《狂人日记》,中国现代文学的奠基者,文学家、思想家、革命家,被称为"民族魂"。代表作有:小说集《呐喊》《彷徨》《故事新编》;散文集《朝花夕拾》;散文诗集《野草》;文学论著《中国小说史略》;杂文集《坟》《热风集》《华盖集》等 18 部。

《希望》为作者于 1925 年创作的一首散文诗。作品以凝炼、形象、诗味隽永的语言抒发作者内心深处深感寂寞而又努力打破寂寞,感到绝望而又坚决否定绝望,觉得希望渺茫而又确信希望的存在,鼓舞自己也鼓舞青年摆脱绝望消沉,奋起抗争,肉搏暗夜。这是一曲充满"希望"的希望之歌。正如著名学者汪晖所说:鲁迅以"虚妄"的真实性同时否定了"绝望"与"希望",把生命的全部意义归结为人的现实抉择:"肉搏这空虚中的暗夜",从而构建了一套即便面对双重"绝望"和"虚无"也能据以生存和抗战的这些——"反抗绝望"的人生哲学。

【拓展阅读】

1. 鲁迅:《鲁迅全集》第二卷,人民文学出版社 2005 年版。

---

① 可萨克:通译哥萨克,原为突厥语,意思是"自由的人"或"勇敢的人"。他们原是俄国的一部分农奴和城市贫民,十五世纪后半叶和十六世纪前半叶,因不堪封建压迫,从俄国中部逃出,定居在俄国南部的库班河和顿河一带,自称为"哥萨克人"。他们善骑战,沙皇时代多入伍当兵。1849 年沙皇俄国援助奥地利反动派,入侵匈牙利镇压革命,俄军中即有哥萨克部队。

② 绝望之为虚妄,正与希望相同:这句话出自裴多菲·山陀尔 1947 年 7 月 17 日致友人凯雷尼·弗里杰什的信。

③ 平安:这里是平静和安分的意思。

2. 汪晖:《反抗绝望:鲁迅及其文学世界》,生活·读书·新知三联书店 2008 年版。

3. 钱理群:《心灵的探寻》,上海文艺出版社 1987 年版。

【思考与练习】

谈谈你对"绝望之为虚妄,正与希望相同"这句话的理解。

给我的孩子们

丰子恺

我的孩子们！我憧憬于你们的生活，每天不止一次！我想委曲地说出来，使你们自己晓得。可惜到你们懂得我的话的意思的时候，你们将不复是可以使我憧憬的人了。这是何等可悲哀的事啊！

瞻瞻！你尤其可佩服。你是身心全部公开的真人。你甚么事体都象拚命地用全副精力去对付。小小的失意，像花生米翻落地了，自己嚼了舌头了，小猫不肯吃糕了，你都要哭得嘴唇翻白，昏去一两分钟。外婆普陀去烧香买回来给你的泥人，你何等鞠躬尽瘁地抱他，喂他；有一天你自己失手把他打破了，你的号哭的悲哀，比大人们的破产、失恋、brokenheart①、丧考妣②、全军覆没的悲哀都要真切。两把芭蕉扇做的脚踏车，麻雀牌堆成的火车、汽车，你何等认真地看待，挺直了嗓子叫"汪——""咕咕咕……"，来代替汽笛。宝姊姊讲故事给你听，说到"月亮姊姊挂下一只篮来，宝姊姊坐在篮里吊了上去，瞻瞻在下面看"的时候，你何等激昂地同她争，说"瞻瞻要上去，宝姊姊在下面看！"甚至哭到漫姑③面前去求审判。我每次剃了头，你真心地疑我变了和尚，好几时不要我抱。最是今年夏天，你坐在我膝上发见了我腋下的长毛，当作黄鼠狼的时候，你何等伤心，你立刻从我身上爬下去，起初眼睁睁地对我端相，继而大失所望地号哭，看看，哭哭，如同对被判定了死罪的亲友一样。你要我抱你到车站里去，多多益善地要买香蕉，满满地擒了两手回来，回到门口时你已经熟睡在我的肩上，手里的香蕉不知落在哪里去了。这是何等可佩服的真率、自然与热情！大人间的所谓"沉默""含蓄""深刻"的美德，比起你来，全是不自然的、病的、伪的！

你们每天做火车、做汽车、办酒、请菩萨、堆六面画、唱歌，全是自动的，创造创作的生活。大人们的呼号"归自然！""生活的艺术化！""劳动的艺术化！"在你们面前真是出丑得很了！依样画几笔画，写几篇文的人称为艺术家、创作家，对你们更要愧死！

你们的创作力，比大人真是强盛得多哩：瞻瞻！你的身体不及椅子的一半，却常常要搬动它，与它一同翻倒在地上；你又要把一杯茶横转来藏在抽斗里，要皮球停在壁上，要拉住火车的尾巴，要月亮出来，要天停止下雨。在这等小小的事件中，明明表示着你们的弱小的体力与智慧力不足以应付强盛的创作欲、表现欲的驱使，因而遭逢失败。然而你们是

---

①　brokenheart：心碎，极度悲伤。
②　考：死去的父亲。妣(bǐ)：已故的母亲。丧考妣：死了父母。
③　漫姑：作者的三姐丰满。

不受大自然的支配,不受人类社会的束缚的创造者,所以你的遭逢失败,例如火车尾巴拉不住,月亮呼不出来的时候,你们决不承认是事实的不可能,总以为是爹爹妈妈不肯帮你们办到,同不许你们弄自鸣钟同例,所以愤愤地哭了,你们的世界何等广大!

你们一定想:终天无聊地伏在案上弄笔的爸爸,终天闷闷地坐在窗下弄引线的妈妈,是何等无气性的奇怪的动物! 你们所视为奇怪动物的我与你们的母亲,有时确实难为了你们,摧残了你们,回想起来,真是不安心得很!

阿宝! 有一晚你拿软软的新鞋子,和自己脚上脱下来的鞋子,给凳子的脚穿了,划袜立在地上,得意地叫"阿宝两只脚,凳子四只脚"的时候,你母亲喊着"龌龊了袜子!"立刻擒你到藤榻上,动手毁坏你的创作。 当你蹲在榻上注视你母亲动手毁坏的时候,你的小心里一定感到"母亲这种人,何等杀风景而野蛮"罢!

瞻瞻! 有一天开明书店送了几册新出版的毛边的《音乐入门》来。 我用小刀把书页一张一张地裁开来,你侧着头,站在桌边默默地看。 后来我从学校回来,你已经在我的书架上拿了一本连史纸印的中国装的《楚辞》,把它裁破了十几页,得意地对我说:"爸爸! 瞻瞻也会裁了!"瞻瞻! 这在你原是何等成功的欢喜,何等得意的作品! 却被我一个惊骇的"哼!"字喊得你哭了。 那时候你也一定抱怨"爸爸何等不明"罢!

软软! 你常常要弄我的长锋羊毫,我看见了总是无情地夺脱你。 现在你一定轻视我,想道:"你终于要我画你的画集的封面!"

最不安心的,是有时我还要拉一个你们所最怕的陆露沙医生来,教他用他的大手来摸你们的肚子,甚至用刀来在你们臂上割几下,还要教妈妈和漫姑擒住了你们的手脚,捏住了你们的鼻子,把很苦的水灌到你们的嘴里去。 这在你们一定认为是太无人道的野蛮举动罢!

孩子们! 你们果真抱怨我,我倒欢喜;到你们的抱怨变为感激的时候,我的悲哀来了!

我在世间,永没有逢到象你们这样出肺肝相示的人。 世间的人群结合,永没有象你们样的彻底地真实而纯洁。 最是我到上海去干了无聊的所谓"事"回来,或者去同不相干的人们做了叫做"上课"的一种把戏回来,你们在门口或车站旁等我的时候,我心中何等惭愧又欢喜! 惭愧我为甚么去做这等无聊的事,欢喜我又得暂时放怀一切地加入你们的真生活的团体。

但是,你们的黄金时代有限,现实终于要暴露的。 这是我经验过来的情形,也是大人们谁也经验过的情形。 我眼看见儿时的伴侣中的英雄、好汉,一个个退缩、顺从、妥协、屈服起来,到像绵羊的地步。 我自己也是如此。 "后之视今,亦犹今之视昔",你们不久也要走这条路呢!

我的孩子们! 憧憬于你们的生活的我,痴心要为你们永远挽留这黄金时代在这册子里。 然这真不过象"蜘蛛网落花",略微保留一点春的痕迹而已。 且到你们懂得我这片心情的时候,你们早已不是这样的人,我的画在世间已无可印证了! 这是何等可悲哀的事啊!

《子恺画集代序》,1926 年圣诞节作

(选自刘亚铁选编《丰子恺代表作》,华夏出版社 1998 年版)

【阅读提示】

丰子恺(1998—1975),浙江石门(今嘉兴桐乡市崇福镇)人,原名丰润,号子觊,后改为子恺,现代著名散文家、画家、美术与音乐教育家。主要文学作品有散文集《缘缘堂随笔》《缘缘堂续笔》等。

《给我的孩子们》是《子恺画集》的代序,以晓畅自然、不假虚饰的文字记述了"我的孩子们"的生活点滴,天真烂漫的童真世界在丰子恺笔下构成文笔与画笔的相得益彰——融入浓浓父爱情的同时,又寄寓着独特而深刻的人生思悟。孩子即人性美、人性真的极致,是最真实的理想人性的体现,最鲜活的人生艺术化的存在,鲜明对照出成人世界的病、伪与不自然。文题是"给我的孩子们",其实这何尝又不是作者自己的精神写照。他憧憬和讴歌自己的理想的人生世界,没有一丝的保留,但他又彻底地明晓这只是一个留不住的梦。如花美眷,似水流年。美,终究要逝去,留也留不住。他为之欢愉,为之陷入无尽的悲哀。这等心境,这等人生的体悟,灌注着笃定的理想主义,又浸透了深沉的悲剧感,正如丰子恺的老师李叔同临终前留下的墨迹——"悲欣交集"。丰子恺讴歌孩子们的真人性,思想上受到佛家"心性本净"说的影响,亦可视为是"以幼者为本位"之五四新人文精神的折射,而归根到底其实是发诸他的真情、至情。有了至真之情,也就有了至深之思、至理之辨,也就有他既富古典气息又具现代意味的人性的"惜春""留春"之笔。他洞悉于一切皆"空",又于"空"中"执着"于自己的人性的理想,于是成就了一篇情理交融的美文经典。

【拓展阅读】

1.丰子恺:《人间情味》,北京大学出版社 2010 年版。
2.丰一吟等:《丰子恺传》,浙江人民出版社 1983 年版。
3.丰子恺:《李叔同先生的教育精神》,载《教师博览》2008 年第 8 期。

【思考与练习】

1.丰子恺崇尚儿童世界与自然人性,这是否违背了人的社会性存在? 对此你如何评价?
2.结合丰子恺的漫画,谈谈你对其文章与画的关系的理解。

给亡妇

朱自清

　　谦，日子真快，一眨眼你已经死了三个年头了。这三年里世事不知变化了多少回，但你未必注意这些个，我知道。你第一惦记的是你几个孩子，第二便轮着我。孩子和我平分你的世界，你在日如此；你死后若还有知，想来还如此的。告诉你，我夏天回家来着：迈儿长得结实极了，比我高一个头。闰儿父亲说是最乖，可是没有先前胖了。采芷和转子都好。五儿全家夸她长得好看；却在腿上生了湿疮，整天坐在竹床上不能下来，看了怪可怜的。六儿，我怎么说好，你明白，你临终时也和母亲谈过，这孩子是只可以养着玩儿的，他左挨右挨，去年春天到底没有挨过去。这孩子生了几个月，你的肺病就重起来了。我劝你少亲近他，只监督着老妈子照管就行。你总是忍不住，一会儿提，一会儿抱的。可是你病中为他操的那一份儿心也够瞧的。那一个夏天他病的时候多，你成天儿忙着，汤呀，药呀，冷呀，暖呀，连觉也没有好好儿睡过。哪里有一分一毫想着你自己。瞧着他硬朗点儿你就乐，干枯的笑容在黄蜡般的脸上，我只有暗中叹气而已。

　　从来想不到做母亲的要像你这样。从迈儿起，你总是自己喂乳，一连四个都这样。你起初不知道按钟点儿喂，后来知道了，却又弄不惯；孩子们每夜里几次将你哭醒了，特别是闷热的夏季。我瞧你的觉老没睡足。白天里还得做菜，照料孩子，很少得空儿。你的身子本来坏，四个孩子就累你七八年。到了第五个，你自己实在不成了，又没乳，只好自己喂奶粉，另雇老妈子专管她。但孩子跟老妈子睡，你就没有放过心；夜里一听见哭，就竖起耳朵听，工夫一大就得过去看。十六年初，和你到北京来，将迈儿、转子留在家里；三年多还不能去接他们，可真把你惦记苦了。你并不常提，我却明白。你后来说你的病就是惦记出来的；那个自然也有份儿，不过大半还是养育孩子累的。你的短短的十二年结婚生活，有十一年耗费在孩子们身上；而你一点不厌倦，有多少力量用多少，一直到自己毁灭为止。你对孩子一般儿爱，不问男的女的，大的小的。也不想到什么"养儿防老，积谷防饥"，只拼命的爱去。你对于教育老实说有些外行，孩子们只要吃得好玩得好就成了。这也难怪你，你自己便是这样长大的。况且孩子们原都还小，吃和玩本来也要紧。你病重的时候最放不下的还是孩子。病得只剩皮包着骨头了，总不信自己不会好；老说："我死了，这一大群孩子可苦了。"后来说送你回家，你想着可以看见迈儿和转子，也愿意；你万不想到会一走不返的。我送车的时候，你忍不住哭了，说："还不知能不能再见？"可怜，你的心我知道，你满想着好好儿带着六个孩子回来见我的。谦，你那时一定这样想，一定的。

　　除了孩子，你心里只有我。不错，那时你父亲还在；可是你母亲死了，他另有个女人，你老早就觉得隔了一层似的。出嫁后第一年你虽还一心一意依恋着他老人家，到第二年上我和孩子可就将你的心占住,你再没有多少工夫惦记他了。你还记得第一年我在北京,你在家里。家里来信说你待不住,常回娘家去。我动气了,马上写信责备你。你教人写了一封复信,说家里有事,不能不回去。这是你第一次也可以说第末次的抗议,我从此就没给你写信。暑假时带了一肚子主意回去,但见了面,看你一脸笑,也就拉倒了。打这时候起,你渐渐从你父亲的怀里跑到我这儿。你换了金镯子帮助我的学费,叫我以后还你;但直到你死,我没有还你。你在我家受了许多气,又因为我家的缘故受你家里的气,你都忍着。这全为的是我,我知道。那回我从家乡一个中学半途辞职出走。家里人讽你也走。那里走!只得硬着头皮往你家去。那时你家像个冰窖子,你们在窖里足足住了三个月。好容易我才将你们领出来了,一同上外省去。小家庭这样组织起来了。你虽不是什么阔小姐,可也是自小娇生惯养的,做起主妇来,什么都得干一两手;你居然做下去,而且高高兴兴地做下去了。菜照例满是你做,可是吃的都是我们;你至多夹上两三筷子就算了。你的菜做得不坏,有一位老在行大大地夸奖过你。你洗衣服也不错,夏天我的绸大褂大概总是你亲自动手。你在家老不乐意闲着;坐前几个"月子",老是四五天就起床,说是躺着家里事没条没理的。其实你起来也还不是没条理;咱们家那么多孩子,哪儿来条理?在浙江住的时候,逃过两回兵难,我都在北平。真亏你领着母亲和一群孩子东藏西躲的;末一回还要走多少里路,翻一道大岭。这两回差不多只靠你一个人。你不但带了母亲和孩子们,还带了我一箱箱的书;你知道我是最爱书的。在短短的十二年里,你操的心比人家一辈子还多;谦,你那样身子怎么经得住!你将我的责任一股脑儿担负了去,压死了你;我如何对得起你!

你为我的捞什子书也费了不少神;第一回让你父亲的男佣人从家乡捎到上海去。他说了几句闲话,你气得在你父亲面前哭了。第二回是带着逃难,别人都说你傻子。你有你的想头:"没有书怎么教书?况且他又爱这个玩意儿。"其实你没有晓得,那些书丢了也并不可惜;不过教你怎么晓得,我平常从来没和你谈过这些个!总而言之,你的心是可感谢的。这十二年里你为我吃的苦真不少,可是没有过几天好日子。我们在一起住,算来也还不到五个年头。无论日子怎么坏,无论是离是合,你从来没对我发过脾气,连一句怨言也没有。——别说怨我,就是怨命也没有过。老实说,我的脾气可不大好,迁怒的事儿有的是。那些时候你往往抽噎着流眼泪,从不回嘴,也不号啕。不过我也只信得过你一个人,有些话我只和你一个人说,因为世界上只你一个人真关心我,真同情我。你不但为我吃苦,更为我分苦;我之有我现在的精神,大半是你给我培养着的。这些年来我很少生病。但我最不耐烦生病,生了病就呻吟不绝,闹那伺候病的人。你是领教过一回的,那回只一两点钟,可是也够麻烦了。你常生病,却总不开口,挣扎着起来;一来怕搅我,二来怕没人做你那份儿事。我有一个坏脾气,怕听人生病,也是真的。后来你天天发烧,自己还以为南方带来的疟疾,一直瞒着我。明明躺着,听见我的脚步,一骨碌就坐起来。我渐渐有些奇怪,让大夫一瞧,这可糟了,你的一个肺已烂了一个大窟窿了!大夫劝你到西山去静养,你丢不下孩子,又舍不得钱;劝你在家里躺着,你也丢不下那份儿家务。越看越不行了,这才送你回去。明知凶多吉少,想不到只一个月工夫你就完了!本来盼望还见得着你,这一来可拉倒了。你也何尝想到这个?父亲告诉我,你回家独住着一所小住宅,还嫌没有客厅,怕我回去不便哪。

前年夏天回家,上你坟上去了。你睡在祖父母的下首,想来还不孤单的。只是当年祖父母的坟太小了,你正睡在圹底下。这叫做"抗圹",在生人看来是不安心的;等着想办法吧。那时圹上圹下密密地长着青草,朝露浸湿了我的布鞋。你刚埋了半年多,只有圹下多出一块土,别的全然看不出新坟的样子。我和隐今夏回去,本想到你的坟上来;因为她病了没来成。我们想告诉你,五个孩子都好,我们一定尽心教养他们,让他们对得起死了的母亲——你! 谦,好好儿放心安睡吧,你。

二十一年十月(1932 年 10 月 11 日)

(原载 1933 年 1 月 1 日《东方杂志》第 30 卷第 1 号)

(选自《你我》,商务印书馆 1936 年版)

【阅读提示】

朱自清(1898 年 11 月 22 日—1948 年 8 月 12 日),原名自华,字佩弦,号秋实,后改名自清。原籍浙江绍兴,出生于江苏省东海县,后随父定居扬州。现代散文家、诗人、学者。

有诗集《雪朝》、长诗《毁灭》、诗文集《踪迹》等;散文集《背影》《欧游杂记》《伦敦杂记》等。

《给亡妇》是一篇悼念亡妻的抒情性散文,文章用最朴挚的语言通过生活点滴的回忆,妻子的内心世界和情感、一个心思都在家庭的妻子形象展露在读者眼前,在看似平静的柔声细诉中含蓄而委婉地表达了对亡妻最深切的哀思和怀念,作者内心深处的沉痛纤毫毕现。文章构思精巧,从对面落笔,由亡妻对"我"的思念和爱来反抒"我"对亡妻的爱与思念,是一篇用"至情"写的"至文"。

【拓展阅读】

1.朱自清:《雪朝》,商务印书馆 1922 年版。

2.朱自清:《背影》,开明书店 1928 年版。

3.李广田:《朱自清先生的道路》,1948 年 11 月《小说》1 卷 5 期。

【思考与练习】

1.梁实秋在《猫的故事》中,因了母猫"为了她的四只小猫,不顾一切的冒着危险回来喂奶",而赞叹"伟大的母爱实在是无以复加"。本文中,哪些语句表现了"伟大的母爱实在是无以复加"? 请将这些语句划出来,仔细品味,写成旁批。

2.请你回顾自己所受到的母爱,写一段文字来具体记述,不少于 150 字。

雅　舍

梁实秋

到四川来，觉得此地人建造房屋最是经济。火烧过的砖，常常用来做柱子，孤零零的砌起四根砖柱，上面盖上一个木头架子，看上去瘦骨嶙嶙，单薄得可怜；但是顶上铺了瓦，四面编了竹篾墙，墙上敷了泥灰，远远的看过去，没有人能说不像是座房子。我现在住的"雅舍"正是这样一座典型的房子。不消说，这房子有砖柱，有竹篾墙，一切特点都应有尽有。讲到住房，我的经验不算少，什么"上支下摘"，"前廊后厦"，"一楼一底"，"三上三下"，"亭子间"，"茅草棚"，"琼楼玉宇"和"摩天大厦"，各式各样，我都尝试过。我不论住在哪里，只要住得稍久，对那房子便发生感情，非不得已我还舍不得搬。这"雅舍"，我初来时仅求其能蔽风雨，并不敢存奢望，现在住了两个多月，我的好感油然而生。虽然我已渐渐感觉它并不能蔽风雨，因为有窗而无玻璃，风来则洞若凉亭，有瓦而空隙不少，雨来则渗如滴漏。纵然不能蔽风雨，"雅舍"还是自有它的个性。有个性就可爱。

"雅舍"的位置在半山腰，下距马路约有七八十层的土阶。前面是阡陌螺旋的稻田。再远望过去是几抹葱翠的远山，旁边有高粱地，有竹林，有水池，有粪坑，后面是荒僻的榛莽未除的土山坡。若说地点荒凉，则月明之夕，或风雨之日，亦常有客到，大抵好友不嫌路远，路远乃见情谊。客来则先爬几十级的土阶，进得屋来仍须上坡，因为屋内地板乃依山势而铺，一面高，一面低，坡度甚大，客来无不惊叹，我则久而安之，每日由书房走到饭厅是上坡，饭后鼓腹而出是下坡，亦不觉有大不便处。

"雅舍"共是六间，我居其二。篾墙不固，门窗不严，故我与邻人彼此均可互通声息。邻人轰饮作乐，咿唔诗章，喁喁细语，以及鼾声，喷嚏声，吮汤声，撕纸声，脱皮鞋声，均随时由门窗户壁的隙处荡漾而来，破我岑寂。入夜则鼠子瞰灯，才一合眼，鼠子便自由行动，或搬核桃在地板上顺坡而下，或吸灯油而推翻烛台，或攀援而上帐顶，或在门框桌脚上磨牙，使得人不得安枕。但是对于鼠子，我很惭愧的承认，我"没有法子"。"没有法子"一语是被外国人常常引用着的，以为这话最足代表中国人的懒惰隐忍的态度。其实我的对付鼠子并不懒惰。窗上糊纸，纸一戳就破；门户关紧，而相鼠有牙，一阵咬便是一个洞洞。试问还有什么法子？洋鬼子住到"雅舍"里，不也是"没有法子"？比鼠子更骚扰的是蚊子。"雅舍"的蚊风之盛，是我前所未见的。"聚蚊成雷"真有其事！每当黄昏时候，满屋里磕头碰脑的全是蚊子，又黑又大，骨骼都像是硬的。在别处蚊子早已肃清的时候，在"雅舍"则格外猖獗，来客偶不留心，则两腿伤处累累隆起如玉蜀黍，但是我仍安之。冬天一到，蚊子自然绝迹，明年夏天——谁知道我还是否住在"雅舍"！

"雅舍"最宜月夜——地势较高，得月较先。看山头吐月，红盘乍涌，一霎间，清光四射，天空皎洁，四野无声，微闻犬吠，坐客无不悄然！舍前有两株梨树，等到月升中天，清光从树间筛洒而下，地上阴影斑斓，此时尤为幽绝。直到兴阑人散，归房就寝，月光仍然逼进窗来，助我凄凉。细雨濛濛之际，"雅舍"亦复有趣。推窗展望，俨然米氏章法，若云若雾，一片弥漫。但若大雨滂沱，我就又惶悚不安了，屋顶湿印到处都有，起初如碗大，俄而扩大如盆，继则滴水乃不绝，终乃屋顶灰泥突然崩裂，如奇葩初绽，砉然一声而泥水下注，此刻满室狼藉，抢救无及。此种经验，已数见不鲜。

"雅舍"之陈设，只当得简朴二字，但洒扫拂拭，不使有纤尘。我非显要，故名公巨卿之照片不得入我室；我非牙医，故无博士文凭张挂壁间；我不业理发，故丝织西湖十景以及电影明星之照片亦均不能张我四壁。我有一几一椅一榻，酣睡写读，均已有着，我亦不复他求。但是陈设虽简，我却喜欢翻新布置。西人常常讥笑妇人喜欢变更桌椅位置，以为这是妇人天性喜变之一证。诬否且不论，我是喜欢改变的。中国旧式家庭，陈设千篇一律，正厅上是一条案，前面一张八仙桌，一旁一把靠椅，两旁是两把靠椅夹一只茶几。我以为陈设宜求疏落参差之致，最忌排偶。"雅舍"所有，毫无新奇，但一物一事之安排布置俱不从俗。人入我室，即知此是我室。笠翁《闲情偶寄》之所论，正合我意。

"雅舍"非我所有，我仅是房客之一。但思"天地者万物之逆旅"，人生本来如寄，我住"雅舍"一日，"雅舍"即一日为我所有。即使此一日亦不能算是我有，至少此一日"雅舍"所能给予之苦辣酸甜，我实躬受亲尝。刘克庄词："客里似家家似寄。"我此时此刻卜居"雅舍"，"雅舍"即似我家。其实似家似寄，我亦分辨不清。

长日无俚，写作自遣，随想随写，不拘篇章，冠以"雅舍小品"四字，以示写作所在，且志因缘。

（原载于 1940 年 11 月 15 日《星期评论》创刊号，后收入台湾正中书局 1949 年版《雅舍小品》）

（选自《雅舍小品》，正中书局 1966 年版）

【阅读提示】

梁实秋（1902—1987），原名治华，自实秋，浙江杭县（今余杭）人，生于北京。现代散文家、文学评论家、翻译家。《雅舍小品》为其散文小品代表作，风格朴实隽永，有幽默感。文学评论集《浪漫的与古典的》《文学的纪律》《秋室杂文》，译著《莎士比亚全集》等。

《雅舍》是梁实秋为《星期评论》撰写"雅舍小品"专栏的第一篇，作者在抗战期间寓居重庆，购得一简陋的栖身地，美其名曰"雅舍"，以调侃的语气写居此陋室，从中发现乐趣、寻觅诗意，表现出豁达乐观、恬然自安的情怀和优雅自得的人生境界。"表现了特定处境中作者超然面对人生和时代风雨的通达洒脱以及任何生活都可以化为纯净艺术的独特追求。"（张江元《中国散文百年精华鉴赏》）

【拓展阅读】

1. 梁实秋：《雅舍怀旧忆故知》，中国友谊出版公司 1986 年版。
2. 陈子善：《回忆梁实秋》，吉林文史出版社 1992 年版。

【思考与练习】

作者极力描写"雅舍"之陋，缺点之多，用了什么手法？体现了作者怎样的人生态度？

爱

张爱玲

这是真的。

有个村庄的小康之家的女孩子,生得美,有许多人来做媒,但都没有说成。那年她不过十五六岁吧,是春天的晚上,她立在后门口,手扶着桃树。她记得她穿的是一件月白的衫子。对门住的年轻人同她见过面,可是从来没有打过招呼的,他走了过来。离得不远,站定了,轻轻的说了一声:"噢,你也在这里吗?"她没有说什么,他也没有再说什么,站了一会,各自走开了。

就这样就完了。

后来这女子被亲眷拐子卖到他乡外县去做妾,又几次三番地被转卖,经过无数的惊险的风波,老了的时候她还记得从前那一回事,常常说起,在那春天的晚上,在后门口的桃树下,那年轻人。

于千万人之中遇见你所遇见的人,于千万年之中,时间的无涯的荒野里,没有早一步,也没有晚一步,刚巧赶上了,那也没有别的话可说,惟有轻轻的问一声:"噢,你也在这里吗?"

(原刊 1944 年《杂志》月刊第 13 卷第 1 期)
(选自《流言》,上海五洲书报社 1944 年版)

【阅读提示】

《爱》仅有短短的几百字,却写了文学的一个永恒的大命题:关于爱情。写一个女子和一个年轻人的相遇,"爱"的发生。后来遭遇几次三番地被转卖,命运很悲惨,但是有了和年轻人的那次相遇,那句轻轻的"噢,你也在这里吗?"这就够了。这个女人的人生就是在凄凉之中有慰藉、缺憾之中又有完满的——有可回味的"爱"。这是张爱玲对"爱"的体认和理解。

【拓展阅读】

1. 张爱玲:《流言》,北京十月文艺出版社 2009 年版。
2. 子通:《张爱玲评说六十年》,中国华侨出版社 2001 年版。

【思考与练习】

谈谈你对"爱"的理解。

下放记别

杨 绛

    中国社会科学院,以前是中国科学院哲学社会科学部,简称学部。我们夫妇同属学部;默存在文学所,我在外文所。一九六九年,学部的知识分子正在接受"工人、解放军宣传队"的"再教育"。全体人员先是"集中"住在办公室里,六、七人至九、十人一间,每天清晨练操,上下午和晚饭后共三个单元分班学习。过了些时候,年老体弱的可以回家住,学习时间渐渐减为上下午两个单元。我们俩都搬回家去住,不过料想我们住在一起的日子不会长久,不日就该下放干校了。干校的地点在纷纷传说中逐渐明确,下放的日期却只能猜测,只能等待。

    我们俩每天各在自己单位的食堂排队买饭吃。排队足足要费半小时;回家自己做饭又太费事,也来不及。工、军宣队后来管束稍懈,我们经常中午约会同上饭店。饭店里并没有好饭吃,也得等待;但两人一起等,可以说说话。那年十一月三日,我先在学部大门口的公共汽车站等待,看见默存杂在人群里出来。他过来站在我旁边,低声说:"待会儿告诉你一件大事。"我看看他的脸色,猜不出什么事。

    我们挤上了车,他才告诉我:"这个月十一号,我就要走了。我是先遣队。"

    尽管天天在等待行期,听到这个消息,却好像头顶上着了一个焦雷。再过几天是默存虚岁六十生辰,我们商量好;到那天两人要吃一顿寿面庆祝。再等着过七十岁的生日,只怕轮不到我们了。可是只差几天,等不及这个生日,他就得下干校。

    "为什么你要先遣呢?"

    "因为有你。别人得带着家眷,或者安顿了家再走;我可以把家撂给你。"

    干校的地点在河南罗山,他们全所是十一月十七号走。

    我们到了预定的小吃店,叫了一个最现成的沙锅鸡块——不过是鸡皮鸡骨。我舀些清汤泡了半碗饭,饭还是咽不下。

    只有一个星期置备行装,可是默存要到末了两天才得放假。我倒借此赖了几天学,在家收拾东西。这次下放是所谓"连锅端"——就是拔宅下放,好像是奉命一去不复返的意思。没用的东西、不穿的衣服、自己宝贵的图书、笔记等等,全得带走,行李一大堆。当时我们的女儿阿圆、女婿得一,各在工厂劳动,不能叫回来帮忙。他们休息日回家,就帮着收拾行李,并且学别人的样,把箱子用粗绳子密密缠捆,防旅途摔破或压塌。可惜能用粗绳子缠捆保护的,只不过是木箱铁箱等粗重行李;这些木箱、铁箱,确也不如血肉之躯经得起折磨。

    经受折磨,就叫锻炼;除了准备锻炼,还有什么可准备的呢。准备的衣服如果太旧,怕不经穿；如果太结实，怕洗来费劲。我久不缝纫，胡乱把耐脏的绸子用缝衣机做了个毛毯的套子，准备经年不洗。我补了一条裤子，坐处像个布满经线纬线的地球仪，而且厚如角壳。默存倒很欣赏，说好极了，穿上好比随身带着个座儿，随处都可以坐下。他说，不用筹备得太周全，只需等我也下去，就可以照看他。至于家人团聚，等几时阿圆和得一乡间落户，待他们迎养吧。

转眼到了十一号先遣队动身的日子。我和阿圆、得一送行。默存随身行李不多，我们找个旮旯儿歇着等待上车。候车室里，闹嚷嚷、乱哄哄人来人往；先遣队的领队人忙乱得只恨分身无术，而随身行李太多的，只恨少生了几双手。得一忙放下自己拿的东西，去帮助随身行李多得无法摆布的人。默存和我看他热心为旁人效力，不禁赞许新社会的好风尚，同时又互相安慰说：得一和善忠厚，阿圆有他在一起，我们可以放心。

得一掮着、拎着别人的行李，我和阿圆帮默存拿着他的几件小包小袋，排队挤进月台。挤上火车，找到个车厢安顿了默存。我们三人就下车，痴痴站着等火车开动。

我记得从前看见坐海船出洋的旅客，登上摆渡的小火轮，送行者就把许多彩色的纸带抛向小轮船；小船慢慢向大船开去，那一条条彩色的纸带先后迸断，岸上就拍手欢呼。也有人在欢呼声中落泪；迸断的彩带好似迸断的离情。这番送人上干校，车上的先遣队和车下送行的亲人，彼此间的离情假如看得见，就决不是彩色的，也不能一迸就断。

默存走到车门口，叫我们回去吧，别等了。彼此遥遥相望，也无话可说。我想，让他看我们回去还有三人，可以放心释念，免得火车驰走时，他看到我们眼里，都在不放心他一人离去。我们遵照他的意思，不等车开，先自走了。几次回头望望，车还不动，车下还是挤满了人。我们默默回家；阿圆和得一接着也各回工厂。他们同在一校而不同系，不在同一工厂劳动。

过了一两天，文学所有人通知我，下干校的可以带自己的床，不过得用绳子缠捆好，立即送到学部去。粗硬的绳子要缠捆得服贴，关键在绳子两头；不能打结子，得把绳头紧紧压在绳下。这至少得两人一齐动手才行。我只有一天的期限，一人请假在家，把自己的小木床拆掉。左放、右放，怎么也无法捆在一起，只好分别捆；而且我至少还欠一只手，只好用牙齿帮忙。我用细绳缚住粗绳头，用牙咬住，然后把一只床分三部分捆好，各件重复写上默存的名字。小小一只床拆了几部，就好比兵荒马乱中的一家人，只怕一出家门就彼此失散，再聚不到一处去。据默存来信，那三部分重新团聚一处，确也害他好生寻找。

文学所和另一所最先下放。用部队的词儿，不称"所"而称"连"。两连动身的日子，学部敲锣打鼓，我们都放了学去欢送。下放人员整队而出；红旗开处，俞平老和俞师母领队当先。年逾七旬的老人了，还像学龄儿童那样排着队伍，远赴干校上学，我看着心中不忍，抽身先退；一路回去，发现许多人缺乏欢送的热情，也纷纷回去上班。大家脸上都漠无表情。

我们等待着下干校改造，没有心情理会什么离愁别恨，也没有闲暇去品尝那"别是一般"的"滋味"。学部既已有一部分下了干校，没下去的也得加紧干活儿。成天坐着学习，连"再教育"我们的"工人师傅"们也腻味了。有一位二十二三岁的小"师傅"嘀咕说："我天天在炉前炼钢，并不觉得劳累；现在成天坐着，屁股也痛，脑袋也痛，浑身不得劲儿。"显然炼人比炼钢费事；"坐冷板凳"也是一项苦功夫。

炼人靠体力劳动。我们挖完了防空洞——一个四通八达的地下建筑，就把图书搬来搬去。捆,扎,搬运,从这楼搬到那楼,从这处搬往那处;搬完自己单位的图书,又搬别单位的图书。有一次,我们到一个积尘三年的图书馆去搬出书籍、书柜、书架等,要腾出屋子来。有人一进去给尘土呛得连打了二十来个嚏喷。我们尽管戴着口罩,出来都满面尘土,咳吐的尽是黑痰。我记得那时候天气已经由寒转暖而转热。沉重的铁书架、沉重的大书橱、沉重的卡片柜——卡片屉内满满都是卡片,全都由年轻人狠命用肩膀扛,贴身的衣衫磨破,露出肉来。这又使我惊叹,最经磨的还是人的血肉之躯!

弱者总沾便宜;我只干些微不足道的细事,得空就打点包裹寄给干校的默存。默存得空就写家信;三言两语,断断续续,白天黑夜都写。这些信如果保留下来,如今重读该多么有趣!但更有价值的书信都毁掉了,又何惜那几封。

他们一下去,先打扫了一个土积尘封的劳改营。当晚睡在草铺上还觉得燠热。忽然一场大雪,满地泥泞,天气骤寒。十七日大队人马到来,八十个单身汉聚居一间屋里,分睡在几个炕上。有个跟着爸爸下放的淘气小男孩儿,临睡常绕炕撒尿一匝,为炕上的人“施肥”。休息日大家到镇上去买吃的:有烧鸡,还有煮熟的乌龟。我问默存味道如何;他却没有尝过,只悄悄做了几首打油诗寄我。

罗山无地可耕,干校无事可干。过了一个多月,干校人员连同家眷又带着大堆箱笼物件,搬到息县东岳。地图上能找到息县,却找不到东岳。那儿地僻人穷,冬天没有燃料生火炉子,好多女同志脸上生了冻疮。洗衣服得蹲在水塘边上“投”。默存的新衬衣请当地的大娘代洗,洗完就不见了。我只愁他跌落水塘;能请人代洗,便赔掉几件衣服也值得。

在北京等待上干校的人,当然关心干校生活,常叫我讲些给他们听。大家最爱听的是何其芳同志吃鱼的故事。当地竭泽而渔,食堂改善伙食,有红烧鱼。其芳同志忙拿了自己的大漱口杯去买了一份;可是吃来味道很怪,愈吃愈怪。他捞起最大的一块想尝个究竟,一看原来是还未泡烂的药肥皂,落在漱口杯里没有拿掉。大家听完大笑,带着无限同情。他们也告诉我一个笑话,说钱锺书和丁××两位一级研究员,半天烧不开一锅炉水!我代他们辩护:锅炉设在露天,大风大雪中,烧开一锅炉水不是容易。可是笑话毕竟还是笑话。

他们过年就开始自己造房。女同志也拉大车,脱坯,造砖,盖房,充当壮劳力。默存和俞平伯先生等几位“老弱病残”都在免役之列,只干些打杂的轻活儿。他们下去八个月之后,我们的“连”才下放。那时候,他们已住进自己盖的新屋。

我们“连”是一九七○年七月十二日动身下干校的。上次送默存走,有我和阿圆还有得一。这次送我走,只剩了阿圆一人;得一已于一月前自杀去世。

得一承认自己总是“偏右”一点,可是他说,实在看不惯那伙“过左派”。他们大学里开始围剿“五一六”的时候,几个有“五一六”之嫌的“过左派”供出得一是他们的“组织者”,“五一六”的名单就在他手里。那时候得一已回校,阿圆还在工厂劳动;两人不能同日回家。得一末了一次离开我的时候说:“妈妈,我不能对群众态度不好,也不能顶撞宣传队;可是我决不能捏造个名单害人,我也不会撒谎。”他到校就失去自由。阶级斗争如火如荼,阿圆等在厂劳动的都返回学校。工宣队领导全系每天三个单元斗得一,逼他交出名单。得一就自杀了。

阿圆送我上了火车,我也促她先归,别等车开。她不是一个脆弱的女孩子,我该可以放心撇下她。可是我看着她踽踽独归的背影,心上凄楚,忙闭上眼睛;闭上了眼睛,越发能看到她在我们那破残凌乱的家里,独自收拾整理,忙又睁开眼。车窗外已不见了她的背影。我又合上眼,让眼泪流进鼻子,流入肚里。火车慢慢开动,我离开了北京。

干校的默存又黑又瘦,简直换了个样儿,奇怪的是我还一见就认识。

我们干校有一位心直口快的黄大夫。一次默存去看病,她看他在签名簿上写上钱锺书的名字,怒道:"胡说!你什么钱锺书!钱锺书我认识!"默存一口咬定自己是钱锺书。黄大夫说:"我认识钱锺书的爱人。"默存经得起考验,报出了他爱人的名字。黄大夫还待信不信,不过默存是否冒牌也没有关系,就不再争辩。事后我向黄大夫提起这事,她不禁大笑说:"怎么的,全不像了。"

我记不起默存当时的面貌,也记不起他穿的什么衣服,只看见他右下颌一个红包,虽然只有榛子大小,形状却峥嵘险恶:高处是亮红色,低处是暗黄色,显然已经灌脓。我吃惊说:"啊呀,这是个疽吧?得用热敷。"可是谁给他做热敷呢?我后来看见他们的红十字急救药箱,纱布上、药棉上尽是泥手印。默存说他已经生过一个同样的外疽,领导上让他休息几天,并叫他改行不再烧锅炉。他目前白天看管工具,晚上巡夜。他的顶头上司因我去探亲,还特地给了他半天假。可是我的排长却非常严厉,只让我跟着别人去探望一下,吩咐我立即回队。默存送我回队,我们没说得几句话就分手了。得一去世的事,阿圆和我暂时还瞒着他,这时也未及告诉。过了一两天他来信说:那个包儿是疽,穿了五个孔。幸亏打了几针也渐渐痊愈。

我们虽然相去不过一小时的路程,却各有所属,得听指挥、服从纪律,不能随便走动,经常只是书信来往,到休息日才许探亲。休息日不是星期日;十天一次休息,称为大礼拜。如有事,大礼拜可以取消。可是比了独在北京的阿圆,我们就算是同在一处了。

（选自《干校六记》,生活・读书・新知三联书店1981年版）

【阅读提示】

杨绛(1911—2016),本名杨季康,江苏无锡人。中国现代文学家、翻译家、戏剧家和外国文学研究家,钱锺书夫人。主要文学作品有短篇小说《小阳春》《玉人》等;长篇小说《洗澡》;散文《干校六记》《我们仨》等;戏剧《称心如意》等;译著《堂・吉诃德》《小癞子》等。

《下放记别》是杨绛散文集《干校六记》之第一记,记述了"文革"期间杨绛与钱锺书等人被下放到河南"五七"干校的三次离别:杨绛、女儿、女婿送别先行下放干校的钱锺书;杨绛送别文学所和另一所下放干校的人员;女儿钱瑗送别下放干校的杨绛。作品以平实的、"怨而不怒"的笔调描述平常的事件、日常的喜怒哀乐、亲人的生离死别,颇有弦外之音,象外之旨,作者对时代、社会的批判与反思,对知识分子命运的审视皆寓于其中。

【拓展阅读】

1. 杨绛:《洗澡》,生活・读书・新知三联书店1988年版。
2. 杨绛:《我们仨》,生活・读书・新知三联书店2004年版。
3. 杨绛:《走到人生边上》,商务印书馆2007年版。

【思考与练习】

1. 简析作者"哀而不伤,怨而不怒"的人生态度。
2. 简析《下放记别》的叙事特点和美学风格。

一只特立独行的猪

王小波

　　插队的时候,我喂过猪、也放过牛。假如没有人来管,这两种动物也完全知道该怎样生活。它们会自由自在地闲逛,饥则食渴则饮,春天来临时还要谈谈爱情;这样一来,它们的生活层次很低,完全乏善可陈。人来了以后,给它们的生活做出了安排:每一头牛和每一口猪的生活都有了主题。就它们中的大多数而言,这种生活主题是很悲惨的:前者的主题是干活,后者的主题是长肉。我不认为这有什么可抱怨的,因为我当时的生活也不见得丰富了多少,除了八个样板戏,也没有什么消遣。有极少数的猪和牛,它们的生活另有安排。以猪为例,种猪和母猪除了吃,还有别的事可干。就我所见,它们对这些安排也不大喜欢。种猪的任务是交配,换言之,我们的政策准许它当个花花公子。但是疲惫的种猪往往摆出一种肉猪(肉猪是阉过的)才有的正人君子架势,死活不肯跳到母猪背上去。母猪的任务是生崽儿,但有些母猪却要把猪崽儿吃掉。总的来说,人的安排使猪痛苦不堪。但它们还是接受了:猪总是猪啊。

　　对生活做种种设置是人特有的品性。不光是设置动物,也设置自己。我们知道,在古希腊有个斯巴达,那里的生活被设置得了无生趣,其目的就是要使男人成为亡命战士,使女人成为生育机器,前者像些斗鸡,后者像些母猪。这两类动物是很特别的,但我以为,它们肯定不喜欢自己的生活。但不喜欢又能怎么样?人也好,动物也罢,都很难改变自己的命运。

　　以下谈到的一只猪有些与众不同。我喂猪时,它已经有四五岁了,从名分上说,它是肉猪,但长得又黑又瘦,两眼炯炯有光。这家伙像山羊一样敏捷,一米高的猪栏一跳就过;它还能跳上猪圈的房顶,这一点又像是猫——所以它总是到处游逛,根本就不在圈里呆着。所有喂过猪的知青都把它当宠儿来对待,它也是我的宠儿——因为它只对知青好,容许他们走到三米之内,要是别的人,它早就跑了。它是公的,原本该劁掉。不过你去试试看,哪怕你把劁猪刀藏在身后,它也能嗅出来,朝你瞪大眼睛,噢噢地吼起来。我总是用细米糠熬的粥喂它,等它吃够了以后,才把糠兑到野草里喂别的猪。其他猪看了嫉妒,一起嚷起来。这时候整个猪场一片鬼哭狼嚎,但我和它都不在乎。吃饱了以后,它就跳上房顶去晒太阳,或者模仿各种声音。它会学汽车响、拖拉机响,学得都很像;有时整天不见踪影,我估计它到附近的村寨里找母猪去了。我们这里也有母猪,都关在圈里,被过度的生育搞得走了形,又脏又臭,它对它们不感兴趣;村寨里的母猪好看一些。它有很多精彩的事迹,但我喂猪的时间短,知道得有限,索性就不写了。总而言之,所有喂过猪的知青都喜欢它,喜欢它特立独行的派头儿,还说它活得潇洒。但老乡们就不这么浪漫,他们说,这猪不正经。领导则痛恨它,这一点以后还要谈到。我对它则不止是喜欢——我尊敬它,常常不顾自己虚长十几岁这一现实,把它叫做"猪兄"。如前所述,这位猪兄会模仿各种声音。我想它也学过人说话,但没有学会——假如学会了,我们就可以做倾心之谈。但这不能怪它。人和猪的音色差得太远了。

后来,猪兄学会了汽笛叫,这个本领给它招来了麻烦。我们那里有座糖厂,中午要鸣一次汽笛,让工人换班。我们队下地干活时,听见这次汽笛响就收工回来。我的猪兄每天上午十点钟总要跳到房上学汽笛,地里的人听见它叫就回来——这可比糖厂鸣笛早了一个半小时。坦白地说,这不能全怪猪兄,它毕竟不是锅炉,叫起来和汽笛还有些区别,但老乡们却硬说听不出来。领导上因此开了一个会,把它定成了破坏春耕的坏分子,要对它采取专政手段——会议的精神我已经知道了,但我不为它担忧——因为假如专政是指绳索和杀猪刀的话,那是一点门都没有的。以前的领导也不是没试过,一百人也逮不住它。狗也没用:猪兄跑起来像颗鱼雷,能把狗撞出一丈开外。谁知这回是动了真格的,指导员带了二十几个人,手拿五四式手枪;副指导员带了十几人,手持看青的火枪,分两路在猪场外的空地上兜捕它。这就使我陷入了内心的矛盾:按我和它的交情,我该舞起两把杀猪刀冲出去,和它并肩战斗,但我又觉得这样做太过惊世骇俗——它毕竟是只猪啊;还有一个理由,我不敢对抗领导,我怀疑这才是问题之所在。总之,我在一边看着。猪兄的镇定使我佩服之极:它很冷静地躲在手枪和火枪的连线之内,任凭人喊狗咬,不离那条线。这样,拿手枪的人开火就会把拿火枪的打死,反之亦然;两头同时开火,两头都会被打死。至于它,因为目标小,多半没事。就这样连兜了几个圈子,它找到了一个空子,一头撞出去了;跑得潇洒之极。以后我在甘蔗地里还见过它一次,它长出了獠牙,还认识我,但已不容我走近了。这种冷淡使我痛心,但我也赞成它对心怀叵测的人保持距离。

我已经四十岁了,除了这只猪,还没见过谁敢于如此无视对生活的设置。相反,我倒见过很多想要设置别人生活的人,还有对被设置的生活安之若素的人。因为这个原故,我一直怀念这只特立独行的猪。

（选自《沉默的大多数》,陕西师范大学出版社 2009 年版）

【阅读提示】

王小波(1952—1997),北京人,当代著名作家、自由主义者,主要作品有小说"时代三部曲"《黄金时代》《白银时代》《青铜时代》,杂文集《我的精神家园》《沉默的大多数》,以及同性恋题材电影剧本《东宫西宫》等。

《一只特立独行的猪》是体现王小波思想追求与艺术个性的杂文名篇。作者用以物喻人的文学手法,以那只绝不安分守己、无视一切人为设置的猪来譬喻人们无羁无畏地对自由的追求。作品充满戏谑与反讽,犀利泼辣又妙趣横生,是对一切精神禁锢的挑战,张扬着自由与独立思考的精神。以猪喻人,表面看来凡俗粗鄙,却在相反相成中实现了庄重严肃的思想寄托,这正是典型的王小波式的文本构设。

【拓展阅读】

1. 王小波:《沉默的大多数》,陕西师范大学出版社 2009 年版。
2. 王小波:《黄金时代》,北京十月文艺出版社 2011 年版。

3.李银河等:《王小波为什么"火"到今天?》,《南方日报》2007年4月8日。

【思考与练习】

1.谈谈你对王小波创作意义和价值的理解。

2.《一只特立独行的猪》中隐喻了哪几类人? 你作何评价?

西湖梦

余秋雨

一

西湖的文章实在做得太多了,做的人中又多历代高手,再做下去连自己也觉得愚蠢。但是,虽经多次违避,最后笔头一抖,还是写下了这个俗不可耐的题目。也许是这汪湖水沉浸着某种归结性的意义,我避不开它。

初识西湖,在一把劣质的折扇上。那是一位到过杭州的长辈带到乡间来的。折扇上印着一幅西湖游览图,与现今常见的游览图不同,那上面清楚地画着各种景致,就像一个立体模型。图中一一标明各种景致的幽雅名称,凌驾画幅的总标题是"人间天堂"。乡间儿童很少有图画可看,于是日日逼视,竟烂熟于心。年长之后真到了西湖,如游故地,熟门熟路地踏访着一个陈旧的梦境。

明代正德年间一位日本使臣游西湖后写过这样一首诗:

昔年曾见此湖图,
不信人间有此湖。
今日打从湖上过,
画工还欠费工夫。

可见对许多游客来说,西湖即便是初游,也有旧梦重温的味道。这简直成了中国文化中的一个常用意象,摩挲中国文化一久,心头都会有这个湖。

奇怪的是,这个湖游得再多,也不能在心中真切起来。过于玄艳的造化,会产生了一种疏离,无法与它进行家常性的交往。正如家常饮食不宜于排场,可让儿童偎依的奶妈不宜于盛妆,西湖排场太大,妆饰太精,难以叫人长久安驻。大凡风景绝佳处都不宜安家,人与美的关系,竟是如此之蹊跷。

西湖给人以疏离感,还有别一原因。它成名过早,遗迹过密,名位过重,山水亭舍与历史的牵连过多,结果,成了一个象征性物象非常稠厚的所在。游览可以,贴近去却未免吃力。为了摆脱这种感受,有一年夏天,我跳到湖水中游泳,独个儿游了长长一程,算是与它有了触肤之亲。湖水并不凉快,湖底也不深,却软绒绒地不能蹬脚,提醒人们这里有千年的淤积。上岸后一想,我是从宋代的一处胜迹下水,游到一位清人的遗宅终止的,于是,刚刚弄过的水波就立即被历史所抽象,几乎有点不真实了。

它贮积了太多的朝代,于是变得没有朝代。它汇聚了太多的方位,于是也就失去了方位。它走向抽象,走向虚幻,像一个收罗备至的博览会,盛大到了缥缈。

二

西湖的盛大,归拢来说,在于它是极复杂的中国文化人格的集合体。

一切宗教都要到这里来参加展览,再避世的,也不能忘情于这里的热闹;再苦寂的,也要分享这里的一角秀色。佛教胜迹最多,不必一一列述了,即便是超逸到家了的道家,也占据了一座葛岭,这是湖畔最先迎接黎明的地方,一早就呼唤着繁密的脚印。作为儒将楷模的岳飞,也跻身于湖滨安息,世代张扬着治国平天下的教义。宁静淡泊的国学大师也会与荒诞奇瑰的神话传说相邻而居,各自变成一种可供观瞻的景致。

这就是真正中国化了的宗教。深奥的理义可以幻化成一种热闹的浏览方式,与感官玩乐溶成一体。这是真正的达观和"无执",同时也是真正的浮滑和随意。极大的认真伴和着极大的不认真,最后都皈依于消耗性的感官天地。中国的原始宗教始终没有像西方那样上升为完整严密的人为宗教,而后来的人为宗教也急速地散落于自然界,与自然宗教遥相呼应。背着香袋来到西湖朝拜的善男信女,心中并无多少教义的踪影,眼角却时时关注着桃红柳绿、莼菜醋鱼。是山水走向了宗教?抑或是宗教走向了山水?反正,一切都归之于非常实际、又非常含糊的感官自然。

西方宗教在教义上的完整性和普及性,引出了宗教改革者和反对者们在理性上的完整性和普及性;而中国宗教,不管从顺向还是逆向都激发不了这样的思维习惯。绿绿的西湖水,把来到岸边的各种思想都款款地摇碎,溶成一气,把各色信徒都陶冶成了游客。它波光一闪,嫣然一笑,科学理性精神很难在它身边保持坚挺。也许,我们这个民族,太多的是从西湖出发的游客,太少的是鲁迅笔下的那种过客。过客衣衫破碎,脚下淌血,如此急急地赶路,也在寻找一个生命的湖泊吧?但他如果真走到了西湖边上,定会被万千悠闲的游客看成是乞丐。也许正是如此,鲁迅劝阻郁达夫把家搬至杭州:

> 钱王登假仍如在,
> 伍相随波不可寻,
> 平楚日和憎健翮,
> 小山香满蔽高岑。
> 坟坛冷落将军岳,
> 梅鹤凄凉处士林,
> 何似举家游旷远,
> 风波浩荡足行吟。

他对西湖的口头评语乃是:"至于西湖风景,虽然宜人,一路的人有吃的地方,也有玩的地方,如果流连忘返,湖光山色,也会消磨人的志气的。如像袁子才,身上穿一件罗纱大褂,和苏小小认认乡亲,过着飘飘然的生活,也就无聊了。"(川岛:《忆鲁迅先生一九二八年杭州之游》)

然而,多数中国文人的人格结构中,对一个充满象征性和抽象度的西湖,总有很大的向心力。社会理性使命已悄悄抽绎,秀丽山水间散落着才子、隐士,埋藏着身前的孤傲和身后的空名。天大的才华和郁愤,最后都化作供后人游玩的景点。景点,景点,总是景点。

再也读不到传世的檄文,只剩下廊柱上龙飞凤舞的楹联。

再也找不见慷慨的遗恨,只剩下几座既可凭吊也可休息的亭台。

再也不去期待历史的震颤，只有凛然安坐着的万古湖山。

修缮，修缮，再修缮。群塔入云，藤葛如髯，湖水上漂浮着千年藻苔。

三

西湖胜迹中最能让中国文人扬眉吐气的，是白堤和苏堤。两位大诗人、大文豪，不是为了风雅，甚至不是为了文化上的目的，纯粹为了解除当地人民的疾苦，兴修水利，浚湖筑堤，终于在西湖中留下了两条长长的生命堤坝。

清人查容咏苏堤诗云："苏公当日曾筑此，不为游观为民耳。"恰恰是最懂游观的艺术家不愿意把自己的文化形象雕琢成游观物，于是，这样的堤岸便成了西湖间特别显得自然的景物。不知旁人如何，就我而论，游西湖最畅心意的，乃是在微雨的日子，独个儿漫步于苏堤。也没有什么名句逼我吟诵，也没有后人的感慨来强加于我，也没有一尊庄严的塑像压抑我的松快，它始终只是一条自然功能上的长堤，树木也生得平适，鸟鸣也听得自如。这一切都不是东坡学士特意安排的，只是他到这里做了太守，办了一件尽职的好事，就这样，才让我看到一个在美的领域真正卓越到了从容的苏东坡。

但是，就白居易、苏东坡的整体情怀而言，这两道物化了的长堤还是太狭小的存在。他们有他们比较完整的天下意识、宇宙感悟，他们有比较硬朗的主体精神、理性思考，在文化品位上，他们是那个时代的峰巅和精英。他们本该在更大的意义上统领一代民族精神，但却仅仅因辞章而入选为一架僵硬机体中的零件，被随处装上拆下，东奔西颠，极偶然地调配到了这个湖边，搞了一下别人也能搞的水利。我们看到的，是中国历代文化良心所能作的社会实绩的极致。尽管美丽，也就是这么两条长堤而已。

也许正是对这类结果的大彻大悟，西湖边又悠悠然站出一个林和靖。他似乎把什么都看透了，隐居孤山二十年，以梅为妻，以鹤为子，远避官场与市嚣。他的诗写得着实高明，以"疏影横斜水清浅，暗香浮动月黄昏"两句来咏梅，几乎成为千古绝唱。中国古代，隐士多的是，而林和靖凭着梅花、白鹤与诗句，把隐士真正做地道、做漂亮了。在后世文人眼中，白居易、苏东坡固然值得羡慕，却是难以追随的；能够偏偏到杭州西湖来做一太守，更是一种极偶然、极奇罕的机遇。然而，要追随林和靖却不难，不管有没有他的才分。梅妻鹤子有点烦难，其实也很宽松，林和靖本人也是有妻子和小孩的。哪儿找不到几丛花树、几双飞禽呢？在现实社会碰了壁、受了阻，急流勇退，扮作半个林和靖是最容易不过的。

这种自卫和自慰，是中国知识分子的机智，也是中国知识分子的狡黠。不能把志向实现于社会，便躲进一个自然小天地自娱自耗。他们消除了志向，渐渐又把这种消除当作了志向。安贫乐道的达观修养，成了中国文化人格结构中一个宽大的地窖，尽管有浓重的霉味，却是安全而宁静。于是，十年寒窗，博览文史，走到了民族文化的高坡前，与社会交手不了几个回合，便把一切沉埋进一座座孤山。

结果，群体性的文化人格日趋黯淡。春去秋来，梅凋鹤老，文化成了一种无目的的浪费，封闭式的道德完善导向了总体上的不道德。文明的突进，也因此被取消，剩下一堆梅瓣、鹤羽，像画签一般，夹在民族精神的史册上。

四

与这种黯淡相对照，野泼泼的，另一种人格结构也调皮地挤在西湖岸边凑热闹。

首屈一指者，当然是名妓苏小小。

不管愿意不愿意，这位妓女的资格，要比上述几位名人都老，在后人咏西湖的诗作中，总是有意无意地把苏东坡、岳飞放在这位姑娘后面："苏小门前花满枝，苏公堤上女当垆"；"苏家弱柳犹含媚，岳墓乔松亦抱忠"……就是年代较早一点的白居易，也把自己写成是苏小小的钦仰者："若解多情寻小小，绿杨深处是苏家"；"苏家小女旧知名，杨柳风前别有情"。

如此看来，诗人袁子才镌一小章曰："钱塘苏小是乡亲"，虽为鲁迅所不悦，却也颇可理解的了。

历代吟咏和凭吊苏小小的，当然不乏轻薄文人，但内心厚实的饱学之士也多的是。在我们这样一个国度，一位妓女竟如此尊贵地长久安享景仰，原因是颇为深刻的。

苏小小的形象本身就是一个梦。她很重感情，写下一首《同心歌》曰"妾乘油壁车，郎跨青骢马，何处结同心，西陵松柏下"，朴朴素素地道尽了青年恋人约会的无限风光。美丽的车，美丽的马，一起飞驶疾驰，完成了一组气韵夺人的情感造像。又传说她在风景胜处偶遇一位穷困书生，便慷慨解囊，赠银百两，助其上京。但是，情人未归，书生已去，世界没能给她以情感的报偿。她不愿做姬做妾，勉强去完成一个女人的低下使命，而是要把自己的美色呈之街市，蔑视着精丽的高墙。她不守贞节只守美，直让一个男性的世界围着她无常的喜怒而旋转。最后，重病即将夺走她的生命，她却恬然适然，觉得死于青春华年，倒可给世界留下一个最美的形象。她甚至认为，死神在她十九岁时来访，乃是上天对她的最好成全。

难怪曹聚仁先生要把她说成是茶花女式的唯美主义者。依我看，她比茶花女活得更为潇洒。在她面前，中国历史上其他有文学价值的名妓，都把自己搞得太逼仄了，为了个负心汉，或为了一个朝廷，颠簸得过于认真。只有她那种颇有哲理感的超逸，才成为中国文人心头一幅秘藏的圣符。

由情至美，始终围绕着生命的主题。苏东坡把美衍化成了诗文和长堤，林和靖把美寄托于梅花与白鹤，而苏小小，则一直把美熨贴着自己的本体生命。她不作太多的物化转换，只是凭借自身，发散出生命意识的微波。

妓女生涯当然是不值得赞颂的，苏小小的意义在于，她构成了与正统人格结构的奇特对峙。再正经的鸿儒高士，在社会品格上可以无可指摘，却常常压抑着自己和别人的生命本体的自然流程。这种结构是那样的宏大和强悍，使生命意识的激流不能不在崇山峻岭的围困中变得恣肆和怪异。这里又一次出现了道德和不道德、人性和非人性、美和丑的悖论：社会污浊中也会隐伏着人性的大合理，而这种大合理的实现方式又常常怪异到正常的人们所难以容忍。反之，社会历史的大光亮，又常常以牺牲人本体的许多重要命题为代价。单向完满的理想状态，多是梦境。人类难以挣脱的一大悲哀，便在这里。

西湖所接纳的另一具可爱的生命是白娘娘。虽然只是传说，在世俗知名度上却远超许多真人，在中国人的精神疆域中早就成了一种更宏大的切实存在。人们慷慨地把湖水、断桥、雷峰塔奉献给她。在这一点上，西湖毫无亏损，反而因此而增添了特别明亮的光色。

她是妖，又是仙，但成妖成仙都不心甘。她的理想最平凡也最灿烂：只愿做一个普普通通的人。这个基础命题的提出，在中国文化中具有极大的挑战性。

中国传统思想历来有分割两界的习惯性功能。一个浑沌的人世间，利刃一划，或者成为圣、贤、忠、善、德、仁,或者成为奸、恶、邪、丑、逆、凶,前者举入天府,后者沦于地狱。有趣的是,这两者的转化又极为便利。白娘娘做妖做仙都非常容易,麻烦的是,她偏偏看到在天府与地狱之间,还有一快平实的大地,在妖魔和神仙之间,还有一种寻常的动物:人。她的全部灾难,便由此而生。

普通的、自然的、只具备人的意义而不加外饰的人,算得了什么呢?厚厚一堆二十五史并没有为它留出多少笔墨。于是,法海逼白娘娘回归于妖,天庭劝白娘娘上升为仙,而她却拼着生命大声呼喊:人!人!人!

她找上了许仙,许仙的木讷和萎顿无法与她的情感强度相对称,她深感失望。她陪伴着一个已经是人而不知人的尊贵的凡夫,不能不陷于寂寞。这种寂寞,是她的悲剧,更是她所向往的人世间的悲剧。可怜的白娘娘,在妖界仙界呼唤人而不能见容,在人间呼唤人也得不到回应,但是,她是决不会舍弃许仙的,是他,使她想做人的欲求变成了现实,她不愿去寻找一个超凡脱俗即已离异了普通状态的人。这是一种深刻的矛盾,她认了,甘愿为了他去万里迢迢盗仙草,甘愿为了他在水漫金山时殊死拼搏。一切都是为了卫护住她刚刚抓住一半的那个"人"字。

在我看来,白娘娘最大的伤心处正在这里,而不是最后被镇于雷峰塔下。她无惧于死,更何惧于镇?她莫大的遗憾,是终于没能成为一个普通人。雷峰塔只是一个归结性的造型,成为一个民族精神界的怆然象征。

一九二四年九月,雷峰塔终于倒掉,一批"五四"文化闯将都不禁由衷欢呼,鲁迅更是对之一论再论。这或许能证明,白娘娘和雷峰塔的较量,关系着中国精神文化的决裂和更新?为此,即使明智如鲁迅,也愿意在一个传说故事的象征意义上深深沉浸。

鲁迅的朋友中,有一个用脑袋撞击过雷峰塔的人,也是一位女性,吟罢"秋风秋雨愁煞人",也在西湖边上安身。

我欠西湖的一笔宿债,是至今未到雷峰塔废墟去看看。据说很不好看,这是意料中的,但总要去看一次。

(选自《文化苦旅》,知识出版社 1992 年版)

【阅读提示】

余秋雨(1946—),浙江余姚人,当代著名散文家,文化学者。1962 年开始发表作品。知名作品有散文集《文化苦旅》《山居笔记》《霜冷长河》《千年一叹》《行者无疆》,艺术理论著作有《戏剧理论史稿》《戏剧审美心理学》等。

《西湖梦》收入《文化苦旅》。作品追古抚今,从精神文化的角度探究西湖梦的复杂性,揭示它与中国文人人格构成的复杂关联,以此反思中国文化的一个侧面。作者进一步以白居易、苏东坡、林和靖等文人为例揭示这种复杂的中国文化人格。与此种"正统人格"产生奇特对峙的是不入正统、主流的妓女苏小小和神话传说中的白娘娘的故事。她们要做一个普普通通的人的理想和追求却"隐伏着人性的大合理"。而可悲的是"社会历史的大光亮常常以牺牲人本体的许多重要命题为代价"。最后余秋雨点题,西湖与文人理想都是"梦",因为"单项完满的理想状态,多是梦境"。文章透过山水、历史现象彰显了历史、文化和人文精神的复杂内涵。

【拓展阅读】

1.余秋雨：《文化苦旅》，知识出版社1992年版。

2.余秋雨：《余秋雨人生哲学》，上海人民出版社2007年版。

3.吴晶：《西湖诗词》，杭州出版社2005年版。

4.彭万隆、肖瑞峰：《西湖文学史》（唐宋卷），浙江大学出版社2013年版。

【思考与练习】

1.文中余秋雨用西湖"梦"的特质来比喻中国文人人格结构，你同意他的看法吗？为什么？

2.查找关于苏小小和白娘娘的资料，谈谈你对这两个女性的评价。

雷雨(节选)

曹　禺

第三幕

—杏花巷十号,在鲁贵家里。—

下面是鲁家屋外的情景。

车站的钟打了十下,杏花巷的老少还沿着那白天蒸发着臭气,只有半夜才从租界区域吹来一阵好凉风的水塘边上乘凉。虽然方才落了一阵暴雨,天气还是郁热难堪,太空黑漆漆地布满了恶相的黑云,人们都像晒在太阳下的小草,虽然半夜里沾了点露水,心里还是热燥燥的,期望着再来一次的雷雨。倒是躲在池塘芦草下的青蛙叫得起劲,一直不停。闲人谈话的声音有一阵没一阵地。无星的天空时而打着没雷的闪电,蓝森森地一晃,闪露出来池塘边的垂柳在水面颤动着。闪光过去,还是黑黝黝的一片。

渐渐乘凉的人散了,四周围静下来,雷又隐隐地响着,青蛙像是吓得不敢多叫,风又吹起来,柳叶沙沙地。在深巷里,野狗寂寞地狂吠着。

以后闪电更亮得蓝森森地可怕,雷也更凶恶似地隆隆地滚着,四周却更沉闷地静下来,偶尔听见几声青蛙叫和更大的木梆声,野狗的吠声更稀少,狂雨就快要来了。

最后暴风暴雨,一直到闭幕。

不过观众看见的还是四凤的屋子,(即鲁贵两间房的内屋)前面的叙述除了声音只能由屋子中间一扇木窗户显出来。

在四凤的屋子里面呢:

鲁家现在才吃完晚饭,每个人的心绪都是烦恶的。各人有各人的心思,在一个屋角,鲁大海一个人在擦什么东西。鲁妈同四凤一句话也不说,大家静默着。鲁妈低着头在屋子中间的圆桌旁收拾筷子碗,鲁贵坐在左边一张靠椅上,喝得醉醺醺地,眼睛发了红丝,像个猴子,半身倚着靠背,望着鲁妈打着噎。他的赤脚忽然放在椅子上,忽然又平拖在地上,两条腿像人字似地排开,他穿一件白汗衫,半臂已经汗透了,贴在身上,他不住地摇着芭蕉扇。

四凤在中间窗户前面站着:背朝着观众,面向窗外不安地望着,窗外池塘边有乘凉的人们说着闲话,有青蛙的叫声。她时而不安地像听见了什么似的,时而又转过头看了看鲁贵,又烦厌地迅速转过去。在她旁边靠左墙是一张搭好的木板床,上面铺着凉席,一床很干净的夹被,一个凉草枕和一把蒲扇,很整齐地放在上面。

屋子很小,像一切穷人的屋子,屋顶低低地压在头上。床头上挂着一张烟草公司的广告画,在左边的墙上贴着过年时粘上的旧画,已经破烂许多地方。靠着鲁贵坐的唯一的一张椅子立了一张小方桌,上面有镜子,梳子,女人用的几件平常的化妆品,那大概是四凤的梳妆台了。在左墙有一条板凳,在中间圆桌旁边孤零零地立着一个圆凳子,在右边四凤的床下正排着两三双很时髦的鞋。鞋的下头,有一只箱子,上面铺着一块白布,放着一个瓷壶同两三个粗的碗。小圆桌上放着一盏洋油灯,上面罩一个鲜红美丽的纸灯罩;还有几件零碎的小东西;在暗淡的灯影里,零碎的小东西虽然看不清楚,却依然令人觉得这大概是一个女人的住房。这屋子有两个门,在左边——就是有木床的一边——开着一个小门,外面挂着一幅强烈的有花的红幔,里面存着煤,一两件旧家具,四凤为着自己换衣服用的。右边有一个破旧的木门,通着鲁家的外间,外面是鲁贵住的地方,是今晚鲁贵夫妇睡的处所。那外间屋的门就通着池塘边泥泞的小道。这里间与外间相连的木门,旁边侧立一副铺板。

〔开幕时正是鲁贵兴致淋漓地刚刚倒完了半咒骂式的家庭训话。屋内都是沉默而紧张的。沉闷中听得出池塘边唱着淫荡的春曲,掺杂着乘凉人们的谈话。各人在想各人的心思,低着头不做声。鲁贵满身是汗,因为喝酒喝得太多,说话也过于卖了力气,嘴里流着涎水,脸红得吓人,他好像很得意自己在家里的位置同威风,拿着那把破芭蕉扇,挥着,舞着,指着。为汗水浸透了似的肥脑袋探向前面,眼睛迷腾腾地,在各个人的身上扫来扫去。

〔大海依旧擦他的手枪,两个女人都不做声,等着鲁贵继续嘶喊,这时青蛙同卖唱的叫声传了过来。

〔四凤立在窗户前,偶尔深深地叹着气。

鲁贵 (咳嗽起来)他妈的!(一口痰吐在地上,兴奋地问着)你们想,你们哪一个对得起我?(向四凤同大海)你们不要不愿意听,你们哪一个人不是我辛辛苦苦养到大?可是现在你们哪一件事做的对得起我?(先向左,对大海)你说?(忽向右,对四凤)你说?(对着站在中间圆桌旁的鲁妈,胜利地)你也说说,这都是你的好孩子啊!(啪,又一口痰)

〔静默。听外面胡琴,同唱声。

鲁大海 (向四凤)这是谁?快十点半还在唱?

鲁四凤 (随意地)一个瞎子同他老婆,每天在这儿卖唱的。(挥着扇,微微叹一口气)

鲁贵 我是一辈子犯小人,不走运。刚在周家混了两年,孩子都安置好了,就叫你(指鲁妈)连累下去了。你回家一次就出一次事。刚才是怎么回事?我叫完电灯匠回公馆,凤儿的事没有了,连我的老根子也拔了。妈的,你不来,(指鲁妈)我能倒这样的霉?(又一口痰)

鲁大海 (放下手枪)你要骂我就骂我,别指东说西,欺负妈好说话。

鲁贵 我骂你?你是少爷!我骂你?你连人家有钱的人都当面骂了,我敢骂你?

鲁大海 (不耐烦)你喝了不到两盅酒,就叨叨叨,叨叨叨,这半点钟你够不够?

鲁贵 够?哼,我一肚子的冤屈,一肚子的火,我没个够!当初你爸爸也不是没叫人伺候过,吃喝玩乐,我哪一样没讲究过!自从娶了你的妈,我是家败人亡,一天不如一天,一天不如一天,……

鲁四凤　那不是你自己赌钱输光的!

鲁大海　你别理他,让他说。

鲁贵　(只顾嘴头说得畅快,如同自己是唯一的牺牲者一样)我告诉你,我是家败人亡,一天不如一天。我受人家的气,受你们的气。现在好,连想受人家的气也不成了,我跟你们一块儿饿着肚子等死。你们想想,你们是哪一件事对得起我?(忽而觉得自己的腿没处放,面向鲁妈)侍萍,把那凳子拿过来,我放放大腿。

鲁大海　(看着鲁妈,叫她不要管)妈!(然而鲁妈还是拿了那唯一的圆凳子过来,放在鲁贵的脚下。他把腿放好)

鲁贵　(望着大海)可是这怪谁?你把人家骂了,人家一气,当然就把我们辞了。谁叫我是你的爸爸呢? 大海,你心里想想,我这么大年纪,要跟着你饿死;我要是饿死,你是哪一点对得起我? 我问问你,我要是这样死了?

鲁大海　(忍不住,立起,大声)你死就死了,你算老几?

┌ 鲁贵　(吓醒了一点)妈的,这孩子!
│ 鲁侍萍　大海!　　　　　　　　　　(同时惊恐地喊出)
└ 鲁四凤　哥哥!

鲁贵　(看见大海那副魁梧的身体,同手里拿着的枪,心里有点怕,笑着)你看看,这孩子这点小脾气! ——(又接着说)咳,说回来,这也不能就怪大海,周家的人从上到下就没有一个好东西。我伺候他们两年,他们那点出息我哪一样不知道? 反正有钱人家顶方便,做了坏事,外面比做了好事装得还体面;文明词越用得多,心里头越男盗女娼。王八蛋!别看今天我走的时候,老爷太太装模作样地跟我尽打官话,好东西,明儿见! 他们家里这点出息当我不知道?

鲁四凤　(怕他胡闹)爸! 你可,你可千万别去周家!

鲁贵　(不觉骄傲起来)哼,明天,我把周家太太大少爷这点老底子给他一个宣布,就连老头这老王八蛋也得给我跪下磕头。忘恩负义的东西!(得意地咳嗽起来)。他妈的!(啪地又一口痰吐在地上,向四凤)茶呢?

鲁四凤　爸,你真是喝醉了么? 刚才不跟你放在桌上么?

鲁贵　(端起杯子,对四凤)这是白水,小姐!(泼在地上)。

鲁四凤　(冷冷地)本来是白水,没有茶。

鲁贵　(因为她打断他的兴头,向四凤)混账。我吃完饭总要喝杯好茶,你还不知道么?

鲁大海　(故意地)哦,爸爸吃完饭还要喝茶的。(向四凤)四凤,你怎么不把那一两四块八的龙井沏上,尽叫爸爸生气!

鲁四凤　龙井,家里连茶叶末也没有。

鲁大海　(向贵)听见了没有? 你就将就喝杯开水吧,别这样穷讲究啦。(拿一杯白开水放在他身旁桌上,走开)

鲁贵　这是我的家。你要看着不顺眼,你可以滚开。

鲁大海　(上前)你,你——

鲁侍萍　(阻大海)别,别,好孩子。看在妈的份上,别同他闹。

鲁贵　你自己觉得挺不错,你到家不到两天,就闹这么大的乱子,我没有说你,你还要打我么？你给我滚！

　　鲁大海　　（忍着）妈，他这样子我实在看不下去。妈，我走了。

　　鲁侍萍　　胡说。就要下雨，你上哪儿去？

　　鲁大海　　我有点事。办不好，也许到车厂拉车去。

　　鲁侍萍　　大海，你——

　　鲁贵　　走，走，让他走。这孩子就是这点穷骨头。叫他滚，滚，滚！

　　鲁大海　　你小心点。你少惹我的火！

　　鲁贵　　（赖皮）你妈在这儿。你敢把你的爹怎么样？你这杂种！

　　鲁大海　　什么，你骂谁？

　　鲁贵　　我骂你。你这——

　　鲁侍萍　　（向贵）你别不要脸，你少说话！

　　鲁贵　　我不要脸？我没有在家养私孩子，还带着个（指大海）嫁人。

　　鲁侍萍　　（心痛极）哦，天！

　　鲁大海　　（抽出手枪）我——我打死你这老东西！（对鲁贵）

　　[鲁贵叫，站起。急到里间，僵立不动。

　　鲁贵　　（喊）枪，枪，枪。

　　鲁四凤　　（跑到大海的面前，抱着他的手）哥哥。

　　鲁侍萍　　大海你放下。

　　鲁大海　　（对鲁贵）你跟妈说，说自己错了，以后永远不再乱说话，乱骂人。

　　鲁贵　　哦——

　　鲁大海　　（进一步）说呀！

　　鲁贵　　（被胁）你，你——你先放下。

　　鲁大海　　（气愤地）不，你先说。

　　鲁贵　　好。（向鲁妈）我说错了，我以后永远不乱说，不骂人了。

　　鲁大海　　（指那唯一的圆椅）还坐在那儿！

　　鲁贵　　（颓唐地坐在椅上，低着头咕噜着）这小杂种！

　　鲁大海　　哼，你不值得我卖这么大的力气。

　　鲁侍萍　　放下。大海，你把手枪放下。

　　鲁大海　　（放下手枪，笑）妈，妈您别怕，我是吓唬吓唬他。

　　鲁侍萍　　给我。你这手枪是哪儿弄来的？

　　鲁大海　　从矿上带来的，警察打我们的时候掉下的，我拾起来了。

　　鲁侍萍　　你现在带在身上干什么？

　　鲁大海　　不干什么。

　　鲁侍萍　　不，你要说。

　　鲁大海　　（狞笑）没有什么，周家逼着我，没有路走，这就是一条路。

　　鲁侍萍　　胡说，交给我。

　　鲁大海　　（不肯）妈！

　　鲁侍萍　　刚才吃饭的时候我跟你说过。周家的事算完了，我们姓鲁的永远不提他

们了。

鲁大海 （低声，缓慢地）可是我们在矿上流的血呢？周家大少爷刚才打在我脸上的巴掌呢？就完了么？

鲁侍萍 嗯，完了。这一本账算不清楚，报复是完不了的。什么都是天定，妈愿你多受点苦。

鲁大海 那是妈自己，我——

鲁侍萍 （高声）大海，你是我最爱的孩子，你听着，我从来不用这样的口气对你说过话。你要是伤了周家的人，不管是那里的老爷或者少爷，你只要伤害了他们，我是一辈子也不认你的。

鲁大海 可是妈——（恳求）

鲁侍萍 （肯定地）你知道妈的脾气，你若要做了妈最怕你做的事情，妈就死在你的面前。

鲁大海 （长叹一口气）哦！妈，您——（仰头望，又低下头来）那我会恨——恨他们一辈子。

鲁侍萍 （叹一口气）天，那就不能怪我了。（向大海）把手枪给我。（大海不肯）交给我！（走近大海，把手枪拿了过来。）

鲁大海 （痛苦）妈，您——

鲁四凤 哥哥，你给妈！

鲁大海 那么您拿去吧。不过您搁的地方得告诉我。

鲁侍萍 好，我放在这个箱子里。（把手枪放在床头的木箱里）可是（对大海）明天一早我就报告警察，把枪交给他。

鲁贵 对极了，这才是正经。

鲁大海 你少说话！

鲁侍萍 大海。不要这样同父亲说话。

鲁大海 （看鲁贵，又转头）好，妈，我走了。我看车厂子里有认识的人没有。

鲁侍萍 好，你去。你可得准时回来。一家人不许这样怄气。

鲁大海 嗯。就回来。

　　［大海由左边与外间通的房门下，听见他关外房大门的声音。鲁贵立起来看着大海走出去，怀着怨气又回来站在圆桌旁。

鲁贵 （自言自语）这个小王八蛋！（问鲁妈）刚才我叫你买茶叶，你为什么不买？

鲁侍萍 没有闲钱。

鲁贵 可是，四凤，我的钱呢？——刚才你们从公馆领来的工钱呢？

鲁四凤 您说周公馆多给的两个月工钱？

鲁贵 对了，一共连新加旧六十块钱。

鲁四凤 （知道早晚也要告诉他）嗯，是的，还给人啦。

鲁贵 什么，你还给人啦？

鲁四凤 刚才赵三又来堵门要你赌账，妈就把那个钱都还给他了。

鲁贵 （问鲁妈）六十块钱？都还了账啦！

鲁侍萍 嗯，把你这次的赌账算是还清了。

鲁贵　（急了）妈的，我的家就是叫你们这样败了的，现在是还账的时候么？

鲁侍萍　（沉静地）都还清了好。这儿的家我预备不要了。

鲁贵　这儿的家你不要么？

鲁侍萍　我想，大后天就回济南去。

鲁贵　你回济南，我跟四凤在这儿，这个家也得要啊。

鲁侍萍　这次我带着四凤一块儿走，不叫她一个人在这儿了。

鲁贵　（对四凤笑）四凤，你听你妈要带着你走。

鲁侍萍　上次我走的时候，我不知道我的事情怎么样。外面人地生疏，在这儿四凤有邻居张大婶照应她，我自然不带她走。现在我那边的事已经定了。四凤在这儿又没有事，我为什么不带她走？

鲁四凤　（惊）您，您真要带我走？

鲁侍萍　（沉痛地）嗯，妈以后说什么也不离开你了。

鲁贵　不成，这我们得好好商量商量。

鲁侍萍　这有什么可商量的？你要愿意去，大后天一块儿走也可以。不过那儿是找不着你这一帮赌钱的朋友的。

鲁贵　我自然不到那儿去。可是你要带四凤到那儿干什么？

鲁侍萍　女孩子当然随着妈走，从前那是没有法子。

鲁贵　（滔滔地）四凤跟我有吃有穿，见的是场面人。你带着她，活受罪，干什么？

鲁侍萍　（对他没有办法）跟你也说不明白。你问问她愿意跟我还是愿意跟你？

鲁贵　自然是愿意跟我。

鲁侍萍　你问她！

鲁贵　（自信一定胜利）四凤，你过来，你听清楚了。你愿意怎么样？随你。跟你妈，还是跟我？（四凤转过身来，满脸的眼泪）咦，这孩子，你哭什么？

鲁侍萍　哦，凤儿，我的可怜的孩子。

鲁贵　说呀，这不是大姑娘上轿，说呀！

鲁侍萍　（安慰地）哦，凤儿，告诉我，刚才你答应得好好地，愿意跟着妈走，现在又怎么哪？告诉我，好孩子。老实地告诉妈，妈还是喜欢你。

鲁贵　你说你让她走，她心里不高兴。我知道，她舍不得这个地方。（笑）

鲁四凤　（向鲁贵）去！（向鲁妈）别问我，妈，我心里难过。妈，我的妈，我是跟您走的。妈呀！（抽咽，扑在鲁妈的怀里）。

鲁侍萍　哦，我的孩子，我的孩子今天受了委屈了。

鲁贵　你看看，这孩子一身小姐气，她要跟你不是受罪么？

鲁侍萍　（向鲁贵）你少说话，（对四凤）妈命不好，妈对不起你，别难过！以后跟妈在一块儿。没有人会欺负你，哦，我的心肝孩子。

〔大海由左边上。

鲁大海　妈，张家大婶回来了。我刚才在路上碰见的。

鲁侍萍　你，你提到我们卖家具的事么？

鲁大海　嗯，提了。她说，她能想法子。

鲁侍萍　车厂上找着认识的人么？

鲁大海　有，我还要出去，找一个保人。

鲁侍萍　那么我们一同出去吧。四凤，你等着我，我就回来！

鲁大海　（对鲁贵）再见，你酒醒了点么？（向鲁妈）今天晚上我恐怕不回家睡觉。

［大海，鲁妈同下。

鲁贵　（目送他们出去）哼，这东西！（见四凤立在窗前，便向她）你妈走了，四凤。你说吧，你预备怎么样呢？

鲁四凤　（不理他，叹一口气，听外面的青蛙声同雷声）

鲁贵　（蔑视）你看，你这点心思还不浅。

鲁四凤　（掩饰）什么心思？天气热，闷得难受。

鲁贵　你不要骗我，你吃完饭眼神直瞪瞪的，你在想什么？

鲁四凤　我不想什么。

鲁贵　（故意伤感地）凤儿，你是我的明白孩子。我就有你这一个亲女儿，你跟你妈一走，那就剩我一个人在这儿哪。

鲁四凤　您别说了，我心里乱得很。（外面打闪）你听，远远又打雷。

鲁贵　孩子，别打岔，你真预备跟你妈回济南么？

鲁四凤　嗯。（吐一口气）

鲁贵　（无聊地唱）"花开花谢年年有，人过了青春不再来！"哎。（忽然地）四凤，人活着就是两三年好日子，好机会一错过就完了。

鲁四凤　您，您去吧。我困了。

鲁贵　（徐徐诱进）周家的事你不要怕。有了我，明天我们还是得回去。你真走得开，（暗指地）你放得下这样好的地方么？你放得下周家——

鲁四凤　（怕他）您不要乱说了。您睡去吧！外边乘凉的人都散了。您为什么不睡去？

鲁贵　你不要胡思乱想。（说真心话）这世界没有一个人靠得住，只有钱是真的。唉，偏偏你同你母亲不知道钱的好处。

鲁四凤　听，我像是听见有人来敲门。

［外面敲门声。

鲁贵　快十一点，这会有谁？

鲁四凤　爸爸，您让我去看。

鲁贵　别，让我出去。

［鲁贵开左门一半。

鲁贵　谁？

［外面的声音：这儿姓鲁么？

鲁贵　是啊，干什么？

［外面的声音：找人。

鲁贵　你是谁？

［外面的声音：我姓周。

鲁贵　（喜形于色）你看，来的不是？周家的人来了。

鲁四凤 （惊骇着，忙说）不，爸爸，您说我们都出去了。

鲁贵 咦，（乖巧地看她一眼）这叫什么话？

［鲁贵下。

鲁四凤 （把屋子略微收拾一下，不用的东西放在左边帐后的小屋里，立在右边角上，等候着客进来）

［这时，听见周冲同鲁贵说话的声音，一时鲁贵同周冲上。

周冲 （见着四凤高兴地）四凤！

鲁四凤 （奇怪地望着）二少爷！

鲁贵 （谄笑）您别见笑我，我们这儿穷地方。

周冲 （笑）这地方真不好找。外边有一片水，很好的。

鲁贵 二少爷。您先坐下。四凤（指圆椅）你把那张好椅子拿过来。

周冲 （见四凤不说话）四凤，怎么，你不舒服么？

鲁四凤 没有。——（规规矩矩地）二少爷，你到这里来干什么？ 要是太太知道了，你——

周冲 这是太太叫我来的。

鲁贵 （明白了一半）太太要您来的？

周冲嗯，我自己也想来看看你们。（问四凤）你哥哥同母亲呢？

鲁贵 他们出去了。

鲁四凤 你怎么知道这个地方？

周冲 （天真地）母亲告诉我的。没想到这地方还有一大片水，一下雨真滑，黑天要是不小心，真容易摔下去。

鲁贵 二少爷，您没摔着么？

周冲 （稀罕地）没有。我坐家里的车，很有趣的。（四面望望这屋子的摆设，很高兴地笑着，看四凤）哦，你原来在这儿！

鲁四凤 我看你赶快回家吧。

鲁贵 什么？

周冲 （忽然）对了，我忘了我为什么来的了。妈跟我说，你们离开我家，她很不放心；她怕你们找不着事情，叫我送给你一百块钱。（拿出钱）

鲁四凤 什么？

鲁贵 （以为周家的人怕得罪他，得意地笑着，对四凤）你看人家多厚道，到底是人家有钱的人。

鲁四凤 不，二少爷，你替我谢谢太太，我们好好过日子。拿回去吧。

鲁贵 （向四凤）你看你，哪有你这么说话的？ 太太叫二少爷亲自送来，这点意思我们好意思不领下么？（收下钞票）你回头跟太太回一声，我们都挺好的。请太太放心，谢谢太太。

鲁四凤 （固执地）爸爸，这不成。

鲁贵 你小孩子知道什么？

鲁四凤 您要收下，妈跟哥哥一定不答应。

鲁贵　（不理她,向周冲)谢谢您老远跑一趟。我先给您买点鲜货吃,您同四凤在屋子里坐一坐,我失陪了。

鲁四凤　爸,您别走!不成。

鲁贵　别尽说话,你先给二少爷倒一碗茶。我就回来。

[鲁贵忙下。

周冲　（不由衷地)让他走了也好。

鲁四凤　（厌恶地)唉,真是下作! ——(不愿意地)谁叫你送钱来了?

周冲　你,你,你像是不愿意见我似的。为什么呢?我以后不再乱说话了。

鲁四凤　（找话说)老爷吃过饭了么?

周冲　刚刚吃过。老爷在发脾气,母亲没吃完饭就跑到楼上生气。我劝了她半天,要不我还不会这样晚来。

鲁四凤　（故意不在心地)大少爷呢?

周冲　我没有见着他,我知道他很难过,他又在自己房里喝酒,大概是醉了。

鲁四凤　哦! (叹一口气)——你为什么不叫底下人替你来?你何必自己跑到这穷人住的地方来?

周冲　（诚恳地)你现在怨了我们吧! ——(羞愧地)今天的事,我真觉得对不起你们,你千万不要以为哥哥是个坏人。他现在很后悔,你不知道他,他还很喜欢你。

鲁四凤　二少爷,我现在已经不是周家的佣人了。

周冲　然而我们永远不可以算是顶好的朋友么?

鲁四凤　我预备跟我妈回济南去。

周冲　不,你先不要走,早晚你同你父亲还可以回去的。我们搬了新房子,我的父亲也许回到矿上去,那时你就回来,那时候我该多么高兴!

鲁四凤　你的心真好。

周冲　四凤,你不要为这一点小事来烦忧。世界大得很,你应当读书,你就知道世界上有过许多人跟我们一样地忍受着痛苦,慢慢地苦干,以后又得到快乐。

鲁四凤　唉,女人究竟是女人! (忽然)你听,(蛙鸣)蛤蟆怎么不睡觉,半夜三更的还叫呢?

周冲　不,你不是个平常的女人,你有力量,你能吃苦,我们都还年青,我们将来一定在这世界为着人类谋幸福。我恨这不平等的社会,我恨只讲强权的人,我讨厌我的父亲,我们都是被压迫的人,我们是一样。——

鲁四凤　二少爷,您渴了吧,我给您倒一杯茶。(站起倒茶)

周冲　不,不要。

鲁四凤　不,让我再伺候伺候您。

周冲　你不要这样说话,现在的世界是不该存在的。我从来没有把你当做我的底下人,你是我的凤姐姐,你是我引路的人,我们的真世界不在这儿。

鲁四凤　哦,你真会说话。

周冲　有时我就忘了现在,(梦幻地)忘了家,忘了你,忘了母亲,并且忘了我自己。我想,我像是在一个冬天的早晨,非常明亮的天空,……在无边的海上……哦,有一条轻得像海燕似的小帆船,在海风吹得紧,海上的空气闻得出有点腥,有点咸的时候,白色的帆张得满满地,像一只鹰的翅膀斜贴在海面上飞,飞,向着天边飞。那时天边上只淡淡地浮着两三片白云,我们坐在船头,望着前面,前面就是我们的世界。

鲁四凤　我们?

周冲　对了,我同你,我们可以飞,飞到一个真真干净,快乐的地方,那里没有争执,没有虚伪,没有不平等,没有……(头微仰,好像眼前就是那么一个所在,忽然)你说好么?

鲁四凤　你想得真好。

周冲　(亲切地)你愿意同我一块儿去么?就是带着他也可以的。

鲁四凤　谁?

周冲　你昨天告诉我的,你说你的心已经许给了他,那个人他一定也像你,他一定是个可爱的人。

[鲁大海进。

鲁四凤　哥哥。

鲁大海　(冷冷地)这是怎么回事?

周冲　鲁先生!

鲁四凤　周家二少爷来看我们来了!

鲁大海　哦——我没想到你们现在在这儿?父亲呢?

鲁四凤　出去买东西去啦。

鲁大海　(向周冲)奇怪得很!这么晚!周少爷会到我们这个穷地方来——看我们。

周冲　我正想见你呢。你,你愿意——跟我拉拉手么?(把右手伸出去)。

鲁大海　(乖戾地)我不懂得外国规矩。

周冲　(把手缩回来)那么,让我说,我觉得我心里对你很抱歉的。

鲁大海　什么事?

周冲　(脸红)今天下午,你在我们家里——

鲁大海　(勃然)请你少提那桩事。

鲁四凤　哥哥,你不要这样,人家是好心好意来安慰我们。

鲁大海　少爷,我们用不着你的安慰,我们生成一副穷骨头,用不着你半夜的时候到这里来安慰我们。

周冲　你大概是误会了我的意思。

鲁大海　(清楚地)我没有误会。我家里没有第三个人,我妹妹在这儿,你在这儿,这是什么意思?

周冲　我没想到你这么想。

鲁大海　可是谁都这么想。(回头向四凤)出去。

鲁四凤　哥哥!

鲁大海　你先出去,我有几句话要同二少爷说。(见四凤不走)出去!

[四凤慢慢地由左门出去。

鲁大海　二少爷,我们谈过话,我知道你在你们家里算是明白点的;不过你记着,以后你要再到这儿来,来——安慰我们,(突然凶暴地)我就打断你的腿。

周　冲　打断我的腿?

鲁大海　(肯定的神态)嗯!

周　冲　(笑)我想一个人无论怎样总不会拒绝别人的同情吧。

鲁大海　同情不是你同我的事,也要看看地位才成。

周　冲　大海,我觉得你有时候有些偏见太重,有钱的人并不是罪人,难道说就不能同你们接近么?

鲁大海　你太年轻,多说你也不明白。痛痛快快地告诉你吧,你就不应当到这儿来,这儿不是你来的地方。

周　冲　为什么?——你今早还说过,你愿意做我的朋友,我想四凤也愿意做我的朋友,那么我就不可以来帮点忙么?

鲁大海　少爷,你不要以为这样就是仁慈。我听说,你想叫四凤念书,是么? 四凤是我的妹妹,我知道她! 她不过是一个没有定性平平常常的女孩子,也是想穿丝袜子,想坐汽车的。

周　冲　那你看错了她。

鲁大海　我没有看错。你们有钱人的世界,她多看一眼,她就得多一番烦恼。你们的汽车,你们的跳舞,你们闲的日子,这两年已经把她的眼睛看迷了,她忘了她是从哪里来的,她现在回到她自己的家里什么都不顺眼啦。可是她是个穷人的孩子,她的将来是给一个工人当老婆,洗衣服,做饭,捡煤渣。哼,上学,念书,嫁给一个阔人当太太,那是一个小姐的梦! 这些在我们穷人连想都想不起的。

周　冲　你的话固然有点道理,可是——

鲁大海　所以如果矿主的少爷真替四凤着想,那我就请少爷从今以后不要同她往来。

周　冲　我认为你的偏见太多,你不能说我的父亲是个矿主,你就要——

鲁大海　现在我警告你(瞪起眼睛来)……

周　冲　警告?

鲁大海　如果什么时候我再看见你跑到我家里,再同我的妹妹在一起,我一定——(笑,忽然态度和善些下去)好,我盼望没有这事情发生。少爷,时候不早了,我们要睡觉了。

周　冲　你,你那样说话,——是我想不到的,我没想到我的父亲的话是对的。

鲁大海　(阴沉地)哼,(爆发)你的父亲是个老混蛋。

周　冲　什么?

鲁大海　你的父亲是——

[四凤由左门跑进。

鲁四凤　你别说了! (指大海)我看你,你简直变成个怪物!

鲁大海　你,你简直是个糊涂虫!

鲁四凤　我不跟你说话了! (向周冲)你走吧,你走吧,不要同他说啦。

周　冲　(无奈地,看看大海)好,我走。(向四凤)我觉得很对不起你,来到这儿,更叫你不快活。

鲁四凤　不要提了,二少爷,你走吧,这不是你待的地方。

周冲　好,我走!(向大海)再见,我原谅你,(温和地)我还是愿意做你的朋友。(伸出手来)你愿意同我拉一拉手么?

　　〔大海没有理他,把身子转过去。

鲁四凤　哼!

　　〔周冲也不再说什么,即将走下。

　　〔鲁贵由左门上,捧着水果,酒瓶,同酒菜,脸更红,步伐有点错乱。

鲁贵　(见冲要走)怎么?

鲁大海　让开点,他要走了。

鲁贵　别,别,二少爷为什么刚来就走?

鲁四凤　(愤愤)你问哥哥去!

鲁贵　(明白了一半,忽然笑向着周冲)别理他,您坐一会儿。

周冲　不,我是要走了。

鲁贵　那二少爷吃点什么再走,我老远地跟您买的鲜货,吃点,喝两盅再走。

周冲　不,不早了,我要回家了。

鲁大海　(向四凤,指鲁贵的食物)他从哪儿弄来的钱买这些东西?

鲁贵　(转过头向大海)我自己的,你爸爸赚的钱。

鲁四凤　不,爸爸,这是周家的钱,你又胡花了!(回头向大海)刚才周太太送给妈一百块钱,妈不在,爸爸不听我的话收下了。

鲁贵　(狠狠地看四凤一眼,解释地,向大海说)人家二少爷亲自送来的。我不收还象话么?

鲁大海　(走到周冲面前)什么,你刚才是给我们送钱来的。

鲁四凤　(向大海)你现在才明白!

鲁贵　(向大海——脸上露出了卑下的颜色)你看,人家周家都是好人。

鲁大海　(调过脸来向贵)把钱给我!

鲁贵　(疑惧地)干什么?

鲁大海　你给不给?(声色俱厉)不给,你可记得住放在箱子里的是什么东西么?

鲁贵　(恐惧地)我给,我给!(把钞票掏出来交给大海)钱在这儿,一百块。

鲁大海　(数一遍)什么,少十块。

鲁贵　(强笑着)我,我,我花了。

周冲　(不愿再看他们)再见吧,我走了。

鲁大海　(拉住他)你别走,你以为我们能上你这样的当么?

周冲　这句话怎么讲?

鲁大海　我有钱,我有钱,我口袋里刚刚剩下十块钱。(拿出零票同现洋,放在一块)刚刚十块,你拿走吧,我们不需要你们可怜我们。

鲁贵　这不像话!

周冲　你这人真有点不懂人情。

鲁大海　对了,我不懂人情,我不懂你们这种虚伪,这种假慈悲,我不懂……

鲁四凤　哥哥!

鲁大海　走吧。我要你跟我滚，跟我滚蛋。

周冲　（他的整个的幻想被打散了一半，失望地立了一会，忽然拿起钱）好，我走；我走，

我错了。

鲁大海　我告诉你，以后你们周家无论哪一个再来，我就打死他，不管是谁！

周冲　谢谢你。我想周家除了我不会再有人这么糊涂的，再见吧！（向右门下）

鲁贵　大海。

鲁大海　（大声）叫他滚！

鲁贵　好好好，我跟您点灯，外屋黑！

周冲　谢谢你。

〔二人由右门下。

鲁四凤　二少爷！（跑下）

鲁大海　四凤，四凤，你别去！（见四凤已下）这个糊涂孩子！

〔鲁妈由右门上。

鲁大海　妈。您知道周家二少爷来了。

鲁侍萍　嗯，我看见一辆洋车在门口，我不知道是谁来，我没敢进来。

鲁大海　您知道刚才我把他赶了么？

鲁侍萍　（沉重地，点一点头）知道，我刚才在门口听了一会。

鲁大海　周家的太太送了您一百块钱。

鲁侍萍　哼！（愤然）不用她给钱，我会带着女儿走的。

鲁大海　您走？带着四凤走？

鲁侍萍　嗯，明天就走。

鲁大海　明天？

鲁侍萍　我改主意了，明天。

鲁大海　好极啦！那我就不必说旁的话了。

鲁侍萍　什么？

鲁大海　（暗示地）没有什么，我回家的时候看见四凤跟这位二少爷谈天。

鲁侍萍　（不自主地）谈什么？

鲁大海　（暗示地）不知道，像是很亲热似的。

鲁侍萍　（惊）哦？……（自语）这个糊涂孩子。

鲁大海　妈，您见着张大婶怎么样？

鲁侍萍　卖家具，已经商量好了。

鲁大海　好，妈，我走了。

鲁侍萍　你上哪儿去？

鲁大海　（孤独地）钱完了，我也许拉一晚上车。

鲁侍萍　干什么？不，用不着，妈这儿有钱，你在家睡觉。

鲁大海　不，您留着自己用吧，我走了。

〔大海由右门下。

鲁侍萍 （喊）大海，大海！

〔四凤上。

鲁四凤 妈，（不安地）您回来了。

鲁侍萍 你忙着送周家的少爷，没有顾到看见我。

鲁四凤 （解释地）二少爷是他母亲叫他来的。

鲁侍萍 我听见你哥哥说，你们谈了半天的话吧？

鲁四凤 您说我跟周家二少爷？

鲁侍萍 嗯，他谈了些什么？

鲁四凤 没有什么！——平平常常的话。

鲁侍萍 凤儿，真的？

鲁四凤 您听见哥哥说了些什么话？哥哥是一点人情也不懂。

鲁侍萍 （严厉地）凤儿，（看着她，拉着她的手）你看看我，我是你的妈。是不是？

鲁四凤 妈，你怎么啦？

鲁侍萍 凤，妈是不是顶疼你？

鲁四凤 妈，您为什么说这些话？

鲁侍萍 我问你，妈是不是天底下最可怜，没有人疼的一个苦老婆子？

鲁四凤 不，妈，您别这样说话，我疼您。

鲁侍萍 凤儿，那我求你一件事。

鲁四凤 妈，您说啦，您说什么事！

鲁侍萍 你得告诉我，周家的少爷究竟跟你——怎么样了？

鲁四凤 哥哥总是瞎说八道的——他跟您说了什么？

鲁侍萍 不是哥，他没说什么，妈要问你！

〔远处隐雷。

鲁四凤 妈，您为什么问这个？我不跟您说过吗？一点也没什么？一点也没什么。妈，没什么！

〔远处隐雷。

鲁侍萍 你听，外面打着雷。妈妈是个可怜人，我的女儿在这些事上不能再骗我！

鲁四凤 （顿）妈，我不骗您，我不是跟您说过，这两年——

〔鲁贵的声音（在外屋）侍萍，快来睡觉吧，不早了。

鲁侍萍 别管我，你先睡你的。

〔鲁贵 你来！

鲁侍萍 你别管我！——（对四凤）你说什么？

鲁四凤 我不是跟你说过，这两年，我天天晚上——回家的？

鲁侍萍 孩子，你可要说实话，妈经不起再大的事啦。

鲁四凤 妈，（抽咽）妈，您为什么不信您自己的女儿？（扑在鲁妈怀里大哭，鲁妈抱着她）

鲁侍萍 （落眼泪）凤儿，可怜的孩子，不是我不相信你，我太爱你，我生怕外人欺负了你,(沉痛地)我太不敢相信世界上的人了。傻孩子,你不懂妈的心,妈的苦多少年是说不出来的,你妈就是在年青的时候没有人来提醒,——可怜,妈就是一步走错,就步步走错了。孩子,我就生了你这么一个女儿,我的女儿不能再像她妈似的。人的心都靠不住,我并不是说人坏,我就是恨人性太弱,太容易变了。孩子,你是我的,你是我唯一的宝贝,你永远疼我!你要是再骗我,那就是杀了我了,我的苦命的孩子!

　　鲁四凤　　不,妈,不,我以后永远是妈的了。

　　鲁侍萍　　(忽然)凤儿,我在这儿一天担心一天,我们明天一定走,离开这儿。

　　鲁四凤　　(立起)什么,明天就走?

　　鲁侍萍　　(果断地)嗯。我改主意了,我们明天就走。永远不回这儿来了。

　　鲁四凤　　我们永远不回到这儿来了。妈,不,为什么这么早就走?

　　鲁侍萍　　孩子,你要干什么?

　　鲁四凤　　(踌躇地)我,我——

　　鲁侍萍　　不愿意早一点儿跟妈走?

　　鲁四凤　　(叹一口气,苦笑)也好,我们明天走吧。

　　鲁侍萍　　(忽然疑心地)孩子,你还有什么事瞒着我。

　　鲁四凤　　(擦着眼泪)妈,没有什么。

　　鲁侍萍　　(慈祥地)好孩子,你记住妈刚才说的话么?

　　鲁四凤　　记得住!

　　鲁侍萍　　凤儿,我要你永远不见周家的人!

　　鲁四凤　　好,妈!

　　鲁侍萍　　(沉重地)不,要起誓。

　　〔四凤畏怯地望着鲁妈严厉的脸。

　　鲁四凤　　哦,这何必呢?

　　鲁侍萍　　(依然严厉地)不,你要说。

　　鲁四凤　　(跪下)妈,(扑在鲁妈身上)不,妈,我——我说不了。

　　鲁侍萍　　(眼泪流下来)你愿意让妈伤心么?你忘记妈三年前为着你的病几乎死了么?现在你——(回头泣)

　　鲁四凤　　妈,我说,我说。

　　鲁侍萍　　(立起)你就这样跪下说。

　　鲁四凤　　妈,我答应您,以后我永远不见周家的人。

　　〔雷声轰地滚过去。

　　鲁侍萍　　孩子,天上在打雷,你要是以后忘了我的话,见了周家的人呢?

　　鲁四凤　　(畏怯地)妈,我不会的,我不会的。

　　鲁侍萍　　孩子,你要说,你要说。假若你忘了妈的话,——

　　〔外面的雷声。

　　鲁四凤　　(不顾一切地)那——那天上的雷劈了我。(扑在鲁妈怀里)哦,我的妈呀!(哭出声)

　　〔雷声轰地滚过去。

　　鲁侍萍　　(抱着女儿,大哭)可怜的孩子,妈不好,妈造的孽,妈对不起你,是妈对不起你。

（泣）

〔鲁贵由右门上。脱去短衫，他只有一件线坎肩，满身肥肉，脸上冒着油，唱着春曲，眼迷迷地望着鲁妈同四凤。

鲁　贵　（向鲁妈）这么晚还不睡？你说点子什么？

鲁侍萍　你别管，你一个人去睡吧。我今天晚上就跟四凤一块儿睡了。

鲁　贵　什么？

鲁四凤　不，妈，您去吧。让我一个人在这儿。

鲁　贵　侍萍，凤儿这孩子难过一天了，你搅她干什么？

鲁侍萍　孩子，你真不要妈陪着你么？

鲁四凤　妈，您让我一个人在屋子里歇着吧。

鲁　贵　来吧，干什么？你叫这孩子好好地歇一会儿吧：她总是一个人睡的。我先走了。

鲁侍萍　也好，凤儿，你好好地睡，过一会儿我再来看你。

鲁四凤　嗯，妈！

〔鲁妈下。

〔四凤把右边门关上，隔壁鲁贵又唱"花开花谢年年有，人过了个青春不再来"的春调。她到圆桌前面，把洋灯的火捻小了，这时听见外面的蛙声同狗叫。她坐在床边，换了一双拖鞋，立起解开几个扣子，走两步，却又回来坐在床边，深深地叹一口气倒在床上。外边鲁贵还低声在唱，母亲像是低声在劝他不要闹。屋外敲着一声又一声的梆子。四凤又由床上坐起，拿起蒲扇用力地挥着。闷极了，她把窗户打开，立在窗前，散开自己的头发，深深吸一口长气，轻轻只把窗户关上一半。她还是烦，她想起许多许多的事。她拿手绢擦一擦脸上的汗，走到圆桌旁，又听见鲁贵说话同唱的声音。她苦闷地叫了一声"天"！忽然拿起酒瓶，放在口里喝一口。她摸摸自己的胸，觉得心里在发烧，便在桌旁坐下。

〔鲁贵由左门上，赤足，拖着鞋。

鲁　贵　你怎么还不睡？

鲁四凤　（望望他）嗯。

鲁　贵　（看她还拿着酒瓶）谁叫你喝酒啦？（拿起酒瓶同酒菜，笑着）快睡吧。

鲁四凤　（失望地）嗯。

鲁　贵　（走到门口）不早了，你妈都睡着了。

〔鲁贵下。

〔四凤到右门口，把门关上，立在右门旁一会，听见鲁贵同鲁妈说话的声音。走到圆桌旁，长叹一声，低而重地槌着桌子，扑在桌上抽咽。"天哪"！外面有口哨声，远远地。四凤突然立起。畏惧地屏住气息谛听，忽然把桌上的灯转明，跑到窗前，开窗探头向外望，过后她立刻关上，背倚着窗户，惧怕，胸前起伏不定粗重地呼吸。但是口哨的声音更清楚，她把一张红纸罩了灯，放在窗前，她的脸发白，在喘。口哨愈近，远远一阵雷，她怕了，她又把灯拿回去。她把灯转暗，倚在桌上谛听着。窗外面有脚步的声音，一两声咳嗽。四凤轻轻走到窗前，脸转向着观众，倚在窗上。

〔外面的声音:(敲着窗户)

鲁四凤　（颤声）哦！

〔外面的声音(敲着窗户,低声)喂！开！开！

鲁四凤　谁？

〔外面的声音(含糊地)你猜！

鲁四凤　（颤声）你,你来干什么？

〔外面的声音(暗晦地)你猜猜！

鲁四凤　我现在不能见你。(脸色灰白,声音打着颤)

〔外面的声音(含糊地笑声)这是你心里的话么？

鲁四凤　（急切地)我妈在家里。

外面的声音(带着诱意)不用骗我！她睡着了。

鲁四凤　（关心地)你小心,我哥哥恨透了你。

〔外面的声音(漠然)他不在家,我知道。

鲁四凤　（转身,背向观众)你走！

〔外面的声音我不！(外面向里用力推窗门,四凤用力挡住)

鲁四凤　（焦急地)不,不,你不要进来。

〔外面的声音(低声)四凤,我求你,你开开。

鲁四凤　不,不！已经到了半夜,我的衣服都脱了。

〔外面的声音(急迫地)什么,你衣服脱了？

鲁四凤　（点头)嗯,我已经在床上睡着了！

〔外面的声音(颤声)那……那……我就……我(叹一口长气)

鲁四凤　（恳求地)那你不要进来吧,好不好？

〔外面的声音(转了口气)好,也好,我就走,(又急切地)可是你先打开窗门,叫我……

鲁四凤　不,不,你赶快走！

〔外面的声音(急切地恳求)不,四凤,你只叫我……啊……只叫我亲一回吧。

鲁四凤　（苦痛地)啊,大少爷,这不是你的公馆,你饶了我吧。

〔外面的声音(怨恨地)那么你忘了我了,你不再想……

鲁四凤　（决心地)对了。(转过身,面向观众,苦痛地)我忘了你了。你走吧。

〔外面的声音(忽然地)是不是刚才我的弟弟来了？

鲁四凤　嗯,(踌躇地)……他……他……他来了！

〔外面的声音(尖酸地)哦！(长长叹一口气)那就怪不得你,你现在这样了。

鲁四凤　（没有办法)你明明知道我是不喜欢他的。

〔外面的声音(狠毒地)哼,没有心肝,只要你变了心,小心我……(冷笑)

鲁四凤　谁变了心？

〔外面的声音(恶躁地)那你为什么不打开门,让我进来？你不知道我是真爱你么？我没有你不成么？

鲁四凤　（哀诉地)哦,大少爷,你别再缠我好不好？今天一天你替我们闹出许多事,你还不够么？

〔外面的声音(真挚地)那我知道错了,不过,现在我要见你,对了,我要见你。

鲁四凤　（叹一口气）好，那明天说吧！明天我依你，什么都成！

〔外面的声音（恳切地）明天？

鲁四凤　（苦笑，眼泪落了下来，擦眼泪）明天！对了，明天。

〔外面的声音（犹疑地）明天，真的？

鲁四凤　嗯，真的，我没有骗过你。

〔外面的声音好吧，就这样吧，明天，你不要冤我。

鲁四凤　你走了？

〔外面的声音：嗯，走了。

〔足步声。

〔足步声渐远。

鲁四凤　（心里一块石头落下来，自语）他走了，哦，（摸自己的胸）这样闷，这样热。（把

窗户打开，立窗前，风吹进来，她摸自己火热的面孔，深深叹一口气）唉！

〔周萍忽然立在窗口。

鲁四凤　哦，妈呀！（忙关窗门，周萍已推开一点，二人挣扎）

周萍　（手推着窗门）这次你赶不走我了。

鲁四凤　（用力关）你……你……你走！（二人一推一拒相持中）

〔萍到底越过窗进来，他满身泥泞，右半脸沾着鲜红的血。

周萍　你看我还是进来了。

鲁四凤　（退后）你又喝醉了！

周萍　你，（乞怜地）四凤，你为什么躲我？你今天变了，我明天一早就走，你骗我，你要我明天见你。我能见你就是这一点时候，你为什么害怕不敢见我？（右半血脸转过来）

鲁四凤　（怕）你的脸怎么啦？（指周萍的血脸）

周萍　（摸脸，一手的血）为着找你，我路上摔的。（挨近四凤）

鲁四凤　不，不，你走吧，我求你，你走吧。

周萍　（奇怪地笑着）不，我得好好地看看你。（拉住她的手）

〔雷声大作。

鲁四凤　（躲开）不，你听，雷，雷，你给我关上窗户。

〔周萍关上窗户。

周萍　（挨近）你怕什么？

鲁四凤　（颤声）我怕你，（退后）你的样子难看，你的脸满是血。……我不认识你……你是……

周萍　（怪怪地笑）你以为我是谁？傻孩子？（拉她的手）

〔外面有女人叹气的声音，敲窗户。

鲁四凤　（推开他）你听，这是什么？像是有人在敲窗户。

周萍　（听）胡说，没有什么！

鲁四凤　有，有，你听，像有个女人在叹气。

周萍　（听）没有，没有，（忽然笑）你大概见了鬼。

　　〔雷声大作,一声霹雳。

　　鲁四凤　（低声）哦,妈。（跑到萍怀里）我怕!（躲在角落里）

　　〔雷声轰轰,大雨下,舞台渐暗。一阵风吹开窗户,外面黑黝黝的。忽然一片蓝森森的闪电,照见了繁漪惨白发死青的脸露在窗台上面。她像个死尸,任着一条一条的雨水向散乱的头发上淋她。痉挛地不出声地苦笑,泪水流到眼角下,望着里面只顾拥抱的人们。闪电止了,窗外又是黑漆漆的。再闪时,见她伸出手,拉着窗扇,慢慢地由外面关上。雷更隆隆地响着,屋子里整个黑下来。黑暗里,只听见四凤在低声说话。

　　鲁四凤　（低声）你抱紧我,我怕极了。

　　〔舞台黑暗一时,只露着圆桌上的洋灯,和窗外蓝森森的闪电。听见屋外大海叫门的声音,大海进门的声音,舞台渐明,萍坐在圆椅上,四凤在旁立,床上微乱。

　　周萍　（谛听）这是谁?

　　鲁四凤　你别作声!

　　鲁妈的声音怎么回来了,大海?

　　〔大海的声音雨下得太大,车厂的房子塌了。

　　鲁四凤　（低声而急促地）哥哥来了,你走,你赶快走。

　　〔萍忙至窗前,推窗。

　　周萍　（推不动）奇怪!

　　鲁四凤　怎么?

　　周萍　（急迫地）窗户外面有人关上了。

　　鲁四凤　（怕）真的,那会是谁?

　　（再推）不成,开不动。

　　鲁四凤　你别作声音,他们就在门口。

　　〔大海的声音:铺板呢?

　　〔鲁妈的声音:在四凤屋里。

　　鲁四凤　哦,萍,他们要进来。你藏起来。

　　〔四凤正引萍入左门,大海持灯推门进。

　　鲁大海　（慢,嘘声）什么?（见四凤同萍,二人俱僵立不动,静默,哑声）妈,您快进来,我见了鬼!

　　〔鲁妈急进。

　　鲁侍萍　（暗哑）天!

　　鲁四凤　（见鲁妈进,疾由右门跑出,苦痛地）啊!

　　〔鲁妈扶着门框。几乎晕倒。

　　鲁大海　哦,原来是你!（拾起桌上铁刀,奔向周萍,鲁妈用力拉着他的衣襟）

　　鲁侍萍　大海,你别动,你动,妈就死在你的面前。

　　鲁大海　您放下我,您放下我!（急得踩脚）

　　鲁侍萍　（见萍惊立不动,顿足）糊涂东西,你还不跑?

　　〔萍由右门跑下。

　　鲁大海　（喊）抓住他,爸,抓住他,（大海被母亲拖着,他想追,把她在地上拖了几步）

　　鲁侍萍　（见萍已跑远,坐在地上发呆）哦,天!

鲁大海　（跺足）妈！妈！你好糊涂！

［鲁贵上。

鲁贵　他走了？咦，可是四凤呢？

鲁大海　不要脸的东西，她跑了。

鲁侍萍　哦，我的孩子，我的孩子，外面的河涨了水，我的孩子。你千万别糊涂！四凤！（跑）

鲁大海　（拉着她）你上哪儿？

鲁侍萍　这么大的雨，她跑出去，我要找她。

鲁大海　好，我也去。

鲁侍萍　我等不了！（跑下，喊"四凤！"声音愈走愈远）

［鲁贵忽然也带上帽子跑出，大海一人立在圆桌前不动，他走到箱子那里，把手枪取出来，看一看，揣在怀里，快步走下。外面是暴风雨的声音，同鲁妈喊四凤的声音。

——幕急落。

（最初发表在巴金、靳以主编的《文学季刊》1934 年 7 月第一卷第 3 期）

（选自 1934 年《文学季刊》第一卷第 3 期）

【阅读提示】

曹禺（1910—1996），原名万家宝，祖籍湖北潜江，出生于天津。1922 年进入南开中学，1928 年，曹禺升入南开大学政治系，1930 年转入清华大学西洋文学系。1933 年，曹禺完成了他的处女作《雷雨》，1935 年公演后受到热烈欢迎。1936 年又创作了《日出》，由此奠定了曹禺在中国话剧史上的地位。之后，他还创作了话剧《原野》《北京人》《明朗的天》《胆剑篇》《王昭君》等。

四幕话剧《雷雨》以 1925 年前后的中国社会为背景，以回溯式的戏剧结构把两个家庭、八个人物、三十年的恩怨纠葛集中在一天时间、两个场景内，展现在宇宙这样"一口残酷的井"里人的挣扎和呼号。该剧矛盾冲突紧张、扣人心弦，语言凝炼含蓄，人物个性鲜明，被誉为"中国话剧现实主义的基石"，中国现代话剧成熟的里程碑。

【拓展阅读】

1. 曹禺：《日出》《原野》《北京人》，《曹禺戏剧选》，人民文学出版社 1997 年版。

2. 钱谷融：《〈雷雨〉人物谈》，《文学评论》1962 年第 1 期（或以此命名论文集，上海文艺出版社 1980 年版）。

3. 吉素芬：《〈雷雨〉究竟写什么——〈雷雨〉思想情感内涵新探》，《四川戏剧》2005 年第 5 期。

【思考与练习】

1. 阅读全剧，谈谈如何理解繁漪对周朴园父子的复仇？

2. 试分析周冲、鲁四凤、鲁贵、鲁大海等形象。

茶馆(三幕剧)

老 舍

人物表

王利发——男。最初与我们见面,他才二十多岁。因父亲早死,他很年轻就作了裕泰茶馆的掌柜。精明、有些自私,而心眼不坏。

唐铁嘴——男。三十来岁。相面为生,吸鸦片。

松二爷——男。三十来岁。胆小而爱说话。

常四爷——男。三十来岁。松二爷的好友,都是裕泰的主顾。正直,体格好。

李三——男。三十多岁。裕泰的跑堂的。勤恳,心眼好。

二德子——男。二十多岁。善扑营当差。

马五爷——男。三十多岁。吃洋教的小恶霸。

刘麻子——男。三十来岁。说媒拉纤,心狠意毒。

康六——男。四十岁。京郊贫农。

黄胖子——男。四十多岁。流氓头子。

秦仲义——男。王掌柜的房东。在第一幕里二十多岁。阔少,后来成了维新的资本家。

老人——男。八十二岁。无依无靠。

乡妇——女。三十多岁。穷得出卖小女儿。

小妞——女。十岁。乡妇的女儿。

庞太监——男。四十岁。发财之后,想娶老婆。

小牛儿——男。十多岁。庞太监的书童。

宋恩子——男。二十多岁。老式特务。

吴祥子——男。二十多岁。宋恩子的同事。

康顺子——女。在第一幕中十五岁。康六的女儿。被卖给庞太监为妻。

王淑芬——女。四十来岁。王利发掌柜的妻。比丈夫更公平正直些。

巡警——男。二十多岁。

报童——男。十六岁。

康大力——男。十二岁。庞太监买来的义子,后与康顺子相依为命。

老林——男。三十多岁。逃兵。

老陈——男。三十岁。逃兵。老林的把兄弟。

崔久峰——男。四十多岁。作过国会议员,后来修道,住在裕泰附设的公寓里。

军官——男。三十岁。

王大拴——男。四十岁左右,王掌柜的长子。为人正直。

周秀花——女。四十岁。大拴的妻。

王小花——女。十三岁。大拴的女儿。

丁宝——女。十七岁。女招待。有胆有识。

小刘麻子——男。三十多岁。刘麻子之子,继承父业而发展之。

取电灯费的——男。四十多岁。

小唐铁嘴——男。三十多岁。唐铁嘴之子,继承父业,有作天师的愿望。

明师傅——男。五十多岁。包办酒席的厨师傅。

邹福远——男。四十多岁。说评书的名手。

卫福喜——男。三十多岁。邹的师弟,先说评书,后改唱京戏。

方六——男。四十多岁。打小鼓的,奸诈。

车当当——男。三十岁左右。买卖现洋为生。

庞四奶奶——女。四十岁。丑恶,要作皇后。庞太监的四侄媳妇。

春梅——女。十九岁。庞四奶奶的丫环。

老杨——男。三十多岁。卖杂货的。

小二德子——男。三十岁。二德子之子,打手。

于厚斋——男。四十多岁。小学教员,王小花的老师。

谢勇仁——男。三十多岁。与于厚斋同事。

小宋恩子——男。三十来岁。宋恩子之子,承袭父业,作特务。

小吴祥子——男。三十来岁。吴祥子之子,世袭特务。

小心眼——女。十九岁。女招待。

沈处长——男。四十岁。宪兵司令部某处处长。

傻杨——男。数来宝的。

茶客若干人,都是男的。

茶房一两个,都是男的。

难民数人,有男有女,有老有少。

大兵三、五人,都是男的。

公寓住客数人,都是男的。

押大令的兵七人,都是男的。

宪兵四人。男。

第一幕

时间　一八九八年(戊戌)初秋,康梁等的维新运动失败了。早半天。

地点　北京,裕泰大茶馆。

人物　王利发　刘麻子　庞太监　唐铁嘴　康六　小牛儿　松二爷　黄胖子　宋恩
子　常四爷　秦仲义　吴祥子　李三　老人　康顺子　二德子　乡妇　茶客甲、乙、丙、
丁　马五爷　小妞　茶房一、二人。

〔幕启:这种大茶馆现在已经不见了。在几十年前,每城都起码有一处。这里卖茶,也

卖简单的点心与菜饭。玩鸟的人们,每天在蹓够了画眉、黄鸟等之后,要到这里歇歇腿,喝喝茶,并使鸟儿表演歌唱。商议事情的,说媒拉纤的,也到这里来。那年月,时常有打群架的,但是总会有朋友出头给双方调解;三五十口子打手,经调人东说西说,便都喝碗茶,吃碗烂肉面(大茶馆特殊的食品,价钱便宜,作起来快当),就可以化干戈为玉帛了。总之,这是当日非常重要的地方,有事无事都可以来坐半天。

　　〔在这里,可以听到最荒唐的新闻,如某处的大蜘蛛怎么成了精,受到雷击。奇怪的意见也在这里可以听到,像把海边上都修上大墙,就足以挡住洋兵上岸。这里还可以听到某京戏演员新近创造了什么腔儿,和煎熬鸦片烟的最好的方法。这里也可以看到某人新得到的奇珍——一个出土的玉扇坠儿,或三彩的鼻烟壶。这真是个重要的地方,简直可以算作文化交流的所在。

　　〔我们现在就要看见这样的一座茶馆。

　　〔一进门是柜台与炉灶——为省点事,我们的舞台上可以不要炉灶;后面有些锅勺的响声也就够了。屋子非常高大,摆着长桌与方桌,长凳与小凳,都是茶座儿。隔窗可见后院,高搭着凉棚,棚下也有茶座儿。屋里和凉棚下都有挂鸟笼的地方。各处都贴着"莫谈国事"的纸条。

　　〔有两位茶客,不知姓名,正眯着眼,摇着头,拍板低唱。有两三位茶客,也不知姓名,正入神地欣赏瓦罐里的蟋蟀。两位穿灰色大衫的——宋恩子与吴祥子,正低声地谈话,看样子他们是北衙门的办案的(侦缉)。

　　〔今天又有一起打群架的,据说是为了争一只家鸽,惹起非用武力解决不可的纠纷。假若真打起来,非出人命不可,因为被约的打手中包括着善扑营的哥儿们和库兵,身手都十分厉害。好在,不能真打起来,因为在双方还没把打手约齐,已有人出面调停了——现在双方在这里会面。三三两两的打手,都横眉立目,短打扮,随时进来,往后院去。

　　〔马五爷在不惹人注意的角落,独自坐着喝茶。

　　〔王利发高高地坐在柜台里。

　　〔唐铁嘴趿拉着鞋,身穿一件极长极脏的大布衫,耳上夹着几张小纸片,进来。

王利发　唐先生,你外边蹓跶吧!

唐铁嘴　(惨笑)王掌柜,捧捧唐铁嘴吧!送给我碗茶喝,我就先给您相相面吧!手相奉送,不取分文!(不容分说,拉过王利发的手来)今年是光绪二十四年,戊戌。您贵庚是……

王利发　(夺回手去)算了吧,我送给你一碗茶喝,你就甭卖那套生意口啦!用不着相面,咱们既在江湖内,都是苦命人!(由柜台内走出,让唐铁嘴坐下)坐下!我告诉你,你要是不戒了大烟,就永远交不了好运!这是我的相法,比你的更灵验!

　　〔松二爷和常四爷都提着鸟笼进来,王利发向他们打招呼。他们先把鸟笼子挂好,找地方坐下。松二爷文绉绉的,提着小黄鸟笼;常四爷雄赳赳的,提着大而高的画眉笼。茶房李三赶紧过来,沏上盖碗茶。他们自带茶叶。茶沏好,松二爷、常四爷向邻近的茶座让了让。

松二爷
常四爷　您喝这个!(然后,往后院看了看)

松二爷　好像又有事儿?

常四爷 反正打不起来！要真打的话，早到城外头去啦；到茶馆来干吗？

〔二德子，一位打手，恰好进来，听见了常四爷的话。

二德子 （凑过去）你这是对谁甩闲话呢？

常四爷 （不肯示弱）你问我哪？花钱喝茶，难道还教谁管着吗？

松二爷 （打量了二德子一番）我说这位爷，您是营里当差的吧？来，坐下喝一碗，我们也都是外场人。

二德子 你管我当差不当差呢！

常四爷 要抖威风，跟洋人干去，洋人厉害！英法联军烧了圆明园，尊家吃着官饷，可没见您去冲锋打仗！

二德子 甭说打洋人不打，我先管教管教你！（要动手）

〔别的茶客依旧进行他们自己的事。王利发急忙跑过来。

王利发 哥儿们，都是街面上的朋友，有话好说。德爷，您后边坐！

〔二德子不听王利发的话，一下子把一个盖碗搂下桌去，摔碎。翻手要抓常四爷的脖领。

常四爷 （闪过）你要怎么着？

二德子 怎么着？我碰不了洋人，还碰不了你吗？

马五爷 （并未立起）二德子，你威风啊！

二德子 （四下扫视，看到马五爷）喝，马五爷，您在这儿哪？我可眼拙，没看见您！（过去请安）

马五爷 有什么事好好地说，干吗动不动地就讲打？

二德子 嗻！您说得对！我到后头坐坐去。李三，这儿的茶钱我候啦！（往后面走去）

常四爷 （凑过来，要对马五爷发牢骚）这位爷，您圣明，您给评评理！

马五爷 （立起来）我还有事，再见！（走出去）

常四爷 （对王利发）邪！这倒是个怪人！

王利发 您不知道这是马五爷呀？怪不得您也得罪了他！

常四爷 我也得罪了他？我今天出门没挑好日子！

王利发 （低声地）刚才您说洋人怎样，他就是吃洋饭的。信洋教，说洋话，有事情可以一直地找宛平县的县太爷去，要不怎么连官面上都不惹他呢！

常四爷 （往原处走）哼，我就不佩服吃洋饭的！

王利发 （向宋恩子、吴祥子那边稍一歪头，低声地）说话请留点神！（大声地）李三，再给这儿沏一碗来！（拾起地上的碎磁片）

松二爷 盖碗多少钱？我赔！外场人不作老娘们事！

王利发 不忙，待会儿再算吧！（走开）

〔纤手刘麻子领着康六进来。刘麻子先向松二爷、常四爷打招呼。

刘麻子 您二位真早班儿！（掏出鼻烟壶，倒烟）您试试这个！刚装来的，地道英国造，又细又纯！

常四爷 唉！连鼻烟也得从外洋来！这得往外流多少银子啊！

刘麻子 咱们大清国有的是金山银山，永远花不完！您坐着，我办点小事！（领康六

找了个座儿）

［李三拿过一碗茶来。

刘麻子　说说吧，十两银子行不行？你说干脆的！我忙，没工夫专伺候你！

康六　刘爷！十五岁的大姑娘，就值十两银子吗？

刘麻子　卖到窑子去，也许多拿一两八钱的，可是你又不肯！

康六　那是我的亲女儿！我能够……

刘麻子　有女儿，你可养活不起，这怪谁呢？

康六　那不是因为乡下种地的都没法子混了吗？一家大小要是一天能吃上一顿粥，我要还想卖女儿，我就不是人！

刘麻子　那是你们乡下的事，我管不着。我受你之托，教你不吃亏，又教你女儿有个吃饱饭的地方，这还不好吗？

康六　到底给谁呢？

刘麻子　我一说，你必定从心眼里乐意！一位在官里当差的！

康六　宫里当差的谁要个乡下丫头呢？

刘麻子　那不是你女儿的命好吗？

康六　谁呢？

刘麻子　庞总管！你也听说过庞总管吧？侍候着太后，红的不得了，连家里打醋的瓶子都是玛瑙作的！

康六　刘大爷，把女儿给太监作老婆，我怎么对得起人呢？

刘麻子　卖女儿，无论怎么卖，也对不起女儿！你胡涂！你看，姑娘一过门，吃的是珍馐美味，穿的是绫罗绸缎，这不是造化吗？怎样，摇头不算点头算，来个干脆的！

康六　自古以来，哪有……他就给十两银子？

刘麻子　找遍了你们全村儿，找得出十两银子找不出？在乡下，五斤白面就换个孩子，你不是不知道！

康六　我，唉！我得跟姑娘商量一下！

刘麻子　告诉你，过了这个村可没有这个店，耽误了事别怨我！快去快来！

康六　唉！我一会儿就回来！

刘麻子　我在这儿等着你！

［康六　慢慢地走出去。

刘麻子　（凑到松二爷、常四爷这边来）乡下人真难办事，永远没有个痛痛快快！

松二爷　这号生意又不小吧？

刘麻子　也甜不到哪儿去，弄好了，赚个元宝！

常四爷　乡下是怎么了？会弄得这么卖儿卖女的！

刘麻子　谁知道！要不怎么说，就是一条狗也得托生在北京城里嘛！

常四爷　刘爷，您可真有个狠劲儿，给拉拢这路事！

刘麻子　我要不分心，他们还许找不到买主呢！（忙岔话）松二爷，（掏出个小时表来）您看这个！

松二爷　（接表）好体面的小表！

刘麻子　您听听，嘎登嘎登地响！

松二爷　（听）这得多少钱？

刘麻子　您爱吗？就让给您！一句话，五两银子！您玩够了，不爱再要了，我还照数退钱！东西真地道，传家的玩艺！

常四爷　我这儿正哑摸这个味儿：咱们一个人身上有多少洋玩艺儿啊！老刘，就着你身上吧：洋鼻烟，洋表，洋缎大衫，洋布裤褂……

刘麻子　洋东西可是真漂亮呢！我要是穿一身土布，象个乡下脑壳，谁还理我呀！

常四爷　我老觉乎着咱们的大缎子，川绸，更体面！

刘麻子　松二爷，留下这个表吧，这年月，戴着这么好的洋表，会教人另眼看待！是不是这么说，您哪？

松二爷　（真爱表，但又嫌贵）我……

刘麻子　您先戴两天，改日再给钱！

〔黄胖子进来。

黄胖子　（严重的沙眼，看不清楚，进门就请安）哥儿们，都瞧我啦！我请安了！都是自己弟兄，别伤了和气呀！

王利发　这不是他们，他们在后院哪！

黄胖子　我看不大清楚啊！掌柜的，预备烂肉面。有我黄胖子，谁也打不起来！（往里走）

二德子　（出来迎接）两边已经见了面，您快来吧！

〔二德子同黄胖子入内。

〔茶房们一趟又一趟地往后面送茶水。老人进来，拿着些牙签、胡梳、耳挖勺之类的小东西，低着头慢慢地挨着茶座儿走；没人买他的东西。他要往后院去，被李三截住。

李三　老大爷，您外边蹓跶吧！后院里，人家正说和事呢，没人买您的东西！（顺手儿把剩茶递给老人一碗）

松二爷　（低声地）李三！（指后院）他们到底为了什么事，要这么拿刀动杖的？

李三　（低声地）听说是为一只鸽子。张宅的鸽子飞到了李宅去，李宅不肯交还……唉，咱们还是少说话好，（问老人）老大爷您高寿啦？

老人　（喝了茶）多谢！八十二了，没人管！这年月呀，人还不如一只鸽子呢！唉！（慢慢走出去）

〔秦仲义，穿得很讲究，满面春风，走进来。

王利发　哎哟！秦二爷，您怎么这样闲在，会想起下茶馆来了？也没带个底下人？

秦仲义　来看看，看看你这年轻小伙子会做生意不会！

王利发　唉，一边做一边学吧，指着这个吃饭嘛。谁叫我爸爸死的早，我不干不行啊！好在照顾主儿都是我父亲的老朋友，我有不周到的地方，都肯包涵，闭闭眼就过去了。在街面上混饭吃，人缘儿顶要紧。我按着我父亲遗留下的老办法，多说好话，多请安，讨人人的喜欢，就不会出大岔子！您坐下，我给您沏碗小叶茶去！

秦仲义　我不喝！也不坐着！

王利发　坐一坐！有您在我这儿坐坐，我脸上有光！

秦仲义　也好吧！（坐）可是，用不着奉承我！

王利发　李三，沏一碗高的来！二爷，府上都好？您的事情都顺心吧？

秦仲义　不怎么太好！

王利发　您怕什么呢？那么多的买卖，您的小手指头都比我的腰还粗！

唐铁嘴　（凑过来）这位爷好相貌，真是天庭饱满，地阁方圆，虽无宰相之权，而有陶朱之富！

秦仲义　躲开我！去！

王利发　先生，你喝够了茶，该外边活动活动去！（把唐铁嘴轻轻推开）

唐铁嘴　唉！（垂头走出去）

秦仲义　小王，这儿的房租是不是得往上提那么一提呢？当年你爸爸给我的那点租钱，还不够我喝茶用的呢！

王利发　二爷，您说的对，太对了！可是，这点小事用不着您分心，您派管事的来一趟，我跟他商量，该长多少租钱，我一定照办！是！嗻！

秦仲义　你这小子，比你爸爸还滑！哼，等着吧，早晚我把房子收回去！

王利发　您甭吓唬着我玩，我知道您多么照应我，心疼我，决不会叫我挑着大茶壶，到街上卖热茶去！

秦仲义　你等着瞧吧！

〔乡妇拉着个十来岁的小妞进来。小妞的头上插着一根草标。李三本想不许她们往前走，可是心中一难过，没管。她们俩慢慢地往里走。茶客们忽然都停止说笑，看着她们。

小妞　（走到屋子中间，立住）妈，我饿！我饿！〔乡妇呆视着小妞，忽然腿一软，坐在地上，掩面低泣。

秦仲义　（对王利发）轰出去！

王利发　是！出去吧，这里坐不住！

乡妇　哪位行行好？要这个孩子，二两银子！

常四爷　李三，要两个烂肉面，带她们到门外吃去！

李三　是啦！（过去对乡妇）起来，门口等着去，我给你们端面来！

乡妇　（立起，抹泪往外走，好像忘了孩子；走了两步，又转回身来，搂住小妞吻她）宝贝！宝贝！

王利发　快着点吧！

〔乡妇、小妞走出去。李三随后端出两碗面去。

王利发　（过来）常四爷，您是积德行好，赏给她们面吃！可是，我告诉您：这路事儿太多了，太多了！谁也管不了！（对秦仲义）二爷，您看我说的对不对？

常四爷　（对松二爷）二爷，我看哪，大清国要完！

秦仲义　（老气横秋地）完不完，并不在乎有人给穷人们一碗面吃没有。小王，说真的，我真想收回这里的房子！

王利发　您别那么办哪，二爷！

秦仲义　我不但收回房子，而且把乡下的地，城里的买卖也都卖了！

王利发　那为什么呢？

秦仲义　把本钱拢在一块儿，开工厂！

王利发　开工厂？

秦仲义　嗯，顶大顶大的工厂！那才救得了穷人，那才能抵制外货，那才能救国！（对王利发说而眼看着常四爷)唉,我跟你说这些干什么,你不懂!

王利发　您就专为别人,把财产都出手,不顾自己了吗?

秦仲义　你不懂!只有那么办,国家才能富强!好啦,我该走啦。我亲眼看见了,你的生意不错,你甭再耍无赖,不长房钱!

王利发　您等等,我给您叫车去!

秦仲义　用不着,我愿意蹓蹓跶跶!

[秦仲义往外走,王利发送。

[小牛儿搀着庞太监走进来。小牛儿提着水烟袋。

庞太监　哟!秦二爷!

秦仲义　庞老爷!这两天您心里安顿了吧?

庞太监　那还用说吗?天下太平了,圣旨下来,谭嗣同问斩!告诉您,谁敢改祖宗的章程,谁就掉脑袋!

秦仲义　我早就知道!

[茶客们忽然全静寂起来,几乎是闭住呼吸地听着。

庞太监　您聪明,二爷,要不然您怎么发财呢!

秦仲义　我那点财产,不值一提!

庞太监　太客气了吧?您看,全北京城谁不知道秦二爷!您比作官的还厉害呢!听说呀,好些财主都讲维新!

秦仲义　不能这么说,我那点威风在您的面前可就施展不出来了!哈哈哈!

庞太监　说得好,咱们就八仙过海,各显其能吧!哈哈哈!

秦仲义　改天过去给您请安,再见!(下)

庞太监　(自言自语)哼,凭这么个小财主也敢跟我逗嘴皮子,年头真是改了!(问王利发)刘麻子在这儿哪?

王利发　总管,您里边歇着吧!

[刘麻子早已看见庞太监,但不敢靠近,怕打搅了庞太监、秦仲义的谈话。

刘麻子　喝,我的老爷子!您吉祥!我等了您好大半天了!(搀庞太监往里面走)

[宋恩子、吴祥子过来请安,庞太监对他们耳语。

[众茶客静默了一阵之后,开始议论纷纷。

茶客甲　谭嗣同是谁?

茶客乙　好像听说过!反正犯了大罪,要不,怎么会问斩呀!

茶客丙　这两三个月了,有些作官的,念书的,乱折腾乱闹,咱们怎能知道他们捣的什么鬼呀!

茶客丁　得!不管怎么说,我的铁杆庄稼又保住了!姓谭的,还有那个康有为,不是说叫旗兵不关钱粮,去自谋生计吗?心眼多毒!

茶客丙　一份钱粮倒叫上头克扣去一大半,咱们也不好过!

茶客丁　那总比没有强啊!好死不如赖活着,叫我去自己谋生,非死不可!

王利发　诸位主顾,咱们还是莫谈国事吧!

[大家安静下来,都又各谈各的事。

庞太监　(已坐下)怎么说?一个乡下丫头,要二百银子?

刘麻子 （侍立）乡下人，可长得俊呀！带进城来，好好地一打扮、调教，准保是又好看，又有规矩！我给您办事，比给我亲爸爸作事都更尽心，一丝一毫不能马虎！

〔唐铁嘴又回来了。

王利发 铁嘴，你怎么又回来了？

唐铁嘴 街上兵荒马乱的，不知道是怎么回事！

庞太监 还能不搜查搜查谭嗣同的余党吗？唐铁嘴，你放心，没人抓你！

唐铁嘴 嗻！总管，您要能赏我几个烟泡儿，我可就更有出息了！

〔有几个茶客好像预感到什么灾祸，一个个往外溜。

松二爷 咱们也该走啦吧！天不早啦！

常四爷 嗻！走吧！

〔二灰衣人——宋恩子和吴祥子走过来。

宋恩子 等等！

常四爷 怎么啦？

宋恩子 刚才你说"大清国要完"？

常四爷 我，我爱大清国，怕它完了！

吴祥子 （对松二爷）你听见了？他是这么说的吗？

松二爷 哥儿们，我们天天在这儿喝茶。王掌柜知道：我们都是地道老好人！

吴祥子 问你听见了没有？

松二爷 那，有话好说，二位请坐！

宋恩子 你不说，连你也锁了走！他说"大清国要完"，就是跟谭嗣同一党！

松二爷 我，我听见了，他是说……

宋恩子 （对常四爷）走！

常四爷 上哪儿？事情要交代明白了啊！

宋恩子 你还想拒捕吗？我这儿可带着"王法"呢！（掏出腰中带着的铁链子）

常四爷 告诉你们，我可是旗人！

吴祥子 旗人当汉奸，罪加一等！锁上他！

常四爷 甭锁，我跑不了。

宋恩子 量你也跑不了！（对松二爷）你也走一趟，到堂上实话实说，没你的事！

〔黄胖子同三五个人由后院过来。

黄胖子 得啦，一天云雾散，算我没白跑腿！

松二爷 黄爷！黄爷！

黄胖子 （揉揉眼）谁呀？

松二爷 我！松二！您过来，给说句好话！

黄胖子 （看清）哟，宋爷，吴爷，二位爷办案啊？请吧！

松二爷 黄爷，帮帮忙，给美言两句！

黄胖子 官厅儿管不了的事，我管！官厅儿能管的事呀，我不便多嘴！（问大家）是不是？

众 嗻！对！

〔宋恩子、吴祥子带着常四爷、松二爷往外走。

松二爷　（对王利发）看着点我们的鸟笼子！

王利发　您放心，我给送到家里去！

[常四爷、松二爷、宋恩子、吴祥子同下。

黄胖子　（唐铁嘴告之庞太监在此）哟，老爷在这儿哪？听说要安份儿家，我先给您道喜！

庞太监　等吃喜酒吧！

黄胖子　您赏脸！您赏脸！（下）

[乡妇端着空碗进来，往柜上放。小妞跟进来。

小　妞　妈！我还饿！

王利发　唉！出去吧！

乡妇　走吧，乖！

小妞　不卖妞妞啦？妈！不卖啦？妈！

乡　妇　乖！（哭着，携小妞下）

[康六带着康顺子进来，立在柜台前。

康六　姑娘！顺子！爸爸不是人，是畜生！可你叫我怎办呢？你不找个吃饭的地方，你饿死！我不弄到手几两银子，就得叫东家活活地打死！你呀，顺子，认命吧，积德吧！

康顺子　我，我……（说不出话来）

刘麻子　（跑过来）你们回来啦？点头啦？好！来见见总管！给总管磕头！

康顺子　我……（要晕倒）

康六　（扶住女儿）顺子！顺子！

刘麻子　怎么啦？

康六　又饿又气，昏过去了！顺子！顺子！

庞太监　我要活的，可不要死的！

[静场。

茶客甲　（正与乙下象棋）将！你完啦！

——幕落

第二幕

时间　与前幕相隔十余年，现在是袁世凯死后，帝国主义指使中国军阀进行割据，时时发动内战的时候。初夏，上午。

地点　同前幕。

人物　王淑芬　报童　康顺子　李三　常四爷　康大力　王利发　松二爷　老林　难民数人　宋恩子　老陈　巡警　吴祥子　崔久峰　押大令的兵七人　公寓住客二、三人　军官　唐铁嘴　刘麻子　大兵三、五人

[幕启：北京城内的大茶馆已先后相继关了门。"裕泰"是硕果仅存的一家了，可是为避免被淘汰，它已改变了样子与作风。现在，它的前部仍然卖茶，后部却改成了公寓。前部只卖茶和瓜子什么的；"烂肉面"等等已成为历史名词。厨房挪到后边去，专包公寓住客的伙食。茶座也大加改良：一律是小桌与藤椅，桌上铺着浅绿桌布。墙上的"醉八仙"大画，连财神龛，均已撤去，代以时装美人——外国香烟公司的广告画。"莫谈国事"的纸条

可是保存了下来，而且字写的更大。王利发真像个"圣之时者也"，不但没使"裕泰"灭亡，而且使它有了新的发展。

〔因为修理门面，茶馆停了几天营业，预备明天开张。王淑芬正和李三忙着布置，把桌椅移了又移，摆了又摆，以期尽善尽美。

〔王淑芬梳时行的圆髻，而李三却还带着小辫儿。

〔二、三学生由后面来，与他们打招呼，出去。

王淑芬　（看李三的辫子碍事）三爷，咱们的茶馆改了良，你的小辫儿也该剪了吧？

李三　改良！改良！越改越凉，冰凉！

王淑芬　也不能那么说！三爷你看，听说西直门的德泰，北新桥的广泰，鼓楼前的天泰，这些大茶馆全先后脚儿关了门！只有咱们裕泰还开着，为什么？不是因为拴子的爸爸懂得改良吗？

李三　哼！皇上没啦，总算大改良吧？可是改来改去，袁世凯还是要做皇上。袁世凯死后，天下大乱，今儿个打炮，明儿个关城，改良？哼！我还留着我的小辫儿，万一把皇上改回来呢！

王淑芬　别顽固啦，三爷！人家给咱们改了民国，咱们还能不随着走吗？你看，咱们这么一收拾，不比以前干净，好看？专招待文明人，不更体面？可是，你要还带着小辫儿，看着多么不顺眼哪！

李三　太太，你觉得不顺眼，我还不顺心呢！

王淑芬　哟，你不顺心？怎么？

李三　你还不明白？前面茶馆，后面公寓，全仗着掌柜的跟我两个人，无论怎么说，也忙不过来呀！

王淑芬　前面的事儿归他，后面的事儿不是还有我帮助你吗？

李三　就算有你帮助，打扫二十来间屋子，侍候二十多人的伙食，还要沏茶灌水，买东西送信，问问你自己，受得了受不了！

王淑芬　三爷，你说的对！可是呀，这兵荒马乱的年月，能有个事儿作也就得念佛！咱们都得忍着点！

李三　我干不了！天天睡四、五个钟头的觉，谁也不是铁打的！

王淑芬　唉！三爷，这年月谁也舒服不了！你等着，大拴子暑假就高小毕业，二拴子也快长起来，他们一有用处，咱们可就清闲点啦。从老王掌柜在世的时候，你就帮助我们，老朋友，老伙计啦！

〔王利发老气横秋地从后面进来。

李三　老伙计？二十多年了，他们可给我长过工钱？什么都改良，为什么工钱不跟着改良呢？

王利发　哟！你这是什么话呀？咱们的买卖要是越做越好，我能不给你长工钱吗？得了，明天咱们开张，取个吉利，先别吵嘴，就这么办吧！

李三　就怎么办啦？不改我的良，我干不下去啦！

〔后面叫："李三！李三！"

王利发　崔先生叫，你快去！咱们的事，有工夫再细研究！

李三　哼！

王淑芬　我说,昨天就关了城门,今儿个还说不定关不关,三爷,这里的事交给掌柜的,你去买点菜吧! 别的不说,咸菜总得买下点呀!

［后面又叫:"李三! 李三!"

李三　对,后边叫,前边催,把我劈成两半儿好不好!(忿忿地往后走)

王利发　拴子的妈,他岁数大了点,你可得……

王淑芬　他抱怨了大半天了! 可是抱怨的对! 当着他,我不便直说;对你,我可得说实话:咱们得添人!

王利发　添人得给工钱,咱们赚得出来吗? 我要是会干别的,可是还开茶馆,我是孙子!

［远处隐隐有炮声。

王利发　听听,又他妈的开炮了! 你闹,闹! 明天开得了张才怪! 这是怎么说的!

王淑芬　明白人别说糊涂话,开炮是我闹的?

王利发　别再瞎扯,干活儿去! 嘿!

王淑芬　早晚不是累死,就得叫炮轰死,我看透了!(慢慢地往后边走)

王利发　(温和了些)拴子的妈,甭害怕,开过多少回炮,一回也没打死咱们,北京城是宝地!

王淑芬　心哪,老跳到嗓子眼里,宝地! 我给三爷拿菜钱去。(下)

［一群男女难民在门外央告。

难民　掌柜的,行行好,可怜可怜吧!

王利发　走吧,我这儿不打发,还没开张!

难民　可怜可怜吧! 我们都是逃难的!

王利发　别耽误工夫! 我自己还顾不了自己呢!

［巡警上。

巡警　走! 滚! 快着!

［难民散去。

王利发　怎样啊? 六爷! 又打得紧吗?

巡警　紧! 紧得厉害! 仗打得不紧,怎能够有这么多难民呢! 上面交派下来,你出八十斤大饼,十二点交齐! 城里的兵带着干粮,才能出去打仗啊!

王利发　您圣明,我这儿现在光包后面的伙食,不再卖饭,也还没开张,别说八十斤大饼,一斤也交不出啊!

巡警　你有你的理由,我有我的命令,你瞧着办吧!(要走)

王利发　您等等! 我这儿千真万确还没开张,这您知道! 开张以后,还得多麻烦您呢! 得啦,您买包茶叶喝吧!(递钞票)您多给美言几句,我感恩不尽!

巡警　(接票子)我给你说说看,行不行可不保准!

［三、五个大兵,军装破烂,都背着枪,闯进门口。

巡警　老总们,我这儿正查户口呢,这儿还没开张!

大兵　屌!

巡警　王掌柜,孝敬老总们点茶钱,请他们到别处喝去吧!

王利发　老总们,实在对不起,还没开张,要不然,诸位住在这儿,一定欢迎!(递钞票

给巡警)

巡警　（转递给兵们）得啦，老总们多原谅，他实在没法招待诸位！

大兵　屄！谁要钞票？要现大洋！

王利发　老总们，让我哪儿找现洋去呢？

大兵　屄！揍他个小舅子！

巡警　快！再添点！

王利发　（掏）老总们，我要是还有一块，请把房子烧了！（递钞票）

大兵　屄！（接钱下，顺手拿走两块新桌布）

巡警　得，我给你挡住了一场大祸！他们不走呀，你就全完，连一个茶碗也剩不下！

王利发　我永远忘不了您这点好处！

巡警　可是为这点功劳，你不得另有份意思吗？

王利发　对！您圣明，我胡涂！可是，您搜我吧，真一个铜子儿也没有啦！（掀起褂子，让他搜）您搜！您搜！

巡警　我干不过你！明天见，明天还不定是风是雨呢！（下）

王利发　您慢走！（看巡警走去，跺脚）他妈的！打仗，打仗！今天打，明天打，老打，打他妈的什么呢？

〔唐铁嘴进来，还是那么瘦，那么脏，可是穿着绸子夹袍。

唐铁嘴　王掌柜！我来给你道喜！

王利发　（还生着气）哟！唐先生？我可不再白送茶喝！（打量，有了笑容）你混的不错呀！穿上绸子啦！

唐铁嘴　比从前好了一点！我感谢这个年月！

王利发　这个年月还值得感谢！听着有点不搭调！

唐铁嘴　年头越乱，我的生意越好！这年月，谁活着谁死都碰运气，怎能不多算算命、相相面呢？你说对不对？

王利发　Yes，也有这么一说！

唐铁嘴　听说后面改了公寓，租给我一间屋子，好不好？

王利发　唐先生，你那点嗜好，在我这儿恐怕……

唐铁嘴　我已经不吃大烟了！

王利发　真的？你可真要发财了！

唐铁嘴　我改抽"白面"啦。（指墙上的香烟广告）你看，哈德门烟是又长又松，（掏出烟来表演）一顿就空出一大块，正好放"白面儿"。大英帝国的烟，日本的"白面儿"，两大强国侍候着我一个人，这点福气还小吗？

王利发　福气不小！不小！可是，我这儿已经住满了人，什么时候有了空房，我准给你留着！

唐铁嘴　你呀，看不起我，怕我给不了房租！

王利发　没有的事！都是久在街面上混的人，谁能看不起谁呢？这是知心话吧？

唐铁嘴　你的嘴呀比我的还花哨！

王利发　我可不光要嘴皮子，我的心放得正！这十多年了，你白喝过我多少碗茶？你自己算算！你现在混的不错，你想着还我茶钱没有？

　　唐铁嘴　赶明儿我一总还给你，那一共才有几个钱呢！（搭讪着往外走）

　　［街上卖报的喊叫："长辛店大战的新闻，买报瞧，瞧长辛店大战的新闻！"报童向内探头。

　　报童　掌柜的，长辛店大战的新闻，来一张瞧瞧？

　　王利发　有不打仗的新闻没有？

　　报童　也许有，您自己找！

　　王利发　走！不瞧！

　　报童　掌柜的，你不瞧也照样打仗！（对唐铁嘴）先生，您照顾照顾？

　　唐铁嘴　我不像他，（指王利发）我最关心国事！（拿了一张报，没给钱即走）

　　［报童追唐铁嘴下。

　　王利发　（自言自语）长辛店！长辛店！离这里不远啦！（喊）三爷，三爷！你倒是抓早儿买点菜去呀，待一会儿准关城门，就什么也买不到啦！嘿！（听后面没人应声，含怒往后跑）

　　［常四爷提着一串腌萝卜，两只鸡，走进来。

　　常四爷　王掌柜！

　　王利发　谁？哟，四爷！您干什么哪？

　　常四爷　我卖菜呢！自食其力，不含糊！今儿个城外头乱乱哄哄，买不到菜；东抓西抓，抓到这么两只鸡，几斤老腌萝卜。听说你明天开张，也许用得着，特意给你送来了！

　　王利发　我谢谢您！我这儿正没有辙呢！

　　常四爷　（四下里看）好啊！好啊！收拾得好啊！大茶馆全关了，就是你有心路，能随机应变地改良！

　　王利发　别夸奖我啦！我尽力而为，可就怕天下老这么乱七八糟！

　　常四爷　像我这样的人算是坐不起这样的茶馆喽！

　　［松二爷走进来，穿的很寒酸，可是还提着鸟笼。

　　松二爷　王掌柜！听说明天开张，我来道喜！（看见常四爷）哎哟！四爷，可想死我喽！

　　常四爷　二哥！你好哇？

　　王利发　都坐下吧！

　　松二爷　王掌柜，你好？太太好？少爷好？生意好？

　　王利发　（一劲儿说）好！托福！（提起鸡与咸菜）四爷，多少钱？

　　常四爷　瞧着给，该给多少给多少！

　　王利发　对！我给你们弄壶茶来！（提物到后面去）

　　松二爷　四爷，你，你怎么样啊？

　　常四爷　卖青菜哪！铁杆庄稼没有啦，还不卖膀子力气吗？二爷，您怎么样啊？

　　松二爷　怎么样？我想大哭一场！看见我这身衣裳没有？我还像个人吗？

　　常四爷　二哥，您能写能算，难道找不到点事儿做？

　　松二爷　嗻！谁愿意瞪着眼挨饿呢！可是，谁要咱们旗人呢！想起来呀，大清国不一定好啊，可是到了民国，我挨了饿！

　　王利发　（端着一壶茶回来。给常四爷钱）不知道您花了多少，我就给这点吧！

常四爷　（接钱，没看，揣在怀里）没关系！

王利发　二爷，（指鸟笼）还是黄鸟吧？哨的怎样？

松二爷　嘿！还是黄鸟！我饿着，也不能叫鸟儿饿着！（有了点精神）你看看，看看，（打开罩子）多么体面！一看见它呀，我就舍不得死啦！

王利发　松二爷，不准说死！有那么一天，您还会走一步好运！

常四爷　二哥，走！找个地方喝两盅儿去！一醉解千愁！王掌柜，我可就不让你啦，没有那么多的钱！

王利发　我也分不开身，就不陪了！

〔常四爷、松二爷正往外走，宋恩子和吴祥子进来。他们俩仍穿灰色大衫，但袖口瘦了，而且罩上青布马褂。

松二爷　（看清楚是他们，不由地上前请安）原来是你们二位爷！

〔王利发似乎受了松二爷的感染，也请安，弄得二人愣住了。

宋恩子　这是怎么啦？民国好几年了，怎么还请安？你们不会鞠躬吗？

松二爷　我看见您二位的灰大褂呀，就想起了前清的事儿！不能不请安！

王利发　我也那样！我觉得请安比鞠躬更过瘾！

吴祥子　哈哈哈哈！松二爷，你们的铁杆庄稼不行了，我们的灰色大褂反倒成了铁杆庄稼，哈哈哈！（看见常四爷）这不是常四爷吗？

常四爷　是呀，您的眼力不错！戊戌年我就在这儿说了句"大清国要完"，叫您二位给抓了走，坐了一年多的牢！

宋恩子　您的记性可也不错！混的还好吧？

常四爷　托福！从牢里出来，不久就赶上庚子年；扶清灭洋，我当了义和团，跟洋人打了几仗！闹来闹去，大清国到底是亡了，该亡！我是旗人，可是我得说公道话！现在，每天起五更弄一挑子青菜，绕到十点来钟就卖光。凭力气挣饭吃，我的身上更有劲了！什么时候洋人敢再动兵，我姓常的还准备跟他们打打呢！我是旗人，旗人也是中国人哪！您二位怎么样？

吴祥子　瞎混呗！有皇上的时候，我们给皇上效力，有袁大总统的时候，我们给袁大总统效力；现而今，宋恩子，该怎么说啦？

宋恩子　谁给饭吃，咱们给谁效力！

常四爷　要是洋人给饭吃呢？

松二爷　四爷，咱们走吧！

吴祥子　告诉你，常四爷，要我们效力的都仗着洋人撑腰！没有洋枪洋炮，怎能够打起仗来呢？

松二爷　您说的对！嘿！四爷！走吧！

常四爷　再见吧，二位，盼着你们快快升官发财！（同松二爷下）

宋恩子　这小子！

王利发　（倒茶）常四爷老是那么又倔又硬，别计较他！（让茶）二位喝碗吧，刚沏好的。

宋恩子　后面住着的都是什么人？

王利发　多半是大学生，还有几位熟人。我有登记簿子，随时报告给"巡警阁下"。我拿来,二位看看?

　　吴祥子　我们不看簿子,看人!

　　王利发　您甭看,准保都是靠得住的人!

　　宋恩子　你为什么爱租学生们呢? 学生不是什么老实家伙呀!

　　王利发　这年月,作官的今天上任,明天撤职,作买卖的今天开市,明天关门,都不可靠! 只有学生有钱,能够按月交房租,没钱的就上不了大学啊! 您看,是这么一笔账不是?

　　宋恩子　都叫你咂摸透了! 你想的对! 现在,连我们也欠饷啊!

　　吴祥子　是呀,所以非天天拿人不可,好得点津贴!

　　宋恩子　就仗着有错拿,没错放的,拿住人就有津贴! 走吧,到后边看看去!

　　吴祥子　走!

　　王利发　二位,二位! 您放心,准保没错儿!

　　宋恩子　不看,拿不到人,谁给我们津贴呢?

　　吴祥子　王掌柜不愿意咱们看,王掌柜必会给咱们想办法! 咱们得给王掌柜留个面子! 对吧? 王掌柜!

　　王利发　我……

　　宋恩子　我出个不很高明的主意:干脆来个包月,每月一号,按阳历算,你把那点……

　　吴祥子　那点意思!

　　宋恩子　对,那点意思送到,你省事,我们也省事!

　　王利发　那点意思得多少呢?

　　吴祥子　多年的交情,你看着办! 你聪明,还能把那点意思闹成不好意思吗?

　　李三　(提着菜筐由后面出来)喝,二位爷! (请安)今儿个又得关城门吧! (没等回答,往外走)

　　〔二、三学生匆匆地回来。

　　学生　三爷,先别出去,街上抓案呢! (往后面走去)

　　李三　(还往外走)抓去也好,在哪儿也是当苦力!

　　〔刘麻子丢了魂似的跑来,和李三碰了个满怀。

　　李三　怎么回事呀? 吓掉了魂儿啦!

　　刘麻子　(喘着)别,别,别出去! 我差点叫他们抓了去!

　　王利发　三爷,等一等吧!

　　李三　午饭怎么开呢?

　　王利发　跟大家说一声,中午咸菜饭,没别的办法! 晚上吃那两只鸡!

　　李三　好吧! (往回走)

　　刘麻子　我的妈呀,吓死我啦!

　　宋恩子　你活着,也不过多买卖几个大姑娘!

　　刘麻子　有人卖,有人买,我不过在中间帮帮忙,能怪我吗? (把桌上的三个茶杯的茶先后喝净)

　　吴祥子　我可是告诉你,我们哥儿们从前清起就专办革命党,不大爱管贩卖人口,拐带妇女什么的臭事。 可是你要叫我们碰见,我们也不再睁一眼闭一眼! 还有,像你这样的人,弄进去,准锁在尿桶上!

刘麻子　二位爷,别那么说呀! 我不是也快挨饿了吗? 您看,以前,我走八旗老爷们、宫里太监们的门子。这么一革命啊,可苦了我啦! 现在,人家总长次长,团长师长,要娶姨太太讲究要唱落子的坤角,戏班里的女名角,一花就三千五千现大洋! 我干瞧着,摸不着门! 我那点芝麻粒大的生意算得了什么呢?

宋恩子　你呀,非锁在尿桶上,不会说好的!

刘麻子　得啦,今天我孝敬不了二位,改天我必有一份儿人心!

吴祥子　你今天就有买卖,要不然,兵荒马乱的,你不会出来!

刘麻子　没有! 没有!

宋恩子　你嘴里半句实话也没有! 不对我们说真话,没有你的好处! 王掌柜,我们出去绕绕;下月一号,按阳历算,别忘了!

王利发　我忘了姓什么,也忘不了您二位这回事!

吴祥子　一言为定啦!（同宋恩子下）

王利发　刘爷,茶喝够了吧? 该出去活动活动!

刘麻子　你忙你的,我在这儿等两个朋友。

王利发　咱们可把话说开了,从今以后,你不能再在这儿做你的生意,这儿现在改了良,文明啦!

〔康顺子提着个小包,带着康大力,往里边探头。

康大力　是这里吗?

康顺子　地方对呀,怎么改了样儿?（进来,细看,看见了刘麻子）大力,进来,是这儿!

康大力　找对啦? 妈!

康顺子　没错儿! 有他在这儿,不会错!

王利发　您找谁?

康顺子　（不语,直奔过刘麻子去）刘麻子,你还认识我吗?（要打,但是伸不出手去,一劲地颤抖）你,你,你个……（要骂,也感到困难）

刘麻子　你这个娘儿们,无缘无故地跟我捣什么乱呢?

康顺子　（挣扎）无缘无故? 你,你看看我是谁? 一个男子汉,干什么吃不了饭,偏干伤天害理的事! 呸! 呸!

王利发　这位大嫂,有话好好说!

康顺子　你是掌柜的? 你忘了吗? 十几年前,有个娶媳妇的太监?

王利发　您,您就是庞太监的那个……

康顺子　都是他（指刘麻子）作的好事,我今天跟他算算账!（又要打,仍未成功）

刘麻子　（躲）你敢! 你敢! 我好男不跟女斗!（随说随往后退）我,我找人来帮我说说理!（撒腿往后面跑）

王利发　（对康顺子）大嫂,你坐下,有话慢慢说! 庞太监呢?

康顺子　（坐下喘气）死啦。叫他的侄子们给饿死的。一改民国呀,他还有钱,可没了势力,所以侄子们敢欺负他。他一死,他的侄子们把我们轰出来了,连一床被子都没给我们!

王利发　这,这是……?

康顺子　我的儿子!

王利发　您的……？

康顺子　也是买来的，给太监当儿子。

康大力　妈！你爸爸当初就在这儿卖了你的？

康顺子　对了，乖！就是这儿，一进这儿的门，我就晕过去了，我永远忘不了这个地方！

康大力　我可不记得我爸爸在哪里卖了我的！

康顺子　那时候，你不是才一岁吗？妈妈把你养大了的，你跟妈妈一条心，对不对？乖！

康大力　那个老东西，掐你，拧你，咬你，还用烟签子扎我！他们人多，咱们打不过他们！要不是你，妈，我准叫他们给打死了！

康顺子　对！他们人多，咱们又太老实！你看，看见刘麻子，我想咬他几口，可是，可是，连一个嘴巴也没打上，我伸不出手去！

康大力　妈，等我长大了，我帮助你打！我不知道亲妈妈是谁，你就是我的亲妈妈！

康顺子　好！好！咱们永远在一块儿，我去挣钱，你去念书！（稍愣了一会儿）掌柜的，当初我在这儿叫人买了去，咱们总算有缘，你能不能帮帮忙，给我找点事做？我饿死不要紧，可不能饿死这个无依无靠的好孩子！

〔王淑芬出来，立在后边听着。

王利发　你会干什么呢？

康顺子　洗洗涮涮、缝缝补补、作家常饭，都会！我是乡下人，我能吃苦，只要不再做太监的老婆，什么苦处都是甜的！

王利发　要多少钱呢？

康顺子　有三顿饭吃，有个地方睡觉，够大力上学的，就行！

王利发　好吧，我慢慢给你打听着！你看，十多年前那回事，我到今天还没忘，想起来心里就不痛快！

康顺子　可是，现在我们母子上哪儿去呢？

王利发　回乡下找你的老父亲去！

康顺子　他？他是活是死，我不知道。就是活着，我也不能去找他！他对不起女儿，女儿也不必再叫他爸爸！

王利发　马上就找事，可不大容易！

王淑芬　（过来）她能洗能作，又不多要钱，我留下她了！

王利发　你？

王淑芬　难道我不是内掌柜的？难道我跟李三爷就该累死？

康顺子　掌柜的，试试我！看我不行，您说话，我走！

王淑芬　大嫂，跟我来！

康顺子　当初我是在这儿卖出去的，现在就拿这儿当作娘家吧！大力，来吧！

康大力　掌柜的，你要不打我呀，我会帮助妈妈干活儿！（同王淑芬、康顺子下）

王利发　好家伙，一添就是两张嘴！太监取消了，可把太监的家眷交到这里来了！

李三　（掩护着刘麻子出来）快走吧！（回去）

王利发　就走吧，还等着真挨两个脆的吗？

刘麻子　我不是说过了吗,等两个朋友?

王利发　你呀,叫我说什么才好呢!

刘麻子　有什么法子呢! 隔行如隔山,你老得开茶馆,我老得干我这一行! 到什么时候,我也得干我这一行!

〔老林和老陈满面笑容地走进来。

刘麻子　(二人都比他年轻,他却称呼他们哥哥)林大哥,陈二哥! (看王利发不满意,赶紧说)王掌柜,这儿现在没有人,我借个光,下不为例!

王利发　她(指后边)可是还在这儿呢!

刘麻子　不要紧了,她不会打人! 就是真打,他们二位也会帮助我!

王利发　你呀! 哼! (到后边去)

刘麻子　坐下吧,谈谈!

老林　你说吧! 老二!

老陈　你说吧! 哥!

刘麻子　谁说不一样啊!

老陈　你说吧,你是大哥!

老林　那个,你看,我们俩是把兄弟!

老陈　对! 把兄弟,两个人穿一条裤子的交情!

老林　他有几块现大洋!

刘麻子　现大洋?

老陈　林大哥也有几块现大洋!

刘麻子　一共多少块呢? 说个数目!

老林　那,还不能告诉你咧!

老陈　事儿能办才说咧!

刘麻子　有现大洋,没有办不了的事!

老林
　　　真的?
老陈

刘麻子　说假话是孙子!

老林　那么,你说吧,老二!

老陈　还是你说,哥!

老林　你看,我们是两个人吧?

刘麻子　嗯!

老陈　两个人穿一条裤子的交情吧?

刘麻子　嗯!

老林　没人耻笑我们的交情吧?

刘麻子　交情嘛,没人耻笑!

老陈　也没人耻笑三个人的交情吧?

刘麻子　三个人? 都是谁?

老林　还有个娘儿们!

刘麻子　嗯! 嗯! 嗯! 我明白了! 可是不好办,我没办过! 你看,平常都说小两口儿,哪有小三口儿的呢!

老林　不好办?

刘麻子　太不好办啦!

老林　(问老陈)你看呢?

老陈　还能白拉倒吗?

老林　不能拉倒!当了十几年兵,连半个媳妇都娶不上!他妈的!

刘麻子　不能拉倒,咱们再想想!你们到底一共有多少块现大洋?

　[王利发和崔久峰由后面慢慢走来。刘麻子等停止谈话。

王利发　崔先生,昨天秦二爷派人来请您,您怎么不去呢?您这么有学问,上知天文,下知地理,又作过国会议员,可是住在我这里,天天念经;干吗不出去作点事呢?您这样的好人,应当出去做官!有您这样的清官,我们小民才能过太平日子!

崔久峰　惭愧!惭愧!作过国会议员,那真是造孽呀!革命有什么用呢,不过自误误人而已!唉!现在我只能修持,忏悔!

王利发　您看秦二爷,他又办工厂,又忙着开银号!

崔久峰　办了工厂、银号又怎么样呢?他说实业救国,他救了谁?救了他自己,他越来越有钱了!可是他那点事业,哼,外国人伸出一个小指头,就把他推倒在地,再也起不来!

王利发　您别这么说呀!难道咱们就一点盼望也没有了吗?

崔久峰　难说!很难说!你看,今天王大帅打李大帅,明天赵大帅又打王大帅。是谁叫他们打的?

王利发　谁?哪个混蛋?

崔久峰　洋人!

王利发　洋人?我不能明白!

崔久峰　慢慢地你就明白了。有那么一天,你我都得做亡国奴!我干过革命,我的话不是随便说的!

王利发　那么,您就不想想主意,卖卖力气,别叫大家做亡国奴?

崔久峰　我年轻的时候,以天下为己任,的确那么想过!现在,我可看透了,中国非亡不可!

王利发　那也得死马当活马治呀!

崔久峰　死马当活马治?那是妄想!死马不能再活,活马可早晚得死!好啦,我到弘济寺去,秦二爷再派人来找我,你就说,我只会念经,不会干别的!(下)

　[宋恩子、吴祥子又回来了。

王利发　二位!有什么消息没有?

　[宋恩子、吴祥子不语,坐在靠近门口的地方,看着刘麻子等。

　[刘麻子不知如何是好,低下头去。

　[老陈、老林也不知如何是好,相视无言。

　[静默了有一分钟。

老陈　哥,走吧?

老林　走!

宋恩子　等等！（立起来，挡住路）

老陈　怎么啦？

吴祥子　（也立起）你说怎么啦？

〔四人呆呆相视一会儿。

宋恩子　乖乖地跟我们走！

老林　上哪儿？

吴祥子　逃兵，是吧？有些块现大洋，想在北京藏起来，是吧？有钱就藏起来，没钱就当土匪，是吧？

老陈　你管得着吗？我一个人揍你这样的八个。（要打）

宋恩子　你？可惜你把枪卖了，是吧？没有枪的干不过有枪的，是吧？（拍了拍身上的枪）我一个人揍你这样的八个！

老林　都是弟兄，何必呢？都是弟兄！

吴祥子　对啦！坐下谈谈吧！你们是要命呢？还是要现大洋？

老陈　我们那点钱来的不容易！谁发饷，我们给谁打仗，我们打过多少次仗啊！

宋恩子　逃兵的罪过，你们可也不是不知道！

老林　咱们讲讲吧，谁叫咱们是弟兄呢！

吴祥子　这像句自己人的话！谈谈吧！

王利发　（在门口）诸位，大令过来了！

老陈
老林　啊！（惊惶失措，要往里边跑）

宋恩子　别动！君子一言：把现大洋分给我们一半，保你们俩没事！咱们是自己人！

老陈
老林　就那么办！自己人！

〔"大令"进来：二捧刀——刀缠红布——背枪者前导，手捧令箭的在中，四持黑红棍者在后。军官在最后押队。

吴祥子　（和宋恩子、老林、老陈一齐立正，从帽中取出证章，叫军官看）报告官长，我们正在这儿盘查一个逃兵。

军官　就是他吗？（指刘麻子）

吴祥子　（指刘麻子）就是他！

军官　绑！

刘麻子　（喊）老爷！我不是！不是！

军官　绑！（同下）

吴祥子　（对宋恩子）到后面抓两个学生！

宋恩子　走！（同往后疾走）

——幕落

第三幕

时间　抗日战争胜利后，国民党特务和美国兵在北京横行的时候。秋，清晨。

地点　同前幕。

人物　王大拴　明师傅　于厚斋　周秀花　邹福远　小宋恩子　王小花　卫福喜

小吴祥子　康顺子　方六　常四爷　丁宝　车当当　秦仲义　王利发　庞四奶奶
小心眼　茶客甲、乙　春梅　沈处长　小刘麻子　老杨　宪兵四人　取电灯费的　小二
德子　小唐铁嘴　谢勇仁

[幕启：现在，裕泰茶馆的样子可不像前幕那么体面了。藤椅已不见，代以小凳与条
凳。自房屋至家具都显着暗淡无光。假若有什么突出葱眼的东西，那就是"莫谈国事"的
纸条更多，字也更大了。在这些条子旁边还贴着"茶钱先付"的新纸条。

[一清早，还没有下窗板。王利发的儿子王大拴，垂头丧气地独自收拾屋子。

[王大拴的妻周秀花，领着小女儿王小花，由后面出来。她们一边走一边说话儿。

王小花　妈，晌午给我做点热汤面吧！好多天没吃过啦！

周秀花　我知道，乖！可谁知道买得着面买不着呢！就是粮食店里可巧有面，谁知道
咱们有钱没有呢！唉！

王小花　就盼着两样都有吧！妈！

周秀花　你倒想得好，可哪能那么容易！去吧，小花，在路上留神吉普车！

王大拴　小花，等等！

王小花　干嘛？爸！

王大拴　昨天晚上……

周秀花　我已经嘱咐过她了！她懂事！

王大拴　你大力叔叔的事万不可对别人说呀！说了，咱们全家都得死！明白吧？

王小花　我不说，打死我也不说！有人问我大力叔叔回来过没有，我就说：他走了好
几年，一点消息也没有！

[康顺子由后面走来。她的腰有点弯，但还硬朗。她一边走一边叫王小花。

康顺子　小花！小花！还没走哪？

王小花　康婆婆，干嘛呀？

康顺子　小花，乖！婆婆再看你一眼！（抚弄王小花的头）多体面哪！吃的不足啊，要
不然还得更好看呢！

周秀花　大婶，您是要走吧？

康顺子　是呀！我走，好让你们省点嚼谷呀！大力是我拉扯大的，他叫我走，我怎能
不走呢？当初，我刚到这里的时候，他还没有小花这么高呢！

王小花　看大力叔叔现在多么壮实，多么大气！

康顺子　是呀，虽然他只在这儿坐了一袋烟的工夫呀，可是叫我年轻了好几岁！我本
来什么也没有，一见着他呀，好像忽然间我什么都有啦！我走，跟着他走，受什么累，吃什
么苦，也是香甜的！看他那两只大手，那两只大脚，简直是个顶天立地的男子汉！

王小花　婆婆，我也跟您去！

康顺子　小花，你乖乖地去上学，我会回来看你！

王大拴　小花，上学吧，别迟到！

王小花　婆婆，等我下了学您再走！

康顺子　哎！哎！去吧，乖！（王小花下）

王大拴　大婶，我爸爸叫您走吗？

康顺子　他还没打好了主意。我倒怕呀,大力回来的事儿万一叫人家知道了啊,我又忽然这么一走,也许要连累了你们! 这年月不是天天抓人吗? 我不能做对不起你们的事!

周秀花　大婶,您走您的,谁逃出去谁得活命! 喝茶的不是常低声儿说:想要活命得上西山①吗?

王大拴　对!

康顺子　小花的妈,来吧,咱们再商量商量! 我不能专顾自己,叫你们吃亏! 老大,你也好好想想!（同周秀花下）

[丁宝进来。

丁宝　嗨,掌柜的,我来啦!

王大拴　你是谁?

丁宝　小丁宝! 小刘麻子叫我来的,他说这儿的老掌柜托他请个女招待。

王大拴　姑娘,你看看,这么个破茶馆,能用女招待吗? 我们老掌柜呀,穷得乱出主意!

[王利发慢慢地走出来,他还硬朗,穿的可很不整齐。

王利发　老大,你怎么老在背后褒贬老人呢? 谁穷得乱出主意呀? 下板子去! 什么时候了,还不开门!

[王大拴去下窗板。

丁宝　老掌柜,你硬朗啊?

王利发　嗯! 要有炸酱面的话,我还能吃三大碗呢,可惜没有! 十几了? 姑娘!

丁宝　十七!

王利发　才十七?

丁宝　是呀! 妈妈是寡妇,带着我过日子。胜利以后呀,政府硬说我爸爸给我们留下的一所小房子是逆产,给没收啦! 妈妈气死了,我做了女招待! 老掌柜,我到今天还不明白什么叫逆产,您知道吗?

王利发　姑娘,说话留点神! 一句话说错了,什么都可以变成逆产! 你看,这后边呀,是秦二爷的仓库,有人一瞪眼,说是逆产,就给没收啦! 就是这么一回事!

[王大拴回来。

丁宝　老掌柜,您说对了! 连我也是逆产,谁的胳臂粗,我就得侍候谁! 他妈的,我才十七,就常想还不如死了呢! 死了落个整尸首,干这一行,活着身上就烂了!

王大拴　爸,您真想要女招待吗?

王利发　我跟小刘麻子瞎聊来着! 我一辈子老爱改良,看着生意这么不好,我着急!

王大拴　您着急,我也着急! 可是,您就忘记老裕泰这个老字号了吗? 六十多年的老字号,用女招待?

丁宝　什么老字号啊! 越老越不值钱! 不信,我现在要是二十八岁,就是叫小小丁宝,小丁宝贝,也没人看我一眼!

[茶客甲、乙上。

王利发　二位早班儿! 带着叶子哪? 老大拿开水去!（王大拴下）二位,对不起,茶钱

---

①　西山:北京西山一带当时是八路军的游击区。

先付！

茶客甲　没听说过！

王利发　我开过几十年茶馆,也没听说过!可是,您圣明:茶叶、煤球儿都一会儿一个价钱,也许您正喝着茶,茶叶又长了价钱!您看,先收茶钱不是省得麻烦吗?

茶客乙　我看哪,不喝更省事!(同茶客甲下)

王大拴　(提来开水)怎么?走啦!

王利发　这你就明白了!

丁宝　我要是过去说一声:"来了?小子!"他们准给一块现大洋!

王利发　你呀,老大,比石头还顽固!

王大拴　(放下壶)好吧,我出去蹓蹓,这里出不来气!(下)

王利发　你出不来气,我还憋得慌呢!

〔小刘麻子上,穿着洋服,夹着皮包。

小刘麻子　小丁宝,你来啦?

丁宝　有你的话,谁敢不来呀!

小刘麻子　王掌柜,看我给你找来的小宝贝怎样?人材、岁数、打扮、经验,样样出色!

王利发　就怕我用不起吧?

小刘麻子　没的事!她不要工钱!是吧,小丁宝?

王利发　不要工钱?

小刘麻子　老头儿,你都甭管,全听我的,我跟小丁宝有我们一套办法!是吧,小丁宝?

丁宝　要是没你那一套办法,怎会缺德呢!

小刘麻子　缺德?你算说对了!当初,我爸爸就是由这儿绑出去的;不信,你问王掌柜。是吧,王掌柜?

王利发　我亲眼得见!

小刘麻子　你看,小丁宝,我不乱吹吧?绑出去,就在马路中间,咔嚓一刀!是吧,老掌柜?

王利发　听得真真的!

小刘麻子　我不说假话吧?小丁宝!可是,我爸爸到底差点事,一辈子混的并不怎样。轮到我自己出头露面了,我必得干的特别出色。(打开皮包,拿出计划书)看,小丁宝,看看我的计划!

丁宝　我没那么大的工夫!我看哪,我该回家,休息一天,明天来上工。

王利发　丁宝,我还没想好呢!

小刘麻子　王掌柜,我都替你想好啦!不信,你等着看,明天早上,小丁宝在门口儿歪着头那么一站,马上就进来二百多茶座儿!小丁宝,你听听我的计划,跟你有关系。

丁宝　哼!但愿跟我没关系!

小刘麻子　你呀,小丁宝,不够积极!听着……

〔取电灯费的进来。

取电灯费的　掌柜的,电灯费!

王利发　电灯费?欠几个月的啦?

取电灯费的　三个月的！

王利发　再等三个月，凑半年，我也还是没办法！

取电灯费的　那像什么话呢？

小刘麻子　地道真话嘛！这儿属沈处长管。知道沈处长吧？市党部的委员，宪兵司令部的处长！您愿意收他的电费吗？说！

取电灯费的　什么话呢，当然不收！对不起，我走错了门儿！（下）

小刘麻子　看，王掌柜，你不听我的行不行？你那套光绪年的办法太守旧了！

王利发　对！要不怎么说，人要活到老学到老呢！我还得多学！

小刘麻子　就是嘛！

〔小唐铁嘴进来，穿着绸子夹袍，新缎鞋。

小刘麻子　哎哟，他妈的是你，小唐铁嘴！

小唐铁嘴　哎哟，他妈的是你，小刘麻子！来，叫爷爷看看！（看前看后）你小子行，洋服穿的像那么一回事，由后边看哪，你比洋人还更像洋人！老王掌柜，我夜观天象，紫微星发亮，不久必有真龙天子出现，所以你看我跟小刘麻子，和这位……

小刘麻子　小丁宝，九城闻名！

小唐铁嘴　……和这位小丁宝，才都这么才貌双全，文武带打，我们是应运而生，活在这个时代，真是如鱼得水！老掌柜，把脸转正了，我看看！好，好，印堂发亮，还有一步好运！来吧，给我碗喝吧！

王利发　小唐铁嘴！

小唐铁嘴　别再叫唐铁嘴，我现在叫唐天师！

小刘麻子　谁封你做了天师？

小唐铁嘴　待两天你就知道了。

王利发　天师，可别忘了，你爸爸白喝了我一辈子的茶，这可不能世袭！

小唐铁嘴　王掌柜，等我穿上八卦仙衣的时候，你会后悔刚才说了什么！你等着吧！

小刘麻子　小唐，待会儿我请你去喝咖啡，小丁宝作陪，你先听我说点正经事，好不好？

小唐铁嘴　王掌柜，你就不想想，天师今天白喝你点茶，将来会给你个县知事做做吗？好吧，小刘你说！

小刘麻子　我这儿刚跟小丁宝说，我有个伟大的计划！

小唐铁嘴　好！洗耳恭听！

小刘麻子　我要组织一个"拖拉撕"。这是个美国字，也许你不懂，翻成北京话就是"包圆儿"。

小唐铁嘴　我懂！就是说，所有的姑娘全由你包办。

小刘麻子　对！你的脑力不坏！小丁宝，听着，这跟你有密切关系！甚至于跟王掌柜也有关系！

王利发　我这儿听着呢！

小刘麻子　我要把舞女、明娼、暗娼、吉普女郎和女招待全组织起来，成立那么一个大"拖拉撕"。

小唐铁嘴　（闭着眼问）官方上疏通好了没有？

小刘麻子　当然！沈处长做董事长，我当总经理！

小唐铁嘴　我呢？

小刘麻子　你要是能琢磨出个好名字来，请你做顾问！

小唐铁嘴　车马费不要法币！

小刘麻子　每月送几块美钞！

小唐铁嘴　往下说！

小刘麻子　业务方面包括：买卖部、转运部、训练部、供应部，四大部。谁买姑娘，还是谁卖姑娘；由上海调运到天津，还是由汉口调运到重庆；训练吉普女郎，还是训练女招待；是供应美国军队，还是各级官员，都由公司统一承办，保证人人满意。你看怎样？

小唐铁嘴　太好！太好！在道理上，这合乎统制一切的原则。在实际上，这首先能满足美国兵的需要，对国家有利！

小刘麻子　好吧，你就给想个好名字吧！想个文雅的，像"柳叶眉，杏核眼，樱桃小口一点点"那种诗那么文雅的！

小唐铁嘴　嗯——"拖拉撕"，"拖拉撕"……不雅！拖进来，拉进来，不听话就撕成两半儿，倒好像是绑票儿撕票儿，不雅！

小刘麻子　对，是不大雅！可那是美国字，吃香啊！

小唐铁嘴　还是联合公司响亮、大方！

小刘麻子　有你这么一说！什么联合公司呢？

丁宝　缺德公司就挺好！

小刘麻子　小丁宝，谈正经事，不许乱说！你好好干，将来你有做女招待总教官的希望！

小唐铁嘴　看这个怎样——花花联合公司？姑娘是什么？鲜花嘛！要姑娘就得多花钱，花呀花呀，所以花花！"青是山，绿是水，花花世界"，又有典故，出自《武家坡》！好不好？

小刘麻子　小唐，我谢谢你，谢谢你！（热烈握手）我马上找沈处长去研究一下，他一赞成，你的顾问就算当上了！（收拾皮包，要走）

王利发　我说，丁宝的事到底怎么办？

小刘麻子　没告诉你不用管吗？"拖拉撕"统办一切，我先在这里试验试验。

丁宝　你不是说喝咖啡去吗？

小刘麻子　问小唐去不去？

小唐铁嘴　你们先去吧，我还在这儿等个人。

小刘麻子　咱们走吧，小丁宝！

丁宝　明天见，老掌柜！再见，天师！（同小刘麻子下）

小唐铁嘴　王掌柜，拿报来看看！

王利发　那，我得慢慢地找去。二年前的还许有几张！

小唐铁嘴　废话！

［进来三位茶客：明师傅、邹福远和卫福喜。明师傅独坐，邹福远与卫福喜同坐。王利发都认识，向大家点头。

王利发　哥儿们，对不起啊，茶钱先付！

明师傅　没错儿，老哥哥！

王利发　唉！"茶钱先付"，说着都烫嘴！（忙着沏茶）

邹福远　怎样啊？王掌柜！晚上还添评书不添啊？

王利发　试验过了，不行！光费电，不上座儿！

邹福远　对！您看，前天我在会仙馆，开三侠四义五霸十雄十三杰九老十五小，大破凤凰山，百鸟朝凤，棍打凤腿，您猜上了多少座儿？

王利发　多少？那点书现在除了您，没有人会说！

邹福远　您说的在行！可是，才上了五个人，还有俩听蹭儿的！

卫福喜　师哥，无论怎么说，你比我强！我又闲了一个多月啦！

邹福远　可谁叫你跳了行，改唱戏了呢？

卫福喜　我有嗓子，有扮相嘛！

邹福远　可是上了台，你又不好好地唱！

卫福喜　妈的唱一出戏，挣不上三个杂合面饼子的钱，我干吗卖力气呢？我疯啦？

邹福远　唉！福喜，咱们哪，全叫流行歌曲跟《纺棉花》给顶垮喽！我是这么看，咱们死，咱们活着，还在其次，顶伤心的是咱们这点玩艺儿，再过几年都得失传！咱们对不起祖师爷！常言道：邪不侵正。这年头就是邪年头，正经东西全得连根儿烂！

王利发　唉！（转至明师傅处）明师傅，可老没来啦！

明师傅　出不来喽！包监狱里的伙食呢！

王利发　您！就凭您，办一、二百桌满汉全席的手儿，去给他们蒸窝窝头？

明师傅　那有什么办法呢，现而今就是狱里人多呀！满汉全席？我连家伙都卖喽！

〔方六拿着几张画儿进来。

明师傅　六爷，这儿！六爷，那两桌家伙怎样啦？我等钱用！

方　六　明师傅，您挑一张画儿吧！

明师傅　啊？我要画儿干嘛呢？

方六　这可画的不错！六大山人、董弱梅画的！

明师傅　画的天好，当不了饭吃啊！

方六　他把画儿交给我的时候，直掉眼泪！

明师傅　我把家伙交给你的时候，也直掉眼泪！

方　六　谁掉眼泪，谁吃炖肉，我都知道！要不怎么我累心呢！你当是干我们这一行，专凭打打小鼓就行哪？

明师傅　六爷，人总有颗人心哪，你还能坑老朋友吗？

方　六　一共不是才两桌家伙吗？小事儿，别再提啦，再提就好像不大懂交情了！

〔车当当敲着两块洋钱，进来。

车当当　谁买两块？买两块吧？天师，照顾照顾？（小唐铁嘴不语）

王利发　当当！别处转转吧，我连现洋什么模样都忘了！

车当当　那，你老人家就细细看看吧！白看，不用买票！（往桌上扔钱）

〔庞四奶奶进来，带着春梅。庞四奶奶的手上戴满各种戒指，打扮得像个女妖精。卖杂货的老杨跟进来。

小唐铁嘴　娘娘！

方六　　　娘娘！
车当当

庞四奶奶　天师！

小唐铁嘴　侍候娘娘！（让庞四奶奶坐，给她倒茶）

庞四奶奶　（看车当当要出去）当当，你等等！

车当当　嚓！

老杨　（打开货箱）娘娘，看看吧！

庞四奶奶　唱唱那套词儿，还倒怪有个意思！

老杨　是！美国针、美国线、美国牙膏、美国消炎片。还有口红、雪花膏、玻璃袜子细毛线。箱子小，货物全，就是不卖原子弹！

庞四奶奶　哈哈哈！（挑了两双袜子）春梅，拿着！当当，你跟老杨算账吧！

车当当　娘娘，别那么办哪！

庞四奶奶　我给你拿的本钱，利滚利，你欠我多少啦？天师，查账！

小唐铁嘴　是！（掏小本）

车当当　天师，你甭操心，我跟老杨算去！

老杨　娘娘，您行好吧！他能给我钱吗？

庞四奶奶　老杨，他坑不了你，都有我呢！

老杨　是！（向众）还有哪位照顾照顾？（又要唱）美国针……

庞四奶奶　听够了！走！

老杨　是！美国针、美国线，我要不走是混蛋！走，当当！（同车当当下）

方六　（过来）娘娘，我得到一堂景泰蓝的五供儿，东西老，地道，也便宜，坛上用顶体面，您看看吧？

庞四奶奶　请皇上看看吧！

方六　是！皇上不是快登基了吗？我先给您道喜！我马上取去，送到坛上！娘娘多给美言几句，我必有份人心！（往外走）

明师傅　六爷，我的事呢？

方六　你先给我看着那几张画！（下）

明师傅　你等等！坑我两桌家伙，我还有把切菜刀呢！（追下）

庞四奶奶　王掌柜，康妈妈在这儿哪？请她出来！

小唐铁嘴　我去！（跑到后门）康老太太，您来一下！

王利发　什么事？

小唐铁嘴　朝廷大事！

〔康顺子上。

康顺子　干什么呀？

庞四奶奶　（迎上去）婆母！我是您的四侄媳妇，来接您，快坐下吧！（拉康顺子坐下）

康顺子　四侄媳妇？

庞四奶奶　是呀，您离开庞家的时候，我还没过门哪。

康顺子　我跟庞家一刀两断啦，找我干嘛？

庞四奶奶　您的四侄子海顺呀，是三皇道的大坛主，国民党的大党员，又是沈处长的把兄弟，快作皇上啦，您不喜欢吗？

　　康顺子　快做皇上？

　　庞四奶奶　啊！龙袍都做好啦，就快在西山登基！

　　康顺子　在西山？

　　小唐铁嘴　老太太，西山一带有八路军。庞四爷在那一带登基，消灭八路，南京能够不愿意吗？

　　庞四奶奶　四爷呀都好，近来可是有点贪酒好色。他已经弄了好几个小老婆！

　　小唐铁嘴　娘娘，三宫六院七十二嫔妃，可有书可查呀！

　　庞四奶奶　你不是娘娘，怎么知道娘娘的委屈！老太太，我是这么想：您要是跟我一条心，我叫您做老太后，咱们俩一齐管着皇上，我这个娘娘不就好做一点了吗？老太太，您跟我去，吃好的喝好的，兜儿里老带着那么几块当当响的洋钱，够多么好啊！

　　康顺子　我要是不跟你去呢？

　　庞四奶奶　啊？不去？（要翻脸）

　　小唐铁嘴　让老太太想想，想想！

　　康顺子　用不着想，我不会再跟庞家的人打交道！四媳妇，你做你的娘娘，我做我的苦老婆子，谁也别管谁！刚才你要瞪眼睛，你当我怕你吗？我在外边也混了这么多年，磨练出来点了，谁跟我瞪眼，我会伸手打！（立起，往后走）

　　小唐铁嘴　老太太！老太太！

　　康顺子　（立住，转身对小唐铁嘴）你呀，小伙子，挺起腰板来，去挣碗干净饭吃，不好吗？（下）

　　庞四奶奶　（移怒于王利发）王掌柜，过来！你去跟那个老婆子说说，说好了，我送给你一袋子白面！说不好，我砸了你的茶馆！天师，走！

　　小唐铁嘴　王掌柜，我晚上还来，听你的回话！

　　王利发　万一我下半天就死了呢？

　　庞四奶奶　呸！你还不该死吗？（与小唐铁嘴、春梅同下）

　　王利发　哼！

　　邹福远　师弟，你看这算哪一出？哈哈哈！

　　卫福喜　我会二百多出戏，就是不懂这一出！你知道那个娘儿们的出身吗？

　　邹福远　我还能不知道！东霸天的女儿，在娘家就生过……得，别细说，咱们积点口德吧！

　　〔王大拴回来。

　　王利发　看着点，老大。我到后面商量点事！（下）

　　小二德子　（在外边大吼一声）闪开了！（进来）大栓哥，沏壶顶好的，我有钱！（掏出四块现洋，一块一块地放下）给算算，刚才花了一块，这儿还有四块，五毛打一个，我一共打了几个？

　　王大拴　十个。

　　小二德子　（用手指算）对！前天四个，昨天六个，可不是十个！大栓哥，你拿两块吧！没钱，我白喝你的茶；有钱，就给你！你拿吧！（吹一块，放在耳旁听听）这块好，就一块当两块吧，给你！

王大拴　（没接钱）小二德子，什么生意这么好啊？现大洋不容易看到啊！

小二德子　念书去了！

王大拴　把"一"字都念成扁担，你念什么书啊？

小二德子　（拿起桌上的壶来，对着壶嘴喝了一气，低声说）市党部派我去的，法政学院。没当过这么美的差事，太美，太过瘾！比在天桥好得多！打一个学生，五毛现洋！昨天揍了几个来着？

王大拴　六个。

小二德子　对！里边还有两个女学生！一拳一拳地下去，太美，太过瘾！大拴哥，你摸摸，摸摸！（伸臂）铁筋洋灰的！用这个揍男女学生，你想想，美不美？

王大拴　他们就那么老实，乖乖地叫你打？

小二德子　我专找老实的打呀！你当我是傻子哪？

王大拴　小二德子，听我说，打人不对！

小二德子　可也难说！你看教党义的那个教务长，上课先把手枪拍在桌上，我不过抡抡拳头，没动手枪啊！

王大拴　什么教务长啊，流氓！

小二德子　对！流氓！不对，那我也是流氓喽！大拴哥，你怎么绕着脖子骂我呢？大拴哥，你有骨头！不怕我这铁筋洋灰的胳臂！

王大拴　你就是把我打死，我不服你还是不服你，不是吗？

小二德子　嗬，这么绕脖子的话，你怎么想出来的？大拴哥，你应当去教党义，你有文才！好啦，反正今天我不再打学生！

王大拴　干吗光是今天不打？永远不打才对！

小二德子　不是今天我另有差事吗？

王大拴　什么差事？

小二德子　今天打教员！

王大拴　干吗打教员？打学生就不对，还打教员？

小二德子　上边怎么交派，我怎么干！他们说，教员要罢课。罢课就是不老实，不老实就得揍！他们叫我上这儿等着，看见教员就揍！

邹福远　（嗅出危险）师弟，咱们走吧！

卫福喜　走！（同邹福远下）

小二德子　大拴哥，你拿着这块钱吧！

王大拴　打女学生的钱，我不要！

小二德子　（另拿一块）换换，这块是打男学生的，行了吧？（看王大拴还是摇头）这么办，你替我看着点。我出去买点好吃的，请请你，活着还不为吃点喝点老三点吗？（收起现洋，下）

〔康顺子提着小包出来。王利发与周秀花跟着。

康顺子　王掌柜，你要是改了主意，不让我走，我还可以不走！

王利发　我……

周秀花　庞四奶奶也未必敢砸茶馆！

王利发　你怎么知道？三皇道是好惹的？

康顺子　我顶不放心的还是大力的事！只要一走漏了消息，大家全完！那比砸茶馆更厉害！

王大拴　大婶，走！我送您去！爸爸，我送送她老人家，可以吧？

王利发　嗯——

周秀花　大婶在这儿受了多少年的苦，帮了咱们多少忙，还不应当送送？

王利发　我并没说不叫他送！送！送！

王大拴　大婶，等等，我拿件衣服去。（下）

周秀花　爸，您怎么啦？

王利发　别再问我什么，我心里乱！一辈子没这么乱过！媳妇，你先陪大婶走，我叫老大追你们！大婶，外边不行啊，就还回来！

周秀花　老太太，这儿永远是您的家！

王利发　可谁知道也许……

康顺子　我也不会忘了你们！老掌柜，你硬硬朗朗的吧！（同周秀花下）

王利发　（送了两步，立住）硬硬朗朗的干什么呢？

〔谢勇仁和于厚斋进来。

谢勇仁　（看看墙上，先把茶钱放在桌上）老人家，沏一壶来。（坐）

王利发　（先收钱）好吧。

于厚斋　勇仁，这恐怕是咱们末一次坐茶馆了吧？

谢勇仁　以后我倒许常来。我决定改行，去蹬三轮儿！

于厚斋　蹬三轮一定比当小学教员强！

谢勇仁　我偏偏教体育，我饿，学生们饿，还要运动，不是笑话吗？

〔王小花跑进来。

王利发　小花，怎这么早就下了学呢？

王小花　老师们罢课啦！（看见于厚斋、谢勇仁）于老师，谢老师！你们都没上学去，不教我们啦？还教我们吧！见不着老师，同学们都哭啦！我们开了个会，商量好，以后一定都守规矩，不招老师们生气！

于厚斋　小花！老师们也不愿意耽误了你们的功课。可是，吃不上饭，怎么教书呢？我们家里也有孩子，为教别人的孩子，叫自己的孩子挨饿，不是不公道吗？好孩子，别着急，喝完茶，我们开会去，也许能够想出点办法来！

谢勇仁　好好在家温书，别乱跑去，小花！

〔王大拴由后面出来，夹着个小包。

王小花　爸，这是我的两位老师！

王大拴　老师们，快走！他们埋伏下了打手！

王利发　谁？

王大拴　小二德子！他刚出去，就回来！

王利发　二位先生，茶钱退回，（递钱）请吧！快！

王大拴　随我来！

〔小二德子上。

小二德子　街上有游行的，他妈的什么也买不着！大拴哥，你上哪儿？这俩是谁？

王大拴　喝茶的！（同于厚斋、谢勇仁往外走）

小二德子　站住！（三人还走）怎么？不听话？先揍了再说！

王利发　小二德子！

小二德子　（拳已出去）尝尝这个！

谢勇仁　（上面一个嘴巴，下面一脚）尝尝这个！

小二德子　哎哟！（倒下）

王小花　该！该！

谢勇仁　起来，再打！

小二德子　（起来，捂着脸）嗬！嗬！（往后退）嗬！

王大拴　快走！（扯二人下）

小二德子　（迁怒）老掌柜，你等着吧，你放走了他们，待会儿我跟你算账！打不了他们，还打不了你这个糟老头子吗？（下）

王小花　爷爷，爷爷！小二德子追老师们去了吧？那可怎么好！

王利发　他不敢！这路人我见多了，都是软的欺，硬的怕！

王小花　他要是回来打您呢？

王利发　我？爷爷会说好话呀。

王小花　爸爸干什么去了？

王利发　出去一会儿，你甭管！上后边温书去吧，乖！

王小花　老师们可别吃了亏呀，我真不放心！（下）

〔丁宝跑进来。

丁宝　老掌柜，老掌柜！告诉你点事！

王利发　说吧，姑娘！

丁宝　小刘麻子呀，没安着好心，他要霸占这个茶馆！

王利发　怎么霸占？这个破茶馆还值得他们霸占？

丁宝　待会儿他们就来，我没工夫细说，你打个主意吧！

王利发　姑娘，我谢谢你！

丁宝　我好心好意来告诉你，你可不能卖了我呀！

王利发　姑娘，我还没老胡涂了！放心吧！

丁宝　好！待会儿见！（下）

〔周秀花回来。

周秀花　爸，他们走啦。

王利发　好！

周秀花　小花的爸说，叫您放心，他送到了地方就回来。

王利发　回来不回来都随他的便吧！

周秀花　爸，您怎么啦？干嘛这么不高兴？

王利发　没事！没事！看小花去吧。她不是想吃热汤面吗？要是还有点面的话，给她做一碗吧，孩子怪可怜的，什么也吃不着！

周秀花　一点白面也没有！我看看去，给她作点杂合面疙疸汤吧！（下）

〔小唐铁嘴回来。

小唐铁嘴　王掌柜,说好了吗?

王利发　晚上,晚上一定给你回话!

小唐铁嘴　王掌柜,你说我爸爸白喝了一辈子的茶,我送你几句救命的话,算是替他还账吧。告诉你,三皇道现在比日本人在这儿的时候更厉害,砸你的茶馆比砸个砂锅还容易! 你别太大意了!

王利发　我知道! 你既买我的好,又好去对娘娘表表功! 是吧?

[小宋恩子和小吴祥子进来,都穿着新洋服。

小唐铁嘴　二位,今天可够忙的?

小宋恩子　忙得厉害! 教员们大暴动!

王利发　二位,"罢课"改了名儿,叫"暴动"啦?

小唐铁嘴　怎么啦?

小吴祥子　他们还能反到天上去吗? 到现在为止,已经抓了一百多,打了七十几个,叫他们反吧!

小宋恩子　太不知好歹! 他们老老实实的,美国会送来大米、白面嘛!

小唐铁嘴　就是! 二位,有大米、白面,可别忘了我! 以后,给大家的坟地看风水,我一定尽义务! 好! 二位忙吧!(下)

小吴祥子　你刚才问,"罢课"改叫"暴动"啦? 王掌柜!

王利发　岁数大了,不懂新事,问问!

小宋恩子　哼! 你就跟他们是一路货!

王利发　我? 您太高抬我啦!

小吴祥子　我们忙,没工夫跟你费话,说干脆的吧!

王利发　什么干脆的?

小宋恩子　教员们暴动,必有主使的人!

王利发　谁?

小吴祥子　昨天晚上谁上这儿来啦?

王利发　康大力!

小宋恩子　就是他! 你把他交出来吧!

王利发　我要是知道他是哪路人,还能够随便说出来吗? 我跟你们的爸爸打交道多少年,还不懂这点道理?

小吴祥子　甭跟我们拍老腔,说真的吧!

王利发　交人,还是拿钱,对吧?

小宋恩子　你真是我爸爸教出来的! 对啦,要是不交人,就把你的金条拿出来! 别的铺子都随开随倒,你可混了这么多年,必定有点底!

[小二德子匆匆跑来。

小二德子　快走! 街上的人不够用啦! 快走!

小吴祥子　你小子管干嘛的?

小二德子　我没闲着,看,脸都肿啦!

小宋恩子　掌柜的,我们马上回来,你打主意吧!

王利发　不怕我跑了吗?

小吴祥子　老梆子,你真逗气儿!你跑到阴间去,我们也会把你抓回来!(打了王利发一掌,同小宋恩子、小二德子下)

王利发　(向后叫)小花!小花的妈!

周秀花　(同王小花跑出来)我都听见了!怎么办?

王利发　快走!追上康妈妈!快!

王小花　我拿书包去!(下)

周秀花　拿上两件衣裳,小花!爸,剩您一个人怎么办?

王利发　这是我的茶馆,我活在这儿,死在这儿!

〔王小花挎着书包,夹着点东西跑回来。

周秀花　爸爸!

王小花　爷爷!

王利发　都别难过,走(从怀中掏出所有的钱和一张旧相片)媳妇,拿着这点钱!小花,拿着这个,老裕泰三十年前的相片,交给你爸爸!走吧!

〔小刘麻子同丁宝回来。

小刘麻子　小花,教员罢课,你住姥姥家去呀?

王小花　对啦!

王利发　(假意地)媳妇,早点回来!

周秀花　爸,我们住两天就回来!(同王小花下)

小刘麻子　王掌柜,好消息!沈处长批准了我的计划!

王利发　大喜,大喜!

小刘麻子　您也大喜,处长也批准修理这个茶馆!我一说,处长说好!他呀老把"好"说成"蒿",特别有个洋味儿!

王利发　都是怎么一回事?

小刘麻子　从此你算省心了!这儿全属我管啦,你搬出去!我先跟你说好了,省得以后你麻烦我!

王利发　那不能!凑巧,我正想搬家呢。

丁宝　小刘,老掌柜在这儿多少年啦,你就不照顾他一点吗?

小刘麻子　看吧!我办事永远厚道!王掌柜,我接处长去,叫他看看这个地方。你把这儿好好收拾一下!小丁宝,你把小心眼找来,迎接处长!带点香水,好好喷一气,这里臭哄哄的!走!(同丁宝下)

王利发　好!真好!太好了!哈哈哈!

〔常四爷提着小筐进来,筐里有些纸钱和花生米。他虽年过七十,可是腰板还不太弯。

常四爷　什么事这么好哇,老朋友!

王利发　哎哟!常四哥!我正想找你这么一个人说说话儿呢!我沏一壶顶好的茶来,咱们喝喝!(去沏茶)

〔秦仲义进来。他老的不像样子了,衣服也破旧不堪。

秦仲义　王掌柜在吗?

常四爷　在!您是……

秦仲义　我姓秦。

常四爷　秦二爷！

王利发　（端茶来）谁？秦二爷？正想去告诉您一声，这儿要大改良！坐！坐！

常四爷　我这儿有点花生米，（抓）喝茶吃花生米，这可真是个乐子！

秦仲义　可是谁嚼得动呢？

王利发　看多么邪门，好容易有了花生米，可全嚼不动！多么可笑！怎样啊？秦二爷！（都坐下）

秦仲义　别人都不理我啦，我来跟你说说：我到天津去了一趟，看看我的工厂！

王利发　不是没收了吗？又物归原主啦？这可是喜事！

秦仲义　拆了！

常四爷
王利发　拆了？

秦仲义　拆了！我四十年的心血啊，拆了！别人不知道，王掌柜你知道：我从二十多岁起，就主张实业救国。到而今……抢去我的工厂，好，我的势力小，干不过他们！可倒好好地办哪，那是富国裕民的事业呀！结果，拆了，机器都当碎铜烂铁卖了！全世界，全世界找得到这样的政府找不到？我问你！

王利发　当初，我开的好好的公寓，您非盖仓库不可。看，仓库查封，货物全叫他们偷光！当初，我劝您别把财产都出手，您非都卖了开工厂不可！

常四爷　还记得吧？当初，我给那个卖小妞的小媳妇一碗面吃，您还说风凉话呢。

秦仲义　现在我明白了！王掌柜，求你一件事吧：（掏出一二机器小零件和一支钢笔管来）工厂拆平了，这是我由那儿捡来的小东西。这支笔上刻着我的名字呢，它知道，我用它签过多少张支票，写过多少计划书。我把它们交给你，没事的时候，你可以跟喝茶的人们当个笑话谈谈，你说呀：当初有那么一个不知好歹的秦某人，爱办实业。办了几十年，临完他只由工厂的土堆里捡回来这么点小东西！你应当劝告大家，有钱哪，就该吃喝嫖赌，胡作非为，可千万别干好事！告诉他们哪，秦某人七十多岁了才明白这点大道理！他是天生来的笨蛋！

王利发　您自己拿着这支笔吧，我马上就搬家啦！

常四爷　搬到哪儿去？

王利发　哪儿不一样呢！秦二爷，常四爷，我跟你们不一样，二爷财大业大心胸大，树大可就招风啊！四爷你，一辈子不服软，敢作敢当，专打抱不平。我呢，作了一辈子顺民，见谁都请安、鞠躬、作揖。我只盼着呀，孩子们有出息，冻不着、饿不着，没灾没病！可是，日本人在这儿，二拴子逃跑啦，老婆想儿子想死啦！好容易，日本人走啦，该缓一口气了吧？谁知道，（惨笑）哈哈，哈哈，哈哈！

常四爷　我也不比你强啊！自食其力，凭良心干了一辈子啊，我一事无成！七十多了，只落得卖花生米！个人算什么呢，我盼哪，盼哪，只盼国家像个样儿，不受外国人欺侮。可是……哈哈！

秦仲义　日本人在这儿，说什么合作，把我的工厂就合作过去了。咱们的政府回来了，工厂也不知怎么又变成了逆产。仓库里（指后边）有多少货呀，全完！还有银号呢，人家硬给加官股，官股进来了，我出来了！哈哈！

王利发　改良，我老没忘了改良，总不肯落在人家后头。卖茶不行啊，开公寓。公寓没啦,添评书! 评书也不叫座儿呀,好,不怕丢人,想添女招待! 人总得活着吧? 我变尽了方法,不过是为活下去! 是呀,该贿赂的,我就递包袱。我可没做过缺德的事,伤天害理的事,为什么就不叫我活着呢? 我得罪了谁? 谁? 皇上,娘娘那些狗男女都活得有滋有味的,单不许我吃窝窝头,谁出的主意?

常四爷　盼哪,盼哪,只盼谁都讲理,谁也不欺侮谁! 可是,眼看着老朋友们一个个的不是饿死,就是叫人家杀了,我呀就是有眼泪也流不出来喽! 松二爷,我的朋友,饿死啦,连棺材还是我给他化缘化来的! 他还有我这么个朋友,给他化了一口四块板的棺材;我自己呢? 我爱咱们的国呀,可是谁爱我呢? 看,(从筐中拿出些纸钱)遇见出殡的,我就捡几张纸钱。没有寿衣,没有棺材,我只好给自己预备下点纸钱吧,哈哈,哈哈!

秦仲义　四爷,让咱们祭奠祭奠自己,把纸钱撒起来,算咱们三个老头子的吧!

王利发　对! 四爷,照老年间出殡的规矩,喊喊!

常四爷　(立起,喊)四角儿的跟夫,本家赏钱一百二十吊!(撒起几张纸钱)①

秦仲义
王利发　　一百二十吊!

秦仲义　(一手拉住一个)我没的说了,再见吧!(下)

王利发　再见!

常四爷　再喝你一碗!(一饮而尽)再见!(下)

王利发　再见!

［丁宝与小心眼进来。

丁宝　他们来啦,老大爷!(往屋中喷香水)

王利发　好,他们来,我躲开!(捡起纸钱,往后边走)

小心眼　老大爷,干吗撒纸钱呢?

王利发　谁知道!(下)

［小刘麻子进来。

小刘麻子　来啦! 一边一个站好!

［丁宝、小心眼分左右在门内立好。

［门外有汽车停住声,先进来两个宪兵。沈处长进来,穿军便服;高靴,带马刺;手执小鞭。后面跟着二宪兵。

沈处长　(检阅似的,看丁宝、小心眼,看完一个说一声)好(蒿)!

［丁宝摆上一把椅子,请沈处长坐。

小刘麻子　报告处长,老裕泰开了六十多年,九城闻名,地点也好,借着这个老字号,做我们的一个据点,一定成功! 我打算照旧卖茶,派(指)小丁宝和小心眼作招待。有我在这儿监视着三教九流,各色人等,一定能够得到大量的情报,捉拿共产党!

沈处长　好(蒿)!

［丁宝由宪兵手里接过骆驼牌烟,上前献烟;小心眼接过打火机,点烟。

---

①　三四十年前,北京富人出殡,要用三十二人、四十八人或六十四人抬棺材,也叫抬杠。另有四位杠夫拿着拨旗,在四角跟随。杠夫换班须注意拨旗,以便进退有序;一班也叫一拨儿。起杠时和路祭时,领杠者须喊"加钱"——本家或姑奶奶赏给杠夫酒钱。加钱数目须夸大地喊出。在喊加钱时,有人撒起纸钱来。

小刘麻子　后面原来是仓库,货物已由处长都处理了,现在空着。我打算修理一下,中间作小舞厅,两旁布置几间卧室,都带卫生设备。处长清闲的时候,可以来跳跳舞,玩玩牌,喝喝咖啡。天晚了,高兴住下,您就住下。这就算是处长个人的小俱乐部,由我管理,一定要比公馆里更洒脱一点,方便一点,热闹一点!

沈处长　好(蒿)!

丁宝　处长,我可以请示一下吗?

沈处长　好(蒿)!

丁宝　这儿的老掌柜怪可怜的。好不好给他做一身制服,叫他看看门,招呼贵宾们上下汽车?他在这儿几十年了,谁都认识他,简直可以算是老头儿商标!

沈处长　好(蒿)! 传!

小刘麻子　是!(往后跑)王掌柜!老掌柜!我爸爸的老朋友,老大爷!(入。过一会儿又跑回来)报告处长,他也不知怎么上了吊,吊死啦!

沈处长　好(蒿)! 好(蒿)!

——幕落·全剧终

(1957 年 7 月初载于《收获》杂志创刊号)

【阅读提示】

老舍(1899—1966),原名舒庆春,字舍予,满族正红旗人。生于北京,中国现代小说家、剧作家、语言大师,新中国第一位获得"人民艺术家"称号的作家。代表作有小说《骆驼祥子》《四世同堂》,剧本《茶馆》等。

《茶馆》以老北京"裕泰茶馆"为舞台,形形色色人物纷纷登场,上演了旧中国从清末到军阀混战再到新中国成立前夕近半个世纪风云变幻的大戏,以茶馆的日益破败揭示了近半个世纪中国社会的黑暗腐败和民不聊生。该剧构思精巧,善于通过细节刻画人物,语言凝练,抒情氛围的营造使得三幕话剧像一声深长的叹息。

【拓展阅读】

1.老舍:《老舍文集》,人民文学出版社 1980 年版。

2.李健吾:《李健吾戏剧评论选》,中国戏剧出版社 1982 年版。

3.赵园:《老舍——北京市民社会的表现者与批判者》,《文学评论》1982 年第 2 期。

【思考与练习】

1.《茶馆》中王利发、常四爷、秦仲义等主要人物形象分析。

2.一个大茶馆就是一个小社会。请围绕《茶馆》中"莫谈国事"纸条的变化,分析概括所反映的时代特征。